OLGA BICOS

Süßer als ein Kuss

Buch

Der wohlhabende Plantagenbesitzer Quentin Rucksingford benötigt dringend einen neuen Buchhalter. Überraschend stößt er bei seiner Suche auf die junge, geradezu ideal langweilig aussehende Buchhalterin Leydianna Carstair, die diese Stellung denn auch gern antritt. Doch Leydianna, von aller Welt als graue Maus abgestempelt, kennt keine schönere Beschäftigung, als ihren Tagträumen nachzuhängen – und die handeln immer häufiger von ihrem neuen Arbeitgeber. Quentin allerdings weiß nicht, dass Leydianna auf einer kleinen Insel lebt und dort dem berüchtigten Piraten Kincaid ebenfalls die Bücher führt. Als sie eines Tages von den Racheplänen ihres geliebten Quentin gegenüber Kincaid erfährt, helfen keine Tagträume mehr. Um Kincaid zu schützen, entführt Leydianna kurzerhand ihren Boss Quentin – doch wer hier wen gefangen hält, muss sich im Feuer der Leidenschaft erst noch erweisen …

Autorin

Olga Bicos ist in Havanna geboren, spricht fünf Sprachen, studierte Jura in Berkley und arbeitete als Firmenanwältin eines Medienunternehmens in Los Angeles, bevor sie sich ganz dem Schriftstellerberuf zuwandte. Abenteuerlustig und weit gereist, lebt sie heute mit Mann und Tochter in Kalifornien.

Im Blanvalet Taschenbuch von Olga Bicos:

Riskantes Spiel (35120)
Herz im Feuer (35225)
Jetzt und für immer (35317)
Süße Revanche (35411)

OLGA BICOS

Süßer als ein Kuss

Roman

Ins Deutsche übertragen
von Sabine Ivanovas

BLANVALET

Die Originalausgabe erschien unter dem Titel
»Sweeter than Dreams«
bei Kensington Publishing Corp., New York.

Umwelthinweis:
Alle bedruckten Materialien dieses Taschenbuches
sind chlorfrei und umweltschonend.

Blanvalet Taschenbücher erscheinen im Goldmann Verlag,
einem Unternehmen der Verlagsgruppe Random House

Deutsche Erstveröffentlichung September 2001

Dieses Werk wurde vermittelt durch die
Literarische Agentur Thomas Schlück GmbH, 30827 Garbsen.
Umschlaggestaltung: Design Team München
Umschlagillustration: Pino/Schlück, Garbsen
Satz: deutsch-türkischer Fotosatz, Berlin
Druck: Elsnerdruck, Berlin
Verlagsnummer: 35502
Lektorat: SK
Redaktion: Barbara Gernet
Herstellung: Heidrun Nawrot
Made in Germany
ISBN 3-442-35502-8
www.blanvalet-verlag.de

1 3 5 7 9 10 8 6 4 2

Erster Teil

Ohne Fleiß kein Preis

Wie alles anfing …

1

St. Kitts, Insel der Britischen Antillen, April 1728

Die Liebe spielte in Quentins Plänen nie eine Rolle.

Ganz im Gegenteil. Als Geschäftsmann hatte Quentin Alexander Rucksingford, der Viscount Belfour, zukünftiger Nachfolger des Grafen von Carrick und Erbe aller dazugehörigen Ländereien, solche romantischen Ideen längst hinter sich gelassen. Lust war akzeptabel. Dieses Gefühl hatte er ein paar Jährchen seiner etwas über dreißig in London ausgekostet, als er in seiner Jugend mit seiner damaligen Clique die Stadt unsicher machte. Aber Liebe? So eine zarte Empfindung gab es nur in den Herzen von Dichtern – jenen, die das Leben lieber in Träume verpackt haben wollten als in jener rauen Wirklichkeit, die es Quentin serviert hatte. Die Schwachen, die Jungen, die Fantasievollen ... zu denen gehörte der Viscount Belfour nicht.

Doch als er jetzt die goldgerahmte Einladung in seiner Hand sah, kam Quentin der Gedanke, dass es wohl doch noch jemanden in seinem Haushalt gab, der die Hoffnung hegte, die Liebe in sein Leben zu bringen.

»Stevenson«, murmelte er und tippte sich mit dem Büttenpapier an die bloße Brust. Es sah ganz so aus, als hätte sich sein Verwalter dazu entschlossen, den Vermittler zu spielen.

Quentin lag nackt auf seinem Himmelbett, mit nichts neben sich als Stapel von unbeantworteter Korrespondenz, die weiß im Licht des silbernen Leuchters neben seinem Bett schimmerte. Er fuhr sich mit der Hand durchs schattendunkle Haar und las, was höchstwahrscheinlich Stevensons breite Lettern waren: sie versicherten der Lady Godrich, dass der Viscount Belfour gern zu ihrer Soiree kommen werde – einem Abend, der bestimmt die höchst heiratsfähige Tochter der Lady groß damit herausbrächte, wie sie die Tasten eines Klaviers malträtierte.

Quentin warf die Karte zur Seite und legte sich den Unterarm über die Augen. »Sentimentaler alter Narr!«

Er schaute hinüber zum bleiverglasten Fenster, wo das Licht von ein paar Sternen am Horizont funkelte. Da er an chronischer Schlaflosigkeit litt, war das ein vertrauter Anblick, und in dieser Nacht hatten ihn seine schlimmen Träume sogar der wenigen Stunden beraubt, die er sich sonst doch an Ruhe ertrotzte.

»Und nicht einmal eine Spur von Morgengrauen«, murmelte er.

Keine Chance! Er würde heute überhaupt nicht schlafen. Die Monotonie seiner Korrespondenz hatte ihn nicht so schläfrig gemacht, wie er gehofft hatte. Vielleicht war das auch besser so, denn zu viele Albträume lauerten in den Winkeln seines Gehirns, bereit, ihn bei den ersten Anzeichen von Schlummer zu überfallen.

Nun schob er das weite, lose Moskitonetz zurück, das sein Bett wie ein Vorhang umgab. Dieses monströse Möbel war wie ein Wald aus dunklem Walnussholz. Gewundene Bänder von Blättern, Beeren und Blüten sprossen aus den Pfosten und rankten hinauf über den Betthimmel, sodass Quentin jeden Morgen das Gefühl hatte, er müsse sich mit einer Machete den Weg freihacken. Doch das grandiose Stück hatte damals, als er es mitsamt den dazugehörigen Teilen kaufte, zu seiner Stimmung gepasst. Weil er darauf baute, sich in diesem Dschungel verlieren zu können.

Als er aufstand, strich angenehm warmes Fell um seine Knöchel. Ein rotbrauner Schwanz glitt an seiner Wade entlang. Quentin hob Aloysius hoch, und beinah fünf Kilo Kater breiteten sich auf seinen Fingern und seiner Handfläche aus. Das dazugehörige Miauen ertönte nur als leises Fiepen, denn die Anstrengung einer richtigen Begrüßung war dem übergewichtigen Tier einfach zu viel.

»Du musst lernen, dir deinen Lebensunterhalt zu verdienen, Aloysius«, flüsterte er in das orangefarbene Fell hinein. »Die Mäuse tanzen in meinen Zimmern auf den Tischen, und du machst es dir nur in meinem Bett gemütlich.«

Der Kater schnurrte, zufrieden ob der Aufmerksamkeit, die man ihm schenkte.

Quentin schob sich Aloysius unter den Arm und ging hinüber zu dem Fenster, das vom Boden bis zur Decke reichte und von einem Wasserfall aufwendiger Chintzvorhänge umgeben war. Er schauderte angesichts des nächtlich kühlen Atems des Passats und überlegte, ob er sich anziehen sollte. Dann könnte er hinuntergehen und die Verträge studieren, die Arnolds Bote am vergangenen Nachmittag abgegeben hatte, sich die Erinnerung an seine Albträume vielleicht vom Hals schaffen, indem er sich ganz auf den Irrgarten der Zahlen darin konzentrierte. Doch stattdessen berührte er mit den Fingern die kühle Scheibe aus Bristoler Glas, weil er es einfach nicht schaffte, die Spinnweben des Traums ganz zu vertreiben.

Natürlich wusste er, was den Albtraum von Clarice und dem Baby hervorgerufen hatte. Die unerwartete Ankunft des Grafen.

Sein Vater war nach St. Kitts gekommen.

»Mistkerl«, flüsterte Quentin dem Kater ins Ohr.

Dessen allzu vertraute Stimme war ihm immer noch gegenwärtig.

Verdammt, Quentin, ich verlange wenigstens die Höflichkeit, dass du mir zuhörst! Es drang wie ein Echo aus seinem Kopf, sickerte in sein Schlafzimmer mit der Kraft eines unerträglichen Gestanks.

Sieben Jahre. Sieben lange Jahre.

Gerade als in ihm die Überzeugung Fuß fasste, dass sein Vater niemals hier aufkreuzen würde …

Quentin schloss die Augen. Der Rückblick auf den katastrophalen vergangenen Nachmittag wühlte in seinen Gedanken, sodass ihm der Schädel brummte. Er sah seinen Vater so vor sich, wie er vor einigen Stunden dort gestanden hatte an der mit Blattgold überzogenen Tür zum Empfangssalon. Der Graf hatte gewirkt wie ein Schatten in der weiten Öffnung, bis er mit schwingendem Rock aus reichem Samt, verziert mit viel Spitze, ins Zimmer gerauscht war und die Aufmerksamkeit aller Anwesenden auf sich gezogen hatte.

Es überraschte Quentin, dass ihm die alten Geschichten immer noch Schmerz bereiten konnten. Er hatte geglaubt, über gefühlsselige Familienvorstellungen inzwischen erhaben zu sein.

Mit einem Seufzer lehnte er eine Schulter ans Fenster und gab den Widerstand auf, ließ sich von seiner Vergangenheit überwältigen. Ihn umgab nicht mehr das dunkle Walnussholz seines Schlafzimmers, sondern er sah sich in der vergoldeten Pracht des Empfangssalons, der in den vergangenen Monaten zu einer Wirrnis von Verträgen und Akten geworden war. Noch deutlicher sah er sich neben Stevenson, über irgendein Papier gebeugt, als die Stimme seines Vaters ertönte …

»Bei Gott, Mann, ich werde nicht an der Tür stehen bleiben wie ein Aussätziger!«

Der Graf von Carrick, Vertrauter von Königen und Herr von wer weiß wie vielen Besitzungen, stolzierte über die Schwelle, ein Bild pompöser Künstlichkeit. Wie gewöhnlich trug er die neueste Mode, bis hin zum Stöckchen aus Bernstein mit der goldenen Spitze und dem kastanienbraunen Dreispitz in seiner Hand. Die reiche Brokatweste in Rotkehlchenblau und der perfekt geschneiderte Rock zeigten deutlich, dass er trotz fortgeschrittener Jahre seine Schlankheit bewahrt hatte. Natürlich war sein Vater wie stets stilvoll bis ins Letzte gekleidet. Offensichtlich hatte das erdrückende Klima der Tropen seinen Appetit auf Mode nicht eingeschränkt, obwohl die feuchte Hitze drohte, den Grafen im eigenen Saft zu schmoren wie Muscheln im Topf.

Quentin, der hinter seinem Schreibtisch saß, verschränkte die Arme über der Brust und lehnte sich in seinen türkischen Sessel zurück.

»Sieh mal einer an, was uns die Flut da angespült hat«, sagte er gedehnt zu Stevenson neben sich.

Der Graf von Carrick schritt vorwärts, seine Schuhe mit den roten Absätzen erzeugten auf dem französischen Wollteppich keinerlei Geräusch. Sein Blick wanderte über den Inhalt des Raums, der von Papier überquoll und strotzte vor vergoldeten Reichtümern. Es war ihm nicht anzusehen, was er persönlich davon hielt. »Ich hatte eine höllische Überfahrt von England auf einem Handelsschiff, Quentin. Wie wäre es, wenn du wenigstens die Freundlichkeit besäßest, mit mir zu reden? Oder hast du vor, mich regelrecht hinauswerfen zu lassen? Denn darum kommst du nicht herum, wenn du mich loswerden willst.«

Quentin lehnte die Hand mit der Feder auf das Büttenpapier vor sich. »Die Versuchung ist groß, das kann ich dir versichern.«

Die Brust des Grafen blähte sich, eine Geste, die früher dem kindlichen Quentin seines Vaters Ärger ankündigte. Selbst dieses kleine Detail schmerzte ihn, verspottete ihn mit seiner unmissverständlichen Botschaft: *Du kennst mich. Du kannst deine Vergangenheit nicht so einfach loswerden, Mensch.*

Quentin saß einen Augenblick reglos da. »Verschwinde aus meinem Haus, zum Teufel«, flüsterte er und verzichtete darauf, sich weiter unbeteiligt zu geben.

»Das ist zweifellos eine seltsame Begrüßung nach sieben Jahren!«

»Es ist überhaupt keine Begrüßung, Mylord – adieu und gute Reise!«

»Verdammt, Quentin!« Die Finger seines Vaters schlossen sich um den Schwanengriff seines Stöckchens zur Faust. Er sah zu dem abwartenden Stevenson hinüber und schien vor den Augen des Bediensteten um Fassung zu ringen. Als es ihm schließlich gelang, zischte der Graf etwas gefasster: »Du willst ja meine Briefe nicht beantworten. Was bleibt mir also anderes übrig, als dich aufzusuchen?«

»Und das erst sieben Jahre nach meinem Abschied!«

»Ich habe eine weite Reise unternommen, um mit dir zu reden!«

Als Quentin sah, dass sich sein Vater nicht von der Stelle rührte, stand er auf, um selbst hinauszugehen.

»Um Himmels willen, Mann! Wirst du die Vergangenheit denn niemals vergessen?«

Quentin gelang ein Lächeln, weil er wusste, dass ihm zumindest diese Lüge leicht fallen würde. Er hatte sie in den letzten Jahren oft genug geübt. »Aber das ist es genau, was ich getan habe, Mylord. Ich habe vergessen.«

»Ich bin dein Vater, verdammt. Das kannst du nicht ändern, egal wie sehr du diese Tatsache auch verleugnen möchtest!«

»Im Gegenteil, ich bin ein Ass im Verleugnen!« Er verschränkte die Arme und lehnte sich an die geschnitzten Regale. »Wo ich das wohl herhabe?«

Die Miene des Grafen verzog sich schmerzlich. »Nicht, Quentin. Ich bin hier, um Frieden zu schließen, nicht um zu kämpfen. Du hast dich verändert, bist jetzt ein erfolgreicher Mann.« Er sah sich im Zimmer um, bemerkte das Blattgold an der bemalten Decke, den beeindruckenden Marmorkamin, die eleganten französischen Möbel – eine verschwenderische Fülle, die einen seltsamen Gegensatz zu der schlichten Weste und den Hemdsärmeln seines Sohnes bildete. »Nein, mehr, du hast dir hier ja wirklich ein Vermögen erarbeitet. Nach all den Jahren, in denen ich zuschaute, wie du dein Leben verplemperst … jetzt bist du ein Sohn, auf den man stolz sein kann. Es tut mir Leid, dass wir in der Vergangenheit Differenzen hatten …«

»Differenzen?«, fragte Quentin milde. »Nennt Ihr den Mord an Clarice jetzt so?«

Der Graf erbleichte, sein Gesicht nahm die Farbe seiner gepuderten Perücke an. »Das ist lange her, Quentin. Bin ich denn nicht genug gestraft? Mein einziger Erbe hat mich verlassen, gedroht, nie zu heiraten und die Familie weiterzuführen. Alles, wofür ich gearbeitet habe, gelangt irgendwann an die Krone …« Als spüre er, wie unangebracht seine Worte waren, unterbrach er seine Tirade. Er senkte den Blick und sah dann mit einem erstaunlichen Ausdruck von Reue seinem Sohn in die Augen. »Du bist mein Sohn, Quentin. Mein einziges Kind. Nie wirst du nachempfinden können, wie schmerzlich es für mich ist, dass du nicht Teil meines Lebens bist.«

Die Muskeln an Quentins Brust spannten sich. Himmel, dass sein Vater das wagte! Dass er auch nur einen Augenblick von Versöhnung sprechen konnte!

»Mein Leben hat nichts mit Euch zu tun, Mylord«, sagte er steif. »Nicht mehr.«

»Aha, du willst also allem den Rücken kehren!«, schrie der Graf und verlor endlich die Beherrschung. »Deiner Familie, deinem guten Namen, dem Titel?«

»Ich habe gar nichts den Rücken gekehrt.« Eisig starrte Quentin seinen Vater an. »Sondern ich habe mich nur entschlossen zu warten, bis Ihr unter der Erde seid, um mich dessen zu erfreuen.«

Diese Salve saß. Ein paar Sekunden ließ der Graf den Mund offen stehen. Doch schon nach zwei Atemzügen schlossen sich seine Lippen mit einem Ruck wieder, und seine blauen Augen begannen zu glühen. »Ich gebe nicht auf, Quentin. Diesmal nicht. Und zwar bleibe ich so lange in Basse Terre, bis du wieder zu Verstand kommst. Du kannst dich von mir aus entschließen, deiner Familie den Rücken zu kehren – aber du bist mein einziger Erbe, verdammt, und ob es dir gefällt oder nicht, du wirst deine Pflicht tun!«

Quentin grub seine Finger tief in Aloysius' Fell, als sein Rückblick langsam wieder entschwand. Er spürte den Schweiß über seine Stirn rinnen und atmete langsam und tief durch. Sein Blick wanderte über den Dschungel seiner Schlafzimmermöbel, sein Herz beruhigte sich nach dieser Vergegenwärtigung allmählich wieder. *Seine Pflicht*. Quentin sah plötzlich seinen Vater vor sich, wie er einen seiner Preishengste in den Schuppen führte zur Paarung, und lachte.

»Diesmal nicht, alter Knabe.«

Doch schon bald erstarb sein Lachen. Das einzige Geräusch im Zimmer waren noch das Ticken der Standuhr und das Schnurren von Aloysius auf seinem Arm.

»Verdammter Kerl ...« Quentin streichelte dem Kater über die Ohren, und plötzlich war ihm bis ins tiefste Innere elend zumute. »Selber verdammt.«

Eigentlich hätte Rache süß sein sollen, sicherlich besser als diese Melancholie in seinem Herzen. Sieben Jahre hatte er sich abgerackert, um der große Herr zu werden, den sein Vater bewundern würde, hatte mit Handelsgeschäften ein Vermögen gemacht und sein Heim hier auf der Plantage mit Kostbarkeiten gefüllt, die der Graf sicher selbst gern besäße. Sieben Jahre lang hatte er seine Regierungsbeziehungen ausgebaut, sowohl in St. Kitts als auch England, hatte Pläne geschmiedet für den Tag, an dem er seinen Erfolg wie eine Karotte vor der Nase des Esels schwingen würde – in Erwartung der Befriedigung, die er empfände, angesichts seines Vaters in dem Augenblick, in dem er begriff, dass ihm das alles verwehrt war. Der edle palladische Palazzo, den Quentin gebaut hatte, die vielen Hektar mit Zuckerrohr, das Handelsunternehmen – und sein verehrter Erbe.

Da hätte sich doch irgendetwas in ihm regen müssen ...

»Vielleicht hat es zu lange gedauert bis zum Tag der Rache«, erklärte er Aloysius. Er starrte durch die gewellten Scheiben aus dem Fenster und dachte an Clarice. »Himmel, kein Wunder, dass sie mich verfolgt. Schließlich kann man den Toten nicht mehr zu Gefallen sein, stimmt's?«, fragte er den Kater.

Mit einem gedämpften Miauen sprang Aloysius von seinem Arm auf den türkischen Teppich. Quentin fuhr sich mit einer Hand durchs Haar und schritt dann entschlossen zum Kleiderschrank hinüber. Er zog sich hastig an, wollte plötzlich fort aus dem Wald von Ranken und Blüten, musste versuchen, die Schatten seines Traums abzuschütteln. Stevenson, der seine ganz eigenen seltsamen Quellen besaß, hatte Quentin mitgeteilt, dass der

Graf im ›Hähnchen‹ in Basse Terre wohnte. Quentin hatte nichts dazu gesagt, denn er wusste aus Erfahrung, dass ihm das Ganze bald egal sein würde.

Inzwischen konnte er nicht schlafen, und es gab noch viel zu tun. Also nahm er einen Kerzenleuchter und seine Korrespondenz und machte sich auf den Weg zu den Verträgen, die in seinem Empfangssalon der Bearbeitung harrten.

Erst als sich das Wachs in dicken Ringen um den Fuß des Leuchters sammelte, hob er den Blick wieder vom Pergament. Bis zum Morgengrauen hatte er einen guten Weg gefunden, seine bereits übervollen Kisten noch weiter zu füllen. Er sah hinauf zu den Engeln, die an die gewölbte Decke gemalt waren – Wächter, die er aus einer verrückten Laune heraus von einem begabten italienischen Künstler hatte anfertigen lassen. Seine Engel waren seine Gefährten hier in Rucksingford Hall. Ihm gefiel die Vorstellung, dass sie ihn auf ihre ganz eigene, stille Weise sicher geleiteten.

Das bedrohliche Krachen der Tür, die zugeworfen wurde, schreckte Quentin auf. Ein schmaler Streifen von Morgenlicht glitt über das Blau und Gold des Teppichs, als sein Verwalter hereinstürzte und um das Sofa rannte, um schnell seinen Schreibtisch zu erreichen.

»Die ›Falcon‹ wurde überfallen«, rief der gehetzte Mann, und seine gepuderte Perücke rutschte zur Seite. Stevenson holte ein Taschentuch aus den Tiefen seines Ärmels und wischte sich mit fahrigen Bewegungen die Stirn trocken. »Die ganze Ladung haben sie mitgenommen, die halbe Mannschaft ist auf und davon. Sie haben es kaum bis in den Hafen geschafft.«

Quentin schob seinen Sessel zurück und erhob sich langsam. »Kincaid?«

»Ich fürchte ja. Ist heimlich um die Patrouillen herumgesegelt. Dieser Pirat hat uns schon wieder ausgeplündert!«

Quentin starrte die Verträge an und schüttelte den Kopf. »Ich bin wirklich beeindruckt. Das ist das dritte Mal in dieser Saison!«

Stevenson rückte die Korkenzieherlocken seiner Perücke zurecht, die direkt vor seinen Augen schwankten. »Ich werde noch mal eine Eingabe beim Gouverneur machen. Natürlich sagen sie, Heartless Kincaid hätte genug Regierungsleute in der Tasche, um sicherzugehen, dass sie ihn in Ruhe plündern lassen. Aber wenn wir beantragen, dass die Patrouillen verstärkt werden …«

»Das hat wenig Sinn.« Quentin drehte den Gänsekiel zwischen den Fingern und starrte in die tanzende Flamme einer Kerze. »Ich glaube, es ist an der Zeit, die Sache selbst in die Hand zu nehmen.«

»Dann müssten wir eine kleine Armada anheuern, um jedes Schiff zu begleiten …«

»Seht Euch das hier an.« Quentin schob die Verträge über den Rosenholztisch zu seinem Verwalter hinüber. »Ich nehme an, dass ich mit dem Geld, das Arnold mir geboten hat, tatsächlich meine eigene Flottille aufstellen kann.«

»Ja, ja …« Stevensons kluger Blick wanderte über die Zahlen, während er sich weiter die Stirn abtupfte. »Aber wenn ich so sagen darf, Sir, um Geld allein geht es dabei ja gar nicht. Dieser Pirat, dieser Kincaid, ist teuflisch klug …«

»Das müssen wir dann einfach auch sein.« Quentin tippte sich mit der Feder ans Kinn, und sein Plan nahm zusehends mehr Form an. »Kincaid braucht eine größere Herausforderung. Wir haben ihm und seinen Spießgesellen die Sache entschieden zu leicht gemacht.«

»Also, Sir, Ihr könnt doch nicht im Ernst vorschlagen …«

»Doch, das kann ich«, sagte Quentin mit seiner typischen Entschlossenheit, die üblicherweise nur wenige Leute kalt ließ. »Allerdings kann ich das«, flüsterte er und dachte daran, dass es ihm gut tun würde, sich auf etwas anderes zu konzentrieren als seine verdorbene Rache. Er schaute hinauf zu den gemalten Engeln an der Decke, die im Kerzenlicht und dem ersten Schimmer des Morgengrauens glitzerten. Ein ruhiges Lächeln erschien langsam auf seinen Zügen. »Ich würde schrecklich gern diesem Kincaid ein Rennen liefern für sein Geld – welchen Schutz auch immer er beim Gouverneur gekauft haben mag.«

Ergeben hob Stevenson die Hände. »Schon gut, schon gut. Aber wenn Ihr Euch entschließt, das Fangen eines Piraten zur endlosen Liste meiner Pflichten hinzuzufügen«, sagte er und deutete mit einem runzligen Finger auf einen der vielen Stapel von Papieren, die jeden freien Platz im Zimmer zu überschwemmen drohten, »dann werde ich einen Assistenten brauchen.«

Quentin legte die Fingerspitzen aneinander und sah Stevenson an, denn diese Forderung erschien ihm seltsam. Stevenson war jetzt seit sieben Jahren Quentins Verwalter und hatte die Plantage von Quentins Großvater davor schon zehn Jahre lang geleitet – ohne Hilfe oder Beschwerde. Doch als er jetzt die in marokkanischem Leder gebundenen Ordner betrachtete, die sich auf dem Kaminsims drängten und sogar die Pracht der mit Pflaumenblüten verzierten Wandnischen von St. Cloud füllten, dachte Quentin, dass Hilfe vielleicht doch ganz angebracht wäre.

»Gibt es irgendwelche Bedienstete bei uns, die lesen können?«

Stevenson schüttelte den Kopf und runzelte die Stirn. »Kein Einziger … außer – es ist doch bald Juni, oder?« Sein Gesicht erhellte sich wie eine Fackel. »Ich hatte gerade einen ganz außergewöhnlichen Einfall, Sir. Miss Leydianna Carstair dürfte dann wie üblich kommen, um diesen Monat bei ihren Eltern zu verbringen. Sie ist sehr gut im Schreiben. Und rechnen kann sie auch.«

Quentin sah auf. »Eine Frau?«

»Aber keine gewöhnliche«, beteuerte Stevenson enthusiastisch. »Sie ist eine brillante junge Gelehrte. Unwahrscheinlich gut mit Büchern. Oh ja, bemerkenswert klug. Ich habe sie selbst ausgebildet.«

»Ach, wirklich?«, fragte Quentin leichthin. Er war immer etwas auf der Hut, wenn sein Verwalter über irgendwelche Damen ins Schwärmen geriet. Er durchsuchte die Papiere auf seinem Schreibtisch, bis er den bekannten cremefarbenen Umschlag fand. Ihm entnahm er die Einladung der Lady Godrich und starrte auf Stevensons charakteristische Schrift. *Mit großer Freude und Spannung sehe ich Eurer sicherlich charmanten Soiree entgegen …* »Und warum solltet Ihr, bitte, auf den Gedanken kommen, eine Frau rechnen zu lehren?«

»Ich kenne die junge Dame seit ihrer Kindheit«, begann Stevenson und betrachtete die Karte, die Quentin vor seiner Nase hin- und herwedelte. »Sie hat immer wieder Zeit im Herrenhaus mit allen möglichen Aufgaben verbracht. Eines Tages erwischte ich sie in der Bibliothek Eures Großvaters mit einem seiner wertvollen Bücher auf dem Schoß – schmutzig, wie sie war. Damals arbeitete ich noch als Verwalter Seiner Lordschaft, Gott hab ihn selig.« Stevensons Augen verklärten sich. »Und sie mühte sich ab, sich selbst das Lesen beizubringen.« Sein Lächeln war so breit, dass man die Zahnlücke neben dem ersten Backenzahn sehen konnte. »Tja, und da Mary und ich selbst keine Kinder hatten, könnte man sagen, nahm ich sie unter meine Fittiche. Sie hat eine brillante Begabung für Zahlen. Wirklich ein ausgesprochenes Talent.«

Quentin wedelte weiterhin mit der goldverzierten Karte durch die Luft. Etwas, das stärker war als nur Erinnerungen, sprach aus Stevensons rot geränderten blauen Augen, oh ja!

Wieder schaute der Viscount auf die Einladung der Lady Godrich. Stevensons Bemühungen der vergangenen Zeiten, ihm die junge Dame aus gutem Hause anzudienen, überraschte Quentin eigentlich. Sein Verwalter kannte seinen Entschluss gut: Er würde nicht heiraten und keinen Sohn bekommen, der dann den Namen und die Reichtümer seines Vaters erbte.

Doch diese Miss Carstair – die Tochter eines seiner Bediensteten, einer Frau, die sicher nur beschränkte Mittel besaß –, das bedeutete vielleicht wieder eine ganz neue Taktik. Schließlich war es inzwischen einige Zeit her, seit sich Quentin zum letzten Mal eine Mätresse genommen hatte.

Ein flüchtiges Bild erschien in seinen Gedanken. Fesselnde graue Augen, die intelligent glitzerten – dann nichts mehr.

Seltsam, dass er sich an ihre Augen erinnerte …

»Ich kenne die Kleine«, sagte er zu Stevenson, als ihm noch eine schwache Erinnerung an ein Mädchen mit kastanienbraunem Haar kam, das in der Nähe seiner Zuckermühle am Hang eines Hügels gesessen hatte. »Sie ist eine unauffällige Maus, oder?«

»Eine Maus?«, wiederholte Stevenson. »Aber nein, Sir. Intelligent, ein Herz wie eine Löwin, das schon – keine Maus. Im Gegenteil, sie spart darauf, für sich selbst und ihre Eltern ein Stück Land zu kaufen. Sie will eine Carstair-Plantage gründen. Das würde eine Maus doch wohl kaum tun, oder?«

Quentin, der sich immer noch nicht genau an diese Galionsfigur des Fleißes erinnern konnte, betrachtete seinen Verwalter misstrauisch. Natürlich kannte er ihre Eltern gut: ein Zuckerkocher, der gelegentlich für Unruhe sorgte, wenn er zu viel Rum getrunken hatte, und eine Matrone mit säuerlicher Miene, die in der Küche mit Mrs. Bailey, der Haushälterin, arbeitete.

»Nein, nein, nein«, fuhr Stevenson fort, und seine Stimme war voller Nachdruck. »Maus ist wirklich völlig unpassend. Also, Leydi ...« Stevenson hielt kurz inne, um knarrend zu lachen. »So nennen ich und ihre Mutter sie immer. Es passt zu dem Mädchen, denn sie wird bestimmt eines Tages eine große Lady werden.«

Quentin runzelte die Stirn. So lebhaft hatte er seinen Verwalter schon lange nicht mehr gesehen.

»An ihren Eltern ist mir nie besonders viel gelegen. Ihr kennt Carstair sicher.« Stevensons wässriger Blick bekam eine gewisse Schärfe, dann schniefte er überlegen. »Ein wirklich dummer Kerl, wenn Ihr meine Meinung hören wollt. Und legt entschieden zu viel Wert auf das ›Regenwasser vom Kap Horn‹, das sie in der Stadt verkaufen. Aber Leydi ist ganz anders als er ... Also, das Mädchen hat doppelt so viel Hirn, wie Gott den meisten Menschen zugesteht. Miss Carstair würde bestimmt in einem Monat diese Arbeit erledigen.«

Während sein Verwalter weiter murmelte, hörte Quentin nur noch halb zu, bis ihm Stevensons erste Worte wieder in den Sinn kamen. »Ihr sagt, dass sie nur einen Monat hier bleibt?«

»Ja, Sir. So lange sie ihre Eltern besucht. Den Rest des Jahres ist sie nicht auf dieser Insel.«

»Und wo verbringt sie die restlichen elf Monate?« Das Mädchen, an das er sich erinnerte, konnte inzwischen kaum alt genug sein, um sich auf anderen Inseln herumzutreiben.

Stevenson wischte sich noch einmal nachdenklich über die Stirn und steckte dann sein Taschentuch in den Ärmel zurück. »Sie ist, was das betrifft, immer etwas … undeutlich. Ihr Aufenthaltsort scheint sich zu ändern – sogar relativ oft. Ich glaube, im letzten Jahr hat sie Monserrat erwähnt. Ja, als Letztes sagte sie, sie arbeite in Monserrat. Als Buchhalterin auf einer Plantage dort. Aber das sollte Euch nicht abhalten, Sir. So wie ich meine Leydi kenne, hat sie bestimmt hervorragende Referenzen.«

Quentin stand auf und ging zum Fenster hinüber, dabei klatschte er sich mit der Einladung in die Hand. Er zog die Samtvorhänge zurück und schaute durch das ungleichmäßige Glas zu den goldenen Feldern hinüber, die in der morgendlichen Brise wogten. Amüsiert versuchte er sich diese geheimnisvolle Maus von einem Mädchen vorzustellen, wie sie unabhängig durch die Karibik pflügte. Und dann auch noch als Buchhalterin – eine Frau, die absolut nichts darauf zu geben schien, welche Regeln üblicherweise für ihre Geschlechtsgenossinnen galten.

Er schaute wieder zurück zu der übertriebenen Unschuldsmiene seines Verwalters – und lächelte. Oh ja, Stevenson hatte Quentins Interesse an seiner kleinen Maus geweckt.

Gleichzeitig zerknüllte er die Einladung in seiner Hand, wohl wissend, dass er Stevensons Miss Carstair nicht wollte, wie groß die Versuchung auch werden würde. Es war lange her, seit er sich ein derartiges Vergnügen erlaubt hatte. Und im Schatten der Ankunft seines Vaters war eine Mätresse das Letzte, was er brauchen konnte.

»Die Sache mit Miss Carstair klingt ja, als wäre sie sehr unternehmungslustig«, sagte Quentin und ging um Stevenson herum zu seinem Schreibtisch zurück. »Aber ich glaube, es wäre für alle das Beste, wenn wir ihr für ihren kurzen Aufenthalt hier auf Rucksingford Estate ihre Ruhe lassen. Schließlich kommt sie, um ihre Eltern zu besuchen.« Und Quentin würde ihr wohlweislich aus dem Wege gehen, genauso wie den anderen Ködern, die sein Verwalter ihm vor die Nase zu halten pflegte.

»Aber, Sir ...«

»Erkundigt Euch in der Stadt nach jemand anderem.«

»Ich glaube wirklich ...«

Quentin warf seinem Verwalter die zerknüllte Einladung zu.

Stevenson fing die Papierkugel mit einer Hand auf. Es dauerte nur einen Augenblick, bis ihm klar war, was er da hielt – den Beweis für seine Kuppeleiversuche.

Stevenson wurde so rot wie sein Samtrock. Sofort schienen seine Schultern steif zu werden. Er schniefte dramatisch. »Wie Ihr wünscht, Eure Lordschaft!«

Jetzt verkniff Quentin sich ein Lächeln. Stevenson gebrauchte seinen Titel nur, wenn er versuchte, sich von irgendeinem ihm widerstrebenden Konzept seines Herrn zu distanzieren.

»Warum geht Ihr nicht in die Küche und fragt Mrs. Bailey nach ein paar von den feinen Hörnchen, die sie immer bäckt?«, sagte Quentin und durchblätterte eine Akte. »Und eine Kanne Kaffee dazu. Wenn Ihr zurückkommt, machen wir uns daran, unser Vorgehen gegenüber Kincaid zu planen. Vielleicht sollten wir einen Vertreter der Marine Ihrer Majestät einladen; schließlich brauchen wir es nicht allein zu bewerkstelligen, ihn dingfest zu machen.«

»Wie Ihr wünscht, Eure Lordschaft!«

Quentin horchte, bis die Tür hinter Stevenson ins Schloss fiel. Er schüttelte den Kopf und sah auf zu den Engeln über sich, auf der Suche nach einer Antwort auf Stevensons seltsames Verhalten. Aber wie immer blieben die gemalten Gesichter stumm. Er hörte ein leises Flehen und sah nach unten. Aloysius strich ihm um die Stiefel.

»Eine Frau als Buchhalterin«, erklärte er dem Kater und hockte sich neben ihn, um ihn zu streicheln. »Demnächst lotst er mir noch Frauen in der Verkleidung von Bootsleuten ins Haus.«

Doch beim nächsten Blick auf die honigfarbenen Felder vor dem Fenster und dem milden Licht der Morgensonne im Zimmer wurden seine Gedanken wieder düster. All die Verträge, Kincaid und Miss Carstair verblassten, und er dachte an das, was ihn die Nacht über gequält hatte.

Keine Ehe, keine Kinder – das hatte er dem Andenken an Clarice versprochen. So blieb ihm kaum noch etwas anderes.

Er strich Aloysius über die Ohren und spürte die Erschütterung vom Schnurren des Katers unter der Hand. Sicherlich würde der Graf noch einen weiteren Versuch machen, ihn wieder zur Ordnung zu rufen, vielleicht dann sogar einen dritten. Doch schon bald würde sein Vater dennoch nach England zurückkehren, und sein Vergnügen daran, ihm die Ereignisse der Vergangenheit zu vergelten, würde erlöschen. Wieder wäre er, wie üblich, mit seiner einsamen Erinnerung an Clarice allein.

Quentin redete sich ein, dass er sich nicht allein fühlte.

Er redete sich ein, dass er überhaupt nichts fühlte.

Vielleicht, wenn er sich nur genug Zeit ließ, würde er eines Tages sogar glauben, dass das wirklich stimmte.

2

Devil's Gate, das Inselversteck von Daniel Kincaid

Leydianna Carstair liebte ihre Tagträume.

Oh, sie gab sich die größte Mühe, wie eine Buchhalterin angezogen zu sein. Sie zwang ihre kastanienbraunen Locken in einen festen Zopf, der wie ein Seil über ihren Rücken hinunterfiel bis zu ihren Hüften. Sie rüstete sich mit praktischen Baumwollkleidern aus, ordentlichen Schürzen und Schnallenschuhen, lauter Dinge, die genau zu ihrer Position passten. Und sie gab sich insgesamt in einer Weise, die absolut ernst genommen werden musste.

Doch in Wirklichkeit war Leydianna – oder Leydi, wie die meisten sie nannten – eine hingebungsvolle Tagträumerin.

Ohne jede große Anstrengung konnte sie in ihrer Fantasie versinken und sich ausmalen, dass sie an jeder beliebigen Geschichte teilnahm, die die Freibeuter von Devil's Gate bei Kerzenschein und starkem Rum erzählten. Unter ihrer einfachen Spitzenhaube erlebte sie Abenteuer um Abenteuer aus den vielen Büchern, die sie im Schatten einer Laube im Hof des Anwesens verschlang.

In diesem Augenblick hatte sie sich in einen besonders prachtvollen Traum versenkt. Sie sah sich den Schwertstreich eines maskierten Gegners parieren, trieb den Schuft dabei rückwärts bis zum Rand des Oberdecks. Ihre kniehohen Stiefel trafen donnernd auf das Holz, als sie einen Rückhandschlag vom Säbel ihres Feindes konterte und zur Seite sprang, um seinem nächsten auszuweichen. *Nimm den dafür!*, erwiderte sie im Geiste. Mit einer Drehung des Handgelenks fand sie Halt an der Waffe des Kerls und schleuderte sie hoch in die Luft …

Ein harter Stoß traf sie in die Rippen, und Leydis Aufmerksamkeit war mit einem Schlag wieder geweckt. Sie sah nicht mehr ihren maskierten Gegner über das Schiffsdeck auf sich zukommen. Es war ein ganz anderer Kerl, der mit harten Schritten über die Holzdielen des Vorzimmers polterte, in dem sie stand. Ihr Arbeitgeber, Daniel ›Heartless‹ Kincaid, stampfte in einer Weise mit seinen mächtigen schwarzen Stiefeln über den geschrubbten Boden, die man ohne weiteres als einschüchternd hätte bezeichnen können. Leydi seufzte tief. Es war wirklich ein falsches Bild. Für jeden, der Kincaids sanftere Seite nicht kannte, sah es so aus, als wollte er sie jeden Moment aufhängen.

Leydi biss sich auf die Lippen und sah zu, wie der volle Rock seiner knielangen Jacke sich hinter ihm bauschte wie die schwarze Flagge, wenn Schädel und gekreuzte Knochen in der Brise flatterten. Obwohl sie den Piraten, der ihr Arbeitgeber war, ziemlich gern hatte und schon seit einigen Jahren als Buchhalterin für ihn arbeitete, war dieser Temperamentsausbruch absolut typisch für ihn. Schon mehr als einmal hatte sie sich mitten in einer solchen Tirade in ihre Tagträume geflüchtet. Aber leider war sie diesmal so versunken gewesen, dass sie die Hälfte seines Geschreis versäumt hatte. In den dreißig Jahren, die Daniel Kincaid nun schon das Oberdeck der *Pest*, des am meisten gefürchteten Piratenschiffes weit und breit, kommandierte, hatte er drei Arten von Befehlsverhalten perfektioniert: drohend, mörderisch und ein todbringend starrer Blick, der auch dem härtesten Freibeuter die Eingeweide gefrieren lassen konnte. Dieser letztere Ausdruck war es, mit dem er gerade Leydi bedachte.

Sie sah auf zu ihrer besten Freundin, die neben ihr stand – dankbar, dass Gabriela die Geistesgegenwart besessen hatte, Leydi mit einem Rippenstoß aus ihrer Träumerei zu wecken. Sie trug ein Kleid, das ebenso schillernd war wie Leydis schlicht, und ihr Gesichtsausdruck zeugte von Langeweile.

Wie gewöhnlich war Kincaids Ärger über Gabriela de Sousa reine Energieverschwendung. Die Halbmulattin Gabby leitete

Kincaids Haushalt ebenso unbeirrbar, wie Leydi seine Bücher führte. Sie war die Anwürfe des Piraten gewöhnt und machte sich ein besonderes Vergnügen daraus, ihn mit Missachtung zu strafen. Leydi runzelte die Stirn, denn sie sah Schwierigkeiten voraus.

»Ihr seid doch kein Paar Piraten, zum Kuckuck noch mal, die sich Rum hinter die Binde kippen und wilde Flüche von sich geben!« Das Morgenlicht strömte durch die Bogenfenster des kleinen Hauses herein und beleuchtete die ergrauenden Schläfen von Kincaids Haar, das hinten zu einem kurzen Zopf gebunden war – der einzige Hinweis darauf, dass er schon auf die fünfzig zuging. »Du bist meine Haushälterin!« Er warf Gabriela einen finsteren Blick zu. »Und du meine Buchhalterin!« Auch Leydi schaute er ärgerlich an. Dann stach er mit dem Finger in die Luft, als wäre er ein Degen. »Und kein Paar glückloser Halsabschneider! Hört mir gut zu, Mädchen. Ihr werdet von nun an nicht mehr mit meinen Männern einen heben. Und nicht mehr mit ihnen Karten kloppen, bis der Hahn kräht …«

»Hat Cy sich wieder beschwert?«, schnappte Gabriela, und ihr leicht brasilianischer Akzent verlieh ihrer Stimme eine besondere Färbung. Sie stemmte eine Hand in die Hüfte. Der scharlachrote Brokat, der über ein enges Oberteil und ein Unterkleid aus Spitze herabfiel, betonte ihre weibliche Figur. Ihre exotischen grünen Augen standen schräg wie bei einer Katze; das Grün bildete einen prächtigen Kontrast zu ihrer milchkaffeefarbenen Haut und den schulterlangen braunen Locken. »Bah!« Sie schüttelte den Kopf und sah Leydi an. »Ich hatte dir doch gesagt, du sollst Cy gewinnen lassen, *cara*.«

»Sei still, Gabby«, flüsterte Leydi und trat auf den Zeh von Gabrielas hübschem Schuh mit den goldenen Schnallen, während ihr Lächeln unverändert Kincaid galt.

»*Ladys* beschäftigen sich mit Stickereien«, blaffte Kincaid und kümmerte sich nicht um Gabbys sarkastische Worte, während er gleichzeitig Anlauf nahm für seine gewohnte Schimpfkanonade. »Sie lernen die neuesten Tänze … damit solltet ihr euch beschäftigen, Mädchen. Und jetzt zum kommenden Monat«, fuhr er fort und meinte die Zeit, die Leydi und Gabby das Piratenversteck verlassen und einen Monat bei ihren Müttern in St. Kitts verbringen würden. »Es ist mir ganz egal, was ihr dort treibt. Aber wenn ihr nach Devil's Gate zurückkommt, habe ich schon eine Liste mit passenden Beschäftigungen für euch zusammengestellt …«

»Er will uns Tricks beibringen, *cara*«, sagte Gabby und klatschte in die Hände. »Damit wir ihn unterhalten wie ein Paar Tanzbären!«

Kincaids Lippen verzogen sich zu einem finsteren Grinsen. »Vielleicht wird mein erster Trick sein, dich auf irgendeiner unbewohnten Insel auszusetzen«, bellte er. »Also reiz mich nicht, Mädel!«

»Das wäre doch mal was anderes.« Gabby trat mit schwingenden Hüften vor. Ihr brasilianischer Akzent wurde immer stärker, wenn sie sich mit Kincaid anlegte, und jetzt war er dick wie Zuckersirup. »Aber Spaß beiseite, Kincaid!« Sie winkte ab. »Das Einzige, was wir immer wieder hören, ist der Ärger, den wir dir hier machen …«

»Gestern Abend kam ich gerade dazu, als deine Röcke hochgeschoben waren bis zur Taille und die Hände von Murdock, diesem Teufel, auf deinen Brüsten lagen! Sag mir nicht, dass das nicht echte Angst war, die ich in deinen Augen gesehen habe, als du dich gegen ihn wehrtest. Ich musste den armen Hund auspeitschen und wegjagen. Jetzt habe ich einen Mann weniger, und das alles nur wegen deiner verführerischen …«

»Verführerisch!« Gabby wurde rot vor Zorn. Sie stemmte beide Hände in die Hüften. »Murdock ist ein Tier. Der glaubt sogar, dass die Schafe mit ihm flirten, wenn sie blöken.«

Leydi zwängte sich zwischen die beiden, drückte eine Hand gegen Kincaids Brust und drängte Gabriela mit einer Schulter langsam nach hinten, um die beiden zu trennen. »In ein paar Stunden sind wir schon unterwegs nach St. Kitts …«

»Und wenn ihr wiederkommt, werdet ihr euch nicht mehr aufführen wie die berüchtigten Piratinnen Mary Reed und Anne Bonny! Ich habe euch nicht hergeholt, damit ihr euch hier zu Freibeuterinnen entwickelt, verdammt!«

»Warum hast du uns denn *sonst* hergeholt?«, erkundigte Gabriela sich.

Gabrielas Frage nahm Kincaid den Wind aus den Segeln. Er stand mit offenem Mund da, und es wurde still im Raum. Durch die Bogenfenster drangen die Geräusche von Kincaids Männern, die das Schiff zum Ablegen vorbereiteten, herein, sonst war nichts zu hören.

Leydi verstand die plötzliche Spannung nicht. Die Stellung, die Kincaid ihr vor acht Jahren angeboten hatte, war ein wahrer Glücksfall für sie gewesen. Sie bedeutete ehrlich verdientes Geld – na ja, mehr oder weniger ehrlich –, mit dem sie sich ihre Träume würde verwirklichen können, und sie hatte nie daran gedacht, sein Angebot zu hinterfragen. Sie war einfach davon ausgegangen, eine Laune habe ihn damals in Basse Terre auf den Gedanken gebracht, sie anzustellen; denn er hatte miterlebt, wie geschickt sie mit Bertie, Gabrielas Mutter, um ein paar Knöpfe feilschte, die sie in Berties Laden kaufte.

Aber Gabbys Frage und Kincaids Schweigen schienen mehr zu bedeuten. Etwas, das vielleicht nicht ganz so unschuldig war …

»Der Lohn, den ich euch zahle, reicht für feine Kleider und Schmuck und alles«, stammelte Kincaid in die Stille hinein und wandte sich ab. Er schüttelte den Kopf und schien mit sich zu ringen; schließlich murmelte er noch: »Ich brauchte einfach eure Hilfe. Einen anderen Grund gab es nicht, Mädel.«

Gabbys eindringlicher Blick hätte ein Loch in den Rücken von Kincaids feinem Samtrock bohren können. »Manchmal hasse ich dich wirklich, Kincaid.«

Der Pirat drehte sich auf dem Absatz um, sein Gesichtsausdruck erinnerte an ein Kriegsschiff vor dem Rammen. »Hör mir gut zu, du freche Göre! Ich sollte dich in der Brigg verrotten lassen für die Art, wie du mit mir redest. Lass deinen kleinen Arsch …«

»Kincaid!«, unterbrach Leydi ihn, ohne ihr eigenes Unbehagen zu beachten, damit sich ihre beiden Freunde nicht wirklich an die Gurgel gingen. »Du könntest wirklich etwas Besseres tun, als dich mit Gabriela zu zanken. Um Himmels willen, hast du einen Mann damit beauftragt, sich um meine Felder zu kümmern, während ich weg bin?« Sie wusste recht gut, wie man Kincaid von Gabby ablenkte.

»Dein verdammter Tabak kann von mir aus verrotten!«, schrie er und war ausgesprochen froh, seine Angriffslust auf Leydi richten zu können.

»Also, Kincaid, du warst damals gern bereit, so etwas beim Kartenspielen zu riskieren. Ich habe die Konzession absolut rechtmäßig gewonnen.«

»Bei allen Heiligen, ich hatte drei Damen! Wie groß waren da die Chancen zu verlieren, frage ich dich?«

Leydi lächelte, denn es gefiel ihr ausgesprochen, ihm diese Information zu liefern. »Nach Mr. Malcolmers Buch ›*Beim Pokern gewinnen*‹ liegt die Wahrscheinlichkeit genau bei …«

»Mr. Malcolmer soll genauso wie dein verdammter Tabak verrotten! Du wirst keine Ruhe geben, bis du auch den letzten verdammten Piraten auf dieser Insel zu irgendeinem blöden Bauern gemacht hast, verdammtes Biest!«

»Hier gibt es eine Menge Leute, die Familie haben und einen ehrlicheren Weg suchen, sich ihren Lebensunterhalt zu verdienen, als Pirat zu sein, Kincaid. Wenn ich mich nicht irre, braucht in Devil's Gate niemand mehr ›anschaffen‹ zu gehen und spanische Schätze zu plündern. Das Freibeuterleben haben sowieso schon zu viele von ihnen zu teuer bezahlt!« Sie sah ihn prüfend an und hob die Augenbrauen. »Und so schmerzlich es mich auch treffen mag, aber ein Mann in deinem Alter könnte auch irgendwann daran denken, sich zurückzuziehen …«

»Mein Alter! Also, für dich ist auch noch Platz auf der Brigg, vorlautes Weib! Absolut ein passender Platz für euch beide«, knurrte er und sah zwischen Gabby und Leydi hin und her. »Genau so was tut hier Not! Ein wenig Disziplin ...«

»Daniel«, ertönte eine weiche Stimme mit spanischem Akzent.

Alle drei drehten sich gleichzeitig zum Durchgang um, der in den Vorraum hinausführte. Kincaids Lebensgefährtin mit der edlen Gestalt, die Lady Consuelo, stand dort, in ein ernstes schwarzes Kleid gehüllt, dessen Stoff mit Goldfäden durchwirkt war. Sie trug eine Mantilla aus belgischer Spitze über ihrem ebenholzschwarzen Haar, das schon von ein paar silbernen Strähnen geziert war. An ihren Ohrläppchen hingen Diamanten so groß wie Kincaids Daumennagel. Doch im rechten Ohr blitzte es auch noch golden, wo ein zweites Loch, direkt über dem Diamanten, von dem Ring durchbohrt wurde, dessen Gegenstück der Pirat trug.

Leydi unterdrückte ein erleichtertes Seufzen. Dann wenn Leydi es beim besten Willen nicht mehr schaffte – Consuelo gelang es immer, Gabriela vor dem Zorn Kincaids zu bewahren.

Er trat auf seine Lady zu, nahm ihre Hand und zog sie ins Zimmer. »Ich schlage nur vor, mein liebstes Herz, dass eine Weile auf der Brigg ihnen gut tun würde.« Consuelo setzte sich in einen eichenen Lehnstuhl und Kincaid wies auf die beiden jüngeren Frauen. »Ein oder zwei Rattenbisse würden diesen Damen vielleicht ein bisschen Verstand beibringen.«

»Lass die Mädchen in Ruhe!« Consuelos beinahe schwarze Augen hoben sich in den Winkeln verführerisch, und sie berührte mit einer Fingerspitze die Mulde in Kincaids Kinn. »Ihr Schiff legt in der kommenden Stunde ab. Wäre es dies eine Mal nicht angebracht, wenn du ihnen zum Abschied einen Kuss gibst und winkst?«

»Ja, natürlich, das sieht euch Weibern ähnlich, dass ihr alle zusammenhaltet«, grummelte er; aber Leydi entnahm seinem auf Consuelo gerichteten Blick, dass der Sturm vorüber war.

»Ich sage kein Wort mehr.« Die goldenen Pünktchen in seinen beinah smaragdgrünen Augen glitzerten vor Nachgiebigkeit.

»Es ist mein Schicksal, dass ich eine Schwäche für grüne Augen habe«, brachte er seine übliche Abschiedsformel vor. Leydi erwiderte sein Grinsen, obwohl sie wusste, dass diese Worte nur auf Gabriela zutrafen. Leydis Augenfarbe war kaum mehr als ein wolkiges Grau.

»Ab mit euch«, sagte er mit einem seltenen Lächeln zu den beiden.

»Und gute Reise! Cy, hol diese jungen Dinger hier raus«, rief er in den Vorraum.

Geschwind nahmen die beiden Frauen ihre Taschen und machten sich auf den Weg, nachdem sie Kincaid und der Lady Consuelo noch einmal zugewunken hatten. Anschließend lehnte sich Gabriela an das Geländer, das in den Hof in der Mitte des Anwesens hinunterführte, wo eine kleine Schafherde weidete. Sie hielt sich die Seiten und lachte.

»Ich konnte mich kaum noch beherrschen, *cara*«, sagte sie, wobei sie sich gerade so lange zusammennahm, um tief Luft zu holen. »*Dio mio*, das ist wirklich ein Anblick, wenn du dich bemühst, diesen Räuber in die Enge zu treiben!«

Leydi runzelte die Stirn, denn böses Blut zwischen zwei Menschen, die sie so gern hatte, gefiel ihr gar nicht. »Ich habe nur versucht, meine Meinung zu sagen – denn meine Tabakfelder habe ich absolut ehrlich gewonnen.« Sie warf ihrer Freundin einen vorwurfsvollen Blick zu. »Anders als du, Gabby, überlege ich mir vorher, wann ich Streit anfange«, fügte sie noch hinzu als Seitenhieb auf Gabrielas Neigung, ihrem piratischen Arbeitgeber immer die Stirn zu bieten.

Die Tür hinter ihnen öffnete sich mit einem Krachen, und beide Mädchen drehten sich zu Cy Cuthbert um, Kincaids zweitem Mann, der jetzt mit einem Reisekorb auf der einen breiten Schulter und einer großen Ledertasche in der anderen Hand aus dem Haus kam. Keines der Gepäckstücke schien seine massige Gestalt besonders zu belasten. Seine blauen Augen wanderten von der einen Frau zur anderen, und obwohl sein Gesichtsausdruck hinter seinem vollen roten Bart mit den grauen Strähnen kaum auszumachen war, hegte Leydi keinen Zweifel daran, dass er voller Missbilligung steckte.

»Was habt ihr beiden Gören denn jetzt schon wieder im Sinn?«, fragte er und ließ Korb sowie Tasche auf den Boden gleiten. Er trug ein Hemd, eine baumwollene Weste und Kniehosen aus Hanf – Kleidung, die zu einem Piraten passte, bis auf die Tatsache, dass sie makellos sauber war.

Gabriela tat einen schwingenden Schritt nach vorn, auf ihren vollen Lippen lag ein hintergründiges Lächeln. »Leydi hat mir gerade erzählt, wie sie Kincaid beim Poker betrogen hat, als sie ihre Felder gewann.«

»Das stimmt ganz und gar nicht«, sagte Leydi steif. Sie strich mit einer heftigen Bewegung die Schürze über ihrem braunen Kleid glatt und schob sich mit einem Schniefen den langen Zopf über die Schulter.

Gabrielas Zähne leuchteten weiß aus ihrem Mund, der eine Spur dunkler als ihr Teint war. »Wer weiß! Vielleicht würdest sogar du, kleine Puritanerin, versucht sein, dem Schicksal auf die Sprünge zu helfen, wenn es um etwas ginge, das du *wirklich* willst.«

Gabriela legte den Kopf schief und betrachtete Leydi prüfend. »Oder kann es sein, dass du nicht weißt, wie, *cara*?«

»Natürlich weiß das Mädel, wie«, sagte Cy mit einem Zwinkern zu Leydi.

»Jeder gute Kartenspieler weiß, wie«, antwortete Leydi mit genau denselben Worten, die Cy zu benutzen pflegte, als er sie diese Kunst lehrte. »Auf diese Art weiß man auch, wann man von anderen zum Narren gehalten wird. Doch das ist egal, denn gewinnen beruht nur auf Berechnung der Wahrscheinlichkeiten.«

»Aber manchmal, *cara mia*, müssen wir uns schon selbst unsere Wahrscheinlichkeiten schaffen, oder?« Gabriela ließ die Finger spielen, als schiebe sie eine Karte in den Ausschnitt. »Und ein wenig das einsetzen, was uns die Natur mitgegeben hat.«

Cy sah finster auf Gabriela hinunter mit dem Ausdruck eines Vaters gegenüber einem ungezogenen Kind – eine Rolle, die er in Bezug auf Gabby öfters spielte. »Und warum bist du so hartnäckig entschlossen, an diesem schönen Tag Schwierigkeiten zu machen? Ich hätte nicht übel Lust, dich übers Knie zu legen und dir ein paar Lektionen zu erteilen, die deine Mutter vergessen hat.«

Gabrielas grüne Augen wurden schmal und ihre Spottlust verschwand. Sie nahm ihre Tasche, machte einen Bogen um Cy und hüpfte die Treppe hinunter. »Ich glaube, Kincaid wird derjenige sein, der eine Lektion erteilt bekommt«, prophezeite sie.

Der Seemann schüttelte den Kopf und schaute Gabriela nach. »Mit diesem Temperament wird sie eines Tages noch ein böses Ende nehmen.«

»Ach, kümmere dich nicht weiter darum, Cy«, flüsterte Leydi. »Wenn wir in einem Monat wiederkommen, wird Kincaid längst fort sein. Dann sehen sie sich den ganzen Sommer nicht mehr. Vielleicht wird nach einer langen Trennung ihre Auseinandersetzung längst vergessen sein.« Und bevor Cy seine Dosis Skepsis zu ihrem Szenario hinzufügen konnte, meinte Leydi noch: »Also, du wirst nicht vergessen, Nigel zu füttern?«

»Nein, Mädel. Wenn ich die Jungs davon abhalten kann, das Monster am Spieß zu braten, dann wird er bei deiner Rückkehr gesund und guter Dinge sein.«

»Und düngst du auch einmal die Felder, wie ich es dir erklärt habe …«

Aus seiner Westentasche holte er ein Stück Büttenpapier – die Anweisungen, die sie Kincaid übergeben hatte. »Und ich bewässere deinen Tabak. Und sehe mir die Pläne für deine zukünftige Zuckerplantage an. Und finde die neue Färbepflanze für den Stoff, den du Lady Connie versprochen hast« – er zeigte mit dem Handrücken auf jeden Punkt der Liste, während er ihn vorlas – »erledige ich alles, keine Sorge! Habe ich dich in dieser Hinsicht schon je enttäuscht, Mädel?«

Sie tätschelte seine Schulter und lächelte ihn an. »Du bist ein wahrer Schatz, Cy. Kincaid kann froh sein, dass er einen so guten zweiten Mann hat.«

Cy hob ihren Reisekorb hoch und hievte ihn sich wieder auf die Schulter. »Jawoll, das sage ich ihm mal bei passender Gelegenheit!«

Leydi, der jetzt etwas leichter zumute war, folgte Gabriela nun auf dem Weg hinunter zur Lagune. Vielstimmiger Vogelgesang ertönte von dem kegelförmigen Gipfel hinter Kincaids Piratensiedlung. Die Wolken, die immer über den vor Feuchtigkeit tropfenden Wäldern hingen, küssten die Baumwipfel in der Ferne wie ein mystischer Schleier. Auf der vor ihr liegenden Ebene bedeckten leuchtende Flecken in Gold und Violett von Waldanemonen, Hibiskus und blühendem Ingwer den grünen Teppich von rankenden Gräsern. Doch als sie die rauen Schreie der riesigen Papageien hörte, die in Devil's Gate zu Hause waren, spürte Leydi zum ersten Mal richtigen Abschiedsschmerz.

Hab Geduld, sagte sie sich. Schon bald – innerhalb der nächsten paar Jahre – würde sie nie wieder fortzugehen brauchen.

»Der Teufel soll Kincaid holen«, sagte Gabriela, die jetzt neben Leydi den Pfad entlangging. »Seid *Damen*, predigt er. Und was sind wir jetzt? Ein Paar Hühner? Natürlich spielen wir Karten und trinken manchmal mit den Männern. Was sonst kann man schon auf dieser gottverlassenen Insel anfangen? *Dio*!«

Leydi sagte nichts, denn sie wusste sehr wohl, dass sie sich selbst auch der Freiheit auf dieser Insel fern vom kritischen Blick ihrer Mutter erfreute. Vielleicht war das Wetttrinken mit Theo wirklich unvernünftig gewesen, doch in den vergangenen Jahren hatte sie festgestellt, dass sie Rum recht gut vertrug.

»Kincaid würde uns am liebsten in seinem Haus festbinden, wenn es nach ihm ginge, *cara*. Manchmal glaube ich, der Mann wird mich noch eines Tages zu einem Mord anstiften. Ich bin seine Nörgeleien wirklich leid. Aber irgendwann wird er mir noch den Respekt erweisen, den ich verdiene!«

Die Stirn runzelnd bemerkte Leydi die alte Bitterkeit in der Stimme ihrer Freundin. Sie erinnerte sich an die seltsame Herausforderung, die Gabby Kincaid vorher entgegengeschleudert hatte. *Warum hast du uns hergeholt?*

»Wir müssen nicht für einen Piraten arbeiten, Gabby«, beschwichtigte sie die Freundin.

»Ach nein?«, antwortete Gabriela mit plötzlicher Schärfe in der Stimme. »Willst du damit sagen, dass du Consuelo je verlassen könntest? Oder Cy und die anderen?«

Leydi legte Gabriela die Hand auf die Schulter. »Ich würde keinen verlassen wollen, und das weißt du genau. Aber vor allem«, fügte sie aufrichtig hinzu, »würde ich dich nicht verlassen, meine Liebe!«

Für einen Augenblick beruhigte sich das Feuer in Gabrielas Blick. Die größere Gefährtin sah mit einem Ausdruck, der an Mitleid grenzte, zu Leydi hinunter. »Du hast eine so sanfte Seele, Leydi. Was für ein Jammer, dass es Leute gibt, die so etwas ausnutzen.«

»Ich nehme das Leben, wie es kommt«, versicherte Leydi ihr.

Zur Antwort erschien ein Grinsen auf Gabrielas Lippen. »Vielleicht hast du Recht.« Sie zwickte Leydi liebevoll in die Wange. »Und um zu verhindern, dass Kincaid dich an seine Akten kettet, hast du ja immer noch mich. Oder dass deine Mutter dir das letzte bisschen Seele raubt. Du brauchst einfach jemanden, der dir klar macht, dass es mehr gibt auf der Welt als all die Spalten von Zahlen, die du schreibst, und die Buchseiten, die du liest. Was ist denn dein neuester Schatz, hmm?«, fragte sie und griff in Leydis Tasche. Sie versuchte, das Buch herauszuziehen. »Wieder ein Abenteuer von Defoe, würde ich wetten.«

»Ach, so was Ähnliches«, gluckste Leydi und wandte sich mit einem vergnügten Lächeln ab, bevor Gabby das Buch erwischen konnte.

Zwischen den beiden gab es eine Art schweigendes Einverständnis. Während der acht Jahre, die sie jetzt schon zusammen in dem kleinen Haus mit dem einen Zimmer in Devil's Gate wohnten, hatte sich eine Bindung zwischen ihnen entwickelt – eine Beziehung, die so fest war wie zwischen Blutsverwandten, oder vielleicht noch fester, denn diese Beziehung hatten sie freiwillig gewählt. Es bestand ein beinah dreijähriger Altersunterschied, denn Gabriela war fast fünfundzwanzig. Cy nannte sie ein seltsames Paar: eine hoch gewachsene Halbmulattin mit einer Neigung zum Unruhestiften und eine zierliche Buchhalterin, deren jede Aktivität sich nach Kincaids Geldverhältnissen richtete.

Und doch wusste Leydi genau, warum sie zusammengefunden hatten wie zwei Teile in einem Puzzlespiel, die sich ergänzten. Gabby ging alles ziemlich furchtlos an und sehnte sich nach etwas Maß in ihrem Leben, während die stets vernünftige Leydi die Missetaten ihrer Freundin ausbügelte und von dem Tag träumte, an dem sie die Dreistigkeit von Gabriela erreichte, um ihr eigenes, echtes Abenteuer zu erleben.

»Aber er kann uns auch nicht verraten, wie wir es anstellen sollen, dass wir jung bleiben«, flüsterte Gabby fast wie zu sich selbst. Dann sah sie Leydi an und fügte hinzu: »Dieses Jahr komme ich vielleicht nicht nach St. Kitts zurück. Ich habe schon oft daran gedacht, in Basse Terre bei meiner Mutter zu bleiben und ihr mit dem Laden zu helfen.«

»Nein, Gabby, bitte nicht!« Dann schob sie doch ihr selbstsüchtiges Verlangen nach Gesellschaft beiseite und überlegte, was für ihre Freundin das Beste wäre. Sie drückte Gabbys Hand. »Tu, was immer dich glücklich macht. Aber ich werde dich vermissen, Gabby!«

Die beiden jungen Frauen starrten hinaus über den Süßwasserhafen, der von den lockenden Stränden außen um die Insel fast nicht sichtbar war – und so ein sicheres Versteck für die Piraten von Devil's Gate vor anderen Schiffen. Der gewundene Pfad, der sie hinunter zur Lagune mit ihrem Sandstrand führen würde, sah aus wie eine Peitsche in Aktion. Die Schaluppe, deren flacher Tiefgang ihr erlaubte, in Gewässer vorzudringen, in die ihr keine englische Fregatte folgen konnte, erwartete sie – als Transportmittel zu ihrem nächsten Hafen, Dominica. Dort würden sie sich trennen, Leydi nahm ein Transportschiff nach Monserrat, und Gabriela fuhr zuerst nach Guadeloupe. Dann trafen sie sich auf St. Kitts wieder, und keiner würde irgendetwas über Kincaids Versteck erfahren.

»Gehen wir.« Gabby setzte ihren Weg fort. »Wie Kincaid immer so schön zu sagen pflegt: Ohne Fleiß kein Preis!«

Leydi zögerte einen Augenblick und sah hinter Gabriela her, die den gewundenen Pfad über den Hang zur Lagune hinabstieg. Ein letztes Mal wanderte ihr Blick über den Berg, dessen Gipfel Wolken bedeckten und so seine Schönheit vor jedem Blick verbargen. Die mit edelsteinfarbenen Blumen geschmückte Landschaft erschien ihr so kostbar wie Kincaids Schatz.

Gabriela dachte daran, nicht zu Kincaids Insel zurückzukehren – und Leydi wäre am liebsten gar nicht weggegangen.

Der Wind wurde stärker und wehte um ihre Ohren, bis ein langsames Summen begann. Zusehends nahm das Geräusch Form an, erinnerte sie an das Nörgeln und Jammern, das sie sicher wieder im kleinen Haus ihrer Eltern beim Rucksingford Estate erwartete. *Dein Haar sieht schrecklich aus, Leydianna. Du solltest es abschneiden. Bring deinen Zopf in Ordnung, um Himmels willen.* Fast ohne nachzudenken fasste sie beschützend nach ihrem geliebten Zopf. Ihr Haar war so lang, dass es bis zu ihren Hüften hinunterreichte, obwohl ihre Mutter sie immer wieder bekniete, sie solle es abschneiden – aus Modegründen. Sie wollte sich mit den Händen die Ohren zuhalten, um die Stimmen ihrer Eltern zu verdrängen. *Leydi, Mädchen, hast du nicht ein paar Münzen für einen Mann mit großem Durst – du kennst doch deine Mutter …*

Die Stimmen in ihrem Kopf begannen zu brüllen, und sie schloss ihre Hand fest um ihre Tasche aus Gobelinstoff. *Ich werde viel mehr Geld brauchen, wenn du erwartest, dass ich etwas Besseres als nur die dünnste Wolle für mein neues Kleid kaufen soll ... Hast du zugenommen ... Leydi! Deine Brüste sehen in dem Kleid aus, als wollten sie es sprengen. Schnür dein Korsett enger.*

»Schon wieder beim Tagträumen, *cara*?«

Leydi sah auf zu Gabriela, die wieder neben ihr stand. Sie schüttelte den Kopf und suchte in ihrer Tasche nach einem Taschentuch. »Es ist nur heiß, sonst nichts.« Schnell wischte sie sich mit zitternder Hand die Stirn trocken. Doch innerlich vernahm sie eine Warnung. *Geh nicht zurück. Sie werden dir alles abnehmen – selbst deine Träume, wenn du es zulässt.*

Schnell brachte sie die unfreundlichen Gedanken zum Schweigen und erinnerte sich daran, dass ihre Eltern ein schweres Leben hinter sich hatten. Es war ganz natürlich, dass davon Spuren blieben. *Denn wir mussten deinetwegen so hart arbeiten, Tochter.* Ihre Eltern hatten sich entschlossen, für ihre Unterrichtsstunden beim lieben Mr. Stevenson zu bezahlen, damals, als sie noch bei ihnen auf Rucksingford Estate lebte. Sie hatten das Geld, das sie hatten sparen können, nicht dazu verwendet, sich aus der Leibeigenschaft freizukaufen oder es sich leichter zu machen. Und wenn diese Unterrichtsstunden nicht gewesen wären, hätte Leydi St. Kitts nie den Rücken kehren können.

»Cara?«

Sie lächelte, fuhr sich mit der Zunge über die Lippen, warf den Zopf über die Schulter zurück und schob ihr Taschentuch wieder in die Tasche. »Schon gut. Komm weiter. Cy wartet.«

Langsam wanderte sie den Pfad abwärts. Türkisfarbenes Wasser schimmerte um den Kiel von Kincaids Schiff, spiegelte die Farbe des Himmels. Leydi biss die Zähne zusammen.

Die Insel hieß Devil's Gate, Tor des Teufels. Ihr Schicksal hing von einem Mann ab, den man Heartless, herzlos, nannte. Und trotzdem – als sie jetzt mit Gabriela dahinschritt, hatte sie das Gefühl, als verlasse sie das Paradies, um einen Monat in ihrem ganz persönlichen Fegefeuer zu schmoren.

3

St. Kitts, Rucksingford Estate, 3. Juni 1728

Quentin beobachtete, wie Argus Carstair aus der Tür des kleinen Fachwerkhauses schlüpfte. Die Sonne schien auf das mit Palmblättern gedeckte Dach und beleuchtete flüchtig Argus' gewöhnliches Gesicht, das sich in diesem Augenblick zu einem großen Lächeln verzog. Es sah aus, als halte er in der Hand eine ganze Portion Münzen. Er wog das Silber in der Handfläche und steckte es dann zufrieden in die Tasche seiner ausgebeulten Hose.

»Der geht jetzt in die Stadt«, sagte Stevenson, der hinter Quentin stand. Die beiden waren draußen beim Kochhaus gewesen und hatten die neuen Zuckerpfannen überprüft, die Quentin bestellt hatte. Der Anblick des Zuckerkochers, der so fröhlich aus seinem Haus trat, als wolle er gleich tanzen, hatte ihre Aufmerksamkeit erregt.

»Zweifellos wird er gleich bei meinen Ställen vorbeischauen.« Quentins Blick folgte dem massigen Mann, der unter Bananenblättern und Palmettos entlangmarschierte. »Wusstet Ihr, dass er jetzt ein Pferd hat?«

Der einzige Kommentar seines Verwalters war eine missbilligende Miene.

Quentin sah weiter zu, wie Argus eine Gardenie abpflückte und sich unter die rot geäderte Nase hielt. Er beugte den Kopf mit dem Dreispitz unter einem blühenden Myrtenstrauch und verschwand den Gartenpfad hinunter in Richtung Stall.

»Mein braver Zuckerkocher hat mich erst gestern gefragt, ob er wohl meinen Stall für sein Pferd mitbenutzen dürfte«, erklärte

Quentin, »bis er das Tier woanders unterbringen kann. Es ist ein ziemlich schöner brauner Wallach, muss ich sagen.« Er sah zu Stevenson hinunter. »Mir war gar nicht klar, dass ich ihn so gut bezahle.«

»Tut Ihr nicht«, meinte Stevenson scharf. »Den hat er von Miss Leydis Geld gekauft.« Er schüttelte den Kopf, sodass die Locken seiner Perücke über seinen Ohren tanzten. »Das Mädchen ist erst vor drei Tagen zurückgekommen und schon hat es angefangen. Wenn sie sie in kleine Stücke schneiden und Gewinn bringend verkaufen könnten, denn wäre sie schon verpackt und auf dem Markt feilgeboten. Doch selbst Carstair ist klug genug, nicht die Gans zu schlachten, die die goldenen Eier legt.«

Quentin konnte sich nur wenige Posten vorstellen, bei denen Carstairs Tochter so viel verdiente, um ein edles Pferd zu kaufen. Was ihm dabei unwillkürlich in den Sinn kam, hatte nichts mit Buchhaltung zu tun. Er runzelte die Stirn. Offen gestanden fand er es merkwürdig, dass die kleine Maus, an die er sich erinnerte – obwohl sie sehr hübsche graue Augen gehabt hatte – einen derart wohlhabenden Kavalier haben sollte. Wann hatte er sie zuletzt gesehen? War das wirklich schon drei Jahre her? *Sicherlich genug Zeit, um erblüht zu sein …*

»Wenn Ihr Interesse habt: die Geschichte befindet sich hinter jener Tür«, sagte Stevenson und nickte in Richtung auf Carstairs Haus.

Vielleicht war es der Ton des Verwalters – Ärger mit einer Spur von Nachdruck, einem Bedauern, das deutlich tiefer reichte als Quentins gegen die Schwäche des Mitgefühls gefeiter Gleichmut. Vielleicht war es einfach der lange, harte Tag mit feuchter Hitze und der Langeweile von zu vielen verwirrenden Verträgen, die auf seinem Schreibtisch lagen. Was immer der eigentliche Grund sein mochte, Quentin folgte Stevensons starrem Blick zur Tür des kleinen Hauses.

Einzelheiten, die ihm sonst nie aufgefallen wären, bemerkte er jetzt: Ein bemalter Porzellangriff an der Tür ersetzte den üblichen praktischen Eisengriff, gleich hinter dem Fenster lag ein wunderschönes, spitzenbesetztes Schultertuch über der Lehne eines Schaukelstuhls aus Rattan. Das teure Stück war hingeworfen, als habe es keinen besonderen Wert für seine Besitzerin. Chintzvorhänge schmückten das Fenster. Ein wollener Läufer zierte den Eingang.

Die Muschelschalen, mit denen der Pfad belegt war, knirschten unter Quentins Stiefeln, als er zu dem Haus ging, dessen luxuriöse Ausstattung ihn verwunderte. Obwohl es ein Tag mit einer Menge geschäftlicher Verpflichtungen gewesen war, standen zwei Bilder vor seinem inneren Auge, die ihn wie magisch anzogen: eine Maus von Mädchen, die an einem Hügelabhang saß und zu seiner Zuckermühle hinüberschaute, als ob sie eine Goldmine wäre – und dann eine Verführerin, die mit größter Leichtigkeit Geld ausgab, weil sie einen tollkühnen Glauben an ihre Reize besaß.

Als er und Stevenson die Stufen zum Eingang erklommen, bemerkten sie, dass die Tür nur angelehnt war, denn Carstair hatte in seiner Freude über das Geld vergessen, sie richtig zu schließen. Ärgerliche Stimmen drangen heraus.

»…Geldverschwendung! Herr im Himmel, Leydianna, hast du in all diesen Jahren nichts dazugelernt? Er wird sich damit nur in einem Pub zu Tode trinken.«

»Er hat das Pferd gekauft, genau wie angekündigt. Vater trinkt nicht immer nur.«

»Das wird ein gutes Ackerpferd für deine große Traumplantage abgeben! Warum brauchen wir ein solches Tier? Sieh dir dieses Haus an! Der Teppich ist fadenscheinig, das Geschirr hat Sprünge …«

»Der Teppich ist neu und aus feiner, dicker Wolle …«

»Mein Haus ist mit alten, hässlichen Sachen angefüllt! Und trotzdem überlässt du Argus fünf Pfund …«

Die ärgerliche Tirade nahm kein Ende, sie ging Quentin unter die Haut, rührte Erinnerungen auf, die er lange vergessen geglaubt hatte. Die Worte wanden sich um sein Herz und glichen sich den vertrauten Szenen seiner Vergangenheit an. *Ich bin es müde, immer für deine Spielerei und Ladys zu bezahlen. Du bist für mich nichts als ein eitler Pfau – ein Verschwender. Himmel, hast du denn gar keinen Stolz, Junge? Keinen Verstand?*

Sein Bedauern, das er in den vergangenen sieben Jahren erfolgreich in eine Ecke seines Bewusstseins verbannt hatte, drängte sich an den sorgfältig konstruierten Schranken vorbei. Er dachte an die Ankunft seines Vaters vor einem Monat – und die sture Weigerung des Mannes, den Sohn in Ruhe zu lassen.

Quentin schob die Tür mit den Fingerspitzen auf, und sie öffnete sich ohne jedes Geräusch. Wie Stevenson versprochen hatte, bot sich dahinter eine Geschichte dar – aber nicht diejenige aus Quentins Fantasie.

Die Maus war nicht zu einer Verführerin erblüht. Eigentlich hatte sich die Person fast überhaupt nicht verändert.

Sie war in wenig schmeichelhaftes Braun gekleidet, eine Farbe, die zu ihrer allzu aufrechten Haltung ohne weiteres passte. Ihre zierliche Figur wirkte nur deshalb nicht mager, weil ihre Brüste voll und gerundet waren. Die Sommersprossen auf ihrer Nase und ihre frech aufwärts geschwungenen Augen erinnerten ihn an eine Elfe. Ein dickes Seil aus nerzbraunem Haar hing ihren Rücken hinunter. Seine Spitze lag verführerisch auf einem hübschen Hinterteil, das nicht von Fischbein oder Unterröcken überdeckt war. Das Haar fiel als Erstes auf. Das und die Hände, die sie wütend an den Seiten zu Fäusten geballt hatte.

Ganz im Gegensatz dazu trug ihre Mutter einen prächtigen Rock aus weichster hellblauer Wolle, der von zusätzlicher Polsterung in Form gehalten wurde. Eine eindrucksvolle Fülle von Spitzen verzierte die Manschetten des eng anliegenden Oberteils. Ein Spitzentuch am Ausschnitt und ein Band um ihren Hals zeigten eine Eleganz, die ganz unüblich war für Frauen ihrer Position. Quentin hatte sich nie um die Kleidung seiner Bediensteten gekümmert, aber der Kontrast zwischen der Extravaganz der Mutter und der Armseligkeit der Tochter in ihrer Kleidung war zu drastisch, um ihn zu übersehen.

Vor drei Jahren, als er Leydi an jenem Hügel hatte sitzen sehen, war ihm der Vergleich mit der Maus gekommen. Als er sie jetzt genauer betrachtete, sah er nicht so sehr ein schlichtes Mädchen als vielmehr ein hübsches Mädchen in schlichter Kleidung.

Sein Blick nahm das seltsame Bild von Mutter und Tochter auf. Angespannte Falten zeichneten das Gesicht der alternden Mrs. Carstair. Die Züge der Tochter waren von der Farbe und dem Ausdruck plötzlicher Scham geprägt. Dieser Eindruck brachte wieder unangenehme Erinnerungen an seine Vergangenheit zurück, weckten sein Gewissen und den Wunsch, etwas an der momentanen Situation zu ändern.

»Eure Lordschaft!« Die Mutter neigte den Kopf in einer nur angedeutet respektvollen Geste. Ihre Tochter tat gar nichts, blinzelte Quentin mit ihren wunderschönen grauen Augen an wie eine Eule. Die Scham war fort, ihr folgte zuerst flüchtige Verwunderung, dann reservierte Entschlossenheit. Er beobachtete, wie sie die Finger einer Hand auf die Walnussholzfläche eines Teewagens neben sich stützte und plötzlich so aussah, als könnte nicht einmal ein Hurrikan sie von der Stelle bewegen.

Hier war also Stevensons Geschichte. Das pflichtbewusste Kind, das sich die Liebe seiner Eltern erkaufen wollte. Aus Erfahrung wusste Quentin nur zu gut, wie so etwas ausging. Mit Geld konnte man ja so viele Dinge kaufen. Aber Liebe gehörte nicht dazu.

»Miss Carstair, mein Verwalter teilt mir mit, dass Ihr ein Talent für Buchhaltung habt«, sagte er zu der Tochter, und seine eigenen Worte überraschten ihn – sein Bedürfnis, sich einzuschalten.

»Außerordentliches Talent!«, sprudelte Stevenson in das verblüffte Schweigen hinein.

»Stevenson braucht für ein paar Wochen Hilfe. Nichts allzu Schwieriges, nur ein paar Rechnungen und Akten ordnen. Seid Ihr daran vielleicht interessiert?«

Leydianna Carstair schaute nur ihn an. Sie besaß die Fähigkeit, einem Menschen das Gefühl zu geben, er hätte ihre absolute Aufmerksamkeit. Das war eine Begabung, bei der er doch genauer hinsehen musste. Quentin konzentrierte seinen Blick auf Miss Carstair und fand in ihren silbernen Augen nichts als Verwunderung. Höchstens Erleichterung.

»Eure Lordschaft, meine Tochter ist nur für einen Monat hier. Sicherlich darf eine Mutter erwarten, dass man ihr ein wenig Zeit mit ihrem Kind lässt …«

»Ihr Lohn wird all Euren Verzicht berücksichtigen, Madame«, sagte Quentin, überzeugt, dass sie sich mit Geld überreden ließe. »Es tut mir Leid, Euch bedrängen zu müssen, aber Stevenson meint, ich sollte unbedingt noch jemanden einstellen. Ich werde mit Argus über die Angelegenheit sprechen. Und wir finden bestimmt eine für alle akzeptable Lösung.«

»Vielleicht sollte ich für Leydianna sprechen«, übernahm ihre Mutter das Wort, die Lippen zu einem gezwungenen Lächeln verzogen. »Sie ist meine einzige Tochter … das versteht Ihr doch, Eure Lordschaft?«

Quentin kannte diesen gierigen Blick. Mrs. Carstair traute es dem Vater des Mädchens nicht zu, dass er den besten Preis erhandelte.

»Ich verstehe Euch nur zu gut, Madam. Eure Zeit mit Eurer Tochter ist Euch sicher sehr wertvoll.«

»Allerdings, Eure Lordschaft.«

»Dann denke ich, lassen wir Miss Carstair am besten selbst die Verhandlungen um ihren Lohn führen. Wenn sie nur halb so gut in Geschäften ist, wie Stevenson mir versichert hat, wird sie das wohl genau richtig machen.« Noch bevor die Mutter weitere Einwände äußern konnte, wandte sich Quentin zur Tür. »Kommt ins Herrenhaus, um mit Stevenson darüber zu reden«, erklärte er Leydianna, die Hand schon am Griff.

»Aber, Eure Lordschaft …«

Er wandte sich um, den Blick auf die Mutter gerichtet. Sein

Ausdruck war der eines Mannes, der wusste, dass ihr Lebensunterhalt von seinem guten Willen abhing. Die gierigen alten Augen wandten sich ab, welchen Protest auch immer sie hatte vorbringen wollen.

»Guten Tag, meine Damen«, sagte er mit einem Lächeln, das er nur bei Geschäftsleuten und Narren einsetzte.

Eilig ging Quentin nach Rucksingford Hall zurück, denn er wusste, dass er sich den kommenden Monat gerade gründlich verdorben hatte. Du liebe Güte, jetzt würde ihm das Weib ständig dazwischenfunken. Er würde sich irgendwelche Beschäftigungen für sie ausdenken müssen – irgendwelche Nebenprojekte, bei denen er keine Angst hatte, dass sie etwas falsch machte. Die Mutter hätte sie ruhig weiter bedrängen sollen. Stattdessen hatte er diesem teuflischen Ziehen in seinem Herzen nachgegeben, das ihn dazu brachte, der kleinen Maus Schützenhilfe zu leisten.

Er sah Stevenson an, der lebhaft neben ihm herstapfte, und verzog das Gesicht, als er den ungewöhnlichen Schwung seiner Schritte bemerkte. Der alte Schuft hatte sich durchgesetzt und war sich Quentins Wertschätzung zu sicher, um seine Befriedigung zu kaschieren.

»Ihr habt bisher nie jemanden gebraucht, der Euch bei den Akten half, stimmt's?«, warf er Stevenson vor.

»Nein, Sir.« Sein Bediensteter passte sich Quentins größeren Schritten mit einem ungeschickten Hopsen an, bei dem seine gepuderte Perücke gefährlich verrutschte. »Ich dachte, ich würde es vielleicht auch allein schaffen. Aber wenn Ihr mir die Hilfe einer Könnerin wie Miss Leydi anbietet, kann ich das nicht ablehnen.«

»Wahrlich«, bestätigte Quentin.

Überraschenderweise ärgerte er sich nicht über die Manipulation Stevensons. Er empfand nur eine seltsame Mischung aus Neugier, Erwartung und Ärger. Verdammte kleine Maus, dass sie sich so einschüchtern ließ. Aber dann lächelte er. *Verdammt soll ich selbst sein, dass ich mich überhaupt eingeschaltet habe.* Nur weil er sich für einen Augenblick an seine eigene schmerzliche Vergangenheit mit seinem Vater erinnerte.

Na ja, es war ja nur für einen Monat, tröstete er sich. Und vielleicht würde seine Wohltätigkeit ein wenig die Langeweile vertreiben, die sich in letzter Zeit in seinem Leben breit gemacht hatte.

Er dachte an die Rechnungen, die ihn erwarteten, an sein morgiges Treffen mit dem Vertreter des Gouverneurs, einem hochrangigen Militär, mit dessen Hilfe er hoffte, den Piraten Daniel Kincaid dingfest zu machen. Doch bald bewölkten eindringliche graue Augen seine Überlegungen.

Obwohl er sich äußerlich nichts anmerken ließ, begann es irgendwie in ihm zu brodeln *Dieses dumme braune Kleid,* dachte er. Und die seltsame Haube, die ihr hübsches Gesicht überschattete. Und wie sichtbar erleichtert sie gewesen war, als er ihr die Arbeit angeboten hatte. Jede Wette würde er eingehen, dass sie – anders als ihre Mutter – nicht die leiseste Ahnung hatte, was ein Mann wie er sich alles von einer Frau erkaufen konnte.

»Ein seltsamer Vogel, diese Mrs. Carstair«, sagte Stevenson und schüttelte sein Perückenhaupt. »Als ich damals danach fragte, ob ich Miss Leydi nicht unterrichten dürfte, hat ihre Mutter angefangen zu feilschen und mir ganz deutlich zu verstehen gegeben, dass es ihr um jeden Penny Leid tat – womit sie offensichtlich hoffte, mich daran zu hindern, dass ich sie als Schülerin annahm. Selbstverständlich habe ich niemals auch nur einen Heller von ihr verlangt – ein Umstand, der uns beiden entgegenkam. Ich hatte immer den Verdacht, dass Mrs. Carstair Leydi den Unterricht nicht gönnte – dass sie ihr eigentlich gar nichts gönnt. Eine in der Tat unnatürliche Mutter!«

»Meint Ihr?« Quentin ging schneller, denn er dachte an den Stapel von Korrespondenz in seinem Arbeitszimmer. »Ehrlich gesagt finde ich sie eher normal.«

Leydi löste die Finger ihrer Mutter von ihrem Arm. Sie bemerkte kaum die halbmondförmigen roten Flecken, die auf der Haut zurückblieben; denn ihr Blick hing an der Tür und sie war viel zu durcheinander, um sich darüber Gedanken zu machen. *Glücklich und verwirrt und fasziniert.* So viele Gefühle irrten gleichzeitig durch ihren Kopf, dass es ihr schwer fiel, irgendwelche Worte darin zu entdecken, mit denen sie sie hätte beschreiben können.

Sie hatte den Rucksingford-Erben, der sehr zurückgezogen lebte, bisher nur einmal gesehen – als sie auf dem Hügel neben der Zuckermühle saß und sich Notizen für ihr eigenes Unternehmen machte. Doch der liebe Mr. Stevenson hatte oft von seinem Herrn gesprochen. Diese Geschichten und Quentins dunkles, verwegenes Aussehen machten ihn sicherlich zum idealen Kandidaten für den Ritter auf dem weißen Pferd, der sie rettete – wie er es ihr gerade angeboten hatte.

Ein Lächeln umspielte ihre Lippen einen Augenblick lang, während er so vor ihr gestanden hatte in seinem Gehrock und der ledernen Hose, hatte sie sich tatsächlich gestattet, ihren Blick ein wenig unscharf werden zu lassen – um ihn sich mit federgeschmücktem Helm und der Lanze unter dem Arm vorzustellen, wie er gekommen war, um ihren Drachen zu töten. Doch dann hatte sie die Fantasie schnell wieder ausgelöscht; denn sie war froh gewesen, dass er so seltsam passend und auch noch in Wirklichkeit im Haus ihrer Eltern auftauchte.

Miss Carstair konnte immer noch kaum glauben, dass Viscount Rucksingford, bekannter Unternehmer und Herr dieser Plantage, tatsächlich vor ihrer Mutter gestanden und Leydi Komplimente für ihre buchhalterische Arbeit gemacht hatte. Sie hätte den Lohn eines ganzen Monats darauf verwettet, dass der Mann bisher nicht einmal von ihrer Existenz wusste, viel weniger von ihrem Talent als Buchhalterin.

»Oh ja, du bist ihm aufgefallen«, sagte ihre Mutter und zwickte sie mit Daumen und Zeigefinger ins Kinn. Sie zog das Gesicht ihrer Tochter zu sich hoch. Berechnung sprach aus ihrem Blick, sodass ihre Züge ungewöhnlich hart wirkten. Bei diesem Ausdruck, den Leydi hasste, fragte sie sich immer, ob es eine Mutter geben konnte, die ihr eigenes Kind nicht liebte.

»Komm, Tochter«, sagte Leydis Mutter, zupfte an ihrem Spitzentuch und betrachtete dann die Haustür nachdenklich. »Wir haben noch einiges zu besprechen, bevor ich dich in die Höhle dieses Drachen schicke.«

Unter dem festen Druck der Hand ihrer Mutter setzte sich Leydi. Die Rückenlehne des Stuhls bohrte sich in ihre Schulterblätter, während sie wartete und das harmlose Behagen angesichts von Rucksingfords Vertrauen in sie langsam verklang. Es gab wenige Dinge, bei denen ihre Mutter sich heraushielt. Und Geld gehörte sicher nicht dazu.

»Also gut«, begann Elaine rau und ging vor Leydi auf und ab, wobei ihre Schuhe mit den hohen Absätzen auf dem Fußboden klapperten, wenn sie den Teppich verließ. »Ich weiß, dass du nicht meinen Rat befolgen und sein Angebot ablehnen wirst – also kann ich mir sparen, es dir vorzuschlagen. Aber du wirst das Angebot Seiner Lordschaft nicht für einen Heller weniger annehmen, als ich dir rate.« Sie zerrte ungeduldig an ein paar Locken, die Leydis Zopf entkommen waren, und steckte sie ihrer Tochter hinters Ohr. Ihre Mundwinkel verzogen sich in eindeutigem Widerwillen.

Leydi griff schützend nach ihrem langen Zopf, denn sie hatte keine Lust auf die nächste Lektion zum Thema der unmodernen Länge ihres Haars. »Ich bin sicher, dass Seine Lordschaft mich gerecht entlohnen wird.«

Ihre Mutter schniefte verächtlich. »Das werden wir ja sehen. Auf jeden Fall musst du dich natürlich für das Herrenhaus besser anziehen«, fuhr ihre Mutter fort und betrachtete Leydi eingehend von Kopf bis Fuß. »Seine Lordschaft ist nicht so ein Strolch wie die Leute, mit denen du Umgang hast; ich möchte, dass du dir Mühe gibst, sodass dein Vater und ich stolz auf dich sein können. Zum hundertsten Male: Schnür dein Korsett enger.« Ihr Blick fixierte noch einmal den töchterlichen Zopf. »Und mach etwas mit diesem schrecklichen Haar.«

»Ich werde es wie eine Krone um den Kopf flechten«, sagte Leydi, um dem Vorschlag ihrer Mutter zuvorzukommen, dass schulterlange Locken, die man unter die Haube steckte, ihrem Alter und ihrer Stellung gemäßer sein würden. »Das ist doch viel praktischer«, fügte sie noch hinzu in der Hoffnung, dass ihre Eitelkeit nicht allzu sichtbar wäre.

»Mach es nach Belieben, aber ordentlich. Du willst ja wohl nicht noch mehr Aufmerksamkeit auf dich ziehen, als du sowieso schon getan hast.«

Ihre Mutter starrte auf Leydis Busen. Unwillkürlich errötete die Tochter langsam vom Hals bis zu den Wangen. Die Mundwinkel ihrer Mutter zogen sich nach unten.

»Du bist ja wirklich so unschuldig und dumm, Leydianna.« Sie schüttelte den Kopf, sodass ihre Korkenzieherlocken unter dem Häubchen um ihre Ohren hüpften. »Weißt du denn nicht, was der Mann dir eigentlich anbietet?«

»Er braucht Hilfe bei seinen Akten. Ich soll mit Mr. Stevenson zusammenarbeiten …«, schloss sie wenig überzeugend und wünschte von ganzem Herzen, dass nicht wahr war, was ihre Mutter andeutete. Der wissende Blick Elaines ließ sie an Murdocks brutalen Angriff auf Gabriela denken. Leydi schaute auf ihre Fußspitzen.

Ein tiefer, leidender Seufzer ertönte dicht über ihr. Das Tapptapp der Absätze ihrer Mutter auf den Dielen nahm seinen Rhythmus wieder auf. »Wenn es nach mir gegangen wäre, wärest du inzwischen verheiratet und nicht mehr in Gefahr. Ich habe dem Idioten doch gesagt, dass aus seinen großen Plänen mit dir nichts werden würde.«

»Bitte, du sollst Kincaid nicht so nennen. Er hat mir so viel geholfen …«

»Oh ja, und dir dabei den Floh einer eigenen Plantage ins Ohr gesetzt!«

»Hab Geduld, Mutter. Jetzt wird es bestimmt nicht mehr lange dauern. Ich habe mein Gebot schon beim Regierungsbüro eingereicht. Man sagt, dass der neue Gouverneur kleinere Anbauflächen fördern will, um nicht noch mehr der größeren Plantagen zu bekommen, deren Eigentümer nie da sind …«

»Träume, wie alles andere, worüber du redest! Dein Vater wird uns noch schnell genug ruinieren, wenn er sich selbst überlassen bleibt. Allmächtiger, du hast ihn geschickt, zwei Arbeitspferde zu kaufen, und er kommt mit einem Reitpferd wieder, so vergnügt wie selten. Du bist wirklich dumm, Leydianna. In dieser Beziehung schlägst du ganz nach Kincaid.«

Leydi sagte nichts dazu; denn sie wusste aus Erfahrung, dass es am besten war zu schweigen, wenn ihre Mutter anfing, über Kincaid zu schimpfen. Vor acht Jahren, nach einer kurzen Begegnung, hatte Kincaid Elaine überredet, ihre damals vierzehnjährige Tochter für einen Piraten arbeiten zu lassen – obwohl Leydi sich fairerweise fragte, ob ihre Mutter wusste, dass Kincaid damals ein Pirat *war*. Diese Vereinbarung war ihre letzte gewesen. Und Kincaid lehnte das Thema Elaine ebenfalls ab.

»Dieser Idiot duldet vielleicht deine Tagträumereien, aber davon will ich jetzt nichts hören«, fuhr ihre Mutter fort und zupfte nervös an der Spitze ihrer Ärmel. »Mir ist es völlig klar, dass Seine Lordschaft bezahlen wird, was wir verlangen. Aber dein Vater hat damit nichts zu schaffen. Er bekommt kein Geld – weder für ein Pferd oder einen Pflug noch für sonst irgendetwas. Ich erwarte, dass du mir den ganzen Betrag aushändigst, um sicherzugehen, dass Rucksingford deine Sanftmut nicht ausnutzt.« Sie durchbohrte Leydi mit einem scharfen Blick und wartete ab, ob ihre Tochter verstanden hatte, was sie forderte. »Schließlich bin ich immer noch deine Mutter, und ich würde wirklich meine Pflicht versäumen, wenn ich dich nicht warne, bevor ich dich ins Herrenhaus schicke.«

In einer seltenen Demonstration von Warmherzigkeit setzte sich Elaine auf den Stuhl ihr gegenüber und ergriff Leydis Hände. Trotz der Hitze innerhalb der Ziegelwände des Hauses fühlte sich die Haut ihrer Mutter kühl und trocken an.

»Ich weiß, dass wir unsere Differenzen gehabt haben, mein Kind. Mir ist klar, dass du von mir als Mutter nicht viel hältst, obwohl dein Vater und ich uns den Rücken krumm geschuftet und unsere jungen Jahre geopfert haben, um das Beste für dich zu erreichen«, sagte sie so bitter, dass Leydis ausgeprägtes Schuldbewusstsein geweckt wurde. »Es gibt nur wenige Mädchen, die eine Ausbildung haben, Leydianna. Und keines in deiner Position. Ich habe mit meinem Geld für Mr. Stevensons Unterricht bezahlt, vergiss das nicht. Also dürfte ich mir damit wenigstens deinen Respekt erkauft, wenn nicht verdient haben.«

Jetzt beugte ihre Mutter sich vor. Ihre braunen Augen sahen stechend aus im Morgenlicht, das durchs Fenster hinter Leydi hereinströmte. »Ich rate dir, gut zuzuhören bei dem, was ich dir jetzt zu sagen habe, in deinem eigenen Sinne. Dir wird aufgefallen sein, dass der Herr ein gut aussehender Mann ist. Ich versichere dir, dass er charmant sein kann wie der Teufel persönlich. Pass gut auf dich auf. Obwohl ich der Sache nie mehr Bedeutung als Küchentratsch beigemessen habe, kann ich dich doch nicht guten Gewissens ins Herrenhaus gehen lassen, ohne dich gewarnt zu haben.«

Ihre Mutter fuhr sich mit der Zunge über die Lippen, als wäre sie sich ihrer Worte nicht ganz sicher, was Leydis Neugier weckte. »In welcher Hinsicht, Mutter?«

Elaines Finger drückten Leydis Hände zusammen. Ein heftiges Gefühl flackerte kurz in ihren Augen. »Vor sieben Jahren, bevor Seine Lordschaft nach St. Kitts kam, soll er eine Mätresse gehabt haben. Angeblich sei sie eine schöne Frau gewesen, aber keine ehrenhafte – eine Frau, die Erfahrung hatte mit Männern und ihrer Natur.« Ihr Blick hob sich über Leydis Kopf. Sie seufzte, dann sah sie ihre Tochter wieder eindringlich an. »Manche sagen, sie hätte versucht, ihn zu erpressen, und hätte nur bekommen, was sie verdiente. Ich bin nicht sicher, ob ich das irgendwie beurteilen kann. In jedem Fall heißt es, sie hätte Seine Lordschaft schwer beleidigt.« Ihr Mund wurde zu einer ungerührten schmalen Linie. »Pass gut auf dich auf, wenn du im Herrenhaus bist, Leydi. Obwohl ich nie gehört habe, dass Seine Lordschaft je etwas mit einer Frau vom Personal anfangen wollte, bist du doch noch unschuldig, und manchmal reicht das aus, einen Mann in Versuchung zu führen.«

Elaines Nägel gruben sich schmerzhaft in Leydis Finger. Leydi starrte auf ihre Hände und sah, wie die Farbe daraus verschwand. »Mutter, was geschah?«, fragte sie; aus Neugier drängte sie sie weiterzuerzählen.

»Man sagt, er hätte seine Mätresse umgebracht.« Die Stimme ihrer Mutter bekam eine unheimliche Note, als sie noch hinzufügte: »...als er herausfand, dass sie von ihm schwanger war. Sei vorsichtig, Leydianna! Hör dieses eine Mal auf deine Mutter und gib auf dich Acht oben im Herrenhaus.«

4

Man sagt, er hätte seine Mätresse umgebracht, als er herausfand, dass sie von ihm schwanger war.

Die Warnung ihrer Mutter ertönte mit jedem Herzschlag neu, als Leydi Mr. Stevenson den Korridor durch Rucksingford Hall hinunter folgte. Das war eine Geschichte wie aus einem ihrer Bücher, gruselig und dramatisch wie eine griechische Tragödie. *Und bestimmt genauso frei erfunden,* versicherte sie sich, und ihr Blick wanderte von einem Wandteppich, auf dem eine Wildschweinjagd dargestellt war, zu einer Nische, in der drei Musen aus weißem Marmor standen. Der Mann, den Stevenson so sehr schätzte, mochte besser aussehen, als es erlaubt war, mochte reich sein und adlig – aber er war sicher kein schlechter Mensch, der einen Mord beging. Dass er seine Mätresse verlassen hatte, hielt sie allerdings schon für möglich – niemand erwartete von einem Aristokraten, dass er sich für die Folgen seines Handelns verantwortlich fühlte.

Und sie glaubte auch nicht einen Augenblick, dass sie Seine

Lordschaft ›in Versuchung führen‹ konnte, wie ihre Mutter angedeutet hatte. Nur in ihrer Fantasie würde ein Mann wie Quentin Rucksingford ihr auch nur die geringste Aufmerksamkeit erweisen. Im wirklichen Leben schäkerte Rucksingford sicher nur mit wohlerzogenen jungen Damen, die französische Seide trugen und mit süß geschürzten Lippen Konfekt knabberten. Das Einzige, woran Leydi gewöhnlich knabberte, waren ihre Nägel.

Sie richtete den Blick auf Mr. Stevensons perückengezierte Gestalt vor sich. Jemine, sie hatte auf einer Insel gelebt, die bis zum Rand mit Piraten bevölkert war, und nicht ein einziges Mal hatte jemand versucht, ihr irgendwie nahe zu treten. Einen einzelnen Gentleman mit Titel würde sie jetzt wohl kaum fürchten.

Die Luft um sie schien ihr irgendwie etwas stickig, roch nach Alter und Konservierung. Sie vermutete, dass die Wandteppiche an den schier endlos wirkenden Korridorwänden alt waren, vielleicht sogar Jahrhunderte. Viele besaßen trotzdem unverändert lebhafte Erdfarben. Die geknüpften Behänge gaben dem langen Flur ein mittelalterliches Flair und verstärkten die burgartige Atmosphäre von Rucksingford Hall.

Leydis Blick wanderte über die feine holzgetäfelte Decke und dann hinunter zu den gebohnerten Eichendielen, die mit gemusterten Läufern bedeckt waren. Sie hob die Brauen, als ihr auffiel, dass die Leuchter aus chinesischem Porzellan bestanden und jeder einzelne so viel wert war, wie ein Feldarbeiter in einem ganzen Jahr verdiente. Offensichtlich hatte auch Rucksingford, so wie viele reiche junge Männer seiner Herkunft, eine Vorliebe für kostbare Dinge. Obwohl es nun schon fast zehn Jahre her war, seit sie als Dienstbotenkind durch diese Korridore huschte, erinnerte sie sich ganz sicher nicht daran, dass es hier so prächtig gewesen war, als die Plantage noch seinem Großvater gehörte. Rucksingford musste ein Vermögen auf die Renovierung des Hauses verwendet haben.

Als Leydi das Ende des Flurs erreicht hatte, wischte sie sich die feuchten Hände an ihrem Rock ab. Mr. Stevenson stand vor einer riesigen, geschnitzten Eichentür, die sogar für eine Kathedrale passend gewesen wäre. Ihr Magen zog sich flüchtig zusammen, als sie daran dachte, welche Art von Mann wohl diese Art von Pracht brauchte, die hier herrschte. Und würden ihre bescheidenen Künste als Buchhalterin ausreichen, um ihn zufrieden zu stellen?

»Miss Leydi?«

Mr. Stevenson lächelte ermutigend und machte ihr ein Zeichen, vor ihm ins Zimmer zu treten. Leydi riss sich zusammen und straffte ihre Schultern. Sie hatte bisher noch nie ihre Fähigkeiten in finanziellen Angelegenheiten bezweifelt, warum sollte sie also jetzt damit anfangen? Es gab keinen anspruchsvolleren Arbeitgeber als Daniel ›Heartless‹ Kincaid, Himmel noch einmal! Die Angst ihrer Mutter war es, die ihre Zweifel hervorgebracht hatte, nicht ihre eigene.

Sie marschierte vorwärts und stellte sich das kleine Stück Land vor, für dessen Erwerb als Plantage ihrer Eltern sie gespart hatte. Mit dem Geld, das sie hier verdiente, würde sie es vielleicht schon innerhalb des kommenden Jahres kaufen können. Und wenn sie dann erst ihren eigenen Besitz auf St. Kitts hatte, würde Leydi Devil's Gate überhaupt nicht mehr zu verlassen brauchen. Sie holte tief Luft und trat an Mr. Stevenson vorbei in Rucksingfords Kontor.

Schon nach zwei Schritten blieb Leydi stehen. Sie blinzelte und hätte sich beinah die Augen gerieben, um klarer sehen zu können. Wo immer sie auch hinschaute, waren Papiere aufgestapelt; Akten, Ordner und Rechnungsbücher standen schief an den Wänden hoch aufgetürmt ... das Durcheinander schien kein Ende zu nehmen. Und dunkel war es. Der Raum war wie eine Höhle.

Der Gegensatz zu den perfekt eingerichteten Zimmern, die sie gerade passiert hatte, schien so drastisch, dass sie einen Moment brauchte, um den Zusammenhang mit dem übrigen Rucksingford Hall zu erkennen. Doch unter der ganzen Unordnung entdeckte sie tatsächlich fein verzierte französische Möbel, die die gleiche Qualität aufwiesen wie die in den anderen Zimmern. Ihr Blick wanderte von einem schiefen Stapel Papiere zum nächsten. Eine tröstliche Wärme breitete sich in ihrem Herzen aus, als ihr klar wurde, wie sehr Rucksingford ihrer Dienste bedurfte.

Aus einem Winkel dieses Empfangssalons, der jetzt sein Arbeitszimmer war, sah Quentin zu, wie Stevenson seine Lieblingsschülerin mit einer Begeisterung hereinbrachte, die er schon beinah peinlich fand. Stevenson schob das Mädchen vor sich her, brachte es zum bestgepolsterten Sessel und rückte ihn für es zurecht, als wäre es die Königinmutter. Sie dankte dem alten Hecht mit ihrem Jungmädchenlächeln. Stevenson errötete und grinste breit.

Quentin lehnte sich mit einer Schulter an die Holzvertäfelung, denn er wollte sich eigentlich noch nicht bemerkbar machen. Im schwachen Licht des Raumes erschien die junge Frau wie eine Studie in Braun: braunes Haar, braune Kleidung, braune Schnallenschuhe an den Füßen, die sie ordentlich an den Knöcheln überkreuzt hatte. Nur ihr Kinn mit dem Grübchen – in einer Weise zur Seite gelegt, die man beinah provokativ hätte nennen können – und der lange Zopf, den sie in einer Krone um den Kopf gesteckt trug, verhinderten, dass sie völlig unscheinbar aussah. Doch trotz dieser bemerkenswerten Einzelheiten war der Gesamteffekt perfekt gelungen. Sie wirkte wie ein unscheinbares Wesen, wie eine Maus, zweifellos von einer weniger hübschen Mutter so zurechtgemacht, die fürchtete, dass sie vielleicht von der Tochter übertroffen werden könnte.

Quentin wurde plötzlich klar, warum er Stevensons Spielchen aufgegriffen und zugelassen hatte, dass sein Verwalter das Mädchen vor seiner Mutter in Sicherheit brachte. Leydianna Carstair war eine Herausforderung für Quentin, für einen Mann, der sein Vermögen vor allem damit gemacht hatte, etwas zu übernehmen, das eigentlich zugrunde gerichtet war – um es dann in ein kleines Paradies zu verwandeln.

Stevenson sah von seiner Schülerin auf und schien Quentin jetzt erst zu bemerken. Er rückte seine Perücke zurecht, die über das eine Ohr zu rutschen drohte. »Mit Miss Carstairs Hilfe dürfte alles bald wieder in Ordnung kommen«, stellte er unbekümmert fest.

»Meint Ihr wirklich?«, fragte Quentin gedehnt. »Sollen wir Euren Schützling um ihre Meinung bitten? Ob sie wohl dasselbe glaubt? Was meint Ihr, Miss Carstair?« Er sah sich im Zimmer um, und ihm fiel auf, dass er wirklich vieles hatte liegen lassen. »Wie lange wird es dauern, um dieses Chaos zu beseitigen?«

Leydi, die auf ihrem Sessel saß, spürte, wie ihr das Lächeln auf den Lippen gefror. Sie konnte Rucksingfords Züge in seiner dunklen Ecke kaum erkennen und kämpfte gegen das beinah unüberwindliche Bedürfnis an, die Vorhänge aufzureißen. Durch die Schatten inspiriert, fand sie, dass er eigentlich einen beispielhaften Drachen abgab: seine Augen glitzerten, seine Nasenflügel waren gebläht, als wäre er bereit, jeden anzugreifen, der seine Oase bedrohte. Doch eigentlich erstaunte sie noch mehr seine gereizte Stimme. Genau so klang Kincaid, kurz bevor er zum Angriff überging.

»Na ja, Mylord«, begann sie, fuhr sich mit der Zunge über die Lippen und wollte schon nach ihrem Zopf greifen, als ihr einfiel, dass sie ihn um den Kopf gesteckt trug. »Es sieht so aus, als hättet Ihr mich gerade zur rechten Zeit gerufen. Sonst wärt Ihr vielleicht noch von Euren eigenen Papieren begraben worden.«

Die dunklen Brauen hoben sich. Er schien durch ihren Versuch, humorvoll zu sein, absolut nicht amüsiert. Sie knabberte an einer Fingerspitze. Bei Kincaid hatte wenigstens der Trick mit dem Humor immer funktioniert.

Mit einer einzigen Bewegung, die man natürliche Gelassenheit nennen konnte, löste sich Rucksingford von den Regalen und kam auf sie zu. »Ah, dann seid Ihr also derselben Meinung wie mein Verwalter, dass ich Eure Dienste dringend benötige?« Als er sich näherte, schimmerten seine Augen mitternachtsblau im schwachen Licht. »Nun, vielleicht habt Ihr ja beide Recht.«

Rucksingford ging um Leydi herum und verschwand hinter ihrem Sessel. Sie schluckte den Kloß im Hals hinunter und fragte sich, ob der reiche, wohl versorgte Lord je irgendetwas ›dringend‹ gebraucht hatte.

»Gehe ich recht in der Annahme, dass ich gleich heute anfange?«, fragte sie und war zufrieden, dass ihre Stimme nicht zitterte. Wieder wanderte ihr Blick über das beengte Zimmer. »Wenn ich Euch irgendwie helfen soll, wäre es am besten, möglichst bald anzufangen.«

»Der Raum steht zu Eurer Verfügung, Miss Carstair«, sagte Rucksingford irgendwo hinter der Lehne ihres Sessels. »Stevenson arbeitet woanders im gegenüberliegenden Flügel des Hauses. Ihr könnt jetzt gehen, Stevenson. Miss Carstair scheint es eilig zu haben, und ich hasse es, Damen warten zu lassen.«

»Aber, Sir …«, stotterte Stevenson.

Quentin sah nach, ob die kleine Maus immer noch brav in ihrem Sessel saß, und zog Stevenson am Ärmel außer Hörweite. »Ihr habt mir das Mädchen mehr oder weniger als Geschenk präsentiert. Das Einzige, was fehlte, war eine hübsche Schleife. Ihr habt doch jetzt nicht etwa Bedenken, oder, alter Freund?«

»Nein, natürlich nicht, Sir! Leydi wird diese Unordnung schon in den Griff bekommen.« Stevenson räusperte sich und wirkte, als wenn ihm sehr unbehaglich zumute wäre. »Es ist nur …« Er betrachtete die Rückenlehne des Sessels, die Leydiannas zierliche Gestalt ganz verdeckte. Er trat näher an seinen Arbeitgeber heran und flüsterte mit gesenktem Kopf: »Es scheint nicht ganz korrekt, Sir. Die junge Dame. Hier.« Er hob und senkte die Augenbrauen. »Allein.«

Quentin lächelte. Er hängte sich bei Stevenson ein und geleitete ihn so zur Tür. »Ach, aber sie wird ja gar nicht allein sein. Ich werde ihr Gesellschaft leisten, das kann ich Euch versichern.«

»Ja, äh, das ist es ja gerade. Versteht Ihr, Sir.« Wieder senkte er die Stimme in dem Versuch, seinen Schützling nichts von seinem Rettungsversuch merken zu lassen. »Ich bin nicht sicher, ob das das Richtige ist.«

Quentin vermutete, dass er sein Lachen nicht mehr lange würde zurückhalten können. »Wenn ich Euch richtig verstanden habe, verbringt dieses Fräulein das ganze Jahr allein irgendwo unterwegs in der Karibik, ohne Anstandsdame oder Ehemann. Ich nehme an, dass ihr guter Ruf, oder was davon übrig ist, wenig oder kaum Schutz benötigt. Also, ich habe sie von ihrer ›unnatürlichen Mutter‹ weggelockt, die Ihr so fürchtet, und wahrscheinlich war das sowieso von Anfang an Eure Absicht. Macht Euch keine Sorgen, Stevenson. Ich habe vor, unsere kleine Maus sehr gewinnbringend einzusetzen.«

»Sir, wenn ich vielleicht noch eine Beobachtung hinzufügen dürfte«, murmelte Stevenson, der wirklich aussah, als wäre ihm sehr unbehaglich; ohne sich direkt zu wehren, ging er, aber auch nicht ganz im gleichen Tempo wie Quentin, je mehr sich die Tür näherte. »Sie ist doch noch so *jung*.«

»Je jünger, desto besser, sage ich immer«, fügte Quentin hinzu und nickte Miss Carstair zu, deren gewinnendes Gesicht jetzt über die Lehne ihres Sessels hinwegschaute. »Ich liebe jugendlichen Enthusiasmus. Deswegen habt Ihr sie doch für mich ausgesucht!«

»Ich habe sie nicht direkt für Euch ›ausgesucht‹, Sir«, berichtigte Stevenson und machte einen höchst widerstrebenden Eindruck. »Wenn Ihr Euch erinnert, werdet Ihr wissen, dass ich ausdrücklich sagte, *ich* wäre es, der Miss Carstairs Hilfe bei den Akten braucht.«

Der Verwalter wurde hinauskomplimentiert. Quentin wandte sich wieder zu Miss Carstair um, die ihren Blick auf die Tür heftete, als wäre sie eine Gefängnistür, die sich eben hinter ihr geschlossen hatte. Einen Augenblick lang ähnelte sie wirklich einer Maus. Doch ebenso schnell erhob sie sich aus dem Sessel und trat Quentin gegenüber, wobei sie kurz und entschieden ihre Schürze zurechtzog. Angesichts dieser Geste musste Quentin lächeln. Sie erinnerte ihn an einen Ritter, der das Visier zum Angriff herunterlässt.

Er verschränkte die Arme und wippte auf den Zehenspitzen. Zum ersten Mal seit zu vielen Jahren hatte er das Gefühl, sich wirklich zu amüsieren.

»Ich habe eine ganze Menge Erfahrung in *finanziellen* Dingen«, sagte die Dame betont, denn sie schien den Sinn seiner Unterhaltung mit Stevenson mitbekommen zu haben. »Wenn Ihr mir erklärt, worum es sich handelt, könnt Ihr Eurer eigenen Arbeit nachgehen. Ich brauche keine Anleitung ...«

»Aber ich habe eine Menge Anleitung vor«, meinte Quentin und kam langsam auf sie zu. »Genau genommen beabsichtige ich, Euch ziemlich lästig zu fallen. Ich habe wirklich sehr viel Sinn für eine persönliche Note. Also, wollen wir anfangen? Euer Kleid!« Er blieb vor ihr stehen, den Blick auf ihr einfaches Baumwollgewand gerichtet. »Die Farbe mag ich nicht besonders.«

Sie starrte ihn an, als hätte er eben in einer ihr unbekannten Sprache gesprochen. »Euch gefällt die Farbe meines Kleides nicht?«

»Sie ist nicht besonders schmeichelhaft. Der Ton erinnert doch irgendwo an Mistbraun, oder? Ich habe Euch schon einmal gesehen, damals wart Ihr auch ein Fräulein in Braun: braune Schuhe, brauner Rock, braune Haube. Es tut mir Leid, aber so geht das einfach nicht.« Und dann, todernst: »Zieht das nicht noch einmal an!«

Leydi spürte, wie ihre Wangen heiß wurden, und machte ihren offen stehen gebliebenen Mund mit einem ›Klack‹ der Zähne zu. Dieses Thema war nicht nur entschieden zu persönlich, es klang auch beunruhigend vertraut, ganz ähnlich wie eine von Gabrielas Auslassungen über ihren Mangel an modischem Bewusstsein. »Es ist praktisch«, antwortete sie schnippisch. »Und ich versichere Euch, die Farbe meiner Kleider wird meine Fähigkeit, Eure Papiere zu organisieren, nicht im Geringsten einschränken.«

»Praktisch?«, erwiderte er mit einem Lächeln. »Für eine praktische Buchhalterin?«, sagte er und kam langsam noch näher.

»Und ich nehme an, dies hier ist auch praktisch?«, fragte er und griff hinter sie.

Erst als ihr der Zopf über den Rücken fiel, wurde Leydi klar, dass er die Nadeln aus ihrem Haar gezogen hatte. Sie wandte sich mit einem Ruck ab und stolperte in einen kleinen dreibeinigen Tisch hinter sich. Befriedigt sah sie zu, wie das Möbelstück gegen Rucksingfords Schienbeine krachte. Sie hatte das Gefühl, als unterdrücke er ein schmerzhaftes Zusammenzucken.

Er wirkte amüsiert, als er den Teetisch wieder zurechtstellte, doch dann wanderte sein Blick zur Spitze ihres Zopfes, die hinten an ihrem gebauschten Rock schwankte.

»Ich vermute, es ist ziemlich schön.« So wie er sich ausdrückte, hatte es den Anschein, als stelle er sich ihr Haar gelöst vor, wie es sie lockig und verführerisch umgab. Es war ihr noch nie passiert, dass ein Mann sie so angesehen hatte – als wäre sie ein köstliches Stück Konfekt, und er könne es kaum erwarten hineinzubeißen. Seine dunkelblauen Augen suchten die ihren. »Es überrascht mich, dass Eure Mutter Euch noch nicht dazu überredet hat, es abzuschneiden.«

Leydi hielt den Atem an. Es schockierte sie, dass er der Wahrheit so nah kommen konnte. Doch eigentlich sollte seine Hellsichtigkeit sie nicht überraschen. Rucksingford war schließlich ein Mann, der mit Fingerspitzengefühl ein Vermögen gemacht hatte.

»Beratet Ihr immer Eure Bediensteten in modischen Fragen?«, wollte sie mit einem scharfen Blick wissen.

»Nur, wenn ich ihre Kleidung unangenehm finde«, antwortete er, hob die Hand und strich eine Locke von ihrem Gesicht, ließ seine Hand dann dort liegen.

Diese Berührung schien Leydi zu lähmen, und ihr war heiß und kalt zugleich. Alle möglichen Dinge fuhren ihr durch den Sinn, Tagträume von Rittern und Küssen – die Warnung ihrer Mutter vor Quentin. Sie griff nach der Spitze ihres Zopfes, drehte sie zwischen den Fingern und fragte sich, ob Elaine womöglich doch Recht gehabt hatte. Vielleicht war Rucksingford ein gefährlicher Mann, und sie, eine einfache Buchhalterin, gehörte nicht hierher.

Plötzlich erschien ihr Rucksingfords Arbeitsangebot eher als eine Falle denn als gute Gelegenheit. Ja, wirklich, entschied Leydi und verlor sich beinah in jenen dunklen blauen Augen. Vielleicht war es an der Zeit, einen vorsichtigen Rückzug anzutreten.

Sie wandte sich zur Tür. »Wenn Ihr Euch so viel Gedanken über Mode macht, könntet Ihr Mr. Stevenson darauf aufmerksam machen, dass seine Perücke eine bessere Passform braucht«, teilte sie Rucksingford über die Schulter mit. »Das Ding hat eine gewisse Neigung nach Steuerbord.«

Gerade als sie nach der Klinke griff, legte sich seine Hand über die ihre. »Armer Mann! Er ist völlig kahl, müsst Ihr wissen.« Mit einer ganz leichten Berührung seiner Fingerspitze hob er ihr Gesicht zu sich empor. »Aber was Euch betrifft, habe ich immer noch einige Hoffnungen, Miss Carstair.«

Er lächelte wie ein Junge. Der Ausdruck passte kaum zu seinem markanten Aussehen. Das Grinsen wirkte irgendwie ungeschickt auf seinen aristokratischen Zügen. Und vielleicht war es die Ungeschicklichkeit, auf die sie reagierte. Denn obwohl eine klügere Stimme in ihrem Innern zum Rückzug riet, wollte eine stärkere Stimme dieses Lächeln auf seinem Gesicht erhalten.

Leydi verschränkte die Arme. »Wofür genau habt Ihr mich angestellt, Rucksingford?«

Sein Lächeln wurde noch breiter. »Rucksingford, hmm? Tja, Miss Carstair, ich glaube, das ist wirklich das erste Mal, dass jemand, der bei mir eine Stellung suchte, mich je so angesprochen hat. Aber bitte sehr, ich bin nicht besonders anspruchsvoll. Trotzdem wünsche ich von meinen Bediensteten doch etwas mehr Respekt. Eure Lordschaft, Sire … Prinz meines Herzens … ganz in Ordnung.« Er legte eine Hand auf die Tür hinter ihr und beugte sich über sie. »Aber von dir höre ich auch gern Quentin, kleine Maus.«

Quentin sah zu, wie Miss Carstair unter seinem Arm durchschlüpfte – so leicht ließ sie sich nicht in die Enge treiben. Doch zumindest lächelte sie jetzt über seinen Scherz. Er stellte fest, dass ihm ihr Lächeln gefiel. Wenn er das sah, wollte er am liebsten immer weiter zu ihr hinuntergrinsen – bis ihr Gesichtsausdruck sich in etwas absolut Köstliches verwandelte. In etwas unwahrscheinlich Süßes.

Seine Augen richteten sich auf jenen inspirierenden Mund, der dasselbe Korallenrosa besaß wie die Rosen hinten im Garten. Herr im Himmel, dieser Ausdruck von selbstloser Unschuld wäre genug gewesen, einem vernünftigen Mann den Verstand zu rauben, wenn er nicht gut aufpasste.

Und dann hörte er, wie sie schüchtern zu ihm hinaufflüsterte. »Prinz meines Herzens? Also, wenn das so ist, bin ich froh, dass Ihr mich noch nicht angestellt habt.«

Sie schubste ihn zur Seite und riss die Tür auf. Da sie ihn diesmal überrascht hatte, wäre es ihr beinah gelungen vorbeizuhuschen – bevor er sie wieder ins Zimmer zog und sein ganzes Gewicht an die Eichentür lehnte. Sie schloss sich mit einem Klicken.

»Buchhalterische Arbeit, meine liebe braune Maus. Ich brauche Euch nur, um meine Akten in Ordnung zu bringen.« Er senkte den Kopf, um ihr ins Ohr zu flüstern: »Aber hiermit überreiche ich Euch eine offene Einladung für alles andere, falls Euch danach ist.« Als sie noch einmal die Klinke ergriff, fügte er schnell hinzu: »Für dreißig Pfund im Monat.«

Sofort hörte ihr Rütteln an der Tür auf.

»Oho, ich sehe, damit habe ich Eure Aufmerksamkeit gewonnen. Wie wäre es mit fünfunddreißig?« Er legte eine Hand auf sein Herz und neigte anmutig den Kopf. »Um Euch für meine schlechten Witze zu entschädigen.«

Sie sah ihm direkt in die Augen. »Ihr bietet mir fünfunddreißig Pfund im Monat?«

»Vierzig, wenn Euch das eher in Versuchung führt.«

Es war mehr als das, es verführte sie direkt. »Aber das ist unglaublich«, stotterte sie. Es war viel mehr, als Kincaid bezahlte, und *den* hielt sie schon für außerordentlich großzügig. »Für buchhalterische Tätigkeit?«

»Ich bin Eurer Gnade ausgeliefert, Miss Carstair.« Er machte eine Geste über das Chaos der Papiere im Zimmer. »Wie Ihr seht.«

Sie schaute ihn noch einmal lange an. Ihr süßer grauer Blick wurde schmal, als erforschte sie ganz tief seinen Charakter. Er versuchte einen Augenblick lang, rein wohlwollend auszusehen, wie ein harmloser Finanzier und Gentleman.

Sie machte wieder einen Schritt in den Raum, nachdem sie offensichtlich zu einer Entscheidung gelangt war, die für ihn sprach. Dann marschierte sie zu den Vorhängen hinüber. Mit einer kräftigen Bewegung, die er bei ihrer Zierlichkeit nicht für möglich gehalten hätte, zog sie die Vorhänge zurück, sodass das Zimmer in Licht getaucht wurde. Ohne viel Federlesen trat sie nun zum ersten Stapel und griff nach einem Brief. »Zwölfter April«, sagte sie und hob die Brauen angesichts dieses Datums. »Vor fast zwei Monaten. Gehe ich recht in der Annahme, dass diese Korrespondenz noch nicht beantwortet ist?«

»Mein Geburtstag«, improvisierte er. »Damals war mir nicht nach Geschäften zumute.«

Sie durchbohrte Rucksingford mit einem sachlichen Blick und las das Datum auf dem nächsten Brief. »Dritter Mai?« Und dem nächsten: »Dreiundzwanzigster April?«

Quentin lehnte sich an seinen Schreibtisch und verschränkte die Arme vor der Weste. Ihm war nicht klar gewesen, wie sehr die unerwartete Ankunft seines Vaters seine Geschäfte beeinträchtigt hatte. Außer ein paar wenigen Projekten, an denen ihm besonders gelegen war, hatte er wirklich alles etwas schleifen lassen.

Das Licht, das durch die Butzenscheiben hereindrang, beleuchtete Miss Carstair direkt, als sie sich jetzt über ihren Arbeitsplatz beugte. Wie sie so dastand und die Korrespondenz prüfte, erinnerte sie Quentin an ein kleines braunes Huhn. Wirklich, sie sah aus, als würde sie gleich lospicken und jedes Papier einzeln verschlingen. Während er sie betrachtete, hatte er den seltsamen Gedanken, dass er trotz ihres mutigen kleinen Auftritts die reine Unschuld vor sich hatte – und mit nur wenig Rüstung, die sie hätte schützen können.

Allein dieser Gedanke beunruhigte ihn schon und verdrängte seine Jovialität von vorher. Er dachte an ihren verletzten Ausdruck, als er sie der Tirade ihrer Mutter ausgeliefert gesehen hatte. Gedanken an seine eigene Vergangenheit machten sich in ihm breit, eine Menge Erinnerungen an eine ganz mit sich selbst beschäftigte Aristokratie am Hof des Königs, an eine Mutter, der er egal war, und einen Vater, der ihn manipulierte. Ebenfalls erschien die eine Erinnerung, die er am unerträglichsten fand – das Phantom, das er in den letzten Jahren erfolgreich auf Albträume und betrunkene Fantasien reduziert hatte.

Clarice.

Er runzelte die Stirn. Vielleicht war es ein Fehler, eine junge Unschuld in seinem Leben zuzulassen.

Quentin wandte sich vom Anblick der Miss Carstair ab und starrte auf das Fischgrätmuster am Rand des Rosenholztisches. *Was für ein närrischer Unsinn*, sagte er sich und schob seine Bedenken beiseite. Warum sollte er sich eines Geschenks enthalten, vor allem Stevensons kleiner Maus? Dabei würde er Miss Carstair vielleicht noch das eine oder andere beibringen. Er hatte genug Fehler in seinem Leben gemacht, um ein Dutzend Menschen zu beraten – da konnte er sicher bei der Entwicklung einer missbrauchten Tochter auch von Nutzen sein.

Akte um Akte durchblätterte Leydi und schüttelte den Kopf. Dann wandte sie sich Quentin mit ernstem Blick zu. »Das ist alles ziemlich wirr, Mylord.«

»Jeden Tag muss ich mit dieser Schande leben, Miss Carstair!«

Leydi zog es vor, seinen Sarkasmus zu ignorieren, nahm eines der Papiere in die Hand und näherte sich dem Viscount. »Es tut mir Leid, wenn ich das so sagen muss, Mylord« – sie wedelte die

Blätter unter seiner Nase – »aber die Lage ist ernster, als ich angenommen hatte.«

»Ernst?«

»Genau. Ich werde mindestens einen Nachmittag brauchen, um mich mit all diesen Unterlagen vertraut zu machen, ein effektives Ablagesystem zu organisieren und festzustellen, was sofort erledigt werden muss und was warten kann.« Sie sah sich noch einmal ringsum. In Quentins Augen wirkte sie wie ein General bei der Planung eines Angriffs. »Vielleicht könntet Ihr mir irgendwann ein Tablett mit einem Imbiss heraufschicken, denn ich werde erst viel später wieder auftauchen.«

»Und bis dahin benötigt Ihr meine Anwesenheit nicht?«

»Ganz recht, Mylord.«

Ihr Selbstbewusstsein verblüffte ihn – die Veränderung, die mit ihr vorgegangen war, seit er sie als Tochter im Haus ihrer Mutter erlebt hatte. Er lächelte kurz. Warum sollte sie es nicht einfach versuchen? Wenn er ehrlich war, wäre es ihm auch egal, wenn der Raum mit allen Papieren darin abbrennen würde. »Das Tablett ist nicht nötig, Miss Carstair, denn Ihr werdet mit mir speisen. Um acht Uhr.«

»Ich glaube nicht, dass ich bis dahin schon fertig bin …«

»Aber ich bestehe darauf, Miss Carstair. Betrachtet es als eine geschäftliche Besprechung. Der gute Mr. Stevenson wird auch anwesend sein.«

Leydi kniff ihren hübschen Mund fest zu. »Wie Ihr wünscht, Mylord.«

»Es ist mein innigster Wunsch, Miss Carstair«, antwortete er ebenso förmlich. »Also dann bis um acht! Ich bin sicher, Ihr findet Euch zurecht. Wenn Ihr an der Klingelschnur zieht, wird Euch George nach Euren Wünschen fragen. Oh, und Miss Carstair«, sagte er beiläufig, denn er konnte einfach nicht gehen, ohne noch diese eine Bemerkung losgeworden zu sein. »Tragt etwas Grünes. Das würde gut zu Euren Augen passen.«

Als sich die Tür hinter ihm schloss, schürzte Leydi die Lippen, denn ihr wurde klar, dass sie sich ihr Geld hier würde schwer verdienen müssen. Wieder kamen ihr die Worte ihrer Mutter in den Sinn. Sie runzelte die Stirn.

Dieser Drache hatte eine Menge anziehende Seiten, sicherlich genug, um auf der Hut zu bleiben. Sie zog ihre Schürze stramm. Dann hob sie das Kinn und marschierte zur Tür, um sicherzugehen, dass sie auch richtig zu war und man sie nicht noch einmal stören würde.

»Von mir aus braucht Ihr nicht wiederzukommen«, sagte sie dann laut. »Grün soll ich tragen, so so. Scheusal!«

Auf der anderen Seite der Tür lehnte Quentin mit dem Ohr am Holz und hörte ihren leisen Fluch.

»Eine Maus?«, flüsterte er vor sich hin, richtete sich auf und ging den Flur hinunter. Ab sofort war ihm die Anwesenheit seines Vaters auf St. Kitts vollständig gleichgültig.

5

Leydi lehnte sich in der Hocke zurück. Sie hatte die Papiere in einem Halbkreis um sich herum auf den Boden gelegt. Bisher hatte sie es geschafft, alles zu ordnen bis auf diese paar Akten. Jetzt lagen sie vor ihr wie die Stücke von einem Puzzle – und das waren sie auch. Alle hatten mit dem gleichen Thema zu tun. Irgendetwas daran war geheimnisvoll und beunruhigend.

Sie drehte das Ende ihres Zopfes zwischen den Fingern und biss sich auf die Unterlippe. In all ihren zweiundzwanzig Jahren hatte Leydi noch nie ein Geheimnis ungelöst gelassen – das würde sich auch jetzt nicht ändern.

Mit Akten und Verträgen kannte sie sich aus, und sie konnte etwas über jemanden in Erfahrung bringen, indem sie seine Papiere studierte. Ob Rucksingford es wusste oder nicht, seine Geschichte lag vor ihr in diesen unbeantworteten Briefen, zufälligen

Ablagen und nicht unterschriebenen Verträgen, die hier auf dem Teppich ausgebreitet waren. Sie alle stammten ungefähr vom Frühlingsanfang.

Irgendetwas war mit Quentin Alexander Rucksingford in jenen Tagen geschehen. Irgendetwas, das ihn so beunruhigt hatte, dass er, ein Mann, der sonst immer einwandfrei Buch führte, plötzlich achtlos geworden war.

Das war etwas, das Leydi mehr faszinierte, als ihr recht erschien.

Ein leises Fauchen hinter ihr schreckte sie auf. Sie sah sich um und entdeckte eine riesige rotbraune Katze, die über das Blau und Gold des Teppichs langsam auf sie zutappte.

»Hallo«, sagte sie und streichelte den Stubentiger freundlich. »Du bist wohl nicht besonders ängstlich, wie?«, fragte sie, als das Tier sich sofort an ihrem Bein rieb und zu schnurren begann.

Sie streckte sich neben dem Kater aus und lächelte. »Du bist ja wirklich ein Brocken«, sagte sie und kraulte ihn unter dem Kinn. Leydi vermisste Nigel, ihr eigenes Haustier. Obwohl Nigel nicht warm und pelzig war, blieb er ihr doch stets zur Seite, seit sie ihn damals vor dem Kochtopf bewahrt hatte – so jemanden brauchte sie. »Ich hoffe wirklich, Cy behandelt ihn auch nur halb so gut, wie du hier behandelt wirst, du großes, verzogenes Vieh«, erklärte sie dem Kater.

Ihr Spott ließ ihn scheinbar unbeeindruckt, denn er zeigte eine Miene von reiner Katzenekstase, als sie ihn hinter den Ohren rubbelte. Mit einem Lachen ließ Leydi sich auf den Rücken fallen und tappte mit der flachen Hand auf den Teppich neben sich. Der dreiste Kerl kletterte ihr auf den Bauch und machte es sich auf ihrer Schürze gemütlich. Sie streichelte die Katze, seufzte und schaute nach oben.

Zum ersten Mal fiel ihr die wunderschöne Malerei mit den Engeln über sich an der Decke auf. Flauschige Wolken segelten hinter vergoldeten Stuckrändern hervor, umgeben von durchsichtig blauem Himmel. Das Licht des Leuchters spielte auf diesen gemalten Himmelhöhen und gab dem Werk eine Schönheit, die beinah an Tizian erinnerte. Das Deckengemälde schien zu ihr hinunterzureichen und Leydi in eine Welt zu tragen, in der Engel mit menschlichen Gesichtern lächelten.

Sie griff neben sich nach einer der Seiten von Korrespondenz, die sie vorgefunden hatte, und streichelte gleichzeitig mit der anderen Hand den Gast auf ihrem Bauch. Dieser Brief war besonders interessant – ein Angebot, sechs männliche Sklaven an Rucksingford Estate zu verkaufen. Die kräftige Handschrift versicherte Quentin, er könne seine Plantage niemals erfolgreich führen, wenn er nicht vor der Ernte mehr Sklaven kaufte.

»Und da muss ich ihm Recht geben«, erklärte sie den Engeln über sich. Beim Durchgehen der Bücher hatte sie festgestellt, dass Quentin wirklich wenige Sklaven besaß, deren Kauf noch auf die Zeit seines Großvaters zurückging. »Die Plantage erwirtschaftet kaum die Unkosten. Es ist zwar nicht so, dass er nicht sowieso schon reich wie Krösus wäre – aber wenn er seine Anbaufläche vergrößert und die Arbeitskräfte verdoppelt, könnte er zusätzlich eine Menge Geld mit Zucker verdienen.«

Beim Betrachten der Engel begannen ihre Gedanken zu wandern, segelten durch die zarten Wölkchen über sich und suchten nach einer Antwort auf dieses neue Geheimnis. Quentins Bücher ließen darauf schließen, dass er fast sein ganzes Geld mit Spekulationen gemacht hatte. Er hatte in Unternehmen investiert, die klein waren wie zum Beispiel winzige Manufakturen, aber auch so groß wie Kohleminen in Wales. Sogar am Handel mit China hatte er verdient und einige Male in russische Eisenprodukte investiert. In letzter Zeit hatte seine Schifffahrtsgesellschaft allerdings einige Verluste verzeichnet. »Verluste, die er ohne weiteres wettmachen könnte, wenn er Rucksingford Estate vernünftig leiten würde«, teilte sie den Engeln mit.

Trotzdem konnte sie nichts gegen seine Entscheidung einwenden, keine Sklaven zu kaufen – obwohl ihr nicht ganz klar war, ob er das wirklich nur aus Menschenfreundlichkeit ablehnte. In Devil's Gate waren viele der Leute, die unter Kincaids demokratischer Regierung lebten, ausgebrochene Sklaven. Sie hatte grässliche Geschichten davon gehört, wie sie behandelt worden waren, und das Gefühl gehabt, als könnten diese Geschichten auch das härteste Herz rühren.

Nein, Leydi stimmte dem Handel mit Menschen nicht zu – ob sie nun Leute waren, die sich vertraglich verpflichtet hatten, wie ihre Eltern, oder auch schwarze Sklaven. Ihre Zuneigung zu Gabby und deren Mutter Bertie, die beide freie Farbige waren, machte sie besonders hellhörig für das Elend von Sklaven, die auf Devil's Gate ein neues Leben anfingen. Obwohl Kincaid nicht oft von seiner Vergangenheit sprach, hatte er genug von den Grausamkeiten erzählt, die ihm in seinen Jahren als Leibeigener widerfahren waren; so schien es kein Wunder, dass er Ausgebrochene mit offenen Armen empfing.

»Ich schätze, der Drache findet die Ungerechtigkeit der Sklaverei schrecklich«, sagte sie zur Decke hinauf, und ihre Fantasie gab ihr eine vorläufige Antwort. »Darum hat er noch nicht einen einzigen Mann gekauft, seit er hier der Herr ist.« Sie griff nach ihrem Zopf und fuhr sich mit der Pinselspitze übers Kinn, während sie in ihren Fantasien versank. »Er glaubt sicher genau wie ich, dass es bald riesige Maschinen geben wird, die all die niedere Arbeit tun.«

Sie dachte an die Experimentalausrüstung, von der sie in seinen in marokkanisches Leder gebundenen Büchern gelesen hatte – und die Pläne, die dort eine Wasserkraftmühle zeigten. Auf mehreren Seiten hatte sie sogar raffinierte Zeichnungen von Maschinen gesehen, die die Zuckerrohrernte erleichtern würden. Leydi selbst hatte sich schon einmal eine ähnliche Konstruktion ausgedacht, als sie Pläne für eine Plantage auf Devil's Gate gemacht hatte – Pläne, die Kincaid dann verstauben ließ. Sie schloss langsam die Augen, lächelte zu den Engeln hinauf und grub ihre Finger in das warme Fell der Katze. »Tja, wer weiß …«

Später wanderte Quentin den Flur entlang, um seine neueste Errungenschaft abzuholen – eine gewisse Leydianna Carstair. Er war in ziemlich aggressiver Stimmung, denn er hielt die neueste Nachricht seines Vaters in der Hand. Auch bei dieser hegte er wieder nicht das geringste Interesse, sie zu öffnen. Dessen flehentliche Bitten um Versöhnung ärgerten ihn, seit er entdeckt hatte, dass der erste Brief nicht, wie er gehofft hatte, eine Ankündigung der Abreise seines Vaters gewesen war.

Der Mann sollte sich doch zur Hölle scheren. Glaubte er wirklich, Quentin könnte ihm so leicht vergeben? Herr im Himmel, er ertrug diese Bitten um Nachsicht nicht mehr; denn sie kamen von einem Mann, der sein ganzes Leben lang nicht das geringste Erbarmen mit seinem Sohn gehabt hatte.

Doch als er den Raum betrat, unterdrückte Quentin seinen Ärger. Er würde ihn nicht an der Maus auslassen und vielleicht damit riskieren, sie zu verjagen. Als er Miss Carstair auf dem Boden zwischen lauter Papierstapeln liegen sah, die Krempe ihrer Haube unter sich ausgebreitet, trat er lautlos näher. Sie schien so vertieft, dass er sie nicht stören wollte.

»Wisst ihr, liebe Engel, ich bin eigentlich ziemlich sicher, dass er ganz nett ist«, hörte er sie murmeln. »Dass er euch dorthin malen ließ – das deutet auf einen empfindsamen Menschen hin. Ebenso die Tatsache, dass er sich weigert, Menschen als Sklaven zu kaufen.«

Quentin tat einen Schritt zurück und unterdrückte ein Lächeln, als er die Arme verschränkte und zuhörte. Aha, die Maus neigte also zum Tagträumen. Und das auch noch ziemlich laut.

»Na ja, er hat wirklich nicht besonders viele Bedienstete, und sie werden alle gut bezahlt. Außerdem respektieren sie ihn. Wahrscheinlich ist er ein ganz lieber, alter Kerl«, sagte sie, sich immer noch nicht der Tatsache bewusst, dass der ›liebe, alte Kerl‹ ihr zuhörte. »Absolut kein Drache. Mutter kann manchmal richtig gemein sein. Dass sie mir diese böse Geschichte erzählt hat!«

Quentin brauchte nicht sehr viel Fantasie, um sich vorzustellen, welche gemeine Geschichte die Maus meinte. Doch noch bevor er diesen Ärger seiner sowieso schon stürmischen Laune hinzufügen konnte, fesselte das restliche Zimmer seine Aufmerksamkeit. Im schwindenden Licht der Dämmerung und von ein paar Kerzen war ihm bis jetzt gar nicht aufgefallen, wie dramatisch sich die Räumlichkeit geändert hatte.

In nur ein paar Stunden war es der Maus gelungen, in dem Chaos Ordnung zu schaffen. Auf Zehenspitzen ging er zum nächsten Tisch, einem Sofatisch, auf dem Ordner gestapelt waren. Er sah hinüber zu dem langen Mahagonischrank, dessen chinesische Schnitzerei jetzt von einer Reihe von Verträgen verdeckt wurde. Kleine Zettel blinkten oben auf jedem Stapel. Er griff nach einem, sorgsam bemüht, kein Geräusch zu machen, und las die runde, spinnenfeine Schrift: *Ist das ein Angebot für Tabak oder für Schafe? Oder für beides? Unklar.* Er nahm den nächsten Zettel, dann noch einen und las sie beide. Herr im Himmel, hatte sie die ganze Korrespondenz durchforstet? Jeden Vertrag? Und zu jedem ihre Meinung abgegeben?

»Und er ist nicht mal verheiratet«, hörte er die Maus fortfahren, die Augen immer noch geschlossen, damit beschäftigt, Aloysius zu streicheln, der auf ihrem Bauch schnurrte. »Wenn ich eine feine Dame wäre, würde ich es auf den Drachen abgesehen haben. Oder ist vielleicht seine Vergangenheit das Problem? Vielleicht sind sie so dumm und haben Angst vor ihm?«

Quentin lächelte, als sie ihn im selben Atemzug einen Drachen nannte und dann diejenigen dumm, die ihn fürchteten. Leise legte er ihre Zettel wieder an ihre Plätze. Vielleicht war er zu hart mit der Maus umgegangen. Er schlich zur Tür zurück und beschloss, George sie holen zu lassen. Er würde sie nicht beschämen, indem er sie jetzt aus ihren Träumereien weckte.

»Ich könnte Lady Anne sein«, hörte er sie sagen, als er die Klinke hinter sich drückte. Dann blieb er stehen und lauschte schamlos noch einen Augenblick lang.

»Lady Anne, ja, genau. Eine sehr eindrucksvolle Person, die elegante Kleider und Satinschuhe trägt. Jemand, den er nicht übergehen könnte. Ich wäre besonders schön und wichtig …«

Quentin schloss die Tür, diese beiden letzten Sätze noch im Ohr. Er ging den Flur hinunter, die Nachricht seines Vaters zerknüllt und vergessen in der Hand. Arme Maus. Sie hatte keine Ahnung, dass der Drache nicht im Geringsten plante, sie zu übergehen.

Der Esstisch, der sich längs durch den von Kerzenleuchtern erhellten, gähnenden Raum erstreckte, hätte für eine kleine Armee ausreichend Platz geboten. Unter den gegebenen Umständen kamen nur drei Personen in den Genuss dieses imposanten Möbels. Quentin Rucksingford und sein Verwalter tauschten über die mit flämischem Leinen gedeckte weite Fläche hin Höflichkeiten aus, während Leydi abwesend mit der Spitze ihres Zopfes spielte und ihre sanften grauen Augen ins Leere schauten …

»Lady Anne, Euer Haar – vergebt mir, aber ich muss es einfach berühren. Es wirkt im Licht wie gesponnenes Gold.«

»Oh, Viscount!« Leydianna lachte und schob Quentins Hände spielerisch von den dichten Locken weg, die ihr über die Schulter fielen. Sie breitete ihr offenes Haar so vorteilhaft wie möglich auf dem smaragdfarbenen Satin ihres Kleides aus. »Unsinn, es ist ganz einfach braun, und das wissen wir beide.« Sie seufzte und trank ein Schlückchen Rotwein. »Aber es klingt so schön romantisch. Ihr sagt wirklich die hübschesten Dinge.«

»Nur für Euch, liebstes Herz«, flüsterte er, und seine dunkelblauen Augen genossen ihren Anblick von den juwelenbesetzten Kämmen im Haar bis hinunter zu den seidenen Schühchen.

»Meine Mutter hat mich vor Euch gewarnt«, gestand sie vom Rand ihres Weinglases aus. »Sie war ziemlich ungehalten, weil ich zugestimmt habe, heute Abend mit Euch zu speisen.«

»Mag Eure Mutter zur Hölle fahren – und jeder andere ebenso, der versucht, mich von Euch fernzuhalten. Bis ich Euch begegnet bin, waren meine Tage von Dunkelheit erfüllt. Ich musste mich mit Rechnungen abquälen und habe ein Vermögen gemacht, nur um meine Langeweile zu vertreiben.« Quentin kam näher, sein Blick war von Liebe und Verlangen erfüllt. »Lady Anne, Ihr habt den Sonnenschein in mein Leben gebracht. Erlaubt mir, seine Wärme zu genießen. Werdet meine Frau, meine süße Liebste. Noch heute Nacht. Jetzt sofort …«

Ihre Finger schlossen sich fester um den kristallenen Kelch, sie hielt den Atem an. »Das würde ich nicht wagen. Wir kennen uns doch noch gar nicht richtig. Ich könnte nicht so dreist sein …«

»Aber es ist doch nur Suppe, Miss Carstair!«

Leydi schaute von ihrem Glas auf, durch den seltsamen Hinweis auf Suppe aus ihrem Tagtraum aufgeschreckt. Sie blinzelte. Direkt links von ihr, von der Schmalseite des Tisches aus, sah Quentin Rucksingford sie mit einem leicht verwirrten Ausdruck auf dem attraktiven Gesicht an. Neben ihm stand ein hoch gewachsener Schwarzer in der Livree eines Bediensteten und hielt geduldig die Suppenschüssel in der Hand.

Mit wachsendem Entsetzen wurde ihr klar, dass sie es schon wieder hingekriegt hatte, sich in ihren Fantasien zu verlieren. Die einzige Ähnlichkeit zwischen den wirklichen Ereignissen und ihrer Vision war der Weinkelch in ihrer Hand und Quentins dunkelblauer Blick, den er fest auf sie gerichtet hielt.

»Es ist Schildkrötensuppe«, fügte er hinzu. »Sie schmeckt wirklich gut.«

Zutiefst gedemütigt fragte Leydianna sich, wie lange sie wohl tagträumend ins Leere gestarrt hatte, während Quentin sie dabei beobachtete. Hatte sie laut geredet? Sie schaute zu Mr. Stevenson und spürte einen Anflug von Panik darüber, wie lächerlich sie sich wohl gemacht haben könnte. Der ältere Herr war sehr damit beschäftigt, seinen Teller Suppe auszulöffeln, wobei seine Perücke leicht schief über seinem linken Ohr hing.

Leydi interpretierte sein mangelndes Interesse als gutes Zeichen und nahm einen kräftigen Schluck. Als sie es wagte, wieder zu Quentin aufzusehen, wartete er immer noch geduldig auf ihre Entscheidung bezüglich der Suppe.

»Bitte«, sagte sie und machte eine Kopfbewegung in Richtung

auf den Delfter Teller mit der hübschen blauen Bemalung. Eilig leerte sie ihr Weinglas und streckte es vor, damit es wieder gefüllt würde.

»Wie ich schon sagte, Stevenson«, bemerkte Quentin mit milder Stimme, während der Bedienstete Leydis Teller füllte und sich dann Quentin zuwandte. »Ich bin auch der Meinung, dass die Salzbecken auf Nevis viel versprechend sind – aber der Preis, den Simmons dafür will, ist viel zu hoch.« Er hob die Weinkaraffe und schenkte Leydi nach.

Alles an seiner ruhigen Art versicherte Leydi, dass sie sich doch nicht völlig zum Narren gemacht hatte. Allmächtige Güte! Es sah ihr eigentlich nicht ähnlich, dass sie mitten beim Abendessen in ihren Träumen verschwand, dachte sie und trank einen herzhaften Schluck.

»Wartet noch einen Monat, bis Douglas' Tabak erntereif ist, dann werdet Ihr sehen, dass Simmons mit dem Preis heruntergeht. Weil er …«

Leydi dankte jedem Heiligen, den sie kannte, dafür, dass alles im Lot zu sein schien. Sie schaute vorsichtig hinüber zu Quentin und runzelte die Stirn. Er passte sicher gut in die Rolle des ritterlichen Verehrers aus ihren Tagträumen, so gut wie er aussah mit seinem dunklen Haar, das er ungepudert zu einem Zopf zurückgebunden trug. Seine Kleidung bestand aus einem einfachen schwarzen Rock, Kniehosen und einer passenden Weste aus Moiré. Abwesend spielte sie mit ihrem Glas. Man konnte sich gut vorstellen, was Rucksingford tun würde, wenn er wüsste, dass er das Objekt ihrer Fantasie war. Besonders nach seinem scheußlichen Spotten vom Nachmittag.

»Und sagt Terence noch einmal, dass ich die Sklaven nicht brauche, die er mir so dringend verkaufen will.«

»Warum?«, fragte Leydi, denn genau diese Frage hatte sie ja schon vorher beschäftigt. »Ich meine, ich habe den Brief gelesen, als ich Eure Papiere geordnet habe – Ihr könntet sehr wohl mehr Sklaven gebrauchen. Ganz sicher zur Erntezeit.«

»Weil das barbarisch ist«, sagte er schlicht. Er wandte sich wieder seiner Suppe zu und ergänzte: »Besucht den Sklavenmarkt in Basse Terre, dann werdet Ihr es sehen. Ich brauchte nur einmal hinzugehen, um mich dagegen zu entscheiden.«

Seine Antwort entsprach so sehr ihren eigenen Überzeugungen, dass Leydi den Löffel weglegte und sich einen Moment Zeit nahm, um den Mann neben sich zu betrachten. Während er sein Gespräch mit Stevenson über die Salzteiche fortsetzte, suchte sie in seinem Gesicht nach weiteren Antworten auf die Geheimnisse, die sie in seinem Empfangssalon entdeckt hatte.

In jenen Papieren hatte sie so viele Rätsel gefunden, dass es offensichtlich sogar ausreichte, ihre romantische Tagträumerei bis zum Abendessen hin auszudehnen. Leydi betrachtete Rucksingfords Profil im Licht der Kerzen, die in einem silbernen Rokokoleuchter in der Mitte des Tisches standen. Sie versuchte irgendeinen Hinweis darauf zu finden, ob ihre Theorie stimmte, dass irgendein plötzliches Ereignis im Frühling Quentin getroffen hatte. Sie schaute noch genauer hin, wollte ein etwaiges Anzeichen finden von Kummer, der kürzlich sein Leben heimgesucht haben könnte.

»Wie findet Ihr die Suppe?«, fragte er und ertappte sie dabei, wie sie ihn anstarrte.

Ihr Blick senkte sich wieder auf ihr Gedeck. »Hervorragend«, murmelte sie enttäuscht. Außer leicht rot geränderter Augen enthüllte sein attraktives Äußeres nichts Bemerkenswerteres, als dass er der ernste Herr des Hauses war.

»Das freut mich sehr«, sagte er mit einem Lächeln.

Leydi seufzte. Sie hasste Geheimnisse. Vor allem weil sie nicht widerstehen konnte, sie enträtseln zu wollen.

Doch da sie die Suppe tatsächlich schmackhaft fand, wandte sie sich ihr nun mit mehr Genuss zu. Er hatte nicht einmal etwas zu ihrem einfachen braunen Kleid gesagt – das war ihre Herausforderung für ihn gewesen. Trotz des hervorragenden Lohns, den er ihr angeboten hatte, wollte sie doch nicht untertänig zum

Haus ihrer Eltern zurückhasten, nur um seine Anordnungen zu befolgen. Er hatte nicht mehr erkauft als ihre buchhalterischen Künste.

Nicht dass sie etwas anderes besessen hätte als schlichte braune Kleider, dachte sie dann und rührte abwesend in ihrer Suppe. Sie konnte nicht wirklich sagen, seit wann, doch im Laufe der Jahre hatte sie tatsächlich begonnen, die Kleidung zu mögen, von der ihre Mutter meinte, dass sie sie unbedingt tragen sollte. Sie fand die vernünftigen Gewänder mit den einfachen weißen Schürzen, die schlichten Tücher und Hauben dazu wirklich sehr praktisch. Auf einmal fiel ihr Rucksingfords beunruhigende Bemerkung zum Einfluss ihrer Mutter auf sie am Nachmittag ein. Entschieden hatte er ein neues Licht auf die mütterlichen Ratschläge geworfen, die sie gewohnt war. Sie nahm ihren Zopf und wand seine Spitze durch ihre Finger. Vielleicht hatte Gabby Recht, vielleicht hatte sich Leydi in letzter Zeit doch von Elaine zu sehr einschüchtern lassen …

»Ich schlage vor, dass wir Miss Carstair nach ihrer Meinung dazu fragen«, sagte Quentin und unterbrach damit ihre Gedanken. »Offensichtlich ist sie im Bedarfsfall sehr erfinderisch. Was meint Ihr?«, fuhr er fort und wandte sich Leydi zu, die sich gerade einen Löffel voll Suppe in den Mund schob. »Wie würdet Ihr es anfangen, einen Piraten wie Kincaid zu jagen?«

Leydi verschluckte sich. Ihr Löffel fiel klirrend auf den Teller, sodass sein Inhalt nach allen Seiten spritzte. Entsetzt und um Atem ringend, ergriff sie ihr Weinglas, und Rucksingford klopfte ihr den Rücken. Als es ihr gelungen war, wieder Luft zu bekommen, tupfte sie an den großen grünen Flecken herum, die jetzt das Leinentischtuch bedeckten.

»Ihr – Ihr sprecht von Piraten?«, stotterte sie. »Oh, ich würde ganz sicher der Bruderschaft der Küste fernbleiben, Mylord. Ehrlich. Die sind ein gefährliches Pack.«

»Genau meine Ansicht«, meinte Mr. Stevenson mit einem entschiedenen Nicken, das seine Perücke gefährlich vornüber bewegte. »Wahrscheinlich nehmen sie nur noch mehr von Euren Schiffen aufs Korn, wenn Ihr Heartless Kincaid zu nahe tretet!«

»Das haben sie doch sowieso schon geschafft«, sagte Quentin, während sie warteten, dass der Bedienstete die Suppenteller wegräumte und den nächsten Gang auftrug. »Oder wie würdet Ihr es nennen, wenn in zwei Monaten drei Schiffe überfallen werden?«

Drei! Schweigend verfluchte Leydi Kincaid und wischte weiter mit ihrer Serviette über die grünen Flecken. Er hatte doch geschworen, sich aus der Karibik fernzuhalten, nachdem Jack Randall auf Jamaika gehängt worden war. Daniel wollte nur noch im Pazifik unterwegs sein!

»Seid Ihr sicher, dass das Heartless war? Ich meine«, fügte sie noch hinzu, als Quentin ihre Hand festhielt, die so sinnlos versuchte, die Tischdecke abzuputzen, »Ihr wollt doch sicher nicht den Falschen hetzen, oder? Ich habe gehört, dass Heartless Kincaid in den vergangenen Jahren nur Schiffe im Pazifik überfällt – seit die königliche Marine Piraten in der Karibik jagt. Und seit fast zehn Jahren hat niemand mehr Kincaid persönlich gesehen. Vielleicht handelt es sich um jemand anders.«

»Sein Schiff, die *Pest*, ist ziemlich klar erkennbar, Miss Carstair. Und obwohl niemand den Piraten persönlich gesehen hat, gaben sich seine Männer keine Mühe, den Namen ihres Anführers zurückzuhalten. Wenn ich es richtig verstanden habe, prahlten sie damit sogar herum.«

Leydi runzelte die Stirn. Verfluchter Kerl. Wenn sie ihn das nächste Mal traf, würde sie Kincaid Mindless, ›Hirnlos‹, nennen anstatt Heartless, Herzlos.

»Drei Überfälle in so kurzer Zeit?«, sagte sie und hoffte, ihr Interesse klänge eher beiläufig. Dabei griff sie nach ihrem Zopf und wand ihn sich besorgt um die Finger. »Das ist wirklich Pech für Euch, Sir. Aber ich würde wetten, dass er jetzt von Euch genug hat.« Sie räusperte sich, weil ihre Stimme heiser klang. »Wahrscheinlich werdet Ihr mit diesem Piraten nie wieder etwas zu tun bekommen.«

»Das glaube ich nicht.« Quentin nahm einen Schluck Wein. »Ich werde diesen Mann jagen, bis ich ihn habe, und die Regierung hat mir dabei ihre Hilfe zugesagt.«

Leydis Kehle zog sich vor Angst zusammen. Rucksingford sah aus wie ein Mann, der einen finsteren Entschluss gefasst hatte. Finster und unerbittlich.

»Nun ja, da Ihr mich schon nach meiner Meinung fragt, würde ich sagen, dass nur ein ziemlicher Dummkopf Heartless Kincaid zu fangen versucht«, sagte sie scharf, und ihr verzweifelter Versuch, ruhig zu bleiben, scheiterte. Sie warf den Zopf über ihre Schulter zurück und zerbrach sich den Kopf über eine Möglichkeit, Rucksingford von Kincaid abzubringen. »Und angesichts Eurer eigenen Lage … also seid Ihr Geschäftsmann oder Fremdenlegionär? Schließlich habt Ihr ein ganzes Zimmer voller … voller noch ausstehender Verpflichtungen.« Sie gestikulierte mit den Händen, um ihren Worten mehr Gewicht zu verleihen, und aus ihrer Stimme klang echte Angst. »Ihr musstet mich anstellen, um den armen Mr. Stevenson von seiner kolossalen Arbeitsmenge zu entlasten. Und dann wollt Ihr Euch in diese … diese Eskapade stürzen und Piraten jagen? Also, da kann ich Euch nur eines sagen, Sir: Piraten sind gefährliche Leute.« Jetzt kam sie so richtig in Schwung. »Blackbeard war dafür bekannt, dass er Leuten einen Finger abhackte, nur weil er nicht die Geduld aufbrachte, abzuwarten, bis ihm sein Opfer einen Ring übergab. Und Rock Brasiliano röstete Spanier bei lebendigem Leibe«, fuhr Leydi fort, ohne zu bemerken, dass sie jetzt die ungeteilte Aufmerksamkeit der Männer besaß. »Und das nur, weil sie ihm nicht sagen wollten, wo sie ihre Schweine hielten!«

»Rock Brasiliano?« Quentin setzte seine Fingerspitzen aneinander. »Der Name ist mir nicht geläufig.«

»Und die Barbarossa-Brüder, Captain Devil«, zählte Leydi beschwörend auf. »Koxinga und Edward Low – ja, das sind alles wirklich fiese Kerle. Und glaubt mir, ein Mann wie Heartless ist mindestens so hart gesotten wie drei Captain Devils!«

»Ihr scheint Euch ja mit Piraten ziemlich gut auszukennen.«

Aber Leydi achtete nicht auf Quentin. Sie war zu sehr gefangen in ihrer Angst und Sorge. »Und sie sind so schrecklich zugrunde gegangen. Es heißt, sie brauchten zwei Dutzend Degenhiebe und halb so viele Kugeln, um Blackbeard niederzustrecken. Sie hängten seinen Kopf an den Bugspriet eines Schiffes und segelten damit den James River auf und ab. Captain Kidd haben sie in einen eisernen Käfig gesteckt und seine Leiche mit Teer bestrichen, um ihn als Warnung für die anderen zu konservieren.«

Ihr Blick wurde leer von all diesen Gräueln. Ihre Hand hob sich an ihren Hals, wo ihr das Tuch, das sie in den Spitzenrand ihres Oberteils gesteckt hatte, plötzlich unangenehm eng zu sein schien. »Erst vor ein paar Jahren wurden einundvierzig *gute* Männer in Gallows Point wegen Piraterie gehängt.«

Es wurde unglaublich still im Raum. Stevenson hatte aufgehört zu essen, Rucksingford starrte sie an. Selbst der Bedienstete, der das Geschirr abgeräumt hatte, stand wie eine Statue an seinem Büfett, wo eine Spirituslampe die Beilagen warm hielt.

»Es war grauenhaft«, sagte sie leise und nahm die Hand von ihrem Hals. »Als wir es damals erfuhren, haben wir alle geheult wie die Sirenen.«

Quentin spielte mit seiner Gabel, fasziniert von Miss Carstairs Darbietung. In kaum mehr als einem Atemzug war die Maus erst über die blutrünstige Bruderschaft der Küste hergefallen, um dann fortzufahren mit einer Rede voll stillschweigender Sympathie für den Mann, vor dem sie ihn gerade noch so heftig gewarnt hatte. Dabei erwähnte sie fast beiläufig mit der Kenntnis eines wahren Profis in Sachen Piraten eine Reihe von finsteren Namen, als hätte sie es sich zur Aufgabe gemacht, diese Herren und ihre üblen Geschichten gründlich zu studieren.

»Ich gebe Miss Leydi Recht«, pflichtete Stevenson ihr von der anderen Seite des Tisches bei. »Eure Fähigkeiten solltet Ihr für Geschäfte einsetzen und nicht, um Piraten zu fangen.«

»Esst Ihr Euren Fisch, Stevenson«, sagte Quentin in demselben milden Ton, in dem er schon den ganzen Abend sprach. »Der schmeckt wirklich nicht, wenn er kalt ist.«

Quentin selbst widmete sich nachdenklich seinem zweiten Gang und dachte jetzt, wo sie schwieg, noch einmal über das seltsame Verhalten der Maus nach. Er hatte sie ja schon eigenartig gefunden, als er sie in Tagträume versunken auf dem Teppich seines Empfangssalons liegend fand. Und das schien eine Angewohnheit zu sein, der sie mit beunruhigender Häufigkeit frönte, wenn er ihren abwesenden Blick zu Beginn des Abendessens richtig interpretiert hatte. Obendrein jetzt diese seltsame Rede über Piraten. Er fragte sich langsam, ob die arme Maus vielleicht mehr war, als nur von ihrer elenden Mutter unterdrückt. Genau genommen fragte er sich, ob sie nicht vielleicht ein wenig ... nun ja ... übergeschnappt war.

Als er jetzt zu ihr hinüberschaute, fiel ihm auf, dass sie ihr Essen kaum angerührt hatte. Sie sah tief in Gedanken versunken aus. Quentin vermutete, dass schon bald dieser hübsche korallenrote Mund sich wieder zu bewegen beginnen würde – in einem neuen schweigenden Gespräch, das die Maus ganz allein führte. Er wandte sich wieder seinem Essen zu und dachte daran, dass er ›übergeschnappt‹ an einer Frau eigentlich wohl kaum attraktiv fand.

Als die Teller abgeräumt und Früchte und Dessert aufgetragen wurden, wünschte sich Leydi von Herzen, sie könnte sich verabschieden. Die Vorsehung hatte ihr Rucksingfords Pläne zugespielt, bevor es zu spät war; aber sie wusste nicht, wie lange sie noch still daneben sitzen konnte, während der Mann den Untergang des einzigen Menschen plante, der je ein wenig nett zu ihr gewesen war. Morgen musste sie Gabriela und Bertie in ihrem Laden aufsuchen – ihnen von den schrecklichen Neuigkeiten erzählen. Ja, das nahm sie sich vor. Bertie war eine vernünftige Frau. Sie würde wissen, was sie tun konnten.

»Ich glaube, ich gehe jetzt besser«, sagte Leydi und lehnte den Pudding ab, denn es erschien ihr der richtige Augenblick zum

Aufbruch. Sie tauchte ihre Finger in die Fingerschale und gähnte dann effektvoll, bevor sie sich die Hände abtrocknete.

Quentin neben ihr stand auf. »Natürlich. Ihr müsst müde sein von der Arbeit.« Er nahm ihre Hand und begleitete sie zur Tür, wobei er zusah, wie ihr Zopf verführerisch über einem Hinterteil hin- und herschwang, das nicht von einer modischen Krinoline verdeckt war. »Und morgen ist auch wieder ein voller Tag.«

Mitten im nächsten Gähnen erstarrte Leydi. »Oh nein, morgen kann ich nicht. Ich ... ich bin schon verabredet. In der Stadt.« *Mit Gabriela und Bertie!* »Es ist wirklich wichtig ...«

Quentin nickte, obwohl er Leydi gegenüber nicht sehr verständnisvoll erschien! »Ich dachte, mein beachtenswerter Lohn wäre genug, um Eure Zeit damit zu erwerben, Miss Carstair.«

»Ja, schon – aber ...« Sie suchte verzweifelt nach einer Ausrede. Es war absolut unerlässlich, ihre Position bei Rucksingford zu halten. Wenn sie weiter auf dem Laufenden bleiben wollte, was seine Pläne mit Kincaid betraf. »Es ist wegen dem Kleid«, sagte sie, als ihr der rettende Gedanke kam, und sie gab sich beschämt. »Nun ... ich wollte Euch überraschen und ein neues Kleid kaufen.« Herr im Himmel, sie hoffte, Bertie hatte etwas Passendes. »Etwas ... Grünes.«

»Ich bin geschmeichelt.« Quentin beobachtete sie genau. Nichts änderte sich an seinem Gesichtsausdruck, aber irgendwie dachte Leydi, dass er ihr nicht ein Wort glaubte.

Er griff nach der Türklinke. »Ein Smaragdgrün«, sagte er, als sie an ihm vorbei in den Flur hinausschlüpfte. »Ja, das würde sehr hübsch zu Euren Augen passen.«

Doch bevor sie ihm entkommen konnte, hob er mit einem Finger ihren Kopf zu sich empor. Seine Augen schienen sich in die ihren zu bohren, fesselnd in ihrer Eindringlichkeit. Dann senkte sich sein Blick auf ihren Mund. Leydi spürte, wie ihr Magen einen seltsamen Hopser vollführte. Plötzlich wünschte sie, sie hätte nicht diese Suppe probiert.

»Ja«, flüsterte er fast wie zu sich selbst. »Sehr hübsch.«

»Ich werde etwas ganz Besonderes aussuchen«, versprach sie und tat einen Schritt rückwärts. Sie versuchte sich einzureden, dass dies nicht der richtige Augenblick war, auf einen von Rucksingfords magischen Tricks hereinzufallen. Sie musste an ihre Pflicht denken. Leydi machte kehrt und wollte davoneilen, gab sich die größte Mühe, den fesselnden Zauber jener dunkelblauen Augen abzuschütteln. »Doch wirklich, das tue ich«, wiederholte sie über die Schulter zurück.

»Und, Lady Anne …«

Auf halbem Weg den Flur hinunter blieb Leydi stehen. Sie erkannte diesen speziellen Klang ihres Namens – nicht Leydianna, sondern *Lady Anne,* zwei klar getrennte Worte. Der Name, den sie sich in ihrem Tagtraum selbst gegeben hatte.

Als sie Quentin hinter sich näher kommen hörte, erstarrte Leydi. Sie weigerte sich, sich umzudrehen und ihm ins Gesicht zu schauen – die Befriedigung zur Kenntnis zu nehmen, die sich bestimmt darauf abzeichnete. Stattdessen fixierte sie die drei Musen in der Nische links von sich, als könnten ihr Kalliope oder Erato in all ihrer marmornen Pracht irgendwie zu Hilfe eilen. Sie sagte sich, dass sie unmöglich laut ausgesprochen hatte, was sie träumte … dass sie sicher nicht so dumm gewesen war.

Doch es schien keine andere Erklärung dafür zu geben, dass er sie Lady Anne nannte. Und sie wäre am liebsten gestorben, auf der Stelle im Boden versunken.

Eindeutig war er direkt hinter ihr stehen geblieben, denn sie fühlte seinen Atem im Nacken, als er flüsterte: »Es hat ganz den Anschein, als wäret Ihr eine Dame, die ich in der Tat nur mit Schwierigkeiten übergehen kann, Maus!«

Sie hörte, wie Rucksingford sich umdrehte und leise lachend den Flur hinunter zum Esszimmer zurückging – während Leydi vor Scham halb blind weiterstolperte.

»Er beobachtet uns.« Gabriela deutete mit dem Kopf auf den Mann gegenüber der Straße. Sie stand mit Leydi vor dem Laden ihrer Mutter in der Palace Street, Leydi hatte Gabby fast den Arm ausgekugelt, um sie hinauszuziehen und ihr die Geschichte über Kincaid zu berichten.

»Mach dich doch nicht lächerlich«, sagte Leydi und schaute über Gabbys Schulter. Ein vorüberrumpelnder Ochsenkarren versperrte ihr den Blick; dann kam eine Frau, die einen großen Korb auf dem Kopf balancierte und mit starkem Akzent rief: »Mangos, frische Mangos!« Doch als Leydi schließlich einen Blick auf den Mann warf, der fast versteckt im Schatten der Kolonnade eines Kesselflickers auf der anderen Straßenseite stand, hatte sie tatsächlich einen Moment den Eindruck, er könnte sie beobachten.

Er wirkte nicht besonders bedrohlich, nur hoch gewachsen und schlank, und seine Schultern passten nicht recht in die offene Jacke, die er trug – als hätte er sie sich nur geliehen. Sein Haar wirkte dunkelrotbraun, obwohl es von Leydis Standort aus schwer zu erkennen war. Für einen Moment trafen sich ihre Blicke, bis er ihnen wieder den Rücken zuwandte, als betrachte er die Waren im Ladenfenster der Spitzenklöpplerin.

»Also, Gabby, wir haben wirklich größere Probleme zu lösen, als uns mit irgendeinem Schwärmer zu beschäftigen, der versucht, deine Aufmerksamkeit zu gewinnen. Hast du überhaupt gehört, was ich sagte?« Sie versuchte, ihre Stimme ruhig zu halten, während sie Gabby auseinander setzte, in welcher Gefahr sie sich befanden. »Rucksingford ist hinter Kincaid her! Momentan arbeitet er an einem Plan, ihn zu schnappen. Es ist ihm gelungen, für die Sache auch irgendeine öffentliche Hilfe zu bekommen – trotz der vielen Bestechungsgelder, die Bertie verteilt.« Sie trat näher und flüsterte: »Mylord hat mich sogar um meine Meinung gefragt, wie er die Sache anfangen könnte!«

»Er war gestern auch da«, sagte Gabby, und ihre grünen Augen wanderten wieder hinüber zur anderen Straßenseite. »Und vorgestern auch. Immer wartet er in der Kolonnade gegenüber von Mamas Laden. Vielleicht gefalle ich ihm.«

»Gabriela! Sie werden Kincaid am Gallows Point hängen, wenn wir nicht etwas unternehmen!«

»Übertreib nicht, *cara*!« Gabriela zupfte an dem Spitzentuch, das im Ausschnitt ihres von einer Krinoline ausgestellten Kleides steckte. »Ich finde ihn ziemlich gut aussehend – er wirkt jung.«

Bevor Leydi sie daran hindern konnte, winkte Gabriela kurz zu dem Mann hinüber und lächelte ihm ermutigend zu. Der Mann, der jetzt an der Wand des Ladens lehnte, schien es nicht zu bemerken.

Leydi packte Gabbys Arm und zerrte sie zu sich herum. »Herr im Himmel, Gabby, ich weiß ja, dass du und Kincaid euch nicht immer vertragt – aber ich hätte nie gedacht, dass du ihn so ablehnst. Ist dir denn ganz egal, was mit ihm passiert?«

Plötzlich blitzten Gabrielas Augen auf. »Kincaid kann gut auf sich selbst Acht geben. Er kommt ohne uns zurecht.«

»Das heißt, du willst ihm nicht helfen? Machst du dir denn keine Sorgen um ihn? Wir schulden ihm so viel …«

»Ja«, sagte Gabby scharf, »ich weiß genau, wie viel meine Mutter und ich Kincaid schulden – für den Laden, dafür, dass er Mama hierher nach St. Kitts gebracht hat. Für meine nutzlose Stellung als seine Haushälterin. Tja – er schuldet uns auch einiges.«

»Ich verstehe dich nicht«, sagte Leydi, verwirrt von Gabbys sturem Verhalten.

»Kincaid braucht meine Hilfe nicht, *cara*. Er hat sie nie gebraucht und wird sie auch nie brauchen. Und jetzt lass mich in Ruhe. Ich habe zu tun.«

Gabriela tänzelte um Leydi herum, sodass sie sie nicht mehr erreichen konnte, und hastete über die staubige Straße, bevor ihre Freundin sie daran hindern konnte. Sie würde sich von Leydi nicht den Tag verderben lassen mit ihrem Gerede von Kincaid. Sie schlenderte um eine langsam fahrende Kutsche herum, wartete, bis eine kleine Schweineherde vorbeigewandert war, und hielt dann Ausschau nach dem Gentleman. Sie hatte den Mann gestern auf der anderen Straßenseite entdeckt, in Jacke und die lockeren Hosen gekleidet, die Männer der Marine bevorzugten. Als sie ihn unter dem goldenen Adlerzeichen des Ladens der Spitzenklöpplerin hatte stehen sehen, war ihr klar geworden, dass sie ihn schon einmal dort gesehen hatte. War das an dem Tag ihrer Rückkehr aus Devil's Gate? Sie konnte sich nicht mehr genau erinnern.

Zuerst war sie vorsichtig gewesen. Mit ihrem dunklen, exotischen Aussehen lockte sie leider oft die falschen Männer – Männer wie Murdock, die glaubten, sie stände zu ihrer Verfügung, weil sie schön und temperamentvoll war. Murdock sollte verdammt sein und alle, die so waren wie er, dazu!

Als die Kutsche nicht mehr ihre Sicht behinderte, entdeckte sie den Mann mit den dunkelroten Haaren wieder und lächelte. In den vergangenen Tagen hatte er sich Gabriela oder ihrer Mutter nicht weiter genähert, sondern sie nur ruhig von seinem Posten aus beobachtet. Sie hatte ihn eher für eine Herausforderung gehalten als für eine Gefahr. Im Augenblick gab er sich die größte Mühe, nur ja Gabriela nicht anzuschauen.

Er sah tatsächlich gut aus mit seinem roten Haar, das sich an den Schläfen lockte, und den dunklen, nachdenklichen Augen. Obwohl sie nicht die Absicht hatte, ihn zu ermutigen, entsprach es auch nicht ihrer Art, sich zu verstecken. Sie wollte wissen, was er vorhatte.

Sie kümmerte sich nicht weiter um Leydis Rufe, sie solle aufhören, ihre Zeit zu verschwenden, und ging hinüber zu der Stelle, wo die Blumenverkäuferin ihren Stand hatte, genau an dem wartenden Mann vorbei. Die Verkäuferin war eine Freundin ihrer Mutter und lächelte Gabriela zu, als sie eine leuchtend rote Rose nahm und nach einem kurzen Dankeschön langsam den höher gebauten Bürgersteig entlangschlenderte, die Rose an ihrer Nase, zurück zu dem Gentleman, der im Schatten wartete.

Als sie sich näherte, sah sie, wie er sich straff aufrichtete und von der Wand Abstand nahm. Er zog die Hände aus den Taschen und sah sie prüfend an. Seine Augen wirkten so eindringlich, dass

Gabriela einen Moment zögerte und sich fragte, ob sie nicht einen Fehler gemacht hatte – bis sie das Aufblitzen des Begehrens in seinem Blick entdeckte.

Sie ging langsamer und hielt sich die Rose unters Kinn, während sie die Dornen abzupfte. Mit Begehren konnte Gabriela gut umgehen. Das war eine Empfindung, die ihr schon viele Männer zugeflüstert hatten. »Ich brauche dich, Gabriela.« »Ich will dich, Gabriela.« »Du bist so schön, Gabriela.« Oh ja! Sie kannte diese wunderbare Leidenschaft genau.

Ihre Mutter sagte immer, Gabriela hätte den ganzen Segen ihrer gemischten Vorfahren mitbekommen – in ihr kam das Beste von beiden Rassen zum Vorschein. Sie war hoch gewachsen, mit vollen Lippen und langen Gliedern, wie ihr Großvater. Ihr braunes Haar fiel in kleinen Löckchen bis knapp unter ihre Ohren. Ihre Haut schimmerte zartbraun, deutlich heller als die ihrer Mutter, einer Mulattin. Ihre Augen waren grün und über hohen Wangenknochen geschwungen geformt, Teil des portugiesischen Erbes ihrer Großmutter. Doch trotz all der Aufmerksamkeit, die ihre Erscheinung immer erweckte, hatte Gabriela noch nicht gefunden, was sie sich im Leben am meisten wünschte. Die wahre Liebe.

Gabriela warf die Dornen auf den Boden, den Blick mit einem Lächeln auf die Augen des Seemanns gerichtet. Seit sie alt genug geworden war, die Romanze ihrer Großeltern zu verstehen, wünschte sich Gabriela eine solche Liebe für ihr Leben. Bertie erzählte die Geschichte stets mit viel Gefühl, und im Laufe der Jahre hatte sich das Bild von der wahren Liebe so tief eingegraben, dass sie nichts anderes mehr zu akzeptieren vermochte.

Es war ein Märchen – ihre Großmutter hatte in Brasilien gelebt. Als sie irgendwann so krank wurde, dass ihr Leben in Gefahr war, hatte ihr Onkel, der Besitzer einer Gummiplantage, die Hilfe eines seiner Sklaven erbeten – eines Mannes, der bekannt war für seine Fähigkeiten als Heiler.

Soltan hatte Maria das Leben gerettet und als Belohnung dafür seine Freiheit bekommen – aber er wollte eine größere Belohnung. Maria selbst. Die beiden waren miteinander durchgebrannt, hatten sich im Dschungel bei den Einheimischen ein Haus gebaut. Gabbys Mutter, die Tochter dieser Verbindung, hatte einen Händler geheiratet, der selbst Mestize gewesen war.

Doch unglücklicherweise hatte Bertie nicht das Glück ihrer Mutter in der Liebe. Von ihrem Mann war sie mittellos zurückgelassen worden. Kincaid hatte sie dann vor dem Schicksal bewahrt, das verlassene Frauen in den Straßen von São Paulo erwartete. Seitdem war ihre Mutter wegen ihres weichen Herzens und ihres unverändert jungen Aussehens von einer gescheiterten Beziehung zur nächsten geschlittert – die heftigste von allen mit Kincaid selbst.

Aber Gabriela hatte in dieser Beziehung keine Ähnlichkeit mit ihrer Mutter. Sie würde sich nicht zufrieden geben mit dem bisschen, womit der Pirat Bertie abgespeist hatte, indem er ihr den Laden einrichtete. Gabriela wollte die wahre Liebe, so wie die von Maria und Soltan. Weniger kam für sie nicht in Frage.

Sie drehte die Rose in der Hand und blieb vor dem rothaarigen Seemann stehen. Es gab viele Militärs in Basse Terre, denn der Konflikt mit den Franzosen war erst vor kurzem beigelegt worden. Von seinem Verhalten und der Art seiner Kleidung her zu schließen, hielt sie ihn für einen Marineoffizier, vielleicht sogar einen Offizier der königlichen Patrouille, die Piraten wie Kincaid jagte. Sie ließ ihr Lächeln noch breiter werden, entschlossen, sich von keinem Mann einschüchtern zu lassen, ob er nun zum Militär gehörte oder nicht.

Sie hielt ihm ihre Rose hin. »Hier. Für Eure Wachsamkeit. Jetzt seid ein guter Junge und lasst mich in Ruhe! Hier gibt es nichts für Euch zu gewinnen.«

Er nahm die Rose, wobei sein Blick den ihren nicht verließ. Seine Augen waren braun, eine hübsche Farbe zu den dunkelroten Locken, die er in einem Zopf zurückgebunden hatte. Aus der Nähe sah sie seine Sommersprossen und Falten, die verrieten, dass er älter war, als sie gedacht hatte.

»Bin ich denn so leicht durchschaubar?«

Gabriela lachte und fühlte sich angesichts seines Lächelns weniger gehemmt. »Ja, ich fürchte schon.«

»Seid Ihr ihre Tochter?«, fragte er und deutete mit einer Kopfbewegung hinüber zu den Bogenfenstern von Berties Laden.

Die Frage verwirrte Gabriela und brachte sie auf den Gedanken, ob er vielleicht ihre Mutter verehrte. Obwohl das nicht von Bedeutung war. Er würde bei Bertie keine Chance haben, denn sie war gerade in diesen Weiberhelden Hugh Piton verliebt – einen halb so alten Burschen wie ihre Mutter. Gabriela hielt nicht viel von Hugh, denn sie spürte, dass diese Beziehung ihrer Mutter wieder einmal das Herz brechen würde.

»Darf ich nach Eurem Namen fragen?« Der Mann sah sie mit einem schiefen Grinsen an, wartete aber nicht auf eine Antwort. »Ich meine, wenn ich schon so endgültig abgewiesen werde, würde ich gern wenigstens wissen, wie Ihr heißt.«

»Gabriela«, sagte sie, jetzt völlig entspannt. »Gabriela de Sousa.«

»Dann seid Ihr ihre Tochter.«

Das Lächeln verschwand von Gabrielas Lippen. Er hatte sie gerade dazu gebracht, seine erste Frage zu beantworten.

»Kluger Mann«, gestand sie ihm zu, mit einem Lächeln, das diesmal nicht mehr so nett war. Hinter ihr zog sie eine Hand am Ellenbogen, zupfte an der Spitze ihres Ärmels.

»Gehen wir, Gabby«, zischte Leydi mit zusammengebissenen Zähnen. Sie betrachtete besorgt den Marineoffizier. »Wir haben keine Zeit für so etwas, um Himmels willen!«

»Ist schon gut, *cara*«, beschwichtigte Gabriela, wobei sie sich von dem Mann abwandte, um mit ihrer Freundin zu reden. »Ich will nur noch diesem Kerl erklären, dass er nicht ...« Doch als sie sich wieder umwandte, um noch etwas zu sagen, war er fort.

Gabriela spähte die Kolonnade hinauf und hinunter. Er war nirgends auszumachen. Einfach verschwunden.

»Komm schon, Gabby!«

»Hast du gesehen, wo er hingegangen ist?«

»Wir haben Wichtigeres zu besprechen!«

Als Leydi sie wegzog, fiel Gabrielas Blick zu Boden und sie runzelte die Stirn. Die Rose lag auf dem Bretterbelag des Bürgersteigs, und ihre zertretenen Blütenblätter bildeten einen roten Fleck an der Stelle, wo der Mann gestanden hatte.

6

Selbst das Wetter hatte sich gegen ihre Ängste verschworen, dachte Leydi, als ihr auffiel, wie das Sonnenlicht in einer Art in den heiteren Laden fiel, die es an einem solchen Tag beinah unmöglich machte, Sorgen zu haben. Anders als die meisten anderen Ladenbesitzer auf der Palace Street hatte Bertie darauf verzichtet, den Lagerplatz zu nutzen, den die schmale Tür und die Fenster mit den kleinen Scheiben frei ließen. Stattdessen waren neben ihrer Tür zwei große Öffnungen geschaffen worden. Licht drang herein und beleuchtete beinah jedes Fass mit Gin aus Holland oder Cognac aus Frankreich, spiegelte sich auf den lackierten Kisten mit niederländischer Spitze und gestapeltem Porzellan, lud alle Kunden ein, ihre Ware, die gleichermaßen europäischer wie westindischer Herkunft war, genau zu begutachten.

In der Mitte des Ladens stand Leydi etwas unsicher auf einem Rohrstuhl, während Bertie den Saum des Satinkleides absteckte, das sie aus einem Hinterzimmer herbeigeholt hatte. Die Schatten des Nachmittags tanzten auf dem Holzdielenboden und dem Blumendruck auf Berties Kleid. Der Raum roch nach getrockneten Kräutern und starkem Tabak.

Ungeduldig trat Leydi von einem Fuß auf den anderen. »Autsch!«

»Bewege dich nicht so viel, sonst steche ich dich«, warnte Bertie sie etwas undeutlich, weil sie den Mund voller Stecknadeln hatte. Sie trug ihr dunkles, lockiges Haar unter einem Turban mit rotgelbem Muster. Große goldene Kreolen schwangen an ihren Ohrläppchen und streiften ihren Hals. Sie kniete sich neben den Hocker, um den Saum besser halten zu können.

Leydi stand mit ausgestreckten Armen da und hatte das Gefühl, als sähe sie aus wie eine Vogelscheuche. Aber das Kleid war beinah die ganze Mühe der Anpasserei wert, dachte sie. Es hatte keinerlei Ähnlichkeit mit irgendetwas, das sie je getragen hatte; denn es war sehr elegant geschnitten mit einem offenen Oberteil, sodass ein besticktes Mieder darunter zum Vorschein kam. Obwohl der weite Rock mit der Krinoline etwas unpraktisch war, erinnerte er Leydi an große Damen und Soirees im Mondschein. Der Stoff war hinreißend, ein wunderbarer Satin mit einer Spur von cremefarbener Spitze und einer Reihe von winzigen rosa Perlen, die die dreiviertellangen Ärmel und den viereckigen Ausschnitt zierten.

»Dieses Kleid müsste eigentlich jeden Verdacht Rucksingfords beseitigen«, sagte Leydi und wünschte sich, sie könnte die Arme fallen lassen. Aber da in dem Kleid so viele Nadeln steckten, drohte ihr davon sicher ein früher Tod.

»Piratenschatz!«, raunte Bertie, und ihre dunklen Augen blitzten vergnügt. »Teil einer Aussteuer von einer spanischen Galeone. Mir tut die zukünftige Braut Leid – die Kleider waren *muito belo,* wirklich sehr schön«, übersetzte Bertie sich. »Ich habe schon alle bis auf dieses hier verkauft. Das hatte ich für eine besondere Gelegenheit aufbewahrt. Halt still, *menina!* Du bedankst dich bei Daniel, wenn du ihn das nächste Mal siehst, ja?«

»Oh, *sim*«, sagte Gabriela und steckte sich eine kandierte Frucht in den Mund. »Wir werden uns alle verbeugen und dem großen Daniel Kincaid Dank sagen!« Sie drehte sich um und schaute aus dem Fenster.

»Gabriela!« Der Singsang von Berties Stimme, wenn sie den Namen ihrer Tochter aussprach, brachte Leydi immer wieder zum Lächeln. Im Gegensatz zu ihrer Tochter sprach Bertie mit

schwerem Akzent. »Frauen bekommen Falten, wenn sie immer nörgeln.« Sie schüttelte den Kopf und steckte noch ein Stück des Saumes fest. »*Menina*«, sagte Bertie, denn sie nannte Leydi oft auf Portugiesisch ›kleines Mädchen‹, »glaubst du, dass der Mann, für den du arbeitest, wirklich gefährlich ist? Wird er Daniel fangen?«

»Rucksingford ist bestimmt eine echte Bedrohung«, bestätigte Leydi und dachte an Quentins entschlossene Miene, mit der er von seinen Plänen zur Ergreifung Kincaids gesprochen hatte. »Hast du eine Idee, wie wir ihn daran hindern könnten?«

Bertie schüttelte den Kopf. Sie nahm die Stecknadeln aus dem Mund, schloss den Nähkorb und bedeutete Leydi, von dem Hocker zu steigen, weil sie den Saum fertig hatte. »Aber wir werden uns etwas einfallen lassen, eh? Um unseren lieben Piraten zu retten.« Sie deutete mit dem Kopf zu ihrer Tochter, die versonnen am Fenster stand, und blinzelte Leydi zu. »Und die Nörgeltante da drüben *wird* uns helfen.«

Hinter einem japanischen Wandschirm, der mit zwei schlanken Kranichen bemalt war, die zwischen Schilfrohr standen, hielt Leydi still, während Bertie ihr dabei half, das Kleid wieder auszuziehen. Sie hob ihren Zopf hoch und wartete, dass Bertie ihr ihr altes Baumwollfähnchen zuschnürte. Da spürte sie, wie sich ihr Korsett lockerte.

»Was machst du denn da?«, fragte Leydi und versuchte, sich über die Schulter zu sehen.

»Ich lockere dieses Ding, bevor du überhaupt nicht mehr atmen kannst!«

»Nicht!« Leydi versuchte, sich Bertie zu entziehen.

»Ja, *Mãe*«, sagte Gabriela, die über den Wandschirm schaute. »Du machst Leydis Pläne zunichte, ihre Brüste zu verstecken. Du weißt doch, wie gern ihre Mutter es sieht, wenn ihre Tochter möglichst unattraktiv aussieht.«

»Sei still, Gabby«, sagte Leydi und schob Berties Hände weg, um sich selbst zuzuschnüren. »Das stimmt einfach nicht.«

Gabriela zog an Leydis langem Zopf. »Elaine schnürt alles fest, was Leydi an Schönheit hat – damit sie nicht neben ihrer Tochter aussieht wie ein alte Kröte.«

Leydi erwiderte nichts auf diese Herausforderung von Gabby, sondern betrachtete nur das dunkle Muster auf den Fußbodenbrettern, das durch häufiges Schrubben mit Regenwasser entstand. Es war nur zu wahr, dass ihre Mutter sich immer bemühte, Leydi unscheinbar wirken zu lassen. Aber Leydi vermutete, dass sie dafür entschieden kompliziertere Gründe hatte als nur Eifersucht.

»Was sollen wir also wegen Rucksingford unternehmen?«, fragte sie, indem sie hinter dem Wandschirm hervorkam und versuchte, das Gespräch auf wichtigere Themen zurückzubringen.

»Nicht *wir*«, sagte Gabby, beide Fäuste in die gepolsterten Hüften ihres hübschen, gestreiften Musselinkleides gestemmt. »Du, *cara*. Du wirst unsere Spionin sein.«

»Spionin?«, fragte Leydi und steckte ihren Zopf unter die Haube. »Mach keine Witze. Ich kann keine Spionin sein.«

»Wer denn sonst?«, erkundigte Bertie sich, die jetzt hinter ihrer Ladentheke stand und ihr Nähkästchen aufräumte. »Du arbeitest doch für ihn, oder? Du kannst ihn dazu ermutigen, dich in seine Pläne einzuweihen.«

»Ja, *cara*!«, fiel Gabriela enthusiastisch ein. »Schließlich hat er dich sogar um deinen Rat gefragt. Du könntest Einfluss auf ihn nehmen. Wenn du es richtig einfädelst.« Sie warf ihr einen schlauen Blick zu. »Das Kleid ist ein guter Anfang.«

Leydi zog ein finsteres Gesicht. »Du willst, dass ich ihn mit weiblichen Tricks umgarne? Die Wahrscheinlichkeit, damit Erfolg zu haben, ist nicht besonders groß.« Leydi drängte sich durch das Dickicht von Töpfen und Pfannen, die an eisernen Haken an den Regalen hingen, und folgte Gabriela zur Ladentheke. »Rucksingford würde mich am Stück verschlingen, wenn ich versuchte, ihn auf diese Art hereinzulegen«, erklärte sie und dachte wieder an ihre Scham darüber, dass er ihren Tagtraum gehört hatte. »Nein, ich weiß etwas Besseres.«

Sie stellte eine lackierte Schachtel mit Gänsefedern zur Seite und machte den beiden Frauen ein Zeichen, näher zu kommen. »Quentin Rucksingford ist ein Geschäftsmann. Er ist stolz auf seinen Erfolg mit Spekulationen.« Sie strahlte zufrieden, weil ihre Strategie ihr wirklich gut erschien. »Ich bin seine Bücher durchgegangen und habe ein paar Ideen dazu, wie ich seiner Finanzlage auf die Sprünge helfen kann. Ich werde zusehen, dass ich ihm ein paar brillante geschäftliche Ratschläge gebe, genug, um sein Interesse zu wecken; dann werde ich ihn dazu bringen, mich weiter ins Vertrauen zu ziehen mit einer Transaktion, die ich schon für Kincaid eruiert habe. Wenn diese gelingt und ich seinen Geldbeutel weiter fülle, wird er mir sicher auch sonst glauben.«

»Da könnte sie Recht haben«, meinte Bertie nachdenklich.

»Ja«, sagte Gabby und seufzte dramatisch. »Obwohl es unglaublich langweilig ist, wird es wahrscheinlich genauso gut funktionieren wie mein Plan.«

»Hör zu, Gabby! Ich wäre keine besonders gute Verführerin, selbst in dem grünen Kleid nicht. Aber geschäftlich bin ich ein Ass.« Sie nickte selbstbewusst. »Das kann ich euch versichern.«

Gabby lehnte sich mit den Ellenbogen auf der Theke zurück und starrte aus dem Fenster. »Trotzdem würde man erwarten, dass du bei all den Büchern, die du so liest, eine aufregendere Idee haben könntest, *cara*.«

Leydi nahm sich ein Stück kandierte Zitronenschale aus einer Schachtel auf der Theke. Natürlich würde es ihr gefallen, irgendein verlockendes Abenteuer zu erfinden, in dem sie die Heldin spielte. Sie lächelte und dachte einen Augenblick an eine Fantasie, in der sie einen Säbel schwang und den Drachen herausforderte.

Sie biss in die süße Frucht und dachte ihren Traum laut weiter: »Wenn ich mich von meinen Büchern inspirieren lassen würde, müssten wir uns alle als Piraten verkleiden und Anne Bonny und Mary Reed spielen. Das waren einmal zwei Frauen, die wirklich wussten, wie sie von den Männern bekommen, was sie brauchen.« Sie lachte. »Wir könnten Rucksingford entführen und ihn mit Säbel und Pistole bedrohen, bis er schwört, seiner Rache gegen Kincaid zu entsagen.« Leider war dies nicht der Augenblick für Tagträume. Ihr erster Plan schien in jedem Fall die klügere Lösung.

»Na ja«, sagte Gabby träge, »wenigstens ist das nicht langweilig.« Gabby schaute jetzt gezielter aus dem Fenster und löste sich von der Ladentheke. »Apropos langweilig. Schau mal da, *Mãe*.« Sie nickte zum Fenster hin. »Ist das nicht Hugh?«

Bertie wandte sich mit einem Lächeln um und strahlte, als sie den Namen ihres Liebsten hörte – bis ihr Blick auf etwas Bestimmtes vor dem Fenster fiel.

»Und wer ist die Frau da bei ihm, frage ich mich?«, meinte Gabby allzu unschuldig.

Berties ebenholzschwarze Augen wurden schmal und wirkten wie Dolche. Heftig griff sie nach ihrem Rock mit der lästigen Krinoline und marschierte zur Tür, wobei die Abätze ihrer Schuhe ein Stakkato veranstalteten. Mit einem fragenden Blick auf Gabby folgte Leydi ihr und wäre beinah von der Tür getroffen worden, als Bertie sie aufriss.

Sie schaute um Berties Schulter herum und überlegte, um was es bei all dem wohl gehen mochte. Und dann erblickte sie ihn – den absolut schönsten Mann, den sie je zu sehen das Vergnügen gehabt hatte.

Er stand auf dem Bürgersteig draußen vor dem Laden, zwischen Hühnern, die dort herumpickten, die er jedoch nicht bemerkte. Er trug einen Dreispitz aus Filz, eine Weste aus Leder über einem leinenen Hemd und wollener Kniehose – die einfache Kleidung eines Arbeiters. Seine Strümpfe waren fadenscheinig und seine Schnallenschuhe alt. Doch die wenig schmeichelhafte Kleidung tat seiner Schönheit keinerlei Abbruch.

Sein Haar war von einem prächtigen, satten Nerzbraun, und er hatte es im Nacken mit einem Band zusammengebunden. Seine erstaunlich leuchtenden hellblauen Augen waren von dichten schwarzen Wimpern umrahmt. Dazu kam eine vollendete Figur, breite Schultern und schlanke Taille, als hätte sich Gott entschlossen, ein Modell davon anzufertigen, wie der Mensch auszusehen hätte. In diesem Augenblick beugte er sich über eine junge Frau mit braunen Locken unter einem Schutenhut aus Stroh, der hinter ihrem Kopf mit Bändern befestigt war. Sie errötete anmutig über etwas, das er sagte.

»Hugh?«, rief Bertie. Da er sie nicht zu hören schien, stampfte sie mit dem Fuß auf und schrie: »Hugh!«

Der Mann drehte sich mit trägen Bewegungen um, sein Gesichtsausdruck war gewinnend, als hätte er keinerlei Sorgen auf der Welt. Über Berties wütende Miene lächelte er nur vage. Als die Frau vor ihm Bertie entdeckte, drehte sie sich heftig um und rannte zur Kolonnade auf der anderen Straßenseite.

»*À Dieu*, Monique!«, schmetterte Hugh der Dame hinterher und schüttelte anerkennend den Kopf angesichts ihres schwungvollen Gangs. Leydi hatte den Eindruck, dass er ihr jeden Augenblick eine Kusshand nachwerfen würde. Doch stattdessen wandte er sich mit einem Seufzer zu Bertie um. Gleichzeitig streckte er seine Arme aus. Seine ganze Aufmerksamkeit und wohlwollende Stimmung wandten sich Bertie zu – als existierte die andere von eben gar nicht mehr.

Leydi schaute zu Gabby auf, die neben ihr stand. Gabby verschränkte die Arme vor ihrem spitzenbesetzten Oberteil und nickte mit einer kurzen Bewegung dem Mann zu, der jetzt herantrat, sodass die Seiten ihrer Haube schwankten. »Mutters Neuester«, sagte sie, als sie beide kehrtmachten und zusahen, wie Bertie hinausging, um Hugh draußen vor dem Laden zu begrüßen.

Gabby lehnte sich vor, um besser sehen zu können, und machte dabei Platz neben sich für die zierliche Leydi. »Und Mutter sieht nicht allzu erfreut aus.«

Während die beiden Frauen zusahen, umarmte Hugh Bertie theatralisch. Er hob sie hoch und wirbelte sie herum; und bevor Bertie auch nur ein Wort sagen konnte, küsste er sie an Ort und Stelle, sodass es alle sahen, und zwar auf äußerst beunruhigende Art – intim genug, dass Leydi bei diesem Anblick errötete.

»Das Beste kommt erst noch, *cara*«, sagte Gabby, ihre Miene voller Misstrauen.

Während Bertie spielerisch versuchte, seine Hände wegzuschieben, hob Hugh sie hoch und trug sie zurück in den Laden wie ein Bräutigam seine Braut. Gabby und Leydi traten zur Seite, als Hugh an ihnen vorüberrauschte und Bertie mit einem weiteren innigen Kuss absetzte.

»Hugh!« Diesmal gelang es Bertie, sich aus seiner Umarmung zu befreien. »Wer war die Frau?«

Ihr Liebhaber schaute immer weiter in Berties Augen, und sein hellblauer Blick leuchtete mit einer Eindringlichkeit, die in Leydi das Gefühl erweckte, als wäre es plötzlich heiß und stickig in Berties luftigem Laden. Man konnte es nicht anders ausdrücken: er streichelte Bertie mit seinem Blick und sah sie an, als hätte er nicht die geringste Ahnung, wovon sie sprach.

»Bertie, *mon coeur*, schon ein paar Stunden ohne dich brechen mir das Herz.«

Gabby verdrehte die Augen gen Himmel.

Genau in dem Moment, als es den Anschein hatte, Bertie würde seinem Charme erliegen, duckte sie sich, als er nach ihr greifen wollte, und schaffte Abstand.

»Die Frau, Hugh! Wer war sie?«

»Frau?« Tatsächlich sah er verwirrt aus.

»Diese ... diese ... Monique!«

Die Verwirrung schwand aus seinem Blick, der jetzt verträumt wirkte. »Ah, Monique ...« Er schien seine Trägheit abzuschütteln. »Monique, *chère*, ist meine Kusine. Eine wirklich ganz liebe Frau.«

»Kusine?«, wiederholte Bertie und wirkte unsicher.

»Ja, *mon petit chou*.« Er schloss Bertie in seine Arme und flüsterte ihr ins Ohr. »Ach, Bertie, wie ich dich vermisst habe!« Und senkte seinen Mund auf ihren.

Bertie schmolz, schmolz einfach, direkt vor Gabriela und Leydis Augen, wie Zucker auf einem heißen Teller. »Kusine?«, sagte sie und erwiderte Hughs Kuss mit entsprechender Leidenschaft. Hinter ihrem Rücken begann sie, mit ihren Händen zu gestikulieren und Leydi und Gabby zu bedeuten, sie sollten gehen.

Voller Abscheu schüttelte Gabby den Kopf, verließ aber trotzdem den Laden. Leydi folgte ihr auf dem Fuße und hielt ihre erhitzten Wangen in die kühlende Brise. Die beiden Freundinnen schritten schweigend die Straße hinunter. Gabby schüttelte den Kopf.

»Diesmal hat sie wirklich den Verstand verloren.«

»Ach, ich weiß nicht«, meinte Leydi mit einer Spur von Optimismus. »Er scheint doch kein schlechter Kerl zu sein.« Sie runzelte die Stirn. »Obwohl er ziemlich jung ist.«

»Jünger als ihre eigene Tochter – ein *bébé*!« Gabriela schüttelte erneut den Kopf.

»Sei nicht so hart mit Bertie. Sie hat ein gutes Herz.« Leydi seufzte, denn sie dachte an ihre eigenen Schwierigkeiten und all das, was sie erwartete. »Glaubst du wirklich, ich kann Rucksingford dazu überreden, Kincaid in Ruhe zu lassen?«

Gabriela sah zu ihr hinunter. »Warum nicht?« Sie blieb auf dem Bürgersteig stehen und legte ihre Hand unter Leydis Kinn. »Mit deiner Begabung für Buchhaltung und so etwas wird er dir schon baldigst aus der Hand fressen, denn er sieht mehr Gold auf sich zukommen. So, und das Kleid bringe ich dir, sobald *Mãe* mit den Änderungen fertig ist.« Sie zwinkerte Leydi zu. »Man weiß ja nie. Vielleicht wirst du feststellen, dass du noch verborgene Talente besitzt, die unserer Sache weiterhelfen.«

Felix Bishop ließ sein Pferd im Schritt die lange Auffahrt zum Rucksingford Estate hinaufgehen und fragte sich, was er mit der Tochter anfangen sollte. Ein Jammer, dass sie ihn gesehen hatte. Deswegen würde er vielleicht noch etwas unternehmen müssen.

Die letzten Monate hatte er damit verbracht, de Sousas Laden zu beobachten, ohne bemerkt zu werden. Vielleicht war er deswegen unvorsichtig geworden. Die Mutter schien mit ihrem jungen

Verehrer zu sehr beschäftigt zu sein, als dass sie seine Gegenwart bemerkt hätte. Die Tochter war offensichtlich nicht derartig abgelenkt.

Er übergab sein Pferd dem Stallburschen, die Gedanken immer noch auf die Beziehung der Tochter zu Kincaid gerichtet. Welche Rolle spielte Gabriela de Sousa in diesem Drama? Sie war eine schöne Frau, mit dem exotischen Aussehen einer ägyptischen Prinzessin. Während des ganzen Rittes aus Basse Terre waren seine Gedanken immer wieder zu diesen grünen Augen und dem vollen Mund darunter gewandert. Es wäre wirklich ein Jammer, wenn sie auch etwas mit der Bruderschaft der Küste und besonders mit Kincaid zu tun hatte.

Felix stieg die Stufen zu dem palladischen Herrenhaus aus roten Ziegeln und behauenem Stein hinauf. Aus dem mittleren Bau erhoben sich zwei eindrucksvolle Seitenflügel. Die offene Kolonnade, gestützt von ionischen Säulen, verband Stall und Küche mit dem Haupthaus. Ein wenig übertrieben, war sein erster Eindruck. Es erinnerte ihn an das Schloss dieses Franzosen De Poincey, ein monströser Bau, der jetzt zusammengebrochen war; dort hatte es eine künstliche Grotte gegeben und sogar einen unterirdischen Geheimgang zur Kirche in Basse Terre, die eine Meile entfernt lag. Doch trotz seiner ganzen Pracht wirkte Rucksingford Hall verlassen, abgelegen in der Einsamkeit der Landschaft am Fuß des alten Vulkans Mount Misery.

Er hob den Klopfer und ließ ihn laut fallen in der Hoffnung, dass Rucksingford zu Hause war, denn er wollte mit seiner Mission weiterkommen. Daniel Kincaid musste hängen. Er würde nicht einen Tag Ruhe geben, bis der Mann für seine Verbrechen bezahlt hatte.

Vier Jahre alt war Felix gewesen, als Kincaid und seine Männer auf der Plantage der Bishops gelandet waren und Felix' Familie massakriert hatten. Seine Mutter hatte Felix, den Jüngsten, in einem leeren Wasserfass versteckt. Vor lauter Angst war er länger als einen Tag in dem modrigen Fass sitzen geblieben. Als er schließlich herausgekrochen kam, waren alle tot. Sein Vater, seine Mutter, seine beiden geliebten Brüder und seine Schwester.

Und das hatte Kincaid zu verantworten.

Fünfundzwanzig Jahre hatte Felix gebraucht, aber er war geduldig. Er vertraute der Vorsehung, dass Kincaid für seine mörderischen Taten büßte. Und Felix hatte die Absicht, in dieser Angelegenheit der Vorsehung Werkzeug zu sein.

Die Tür öffnete sich, Felix nannte dem Bediensteten sein Anliegen und wurde hineingebeten. Er war durch die Eingangshalle gegangen, wo sich Bilder von italienischen Meistern an den Wänden drängten, und hatte einen Audienzraum betreten.

Alles in diesem Raum war prächtig – die gewölbte Decke, die mit edlem Holz verkleideten Wände. In Apsiden mit halb gewölbten Decken standen Marmorstatuen, die einer königlichen Sammlung Ehre erwiesen hätten. Felix setzte sich auf einen der beiden portugiesischen Sessel mit der hohen Rückenlehne und dachte an die einfache Umgebung, wo er aufgewachsen war bei dem Mann und der Frau in Monserrat, die ihn adoptiert hatten. Er lächelte, denn er erinnerte sich immer noch gern an seine Jugend in ihrem Haus auf der Plantage, trotz der Tragödie, die ihn dorthin geführt hatte. Dieser Raum mit seiner Überfülle von Reichtümern ließ ihn kalt.

»Leutnant«, sagte Rucksingford, als er den Raum betrat. »Ich bin gerade von einem langen Ritt nach Hause gekommen. Heute hatte ich Euch gar nicht erwartet. Habe ich eine Verabredung vergessen?«

Felix schüttelte den Kopf. Einen Moment lang überraschte ihn Rucksingfords Erscheinung. Ganz anders als seine polierte Umgebung wirkte der Viscount zerzaust, denn er trug nur eine Weste über dem Hemd, zu Kniehosen und Reitstiefeln – keine Jacke und kein Halstuch. Und obwohl er sein Haar zu einem ordentlichen Zopf zusammengebunden hatte, war Rucksingford unrasiert und seine Augen blutunterlaufen.

»Nein, es war nichts ausgemacht, Mylord«, sagte Felix und

stand auf. »Ich habe nur etwas Neues herausgefunden – und dachte, das könnte Euch interessieren.«

Quentin hob Aloysius hoch, der im Sessel Bishop gegenüber lag und schlief. Er war zu müde für Höflichkeit; also setzte er sich einfach, ließ sich den Kater auf den Schoß fallen und streckte die Beine von sich. Er hatte einen scheußlichen Tag verbracht, der seinerseits von einer schlaflosen Nacht eingeleitet worden war. Weder Arbeit noch Rum, noch der lange Ritt über den heißen Sand auf dem Mount Misery hatte die Dunkelheit vertreiben können, die sein Inneres erfüllte.

Herr im Himmel, Clarice verfolgte ihn in seinen Träumen, und sein Vater machte ihm das Leben am Tage schwer. Er fühlte sich wie ein Gefangener in seinem eigenen Heim, denn er konnte nicht nach Basse Terre reiten, ohne zu fürchten, dass ihn sein Vater auf der Straße anhielt und ihm eine Szene machte. Und er fing an, auch die Nächte wirklich zu fürchten. Im vergangenen Monat hatte sich Clarice in einer Weise in seinen Träumen breit gemacht, wie es seit sieben Jahren nicht der Fall gewesen war. Wenn er hier und da in einen kurzen Schlummer verfiel, schien es ihm, als lauerten Visionen von ihr in jedem Schatten. Clarice, die ihm etwas zurief, Clarice, die mit ihm tanzte. Mit ihm lachte. In seinen Armen starb.

Vielleicht war es ganz gut, dass Bishop gekommen war, dachte er, obwohl ihm der Kopf dröhnte und er sich kaum konzentrieren konnte. Quentin strich durch das vom Schnurren erschütterte Fell der Katze. Die fieberhafte Entschlossenheit des Leutnants, Kincaid in eine Falle zu locken, war immer eine verlockende Ablenkung.

»Ich bin an jeder Neuigkeit interessiert, die Kincaids Gefangennahme beschleunigen könnte«, sagte Quentin und bedeutete Bishop, er solle sich setzen. »Ihr habt meine volle Aufmerksamkeit.«

»Kürzlich habe ich in der Stadt ein wenig herumgefragt und habe dabei erfahren, dass eine Eurer Bediensteten mit Kincaid zu tun hat. Das könnte erklären, warum der Pirat Euch in der letzten Zeit im Visier hatte. Es wäre nicht das erste Mal, dass ein Bediensteter für irgendein eingebildetes Unrecht nach Rache trachtet.«

Quentin hörte auf, Aloysius zu streicheln. Es gab nur ein paar Leute, die in den kleinen Häusern auf seinen Ländereien lebten. Er hatte nur wenig Personal in Rucksingford Hall und auch nur so viele Helfer für die Plantage, wie er unbedingt brauchte. Der Gedanke, dass ihn jemand betrog, gefiel ihm gar nicht. »Jetzt habt Ihr wirklich meine Aufmerksamkeit. Wer ist es?«

»Leydianna Carstair. Soweit ich erfahren konnte, arbeiten ihre Mutter und ihr Vater für Euch.«

Quentin starrte ihn verblüfft an – dann brach er in dröhnendes Gelächter aus, woraufhin Aloysius erschreckt flüchtete. »Die Maus? Sir, Ihr könntet Euch nicht ärger täuschen, als indem Ihr Miss Carstair verdächtigt … warum …«

Dann fand sein Lachen ein jähes Ende.

Einen flüchtigen Moment lang fiel ihm ein, wie sich Miss Carstair beim Abendessen verhalten hatte. Ihre seltsame Rede über Piraten. Ihr besorgter grauer Blick.

»Was ist los?«, fragte Bishop.

Das müde Gehirn von Quentin versuchte, die verschiedenen Schnipsel zusammenzusetzen, die durch seinen Kopf schwirrten. Es schien nicht möglich zu sein. Er sagte sich, dass ihn hier nur Miss Carstairs lebhafte Fantasie ansteckte. Nicht die Maus. Sie war zu süß – zu jung. Eine Frau.

Und sie reiste unbegleitet durch die Karibik. Niemand schien zu wissen, wo sie sich während elf Monaten im Jahr aufhielt. In fünf Minuten hatte sie außerdem mehr über die Bruderschaft der Küste erzählt, als Quentin in seinem ganzen Leben als Besitzer einer Schifffahrtsgesellschaft in den piratenverseuchten Gewässern der Karibik gehört hatte … und sie hatte ihn mit einer Eindringlichkeit gebeten, seine Verfolgung von Kincaid fallen zu lassen, bei der man annehmen konnte, sie selbst hatte das Gefühl, ihr Kopf stecke in der Schlinge.

Quentin lächelte, als ihn ein seltsamer Verdruss überfiel. Die Maus war eine Piratenfrau!

Natürlich hatte er wenig oder keinen Grund, sich von ihr betrogen zu fühlen. Sie schuldete Quentin keine Loyalität. Aber doch war es genau ein solches Gefühl, das in ihm aufkochte: Betrug. Schon seit langem hatte er niemandem mehr so viel Freundlichkeit erwiesen wie der Maus, indem er sie einstellte. Wie interessant, dass sie ihm das mit Verrat vergalt.

Er sah zu Bishop auf. Es wäre ihm ein Leichtes, dem Leutnant von seinem Verdacht zu erzählen. Doch er war sich absolut sicher, dass er in dieser Angelegenheit niemanden anders verwickelt sehen wollte. Die Vergeltung würde er selbst üben.

»Eure Untersuchungen haben Euch ziemlich in die Wüste geführt«, hörte sich Quentin zu Bishop sagen. »Leydianna Carstair hat nichts mit Heartless Kincaid zu tun.« Quentin erhob sich, denn er wollte Bishop so schnell wie möglich loswerden. Er brauchte Zeit zum Nachdenken … und musste überlegen, was er weiter tun sollte. »Doch da Ihr schon den ganzen Weg hierher gemacht habt, würde ich Euch gerne eine Erfrischung anbieten …«

Felix stand auf und schüttelte den Kopf, sprachlos vor Erstaunen. In der Vergangenheit war jeder seiner Versuche, Kincaid zu erwischen, durch jene Regierungsleute verhindert worden, von denen er vermutete, dass sie auf der Lohnliste des Piraten standen. Doch diesmal hatte Felix die Hoffnung gehabt, dass ihm Kincaid nicht mehr entkommen würde, denn der Pirat hatte sich mit dem Falschen angelegt: mit einem Adligen, der seine eigene Flotte besaß.

Und nun verbarg Rucksingford etwas vor ihm, obwohl er sich Mühe gab, es zu vertuschen. Das überraschte Felix, vor allem da Quentin selbst ihn ursprünglich aufgesucht hatte, weil er Kincaid loswerden wollte. Felix setzte sich seinen Hut auf und betrachtete Rucksingford eingehend.

Alles lief ordnungsgemäß, bis er Miss Carstair erwähnt hatte. Es war also die Frau, dachte er und nickte dem Viscount zu. Offensichtlich lohnte es sich, bei ihr noch einmal genauer hinzuschauen.

»Diese Miss Carstair arbeitet doch für Euch, oder?«, fragte er Rucksingford.

»Richtig, ich habe Miss Carstair tatsächlich kürzlich engagiert, damit sie ein paar buchhalterische Arbeiten für mich erledigt. Sie ist auf Rucksingford Estate aufgewachsen – mein Verwalter war so klug, ihr Talent wahrzunehmen und sie gut auszubilden. Obwohl sie eine Frau ist, verspricht sie, sich als sehr nützlich zu erweisen. Kennt Ihr die Dame? Weich wie ein Milchbrötchen. Ich bezweifle außerordentlich, dass sie irgendetwas mit Piraten zu tun haben könnte.«

»Es bleibt aber die Tatsache, dass sie mit der Besitzerin eines Ladens in der Stadt, Bertland de Sousa, und ihrer Tochter befreundet ist. Und dieser Laden verkauft seit einiger Zeit so ähnliche Waren, wie die, die von Euren Schiffen verschwunden sind.«

»Das bedeutet nicht viel. Soweit ich mich an die Ladeliste erinnere, gab es nichts wirklich Einzigartiges darauf. Also könnte diese Frau de Sousa die Waren auch von jemand anderem gekauft haben und nicht unbedingt von Kincaid selbst.«

»Ich habe andere Gründe, anzunehmen, dass Mistress de Sousa mit Kincaid zu tun hat«, sagte Felix drängend. »Sie und ihre Tochter.«

Die Blicke der beiden Männer trafen sich in schweigender Herausforderung. »Aber nichts Konkretes gegen Miss Carstair vorzubringen«, wandte Rucksingford leise ein.

Felix schüttelte den Kopf. »Im Augenblick nicht.«

Der Viscount lächelte in einer so glatten Bewegung seiner Lippen, dass es absolut nicht nach Amüsement aussah. »Dann kann ich vielleicht zu ihrer Verteidigung vorbringen, dass mein Verwalter Miss Carstair seit ihrer Kindheit kennt. Er kann ihren einwandfreien Charakter bezeugen. Und sie kam mit besonderen Empfehlungen eines Freundes aus Monserrat. Er hat ihr hervorragende Referenzen ausgestellt. Sie arbeitet das ganze Jahr für ihn, ist also sehr beschäftigt. Da hat sie wohl kaum Zeit und Interesse, sich mit Piraten zu verständigen. Ich hege selbst die Hoffnung, sie für mich zu gewinnen. Sie hat sich bei der Organisation mehrerer Projekte als sehr talentiert erwiesen.«

»Ich verstehe«, sagte Felix und fragte sich, warum Rucksingford versuchte, die Frau zu decken, denn das tat er ganz eindeutig. »Und der Name Eures Bekannten ist?«, fragte er beiläufig.

»Averns. Matthew Averns. Seit Jahren ein Freund der Familie.«

Felix nickte. »Nun ja, dann habe ich mich vielleicht doch getäuscht.«

»Ja, Leutnant, ich glaube, Ihr solltet Eure Zeit besser damit verbringen, Kincaid zu suchen, und nicht, irgendwelchen Frauen nachzuspionieren.«

»Natürlich. Guten Tag, Eure Lordschaft! Hoffentlich kann ich Euch beim nächsten Mal bessere Nachrichten überbringen.«

Felix drehte sich auf dem Absatz um und ging hinaus. Zweifellos war es völlig sinnlos, mit Matthew Averns Kontakt aufzunehmen. Bis dahin hatte ihm Rucksingford längst eine Nachricht geschickt, die ihn anwies, Leydianna Carstair zu decken. Sein Schutz machte es allerdings umso wahrscheinlicher, dass Miss Carstair in die Sache verwickelt war. Rucksingford wusste etwas, das ihn auf den Gedanken brachte, die Dame könnte seinen Schutz brauchen.

Doch letztendlich würde er nichts tun können, um ihr zu helfen. Nicht, wenn sie in irgendeiner Weise Komplizin von Kincaid war.

Als sich die Tür hinter Felix schloss, betrachtete Quentin reglos die komplizierte Stuckverzierung an der Wand. Die grässliche schlaflose Nacht und seine Träume, die ihn verfolgten, verblassten hinter den seltsamen Ereignissen des Augenblicks.

Tja, das eigenartige Verhalten der Maus begann in der Tat etwas verständlicher zu wirken, wenn ihm etwas gar nicht so Eigenartiges zugrunde lag. Er zog an der Klingelschnur, um George herbeizurufen. Einen Moment lang dachte er darüber nach, warum er sich so heftig weigerte, das Fräulein Bishop zu überlassen, obwohl er einen Verdacht hatte.

Vielleicht war es einfach Schlafmangel. Oder sein Vater und die Erinnerungen an die Vergangenheit hatten ihm seine letzte Vernunft geraubt. Jedenfalls wurde Quentins Blick jetzt leer, und vor seinem inneren Auge sah er ganz klar die Maus im kleinen Haus ihrer Mutter. Er hielt sich nicht für einen besonders empfindsamen Menschen – Nostalgie lag ihm nicht –, aber er musste zugeben, dass ihr niedergeschlagener Ausdruck die Erinnerung an seine eigene jämmerliche Kindheit geweckt hatte.

Irgendwie konnte er sogar verstehen, warum sie die Macht und den Schutz eines Piraten wie Kincaid suchte. Wie hilflos sie doch beim Tagträumen in seinem Empfangssalon gewirkt hatte! Was für ein rührendes Bild, als sie mit Aloysius auf dem Teppich lag und mit den Engeln sprach – die er genau zu diesem Behufe hatte malen lassen: damit sie ihm in seinem selbst auferlegten Exil Gesellschaft leisteten.

Ja, die Maus hatte etwas an sich, das einen Mann dazu bringen konnte, sie unbedingt unter seine Fittiche zu nehmen.

Die Tür öffnete sich, und George trat ein, sodass seine Träumerei unterbrochen wurde. Plötzlich wünschte er, seine Gründe, die Maus unter seine Fittiche zu nehmen, könnten so lobenswert sein wie zum Beispiel sein Glaube an ihre Unschuld. Doch in Wahrheit war er nicht so edelmütig. Seine Uneigennützigkeit hatte er vor Jahren mit Clarice begraben. Er suchte nicht in anderen Menschen nach dem Guten. Nie mehr. Und ebenso wenig in sich selbst.

Eigentlich gab es für ihn nur einen Grund, Bishop von der Spur der Maus abzulenken. Er wollte nicht, dass sich der übereifrige Leutnant in sein Katz-und-Maus-Spiel einmischte. Wenn sie hinter den Angriffen auf seine Schiffe steckte, würde Quentin es schon herausfinden – und dann entsprechende Gegenmaßnahmen ergreifen. Die Falle würde er ihr selbst stellen.

»Sir?«, fragte George.

»Ruft Stevenson sofort herein. Ich habe eine dringende Nachricht an die Averns-Plantage auf Monserrat.«

7

Leydi stand barfuß auf dem Steinboden. Sie hatte das braune Kleid aus- und stattdessen das grüne Satinkleid angezogen, das Gabriela ihr am Morgen gebracht hatte. Die Brokatschuhe mit den Absätzen und eine passende Spitzenhaube lagen auf der Tagesdecke des Bettes hinter ihr. Bertie war mit den Änderungen über Nacht fertig geworden, und Gabby hatte ihr das Kleid schnell gebracht, weil sie wollte, dass Leydi es noch heute trug.

Die Frau im Spiegel mit dem vergoldeten Rand sah absolut nicht aus wie eine Buchhalterin. Und sie war auch nicht die elegante Lady Anne. Aber Leydi gefiel sich. Oh ja, ihre Entscheidung war richtig.

Noch bevor sie es sich anders überlegen konnte, löste sie den Zopf, den sie um den Kopf gesteckt hatte, und breitete ihr Haar aus, bis es ihr locker zu den Hüften hinunterfiel. Die Vormittagssonne wurde von der spanischen Wand reflektiert, die in ihrem Zimmer im Elternhaus stand, und verwandelte ihre Haarfarbe in ein dunkles Gold. Die fernen Schreie von Grünaffen und Bananenfinken mischten sich mit dem Rascheln von Palmblättern in der Brise.

Sie drehte sich im Kreis, um sich ganz in dem Spiegel auf der Kommode sehen zu können. Leydi fühlte sich so, in dem grünen Kleid und mit gelöstem Haar, völlig verwandelt. »Ich glaube, ich werde ihn überraschen«, flüsterte sie. Und dann runzelte sie die Stirn. Seit wann wollte sie gern, dass Rucksingford sie bewunderte?

Diese Tage dachte sie zu oft an ihn – und das hatte nichts mit ihren Sorgen um Kincaid zu tun. Zu oft träumte sie von Quentin

Alexander Rucksingford, ohne die geringsten Ängste um den Piraten zu hegen. Sie stellte sich vor, wie sie flirtete, lächelte und tanzte. Ausgiebig überließ sie sich ihren Tagträumen. Und Quentin, mit seiner dunklen Attraktivität und bewundernswert guten Figur, war immer der Mann in jenen Träumen.

Leydi presste die Lippen fest zusammen und zupfte ihr Kleid zurecht. Sie wusste, was es war, das ihre Einbildungskraft so beflügelte – Rucksingford hatte ihr einen Gefallen getan, indem er sie einstellte als Mr. Stevensons Hilfskraft. In Gedanken hatte sie den Drachen in einen Ritter auf dem weißen Ross verwandelt. Und sie hatte seine Engel und seinen fetten alten Kater kennen gelernt.

Wie ein Leser, der alles liest, was ihm im Café für einen Penny unter die Finger kommt, hatte sie sich durch die Berge von Büchern und Verträgen gearbeitet, sodass sie beinah schon selbst glaubte, in seinem Leben gäbe es nichts anderes als diese Papiere. Keine Frau, keine Kinder – nur viel Geld und ein großes, leeres Haus. Sie warf einen Blick zu dem Haufen von Reise- und Abenteuerbüchern, die in der Zimmerecke aus ihrer Reisetasche lugten und ihre einzige Ablenkung bildeten. Eine Ausgabe von *Gullivers Reisen*, Dampiers *Eine neue Reise um die Welt* und *Robinson Crusoe* standen schief an der Seite heraus. Jawohl, Leydi konnte die Einsamkeit des Viscounts gut verstehen.

Sie streckte ihrem Spiegelbild die Zunge heraus. »Du dummes Ding! Dir romantischeTräume zu zimmern um einen Mann, der sich vorgenommen hat, Kincaid an den Galgen zu bringen. Und das nur, weil es Rucksingford gelungen ist, dass du dich einmal als Frau siehst.«

Das war allerdings das Problem. Wenn Quentin sie anschaute, wirkte er nicht verträumt wie dieser Franzose Hugh, wenn er Bertie in die Arme nahm. Doch in Quentins blauen Augen lag dieselbe Hitze. Sodass Leydi sich wünschte, begehrenswert zu sein.

Sie vermutete, dass er genau deshalb mit ihr spielte. Als gelangweilter Adliger hatte er nichts zu verlieren, indem er mit seinem

Personal flirtete. Er würde nicht erfahren, wie viel Leydi das bedeutete – dass sie endlich von einem Mann bemerkt wurde.

Sie setzte sich und griff nach ihrer Bürste. Sorgfältig widmete sie sich ihrer Lockenpracht – die einzige Eitelkeit, die sie sich gestattete. Wenn ihr das Haar über die Schultern floss, konnte sie die Augen schließen und sich ausmalen, sie wirke wie Lady Constance in *Die mutige Constance* – eines ihrer Lieblingsbücher, weil seine Heldin so furchtlos war. Sie hatte ihr Haar auf Devil's Gate ein- oder zweimal offen getragen – aber niemand schien das bemerkt zu haben. Die Männer lächelten nur und behandelten sie wie eine von ihnen. Und das war wahrscheinlich auch besser so.

Leydi schob die Strähne zurück, die sie gebürstet hatte, und griff nach der nächsten. Sie wiegte sich immer noch in der Hoffnung, dass eines Tages einer der Männer sie anders ansehen würde – und sie dann bitten, ihn zu heiraten, um auf Devil's Gate eine Familie mit ihm zu gründen, wie es schon oft vorgekommen war. Liebend gern würde sie selbst Kinder haben, ein paar kleine Schlingel, die sie all die wunderbaren Dinge lehren konnte, die es auf der Welt gab. Jetzt, im Alter von zweiundzwanzig, hatte sie oft das Gefühl, dass ihr die Zeit davonlief.

»Aber Rucksingford wird es nicht sein«, erklärte sie ihrem Spiegelbild. »Also hör auf zu träumen. Konzentriere dich auf das Wesentliche und sei vernünftig.«

Sie stand auf, nahm zwei Strähnen ihres Haars von den Schläfen und hielt sie nach hinten aus dem Gesicht. Es gab trotz allem keinen Grund, warum sie sich nicht hübsch machen sollte. Und das Kleid hatte ihr gestern den Vorwand geliefert, den sie gebraucht hatte, um nach Basse Terre zu fahren. Da war es das Beste, wenn sie es heute anzog und so jeden Verdacht zerstreute, der ihm wegen ihres Ausfluges vielleicht gekommen war.

Fieberhaft überlegte sie, wie sie ihr Haar wohl am besten zur Geltung brächte. Sie wollte zu ihrer Verabredung mit Rucksingford nicht zu spät kommen, also musste sie sich beeilen. Leydi knirschte mit den Zähnen und versuchte, keine allzu scheußliche

Grimasse zu schneiden, als sie daran dachte, dass er sie wieder ›Maus‹ nennen würde.

»Na ja, vielleicht wird er heute seine Meinung ändern!«, zwinkerte sie ihrem eleganten Spiegelbild zu.

Hinter sich hörte sie die Tür quietschen. Im Spiegel sah sie ihre Mutter, die eintrat. Leydi drehte sich um.

»Ausziehen«, befahl ihre Mutter, und dabei bewegten sich ihre Lippen kaum.

»Mutter, ich ... das ist ein Geschenk von Gabby und ihrer Mutter.«

»Es ist ein Hurenkleid. Zieh es aus!«

Errötend schaute Leydi an dem einfachen Kleid mit dem Spitzenrand und dem bestickten Brusteinsatz hinunter. »Ich gebe zu, dass es vielleicht ein wenig übertrieben ist, aber es ist kein ...«

»Es ist für ihn, stimmt's?«, sagte ihre Mutter und war mit zwei Schritten im Zimmer. »Damit er dich als Frau sieht und dich dann begehrt!«

Verwirrt und verärgert schüttelte Leydi den Kopf, weil ihre Mutter die Wahrheit exakt traf. Aber durch Elaines Augen gesehen, wirkten Leydis unschuldige Träumereien hässlich und furchtbar. »Nein, nein, das habe ich nicht im Sinn, Mutter. Ich bin nur seine Buchhalterin und werde nicht ...«

»Ausziehen!«

Der Ausdruck in den Augen ihrer Mutter brannte sich direkt durch Leydis Brust in ihr Herz. Es war, als sähe sie ihre Tochter überhaupt nicht, als sähe sie jemanden ganz anderen – jemanden, der ihr Angst machte und sie in Wut versetzte.

Ihre Mutter reckte den Arm und packte eine Hand voll von Leydis Haar. Sie ließ die Strähnen durch ihre Finger gleiten und starrte hinunter auf die Locken, die bis zu Leydis Hüften reichten. »Du weißt ja nicht einmal, was du tust, Leydianna. Ich werde nicht zulassen, dass du dich für diesen Mann zum Narren machst.«

Ihre Mutter packte das Vorderteil des Kleides und zog. Das Geräusch des reißenden Satins klang hart und erfüllte den kleinen Raum. Leydi schloss die Augen. Sie wollte den Hass im Blick ihrer Mutter nicht sehen – den schrecklichen, verrückten Hass, von dem Leydi fürchtete, dass er nicht dem Kleid, sondern ihr selbst galt.

Eine ganze Weile lang geschah nichts. Als einziges Geräusch drangen die Rufe der Arbeiter draußen von den Feldern herein und dazu der Affen und Vögel. Auf einmal hörte sie ihre Mutter weinen.

Leydi öffnete die Augen. Elaine hatte den Handrücken an den Mund gedrückt, als versuche sie, ihre Schluchzer zu unterdrücken. Dabei starrte sie das Oberteil von Leydis Kleid an. Leydi sah an sich hinunter. Der dünne Satin war bis zur Taille hinunter zerrissen und damit nicht reparierbar.

»Was habe ich getan?«, flüsterte ihre Mutter durch die Finger vor ihrem Mund hindurch, immer noch bemüht, ihr Weinen zu beherrschen. »Oh, Leydianna, vergib mir!«

Ihre Mutter griff nach ihr, drückte sie an sich, weinte noch heftiger. Leydi schloss die Augen. Diese Szene kannte sie. Elaine Carstair war überhaupt nur dann nett zu ihrer Tochter, wenn sie sich am grausamsten verhielt.

Leydi hob die Arme und hielt ihre Mutter fest, während sie weinte. Es war ein seltsames Ritual, eines, das Leydi noch nie verstanden hatte. Als könnte Elaine das Bild ihres eigenen hässlichen Verhaltens nicht ertragen. Sein Anblick schien das letzte bisschen Liebe, das noch in ihrem Herzen glimmte, zu verschlingen.

»Leydianna, du weißt das nicht. Das Kleid, dein Haar … Leydianna, du bist mein einziges Kind. Ich muss dich retten. Ich muss dich *retten*!«

Sie wollte fragen: Wovor? Vor Rucksingford? *Wo du doch der Mensch bist, der mir in meinem Leben am meisten Leid zugefügt hat?* Doch es hatte zu wenig aufrichtige Augenblicke zwischen ihr und ihrer Mutter gegeben. So griff sie nach dem Rest, der geblieben war.

»Ist ja gut, Mutter. Nicht so schlimm. Du hast Recht. Das Kleid ist unangemessen. Ich mache mich zum Narren, wenn ich es anziehe, um dann als Buchhalterin zu arbeiten.«

»Ja, Liebes! Völlig unangemessen.« Elaine unterdrückte die Schluchzer und hielt Leydi immer noch im Arm – ohne die Gefühle, nach denen sie sich so sehnte. Sie zog sich zurück, starrte den zerrissenen Stoff an und berührte ihn flüchtig. »Das hätte ich nicht tun sollen. Ich weiß nicht, was über mich gekommen ist. Vergib mir, Liebes!« Sie zog die Spitze und den zerrissenen Stoff wieder zurecht, hielt ihn vergeblich zusammen. »Hier, lass mich versuchen …«

Leydi schob die Hände ihrer Mutter zur Seite. Sie hielt das Kleid vor dem bestickten Mieder hoch. »Macht nichts, ist nicht nötig.«

»Oder möglich. Völlig ruiniert«, hauchte Elaine mit schwacher Stimme, die nach echtem Bedauern klang. »Es tut mir Leid. Wirklich Leid.«

»Ich habe doch gesagt, dass es nichts macht«, versicherte Leydi ihr. Sie drückte sie einmal kurz und flüsterte: »Ich habe genug andere Kleider. Nimm deinen Spiegel wieder mit in dein Zimmer, ich ziehe mich gleich um.«

»Ja, Liebes«, murmelte Elaine und schob die Locken von Leydis Gesicht. »Vergibst du mir? Wegen dem Kleid, meine ich? Es war nur, damit du keinen schrecklichen Fehler machst. Ich habe dir doch gesagt, du sollst mit Seiner Lordschaft aufpassen. Aber ich hätte das Kleid nicht zerreißen sollen.«

»Denk nicht mehr daran.« Leydi lächelte und fühlte sich ihrer Mutter seltsam nah. Sie fragte sich beinah, ob das nicht den Verlust eines schönen Kleides wert war, ihre Mutter lächeln zu sehen. »Also, ich bin gleich fertig.«

Auf dem Weg zur Tür, den geliebten Spiegel unter dem Arm, sagte Elaine noch: »Und, Leydianna?«

Leydi drehte sich um, ihr Lächeln unverändert. »Ja, Mutter?«

»Dein Haar, Liebes. Tu etwas mit deinem Haar. Ich wünschte, du würdest es mich schneiden lassen. So ist es so unordentlich.«

Das flüchtige Glücksgefühl wich aus Leydis Herz. Ihr Lächeln fühlte sich rau auf den Lippen an. »Ich flechte es wieder zum Zopf, Mutter. Schön ordentlich und fest. Es wird keine Strähne am falschen Platz liegen.«

Quentin starrte auf Miss Carstairs Hinterkopf. Sie bearbeitete einige Zahlen, die Stevenson zusammengestellt hatte. Obwohl er zwei Stunden lang Anspielungen gemacht hatte, war das mysteriöse smaragdgrüne Kleid noch nicht erwähnt worden, das sie gestern in Basse Terre hatte kaufen wollen. Sie war, wie gewöhnlich, in Grabesbraun gekleidet und entschuldigte sich nicht dafür.

Er hatte den Verdacht, dass es keine neue, farbenfrohe Ausstaffierung gab. Bishops Bemerkung, dass das Kleid nur ein Vorwand gewesen war, wirkte plötzlich direkt wahrscheinlich. Sie hatte einfach die nächstbeste Ausrede hergenommen, um loszurennen und Kincaids Leute vor seinen Plänen gegen die Piraten zu warnen. Quentin wanderte um den Schreibtisch herum und lächelte, dabei ließ er seine Finger abwesend über die Papiere und Notizen gleiten, die Miss Carstair sorgfältig auf dem Rosenholz angeordnet hatte. Es war wirklich eine Schande. Er hatte geglaubt, er würde wenigstens das Glück haben, sie besser gekleidet zu sehen.

Ja, wirklich, der Leutnant schien Recht zu haben, was den wirklichen Grund von Miss Carstairs Fahrt nach Basse Terre gestern Morgen betraf. Es war durchaus möglich, dass die Maus mit den Piraten unter einer Decke steckte.

Leise trat er hinter Miss Carstair. Während sie die Verträge studierte, betrachtete er stattdessen die zarten Löckchen, die dem unter ihrer Haube festgesteckten Zopf entkommen waren, das ordentliche weiße Tuch, das über ihren Schultern lag, und ihre eifrigen Finger, die die Feder hielten. Er sah zu, wie sie die Spitze der Feder immer wieder ins Tintenfass tauchte, fast rhythmisch: *Tinte, Tinte, kritzel, kritzel, Tinte, Tinte*. Eine fleißige Maschine. Sie machte sich auf einem Stück Papier Notizen und schrieb dabei schneller, als die meisten Leute denken können.

Quentin verschränkte die Arme vor der Brust auf seiner Weste und versuchte, zu einem Urteil zu kommen – ob die Komplizenschaft der Maus mit dem Piraten das Verhalten einer extrem naiven Frau war oder eines Menschen mit unglaublicher Hinterlist. Wie auch immer, die Waren, die der Pirat stahl, gehörten ihm. Und das bedeutete, dass Miss Carstair seine Beute war.

Er nahm einen der Verträge zur Hand und starrte blicklos auf das Papier, während er sich seine heutige Strategie zurechtlegte. Seine Buchhalterin bot ihm allmählich eine willkommene Ablenkung. *Besser die Maus necken und aufziehen, als der Tatsache ins Gesicht zu sehen, dass er seit zwei Tagen nicht richtig geschlafen hatte, weil der Graf ihn so belästigte.*

Er seufzte. Die Bemühungen seines Vaters wurden wirklich langsam extrem ermüdend. Und Clarice … Er war nach St. Kitts gekommen, um jene dunklen Tage in London zu vergessen. Und nun war er sogar hier zum Gefangenen geworden – besonders zum Gefangenen seiner eigenen Reue.

Himmel, er brauchte dringend Schlaf. Quentin lehnte sich zurück an die Bücherregale und dachte an die Mühe, die es ihn gekostet hatte, morgens die Energie zum Rasieren und Anziehen aufzubringen. Unter den gegebenen Umständen hatte er sich einen Rock gespart, obwohl George ihn gedrängt hatte – denn er war entschlossen, nur mit Kniehose und Weste, weniger unter der Hitze zu leiden. Beinah hätte er gelacht über das ironische Interesse, das er am fehlenden Modesinn der Maus hatte.

Er schaute zu ihrem gesenkten Kopf hinüber. Ihre Schultern waren über die Verträge gebeugt, Papiere, die eine ganze Welt für sie zu bedeuten schienen. An diesem Nachmittag wirkte Miss Carstair ganz besonders braun. Selbst ihr Gesichtsausdruck um den Mund herum war schmal, als hätten die Kleider begonnen, sie zu verwandeln. Sie war entschieden zu ernst, mit ihrer so ganz darauf konzentrierten Energie, Monate von Korrespondenz zu ordnen, um die er sich nicht gekümmert hatte – weil ihm die Papiere völlig egal waren. Der Viscount starrte aus dem Fenster zum zarten Blau des Himmels mit den darübergleitenden Wattewolken und fragte sich, was er wohl tun könnte, um die nächsten Stunden zu beleben.

»Seht Euch das an«, sagte sie und deutete mit einem schlanken Finger auf die Zahlen vor sich. »Nur sechshundert Fässer.« Sie schüttelte den Kopf. »Wie Ihr seht, vermindert das Euren Gewinn beträchtlich.« Leydi begann, eigene Berechnungen aufs Papier zu kritzeln.

Plötzlich riss Quentin ihr die Feder aus der Hand. »Wenn es so weitergeht, werde ich in zwei Wochen ruiniert sein. Kann mich nichts retten, Maus?«

Ihre Antwort war nur schmallippiges Schweigen. Zweifellos verärgerte sie diese Bezeichnung – ebenso wie sein Sarkasmus. Er fragte sich, wie lange sie ihn erdulden würde.

Quentin gab vor, über ihre Schultern die Zahlen zu studieren, obwohl sie ihn im Augenblick ausgesprochen langweilten. Doch die Geste gab ihm eine Möglichkeit, ihr so nah zu kommen, dass er ihren Duft wahrnahm. Lavendel? »Siebenhundert und drei erscheint mir irgendwie richtiger«, nannte er vage irgendeine Zahl.

»Schaut noch einmal hin«, sagte sie und deutete auf die Ziffer. »Sechshundert, und keine Spur mehr.«

Lächelnd nahm er den Ärger in ihrer Stimme zur Kenntnis. Offensichtlich kränkte es die Maus mehr, wenn er an ihren Rechenfähigkeiten zweifelte, als wenn er sich über ihre Kleidung lustig machte. Er gab ihr die Feder zurück, blieb aber dicht an ihrer Schulter und flüsterte ihr ins Ohr: »Ja, ich sehe ein, dass Ihr Recht habt.« *Lavendel. Ganz bestimmt Lavendel.* »Sechshundert ist richtig. Eine ziemliche Katastrophe für ein gewinnorientiertes Unternehmen.« Dann beugte er sich noch näher zu ihr, sodass seine Wange beinah ihr Haar berührte, und wunderte sich darüber, dass sie duftende Seife benutzte, wenn sie sich doch so sehr bemühte, ihre Physis zu verbergen. »Sollen wir uns vielleicht noch eine ansehen, Maus?«

Sie machte sich nicht die Mühe, ihm auszuweichen; denn eine solche Geste schon könnte ihm so viel Befriedigung geben, die sie ihm nicht gönnen wollte. Doch ihre eingeschnappte Miene blieb. Sie sah aus, als hätte sie eben etwas Ekliges gekostet. *Maus, Maus, Maus,* sagte er sich mit einem Lächeln.

»Hier«, meinte er und griff nach dem nächsten Brief, auf dem er Gellmans Siegel erkannte. »Ich setze große Hoffnung auf diese Kaffeeernte.«

»Aber seht Euch den Preis an«, sagte sie und deutete mit der Federspitze auf die Zahl. »Der ist entschieden zu hoch.«

»Meint Ihr?« Quentin durchsuchte die Briefe, bis er noch vier weitere gefunden hatte. »Wenn wir schnell handeln, ist der Preis ziemlich vernünftig. Schaut her!« Ohne es so recht zu wollen, bemerkte er, wie sein Verstand arbeitete, als legte er die Teile eines Puzzles zusammen. Er ordnete die Briefe auf dem Schreibtisch nebeneinander an und wies auf den ersten. »Derrick fragt, ob ich noch Zuckerrohr zum Pflanzen übrig habe. Sein Angebot ist nicht schlecht; aber er erwähnt, dass er eine gute Tabakernte hat und ob ich einen Teil davon als Bezahlung annehmen würde.« Jetzt war der nächste Brief an der Reihe. »William sucht Tabak, kann aber nur in Schafen bezahlen, an denen Derrick kein Interesse hat – und Billings«, sagte er zu einem weiteren Schreiben, »braucht Schafe, hat aber nur die Salzsaline auf Bonaire.« Er starrte die Briefe an, und die komplizierten Gegebenheiten begannen, in seinem Verstand Form anzunehmen. »Also Gellman. Was denkt Ihr, was er wirklich für seinen Kaffee will?«

Leydi schüttelte den Kopf, ebenso fasziniert von dem Finanzdrama, das sich vor ihnen auf dem Schreibtisch abspielte. »Ich habe keine Ahnung.«

»Er versucht natürlich, Billings Salzsalinen zu kaufen. Wir fangen hier an«, erklärte Quentin, und dieselbe eigenartige Erregung überfiel ihn wie immer, wenn er mit Zahlen zu tun hatte, die sich ergänzten. Er deutete auf den ersten Brief. Sein Großvater hatte ihm immer erklärt, dass er das Herz eines Händlers besitze. »Und kommen bis an dieses Ende«, fügte er hinzu und ließ seinen Finger über die Papiere wandern.

»Dann verdoppelt Ihr Euren Profit beim Verkauf des Kaffees.«

»Ich verdreifache ihn genau genommen, wenn ich an Struthers auf Jamaika verkaufe, der seine Verpflichtungen überdehnt hat und nicht genug Kaffee geerntet hat, um sie zu erfüllen.«

»Das ist ja wirklich erstaunlich«, sagte sie und schüttelte den Kopf, wobei sie weiter auf die Papiere starrte. Dann sah sie zu Quentin auf. »Ja, tatsächlich verblüffend!«

Er lehnte sich ans Regal zurück und lächelte angesichts ihrer unverhüllten Bewunderung. So viel Interesse wie jetzt hatte er an Miss Carstairs Miene nicht mehr festgestellt seit seinem hohen Lohnvorschlag. »Habe ich Euch beeindruckt, Maus?«

Sofort erstarb ihr Enthusiasmus. Ihre Lippen zogen sich wieder missbilligend zusammen. »Diese Bezeichnung verabscheue ich wirklich. Sie ist erniedrigend und unnötig. Müsst Ihr sie unbedingt gebrauchen?«

»Aber ich dachte, um das ginge es gerade, Miss Carstair.« Er deutete auf ihre Kleidung. »Das ganze Braun, das Ihr tragt! Also, ich dachte, das gälte ausdrücklich mir ... damit ich Euch als möglichst unscheinbar wahrnehme. Als Maus eben.«

»Wenn Ihr auf das grüne Kleid anspielt – ich habe das Kleid gekauft, wie ich Euch schon mitteilte ...«

»Gut. Ich bin wirklich gespannt darauf, es zu sehen. Und es freut mich, dass Ihr Euch für Grün entschieden habt. Ich glaube, wie ich schon sagte, dass das bestimmt gut zu Euren Augen passt.«

»Nun, Ihr werdet es nicht zu Gesicht bekommen. Ich meine«, fuhr sie fort und schaute auf ihre Hände hinunter, »weil ... na ja, weil ich es doch für völlig unangemessen halte. Ich bin Buchhalterin, nicht irgendeine Schlampe, die sich Euch feilbietet!«

Das leichte Zittern in ihrer Stimme hatte er nicht erwartet, genauso wenig wie ihren eindringlichen Ton. Für Quentin war die Maus eine Ablenkung, ein Spiel – er war nicht darauf vorbereitet, dass sie auf seine Neckerei so stark reagieren würde. Er nahm sie bei den Schultern, zog sie aus ihrem Sessel hoch und drehte sie um, sodass sie ihn ansehen musste – weil ihm dieses Zittern in der Stimme so seltsam vorkam.

Sie starrte jedoch störrisch auf ihre Schuhspitzen hinunter. »Im Laden fand ich es noch gut. Aber da war wohl das Licht ausgeschaltet. Als ich es heute Morgen anprobierte, fand ich es scheußlich.« Ihre Lippen waren zu einem blutlosen Strich zusammengedrückt. »Eine hässliche Farbe. Ich kann Euch versichern, dass es überhaupt nicht besonders zu meinen Augen passte. Meine Mutter fand es übrigens auch grässlich.«

»Eure Mutter!«, sagte er in einer Weise, die seinen Abscheu nicht verhehlte. »Offensichtlich erkennt sie sofort, was unpassend ist.« Leydi sah auf und begegnete herausfordernd seinem Blick. »Außerdem hat die Farbe meiner Kleider nicht den geringsten Einfluss auf meine buchhalterischen Fähigkeiten. Und eigentlich geht es Euch überhaupt nichts an, was ich trage.«

Er sah in ihre hart glänzenden Augen, deren Grau noch intensiver leuchtete angesichts der Empfindungen, die sie zu verbergen trachtete. *Meine Mutter fand es auch grässlich.* Oh ja, die Mutter! Die Frau, die sich in prächtige Seide kleidete, während sie ihre Tochter in braune Baumwolle steckte.

Ein Bild erschien ganz klar vor seinem inneren Auge, so präzise wie auch seine geschäftlichen Visionen abliefen. Die Maus, auf einmal mit nigelnagelneuer Garderobe. Die neidische Mutter, wie sie ihre Tochter in ihrer blühenden Schönheit betrachtet …

Natürlich war es die Mutter. Die Maus sah wahrscheinlich entzückend aus in ihrem neuen Kleid. Darum trug sie es nicht.

Ein Ärger, wie er ihn für sich selbst niemals zugelassen hätte, wallte in Quentin auf, drohte mit der Gewalt der früheren Ausbrüche von Mount Misery hervorzubrechen. Er nahm Miss Carstair beim Arm und zerrte sie unsanft zum Fenster. Dort riss er ihr die Haube herunter und warf sie zu Boden. Dann machte er mit den Haarnadeln weiter, die ebenfalls auf dem Teppich landeten.

Leydi versuchte, sich ihm zu entwinden, aber er ließ es nicht zu. Er schleuderte weitere Nadeln beiseite, erstaunt, wie viele davon sich auf ihrem Kopf befanden, bis schließlich der lange Zopf über ihren Rücken fiel. Sie schlug seine Hände zur Seite und duckte sich unter seinem Arm hindurch. Er packte sie an beiden Schultern und sah sie mit einem glühenden Blick an, der sie zwang, stehen zu bleiben.

»Ihr bezahlt mich dafür, Eure Buchhalterin zu sein, nicht grüne Kleider zu tragen«, erklärte sie ihm steif. »Und Ihr könnt mich Maus nennen, solange Ihr wollt. Es berührt mich nicht.« Sie hob das Kinn und verschränkte kriegerisch die Arme. »Vielleicht sollte ich mir etwas ähnlich Nettes als Anrede für Euch einfallen lassen?«

Doch egal wie sehr sie sich bemühte, sich hinter ihrem Ärger zu verschanzen – er merkte trotzdem, wie verletzt sie war.

Ohne sich weiter um ihre Herausforderung zu kümmern, löste er anschließend ihren Zopf. Ihr Haar war erstaunlich lang, fiel hinunter bis über ihre Hüften auf ihr weich gerundetes Hinterteil. Es fühlte sich an wie Seide. Im Licht vom Fenster hatte es die Farbe von Gold im Schatten. Und es verwandelte diese kleine Maus in eine Schönheit!

»Na bitte, Maus. Findet Eure Mutter Euer Haar etwa auch schrecklich und hässlich? Bindet sie es zu diesem Zopf zusammen und erklärt Euch, dass es unangemessen ist – ganz wie das Kleid?«

»Lasst mich in Ruhe«, flüsterte sie.

Wieder das leichte Zittern, als hätte seine Enthüllung sie irgendwie verletzt. Gleichzeitig sprach sie aber mit einer eigenartigen Kraft. Er glaubte, dass sie sich die größte Mühe geben musste, nicht zu weinen.

Beinah mit Verehrung ließ er die weichen Strähnchen durch seine Finger gleiten, dann zog er langsam ein paar über ihre Schulter nach vorn, sodass sie über der Rundung ihrer Brust lagen. Er streichelte noch einmal ihr Haar, erstaunt darüber, wie sehr es ihn danach verlangte, es zu berühren – das war aber nicht der Grund gewesen, redete er sich ein, als er es löste. Er strich ein paar letzte Locken aus ihrem Gesicht und hob ihr Kinn.

Sie starrte ihn direkt an, die Augen mit Tränen und Gewitter gefüllt. »Wenn Ihr Euch gebt wie eine Maus, werde ich Euch auch so nennen, Miss Carstair.« Er hielt ihr Kinn und wickelte dann eine Locke ihres Haars um seinen Finger. »Wollt Ihr das wirklich? All dies um Eurer Mutter willen verstecken?« Quentin deutete auf ihr Haar, meinte aber so viel mehr.

»Ihr versteht das nicht«, sagte sie tonlos.

Er lächelte. »Dann erklärt es mir doch. Ich bin ganz Ohr, das kann ich Euch versichern.«

Stirnrunzelnd sah sie ihn jetzt halb fragend an. »Wie macht Ihr das, zu lächeln, wenn Ihr so verärgert seid?«

Das traf ihn unvorbereitet – ihre Worte bewiesen, dass ihre Wahrnehmung entschieden zu klar für ihn war. Ihre Bemerkung und ihr vorsichtiger Gesichtsausdruck schufen eine eigenartige Bindung zwischen ihnen. Es hatte den Anschein, als wären sie sich direkt ähnlich, da es ihnen gelang, so leicht hinter die Fassade des anderen zu blicken – die doch dazu gedacht war, Fremden nicht zu viel Einblick zu gewähren.

Quentin räusperte sich. Er wollte nicht, dass irgendjemand jene schmerzlichen Wahrheiten erkannte. Seine kleine Maus benötigte ein paar Lektionen, doch selbst wollte er nicht dabei etwas lernen müssen.

Noch bevor er ihr eine passende Antwort erteilen konnte, ertönte ein lautes Klopfen an der Tür. Dann folgte ein hallender, dumpfer Schlag, als werfe sich jemand mit dem ganzen Körper gegen das geschnitzte Holz. Der Türknauf knarzte. Unterdrückte Rufe drangen aus dem Flur herein. Leydi und Quentin drehten sich gleichzeitig um, als eine heftige Stimme von draußen klar und deutlich erklang.

»Verdammt, Quentin! Ich weiß, dass du da drin bist. Hör auf, dich zu verstecken, und tritt mir entgegen wie ein Mann! Lass mich herein, sage ich. Aus dem Weg, Hundesohn!«

Es ertönte noch mehr Lärm, dann wieder heftiges Pochen. Leydi sah Quentin fragend an, um irgendwie zu verstehen, was da wohl los sein mochte. Aber sie entdeckte nur einen Ausdruck von intensiver Konzentration. Ihr Arbeitgeber machte zwei Schritte zur Tür, blieb dann stehen. Ein Knall wurde laut, als feuere jemand eine Pistole ab – plötzlich war es still.

Leydi griff nach ihrem losen Haar und begann hastig, es zu flechten. Sie warf sich den Zopf über die Schulter und folgte Quentin, der sich zögernd in Bewegung setzte. Er schien nicht mehr zu bemerken, dass sie auch im Zimmer war, denn seine ganze Aufmerksamkeit galt dem Geschehen im Flur.

»Wollt Ihr denn nicht öffnen?«, fragte sie, als er jetzt reglos vor sich hin starrte. Zu neugierig, um noch länger zu warten, ging Leydi mit wenigen Schritten um ihn herum, griff nach dem Knauf und öffnete die Tür einen Spalt.

Nur George stand draußen, in seinem blauen Anzug aus Yorkshire-Wolle. Der hoch gewachsene schwarze Bedienstete schien etwas zu schwanken, sodass die Hausschlüssel an seinem Gürtel klingelten. Sie schnappte nach Luft, als sie sah, dass ein wenig Blut von seiner rechten Schläfe rieselte. In der Hand hielt er ein Stück Papier.

»Geht's dir gut?«, fragte Leydi und zog den benommenen Bediensteten in den Empfangssalon. Georges dünne, aber hoch gewachsene Gestalt stolperte voran. Mit einer Hand hielt er sich den dunklen, gelockten Kopf.

»Ja, Ma'am. Mir geht's prima.«

»Wenn ich das richtig sehe, ist er wohl nicht abgezogen, ohne sich zur Wehr zu setzen«, sagte Quentin und half George in einen Ohrensessel. Er nahm sein Taschentuch und drückte es auf die Wunde, um das Blut zu stillen. Seine Stimme klang erstaunlich ruhig.

»Kein Widerstand, Sir«, sagte George und zuckte zusammen, als Leydi das Taschentuch nahm und fester drückte. »Mr. Stevenson musste nur seine Waffe abfeuern. Aber Seine Lordschaft hat mit seinem Stock ganz schön kräftig zugehauen.« Er sah zu Quentin auf. »Nicht, dass er mir wirklich übel wollte! Höchstwahrscheinlich hat Seine Lordschaft sich eher gewünscht, dass es Euer Kopf wäre, Sir.«

»Das ist sicher richtig, George. Noch irgendwelche anderen Verletzten?«

Der Schwarze schüttelte den Kopf, holte aber gleich tief Atem angesichts der heftigen Bewegung. »Er hat Euch diese Nachricht hinterlassen, Sir.«

»Du solltest besser gehen und dafür sorgen, dass sich Mrs. Bailey um deinen Kopf kümmert, George«, riet er und nahm die Nachricht entgegen. Ohne sie auch nur eines Blickes zu würdigen, warf er sie in den kalten Kamin. »Und mach schnell. Sie kennt bestimmt einen Trick, wie man die Schwellung gering hält.«

»Ja, Sir«, sagte George und stand jetzt mit etwas mehr Entschiedenheit auf. Dann sagte er mit einem leuchtend weißen Lächeln zu Leydi: »Danke, Miss!«

»Wenn du etwas gegen Schmerzen brauchst«, bot Leydi an, als er sich auf den Weg machte, »ich habe einen Tee, der vielleicht helfen könnte.«

Mit einem Winken stapfte George den Flur hinunter. Leydi wandte sich an Quentin und nickte in Richtung Kamin. »Warum habt Ihr das gemacht? Ihr habt es nicht einmal gelesen.«

Er starrte das weiße Papier an. Dann nahm er Zunder und Feuerstein vom Kaminsims, entzündete ein paar trockene Zweige und warf sie auf die Kohlen. »Ich glaube, Ihr habt das ganz passend ausgedrückt, Miss Carstair. Euch geht es eigentlich auch nichts an, was ich treibe.«

Seine Worte schmerzten. Noch vor einer Minute hatte er sie in den Armen gehalten, um sie dazu zu überreden, dass sie sich ein wenig Schönheit gestattete. Jetzt schienen seine nachtblauen Augen einfach durch sie hindurchzuschauen. Doch die Heftigkeit seiner Reaktion verwirrte sie am meisten. Sie schüttelte den Kopf. »Ich verstehe Euch nicht.«

»Das ist gut, Maus«, sagte er kühl. »Denn ich würde nur ungern mein Geheimnis schon so früh in unserer Beziehung aufgeben.«

Leydi machte vorsichtig einen Schritt auf ihn zu, verwirrt, dass sein Lächeln so gemein wirkte und sein Ausdruck so heftig. Einen Moment lang schien er in Gedanken versunken. Er hatte die erstaunliche Fähigkeit, Menschen das Gefühl zu vermitteln, als wären sie unwichtig – sozusagen nicht mehr im Zimmer. Sein Blick wanderte mit einer Entschlossenheit zur Decke, die sie zwang, ebenfalls hochzusehen.

»Ich denke immer wieder, dass sie mir etwas verraten wollen«, meinte er überraschend. »Dass, wenn ich nur genau genug hinhörte, sie mit mir reden und mir ihre Erkenntnisse mitteilen würden.« Er warf ihr ein angedeutetes Lächeln zu. »Das versteht Ihr doch bestimmt, Maus«, sagte er und wandte sich um. »Ich bin sicher, dass alle möglichen Dinge mit Euch sprechen.«

Dann verließ er sie und die Engel und trat in den Flur hinaus. Mit einem entschiedenen Klicken schloss er die Tür hinter sich.

So ein grausamer Mensch, sagte sie sich. Grausam und scheußlich und so viele andere Dinge, dass es nicht genug Worte gab, um seine Gemeinheit zu beschreiben. Doch gleichzeitig hatte er unglaublich verletzt gewirkt in der Art, wie er seinen Ärger äußerte. Sie wollte wirklich gern wissen, was sich hinter diesen heftigen Empfindungen verbarg.

Ohne nur einen weiteren Atemzug zu verschwenden, stürzte Leydi zum Kamin. Sie war immer schon neugieriger gewesen, als es ihr gut tat, schalt Leydi sich. Trotzdem griff sie nach dem brennenden Papier. Sie ließ es vor dem Kamin auf die Ziegel fallen und trat die Flammen mit den Schuhen aus. Dann schaute sie wieder zur Tür. Sie biss sich auf die Lippe. Und entfaltete schnell die Nachricht.

Das Siegel war geschmolzen, das halbe Blatt verbrannt. Auf dem Rest gab es nur noch ein paar leserliche Worte.

Komm … vergib … im Hähnchen.

Unten darunter stand eine Unterschrift. Sie lautete: *Dein dich liebender Vater.*

8

Misstrauisch schaute Leydi den Karobuben an und fragte sich, wie groß ihre Chancen wohl waren, ungehindert noch eine Karte auf das Kartenhaus zu legen, das sie auf Berties Ladentheke gebaut hatte. Sie schaute aus dem Fenster und drehte dabei die Karte mit ihrem hübschen Holzschnittmuster hin und her. Ein Stück die Straße hinunter lag das Gasthaus Hähnchen – eine wohlbekannte Pension in Basse Terre. Sie war auf dem Weg hierher dreimal davor auf und ab gegangen, hätte fast einen großen Bogen drumherum gemacht, bevor sie weitermarschierte.

Gabriela war gerade damit fertig geworden, den Fußboden mit Wasser aus dem Regenfass hinter dem Haus zu tränken. Es war Samstag und Leydi hatte George am Morgen dazu überreden können, sie mitzunehmen, als er mit der Rucksingford-Kutsche nach Basse Terre fuhr. Obwohl die Sonne gerade erst über die mit Stroh und Ziegeln gedeckten Dächer in der Nähe des Wassers aufstieg, war Bertie noch nicht von ihrer Nacht mit Hugh zurückgekehrt. Gabriela hatte die Hoffnung auf ihre Mutter aufgegeben, Tür und Fenster geöffnet und war entschlossen, den Laden allein zu öffnen.

Leydi ließ die französischen Karten auf die Theke fallen und ging zur Tür. Sie sah zu, wie Gabby begann, die Dielen zu schrubben, und griff nach einer Bürste. »Komm, ich helfe dir.«

Gabriela entriss ihr die Bürste und machte eine Geste zu dem Rohrhocker neben der Theke. »Setz dich hin, *cara*, und unterhalte dich mit mir. *Mãe* wird bestimmt noch Stunden brauchen, bis sie von Hugh zurückkommt, und ich bin zu neugierig, um so lange zu warten. Was hast du Neues über Kincaid zu berichten?«

Leydi schaute hinaus, wo auf der Straße schon viele Verkäufer unterwegs waren. Sie konnte gerade noch das obere Stockwerk des Gasthauses Hähnchen und seine Holzschnitzereien erkennen. Mit einem Seufzer kehrte sie zur Theke zurück und ließ sich auf den Hocker sinken. Sie nahm die Karten wieder zur Hand und blätterte sie durch. »Seit jenem Abendessen hat Lord Rücksichtslos kein Wort mehr über Piraten verloren und schon gar nicht über Kincaid. Ich schätze, meine Genialität mit seinen Büchern hat mir einfach noch nicht sein Vertrauen eingebracht.«

Gabby hörte auf zu schrubben und lüftete die Brauen. »Lord Rücksichtslos?«

Leydi betrachtete wieder die Karten, die sie mischte, und zuckte mit den Schultern. »Na ja, das sage ich ihm nicht ins Gesicht – obwohl er mich schon sehr in Versuchung geführt hat«, meinte sie und dachte an die Sache mit ihrem Zopf.

Heute Nacht hatte sie ein paar Stunden damit zugebracht, zu überlegen, was seine seltsame Herausforderung bedeuten mochte. Ein Teil von ihr glaubte, dass er der Meinung war, sie sollte sich gegen ihre Mutter auflehnen – und indem er ihr Haar löste und sie drängte, die Schönheit zu zeigen, die Elaine sie zu verbergen zwang, sich in gewissem Sinne als ihr Anwalt verhielt. Möglicherweise wollte er ihr beweisen, dass sie in seiner Nähe auch als Frau sicher war.

Und doch – die Ankunft seines Vaters hatte ihn verändert. Hatte sie beide verändert. Plötzlich hatte Leydi ihrer Neugier nachgegeben, und sie brütete nun über den eigenartigen Motiven, die hinter Quentins Entfremdung von seinem Vater stecken mochten.

Sie sah immer noch jenen seltsamen Ausdruck von intensiver Konzentration auf Quentins Miene. Seine blauen Augen waren kalt geworden und so dunkel, dass sie fast schwarz wirkten, als er die Tür anstarrte. Die ganze Nacht hatte sie an kaum etwas anderes gedacht und sich schließlich gefragt, ob vielleicht der Vater hinter Quentins plötzlichem Desinteresse an seinen Geschäften, seinen Verträgen und seiner Korrespondenz – seit dem Frühling – steckte.

Sie seufzte und sah Gabby beim Schrubben zu. »Nein, ich sage ihm das ›Rücksichtslos‹ nicht ins Gesicht. Ich bin klug genug, ihn nicht so weit herauszufordern, dass er mich entlässt – denn dann kann ich Kincaid nicht mehr helfen. *Er* nennt *mich* Maus. Sogar ziemlich oft. Wann immer ihm gerade danach ist.«

Gabby fing an zu lachen. Dann machte sie mit einem Ruck den Mund zu, als sie Leydis scharfen Gesichtsausdruck sah. »Na ja, aber irgendetwas musst du doch zu berichten haben. Hast du das Gespräch denn gar nicht ein bisschen in die Richtung gelenkt? Oder Kincaid irgendwie erwähnt?«

Leydi mischte die Karten schneller und breitete sie dann in der Hand zum Fächer aus. »Es ergab sich leider kein passender Augenblick.« Als sie sah, wie Gabby die Augen verdrehte, sagte sie noch: »Das ist eine heikle Angelegenheit. Ich will die Lage nicht irgendwie gefährden und seinen Verdacht wecken.«

Offensichtlich wenig überzeugt, schrubbte Gabby weiter. »Hat ihm denn wenigstens dein Kleid gefallen?«

Leydi bemühte sich, beschäftigt auszusehen. Sie zog wieder den Buben hervor und legte ihn so vorsichtig wie möglich auf das Kartenhaus, das sie erneut begonnen hatte. »Ich habe es nicht getragen.« Sie ließ die Karte los. Diese blieb liegen … einen Moment lang … dann brach das Gebäude abermals zusammen, und die Karten segelten von der Theke zu Boden. »Elender Mist«, zischte sie.

»Kein Kleid, keine Neuigkeiten, *cara*«, sagte Gabby und stellte sich neben sie. »Irgendwie habe ich das Gefühl, dass du kein besonders guter Spion bist.«

»Tja, ich bin keine Lady Constance. Das ist eine von den Heldinnen in meinen Büchern«, erklärte sie und hob die Karten vom Boden auf. »*Die* beherrscht das Spionieren wirklich hervorragend. Hat der Krone einiges erspart während der Schlacht von Blenheim.« Sie stapelte die Karten wieder zu einem ordentlichen

Haufen. »Rucksingford erscheint mir etwas überraschend, das ist alles. Nächstes Mal bin ich besser, du wirst schon sehen.«

Gabriela schürzte die Lippen und warf Leydi einen ihrer rätselhaften Blicke zu. Sie stellte den Schrubber fort, wischte sich die Hände an der Schürze ab und rückte das Spitzenhäubchen zurecht, das sie über ihren Ringellöckchen trug. »Vielleicht hat er ja Kincaid längst vergessen, und es besteht gar keine Gefahr mehr?«

Was Leydi verneinte. »Er kommt mir nicht vor wie ein Mann, der es vergisst, wenn ihm jemand zu nahe getreten ist. Ach, und übrigens, dieser verdächtige Gentleman, den du vor ein paar Tagen auf der anderen Straßenseite entdeckt hast. Er ist gestern ins Herrenhaus gekommen. Um mit Rucksingford zu sprechen.«

»Bist du sicher, dass es derselbe war?«, fragte Gabriela, sofort aufmerksam geworden.

Leydi nickte. »Rotes Haar. Sehr ernster Blick. Ich habe ihn erst gesehen, als er gerade fortging.«

»*Merda*«, fluchte Gabby tonlos. Sie begann, vor Leydi auf und ab zu marschieren, und ihre Röcke mit der Krinoline darunter schwangen hin und her, ihre Schnallenschuhe klapperten auf den Holzdielen. »Meine Mutter hat mir erzählt, dass ihr der Kerl schon seit Wochen immer wieder draußen auffällt. Wahrscheinlich spioniert er den Laden aus, der Kincaid gehört und von Kincaid betrieben wird – und der die von ihm gestohlenen Waren verkauft. Jetzt besucht genau dieser Typ deinen Lord Rücksichtslos, einen Mann, von dem du sagst, er hätte geschworen, Kincaid um jeden Preis zu bremsen.« Gabriela sah zu Leydi hinüber, und ihre grünen Augen glänzten, weil sie sich plötzlich wirklich Sorgen machte. »Vielleicht hattest du doch Recht, dich um Kincaid zu grämen.«

Langsam stand Leydi auf. »Er war wie ein Mariner gekleidet, Gabby. Glaubst du, er ist vielleicht Mitglied der Patrouille? Herr im Himmel, er könnte ein Regierungsagent sein. Mr. Stevenson hat mir erzählt, Rucksingford hätte den Gouverneur um Hilfe zur Ergreifung von Kincaid gebeten.«

»Genau das musst du herausfinden, *cara*«, sagte Gabby und setzte einen dolchspitzen Finger auf Leydis Kragen.

Die Ladentür öffnete sich, und Bertie kam hereingerauscht, wobei ihre schwingenden Röcke sich beinah in der Tür verfangen hätten, als sie sie hinter sich zuschlug. In ihren schwarzen Augen loderte es.

»Animal, bastardo, ingrato …« Bertie schien nach einem stärkeren Schimpfnamen zu suchen. *»Imbecil!«*

»Mãe!« Gabby zwinkerte Leydi zu. »Du redest doch wohl nicht von deinem geliebten Hugh?«

Berties Goldohrringe schwangen heftig und streiften ihre Schultern. »Er war mir untreu!«

»Ave, Mãe. Und das überrascht dich? Es war doch nur eine Frage der Zeit, bis dieser Frauenheld seine wahre Flagge zeigt.«

Bertie blieb bei der Theke stehen, doch ihre Augen schienen sich mit Tränen zu füllen. Wieder fluchte sie und schüttelte wild den Kopf. »Ich habe ihn geliebt!«

Leydi warf Gabby einen fragenden Blick zu. So hatte sie Bertie noch nie erlebt.

»Er war zu jung für deine Liebe«, sagte Gabby sanft, ging hinüber zu ihrer Mutter und nahm sie in die Arme.

Bertie schniefte, und die Empörung in ihrem Blick sagte nur zu deutlich, dass sie sich weigerte, um Hugh zu weinen. »Ja, das wusste ich. Aber ich bin trotzdem seinem Charme verfallen. Die Franzosen können so wunderbar … intensiv sein. Ich habe mein Herz verloren, Gabriela. Deine dumme alte Mutter hat ihr Herz verloren!«

»Mãe, bitte. Er ist deine Tränen nicht wert …«

»Wie Recht du hast!«, schniefte Bertie, richtete sich wieder auf und wischte die Tropfen von ihren Wangen. »Diese angebliche Kusine, diese Monique! Ich habe ihn erwischt, wie er sie direkt vor seinem Schlafzimmer küsste – während ich drinnen schlief, noch warm von seiner Liebe. Er hat kein Gewissen. Er hat kein Herz …«

»Und keine Scham«, fügte Leydi hinzu.

»Criminoso! Animal!«

Tröstend tätschelte Gabriela die Schulter ihrer Mutter, deutlich war der schlimmste Sturm vorüber, denn ihre Mutter zeigte nun wieder heilsame Wut. Leydi nahm an, sie hätte einen guten Grund, so enttäuscht zu sein.

»Er versuchte, mir zu erklären, es wäre nur ein freundschaftlicher Kuss gewesen – von Vetter zu Kusine«, schluchzte Bertie. »Aber ich habe die Leidenschaft dabei gesehen, *menina*. Oh, dieser Charmeur hat mich für immer zerstört!«

Gabriela machte mit dem Kopf eine Bewegung zur Tür. Leydi verstand und brach auf, um Mutter und Tochter allein zu lassen. Sie umarmte Bertie kurz. Diese Frau hatte sie schließlich während all der Jahre genauso nett behandelt wie die eigene Tochter.

»Oh, Leydianna, ich hasse es, dass du mich so siehst. Aber nicht alle Männer sind so unzuverlässig. Du solltest dich verlieben, *menina,* heirate einen echten Kavalier«, riet Bertie und begann ihre wohl bekannte Litanei von Herd und Heim.

»Pass gut auf dich auf, Bertie«, sagte Leydi und entfernte sich langsam mit einem traurigen Lächeln. Sie konnte Bertie und ihre unerwiderte Liebe besser verstehen, als sie zugeben wollte. In letzter Zeit hatte sich Leydi öfter gefragt, ob sie in Zukunft vielleicht nicht mehr erwartete als die Leere von Kincaids Buchhaltung.

Daußen ging Leydi den Bürgersteig entlang, dessen ungleichmäßiger Belag es gefährlich machte, von einem Laden zum nächsten zu balancieren. Auf der Straße mischten sich die schrillen Stimmen der Verkäufer mit dem Gemurmel der Fischer, die eben an Land gekommen waren. Sie sagte sich, sie würde nur nach George oder der Kutsche von Rucksingford suchen, aber irgendwie stand sie auf einmal vor dem ›Hähnchen‹.

Sie starrte zu dem Haus hinauf, dessen steinerne Fenster und Türumrahmungen sich klar vom Weiß des Putzes abhoben. Entweder war es der Anblick von Berties Tränen gewesen oder auch ihre eigene Melancholie, jedenfalls wollte sie plötzlich hineingehen … den Mann ausfindig machen, der jene Nachricht mit ›Vater‹ unterschrieben hatte.

Noch bevor der Mut sie wieder verlassen konnte, trat sie über die schmale Schwelle. Sie wanderte durch die holzvertäfelte Eingangshalle und aus der Hintertür hinaus, umrundete den Innenhof, wo ein Dschungel von dekorativen Palmen und Myrten wucherte. In der Küche fand sie Leon McClellen, den Eigentümer, der schwitzend dabei war, Holz für den Ofen aufzustapeln.

Sobald er sie erblickte, wischte sich Leon die Hände an der Schürze über seiner Kniehose ab und setzte seinen Dreispitz auf. Sein sonnengebräuntes Gesicht öffnete sich zu einem breiten Lächeln, und seine blauen Augen funkelten erfreut. Leydi kannte die meisten der Leute in der Stadt durch Gabriela und Bertie.

Mit dem rollenden Gang des alten Matrosen kam Leon auf sie zu. »Was kann ich für Euch tun, Miss Leydi?«, fragte er und nahm ihre Hand zwischen seine beiden, um sie zu schütteln. »Was bringt Euch zum ›Hähnchen‹? Soll Martha kommen?« Er schickte sich an, über die Schulter nach seiner Frau zu rufen.

»Nein, das ist nicht nötig. Bitte, ich hätte gern eine Auskunft – aber da könnt Ihr mir sicher auch helfen.« Sie nahm ihren ganzen Mut zusammen und sagte, ohne Atem zu holen: »Wenn ich das richtig verstanden habe, wohnt der Vater des Viscounts hier. Nun, ich bin einfach ein wenig neugierig, was den Mann betrifft – weil meine Familie seit so vielen Jahren für Rucksingford arbeitet und überhaupt.« Leydi fühlte sich sehr unbehaglich, als sie diese Worte stammelnd vorbrachte. Es würde wohl das Beste sein, wenn sie direkt sagte, was sie beschäftigte. »Im Haus gibt es Gerüchte. Eigenartige Gerüchte.«

Leon nickte, und seine blassblauen Augen leuchteten auf. Er schaute nach links und rechts, als prüfe er, ob irgendjemand zuhöre, dann nahm er sie am Ellenbogen und zog sie in eine verschwiegene Ecke des Hofes. »Seltsame Dinge gehen vor, nicht wahr, Mädel? Dass der Graf einfach so hier auftaucht. Und was denkt Ihr davon, hmm?«

»Ich weiß es wirklich nicht.« Leydis Herz klopfte so heftig, dass ihr regelrecht die Brust wehtat.

Kopfschüttelnd schaute Leon noch einmal vorsichtig herum, beugte sich dann näher zu ihr und flüsterte: »Martha und ich fragen uns auch, warum der Graf bei uns wohnt und nicht in Rucksingford Hall. Ich miete ihm bisweilen eine Kutsche, und er kommt immer mit mörderischem Ausdruck auf dem Gesicht zurück. Und jeden Tag – er hat nicht einen ausgelassen, stellt Euch vor – schickt er durch einen meiner Jungen eine Nachricht zum Estate hinüber, hat aber noch nie eine Antwort erhalten.« Er hob dramatisch einen seiner knotigen Finger. »Stellt Euch das vor, Mädel – nicht einmal! Von seinem eigenen Sohn, seinem Erben! Nein, hier gibt es irgendein böses Zerwürfnis. Da bin ich ganz sicher.«

Leydi leckte sich über die Lippen, dachte an das schreckliche Getöse vor der Tür und die Nachricht, die Quentin in den Kamin geworfen hatte, ohne sie zu lesen. »Seid Ihr sicher, dass er der Graf ist? Vielleicht ist er bloß eine Art Betrüger.«

»Nee. Der hat dieselben dunkelblauen Augen. Er sieht dem Sohn mehr als ähnlich.« Leon schüttelte noch einmal den Kopf. »Ein trauriges Kapitel, wenn sich Verwandte nicht vertragen. Der arme Mann hält sich gerade im Esszimmer auf«, sagte Leon und deutete in Richtung Haus. »Ertränkt seine Sorgen in einigen Humpen Bier.« Er tätschelte Leydis Hand. »Seid Ihr sicher, dass Ihr nicht bleiben und Euch ein wenig mit Martha unterhalten wollt? Sie ist mir bestimmt echt böse, wenn ich Euch fortgehen lasse, ohne dass sie Euch gesehen hat.«

Aber Leydi wehrte ab. »Ich werde die Kutsche verpassen, wenn ich zu lange bleibe. Bitte, lasst Euch durch mich nicht von Eurer Arbeit abhalten. Ich finde allein hinaus.«

Leon wischte sich mit dem Unterarm über die Stirn. »Arbeit gibt es allerdings genug. Heute Abend haben wir das Haus voll. Also dann, schönen Tag auch, Miss Leydi!«

Sie wartete, bis McClellen wieder in der Küche verschwunden

war. Da sie nicht erwischt werden wollte, wenn sie sich an Plätzen herumtrieb, an denen sie nichts verloren hatte, durchquerte sie langsam den Innenhof und beschleunigte ihren Schritt erst, als sie außer Sicht von McClellen war. Ihr Atem ging ungleichmäßig und stoßweise, als sie durch die Hintertür zurück in die Diele trat. Sie biss sich auf die Unterlippe und blieb vor dem Esszimmer stehen, um die Tür einen ganz kleinen Spalt zu öffnen – gerade so weit, dass sie hineinsehen konnte.

Eine einsame Gestalt saß in der gegenüberliegenden Ecke, in Schatten gehüllt. Seine Kleidung wies ihn als Gentleman aus. Ein sehr reicher Gentleman. Sein Samtrock war aus dem feinsten Stoff gemacht und mit Fischbeinstäbchen versehen, damit er sich modisch ab der Taille ausstellte. Das Bernsteinstöckchen, das am Tisch lehnte, schimmerte golden an der Spitze. Sie fragte sich, ob es nicht derselbe Gegenstand war, der George am Kopf getroffen hatte.

Sie lehnte die Wange an den Türstock und betrachtete den Mann schweigend. In der Haltung seiner Schultern lag etwas unglaublich Trauriges. Trotz seiner reichen Kleidung war er über sein Bier gebeugt wie eine müde, alte Seele. Welche Last mochte er tragen, die ihn so niederdrückte? Was hatte den Keil zwischen Vater und Sohn getrieben?

Plötzlich schob der Mann mit einer schnellen, heftigen Bewegung den Bierkrug zur Seite, der schwankte und knapp am Rand des Tisches zum Stehen kam. Quentins Vater ließ den Kopf in seine Hände sinken. Seine Schultern begannen zu beben.

Er weinte.

Leydi trat von der Tür zurück und starrte das geschwärzte Holz in der Eingangshalle an. Sie dachte an die Worte, die sie auf dem angebrannten Papier gesehen hatte. *Komm. Vergib. Dein dich liebender Vater.*

Es wurde ihr eng in der Kehle. Sie schloss die Augen und sah immer noch den Grafen vor sich, wie er weinend in den Schatten des leeren Esszimmers saß. Was immer auch geschehen sein mochte, das Quentin dazu bewegt hatte, sich von seinem Vater abzuwenden: der Graf litt unter dem Verlust außerordentlich.

Komm. Vergib.

Ihre Finger schlossen sich fester um ihre Beuteltasche. Sie biss sich so fest auf die Lippen, dass es wehtat. Warum konnte Quentin nicht vergeben? Ihr ganzes Leben lang hatte sie sich gewünscht, dass ihre Eltern solche Worte zu ihr sagten, sie willkommen hießen, sie um Vergebung baten für geschehenes Unrecht. Genau das hatte Quentins Vater getan.

Komm. Vergib.

Mit dem Handrücken wischte Leydi die Tränen weg und machte sich leise auf den Weg zur Straße. Draußen blinzelte sie, weil es plötzlich so hell war, und suchte die Straße nach George ab.

Sie redete sich ein, dass die Sache sie nichts angehe und es keinen Grund für sie gebe, sich über Quentin zu ärgern. Bestimmt steckten irgendwelche Gründe hinter der Entfremdung. Mit dieser Sache hatte sie wirklich nichts zu schaffen. Ihr einziges Interesse war Kincaid und ihr Versuch, Rucksingfords Pläne zu durchkreuzen. Trotzdem konnte sie nicht verstehen, wie jemand das Herz hatte, seinem Vater nicht zu vergeben. Leydi ging die belebte Straße hinunter, wich einem Wagen aus, der in einer Staubwolke vorüberrasselte. Was würde alles nötig sein, Quentin auch hierin umzustimmen?

Gabriela schlüpfte geschickt durch die Menge im Wirtshaus, wich knapp den dreisten Fingern eines der Gäste aus, die ihr Hinterteil berühren wollten. Ihre Finger schlossen sich fester um das Tuch, das sie sich über den Kopf gelegt hatte, und durchsuchte den Raum, der nach Rumpunsch und altem Stroh roch, nach einer bekannten Gestalt. Sie schaffte es kaum, sich in der dichten Menge voranzubewegen. Dies war das dritte Wirtshaus auf ihrem Weg. Und obwohl sie sich relativ sicher fühlte in diesen Kneipen, die genau die Art von Familien führten wie die, mit denen sie in St. Kitts aufgewachsen war, wusste sie doch, dass sie Schwierigkeiten bekäme, wenn sie sich nicht schnell genug bewegte.

Fast jede dieser Kneipen hatte mit Kincaid zu tun. Hierher, zum ›Steinernen Elefanten‹, lieferte er einen feinen französischen Cognac. Die Protektion des Piraten hatte Gabriela, dem vaterlosen Kind einer freien Farbigen, eine Art von Respekt verschafft, der ihr sonst nie gezollt würde. Viele wussten, dass ihre Mutter eng mit ihm zusammenarbeitete.

Doch das hatte Gabriela Kincaid nicht näher gebracht, denn sie schätzte seine Protektion nicht besonders. Er hatte sich geweigert, ihr das Eine zu geben, das sie von ihm wollte – und es gab zu viele Erinnerungen an den Schmerz, den er ihrer Mutter bereitet hatte. Berties kleiner Kummer über Hugh war nichts im Vergleich zu den Meeren von Tränen, die sie über Kincaid vergossen hatte. Selbst in ihren glücklichsten Zeiten war Kincaid ihr nicht treu gewesen. Nur Consuelo besaß seine Treue.

Gabriela schob ihre säuerlichen Gedanken beiseite und schaute in die dunkelsten Winkel. Die Talgkerzen auf den Tischen reichten kaum aus, ihren Weg zu beleuchten. Sie hätte schwören können, dass die Streu auf dem Boden seit Pfingsten nicht mehr erneuert worden war, der Raum roch muffig und ungelüftet. Dann entdeckte sie ihn, an die Holzwand zurückgelehnt, wie er einem Musikanten lauschte, der Gitarre spielte. Heute Abend trug er lange Hosen, ein Hemd und eine kurze Jacke. Seine dunkelroten Locken waren zu einem Zopf zurückgebunden, und er hatte die Stirn gerunzelt.

Ihr schlug das Herz in der Kehle, als sie auf ihn zuging. Der Raum war erfüllt von Leuten, die nach Schweiß rochen. Die meisten machten ihr Platz, und sie stieß ein paar zur Seite, die das nicht wollten. Gabriela hielt fest an ihrem Lächeln und fragte sich, wie klug ihr Plan wohl war, als sie den Rothaarigen aufs Korn nahm. Aber sie hatte zu wenig Vertrauen in die Fähigkeiten der Spionin Leydi. Und obwohl Kincaid sie und Bertie zutiefst verletzt hatte, war es doch sein Geld und sein Schutz gewesen, die ihr ein leichtes Leben und Schulbildung verschafft hatten. Sie musste ihre Bitterkeit hintanstellen, um möglichen Schaden von ihm abzuwenden.

Der Mann erwiderte ihr Lächeln nicht, rutschte aber trotzdem zur Seite, damit sie sich neben ihn auf die Bank setzen konnte. Gabriela ließ ihr Spitzentuch auf die Schultern rutschen und setzte sich ihm gegenüber – in sicherem Abstand.

»Ihr seid letztes Mal so schnell fortgegangen«, sagte sie gerade laut genug, dass er sie über die sanften Töne des Instrumentes hinweg hören konnte. Sie zeigte ihm ihren verführerischsten Schmollmund. »Das war nicht besonders freundlich.«

Er hob sein Rumglas und trank langsam einen Schluck. Seine Augen wirkten im Kerzenlicht schwarz. »Ich dachte, Ihr hättet mich nach allen Regeln der Kunst verabschiedet. Wenn ich mich recht erinnere, sagtet Ihr: ›Jetzt seid ein braver Junge und lasst mich in Ruhe. Es gibt hier nichts für Euch.‹«

»Ein Mädchen muss heutzutage vorsichtig sein.« Sie nahm sein Glas, nahm einen Schluck Rum und sah ihn über den Rand an.

»Ihr scheint mir aber nicht gerade zur vorsichtigen Sorte zu gehören.«

Sie lachte mit verführerisch tiefer Stimme. »Sagen wir einfach, dass ich wählerisch bin.«

Er nahm ihr sein Glas ab, stellte es zur Seite und beugte sich vor über den Tisch. Sie konnte jetzt auch seine jungenhaften Sommersprossen erkennen. Sie bildeten einen seltsamen Kontrast zu den tiefen Falten um seinen Mund, die sein Alter verrieten. »Warum genau seid Ihr hier, Mistress de Sousa?«

Gabby hielt ihr Spitzentuch über der Brust fest, unterdrückte ein Schaudern und war sich ihres Plans plötzlich nicht mehr so sicher. »Ich war gerade unterwegs und entdeckte Euch hier. Ihr saht irgendwie einsam aus. Also dachte ich, ich könnte Euch vielleicht ein wenig Gesellschaft leisten, sonst nichts. Und Ihr habt Recht, ich war beim letzten Mal wirklich unfreundlich.« Sie streckte den

Arm aus und legte ihre Finger sanft auf seine Hand. »Dafür möchte ich mich hiermit entschuldigen.«

»Ihr kommt wohl öfters in solche Kneipen, wie?«, fragte er und verzog leicht den Mund.

In ihrem nettesten Ton sagte sie: »Der Besitzer ist ein Freund von uns.«

Er nickte und erhob sich, warf ein paar Münzen auf den Tisch. Ihr Geklingel weckte ein seltsam hohles Gefühl in Gabrielas Herz – denn eindeutig hatte er vor zu gehen.

»Einen Augenblick, *senhor*«, bat sie, und ihre Stimme klang nicht mehr ganz so weich. »Ich kenne nicht einmal Euren Namen.«

»Der ist Felix, Gabriela«, sagte er und streckte seine Hand aus. Seine Handfläche war schwielig, seine Finger lang und schmal. »Felix Bishop. Und Ihr sollt mich noch sehr gut kennen lernen.«

Gabriela starrte seine ausgestreckte Hand an. Dieses plötzliche Angebot überraschte sie. Eben war er noch so distanziert gewesen, so kalt. Selbst jetzt erkannte sie in seinen Augen nichts von dem Begehren, das eine Frau bei dieser Art von Vorschlag erwarten würde. Aber sie wusste, dass sie schon zu lange gezögert hatte im Hinblick auf ihre Pläne. Er schien jedoch nicht den geringsten Widerwillen zu verspüren, sie jetzt bei der Hand zu nehmen.

Felix ging mit Gabriela zur Tür, erfüllt von stiller Wut. Er hatte einen schrecklichen Tag hinter sich. Kincaid war es gelungen, so viele Leute in der Regierung zu schmieren, dass, wo auch immer sich Felix hinwandte, er auf eine Wand von Inkompetenz oder klarer Schutzhaltung für seinen Widersacher traf. Es hatte den Anschein, als wolle niemand, dass der Schuft geschnappt wurde. Die wenigen, die er nicht direkt bestochen hatte, schuldeten ihm indirekt ihre Loyalität, weil er ihren Lebensunterhalt finanzierte: Kincaids Piratenhandel versorgte halb Basse Terre mit Waren.

Doch den letzten Schlag hatte ihm Rucksingfords Ablehnung versetzt. Es war ein Fehler gewesen, die Frau zu erwähnen, das sah Felix jetzt ein. Wieder einmal hatte sich einer seiner Besuche in Rucksingford Hall in einen sinnlosen Meinungsaustausch verwandelt.

Und jetzt kam eine von Kincaids Getreuen selbst zu ihm. Er wusste nicht recht, warum. In der Art, wie er seine Untersuchung betrieb, stellte er keine offene Bedrohung für den Piraten dar. Aber die Frau war schön, mit dunkler, weicher Haut und einer Exotik, der er nicht widerstehen konnte. In seiner Frustration musste er nehmen, was sich ihm bot. Und Kincaid und seine Leute konnten ansonsten ruhig zum Teufel gehen.

Draußen wandte er sich der nächstgelegenen Gasse zu. Er hatte ein Zimmer bei einer sehr ordentlichen Frau gemietet, die ihn deutlich darauf hinwies, dass sie keine Damenbesuche wünschte. Und zum Laden der Mutter, der Höhle des Löwen, wollte er sich nicht zum Schlachten bringen lassen. In der Gasse waren sie indessen ungestört.

Als er festgestellt hatte, dass die Gasse tatsächlich verlassen war, zog er Gabriela in seine Arme. Es drang gerade genug Licht aus einem Fenster über ihnen, um ihre Züge zu erkennen. Er zögerte einen Moment überrascht, dass er etwas wie Angst in ihren schönen grünen Augen entdeckte.

»Nicht so schnell, guter Mann«, flüsterte sie, und ihr Atem ging heftig, als wäre sie soeben um den Block gerannt. »Damen haben gern die Illusion von Romantik.«

Seine Finger fuhren durch ihr Haar, nahmen die beiden Kämme heraus, die ihre Locken zurückhielten, und ließen sie in seine Tasche gleiten. Die Ringellöckchen berührten gerade ihre Schultern und fühlten sich erstaunlich weich an. Er strich mit den Daumen über ihre hohen Wangenknochen. Sie war groß für eine Frau, fast gleich groß wie er. Er schaute noch tiefer in jene exotischen grünen Augen, versuchte das Zögern zu deuten, das er darin sah. Im ›Steinernen Elefanten‹ hatte sie noch ganz selbstbewusst gewirkt.

Vorsichtig streifte er ihre Lippen mit den seinen, einmal, zweimal. Er hörte, wie ihr Atem selbst bei dieser zarten Berührung stockte. Fragte sich unsicher, ob er das Spiel verstand, das sie spielte.

»Habe ich einen Fehler gemacht? Ist dies gar nicht das,was Ihr wollt?«, erkundigte er sich, hob die Hand und umfasste ihre Brust in dem gestreiften Musselin des Kleides. Er beugte sich vor, um sie noch einmal zu küssen. Er war hart und heiß, und nicht in Stimmung für viel Geduld.

Rückwärts stolperte sie an die Hauswand. Diesmal erkannte er wahre Angst in ihrem Gesicht, so deutlich, dass er seine Hand zurückzog und sie erstaunt ansah.

Sie fuhr sich mit der Zunge über die Lippen und gab sich große Mühe zu lächeln; dann fingerte sie nervös an den Falten ihres Kleides. »Ich finde Euch sehr unromantisch, Felix Bishop. Aber eigentlich sollte mich das nicht überraschen. Schließlich habt Ihr auch meine Rose zertreten.«

Zuerst sagte er nichts, betrachtete sie nur im schwachen Licht und verschränkte die Arme. »Was meint Ihr damit?«, fragte er und gab ihr so eine Möglichkeit zum Rückzug, denn genau das lag ihr wohl im Sinn.

Sie lachte flüchtig. »Es scheint, dass auch ich einen Fehler gemacht habe.« *Und zwar einen großen,* sagte Gabriela sich und umklammerte fest den Griff des Messers, das sie in ihrer Rocktasche versteckt hatte.

»Ich habe eine Menge Geld, wenn es das ist, was Ihr wollt.«

Gabriela schüttelte den Kopf und fühlte sich plötzlich elend. Einen Moment lang, als er ihre Brust gedrückt hatte, war ihr Murdocks brutaler Angriff nur zu deutlich vor Augen gestanden. Aber dies war nicht der Moment, um Schwäche zu zeigen.

»Bitte, ich … mir ist dies noch etwas neu«, sagte sie zur Erklärung. »Aber ich würde Euch gern wieder sehen. Vielleicht könntet Ihr beim Laden vorbeischauen …«

Er lachte bellend. »Soll das ein Witz sein?« Nach einem Schritt vorwärts streckte er die Hände aus. »Glaubt Ihr …«

»Kommt nicht näher«, warnte Gabriela ihn und hielt mit beiden

Händen das Messer gezückt. Sie versuchte, sich daran zu erinnern, was Cy ihr zum Gebrauch eines Messers in solchen Situationen beigebracht hatte. Doch trotz seines guten Unterrichts fürchtete sie, dass sie es nicht schaffen würde, diesen Mann zu verletzen.

Felix warf einen Blick auf das Stilett in ihren zitternden Händen und schüttelte den Kopf. Er wandte sich um, als wollte er fortgehen. Im letzten Moment machte er kehrt und stürzte sich auf Gabriela. Abrupt riss er ihr das Messer aus der Hand und warf es die Gasse hinunter. Dann schob er sie an die verputzte Fachwerkwand hinter ihr und drückte ihre Hände dagegen.

»Ihr könnt Kincaid bestellen, dass er sich etwas Besseres einfallen lassen muss, als mir seine Dirne zu schicken, um mich loszuwerden.« Er starrte sie an, und sein eindringlicher Blick fuhr ihr direkt in die Seele. Und dann küsste er sie, drückte seine Lippen mit einer Leidenschaft auf die ihren, dass es ihr den Atem nahm.

Er stieß sich von der Wand ab und schlenderte davon. Am Eingang der Gasse drehte er sich noch mal um und verkündete: »Ich werde ihn bald hängen sehen.«

Gabriela sah zu, wie er fortging. Als er weg war, ließ sie den Kopf zurücksinken an die Wand und versuchte, ihr rasendes Herz zu beruhigen. Langsam wankte sie hinüber zu ihrem Messer und hob es auf. Sie berührte ihre Lippen mit den Fingern und dachte an das Feuer in seinen Augen, mit dem er seine Drohung ausgesprochen hatte.

»Herr im Himmel«, flüsterte sie. Er trachtete Kincaid nach dem Leben.

9

Den Duft der Rosen konnte er nicht vergessen. Süß. Schwer. Clarices Duft.

Während Quentin dem Regen zusah, der an die Butzenscheiben prasselte, hatte er die Erinnerung daran förmlich in der Nase. Rosen.

Es war mitten in der Nacht. Er saß im Erkerfenster im Flur, nur mit Kniehosen bekleidet, ohne Schuhe. Das Wasser strömte am Glas hinunter, sodass Quentin an heftige Tränen dachte. Clarice hatte immer leicht geweint. Das tat sie, um einen Anhänger mit tafelgeschliffenen Diamanten zu bekommen. Oder ein Set aus Halsband, Armband und Ohrringen mit kleinen Perlen und rosa Topasen. Alle möglichen Dinge konnten einen Tränenstrom bei ihr hervorrufen. Er hob sein Glas an die Lippen und trank einen Schluck Rum. Noch eine Nacht, in der er nicht schlafen würde. »Geh weg, Clarice«, flüsterte er in die Schatten.

Immer derselbe Traum : Wieder hatte er Clarice in den Armen gehalten und sie sterben sehen. Und zugehört, wie sie ihm röchelnd von der Rolle seines Vaters in der Sache erzählte. Diese Erinnerungen verursachten ihm stets einen erstickenden Ärger, dann war ihm sogar die mit superfeinem Rosshaar gefüllte Matratze eine Qual.

»Allmächtiger, wie lange hält ein Mensch es aus, ohne einmal eine ganze Nacht richtig zu schlafen?«, fragte er sich laut.

Aloysius schaute durch die Ritze der Tür zu seinem Schlafzimmer, dann schlich er ein Stück den Flur entlang, um seinen runden Körper an Quentins Bein zu reiben; der bückte sich mit einem Lächeln und hob den Kater hoch. »So, du hast also doch ein Herz. Immerhin hast du das warme Bett aufgegeben, um mich zu suchen.«

Das halb leere Rumglas stand einsam auf der Fensterbank, als Quentin jetzt Aloysius auf die Arme nahm und seinem Schnurren zuhörte. »Was meinst du, Aloysius, ob ich wohl aus Schlafmangel verrückt werde?« Er drückte sein Kinn in den warmen Pelz der Katze. »Irgendwo habe ich mal gehört, dass das möglich ist.«

Aloysius antwortete, indem er Quentin einmal mit der rauen Zunge übers Kinn leckte.

»Das war so ziemlich der süßeste Kuss, den ich in letzter Zeit bekommen habe«, erklärte er seinem Liebling.

Was sicher stimmte. Seit Clarice hatte es in Quentins Leben kaum mehr gegeben als ein paarmal fieberhaftes Reiben an irgendwelchen Frauen, um Entspannung zu finden – alle ziemlich zum Vergessen, oberflächliche Begegnungen. Seine Weigerung, sich zu verheiraten, war auf der Insel schon zur Legende geworden; sein Mangel an Interesse für die am Ort zur Wahl stehenden Damen bewirkte Getuschel über seine finstere Vergangenheit. Aber das kümmerte Quentin wenig. Er hatte keine Zeit für Frauen. Und seit Clarice auch kaum noch Interesse.

Die Maus hatte das allerdings etwas geändert.

Quentin klemmte sich den Kater unter den Arm und stapfte barfuß den Flur und die Treppe hinunter. Er kannte sich in seinem Haus gut genug aus, um keine Lampe zu brauchen; doch als er im Empfangssalon angekommen war, entzündete er eine Kerze. Er stellte den Kerzenleuchter in der Mitte auf den Rosenholztisch, den er zum Arbeiten benutzte. Als sein Blick auf die ordentlichen Stapel von Briefen fiel, lächelte er. Innerhalb von Tagen hatte die Maus sie alle zur Ordnung gerufen. Er hatte sogar gesehen, wie sie Stevenson dazu brachte, ihr System zum Ordnen seiner allgemeinen Korrespondenz zu verwenden, die jeden Tag eintraf. Er musste zugeben, dass sie ihn mit ihren Fähigkeiten insgesamt überraschte.

Er setzte sich in einen türkisch geschnitzten Sessel, hängte ein Bein über die Armlehne und ließ Aloysius auf seinen Schoß fallen. Dann starrte er zur Decke hinauf. Die flackernden Flammen der Kerzen erzeugten gerade genug Licht, um die Gesichter der Engel zu erkennen.

»Nun, was glaubt ihr? Soll ich sie verführen?«

Natürlich bekam er keine Antwort.

»Unglücklicherweise wäre das nicht besonders schwer«, erklärte er den Engeln und kraulte Aloysius hinter dem Ohr. »Das macht es so verführerisch. Sie sieht mich mit diesen grauen Augen so voller Begehren an. Oh ja, ich kann sie haben, was immer auch ihre Beziehung zu jenem Piraten sein mag. Und doch …« Er lachte. »Herr im Himmel, was für eine Überraschung …« Er brachte das Fell des Katers durcheinander und flüsterte ihm ins Ohr: »Ich scheine immer noch so etwas wie ein Gewissen zu haben.«

Quentin seufzte müde. Dann holte er tief Atem und lehnte den Kopf gegen die gepolsterte Kopfstütze des Sessels. »Und mein Gewissen rät mir davon ab, die Maus zur Geliebten zu machen.«

Er zwang sich, an Clarice zu denken. Vor seinen geschlossenen Augen entstand das Bild ihrer dramatischen roten Locken, des listigen Schimmerns in ihrem amethystfarbenen Blick. Clarice war hoch gewachsen gewesen und so schlank, dass es schon beinah unmodisch war – was man aber schnell vergaß angesichts der provokativen Kleidung, die sie bevorzugte. Sie hatte eine Kunst daraus gemacht, Männer in Versuchung zu führen und die Frage in ihnen zu wecken, was notwendig sein würde, um die Gelüste zu befriedigen, die sie mit ihrem Auftreten signalisierte. Eine Versuchung, der nur wenige hatten widerstehen können. Quentin hatte nicht dazu gehört.

Er redete sich ein, dass er Frauen wie Clarice im Bett vorzog – Frauen, die wussten, was sie taten – die ebenso geben wie nehmen konnten.

Unschuld und Untergebenheit lehnte er ab. Er würde sich niemals mit einer Frau einlassen, der man ihre Empfindungen an den Augen ablesen konnte. Eine Frau, die erst zu erblühen schien, wenn ein Mann ihr ein wenig Aufmerksamkeit schenkte.

Dies waren die Dinge, die die Maus ihm anzubieten schien – ein süßes Gefühl von Reinheit, ein Verlangen, alles zu geben. Er erinnerte sich an ihre charmante kleine Fantasie mit Lady Anne und fragte sich, ob er wohl der erste Mann war, der ihr sein Interesse zeigte – so stark, wie sie auf ihn reagierte.

»Nein, ich werde sie nicht mit ins Bett nehmen«, erklärte er den Engeln. »Aber ich würde es gern tun … oh ja, sehr gern sogar.«

Ein Teil von ihm wollte sie aus jenen kleinen braunen Kleidern schälen und seine Finger in ihrer verführerischen Haarfülle vergraben. Er wollte sie nackt vor sich sehen, ihre Hüften unter den seinen spüren, wenn er sie beide in natürlicher Leidenschaft zusammenbrachte. Er begehrte jene Naivität, die sie so klar ausstrahlte wie den Lavendelduft, den sie benutzte. Er wollte jenen unglaublichen Sinn für Entschlossenheit, mit dem sie seine Bücher angegangen war, auf sich selbst gerichtet sehen, auf seinen Mund, auf jeden seiner erhitzten Körperteile. Und er hatte ein untrügliches Gefühl, dass sie das vermochte – einem Mann in jeder Hinsicht Lust zu bereiten.

»Ich werde mich damit zufrieden geben müssen, herauszufinden, was sie mit ihrem Piraten vorhat«, sagte er sich. »Doch das eine oder andere will ich der Maus schon noch beibringen.« Dass das Leben grausam war – dass man nicht so hingebungsvoll sein sollte. »Sie bräuchte ein härteres Herz«, dachte er laut. Die Maus sollte sich nicht so viel Mühe geben, anderen zu gefallen, sei es nun ihm, dem Piraten oder ihrer Mutter.

»Das wenigstens kann ich sie lehren«, dachte er mit plötzlicher Bitterkeit.

In *Die mutige Constance* schien die Heldin, Lady Constance, zu allen möglichen Spionagetricks fähig zu sein. Doch als sie jetzt hier im Empire-Zimmer stand, die Schulterblätter an die Wand mit der chinesischen Tapete gedrückt, fragte sich Leydi, ob spionieren nicht doch zu viel für sie war.

Sie hielt den Atem an und schaute dann um den Türstock herum. Der Flur war menschenleer. Nicht einmal ein Schatten. Kein Zeichen.

Herr im Himmel, was dauerte denn da bloß so lange? Sie klammerte ihre Hände fest um die Tafel, die sie hielt, und atmete langsam aus. Sie hatte den ganzen Morgen damit verbracht, darauf zu warten, dass Leutnant Felix Bishop endlich erschien.

Nachdem sie am vergangenen Tag aus Basse Terre zurückgekommen war, hatte sie bei einem Schwätzchen zum Tee mit Mr.

Stevenson durch geschicktes Fragen herausgefunden, dass Bishop am nächsten Tag wieder in Rucksingford Hall erwartet wurde. Um Viertel nach zehn am Samstagmorgen war Bishop tatsächlich eingetroffen. Und schon seit einer Stunde wartete Leydi jetzt darauf, zum richtigen Augenblick ihren Auftritt hinzubekommen. Ihr Herz hämmerte ihr so laut in den Ohren, dass sie ein- oder zweimal um die Ecke in die Halle geschaut hatte, wo sich aber natürlich niemand befand.

Das klar hörbare Klicken der Tür des Empfangssalons brachte Leydi dazu, mit einem Satz zurück ins Empire-Zimmer zu springen. Sie vernahm, wie Rucksingford sich vom Leutnant verabschiedete – gefolgt von nichts als den gedämpften Schritten von Bishops Stiefeln auf dem Läufer in der Halle.

Leydi bewegte sich nicht von der Stelle, zählte aber langsam, um schließlich hastig in den Flur zu stürzen, den Blick auf ihre Schnallenschuhe unter dem Saum ihres Kleides gerichtet. Als sie gegen die Wand einer männlichen Brust stieß, hätte sie beinahe erleichtert aufgeseufzt. *Erfolg*!

»Oh, verzeiht, Sir. Ich hatte Euch … nicht gesehen …«

Die Worte erstarben ihr in der Kehle, zusammen mit dem Rest der Rede, die sie sich in der vergangenen Stunde zurechtgelegt hatte. Die hoch gewachsene Gestalt des Leutnants schob sie mit dem Ellenbogen zur Seite, als wäre sie nicht mehr als eine lästige Schnake. Doch sie hatte sein Gesicht genau gesehen, bevor er vorüber war. Was immer auch der Mann mit Lord Rücksichtslos besprochen haben mochte, er schien davon nicht besonders angetan.

Na ja, wenigstens den Zusammenstoß hatte sie hinbekommen – wenn schon nicht die Bekanntschaft, die sie gern gemacht hätte. Sie richtete sich gerade auf und marschierte den Flur hinab zum Empfangssalon, bereit, den zweiten Teil ihres Plans zu starten.

Sie klopfte laut, doch anstatt zu warten, dass Rucksingford antwortete, trat sie einfach ein, die Tafel vor sich ausgestreckt wie einen Schild.

»Hier sind die Berechnungen für die Salzteiche, die Ihr wolltet, und Ihr habt Recht, sie sollten eigentlich mehr als genug für uns produzieren. Also, ich habe mir die Zeit genommen, noch ein paar Vorschläge zu dieser Anlage zu notieren, aber auch zu einer neuen Verarbeitungstechnik im Zusammenhang mit dem Wetter und anderen Variablen. Vielleicht möchtet Ihr Euch das einmal ansehen.«

Sie hielt ihm die Tafel entgegen, so dreist sie konnte, als hätte sie absolut jedes Recht, in diesem Augenblick hier zu sein. Dem natürlich nicht so war. Leydi hatte Mr. Stevenson diese Aufgabe abgeluchst – und die halbe Nacht mit den Berechnungen dazu verbracht. Eigentlich sollte sie momentan an etwas ganz anderem arbeiten.

Rucksingford sagte nichts, sondern betrachtete sie nur mit jenen azurblauen Augen, als wäre sie eine Art Geschäft, das nicht so recht das abwarf, was es abzuwerfen versprochen hatte. Sein Schweigen war ihr unbehaglich. »Mr. Stevenson und ich waren schon früh mit der heutigen Korrespondenz fertig«, erklärte sie ihre Anwesenheit. »Und ich dachte, Ihr wolltet vielleicht diese Zahlen so bald wie möglich sehen.«

Quentin nahm der Maus die Tafel ab und starrte auf die Summen hinunter, ohne die Zahlen so recht zu sehen. Sie legte eine Entschlossenheit an den Tag, die ihn stutzig machte. Er hatte gerade eine Stunde hinter sich, in der Bishop sich darüber ausgelassen hatte, wie gefährlich es für ihn war, sie in seiner Nähe zu dulden. Und er war durchaus auch der Meinung, dass die Maus Schwierigkeiten verursachen könnte. Doch nicht die Art, von der Bishop geredet hatte.

Er seufzte und betrachtete die ordentlichen Zahlen, die sie untereinander gereiht hatte. Sie musste die ganze Nacht daran gearbeitet haben, denn erst gestern hatte er Stevenson gegenüber die Salzteiche erwähnt. Natürlich bezweckte sie irgendetwas Finsteres damit, dass sie diese Aufgabe von seinem Verwalter übernahm. Sicher würde sie schon noch zu erkennen geben, um was es sich dabei handelte – wenn er nur genug Geduld hatte.

»Ich bin in der Halle mit einem Gentleman zusammengestoßen«, berichtete sie wie als Antwort auf seinen schweigenden Verdacht. »Er hätte mich beinah über den Haufen gerannt.« Und darauf folgte ein eher zweifelhaft klingendes Lachen.

»Er wirkte so offiziell – und ich habe ihn schon ein- oder zweimal hier gesehen. Ist er wegen Gellmans Kaffee gekommen?«

Quentin sah auf und entdeckte eine Unzahl von verschiedenen Empfindungen in jenen zinngrauen Augen. Sie redete zwar von Leutnant Bishop, aber angesichts der Art, wie sie den Zipfel ihres Zopfes quälte und wie angespannt ihr Lachen wirkte, wusste sie definitiv, dass Bishop nichts mit dem Kaffeegeschäft zu tun hatte. Er legte die Tafel weg und fragte sich, wie viel die Maus wohl erraten hatte von dem wirklichen Grund für Bishops Besuch.

»Nein, Leutnant Bishop hat sich in einer ganz anderen Sache als sehr hilfreich erwiesen.«

»Nicht beim Kaffee?«, fuhr sie unschuldig fort.

»Bei dem Piraten«, antwortete er mit einem Lächeln.

Er sah zu, wie sie ihren Zopf über die Schulter warf und ihre Haube zurechtrückte. Sie blätterte durch die Papiere auf dem Schreibtisch, als könnte sie dort etwas Nützliches finden. »Also wollt Ihr Euch nicht an meinen Rat halten und die Piratenjagd aufgeben?«

In spöttischer Entschuldigung streckte er seine Hände aus. »Ihr habt meine Verpflichtungen in so bewundernswerter Weise geklärt, Maus, dass ich absolut genug Rückenfreiheit habe, dem Leutnant bei der Suche nach dem Bösewicht zu helfen.«

Ihre Augen weiteten sich, und die Farbe verwandelte sich plötzlich in Sturmgräue. Er fand, dass sie auch ein wenig blass wirkte. »Dann habe ich meine Arbeit vielleicht zu gut erledigt.«

Der Ärger in ihrer Stimme machte es ihm schwer, ernst zu bleiben. »Setzt Euch, Miss Carstair. Ich habe ein paar Ergänzungen zu diesen Zahlen hier zu machen.«

Quentin lauschte, während die Maus ihm ihre Vorstellungen zum Thema der Salzteiche vortrug, und der Lavendelduft, der von ihrem Hals ausströmte, lenkte ihn unglaublich ab. Als sie sich über den Schreibtisch lehnte und mit den Fingern auf eine Reihe von Zahlen deutete, um sich verständlich zu machen, stellte er fest, dass er Bishops dringliche Warnung vergaß und sich damit zufrieden gab, sie nur anzusehen.

In der vergangenen Woche hatte er sehr schnell die schlichte Haube und die braunen Kleider durchschaut. Sein Blick wanderte zur Rundung ihrer vollen Brüste, die unter dem Musselin zu erkennen waren, zu der hübschen Form ihrer Arme und den feingliedrigen Händen. Er dachte daran, wie es wäre, wenn sich jene Hände an seinen Schultern festklammerten, wie ihre geschickten Finger durch sein Haar fuhren, während er sie küsste. Mühsam erinnerte er sich an sein Gelöbnis des vergangenen Abends. Die Maus war keine Frau für sein Bett. Er wollte nur wissen, was sie mit Kincaid zu tun hatte.

Aber sie schien allein durch ihre Anwesenheit sein Begehren zu wecken, schon durch ihre Berechnungen von Erträgen pro Quadratmeter. Sein Hunger war so offensichtlich, dass sie sich mitten im Satz unterbrach und ihn nur fragend anstarrte. Einen Moment lang schauten ihre silbernen Augen zu ihm auf, verrieten nur ihren Wunsch zu gefallen, ohne Preis. *Sag mir, wie es mir gelingen kann*, drückten sie aus. *Ich möchte dir gefallen.*

Quentin schauderte, spürte diesen Blick bis tief in sein Inneres. Er schien einen Funken zu entzünden, zog ihn so sehr an, dass er sich tatsächlich näher zu ihr beugte. Die Maus erschrak, fuhr zurück und wandte sich hastig wieder ihren Berechnungen zu, wobei ihre Stimme belegt und ein wenig atemlos klang.

Er sagte sich, das müsse wohl am Schlafmangel liegen. Normalerweise besaß er mehr Disziplin. Schließlich hatte er eine Mission zu erfüllen, was Miss Carstair betraf – und die gehörte nicht zu der Verführung, zu der sie ihn unbewusst einlud.

Am Ende hörte er geduldig zu, wie sie Wetterverhältnisse und Niederschlagsmengen analysierte. Sie war in der Tat gründlich und überraschte ihn wieder mit ihrem Durchblick. Er schaute auf von den Zahlen und wollte gerade etwas Derartiges zum Ausdruck bringen – da stellte er fest, dass sie ihn musterte und nicht die Zahlen.

»War es Leutnant Bishop, der George vor ein paar Tagen geschlagen hat? Der Mann vor der Tür, der Euch unbedingt sehen wollte?«

Sein Vater. Meinte sie den Grafen?

Das überraschte ihn.

»Es war niemand Wichtiges«, sagte er vorsichtig.

Die Maus runzelte die Stirn. »Aber wenn ich es mir genau überlege, klang die Stimme nicht wie die vom Leutnant. Irgendwie kam mir der Mann … ach, ich weiß nicht. War er nicht älter?«

Quentin war nicht darauf vorbereitet, dass sie Interesse an seinem Vater zeigen könnte, die Frage überrumpelte ihn. Bestimmt hatte sie Gerüchte von den Bediensteten gehört. Er wusste, dass ihre Mutter ihr irgendwelche Geschichten über seine Vergangenheit erzählt hatte. Die Maus schien eine neugierige Frau zu sein. Neugierig genug, um zu weit vorzupreschen.

»Bei dieser Zahl hier mache ich mir am meisten Sorgen«, sagte er, indem er sie wieder zurück zu ihren Berechnungen für die Salzteiche drängte. Keinesfalls würde er über die Vergangenheit sprechen – nicht mit der Maus. Mit gar niemandem. »Die klingt ja wirklich bemerkenswert, aber ist sie korrekt? Wenn das Unternehmen ein Erfolg werden soll, müssen wir dafür sorgen, dass wir auch eine Ersatzlösung haben, falls sich diese Zahlen als unrealistisch erweisen.«

Zuerst antwortete sie nicht, sondern starrte nur die Summen an. Und dann flüsterte sie: »Es ist seltsam, wenn ein Sohn sich weigert, den eigenen Vater zu sehen.«

Abrupt legte Quentin seine Feder weg. »Wir können uns morgen über die Salzteiche unterhalten, wenn Ihr möchtet«, sagte er und machte damit klar, dass er nicht bereit war, über den Grafen zu diskutieren. »Ich habe heute sowieso noch eine Menge andere Dinge zu erledigen.«

Ihr weicher grauer Blick traf auf seinen, und darin lag eine tiefe Traurigkeit, die sie absolut nicht zu verbergen suchte.

Er fluchte leise, stand auf, schob seinen Sessel auf dem Teppich zurück und wandte sich ab. Einen Augenblick lang spürte er dieselbe Gewalt in sich, die ihn fast die ganze Nacht wach gehalten hatte. Man möge sich das vorstellen: sein Vater, der um Vergebung bat, wenn er doch wusste – er wusste es! –, dass keine Vergebung denkbar war. Nicht für die Vergangenheit. Nicht nach sieben Jahren. Mit dieser Bürde würden sie alle leben müssen.

Und jetzt rührte die Maus die alten Geschichten wieder auf.

Verdammt sollten sie alle sein – in der kommenden Nacht würde er schlafen, selbst wenn er sich sinnlos betrinken musste, um das hinzukriegen. Der Schlafmangel war der einzige Grund, den er sich vorstellen konnte für den Effekt, den sie auf ihn hatte.

»Ich hatte nur das Gefühl, dass er recht aufgebracht wirkte«, fuhr sie tapfer fort, als er nichts sagte. »Und der arme George … ich hätte nur gern gewusst, ob …«

»Schluss jetzt«, sagte er und drehte sich wieder zu ihr um. »Ihr braucht das nicht zu wissen. Es muss Euch nicht interessieren. Mischt Euch nicht ein!«

Es tat ihm weh, ihren Eifer so zurückzustutzen. Aus Erfahrung wusste er, dass die Maus sehr hartnäckig sein konnte. Im Augenblick sah sie ihn an, als wäre er ein Puzzle und sie hätte davon eben einen traurigen Teil zusammengesetzt.

Quentin würde es nicht dulden. Nicht ein einziges Stückchen sollte sie von ihm erwischen – als hätte sie soeben einen Blick in seine Seele geworfen. Er war es, der *sie* erforschte, nicht umgekehrt, verdammt!

»Zu viel Neugierde ist ungesund«, sagte er und trat auf sie zu. »Und bei all der guten Arbeit, die Ihr geleistet habt, Maus, fände ich es schade, wenn ein einziges Missverständnis dieser ganzen Produktivität ein Ende setzte.« Er beobachtete, wie sie einen Schritt rückwärts tat – das unschuldige Lamm, dem sich der Wolf nähert. Dabei stellte er fest, dass ihm diese Vorstellung gefiel.

Er nahm ihre Hand. Mit einer Fingerspitze strich er sanft über einen Knöchel nach dem anderen und schließlich hinauf bis zur weichen Haut ihres Handgelenks. »Wisst Ihr, ich bin wirklich fasziniert von Euren Fähigkeiten …« Die gefälligen Worte kamen ihm ganz spontan in den Sinn. Es war zwar lange her, seit er den Galan gespielt hatte, doch die Rolle steckte ihm in Fleisch und Blut. Als sie sich von ihm abwenden wollte, hielt er ihre Hand ganz fest und ließ es nicht zu. »Ich muss gestehen, dass es mir in Eurer Nähe schwer fällt, mich auf Piraten, Salzteiche oder Geld zu konzentrieren.« Er hob ihre Hand an seinen Mund und drückte einen leichten Kuss darauf.

Mit einem Ruck riss sie sich los. Er konnte sehen, wie schwer sie atmete. Ihre Lippen waren so fest zusammengepresst, dass sie kaum noch Farbe hatten. »Ich hatte mich nur gefragt, wer er wohl war«, sagte sie, und ihre Stimme klang verletzt. »Ihr braucht … braucht dies nicht zu machen.«

Er lächelte und tat noch einen Schritt auf sie zu. Dann umfasste er ihre Wange mit einer Hand und suchte nach dem grünen Schimmer in ihren wunderschönen grauen Augen. »Was genau brauche ich nicht zu machen, Maus?«

Sie erwiderte seinen direkten Blick, ohne noch einmal auszuweichen. »Ihr haltet mich für einen Dummkopf, doch das bin ich nicht. Wenn Ihr meine Frage wegen des Grafen nicht beantworten wollt, braucht Ihr das nur zu sagen. Ihr braucht nicht dieses … Theater, … um mich abzuschrecken.«

Beinah hätte er sie korrigiert und ihr gesagt, wie wenig er schauspielern musste und wie sehr er sie begehrte. Aber sie hatte Recht. Wenn er sie verführen wollte, würde er das nicht so einfädeln. Geistlose Schmeicheleien waren nicht der Weg zum Herzen der Maus. Außerdem war er das Spiel jetzt leid, und so sagte er einfach: »Ich spreche mit niemandem über meinen Vater.«

Sie schüttelte den Kopf und schaute ihn an, als empfände sie Mitleid für ihn. »Hoffentlich wisst Ihr, was Ihr aufgebt, indem Ihr Euch von ihm abwendet.«

Quentin hob eine Braue. Diese edle Beharrlichkeit hatte er nicht erwartet. Er fühlte sich überrannt in der Art, wie sie ihn herausforderte. Es reichte aus, um ihn zum Angriff zu bewegen, und er wusste genau, wie er sie ablenken konnte. »Warum unterhalten wir uns nicht über ein Thema, das Euch genauso lieb zu sein scheint? Felix Bishop hat mir einen ehrgeizigen Plan vorgeschlagen, wie wir Daniel Kincaid fangen können«, improvisierte er, um sie auf andere Gedanken zu bringen. »Möchtet Ihr ihn gern hören?« Er hob eine Locke, die ihrem Zopf entkommen war, über ihr Ohr und strich dann mit dem Daumen über ihre Wange. »Würde Euch das nicht interessieren, Maus? Hmmm?«

Leydi schluckte. Aber das Herz schlug ihr immer noch bis zur Kehle, sodass es ihr schwer fiel, zu sprechen oder zu atmen. Seine Worte trafen sie mit der Gewalt einer Kanonenkugel. Einen Augenblick lang hatte ihre dumme Einbildung ihr vorgegaukelt, sie könnte Quentin dabei helfen, sich mit dem Mann zu versöhnen, den sie im Schatten jenes Esszimmers hatte weinen sehen. Die halbe Nacht lang, während ihrer Berechnungen für die Salzteiche, war ihr immer wieder diese Entfremdung von Vater und Sohn durch den Kopf gegangen – und sie hatte gemeint, sie könnte diese Kluft überbrücken. Und jetzt hatte sie sich, ohne richtig nachzudenken, von ihren Tagträumen dazu hinreißen lassen, im falschen Moment den Mund aufzumachen. Im Gegenzug hatte Rucksingford mit einer beängstigenden Strategie zurückgeschlagen und sie genau da getroffen, wo sie am empfindlichsten war.

»Leutnant Bishop scheint ganz besonders entschlossen zu sein, die Meere von jenem Fluch zu befreien«, sagte er und setzte seinen Angriff mit einem Lächeln fort. »Da die Patrouille der königlichen Marine und meine eigene Flotte von Schiffen zu seiner Verfügung stehen, hat er ein hervorragendes Konzept entwickelt. Ihr müsst wissen, Miss Carstair, dass er eine der meistbenutzten Routen Kincaids ausfindig gemacht hat. Bishop hat in Erfahrung gebracht, dass sich der Pirat dort zum Ende des Monats wieder herumtreiben wird.«

Leydi schüttelte den Kopf, als könnte sie damit die drohende Katastrophe abwenden. Alles was sie befürchtet hatte, bewahrheitete sich – ihre Unfähigkeit zu spionieren sowie Bishops und Quentins Pläne gegen Kincaid. »Es ist sinnlos zu versuchen, einen derart berüchtigtenSeemann fangen zu wollen«, flüsterte sie mit ausgetrockneter Kehle.

»Vielleicht«, sagte Rucksingford und lehnte sich weiter vor, sodass sie seinen Atem am Hals spürte. »Aber ich glaube, wir werden Erfolg haben. Was meint Ihr, Maus, der Plan ist doch nicht schlecht, oder?«, fragte er sanft. »Glaubt Ihr, dass Kincaid gehängt werden wird?«

Die arme Leydi stolperte rückwärts und drückte sich die Hand an die Kehle. »Ich werde darüber nachdenken, Mylord – da Ihr mich um meine Meinung gefragt habt. Vielleicht hat Euer Plan ein paar Schwachstellen, die Ihr nicht seht in Eurem Enthusiasmus, Kincaid zu fangen. Soviel ich weiß, kann der Mann sehr erfinderisch sein.«

Er verschränkte die Arme und lehnte sich an den Schreibtisch. »Das mag sein. Aber unter Umständen unterschätzt Ihr meine eigene Raffinesse …«

Leydi schaute auf den Schreibtisch hinab. In genau diesem Augenblick fanden ihre Augen ein Mittel, mit dem sie kämpfen konnte – um Rucksingford zu zeigen, wie vorsichtig er sein musste. Es war die Art von Waffe, die ihr am ehesten lag. Sie nahm den Zettel mit den Zahlen, die sie gerade überflogen und dabei geprüft hatte – eine Fähigkeit für schnelles Rechnen, die sie seit ihrer Kinderzeit besaß.

»Ihr solltet meine Warnung nicht auf die leichte Schulter nehmen. Jeder kann einmal Fehler machen, egal wie erfinderisch er ist.« Ihr Finger landete auf dem Büttenpapier wie die Spitze eines Degens. »Zum Beispiel diese Zahl hier. Sie ist falsch. Sie muss 53 452 lauten, nicht 53 756.«

Quentin starrte sie einen Augenblick an und fragte sich, was sie wohl vorhatte. Es war ein ziemlich wichtiger Vertrag, den sie sich da ausgesucht hatte, und die Summen, von denen sie sprach, hatte er selbst ermittelt; also machte er sich nicht die Mühe, sie noch einmal zu kontrollieren. Keinesfalls hielt er es für möglich, dass sie zehn Reihen von Tausenderzahlen auf einen Blick zusammenrechnen konnte – eine Rechnung, die er selbst mit dem Abakus bewerkstelligt hatte.

»Ihr habt Unrecht, Maus«, sagte er, seiner Sache sicher. »Ich mache selten Fehler. Und ganz sicher nicht, wenn es darauf ankommt. Die Summe ist 53 756.«

Sie nahm den Abakus vom Tisch und hielt ihn ihm entgegen. »Genau das meine ich. In geschäftlichen Dingen wie im Leben kann eine gewisse Menge an Selbstbewusstsein hilfreich sein. Aber wenn man es zu weit damit treibt, kann sich dieselbe Eigenschaft als Dummheit erweisen und zu sehr schlechten Ergebnissen führen.«

»Ist das etwa eine Warnung, Maus?«

Zur Antwort hielt sie ihm nur den Abakus noch einmal entgegen.

Um ihr einen Gefallen zu tun, gab er die Summen ein, schob die Zahlen geschickt mit den Kugeln hin und her … und stellte fest, dass sie Recht hatte. *Sie hatte Recht*!

So schnell, in nicht mehr als einem kurzen Blick, hatte sie den Fehler entdeckt und die korrekte Summe errechnet.

Immer noch starrte er die Kugeln des Abakus an, als er sie sagen hörte: »Ich wollte Euch nur ein Beispiel vorführen.«

Er schaute auf und sah, wie sie ihre Papiere einsammelte. Sie setzte nicht einmal ein triumphierendes Lächeln auf, sondern ging einfach zur Tür. Auf der Schwelle drehte sie sich noch einmal um. »Macht nicht den Fehler, Kincaid fangen zu wollen.«

Die Tür schloss sich hinter ihr. Quentin legte den Abakus weg und starrte die Zahlen an. Er fühlte sich versucht, die Summe noch einmal zu überprüfen – doch dann lächelte er.

»*Touché*, kleine Maus. *Touché*!«

Natürlich hatte er gelogen, was Bishops Pläne für Kincaid betraf. Der arme Leutnant hatte keine Ahnung von der Route des Piraten. Doch seine Behauptung hatte die Reaktion bewirkt, die Quentin wünschte. Oh ja, die Maus steckte eindeutig unter einer Decke mit dem Burschen.

»Gieß mir noch einen ein, Bertie.«

Bertie schüttelte den Kopf. »Dann wirst du betrunken.«

»Leydi nicht, *Mãe*«, bemerkte Gabriela, die neben ihrer Freundin an der Ladentheke bei einem Drink saß. »Cy sagt, ihr Magen ist innen mit Blei verkleidet.«

»Ich wünschte, ich könnte mich betrinken«, sagte Leydi fast wie zu sich selbst. »Herr im Himmel, Bertie, was sollen wir tun? Die Patrouille wird Kincaid erwarten – sie stellen ihm ganz sicher eine Falle.«

Bertie schüttelte den Kopf. »Ich habe Kincaid schon in schlimmeren Lagen gesehen, *menina.* Du solltest dir nicht so viele Sorgen um ihn machen. Wenn Rucksingford glaubt, dass er etwas Besonderes über Kincaid weiß, dann kannst du sicher sein, dass Daniel davon erfahren hat. Er hat Freunde, *muito* Freunde.« Sie beugte sich vor und tätschelte Leydi tröstend die Hand. »Du musst bedenken, wenn *wir* schon von Rucksingfords Plänen wissen, ist es überhaupt kein Geheimnis.«

»Du meinst also, wir sollten gar nichts tun, *Mãe*? Nur hier sitzen wie die Hühner und warten, ob sie den Kerl hängen?«

Bei dieser überraschenden Verteidigung von Gabriela hätte sich Leydi beinah an ihrem Rum verschluckt. Sie stellte ihr Glas ab und sah, dass auch Bertie sich über die Anteilnahme ihrer Tochter an Kincaids Schicksal wunderte.

»Und was schlägst du vor, Tochter?«

Gabriela runzelte die Stirn und starrte den goldenen Rum in ihrem Glas an. »Na ja, irgendetwas sollten wir wenigstens versuchen. Wir können uns nicht bloß auf Kincaids Spione verlassen. Der Pirat und ich haben vielleicht unsere Differenzen – aber ich würde mir nie verzeihen, wenn er hängt und ich es irgendwie hätte verhindern können. Er würde mir bestimmt als Geist erscheinen.« Sie schüttelte den Kopf und nahm noch einen Schluck.

Bertie schien einen Augenblick nachzudenken und betrachtete dabei ihre Tochter prüfend.

»Sie hat Recht«, sagte Leydi in der Hoffnung, Bertie umzustimmen. Genau wie Gabby konnte sie nicht einfach abwarten und hoffen, dass alles gut ging. »Ihr wolltet, dass ich den Spion spiele, und das habe ich gemacht. Sollten wir die Information jetzt nicht auch irgendwie nutzen?«

»Na schön«, sagte Bertie, verkorkte die Flasche und stellte den Rum hinter die Theke zurück. »Wir senden Cy eine Nachricht. Wenn irgendjemand weiß, wie man Kincaid eine Botschaft zukommen lassen kann, wenn er auf hoher See ist, dann Cy. Gib mir die Schreibschatulle, *Gabriela*. Ich erledige es jetzt gleich.«

Während Leydi und Gabby zusahen, öffnete Bertie die Schatulle und holte ihr Papier heraus. Dann tauchte sie die Feder in die Tinte und schrieb schnell ihre Nachricht. Sie schüttete Sand darauf, und zum Schluss versiegelte sie sie. Das gefaltete Papier steckte sie in die bestickte Leinentasche, die sie unter ihrer Schürze trug. Sie klopfte einmal darauf. »Jetzt könnt ihr ganz beruhigt sein, dass Kincaid kein Problem haben wird.«

Leydi fühlte sich absolut nicht beruhigt, sagte aber weiter nichts. Sie half Gabriela, die Gläser wegzuräumen, während Bertie sich daranmachte, den Laden zu schließen. Bald würde Leydi sich mit George treffen, um zurück nach Rucksingford Hall zu fahren. Schon den ganzen Tag hatte sie das Gespräch mit dem Viscount vom Morgen verfolgt. Als sie George begegnet war, der mit dem Wagen in die Stadt fuhr, um Besorgungen zu machen, hatte sie ihn gebeten, sie mitzunehmen, weil sie die neue Entwicklung mit Bertie und Gabriela besprechen wollte.

»Glaubst du wirklich, dass es ausreicht, Cy eine Warnung zu schicken?«, fragte sie Gabriela. Bertie war draußen vor dem Laden damit beschäftigt, Bratpfannen und Bügeleisen einzusammeln, die sie mit Zedernholzeimern und gelbem Porzellan dort zum Verkauf arrangiert hatte. »Ich komme mir so nutzlos vor, wenn ich einfach nur abwarte.«

Gabriela, die sah, dass ihre Mutter immer noch aufräumte, beugte sich weiter vor. »*Mãe* verlässt sich zu sehr auf Cy und Kincaid. Sie glaubt, dass die beiden nie einen Fehler machen.« Sie schien einen Moment nachzudenken, dann flüsterte sie eindringlich: »Ich hatte auch eine heftige Begegnung – mit Bishop. Er ist finster entschlossen, Kincaid zu schnappen.« Flüchtig drückte sie Leydis Hand. »Will keine Ruhe geben, bis Kincaid tot ist.«

»Tot!«

Gabriela bedeutete ihr mit einer Geste, sie solle leise reden. »Ja. Und es sieht so aus, als hätte er unsere Beziehung zu dem Piraten herausbekommen, meine und Mutters. Zu viele Leute in dieser Stadt handeln mit Kincaid durch *Mães* Laden, als dass uns nicht irgendeiner hätte verraten können – obwohl es mich wundert, dass einer so untreu geworden ist, dass er sogar mit einem Marineoffizier redet. Kincaid bezahlt gut dafür, dass alle schweigen.«

»Dann müssen wir etwas unternehmen!«

Bertie kam herein und zog die Bretter und Gestelle hinter sich her, auf denen sich ihre Waren befanden. Leydi und Gabby verstummten. Gabby überprüfte die Schachtel mit dem Kleingeld, schob englische und französische Guineen beiseite, auch spanische Dublonen und Pistoles, und untersuchte alles gründlich nach französischen Sous, die mit ein wenig schlauer Bastelei verändert waren, um wie die wertvolleren spanischen Moidores auszusehen. Leydi half dabei, Woll- und Leinenballen auf die Regale zu packen. Gerade als Bertie die Vordertür abschloss, ertönte ein heftiges Pochen.

»*Mon petit chou,* bitte, ich flehe dich an … quäle mich nicht länger«, jammerte klar erkennbar Hughs Stimme. »Ich muss dich sehen.«

»Verschwinde, Hugh«, sagte Bertie. »Nein, noch besser, geh zu Monique. Deiner Kusine!«, fügte sie etwas schneidiger hinzu.

»Sie bedeutet mir nichts, Bertie. Du bist meine Liebe, mein Herz! Jeden Tag ohne dich stirbt meine Seele ein wenig mehr.«

Bertie lehnte sich an die Tür und verschränkte die Arme über ihrem Mieder. Sie spielte mit dem goldenen Ring in einem ihrer Ohrläppchen. »Wenn ich diese Tür aufmache, wird deine Seele den Himmel schneller erreichen, als dir lieb ist.«

»Tu, was du willst, mit mir, Bertie … ich verdiene deinen Zorn. Aber missachte mich nicht, meine Liebste. Gib mir eine Chance, dir alles zu erklären.«

»Dass du in der Nähe einer willigen Frau deinen Hosenlatz nicht geschlossen lassen kannst? Das braucht für mich keine Erklärung.«

»Warum willst du mich nicht anhören … Bertie?« Noch mehr Pochen. »Bertie! Erbarmen! *Merde*!«

Bertie kümmerte sich nicht weiter um das Geklopfe, sondern wandte sich einer Kiste mit Orangen zu; aber Leydi dachte, sie hätte ein kleines Lächeln auf ihren vollen Lippen gesehen. Sie wischte sich den Kistenstaub von den Händen und schob eine Locke zurück, die unter dem farbenfrohen Tuch hervorschaute, das sie sich um den Kopf gebunden hatte. Leydi fand, die schwarze Frau sah im Licht der Dämmerung jünger und sogar noch schöner aus. Sie konnte verstehen, warum Hugh den Verlust bedauerte.

»Geh du nachher hinten hinaus, *menina*«, sagte Bertie zu Leydi. »Ich habe keine Lust, mich mit diesem lästigen Typen weiter abzugeben.« Da Hugh weiterhin an die Vordertür pochte, nahm Bertie die Hintertreppe. Leydi konnte hören, wie sie zum zweiten Stock hinaufstieg.

»Wie lange geht das schon so?«, fragte Leydi mit einem Nicken in Richtung des unsichtbaren Freiers.

Gabriela zuckte mit den Schultern. »Er hofft, sie mit seiner Ausdauer zurückzugewinnen. Aber ich kenne meine Mutter. Sie verzeiht vielleicht; aber sie ist doch nicht so leicht dazu zu kriegen, dass sie ihr Herz zweimal an einen Betrüger verliert.«

»Was ist mit Kincaid?«, flüsterte Leydi und beugte sich vor, sodass Gabriela sie trotz des Gebumpers hören konnte.

Gabby lächelte und nahm Leydis Hände. »*Cara*, wie wäre es mit einem kleinen Abenteuer?«

»Du weißt, dass ich alles tun würde, um Kincaid zu helfen.«

»Was ich vorhabe, erfordert nur Geld – den Rest erledige ich.«

»Du wirst nichts ohne mich unternehmen«, sagte Leydi und griff sofort nach ihrer Tasche, um ihren Geldbeutel herauszuholen.

»Genau genommen, *cara*«, sagte Gabby und zählte die Münzen, die Leydi ihr reichte, »ist die Idee von dir.«

»Von mir?«

Gabby nickte. »*Mãe* wird Cy allerdings ihre Nachricht schicken – nur wird es nicht die Nachricht sein, die sie geschrieben hat.« Gabby trat hinter die Theke und griff nach der Schreibschatulle. Sie holte ein Blatt heraus und sagte: »Ich werde Cy bitten, die *Fortune* zu schicken, die Kincaid in Devil's Gate im Hafen liegen hat, und im Namen meiner Mutter unterschreiben. Die *Fortune* ist nicht als Piratenschiff bekannt und dürfte eigentlich sicher nach St. Kitts segeln. Ich werde Cy schreiben, dass das Schiff unbedingt vor der Küste liegen muss, in der Nähe der alten Stadtstraße, und zwar, wenn der Mond ein Viertel voll ist. Dabei hat er gerade genug Zeit herzukommen, aber nicht genug, meinen Plan zu gefährden.«

»Und der wäre?«

»Du hast selbst gesagt, dass es den Männern recht geschähe, wenn wir sie entführen würden, mit dem Degen bedrohen und ihnen klarmachen, dass sie Kincaid in Ruhe lassen sollen …«

»Ich sprach dabei von Anne Bonny und Mary Reed, zwei der berüchtigtsten Piratinnen, die je auf diesen Meeren gesegelt sind.«

Gabriela schüttelte den Kopf. »Nein, nicht wir persönlich, *cara*. Aber ich kenne Männer, die die beiden für Geld entführen würden.« Als Leydi zögerte, fügte Gabby noch hinzu: »Das ist das Beste, was wir so kurzfristig tun können. Hör zu, *cara*, es wird niemandem etwas geschehen. Ich werde Cy schreiben, sich der Küste nicht zu nähern, bis er die Einfahrt zum Strand dort erreicht. Wir werden Rucksingford und Bishop von den Männern, die wir bezahlen, gefesselt und geknebelt dorthin bringen lassen. Wenn das Schiff am Horizont zu sehen ist, brauchen die Männer nur den Leutnant und deinen Lord Rücksichtslos darüber zu informieren, dass Kincaid Wind von ihren Plänen bekommen hat – dann lassen sie sie wieder laufen. Die beiden werden einsehen, dass es sinnlos ist, weitere Schritte gegen Kincaid zu unternehmen. Die Drohung allein wird sicher ausreichen. Und niemandem wird ein Haar gekrümmt.«

»Anschließend treffen wir uns mit Cy auf der alten Stadtstraße und erklären ihm die Lage«, schloss Leydi für Gabby.

»Genau. Alles wird gut gehen. Mit diesem hier und dem, was ich habe«, sagte Gabriela und hielt die Münzen hoch, die sie gezählt hatte, »können wir wenigstens ein paar Burschen dazu überreden, unserem Plan zuzustimmen. Aber wir werden ihnen mehr versprechen müssen, wenn die Arbeit erledigt ist.«

»Geld wird nicht das Problem sein«, sagte Leydi, und ihr Herz schlug heftig bei dem Gedanken an die Gefahr, in die sie sich begaben. Sie konnte nicht zulassen, dass jemand Kincaid etwas zu Leide tat, einem Mann, den sie wie einen Vater liebte – aber sie wollte auch nicht, dass Quentin etwas geschah.

»*Cara*, wenn du eine bessere Idee hast …«

Das verneinte Leydi. »Nein. Habe ich nicht. Aber trotzdem«, sie griff nach Gabbys Händen. »Versprich den Männern die doppelte Summe, wenn Rucksingford nichts passiert.«

Gabby nickte. »Keine Sorge. Ich weiß genau, wen ich fragen muss. Du wirst schon sehen, *cara*. Es läuft alles wie am Schnürchen.«

Zweiter Teil

Und dann über die Planken …

10

Geduldig wartete Gabriela, bis Bertie eingeschlafen war. Das Haus lag völlig im Dunkeln, Mutter und Tochter waren schon seit einer Stunde im Bett. Bis jetzt verliefen Gabrielas nächtliche Ausflüge immer glimpflich, weil ihre Mutter ihr vertraute. Der kleine Betrug, den sie heute vorhatte, schmerzte ein wenig, aber als Gabriela mit dem Geschick eines Diebes ins Zimmer ihrer Mutter schlich, sagte sie sich, dass es ja nur zu Kincaids Bestem wäre. Ganz sicher würde das Ergebnis – wenn auch nicht die Methode, es zu erreichen – ihrer Mutter gefallen.

Leise suchte sie unter den Kleidern an der Stange nach dem, das ihre Mutter heute getragen hatte. Als sie den feinen Chintz entdeckt hatte, ertastete Gabby die Leinentasche darunter. Sie fand sie schnell und auch den Schatz darin: den Brief ihrer Mutter an Cy. Gabriela vertauschte den Brief gegen den, den sie selbst in einer gelungenen Imitation der festen Handschrift ihrer Mutter angefertigt hatte, und huschte dann wieder hinaus in den Flur.

Morgen würde Bertie die Nachricht an Cy, Kincaids zweiten Mann, schicken, und Gabrielas Plan nahm seinen Lauf. Wenn der Name ihrer Mutter unter dem Brief stand, würde Cy den Anweisungen folgen, ohne zu zögern.

Gabriela tappte zurück in ihr Zimmer. Sie steckte die Münzen von Leydi in ihre Tasche und fügte ihre eigenen Ersparnisse hinzu. Dann horchte sie noch einmal, wie ihre Mutter leise schnarchte, und huschte in die dunkle Straße hinter dem Laden hinaus.

Halb rennend, halb gehend balancierte sie am Rand der Straße entlang, die noch schlammig war von einem heftigen Regenschauer am vergangenen Abend. Sie bedauerte, dass sie ihre Holzpantinen nicht anhatte; aber diese Überschuhe hätten verhindert, dass sie leise und schnell vorankam, um möglichst bald Männer aufzutreiben, die Rucksingford und Bishop entführen sollten. Mit der einen Hand hob sie entschlossen ihren Krinolinenrock hoch, mit der anderen hielt sie ihr Schultertuch zusammen und hastete an zwei Seeleuten vorüber, die ziemlich betrunken die Straße entlangtaumelten. Als sie die Kolonnade erreichte, betrat sie den hölzernen Bürgersteig, fasste ihren Beutel fester und schaute schnell hinter sich, um festzustellen, ob die Matrosen weiterschwankten oder umgekehrt waren, um sie zu belästigen.

Ein Hand fuhr aus einem dunklen Toreingang hervor, und Finger wie Enterhaken legten sich um ihren Ellenbogen. Mit einer einzigen fließenden Bewegung wurde sie in die Finsternis gezogen.

Sie wehrte sich, versuchte, ihre Handgelenke freizubekommen. Der Mann drückte sie an die Wand, sodass es ihr den Atem verschlug. Ihr fiel der Beutel ein, den sie um ihre Taille gebunden hatte. Fieberhaft überlegte sie, wie sie ihn am besten schützen und entkommen konnte. Sie griff nach ihrem Messer, als das Gesicht eines Mannes, dessen Atem nach Minze und Rum roch, sich zu ihrem Gesicht herabbeugte.

»So treffen wir uns wieder, schöne Gabriela!«

Bishop. Sie hörte auf, sich zu wehren, wartete, dass ihre Augen sich an die Dunkelheit gewöhnten, und erkannte tatsächlich seine Züge. »Was wollt Ihr? Verfolgt Ihr mich?«

Sie sah seine Augen im Mondlicht glitzern. Hörte seinen Atem, rau und flach. Er drängte sich an sie, seine Schenkel streiften ihre Röcke.

»Ob ich Euch verfolge? Nein, ich habe hier gewartet, weil ich ahnte, dass Ihr einen kleinen mitternächtlichen Ausflug machen würdet. Ich wollte nicht, dass Ihr mich diesmal wieder überrascht«, sagte er.

An die Wand gedrückt, war sich Gabriela darüber im Klaren, dass sie eigentlich Angst haben sollte. Sie war unterwegs, um jemanden dafür zu bezahlen, dass er genau diesen gefährlichen Mann entführte. Und doch war es nicht die Angst, die ihr den Atem stocken ließ.

Sie sah zu, wie Bishop seine Rechte hob und mit dem Handrücken ihre Wange streichelte. Es war eine seltsam zärtliche Geste, die in nichts dem Angriff Murdocks glich. Niemand hatte sie je so berührt – als bestünde sie aus Glas und könnte zerbrechen.

»Hast du Kincaid meine Nachricht überbracht?«, flüsterte er, seinen Mund ganz nah an dem ihren.

»Ihr irrt Euch«, sagte sie und bemühte sich, ihre Stimme möglichst überzeugend klingen zu lassen. »Ich kenne diesen Kincaid nicht. Als wir uns letztes Mal begegnet sind, wollte ich mich nur mit Euch unterhalten.« Sie fuhr sich mit der Zunge über die Lippen. »Ihr saht einsam aus, da so ganz allein am Tisch!«

»Und Ihr seid wirklich eine schlechte Lügnerin. Ihr hättet mich dort lassen sollen, Gabriela. An jenem Tisch, allein. Einsam«, sagte er und streichelte jetzt ihre Unterlippe mit seinem Daumenballen. Seine Augen richteten sich auf ihren Mund. »Das wäre bestimmt besser für Euch gewesen. Besser für uns beide.«

»Was wollt Ihr?«, fragte sie, und ihr Kopf dröhnte vor Angst – und noch etwas anderem. Etwas, das sie nicht zugeben wollte.

»Allmächtiger! Ich sollte gar nichts von Euch wollen – von einem von Kincaids Leuten. Aber seit ich Euch geküsst habe, scheine ich das nicht mehr vergessen zu können«, flüsterte er. »Ich frage mich immer wieder, wie es wohl wäre, wenn Ihr Euch nicht wehrt. Oder wenn Ihr mich mit diesem wunderschönen Mund küssen würdet, nur einmal ... und das sind gefährliche Gedanken, Gabriela.«

»Wegen Kincaid?«, fragte sie. Er hatte dieselben eigenartigen Gefühle in Worte gefasst, die sie seit jener Nacht in der Gasse, wo sie ihn mit ihrem Messer bedroht hatte, zu bekämpfen versuchte. Sie spürte die Hitze seines Körpers. Zugegeben, sie wünschte sich, diese Hitze würde sie umgeben, sie verschlingen. Er hatte so magische Augen, von einem derart dunklen Braun, dass sie beinah schwarz erschienen. Im schwachen Mondlicht wirkten sie bodenlos.

Er hob ihr Kinn, sodass ihre Münder sich nah genug kamen für einen Kuss. »Ja, wegen Kincaid, hauptsächlich. Aber es gibt auch noch andere Gründe«, flüsterte er und streifte ihre Lippen mit den seinen.

Gabriela schloss die Augen, als seine Lippen sich auf die ihren pressten. Ihre Mutter hatte ihr oft von der Liebe erzählt. Sie beschrieb sie als eine unwiderstehliche Kraft, die eine Frau zu einem Mann hinzog. Es war eine Kraft, von der sich Bertie nie abwenden zu können schien. Eine Kraft, die Gabriela in ihren ganzen fünfundzwanzig Jahren noch nie erfahren hatte. Bis jetzt.

Sie ertappte sich dabei, wie sie Bishops Kuss erwiderte, obwohl ihr Gehirn sie warnte und zum Rückzug mahnte. Mit erhobener Hand streifte sie über seine Wange – einmal, zweimal; dann nahm sie sein Gesicht in beide Hände und küsste ihn noch mal und noch mal. Sie trug in ihrer Tasche Geld bei sich, das sie verwenden musste, um ihn in eine Falle zu locken – um ihn dazu zu bewegen, dass er seine Verfolgung Kincaids aufgab. Aber anstatt zu versuchen, ihm zu entkommen, hörte sie völlig auf zu denken, als er leise seufzte und seinen Mund öffnete.

Sein Körper blieb dem ihren ganz nah. Sie konnte die Muskeln seiner Brust unter seiner Weste spüren, seine Schenkel, die die ihren durch ihre Röcke berührten. Die Wand hinter ihr verhinderte jede Flucht. Aber sie wollte auch gar nicht fliehen.

Schließlich war es Bishop, der sich so langsam von ihr löste, als fiele es ihm schwer. Er starrte sie an, jene dunklen Augen nahmen im Mondlicht jede Einzelheit ihrer Erscheinung in sich auf, dann schüttelte er den Kopf. Er sah aus wie ein Mann, der aus einem Traum erwachte.

»Herr im Himmel, bin ich ein Narr«, wisperte er. »Hier«, sagte er und drückte ihr etwas in die Hand.

Noch einen gehetzten Blick warf er ihr zu, seine dunklen Augen wirkten fast flehentlich. Dann machte er kehrt und eilte davon.

Gabriela sah ihn die Straße hinunterhasten. Sie bückte sich, um ihre Spitzenhaube aufzuheben, die heruntergefallen war, als er sie küsste. Nächtliche Geräusche lagen in der Luft, das raue Lachen der betrunkenen Matrosen, das Grunzen eines Schweins, das in der Nähe im Schlamm wühlte, die Musik aus einem Wirtshaus. Sie konnte Felix' Schatten gerade noch erkennen, als er die Straße überquerte und schließlich hinter einer Kurve verschwand.

Diesmal hatte er ihr keine Nachricht an Kincaid übergeben. Es schien, als hätte seine Mission diesmal nur ihr allein gegolten.

Sie schaute hinunter auf ihre Hand. Dort hielt sie die Kämme, die er ihr bei ihrer vorigen Begegnung aus dem Haar gezogen hatte.

Eine unwiderstehliche Macht.

Um sich zu beruhigen, holte sie tief Atem. Und fasste neuen Mut. Wie dumm, dass sie zugelassen hatte, was eben geschehen war!

Heftig schob sie sich die Kämme ins Haar und machte sich auf den Weg in Richtung Hafen, noch entschlossener als zuvor, ihre Mission erfolgreich durchzuführen. Diesmal passte sie besonders auf, dass ihr niemand folgte. Was sich auch zwischen ihr und Felix Bishop entwickeln mochte, sie war immer noch Kincaid verpflichtet. Verdammter Kerl!

»Hier, mein Freund«, sagte der Barkeeper und stellte Felix sein zweites Glas Rum hin. Die Kneipe war dunkel und rauchig, roch nach altem Fisch und ungewaschenen Leuten. Aber Felix war nicht in wählerischer Stimmung. Er starrte sein Glas an, als könnte er darin eine Antwort auf seine Grübeleien finden – erwartungsgemäß eine vergebliche Hoffnung.

War es ihre Schönheit? Ganz sicher hätte jeder Mann Schwierigkeiten, ihre exotischen Reize zu übersehen. Ihre goldene Haut und die grünen Augen. Die seidigen Löckchen. Jenen vollen Mund. Oder war es nur ganz einfach diese verbotene Frucht?

Andersherum – hasste er Kincaid so sehr, dass er ihr wehtun wollte?

Felix hielt sich nicht für einen grausamen Mann. Er glaubte an Gerechtigkeit. An Recht und Unrecht. Kincaid hatte seine Familie zerstört – ohne die geringsten Skrupel hinsichtlich des Blutbades, das er auf der Bishop-Plantage hinterließ wie bei jedem seiner anderen Überfälle auf hoher See.

Vor Jahren schon hatte sich Felix zum Instrument der Rache für seine Familie erklärt. Aber diese Rache galt Kincaid, und ihm allein.

Ein paar Matrosen drängten sich mit den Ellenbogen an die Theke neben ihm und stellten laut ihre leeren Gläser darauf. Felix rückte zur Seite, seine Gedanken nur bei Gabriela de Sousa. Ein Teil von ihm wusste, dass sie ein falsches Spiel betrieb. Sie war die Tochter einer freien Farbigen, einer Ladenbesitzerin – und doch redete sie und kleidete sich wie eine Dame. Zweifellos waren jene juwelenbesetzten Kämme, die er ihr zurückgegeben hatte, Beutestücke eines Piraten gewesen. Eigentlich reichte ihre Beziehung zu Kincaid aus, um sie ihm unerwünscht sein zu lassen.

Doch was er vorher unter der Kolonnade gesehen hatte, fand er alles andere als unerwünscht. Sie war genauso hübsch und süß gewesen, wie er sich erinnert hatte. Ebenso unwiderstehlich.

Felix nahm seinen Drink und ließ den herben Rum seine Kehle hinunterbrennen. Er verfluchte sich für den Wahnsinn dessen, was er heute Abend zugelassen hatte, statt sich auf Rucksingford zu konzentrieren. Dieser war der Schlüssel zu seiner Rache. Wenn er den Mann dazu bringen konnte, ihm bei seinem Plan zur Niederwerfung Kincaids zu helfen, dann würde Felix vielleicht endlich etwas Frieden finden.

Erst wenn Kincaid für seine vielen Untaten gehängt worden war, konnte Felix daran denken, eine Frau zu lieben, zu heiraten und eine Familie zu gründen. Eine Frau zu finden, die sein Blut so heftig zum Kochen brachte wie die schöne Gabriela de Sousa.

Rucksingford. Den galt es im Auge zu behalten.

Diesmal handelte ihr Tagtraum von ihren Eltern.

Nicht von ihren wirklichen Eltern. Leydi hatte nie irgendwelche Visionen von Elaine oder Argus. Sie träumte nur von glücklichen Zeiten und schönen Dingen.

In ihren Fantasien hielten sie ihre mythischen Eltern in den Armen, als wäre sie jemand, den sie schätzten. Sie trockneten ihre Tränen, anstatt sie hervorzurufen. Sie machten ihr Geschenke, sie gaben ihr Ratschläge – baten um nichts, gaben nur Liebe.

Und sie sahen überraschend ähnlich aus wie die Lady Consuelo und Daniel ›Heartless‹ Kincaid.

»Ich schätze, das hat sicher einen Sinn«, erklärte sie Aloysius, der schnurrend auf ihrer Brust saß. Sie lag ausgestreckt auf dem Teppich in Rucksingfords Empfangssalon, in letzter Zeit ihr Lieblingsplatz. »Ein mutiger Mann wie Kincaid ist genau wie die Helden in meinen Büchern. Genau genommen erinnert er mich sehr an jenen furchtlosen Dampier – er war auch ein Pirat, weißt du. Und die Lady Consuelo – na ja, stell dir vor, du hättest die Kraft, eine bekannte Familie, einen Ehemann und ein Vermögen hinter dir zu lassen, nur um deinem Herzen zu folgen. Sie lebt jenseits der Gesellschaft und erschafft ihre eigenen Regeln.«

Sanft strich sie Aloysius über die Schnurrbarthaare. Ihre Kindheit mit Elaine und Argus war nicht schlecht gewesen. Schließlich hatte sie ihre Zeit damit verbracht, daran zu arbeiten, ein besserer Mensch zu werden. Doch manchmal schmerzte es, dass sie stets versuchen musste, sich ihre Liebe zu verdienen, anstatt sie freiwillig zu bekommen.

»Wenn Gott es jemandem erlauben würde, sich seine Eltern frei auszusuchen, würde ich Consuelo und Kincaid nehmen«, gab sie unumwundener zu, als sie erwartet hatte. »Es tut mir Leid, wenn das illoyal klingt, aber ich bewundere sie so.«

Sie lächelte, als ihr klar wurde, dass sie über einen Piraten und eine gefallene Frau sprach. Doch beide hatten ihr in den vergangenen acht Jahren ihre Freundschaft angeboten, ohne irgendeinen Preis dafür zu verlangen.

Leydi zerwühlte Aloysius das Fell, bis es so hochstand, dass er doppelt so dick aussah. »Ich wünschte, ich könnte dich mit Nigel bekannt machen.« Sie vermisste alle auf Devil's Gate, ganz besonders Nigel. »Obwohl, wenn ich es mir überlege, wäre er vielleicht nicht ganz dein Typ. Er ist ein dummes Tier. Klaut Gabby ihre Bänder, wann immer er eine Chance dazu sieht. Er ist ein solcher Dieb, dass ich sie schon in einer Schublade einschließen musste.«

Seufzend schaute sie wieder hinüber zum Schreibtisch, wo Rucksingfords Bücher sie erwarteten. Aloysius erhielt einen schnellen Kuss zwischen die Ohren. »So, und jetzt zurück zu den Salzteichen.«

Sie stand auf, schüttelte ihre Schürze glatt, nahm ihren Zopf und strich sich mit der Spitze übers Kinn. Sie beugte sich über den Rosenholztisch und studierte die Zahlen, die Rucksingford ihr hinterlassen hatte.

Doch ihr Verstand schien heute Morgen irgendwie nicht zur Arbeit aufgelegt. Immer wieder hörte sie die hasserfüllten Worte ihrer Mutter vom vergangenen Abend: *Wie konntest du Argus Geld geben? Du hast wirklich keine Ahnung, was richtig ist, Leydianna*!

Am vergangenen Abend war Elaine in ihr Zimmer gestürmt und hatte Leydi aus einem köstlichen Traum von einem dunklen, gut aussehenden Verehrer hochgeschreckt – der so sehr Lord Rücksichtslos ähnelte, dass sie deswegen errötete. Als sie sich den Schlaf aus den Augen gerieben hatte, hatte sie mit ihrer Mutter wieder einmal eine Diskussion über Argus begonnen. Ihr Vater hatte sich am vergangenen Abend betrunken. Mit voller Lautstärke hatte er im vorderen Zimmer gesessen und gesungen, wobei er klang wie eine Kuh, die gemolken werden wollte. Kein Argument konnte ihre Mutter davon überzeugen, dass Leydi ihm das Geld nicht für Rum gegeben hatte.

Leydi streichelte ihre Wange mit dem Haarbüschel am Ende ihres Zopfes und strich es über der Stelle hin und her, wo Elaine sie geohrfeigt hatte. Trotz ihres heftigen Temperaments tat ihre Mutter ihr niemals wirklich weh, aber in letzter Zeit fand es die Tochter zunehmend schwieriger, ihre Zunge im Zaum zu halten und keine Widerworte zu geben.

Sie schaute zur Decke hinauf. Das Morgenlicht, das durch das Bristoler Glas hereinschien, ließ die Engel dort oben besonders lebendig wirken. »Warum sollte man sich nicht bessere Eltern wünschen, wenn die, die man hat, so ungerecht sind?«, fragte sie sie.

Doch bald ließ ihr Ärger nach, und Leydi lächelte, als sie daran dachte, wie Recht Lord Rücksichtslos gehabt hatte, als er ihre Neigung erwähnte, mit Gegenständen zu reden. Die Engel erschienen ihr zu diesem Zweck besonders geeignet. Ihre gemalten Gesichter mit den besorgten Mienen schauten von der gewölbten Decke mit dem Rand aus flaumigen weißen Wolken herunter. Leydi setzte sich in den Sessel, und ihre Unterröcke bauschten sich, weil sie sich so undamenhaft hatte auf den Sitz fallen lassen. Sie faltete die Hände hinter dem Kopf und starrte nach oben.

»Vielleicht sollte ich Elaine nicht so leichtfertig verurteilen«, erklärte sie den Engeln. »Schließlich würde ich nicht hier sitzen und Buchhalterin sein, wenn sie nicht Mr. Stevenson dazu gedrängt hätte, mich zu unterrichten.«

Sie schaute den Engel ganz rechts an, weil sie fand, dass er skeptisch wirkte. »Na ja«, räumte sie ein, »ich frage mich schon, wie lange ein Mensch dafür bezahlen muss, dass seine Eltern ihre Pflicht getan haben. Wenn ich Kinder hätte, wäre es auch mein größter Wunsch, dass sie ein besseres Leben führen können als ich.«

Um den hintersten Engel besser sehen zu können, drehte sie sich etwas, lehnte sich zurück über die Armlehne, sodass ihr Zopf auf den Boden hing, und sprach den kleinen Putto in der Ecke an. Er sah aus, als würde er gleich die Augen verdrehen, weil ihre Argumentation absolut hoffnungslos war.

»Natürlich werde ich nicht den Rest meiner Tage damit verbringen zu versuchen, ihnen zu gefallen … ich habe beim Gouverneur einen Antrag eingereicht, um das Stück Land gleich jenseits der alten Stadtstraße kaufen zu können. Wenn Elaine und Argus erst einmal ihre eigene Plantage haben …«

Und wenn das nicht genug ist?, fragte der Engel mit gerunzelter Stirn.

Leydi schürzte die Lippen und atmete lange und tief aus. Das war natürlich ihre größte Angst. Dass sie mit nichts, was sie ihren Eltern gab, endlich ihre Freiheit erkaufen konnte.

Auch Liebe kann man nicht kaufen, meinte ein anderer Engel mit besonders misstrauischer Miene.

»Vielleicht nicht«, sagte Leydi. »Aber versuchen will ich es.«

Peng. Leydi kam mit einem Ruck hoch, wobei sie sich gerade noch davor bewahrte, über die Armlehne des Sessels zu purzeln. Gerade war ein Stapel von Büchern vor ihr auf den Schreibtisch gedonnert, der bis zu ihrer Nase reichte.

Sie wandte sich im Sessel um. Quentin stand neben ihr, die Arme über der Weste verschränkt, ein amüsiertes Lächeln auf den aristrokatischen Zügen.

»Beim Tagträumen, Maus?« Er schaute zur Decke hinauf und warf den Himmlischen dort oben einen nachdenklichen Blick zu. »Ich bin mir nicht sicher, ob ich meine Engel wirklich mit Euch teilen will.«

»Lord Rü … Rü … Rucksingford«, stammelte sie schließlich, gerade noch verhindernd, dass sie seinen bösen Spitznamen gebrauchte.

Er sah sie eine ganze Minute lang an. Ihr fiel auf, wie müde er wirkte. Und er hatte sich nicht rasiert. Es war nicht das erste Mal, dass er schlecht geschlafen hatte. Überraschenderweise sah er trotz der blutunterlaufenen Augen immer noch gut aus.

»Belfour, liebe Maus«, korrigierte er und tat einen Schritt auf ihren Sessel zu. »Ich heiße Viscount Belfour, so lautet mein Titel. Rucksingford ist nur mein Nachname, versteht Ihr. Ihr könnt mich Viscount Belfour nennen, wenn Ihr möchtet.« Er setzte beide Hände auf die Armlehnen ihres Sessels und beugte sich vor, sodass sie sich zurücklehnen musste, um eine ordentliche Entfernung zu wahren. »Aber ich sehne mich auch sehr danach, dass Ihr ›süßer Prinz‹ zu mir sagt – wenigstens nur einmal.«

Sie presste die Lippen zusammen. »Ich weiß wirklich nicht, wie die Damen Euch widerstehen«, sagte sie mit leicht gereizter Stimme – eben weil es ihr so schwer fiel, dem Schuft die Stirn zu bieten. »Ihr könnt so unglaublich charmant sein, wenn Ihr wollt!«

»Oh nein, Sarkasmus von der Maus?« Er nahm sie bei den Händen und zog sie hoch zu einer spöttischen Umarmung. »Widersetzt Euch nicht«, flüsterte er. »Es macht doch viel mehr Spaß, wenn Ihr auch etwas dazu beitragt.«

Leydi entzog sich ihm und sah ihn mit einem Blick an, der zeigte, dass sie sich nicht im Geringsten durch seine vorgetäuschte Romantik einschüchtern ließ. Er war ihr völlig gleichgültig – selbst wenn ihr das Herz in der Brust zerspringen wollte. Mit einer Haltung, die möglichst würdevoll aussehen sollte, setzte sie sich wieder in ihren Schreibtischsessel. Sie schob die Bücherstapel beiseite, die er dort abgesetzt hatte, griff dann nach dem ersten Band und öffnete ihn. »Sollen wir uns das jetzt vorknöpfen?«

»Nur Arbeit und kein Spiel, Maus? Wie langweilig!«

»Effizient, Viscount Belfour«, strahlte sie ihn an. »Darum habt Ihr mich eingestellt. Ich bin sehr effizient.«

Quentin überschaute den geordneten Salon. »Ja, das Zimmer wirkt in letzter Zeit wieder etwas geräumiger.« Spielerisch griff er nach ihrem Zopf und begann, seine Hand damit zu streicheln. »Man fragt sich dann allerdings, was Ihr wohl sonst noch für Talente besitzt«, sagte er und hob eine Braue, während sein Blick fest auf ihren Mund gerichtet war. »Ihr könnt so ungemein gründlich sein!«

Ein leises, warnendes Klopfen ertönte. Die Tür öffnete sich, und Leydi atmete erleichtert auf, denn so wurde ihr erspart, auf diese provokative Feststellung antworten zu müssen. George kam sehr aufrecht auf sie zu und wirkte in seiner trotz der Hitze ordentlichen blauen Livree beinah königlich. Er trug ein gefaltetes Blatt Papier auf einem Tablett. Leydi hatte das Gefühl, als hätte sie das Siegel schon einmal gesehen.

Ehrerbietig hielt George Quentin den Brief hin. Die Schrift auf der Außenseite war dieselbe wie die auf der Nachricht, die Leydi aus dem Feuer gezogen hatte – genau die, die sie jetzt in der Tasche ihrer Schürze bei sich trug.

»Eben ist das hier angekommen, Sir«, sagte George und wartete, dass Quentin die Nachricht entgegennahm. »Der Junge hat behauptet, dass Ihr diese Nachricht bestimmt würdet lesen wollen.«

Leydis Hand wanderte zu ihrer Schürzentasche. Sie drückte ihre Fingerspitzen an das Leinen und fühlte die verkohlten Reste der Nachricht darin.

»Du hast ein zu weiches Herz, George«, sagte Quentin, und sein Gesicht war plötzlich wie aus Stein gehauen. Seine Faust schloss sich um das Schreiben und zerknüllte es zu einer Kugel, die er wieder auf das Tablett fallen ließ. Sowohl George als auch Leydi starrten den Papierball an. Mit einem hörbaren Seufzer machte George auf dem Absatz kehrt und zog davon.

Leydi schaute vorsichtig zu Quentin hinüber. Sie hatte noch nie einen Mann gesehen, der so müde wirkte – als hätte er seit Jahren nicht geschlafen. Aber sie sollte sich lieber nicht den Kopf darüber zerbrechen, was diese schlaflosen Nächte hervorrufen mochte. Es schien nur sehr wahrscheinlich, dass es die Kluft zwischen Vater und Sohn war, die seinen Kummer bewirkte – genauso wie sie in einem verlassenen Esszimmer den Grafen jene Tränen hatte vergießen lassen.

Sie biss sich auf die Lippe und betrachtete Quentin. Heute trug er nur eine Weste, keine Jacke. Als sie genauer hinschaute, fiel ihr auf, dass ein paar Knöpfe in den falschen Löchern steckten, deshalb warf der Stoff Falten. Sein Haar war im Nacken zusammengebunden, die schwarzen Locken schimmerten glatt und glänzend im Morgenlicht. Doch wenn sein unrasiertes Gesicht und die unordentliche Kleidung ihn nicht verraten hätten, hätten seine Augen es ganz gewiss getan. Sie waren in schmalen Schlitzen auf die Tür gerichtet und rot gerändert vom Schlafmangel.

Leydi stand auf, trat näher zu ihm und hob eine Hand, um sie auf seinen Hemdsärmel zu legen. Im letzten Augenblick überlegte sie es sich anders und schrak zurück. Sie ermahnte sich, sich nicht einzumischen – es ging sie nichts an. Sie sollte nicht immer versuchen, zwischen anderen Leuten zu vermitteln. Zwischen Quentin und seinem Vater, zwischen Gabriela und Kincaid. Nur zu gut erinnerte sie sich an Quentins Warnung vom vergangenen Tag. *Seid nicht neugierig, stellt keine Fragen, mischt Euch nicht ein*!

Und doch ... *und doch* ...

Unwillkürlich erinnerte sie sich wieder an die arme Seele im ›Hähnchen‹. Unwillkürlich hörte sie immer wieder im Innern sein Schluchzen.

»Könnt Ihr es nicht wenigstens lesen?«, fragte sie leise.

Beim Klang ihrer Stimme wandte Quentin seinen durchdringenden Blick von der Tür ab und auf sie. Bevor sie die Nerven verlor, steckte sie rasch die Hand in die Tasche und holte das verkohlte Papier heraus. Plötzlich wusste sie auch, warum sie es mitgebracht hatte. Sie hatte es ihm schon die ganze Zeit zeigen wollen, obwohl sie es eigentlich besser wusste.

»Das hier habe ich gelesen.« Sie hielt ihm das Blatt hin, sodass er es sehen konnte. »Also, wenn Ihr nicht den Mut habt, die Nachricht selbst ...«

Er packte ihre Hand und hinderte sie daran, das Papier auseinander zu falten. »Ich weiß, was drinsteht.«

»Nein. Das denke ich nicht«, sagte sie im Brustton der Überzeugung. »Wenn Ihr wüsstet – wenn Ihr nur wüsstet – ich bin sicher, Ihr ...«

»Ihr habt Unrecht.« Seine Stimme klang wie ein Windstoß vom Mount Misery herab. »… ausgesprochen Unrecht!«

»Es sind nur noch ein paar Worte lesbar«, argumentierte sie für jenen einsamen Mann in einem Esszimmer. »Komm. Vergib. Dein dich liebender Vater …«

Quentin wandte sich ab, als könnte er nicht mehr ertragen, zuzuhören. »Geht, Miss Carstair!«

Aber Leydi schaffte es nicht, sich zu bremsen. Sie hielt sich vor, dass sie sich um Kincaid Sorgen machen sollte und jetzt hinausgehen, bevor sie etwas sagte, das sie später bedauern würde. Trotzdem konnte sie nicht mehr an sich halten. Es war wohl ein Fehler in ihrem Charakter, dass sie jetzt an ihre eigene Lage dachte – an ihre Eltern und ihr leeres Leben mit ihnen. Sie musste sich einfach einsetzen für einen Vater, der um eine zweite Chance flehte.

»Ihr wisst nicht, was Ihr da von Euch weist«, flüsterte sie. »Ich habe ihn gesehen«, gestand sie. »Ich bin zum ›Hähnchen‹ gegangen und habe ihn gesehen. Es geht ihm elend. Er weinte …«

»Ja, darin ist er ziemlich gut«, sagte er rau. »Weint, wann immer es ihm in den Kram passt.«

»Ich weiß, was Tränen zum Selbstzweck sind. Aber er war allein in einem dunklen Zimmer und spielte kein Theater. Was immer auch zwischen Euch und Eurem Vater geschehen ist, er will alles wieder in Ordnung bringen …«

Quentin packte ihre Hände und zog sie an sich. Es war nichts Weiches an ihm, er bestand nur aus harten Knochen und Muskeln und finsterer Entschlossenheit. In seinem Blick lag Gewalt. »Ist das alles, was nötig ist, um Eure Gnade zu erkaufen, Maus? Ein paar Tränen von Herzen. Was würdet Ihr für mich tun, wenn ich ein paar für Euch vergösse?«

»Er ist Euer Vater«, sagte sie, denn sie konnte einfach den puren Hass nicht verstehen, der in seiner Stimme bebte.

»Und das entschuldigt alles, dass er mein Vater ist? Hmm? Von meinem Fleisch und Blut?«

»Ja«, flüsterte sie.

»Ihr kleine Närrin«, knurrte er. Er hob ihr Kinn, damit sie ihn ansah. »Und Ihr würdet alles vergeben? Jedes Unrecht, das Eltern begangen haben?«

Sie dachte an all die Dinge, die sie im Laufe der Jahre vergeben hatte, und antwortete mit ruhiger Sicherheit: »Ja.«

»Seid Ihr da so sicher, Maus?« Er folgte mit einem Finger der Kontur ihres Gesichts. »Absolut sicher?«

Es war möglicherweise das Einzige, dessen sie absolut sicher war angesichts all jener Jahre von Vernachlässigung und Härte, die sie vergeben hatte. Sie hob den Kopf und nickte voller Überzeugung. »Ich bin ganz sicher!«

Er seufzte, und seine Finger strichen die feinen Löckchen aus ihrem Gesicht, die ihrem Zopf entwischt waren. Mit seinen rot geränderten Augen starrte er ihr Haar an, dann griff er nach ihrem Zopf und strich sich damit über die Wange. Die Geste schien eine seltsame Bedeutung zu haben – eine Bedeutung, die sie ebenso verwirrte wie zum Schaudern brachte.

»Geht nach Hause, Miss Carstair«, befahl er jetzt. »Und nehmt Eure überirdische Vergebung mit. Ihr werdet sie vielleicht noch brauchen.«

Leydi schritt etwas rückwärts. Irgendetwas in seinem Ton machte ihr Angst. Sie schaute auf zu den Engeln, wo ihr das Gemälde bewies, dass er ein Herz hatte – dass er, trotz seines ganzen Reichtums und seiner gemeinen Worte, ein empfindsamer Mensch war.

»Sie werden Euch nicht helfen«, grollte er und beobachtete sie mit halb geschlossenen Augen. »Ich habe sie schon vor Jahren dorthin malen lassen. Und sie haben mir nicht die Spur geholfen.«

Leydi stolperte zurück in Richtung Tür, mit Angst vor der plötzlichen Gewalt in seiner Stimme und dem, was sie bedeuten, wie sie ihr wehtun mochte. Als er seine Drohungen gegen Kincaid ausgesprochen hatte, war seine Stimme milde gewesen im Vergleich zu jetzt.

Sie wünschte, sie hätte geschwiegen und die nutzlose Nachricht in der Tasche behalten. Mit dieser Tat hatte sie nichts geändert, Vater und Sohn einander nicht näher gebracht. Und jetzt wirkte Lord Rücksichtslos gefährlicher denn je. Leydi wollte nur hinaus, schaute dann aber noch einmal über die Schulter. In den morgendlichen Schatten fiel ihr ein, dass sie ihn einmal mit einem Drachen verglichen hatte, der auf seinem Schatz hockte. Zum ersten Mal, seit sie Quentin begegnet war, hatte er ihr wirklich Angst eingejagt.

Die Tür fiel hinter der Maus zu. Quentin starrte sie an, überwältigt von dem Gefühl, eingeschlossen worden zu sein. Aber genau das hatte er in den vergangenen sieben Jahren gemacht. Sich auf dieser kleinen Insel hermetisch abgeriegelt. Weit entfernt von seinen Erinnerungen an Clarice und seinen Vater. Doch sie ließen ihn nicht in Ruhe. Nach sieben Jahren hatte ihn der ganze alte Spuk in seinem Inselversteck eingeholt.

Er starrte das zerknüllte Papier an, die halb verbrannte Nachricht, die er der Maus abgenommen hatte. Mit einem Fluch strich er sie auf der Tischplatte glatt. Die Worte, die sie ihm zitiert hatte, standen auf dem Papier vor ihm, klar erkennbar.

Komm. Vergib. Dein dich liebender Vater.

Der Zorn, der Quentin erfüllte, beängstigte ihn beinah. Er dachte an all die Jahre zurück, während derer er wie ein Hündchen um die Anerkennung seines Vaters gebettelt hatte. Damals war er wie die Maus gewesen, hatte noch geglaubt, dass alles richtig war, was Eltern taten. Dass der Fehler an ihm selbst läge. Und als er erkannte, dass er absolut nichts tun konnte, um die Liebe und Anerkennung zu erhalten, nach denen er sich sehnte, hatte er das Gegenteil versucht. Er war ein Taugenichts geworden, der das Geld, das ihm sein Vater gab, verspielte, zu Huren trug oder Schuldscheine ausschrieb, wenn es nicht reichte.

Bis Clarice ihm von dem Baby erzählt hatte.

Als sie zu Quentin gekommen war und ihm erklärte, dass sie ein Kind – sein Kind – erwartete, hatte das eine Kehrtwende in ihm bewirkt. Das war es gewesen, was Clarice ihm gegeben hatte:

Hoffnung! Auf einmal durchschaute er all seine hässliche Rebellion. Bei jenem Baby hatte er sich vorgestellt: *endlich jemand, den er lieben konnte*! Nicht wie Clarice, deren violette Augen nie ganz ihre Gier verbargen, selbst wenn sie stöhnend unter ihm lag. Aber ein Kind. Jemand, für den er da sein und den er lieben würde.

Das war es gewesen, was ihm der Graf genommen hatte.

Mit einer schwungvollen Armbewegung wischte Quentin alle Akten und Papiere vom Schreibtisch und sah zu, wie sie hinuntersegelten. Schwer atmend starrte er auf den Haufen.

Und jetzt verlangte die Maus von ihm, dass er vergeben sollte? Sie begriff nicht, dass Schmerz so tief reichen konnte bis in die Seele – sie dunkel und hässlich machte. Das war eine wichtige Lektion. Eine, die er die Maus zu lehren gedachte.

Er zog an der Klingelschnur, um George zu rufen. Vielleicht tat er ihr damit sogar einen Gefallen. Sie sollte nicht jedem vertrauen. Himmel, sie hatte sich in das Leben eines Mannes eingemischt, von dem sie nichts wusste. Das Fräulein musste lernen, nicht in jedem Menschen nach dem Guten zu suchen – auch nicht in Piraten.

Und vor allem nicht in ihm.

Als er nun George mitteilte, was er zu tun gedachte, machte er sich selbst vor, es wäre ein Gefallen, den er ihr tat, und nicht ein biestiger Plan, ihr schmerzliche Lektionen zu erteilen. Dabei vermied er allerdings sehr sorgfältig, hinauf zu den Engeln an der Decke zu schauen.

11

Leydi sah hinab auf den kleinen, aber nicht unbedeutenden Stapel von Münzen. Die acht Geldstücke glitzerten golden auf den gestickten Blumen des Tischtuchs ihrer Mutter. Der kleine Schatz war alles, was sie von ihrem Lohn vor Elaines gierigem Zugriff hatte bewahren können.

»Ist das genug?«, fragte sie Gabriela.

»Mehr als genug, *cara.*« Gabriela schob das Geld in ihre Tasche. Schwarze Löckchen tanzten über ihre Wange, während sie sich flüchtig umsah, als fürchte sie, Leydis Mutter könnte jeden Augenblick in ihre geheime Verabredung hereinplatzen. Die beiden jungen Frauen hockten in der Ecke des Vorderzimmers des kleinen Carstair-Hauses, halb verborgen in der Nachmittagsdämmerung, vor sich cremefarbene Tassen. Jeder, der hereinschaute, hätte angenommen, er sähe zwei junge Damen beim Tee und einem Schwätzchen vor sich.

Leydi rührte unzufrieden in ihrer Tasse. Sie hatte eine üble Nacht verbracht nach ihrer Auseinandersetzung mit Lord Rücksichtslos, bei der sie immer wieder hörte, wie seine Stimme drohend sagte: *Geht nach Hause, Miss Carstair – und nehmt Eure überirdische Vergebung mit. Ihr werdet sie vielleicht noch brauchen.*

Sie blickte auf zu Gabby und knabberte an ihrer Unterlippe. Heute sah ihre Freundin wieder prächtig aus in einem Satinkleid mit losen, aufgekrempelten Manschetten in einem weichen Pfirsichton. Leydi warf einen kurzen Blick hinunter auf ihr eigenes braunes Musselinkleid und fand, dass die Farbe zu ihrer Stimmung passte. Die gestrige Katastrophe hatte sie Gabby gegenüber nicht einmal erwähnt; denn ihr Schuldbewusstsein, dass sie ihrer Aufgabe, Kincaid zu helfen, geschadet haben könnte, war einfach zu groß.

»Drei Matrosen anzuheuern, um Rucksingford zu entführen – einen der respektiertesten, um nicht zu erwähnen reichsten Männer der Gegend – und einen Marineoffizier dazu ...« Leydi schüttelte etwas ungläubig den Kopf.

»Aber es wird funktionieren. Du hast selbst gesagt, dass hier auf der Plantage wenige Bedienstete sind, es dürfte einfach sein, sich Rucksingford zu schnappen. Und ich habe herausgefunden, dass Bishop die Angewohnheit hat, spät nachts in Basse Terre herumzuwandern. Unsere Matrosen werden sie ergreifen, fesseln und dann zu der kleinen Bucht direkt jenseits der alten Stadtstraße bringen. Kincaids Schiff wird bedrohlich draußen vor der Bucht liegen, alle Segel und Masten vom Viertelmond beleuchtet.«

»Später treffen wir uns dann mit Cy an Land«, fuhr Leydi fort, indem sie zum x-ten Mal den Plan wiederholte, den sie sich ausgedacht hatten. »Die Männer schwenken ein paar Säbel und Pistolen, sprechen ein paar Drohungen aus; dann werden Rucksingford und Bishop am Strand freigelassen, um allein nach Hause zu finden.«

»Vertraue mir, *cara*. Es wird ablaufen genau wie in einem von deinen Büchern. Und jetzt genug Unkenrufe. In ein paar Tagen werden Rucksingford und Bishop wissen, mit wem sie es zu tun haben. Und wenn irgendetwas schief geht, kann Cy uns raushauen – obwohl ich hoffe, dass es nicht so weit kommt.« Gabbys Lippen hoben sich zu einem geheimen Lächeln, während sie versuchte, ihr Täschchen an ihr Handgelenk zu binden. »Diesmal wird Kincaid uns verpflichtet sein.«

Leydi sah auf und entdeckte jenes Glitzern in Gabbys Blick. »Um das geht es dir bei der ganzen Sache? Dass Kincaid uns verpflichtet ist?«

Gabriela zuckte mit den Schultern. »Es ist so oder so ein guter Plan, *cara*, egal, was meine persönlichen Gründe sein mögen. Also bleibt es dabei!«

Die Haustür öffnete sich, und Elaine Carstair kam herein in einem lose gebundenen Kleid in Pfauenblau, das nicht besonders zu ihrer bleichen Haut passte. Sie hielt ein Päckchen, das mit einer riesigen roten Schleife zugebunden war, deren Bänder über die Seiten der Schachtel herunterhingen.

Elaine sah Gabby an, und ihr leicht verzogener Mund konnte ihre Abneigung kaum verbergen. Die Mutter hatte Leydis Freundschaft mit Gabby, einer Viertelnegerin, nie gutgeheißen. Aber sie akzeptierte die de-Sousa-Frauen mit derselben Gereiztheit, mit der sie auch Kincaid betrachtete: als notwendiges Übel.

Ihr weiter Rock mit der Krinoline schwankte, als sie den Tisch umrundete und Leydi das Päckchen hinhielt. »Das hat Mr. Stevenson gebracht.« Sie legte die Schachtel auf das Tischtuch zwischen die Teetassen. »Für dich, Leydianna. Vom Herrn des Hauses!«

Leydi starrte das Päckchen an und blinzelte, als könnte es sich gleich in einem Rauchwölkchen auflösen. Ein Geschenk war das Letzte, was sie nach der heftigen Art, wie Quentin sie davongeschickt hatte, erwartet hätte. Und doch war die Schachtel mit einem roten Band verziert, das sie als Geschenk auswies.

»Von Rucksingford?«, fragte sie. »Bist du sicher?« Nach dem gestrigen Streit schien ihr das kaum möglich. Quentin war bestimmt kein Mann, der leicht verzieh, wenn man ihm Unrecht getan hatte – oder was er dafür hielt.

»Mr. Stevenson hat es ganz deutlich gesagt«, meinte Elaine knapp.

Leydi rückte in ihrem Stuhl vor, um die schöne Verpackung und die festliche Schleife näher zu betrachten. Der Nebel der schlaflosen Nacht begann sich zu lichten, und ein Lächeln legte sich auf ihre Lippen. Sie streichelte das Seidenband mit den Fingerspitzen. Eine Art Entschuldigung? Von Lord Rücksichtslos? Zumindest schien das Päckchen anzudeuten, dass er begriff, warum sie ihn wegen seines Vaters gedrängt hatte.

Ihr schwoll das Herz von unerwarteten Gefühlen, als sie daran dachte, dass Quentin wohl seinen immensen Stolz hinuntergeschluckt hatte. Dieses Friedensangebot zeigte sehr viel Herz von seiner Seite.

Die Seidenbörse mit den Münzen an Gabbys Handgelenk schimmerte unübersehbar. Leydis Gewissen gab ihr einen Stich ins Herz. Sie biss sich auf die Unterlippe, hin- und hergerissen zwischen ihrer Treue zu Kincaid und den Gefühlen, die dieses kleine Geschenk von Quentin in ihr weckte.

»Mach es auf«, befahl ihre Mutter, und die Härte in ihrer Stimme bewies, dass sie begann, die Geduld zu verlieren. Mit zitternden Fingern zog Leydi die Schleife auf und faltete das Papier auseinander. Darin lag eine emaillierte Dose, die mit einer reizenden ländlichen Szene bemalt war und reich mit Gold verziert. Wirklich wunderschön.

»Mach schon, *cara*«, sagte Gabby hinter ihr, und ihre Stimme klang aufgeregt. »Sieh nach, was darin ist.«

Leydi holte tief Atem, öffnete den Deckel und das weiche Papier darunter. In seinem Innern lag ein Paar Haarkämme, die schöner waren als jeder Kamm, den sie je an Gabriela oder sogar an der Lady Consuelo gesehen hatte. Beide hatten die Form eines Adlers, dessen Körper aus einer barocken Perle geformt und dessen ausgebreitete Flügel aus Gold waren – besetzt mit flach geschliffenen Rubinen.

Leydi hatte regelrecht Angst, sie anzufassen, denn sie fürchtete, dass dieser glückliche Augenblick sich so plötzlich in Luft auflöste wie ihre Tagträume. Sie konnte sich nicht vorstellen, warum Quentin ihr ein solches Geschenk machte.

»Da ist ein Brief, *cara*«, sagte Gabriela ungeduldig hinter ihr. »Lies ihn!«

Ebenso aufgeregt wie Gabriela öffnete Leydi das Blatt aus Büttenpapier.

»Für jene wunderschönen Locken aus gesponnenem Gold«, las Gabriela laut vor.

Leydi starrte die Worte an. Dieser hübsche Satz hätte Ausdruck ihrer eigenen übereifrigen Fantasie sein können, so süß, wie er klang. Sie versuchte tapfer, diesen Worten keine romantische Bedeutung beizumessen – versuchte, sich nicht einzubilden, dass Quentin, genau wie in ihren Träumen, sie nicht nur dafür bewunderte, wie gut sie addieren konnte. Sie hob die Spitze ihres Zopfes und knetete sie in den Händen, beschämt und glücklich zugleich, dass er ihr Haar als ihre größte Schwäche erkannt hatte.

»Das wirst du natürlich zurückschicken«, sagte ihre Mutter mit ausdrucksloser Stimme. »Es ist ein völlig unangemessenes Geschenk!«

Leydi wandte sich zu ihrer Mutter um und blinzelte ihre Träume beiseite. »W-was?«

Elaine schnappte sich die Schachtel vom Tisch. Sie stopfte das Papier und den Brief über die schönen Kämme und schlug mit einem Ruck den Deckel zu. Ihre Bewegungen waren schnell und flüchtig. »Nimm dies auf dem Heimweg mit zum Herrenhaus, Gabriela«, sagte sie und drückte Gabriela die Schachtel in die Hände. »Frag an der Dienstbotentür nach Mr. Stevenson«, flüsterte sie dann, und ihre Stimme klang rau, als müsse sie gegen Tränen ankämpfen. »Sieh zu, dass du es ihm persönlich gibst – niemand anderem. Wenn wir Glück haben, bekommt das Personal davon nichts mit.« Sie rang die Hände. »Obwohl es dafür wahrscheinlich schon zu spät ist.«

»Aber sie sind doch so schön …« Gabby sah Leydi in die Augen. »*Cara,* bist du sicher?«

Ein düsteres Gefühl von Vorahnung beschlich Leydi. Die Stimme ihrer Mutter klang nach Panik. Leydi hatte dieselbe Angst herausgehört an dem Tag, als Elaine das schöne smaragdgrüne Kleid zerrissen hatte.

Sie ballte ihre Hände zu Fäusten, und ihre Fingernägel gruben sich in die Handflächen. *Nicht die Kämme,* rief eine Stimme in ihrem Innern. *Kämpfe für sie*!

»Ja, natürlich«, hörte sie sich antworten, trotz alledem unfähig, dem Wunsch ihrer Mutter zu widersprechen. »Meine Mutter hat Recht. Sie sind absolut unangemessen.«

Ohne nachzudenken, hatte sie die Worte ausgesprochen – sie gehorchte immer ihrer Mutter –, doch im selben Augenblick wurde ihr klar, dass das Geschenk wirklich übertrieben war. Sie schaute wieder ins Gesicht ihrer Mutter, und das Gefühl in ihrem Herzen, dass etwas nicht stimmte, wuchs. Sie erinnerte sich an ihren schrecklichen Streit mit Quentin, an ihren Eindruck, dass er kein Mann war, der leicht verzieh. Und doch hatte er geschrieben: *Für jene wunderschönen Locken aus gesponnenem Gold.*

Leydi betrachtete die Emailledose. Sie allein war schon ein kleines Vermögen wert – und die Kämme darin ein wahrer Schatz. Aus Devil's Gate daran gewöhnt, solche Schätze zu sehen, war ihr nicht gleich klar gewesen, dass solch ein unglaubliches Geschenk nicht in Frage kam. Sie runzelte die Stirn und betrachtete mit schief gelegtem Kopf die bemalte Dose.

Jetzt erst sah sie diese Kostbarkeit so, wie ihre Mutter sie auch sehen musste. Ein Schatz, der entschieden zu groß war für eine Buchhalterin. Das Geschenk eines Liebhabers!

Verwirrt blinzelte Leydi. Sie sah zu, wie Gabby die Dose von Elaine entgegennahm, wie voll von Fragen die scharfen Augen ihrer Freundin wirkten. Leydi hatte das Gefühl, als wäre sie mitten in einer von Quentins komplizierten Transaktionen. Es erinnerte sie an Gellmans Kaffee – als sie gesehen hatte, wie Quentin unzusammenhängende Einzelelemente aneinandergefügt hatte, um ein Ergebnis zu erzielen, das Leydi anhand der einzelnen Komponenten niemals erwartet hatte.

Langsam und methodisch, wie Summen, die addiert werden, entstand etwas in ihrem Kopf, das alles andere als nett war, während sie weiter das zerrissene Geschenkpapier und das Band anstarrte. Sie war überrascht von der Gemeinheit ihrer Gedanken. Und dann erinnerte sie sich an seine Warnung, sich nicht in sein Leben einzumischen. *Geht nach Hause – Ihr werdet Eure überirdische Vergebung vielleicht noch brauchen.*

»Wie schade«, sagte Gabby mit einem Seufzer. Sie streckte die Hand aus und strich die Locken zurück, die sich stets um Leydis Gesicht herum selbstständig machten. »Sie hätten sehr hübsch ausgesehen …«

Gabbys Stimme versagte. Leydi sah auf. Gabby starrte Leydis Mutter an. Elaine schien wie hypnotisiert vom Haar ihrer Tochter. In ihren Augen lag eine wilde Entschlossenheit.

»Bring die Dose zurück«, sagte Leydi mit rauer Stimme. »Tu es für mich, Gabriela!«

Gabby nickte. Mit der Intuition einer Schwester beugte sie sich hinunter und nahm Leydi in den Arm, ein Vorwand, um ihr ins Ohr zu flüstern: »Ich nehme die Dose mit, aber keine Voreiligkeiten, *cara*!«

Gabby küsste sie auf die Wange und sah dann noch zu Leydis Mutter hin. Elaines Gesicht wirkte angespannt, die Altersfalten waren deutlicher sichtbar, wenn sie so streng schaute. Ihre müden grauen Augen waren fest auf Leydis Zopf gerichtet.

Die Tür schloss sich hinter Gabriela. Eine beunruhigende Stille beherrschte das Zimmer, als Mutter und Tochter einander anstarrten. Die Mutter unterbrach die Lähmung, indem sie zwei entschlossene Schritte auf Leydi zumachte. Sie biss sich auf die Lippen, als versuche sie, ihre Tränen zu unterdrücken, obwohl sie ihr trotzdem in die Augen traten.

»Ich hatte dir doch gesagt, du sollst vorsichtig sein mit Rucksingford.«

Leydi schloss die Augen, denn nach Jahren derartiger Szenen wusste sie, was den Kummer ihrer Mutter bewirkt hatte. Die Kämme. Jene Kämme. So unpassend für eine Buchhalterin. Aber nicht zu viel für eine Geliebte …

»Mutter!« Leydi stand auf. »Es ist nicht so, wie du denkst.«

»Wie kann es anders sein?«, jammerte Elaine. »Ein derart persönliches Geschenk für eine Bedienstete? Herr im Himmel, Leydi, ich bin doch nicht blind. Glaubst du vielleicht, ich wäre nie jung und närrisch gewesen? Beeinflussbar durch Männer wie Rucksingford? Ich habe die Wahrheit schon geahnt, als ich dich in jenem Kleid sah. Du große Güte! Was sollen wir nur tun?«

»Mutter, bitte! Du hast Unrecht. Ich weiß nicht, warum er diese Kämme geschickt hat.«

Doch sie wusste es. In diesem Augenblick, als sie die Tränen über die Wangen ihrer Mutter strömen sah, während Elaine auf einen Stuhl sank, wusste Leydi ganz genau, warum Quentin ihr das Geschenk geschickt hatte.

Man hatte ihrer Mutter die Schachtel ausgehändigt, nicht Leydi. Er hatte dafür gesorgt, dass Elaine wusste, von wem Leydi beschenkt wurde, und hatte Mr. Stevenson zum unwissenden Werkzeug seines Plans gemacht. Es war nicht anders zu erwarten, als dass ihre Mutter dabeibleiben würde, bis sie es ausgepackt hatte –

neugierig zu erfahren, was der Herr des Hauses ihrer Tochter für ein Geschenk machen würde. Die Kämme waren, ganz wie ihre Mutter vermutet hatte, ein typisches Geschenk eines Geliebten. Und der Brief, das verdammte Begleitschreiben. *Für jene wunderschönen Locken aus gesponnenem Gold.*

»Hör auf zu weinen, Mutter, bitte!«

»Er hat dich ruiniert, stimmt's?«, flüsterte sie zwischen zwei Schluchzern. »Du kannst es mir ruhig sagen, Kind. Ich weiß es – eine Mutter kennt sich mit solchen Dingen aus. Eine Mutter hat so etwas im Gefühl.«

»Schht«, sagte Leydi, kniete sich vor Elaine hin und nahm sie in die Arme. Sie hasste sich für jene Momente, in denen sie geglaubt hatte, das Geschenk wäre ehrlich gemeint gewesen und nicht ein geniales Mittel, ihr wehzutun. Vielleicht stimmte es nicht, aber ihr Herz sagte ihr, dass sie Recht hatte. Oh, er hatte sie gewarnt, hatte ihr gesagt, sie solle sich vorsehen.

»Ich wünschte, ich könnte es dir erklären, Mutter. Er ist ein komplizierter Mann. Wir hatten einen schrecklichen Streit über etwas Geschäftliches, und das Geschenk – ist nur seine Art, mich zu … zu …«

Bloßzustellen. Leydi Schmerz zuzufügen. Ihre Mutter so zu manipulieren, dass sie die Lüge glaubte. Sie wusste, dass Quentin Rucksingford wirklich eine Begabung dafür hatte, Leute zu beeinflussen. Und jetzt hatte er seine ganze Entschlossenheit darauf verwandt, sich in Leydis Leben einzumischen.

»Das glaube ich dir nicht«, flüsterte Elaine, kaum in der Lage, die Worte auszusprechen. Sie zog schmerzhaft an Leydis Zopf. »Ich habe dir doch gesagt, du sollst ihn abschneiden. Das hättest du längst machen sollen!«

»Mutter, nicht!«, flüsterte sie. »Bitte nicht!«

»Er liebt dein Haar – gib es zu. Ich sehe schreckliche Bilder von Euch beiden vor mir. Du hättest es abschneiden sollen.«

»Ich bedeute ihm nichts, Mutter, das schwöre ich dir! Kannst du mir denn nicht dies eine Mal glauben?«

»Wenn nicht jetzt, wann dann?«, fragte ihre Mutter verzweifelt und drückte Leydis Hände zwischen den ihren. »Es ist nur eine Frage der Zeit, wann er dich ins Dunkel locken wird, wenn er es nicht schon getan hat. Ich habe Kincaid gleich gesagt, es würde nichts Gutes daraus erwachsen, wenn du einen Beruf erlernst. Ein Mädchen sollte heiraten. Du hättest längst heiraten sollen – verdammter Kerl! Dann hättest du ein einfaches, aber glückliches Leben gehabt.«

»Ich habe ein einfaches und gutes Leben! Und bin nicht die Geliebte irgendeines Mannes!«

Ihre Mutter sah sie mit einem starren, kalten Blick an, der die Tränen in ihren Augen Lügen strafte. Sie nahm Leydis langen Zopf in die Hand. »Dann schneide ihn jetzt ab«, flüsterte sie. »Schneide ihn ab, um mir zu beweisen, dass er dir nichts bedeutet.«

Angesichts dieser Forderung ihrer Mutter erinnerte sie sich an ihre dummen Worte Quentin gegenüber. Nachdem sie ihn dazu hatte drängen wollen, sich mit seinem Vater zu verständigen, hatte sie ihm das Argument in die Hand gegeben, das er brauchte, um ihr zu beweisen, dass sie Unrecht hatte. *Ich würde jedes Unrecht vergeben,* hatte sie beinah prahlerisch behauptet. In jenem Augenblick war sie sicher gewesen, dass das auch stimmte.

Und er wollte ihr das Gegenteil beweisen.

Sie starrte hinab auf den Zopf zwischen den Fingern ihrer Mutter. Sie hatte ihr Haar seit acht Jahren wachsen lassen, ohne es zu schneiden. Es war das Einzige gewesen, das sie ihrer Mutter nicht geopfert hatte. Ihre einzige Eitelkeit.

Und er hatte das erraten, oh ja! In jenem Augenblick, als er ihr in seinem Empfangssalon den Zopf löste und ihr das Haar über den Schultern ausbreitete, hatte sie geglaubt, er handle wie eine Art Ritter – jemand, der sie drängte, sich ihrer Mutter zu widersetzen. Doch er hatte nicht mehr getan als Wissen gesammelt, hatte gespürt, wie lieb ihr ihr Haar war, und seine Theorie nun überprüft – um zu sehen, ob er richtig geraten hatte. Er war ein sehr aufmerksamer Mensch.

Jedes Unrecht vergeben.

Ihre Sicherheit überraschte sie. Die juwelenbesetzten Kämme waren wirklich schlau gewesen. Aber sie wusste es. In derselben Weise, in der er mit Gellmans Kaffee ein Vermögen verdient hatte, ging er auch hier vor. Er hatte geglaubt, dass ihre Mutter hinter der Entscheidung steckte, das grüne Kleid nicht zu tragen. Er ahnte also auch, welche Reaktion die edelsteinbesetzten Kämme hervorriefen. Der Viscount war zu intelligent, als dass es anders hätte sein können – und zu verärgert, um ihr nicht eine Lektion erteilen zu wollen.

Leydi knirschte mit den Zähnen und presste die Lippen aufeinander. Dieser Schurke! Glaubte er wirklich, er wisse irgendetwas von ihr, über ihr Leben oder die Schwierigkeiten, die sie durchgemacht hatte? Nun, er täuschte sich. Er hatte keine Ahnung, was sie ihren Eltern schon alles vergeben hatte. Die braunen Kleider, die ständige Kritik … die Angst, dass sie sie nicht wirklich liebten. Dass ihr Geld die wichtigste Rolle spielte.

»Ja, Mutter. Wir schneiden ihn ab. Er ist lästig. Du hattest Recht.«

Und Quentin hatte Unrecht. Er hatte vielleicht sein Vermögen damit gemacht, die Schwächen mancher Leute zu durchschauen und sie zu benutzen, um seine Ziele zu verfolgen – aber nicht dieses Mal. Dieses Mal würde sie ihm beweisen, dass er wahrhaftig Unrecht hatte.

Noch nie in ihrem Leben hatte sie sich für gefühllos gehalten, doch jetzt spürte sie nichts, als ihre Mutter sie auf den Rohrstuhl setzte. Sie hatte keine Tagträume zur Hand, um den Schmerz des Augenblicks zu vermindern – sie wollte auch gar keine. Sie setzte sich nur einfach auf den Stuhl, löste ihren Zopf und wartete.

Die Schere war scharf und ihre Mutter glücklicherweise schnell. Als sie fertig war, hatte Leydi einen modischen, lockigen Pagenkopf gerade bis zu den Ohren. Es überraschte sie, wie wenig ihr das auszumachen schien. Sie hatte erwartet, dass irgendetwas geschehen würde – dass sie im Augenblick des Verlusts einen Schlag oder etwas Ähnliches verspürte. Aber sie schaute nur leidenschaftslos auf die geschorenen Locken zu ihren Füßen hinunter. Es waren bloß Haare. Er hatte sich getäuscht, als er glaubte, es bedeute ihr etwas. Leydi würde nicht weinen.

Stattdessen ging sie in ihr Zimmer und kuschelte sich in ihr Bett. Es war Spätnachmittag, noch zu früh und zu heiß, um einzuschlafen, also lag sie auf der Tagesdecke, nur in Unterrock und Hemd. Sie öffnete ihr Lieblingsbuch, Defoes *Robinson Crusoe.* Das war ein Buch, das sie dazu brachte, zu vergessen, wo und wer sie war, ein Buch, das sie in eine andere Welt versetzte.

Aber irgendwie funktionierte es diesmal nicht so recht mit der Ablenkung. Die kurzen Locken kitzelten sie an den Ohren und machten sie unruhig. Ihr Kopf fühlte sich so seltsam leicht an. Die Stunden vergingen quälend langsam. Sie wollte kein Abendessen, als ihre Mutter später an die Tür klopfte. Zu Einbruch der Dunkelheit stand sie auf, um eine Kerze zu entzünden.

Mühsam las sie weiter, versuchte sich auf die großen Gefahren zu konzentrieren, denen Robinson Crusoe ausgesetzt war, redete sich ein, dass die kleinen Dramen ihres Lebens nichts waren im Vergleich dazu. Doch als sie bei der letzten Seite angekommen war, stellte sie fest, dass sie auch nicht schläfriger war als vor Stunden.

Sie starrte das Moskitonetz an, das über ihrem Bett hing. Das Sternenlicht war hell genug, um ins Zimmer zu dringen, die Frösche und Affen veranstalteten eine Kakophonie. Der Wind schaukelte heftig die Palmblätter vor ihrem Fenster, sodass sie sich überlegte, ob vielleicht ein Sturm aufkam. Leydi lag in der Stille ihres Zimmers, und dabei wiederholten sich Quentins Worte immer wieder in ihren Gedanken wie ein träger Refrain: *Manche Dinge kann man niemals vergeben.*

Sie hob die Hand und fühlte nach ihrem Haar. Es bauschte sich über den Ohren.

Und dann kamen die Tränen, so schnell und heftig, dass sie erst einmal lachen musste. Er war genial, ein brillanter Taktiker. Zweifellos hatte er gespürt, dass eine solche Nebensache für sie wirklich wichtig sein konnte, obwohl sie es selbst nicht wusste.

Der Hass auf ihre Mutter schlich sich in ihr Herz wie ein Dieb. Und sie hatte sich doch vorgenommen, Lord Rücksichtslos diese Befriedigung nicht zu gönnen. Verdammter Kerl, sie hatte schon Schlimmeres durchgestanden. Weihnachten ohne Geschenke. Braune, formlose Kleider und kneifende Schuhe. Korsetts, die ihre Mutter so fest schnürte, dass sie sich offenbar ihres Körpers schämen sollte –, die geheime Angst, dass ihre Mutter Geld von Kincaid genommen hatte – für den Verkauf ihrer vierzehnjährigen Tochter. Dass Geld Elaine vergessen lassen konnte, wie unangemessen und gefährlich es war, wenn die Kleine für einen Piraten arbeitete.

Und Leydi hatte geglaubt, sie hätte jedes Unrecht vergeben.

Aber in dieser Nacht, in einem ungewohnten Augenblick von Erkenntnis, sickerte ein tieferes Wissen durch ihre sorgfältig errichteten Verteidigungsmauern. Ihr wurde klar, dass sie nichts vergeben hatte. Als die Nacht dunkler wurde und ihre Träume nicht kamen, um sie zu retten, konnte sie an nichts anderes mehr denken als an den Hass im Gesicht ihrer Mutter, hörte nur noch das Schnippschnipp der Schere.

Sie hatte sich für eine brave Tochter gehalten, die alle kleinen Fehler ihrer Eltern akzeptierte – dass Argus sich nicht um sie kümmerte, dass ihre Mutter sie manchmal zu verabscheuen schien. Doch die einfache Wahrheit war: Quentin hatte Recht. Manche Dinge kann ein Mensch einfach nicht vergeben. All diese Gemeinheit war nur eine schwärende Wunde in ihrem Innern; inzwischen wartete sie auf den Tag, an dem sie sie auf ihre eigene Plantage bringen konnte, um sich damit ihre Freiheit zu erkaufen.

Es war schon beinah Morgen, als sie sich eingestand, dass sie ihre Eltern nicht leiden konnte. Dass sie sie hasste.

Das Zimmer färbte sich im Morgengrauen rosa. Quentin hatte es wirklich geschafft, diesen letzten Keil zwischen sie und ihre Mutter zu treiben – doch das war nicht das einzige Gefühl, das er damit erzeugt hatte. Ein Teil ihres Hasses galt ihm, einem Mann, der ihr mit Absicht eine derart schmerzliche Lektion erteilte.

Er hatte kein Herz, der Schuft!

Sie wusste, dass ihr Hass sie als Person reduzierte. Er fraß an ihr. Jahrelang hatte sie braune Kleider und stramme Zöpfe akzeptiert, um sich selbst zu beweisen, dass es ihn nicht gab. Doch jetzt loderte er voll auf in ihrem Herzen.

Wenn sie den Mut besäße, würde sie ihnen allen den Rücken kehren – Quentin, ihren Eltern. Jedem von ihnen. Aber sie wusste nicht, wie sie die Bande trennen sollte, die ihr so viel bedeuteten. Sie konnte nur Leydianna Carstair sein, die Tochter von Elaine und Argus Carstair sowie Buchhalterin eines Piraten. Und ihre einzige Fluchtmöglichkeit waren ihre Träume gewesen.

Am vergangenen Abend hatte Quentin ihr mit seiner berechnenden Gemeinheit sogar die genommen.

Seit zwei Tagen hatte er sie nicht gesehen. Und fand nun ihren Anblick ziemlich schockierend.

Sie trug ein braunes Kleid mit vielen Unterröcken und einer Schürze in einer matten Farbe. Auf ihrem Kopf saß die gewohnte Haube, hinten zu adretten Falten gesteckt. Ihr Haar war kurz geschnitten bis zu den Ohren. Sehr modern, sehr modisch. Und sehr normal.

Es gab jetzt zwei Angelegenheiten in seinem Leben, für die Quentin sich zutiefst verachtete. Als Clarice gestorben war. Und dies.

Sie verhielt sich so ordentlich wie immer, ohne ein einziges Wort zu sagen. Er suchte nach Anzeichen für den Kampf, der sie zwei Tage ferngehalten hatte, entdeckte aber nichts Sichtbares. Seine eigenen Nächte waren beinah schlaflos, denn jetzt quälten ihn nicht nur die Träume von Clarice, sondern auch sein Gewissen – indem er sich fragte, wie es der Maus wohl nach seinem ›Geschenk‹ ergangen war.

Dennoch schien ihr Schritt genauso viel Schwung zu haben wie immer, und ihre Haltung war unverändert aufrecht. Mit wohlbekannter Energie ließ sie sich in den Sessel am Schreibtisch fallen und breitete seine Papiere vor sich aus. Die weichen nerzfarbenen Locken fielen ihr über die Wangen. Sie schob sie zurück hinter die Ohren und streckte dann die Hand nach der Feder aus.

Unbestreitbar hatte sie vor, das ganze Ereignis einfach zu übergehen. Das konnte er allerdings nicht.

»Soll ich Euch eine Schere anbieten?«, fragte er. Er beugte sich über den Schreibtisch und schwenkte sein zum Zopf gebundenes Haar vor ihren Augen. »Dann könntet Ihr Euch an meinem Kopf schadlos halten.«

Er stellte sich vor, wie gut es ihm täte, wenn sie mit aller Kraft an seinem Zopf zerrte und ihn mit einem stumpfen Messer abschnitt. Sie hätte ihm den Kopf rasieren können. Aber irgendwie war ihm klar, dass seine grausame Tat nicht so leicht zu sühnen war.

Sicherlich gehörten für sie seine Kämme und der Haarschnitt zusammen. Und wenn es nicht so war, würde er seine Niedertracht bekennen müssen. Er war immer von schneller Auffassungsgabe gewesen und hatte leicht die Schwächen seiner Mitmenschen herausgefunden. Doch dieses eine Mal wünschte er, dass er sich getäuscht hätte – dass die Maus hereingeschwebt wäre in den Empfangssalon mit einem Schatz von Juwelen im Haar, ohne auch nur geahnt zu haben, was seine gemeine Absicht gewesen war.

»Soll ich George rufen und anordnen, dass er die Schere mitbringt?«, fragte er neckend in dem Versuch, herauszufinden, wie sie reagieren würde. Kläglich bemüht, seine Missetat zu bagatellisieren.

Die Maus hielt den Blick auf die Papiere vor sich gerichtet. Sie ordnete sie mit aller Konzentration, die sie aufbringen konnte. »Ich hege keine unangenehmen Gefühle gegenüber Eurem Haar, Lord Belfour. Von mir aus könnt Ihr es auch ruhig unter eine Perücke stopfen.«

Ihm gefiel die Art, wie sie ›Perücke stopfen‹ ein klein wenig betont hatte. Sie klang auf jeden Fall überhaupt nicht niedergeschlagen. Warum sollte er sich so elend fühlen durch den Verlust ihrer Locken, wenn das Ereignis sie offensichtlich unerschüttert gelassen hatte?

Doch er wusste es besser. Seit sie eingetreten war, hatte sie ihm nicht einmal in die Augen geschaut. Das sah der Maus gar nicht ähnlich.

Er ging langsam um den Schreibtisch herum weiter und wünschte sehnlichst, er hätte sie in Ruhe gelassen. Seine verdammten Launen! In ihrer Unschuld war sie kaum mehr als ein Kind. Als Spionin ungeeignet. Ihre Einmischung hätte er nicht weiter ernst nehmen und erst recht nicht diesen gemeinen Trick anwenden sollen. Wer war er schon, ihr irgendwelche Lektionen zu erteilen? Und sei es auch die Notwendigkeit, sich vor ihrer bösen Mutter in Acht zu nehmen.

»Ich schätze, es wird wieder wachsen«, sagte er vom anderen Ende des Raums herüber.

Leydi antwortete ihm nicht, sondern kritzelte nur eifrig mit der Feder übers Papier und griff nach dem Gefäß mit dem Sand.

Quentin fand es extrem beunruhigend, dass sie einfach weiterarbeitete, ohne sich auch nur im Geringsten darum zu kümmern, dass sie aussah wie ein geschorenes Lamm. Die besessene, energievolle Art, mit der sie die Korrespondenz des heutigen Tages durchging, erinnerte ihn an sich selbst und die Art, wie er Jahre damit verbracht hatte, sich auf seinen Vermögenszuwachs zu konzentrieren und Clarice, seinen Vater und London zu vergessen. Die Worte und Zahlen auf den Papieren fesselten sie scheinbar so, dass sie sich ganz daran klammerte.

Er zog ein kalbsledergebundenes Buch aus dem Regal. Um sich mit etwas zu beschäftigen, anstatt nur immer die Maus anzustarren, öffnete er den Band. Als ihm klar wurde, dass er gerade Lockes Essay vor sich hatte, in dem er die Gültigkeit der Erbsünde diskutierte, schlug er das Buch hastig wieder zu.

Ob sie ihm wohl je wieder in die Augen sehen würde? Vorher

hatte sie ihn immer angeblickt, als wäre er eine Art faszinierendes Puzzle. Vielleicht würde sie von jetzt an durch ihn hindurchschauen.

Langsam und im Kreis rückte er dem Schreibtisch und seiner Untergebenen wieder näher, den Blick auf die ernsten schmalen Schultern und die Spitzenhaube gerichtet. Die Löckchen wippten im Rhythmus ihrer Schreibbewegungen. Sie war so zierlich. Er blieb dicht hinter ihr stehen und streckte die Hand nach ihrem nerzfarbenen Haar aus. Einen Moment lang zögerte er und entschied dann, dass es besser war, sie nicht zu berühren. Zuletzt fluchte er leise und riss ihr die Haube herunter, warf sie auf den Schreibtisch. Er legte beide Handflächen auf ihren Kopf, vergrub seine Finger in den dichten, weichen Locken.

Sie hörte auf zu schreiben und erstarrte wie eine Hirschkuh, die die Jäger wittert.

»Es wird wieder lang werden«, sagte er sanft und fuhr mit den Fingern durch ihr Haar abwärts zu ihrem Nacken, legte sie schließlich auf ihre Schultern. Vielleicht war es doch nicht so gemein gewesen, wie er sich einredete, ihr die Kämme geschickt zu haben. Immerhin hatte sie selbst zugelassen, dass man ihr die Haare schnitt.

»… ist ja egal«, sagte sie, aber er sah, wie sich bei diesen Worten ihre Finger so fest um die Feder legten, dass sie fast weiß wurden.

»Leydianna … ich …«

Irgendwie schien er die Worte nicht zu finden, die ihm ihre Vergebung sichern würden. Er ließ die Hände sinken und trat zurück. Wie lächerlich er sich benahm! Quentin hatte kein Problem damit, Widersacher abzuschmettern. Sie hatte sich zuerst in sein Leben eingemischt, indem sie die Nachricht aus dem Feuer holte, wo er sie zum Verbrennen hingeworfen hatte. Indem sie gegangen war, um den Grafen auszuspionieren. Indem sie ihm davon erzählt hatte. Vielleicht war sein Verhalten auch nicht schlimmer.

Und doch …

Er lehnte sich über den Schreibtisch, legte eine Hand unter ihr

Kinn und hob ihr Gesicht, sodass sie ihn ansah. »Ihr seid immer noch eine schöne Frau.« Und das meinte er absolut ehrlich.

Sie schürzte die Lippen, ihre Augen wurden ein klein wenig schmäler. Eindeutig gab sie sich die größte Mühe, ihm nicht zu sagen, er solle sich zum Teufel scheren. Er konnte beinah sehen, wie sie das Verlangen hinunterschluckte, ihm diesen Bescheid zu erteilen.

»Ich habe hier einiges zu tun«, sagte sie, entzog sich ihm und kehrte zu ihren Zahlen zurück. Ließ ihn einfach stehen.

Irgendetwas in seinem Innern weigerte sich, so abgefertigt zu werden – so leicht nicht. Oder vielleicht hatte er auch einfach nicht den Mut, mit seinem ganzen Schuldbewusstsein davonzugehen, dessen schwarze Last sein Herz und seine Seele in die Tiefe zog. Er musste sie dazu bringen, dass sie sich ihm entgegenstellte. Kämpfte. Also schob er die Korrespondenz zur Seite und lehnte seine Hüfte an den Schreibtisch. »Warum sagt Ihr mir nicht, dass ich zum Teufel gehen soll, Miss Carstair?«

»Ich brauche diese Stellung«, sagte sie, ohne zu widersprechen, so sehr sie sich auch wünschte, genau das zu tun. Sie starrte auf das Papier, an dem sie gerade schrieb. »Und wie Ihr bereits festgestellt habt, bezahlt Ihr ja recht gut.«

Quentins Mund verzog sich zu einem nicht sehr netten Lächeln. Er hatte den Verdacht, dass ihr Pirat und nicht sein bewundernswert hoher Lohn sie auf diesem Sessel festhielten. Mehr und mehr begann er, Bishop Recht zu geben. Sie war Kincaids Spionin. Harmlos vielleicht. Unfähig – sicherlich. Aber dennoch eine Spionin. Schon der Gedanke daran ließ seinen Ärger wachsen. Herr im Himmel, warum sollte er auch nur eine Spur von Bedauern für eine Maus und ihr geschorenes Vlies empfinden?

Weil es Unrecht war, was du ihr angetan hast. Sehr großes Unrecht, flüsterte eine leise Stimme.

Er schlug beide Hände flach auf den Tisch, sodass seine Finger ausgebreitet auf ihrer geliebten Korrespondenz lagen und ihr den Blick versperrten. Diese verdammte Stimme in seinem Innern konnte er nicht mehr ertragen. Die Maus sollte es sagen. Quentin brauchte es einfach, dass sie ihn zum Teufel schickte. Nur aufgrund ihres Zorns könnte er sich selbst verzeihen.

»Vielleicht traue ich Euch mehr zu, als ich sollte«, sagte er und bekämpfte sein Schuldbewusstsein mit Wut. »Vielleicht ist Euch nicht klar, dass ich das absichtlich getan habe?«, fügte er hinzu, in dem Versuch, sie aus ihrem geschäftigen Desinteresse zu wecken. »Die teuren Kämme – und dass ich Stevenson gebeten habe, Eurer Mutter die Schachtel zu übergeben. Der Brief. Es war alles sorgfältig geplant, sodass sie Euch drängen musste, Euer Haar zu schneiden! Ich wollte sehen, wie Ihr reagiert, wenn sie wieder ihre viel sagenden, verführerischen Tränen vergießen würde.«

»Und jetzt wisst Ihr es«, sagte sie beinah still.

Zu seiner eigenen Überraschung schlug er mit der Faust auf den Tisch, was einen so lauten Krach bewirkte, dass die Maus in ihrem Sessel zusammenfuhr.

»Wisst Ihr eigentlich?«, flüsterte er, seine Stimme bedrohlich leise – verwundert merkte er, wie weit er zu gehen bereit war, um sie zu einer Stellungnahme zu zwingen, »dass ein kleiner Teil von mir wirklich geglaubt hat, Ihr würdet den Mut besitzen, ihr Widerstand zu leisten?«

Sie kümmerte sich nicht weiter um ihn, verweigerte hartnäckig jede Aussage. Das war ihm zu viel, dieser Mangel an Kampfgeist. Er sprang auf, trat hinter sie, konnte sich nicht bremsen. Jetzt nahm er ihren Sessel – mitsamt der Maus darauf – und drehte ihn um, sodass sie gezwungen war, ihn anzusehen, weil sie der verdammten Korrespondenz den Rücken zukehrte. Alles wickelte sich wie von selbst ab. Er legte eine Hand auf jede Armlehne ihres Sessels und beugte sich ganz nah zu ihr.

»Ich dachte …« Er ließ seine Worte verhallen, sodass sie warten musste. »Egal. Aber ich hatte Unrecht. Ihr könntet nie etwas tun, das mich überrascht, Miss Carstair!«

Leydi erstarrte. Endlich hatten seine Worte eine Reaktion bewirkt. Das hatte er von ihr gewollt – die reinigende Hitze ihres

Zorns. Er sah ihn sich wie ein Gewitter zusammenbrauen in ihren schönen grauen Augen. Und er hatte die Absicht, das Feuer weiter zu schüren. Unwillkürlich wollte er, dass sie Gegner waren. Er wollte das Bild der Maus als Opfer in seinem Innern auslöschen.

»Was sagt Ihr dazu, Maus?« Er nahm sie bei der Hand und zwang sie aufzustehen. »Wenn Ihr nicht zu böse auf mich seid – wenn es Euch wirklich nichts ausmacht« – er legte einen Arm um ihre Taille und zog sie eng an sich – »sollen wir dann nicht die Bücher beiseite lassen und uns eine andere Beschäftigung suchen?«

Sie sah ihn an, als wenn er verrückt wäre. »Offen gestanden würde ich mich lieber durch die Zuckerrohrpresse drehen lassen.«

»Oho!«, sagte er mit einem Lächeln und ließ sie los, als sie sich ihm zu entziehen versuchte. Das war es gewesen, was er von ihr wollte: dass sie sich endlich wehrte. Als ihr hübsches Hinterteil an den Sessel stieß, machte er einen Schritt auf sie zu, sodass sie sich setzen musste, als ihre Kniekehlen den Rand der Sitzfläche erreichten. »So hübsch und braun und schlicht und sich ihrer Pflichten bewusst gegenüber Mutter, Arbeit und Vaterland! Doch nicht ganz ohne Widerspruchsgeist! Eines Tages werde ich Euch überreden«, flüsterte er so dicht über ihr, dass, als ihre Wut gerade ein kleines bisschen nachließ, er sie dadurch von neuem anstachelte. Seine Lippen hätten beinah die ihren berührt. Einen Augenblick lang fühlte er sich versucht, ihr einen Kuss zu rauben, noch einen Rest Zündstoff ins Feuer zu werfen. Stattdessen starrte er ihren Mund an, ließ sie mit seinem sehnsüchtigen Blick wissen, wie sehr er sie küssen wollte. Und dann, im allerletzten Moment, trat er zurück. »Ich werde Euch noch hören, wie Ihr ›Süßer Prinz‹ haucht!«

Als er davonging, glaubte er, sie vor sich hin murmeln zu hören: »Wahrscheinlich bekommst du eher einen guten, festen Tritt.«

Er wandte sich noch einmal um und lächelte. »Was war das?« Sein Grinsen wurde breiter. Glücklicherweise hatte ihre Mutter ihr nur das Haar gestutzt und nicht den Verstand. »Ich habe nicht richtig gehört, was Ihr gesagt habt, Maus.«

»Ich sagte ›festen Schritt‹, Lord Belfour«, antwortete sie, ohne mit der Wimper zu zucken. »Weil Ihr fortgehen wolltet. Das ist eine Art Abschiedsgruß. Walisisch, glaube ich.«

»Tja, diese Waliser. Wirklich inspirierend.«

»Genau das denke ich auch.«

»Dann wünscht Ihr mir alles Gute, Maus?«

»Könnte ich Euch irgendetwas anderes wünschen?«

Er winkte ihr zu, erleichtert, dass sie seinem Blick nicht mehr länger auswich. Ihre grauen Augen richteten sich auf ihn wie zwei geladene Pistolen.

»Ach übrigens«, sagte er an der Tür, entschlossen, den letzten Schlag zu führen, indem er sich wieder auf das weniger persönliche Spiel zurückzog, das sie miteinander trieben. Sie war Kincaids Spionin, und er würde sie noch dazu bekommen, einen Fehler zu machen. »Gestern habe ich mit Bishop gesprochen. Ich dachte, Ihr würdet gern hören, dass Ihr Euch getäuscht habt, als Ihr unseren Plan für unausführbar erklärtet. Kincaid wird bald erwischt sein. Bis zum Ende des Monats, genau genommen. Sicher erleichtert es Euch, dass Ihr Euch um mich keine Sorgen mehr zu machen braucht. Wenn ich mir etwas vornehme, dann ziehe ich es durch bis zum Erfolg! Vielleicht schnappen wir ihn sogar, noch bevor Ihr St. Kitts verlasst. Wahrscheinlich wird es ein spektakuläres Ereignis, wenn sie ihn hängen. Glaubt Ihr nicht auch?«

Er trat in den Flur hinaus und rief noch über die Schulter zurück: »Stevenson kommt gleich wegen der Rechnungen. Seht zu, dass Ihr sie fertig stellt, Maus. Ihr habt immerhin zwei Tage nachzuholen.«

12

Leydi war zwei Tage lang niedergeschlagen gewesen.

Die ganze Zeit war sie im Nachthemd und barfuß in ihrem Zimmer umhergewandert und hatte immer wieder an einer Haarsträhne im Nacken gezogen, als könnte sie sie dadurch zum Wachsen bringen. Zwei Tage lang hatte sie sich geweigert, weder den lieben Mr. Stevenson noch ihre Mutter anzuhören, denen sie wenig freundlich klarmachte, sie sollten sie in Ruhe lassen. Zwei Tage lang zog sie in ihren vier Wänden auf und ab, bis sie jede Spinnwebe in jeder Ecke genau kannte, und verließ den Raum nur, um ab und zu etwas zu essen oder zu trinken.

Aber mehr als zwei Tage lang beleidigt zu sein hatte sie nicht ausgehalten. Am dritten Morgen war sie ins Vorderzimmer marschiert, hatte in den vergoldeten Spiegel geschaut und hallo zu dieser neuen Leydianna Carstair gesagt. Sie hatte die kurzen Locken betrachtet und festgestellt, dass sie mit ihnen reifer und distinguierter aussah. Sie lenkten die Aufmerksamkeit auf ihr Gesicht, und dieses war gar nicht so schlecht. Ihre Lippen waren nicht voll und gewölbt wie die von Gabby, aber sie hatte große graue Augen, ein Grübchen im Kinn und eine ziemlich hübsche Nase: schmal und eigenwillig. Dann hatte sie die Zähne zusammengebissen und gelächelt – weiß und gerade; es fehlte noch kein einziger, obwohl sie schon das reife Alter von zweiundzwanzig erreicht hatte.

Beim Blick in den Spiegel hatte sie sich geschworen, dass mit den kurzen Locken eine neue, stärkere Leydi geboren worden war. Eine, die keinen Tagträumen frönte. Eine, die sich nicht von Leuten wie Quentin Alexander Rucksingford, Lord von Wasweiß-ich einschüchtern ließ.

An diesem Tag kleidete sie sich von Kopf bis Fuß in Braun: braune Schnallenschuhe, braune Haube, braunes Baumwollkleid mit braunem Mieder und eine Schürze in Beige. Die Farbe war nicht mehr Ausdruck dessen, dass sie den Wünschen ihrer Mutter folgte, sondern Leydis Herausforderung an Lord Rücksichtslos. In ihrer braunen Rüstung begab sie sich dann auf den Weg, um dem Drachen in seiner Höhle entgegenzutreten.

Sie hatte gedacht, er würde vielleicht ein wenig Bedauern zeigen.

Leydi schüttelte ihr Federkissen auf und drehte sich auf die linke Seite. Es war mitten in der Nacht, und sie hoffte, obwohl es ein so schrecklicher Tag gewesen war, dass sie gut schlafen würde. Aber ihre Gedanken an den eingebildeten Lord Rücksichtslos vereitelten dies.

Oh, eingeschüchtert war er schon gewesen, als sie nach zwei Tagen Abwesenheit in den Empfangssalon getreten war. Leydi hatte sogar eine Art von Genugtuung verspürt, während sie seine sanften Annäherungsversuche ignorierte.

Doch der arrogante Kerl hatte sich nicht die Blöße gegeben, dass sie ihn leiden sah. Schon bald hatte sein leichtes Geplänkel eine gemeine Note bekommen. Er hatte regelrecht mit seinen ›edlen‹ Kämmen geprahlt und so jeden Zweifel an einer möglichen Absicht dabei zum Erliegen gebracht – um sie dann auch noch zu verspotten, weil sie darauf hereingefallen war.

Ihr könntet nie etwas tun, das mich überrascht, Miss Carstair!

Na und? Als wenn ihr an ihm und seiner Meinung etwas läge!

Leydi drehte sich auf den Rücken. Sie legte einen Arm über die Augen und seufzte. Ihr tat der Nacken weh, weil sie die ganze Korrespondenz aufgearbeitet hatte. Am Schluss blinzelte sie regelrecht, um richtig zu sehen, so müde waren ihre Augen gewesen. Später am Nachmittag war Quentin noch einmal wiedergekommen und hatte sie unterbrochen, obwohl sie bis dahin schon sehr effektiv gearbeitet hatte. Er hatte ihren Rhythmus durcheinander gebracht. Ihre Lippen verzogen sich, als sie daran dachte, wie sein Blick auf ihre angeknabberten Fingernägel fiel. Er hatte mit dem Daumen ihre Handfläche gestreichelt, indem er vorgab, so sanft, so galant zu sein. So verlogen.

»Sorgen, Maus?« Wieder sah sie jenes teuflische Grinsen vor sich, das sie inzwischen verabscheute.

Jetzt im Bett hätte sie beinah erneut die Hand mit einem Ruck weggezogen, wie am Nachmittag im Empfangssalon. Sie hatte sich perfekt in der Gewalt, deutete nur mit der Feder auf das Papier vor sich und sagte schnippisch: »Ja, Sorgen wegen dieser Zahlen hier.«

»So ein fleißiges kleines Mädchen!« Er trat hinter sie, eine Angewohnheit, die ihr auf die Nerven zu gehen begann. Sie hatte dabei immer das Gefühl, als schliche er sich an. Schon bald beugte er sich ganz dicht zu ihr herunter, so dicht, dass sein Atem ihre Wange streifte, und flüsterte: »Ich habe Euch nicht verdient.«

»Da habt Ihr allerdings Recht«, antwortete Leydi laut, und ihre Stimme erfüllte ihr leeres Schlafzimmer.

Biestiger Kerl! Sie konnte sehen, dass er Vergnügen daran fand, wenn sie plötzlich errötete. *Ich gebe mir ja solche Mühe, Euch abzulenken,* hatte er ihr erklärt und seine Finger wie zufällig über ihre Wange streichen lassen. *Aber die Maus will einfach keine Zerstreuung.*

Leydi drehte sich auf den Bauch und knüllte das Kissen zu einer runden Kugel zusammen. Sie ließ den Kopf darauffallen, griff nach ihrer Decke und zog sie hoch bis zu den Ohren. Oh, aber so eine Beunruhigung auch nicht!

Ihre Augen waren zu seinen muskulösen Schultern gewandert, die unter seinem Baumwollhemd lagen, hatten auch das Grübchen neben seinem Mund genau betrachtet. Trotz des Ärgers, der in ihr kochte, hatte sie sich Gedanken um seine rot geränderten Augen gemacht, die vor lauter Schlafmangel beinah fiebrig wirkten.

Leydi atmete ganz langsam tief aus. Sie betrachtete den Nachttisch neben ihrem Bett und fragte sich, ob das wohl ansteckend war, was Lord Rücksichtslos hatte. Vielleicht würde sie schlafen können, wenn sie noch ein Kapitel von Esquemelens Buch las. Seufzend griff sie nach einer Kerze und dem Buch. Zumindest etwas Positives hatte Quentins gemeine Handlungsweise bewirkt: Sie empfand nicht mehr die geringsten Gewissensbisse wegen der geplanten Entführung.

»Das könnte dem arroganten Mistbock sogar gut tun«, sagte sie und lehnte sich mit dem Buch auf dem Schoß an ihr Kopfkissen.

Vielleicht sollte sie Gabby sagen, dass sie die Männer anwies,

Quentin mit dem Säbel ein- oder zweimal zu schubsen, nichts, was ihm wehtun würde, natürlich, nur ein wenig …

Leydi hörte leises Klopfen. Jemand warf Steine an ihr Fenster. Sie ließ das Buch fallen, schob die Decke zurück und stieg aus dem Bett. Dann stand sie auf Zehenspitzen am Fenster und schaute hinaus ins Dunkel. Sie sah nichts, aber es gab nur eine Person, die so spät in der Nacht zu ihr kommen würde am Abend vor der geplanten Entführung Rucksingfords.

Schnell nahm sie ihren Morgenmantel vom Haken an der Wand und warf ihn sich über. Dann schaute sie vorsichtig ins Vorderzimmer. Argus war betrunken und musste deswegen auf dem Sessel schlafen, wo er laut schnarchte, während Mutter ungestört im Hinterzimmer schlummerte. Leydi schlich an ihrem röchelnden Vater vorbei und öffnete leise die Tür.

Draußen fand sie Gabriela, die unter Leydis Zimmer ungeduldig auf und ab ging. Selbst angesichts des schwachen Lichts von den Sternen und der schmalen Mondsichel konnte sie genug von Gabbys Gesicht erkennen, um zu ahnen, dass irgendetwas schief gegangen sein musste. Sie drückte den Finger auf die Lippen und zog Gabby ein sicheres Stück vom Haus weg.

»Was ist passiert?«

»Eine Katastrophe, *cara*. Sie sind fort. Die Männer, die ich angeheuert habe. Sie haben sich nicht beim Laden sehen lassen. Leydi, man hat uns hereingelegt. Samt unserem Geld sind sie abgehauen.«

»Herr im Himmel, Gabby. Was für ein Pech!«, rief Leydi. »Es ist schlimmer, als du denkst.« Sie erinnerte sich an all die Drohungen Quentins vom Nachmittag. *Kincaid wird bald erwischt sein. Wahrscheinlich wird es ein spektakuläres Ereignis, wenn sie ihn hängen.* Sie hob die Hand zum Hals. »Bishop hat Kincaid bald. Wir dürfen keinen Tag verlieren.«

»Und morgen Nacht kommt Cy mit der *Fortune* – alles umsonst!«

Leydi zermarterte sich das Hirn, auf welche Weise sie die Sache noch retten könnten. Ihr ganzer Plan fußte darauf, dass sie Cy vor vollendete Tatsachen stellten. Wenn sie Kincaids zweiten Mann baten, Quentin und den Leutnant zu entführen, könnte er vielleicht seine eigenen Vorstellungen davon entwickeln, wie er am besten die beiden Herren loswurde, die Kincaid bedrohten. Es könnte jemand verletzt werden oder gar umkommen. Nein, besser der Leutnant und Quentin waren gefesselt und stillgelegt, sodass Cy verstand, wie wenig Kincaid von ihnen zu befürchten hatte. Aber Leydi und Gabby besaßen kein Geld mehr, um noch mehr Männer anzuheuern, selbst wenn sie vertrauenswürdige fänden, die das bis zum nächsten Abend noch hinkriegen würden.

Angespannt dachte Leydi nach. Bei der Bewegung fiel die Kapuze von ihrem Kopf auf ihre Schultern. Gabriela holte tief Luft, als sie die kurzen Locken erblickte.

Sie streckte die Hand aus und berührte die Löckchen an Leydis Wange. »*Cara*«, flüsterte sie mit großem Bedauern in der Stimme.

Die beiden Freundinnen schwiegen einen Augenblick, die Köpfe voller Sympathie nah beieinander. Leydi brauchte Gabriela nicht zu erklären, wie es zu dem Haarschnitt gekommen war. Gabby war immer bereit, Leydis Mutter die Schuld für alles zu geben – sie ahnte, was geschehen war. Aber Gabby musste unbedingt die ganze Wahrheit erfahren. Nicht nur Leydis wegen, sondern damit sie erfuhr, wie gemein auch dieser Quentin sein konnte.

»Rucksingford hat die Kämme geschickt, um meine Mutter eifersüchtig auf mein Haar zu machen«, begann sie und sah Gabby in die Augen. »Das hat er zugegeben. Er war verärgert, weil ich mich eingemischt habe in eine Angelegenheit, die mich seiner Ansicht nach nichts anging. Als Vergeltung schickte er die Kämme.«

»Lord Rücksichtslos«, flüsterte Gabriela.

»Genau. Und jetzt hat er Kincaid aufs Korn genommen. Schade, es hätte mir gefallen, wenn er von den Kerlen entführt worden wäre, die wir angeheuert hatten. Im Gegenteil, wenn ich könnte …«

Blinzelnd hielt Leydi inne. Eine unglaubliche Idee bildete sich in ihrem Kopf. Sie sah sich selbst den Säbel schwingen vor einem gefesselten, geknebelten Quentin, den sie auch ein- oder zweimal mit der scharfen Spitze kitzelte.

Aus alter Gewohnheit griff sie nach dem Ende ihres Zopfes … und hielt nur Luft in der Hand. Das war eine nachdrückliche Erinnerung daran, wie gefährlich Quentin sein konnte. Ihre Augen wurden schmal, als sie sich wieder an jene schicksalshaften Worte erinnerte: *Ihr könntet nie etwas tun, das mich überrascht, Miss Carstair.*

»Oh, Mister Rücksichtslos«, sagte Leydi. Sie wandte sich zu Gabby. »Wir können es schaffen, Gabby. Du und ich … wie Mary Reed und Anne Bonny.«

»Weibliche Piraten?« Gabby ließ die Hände von Leydis Schultern sinken und machte einen Schritt rückwärts.

Leydi nickte, und ihr Plan nahm Konturen an, während sie sprach. »Warum nicht? Wir werden uns als Männer verkleiden. Oh, Gabby, glaubst du, dass du Bishop mit vorgehaltener Waffe entführen kannst? Glaubst du, dass du es bewältigst, ihn zu fesseln und allein bis zur kleinen Bucht zu bringen?«

Gabby zögerte. »Hast du genau so etwas mit Rucksingford vor?«

»Ja«, antwortete Leydi und erinnerte sich daran, dass sie jetzt eine neue Frau war. Sie würde Kincaid retten und ihn nicht in Quentins Hände fallen lassen. »Ich habe einen Schlüssel zum Haus. Ich werde mich verkleiden und durch die Dienstbotenräume schleichen, bis ich bei seinem Zimmer bin. Wir werden uns an denselben Plan halten – sie fesseln und zur kleinen Bucht bringen. Mit Cy treffen wir uns an der alten Stadtstraße. Wenn Cy und seine Männer und die *Fortune* drohend draußen vor der Küste zu sehen sind, werden wir unsere Säbel und Pistolen schwingen und Rucksingford und Bishop klar machen, dass ihnen Kincaid einen Schritt voraus ist. Angesichts der Überlegenheit von Kincaids Spionen wird Quentin es sich zweimal überlegen, Daniel zu fangen. Ganz besonders werden wir ihnen eröffnen, dass jede zukünftige Aktion wesentlich schlimmer endet, als nur mitten in der Nacht aus dem Bett gezerrt zu werden.«

»Wird Rucksingford dich denn nicht im Verdacht haben?«

Ihr könntet nie etwas tun, das mich überrascht. »Nein«, äußerte sie nachdrücklich. »Er glaubt, dass ich nicht mehr kann als die Zahlen in seinen Büchern zusammenrechnen. Niemals wird er bemerken, dass ich es bin – wenn die Verkleidung stimmt.« Das Herz klopfte ihr schwer in der Brust, und sie griff nach Gabbys beiden Händen. »Wir können es schaffen … und Kincaid retten.«

»Ja, vielleicht klappt es«, stimmte Gabby ihr lächelnd zu. »Vielleicht.« Sie starrte Leydi eindringlich an. »Und wenn nicht, *cara*, was dann?«

»Es gibt nur wenige Menschen, für die ich mein Leben aufs Spiel setzen würde. Du bist einer von ihnen.« Sie sah Gabriela ernst an. »Kincaid auch …«

Gabby nickte, den Blick in die Ferne gerichtet. Leydi wusste, dass Gabriela Kincaid gern hatte – obwohl sie immer über ihn herfiel. Sonst hätte sie Bertie nie gebeten, etwas zu unternehmen. Jetzt kam es ans Tageslicht, wie viel er Gabriela bedeutete.

Sie breitete die Arme aus, und die einfache Geste sprach Bände für ihre Zuneigung zu Kincaid.

»Georges Junge ist ungefähr so groß wie ich«, sagte Leydi. »Ich weiß, wo sie die Wäsche für morgen aufbewahren. Und Argus hat eine Pistole. Ich kann einen von seinen alten Hüten aufsetzen und mir einen Säbel umbinden, den er unter dem Bett versteckt.«

»Also, dann bis morgen«, sagte Gabriela und drückte ihre Freundin an sich. »Viel Glück, *cara*!«

»Pass gut auf dich auf, Gabby!« Leydi erwiderte die Umarmung.

Das Pochen an der Tür weckte Bertie aus tiefem Schlaf. Eilig griff sie sich ihren Morgenrock, band ihn in der Taille zusammen und schlüpfte in ihre Holzschuhe. Als sie an Gabbys Tür vorüberkam, klopfte sie leise und flüsterte, ihre Tochter solle liegen bleiben.

Dann nahm sie ganz vorsichtig die Pistole aus der Kommode im Flur und stieg die Treppe hinunter.

Das Klopfen kam vom Laden. Sie öffnete die Hintertür und schlüpfte hinein.

Sofort erkannte sie Hughs flehende Stimme. Sie entzündete eine Kerze, schaute auf die Wanduhr und fluchte leise. Es war beinah Mitternacht. Voller Abscheu hörte sie, wie er ihren Namen lallte, fast wie ein Bellen, und dann rülpste.

Bertie marschierte zur Tür, stark versucht, die Pistole Hugh über seinen schönen Schädel zu schlagen. Es tat ihr immer noch weh, wenn sie ihn ihren Namen so aussprechen hörte, als wäre er noch ihr Geliebter. Es gab eine Menge Dinge, die Bertie ertrug, aber Untreue gehörte nicht dazu. Kincaid hatte ihr diese schmerzliche Lektion erteilt während der Jahre, die sie zusammen gewesen waren. Der verdammte Pirat war außer Consuelo nie einer Frau treu geblieben.

Sie lehnte die Wange an das mit Läden verschlossene Fenster und erlaubte sich den Luxus, Hugh bei seinen Lockrufen zuzuhören. Er war wirklich kaum mehr als ein großer Junge, sie hätte seine Schwärmereien nicht ernst nehmen, sie schon gar nicht ermutigen sollen. Doch er hatte die Flammen ihrer nachlassenden Eitelkeit noch einmal angefacht und ihr das Gefühl vermittelt, jung zu sein.

Resigniert ließ sie die Hand mit der Waffe sinken. Obwohl sie wusste, dass Hugh ein Tunichtgut war, vermisste sie ihn doch manchmal.

»Geh nach Hause, Hugh!«, sagte sie müde. »Ich habe eine Pistole in der Hand und keinerlei Skrupel, sie auf dein verräterisches Herz zu richten!«

»Madonna, meine Liebste! Ich muss dich sehen! Bertie, hör auf, mich so zu quälen.« Er klopfte noch lauter. »Mach mir auf!«

»*Basta*! Genug! Ich zähle jetzt bis zehn, dann öffne ich die Tür und schieße. Eins, zwei, drei …«

»Lass mich doch wenigstens erklären …«

»Sieben, acht«, fuhr sie fort, wobei sie ein paar Zahlen übersprang, um diese Farce abzukürzen.

»Bertie! Bertie! Also gut, wenn schon nicht für uns, für unsere Liebe, dann wenigstens für deine Tochter. Um Gabrielas willen, *mon coeur,* musst du mich anhören. Ich habe dir etwas Wichtiges zu sagen, Bertie, was Gabriela betrifft.«

Bertie hörte auf zu zählen. Ihre Tochter war die Hauptsache ihres Lebens, das wusste Hugh. Würde er sich so tief herablassen und Gabrielas Namen für seine Sache missbrauchen?

»Geh nach oben, Bertie«, drängte er sie von der anderen Seite der Tür, »und hol Gabriela herunter. Wenn das wahr ist, was ich gehört habe, musst du noch heute Nacht mit ihr reden! Sie soll auch hören, was ich zu sagen habe, und widersprechen, wenn sie kann.«

Bertie ließ die Waffe auf die Theke fallen. Mit heftig klopfendem Herzen rannte sie hinten hinaus und sah ihren Wagen nicht. Das war als solches nicht weiter erstaunlich, Bertie hatte Freunde, die den Wagen auch spät nachts benutzen durften. Doch ein kribbelndes Gefühl von Unbehagen erfüllte sie, als sie sich daran erinnerte, dass Gabriela am vergangenen Abend noch nach Rucksingford Estate hinausgefahren war, um sich mit Leydianna zu treffen. Vorher hatte sie Bertie gefragt, ob sie den Wagen nehmen dürfe, und hatte auch als Begleitung einen Freund dabeigehabt, dem Bertie vertraute. Heute Abend war das nicht so.

Atemlos rannte sie die Treppe hinauf und den Flur entlang zum Zimmer ihrer Tochter. Nach einem kurzen Klopfen öffnete sie die Tür. Es war zu dunkel im Raum, um etwas zu sehen. Sie hastete zum Bett. Es war leer.

»*Meu Deus*«, flüsterte sie.

Das Herz schlug ihr in der Kehle, als sie zurück zum Laden hastete. An der Theke griff sie nach der Pistole und sah nach, ob sie auch entsichert war. Als sie die Tür öffnete und Hugh hereinkam, um sie zu umarmen, wich sie ihm aus und richtete die Pistole auf sein Herz.

»Sag mir, wo meine Tochter ist!«

»Ist sie fort?« Sein ganzes Verhalten änderte sich. Sein charmantes Jungengesicht bewölkte sich, seine Schultern sanken nach unten wie vor Verzweiflung. Berties Magen zog sich noch mehr zusammen. »*Sacrebleu*! Dann komme ich zu spät«, murmelte er.

Sie stieß den Lauf der Pistole vor seine Brust. »Bei allen Heiligen: Wo ist Gabriela?«

Hugh atmete langsam und tief durch und schob dann vorsichtig die Waffe von seiner Brust. »Das kann ich dir nicht sagen. Ich war im ›Steinernen Elefanten‹, als ich zwei schon ziemlich betrunkene Kerle hörte, die damit prahlten, dass sie Geld genommen hatten – von der Eisprinzessin persönlich, Gabriela de Sousa. Sie höhnten, sie wäre so dumm gewesen zu glauben, dass sie zwei Männer für sie entführen würden.« Seine schönen Augen richteten sich sehr ernst und nüchtern auf Bertie. »Zwei hoch gestellte Herren.«

Bertie setzte sich auf den Hocker neben der Theke. Die Pistole legte sie auf ihren Schoß. »Allmächtiger! Rucksingford und Bishop.«

Hugh nickte. »Ich schätze, sie ist jetzt unterwegs, um noch andere Banditen anzuwerben.«

Bertie schüttelte den Kopf. »Não!« Plötzlich begann sie zu verstehen, was ihre Tochter in den letzten paar Tagen so alles gemacht haben könnte. »Sie sucht nach niemand anderem. Dazu hat sie weder Geld noch Geduld. Aber wir ziehen sofort los.« Sie griff nach Hughs Hand, denn für einen Augenblick brauchte sie seine Kraft. »Wir werden diese Kerle ausfindig machen – sie müssen uns den Plan verraten, den sie sich da ausgedacht hat. Danach weiß ich schon, was ich zu tun habe.«

Hugh ließ sich vor ihr auf die Knie sinken. »Du wirst mir erlauben, dir zu helfen, Bertie!« Er küsste ihre Hand. »Zusammen werden wir sie finden.«

Bertie nickte und strich Hugh über die Wange. »Ja, Hugh. Zusammen. Du begleitest mich zum ›Steinernen Elefanten‹. Ich brauche nur ein paar Minuten, um mich anzuziehen.«

Gabriela war Bishop gefolgt, seit er den Hafen verlassen hatte, und jetzt, als sie sich dem Rand der Stadt näherten, war die Zeit gekommen zuzuschlagen.

Sie trug Kleider, von denen sie annahm, dass sie Hugh gehörten, denn sie hatte sie in der Wäsche beim Laden gefunden. Die gestreifte Weste und die Hosen passten ihr – der Franzose war zwar wohl proportioniert, aber eher schlank. Den Schal um ihren Hals würde sie hochziehen bis unter die Augen, wenn es so weit war. Ihre schulterlangen Locken hatte sie unter eine wollene Mütze gesteckt. In einer Hand hielt sie eine geladene, entsicherte Pistole.

Ziemlich bald entdeckte sie Bishop. Der Leutnant machte seine Runden in den Pinten und Wirtshäusern am Hafen, beinah als würde er etwas suchen – oder wahrscheinlich jemanden. Jedes Mal, wenn er auf einen Drink hineingegangen war, hatte Gabriela in einer dunklen Ecke gewartet, denn in ihrer Verkleidung erkannte sie niemand als Frau. Sie glaubte, dass er inzwischen eine ganze Menge intus hatte. Der Rum, den es hier gab,war ein starkes Gebräu. Aber ihre Hoffnung, dass der Leutnant dadurch zur leichteren Beute werden würde, erstarb, als er aus der letzten Tür trat und die plankenbelegte Kolonnade so sicher entlangschritt wie ein marschierender Soldat.

Jetzt, als er sich den verlassenen Straßen jenseits des dicht besiedelten Hafens näherte, zog Gabby das Tuch hinauf bis über ihr halbes Gesicht. Sie hielt die Pistole fest in einer Hand und rückte eilig von hinten auf. Sie rammte Felix den Lauf in die Rippen und polterte mit tiefstmöglicher Stimme: »Weit genug jetzt, Junge!«

Er erstarrte. »Ich habe nicht viel Geld.«

»Scheint so, als wäre ich nicht hinter Geld her«, sagte sie in einem scharfen Akzent, den sie geübt hatte. »In die Gasse da, und zwar dalli!«

Zusammen verschwanden sie rückwärts in einer schwarzen Straßenöffnung, die in einem Müllhaufen endete. Der Gestank war beinah unerträglich, das leise Rascheln darin stammte sicher von Ratten. Gabriela versuchte, ihren Ekel zu unterdrücken, während sie Felix in die dunkelste Ecke der Gasse drängte.

»So«, flüsterte sie rau, »jetzt bleibt ganz still stehen und legt die Hände hinter den Rücken. Zusammen!«

Er tat wie geheißen. Gabby fluchte leise, denn ihr wurde klar, dass sie beide Hände brauchen würde, um mit dem Seil, das an ihrem Gürtel hing, seine Handgelenke zu fesseln. Sie spürte, wie sich Schweiß zwischen ihren Brüsten sammelte, genau so wie in der Nacht, als er ihr das Messer aus der Hand geschlagen hatte. Er war ein gefährlicher Mann und sehr schnell – sie würde keinen Erfolg haben, wenn sie nicht aufpasste.

Sie zog das Seil fest zusammen. »Jetzt«, zischte sie in sein Ohr, »sollt Ihr …«

Er rammte seine Schulter gegen sie. Die Pistole flog ihr aus den Händen. Sie landete im Dreck und entlud sich mit einem Funkenregen. Bishop stieß ihr den Ellenbogen in den Magen. Mit Schwung landete sie hart an der Wand der Gasse. *Zack*! traf seine Faust ihr Kinn, sodass sie Sternchen sah. Sie schluckte ein Ächzen hinunter, als die Nacht von Schwarz zu Leer wechselte.

Sie kämpfte um ihr Bewusstsein. Wenn sie jetzt ohnmächtig wurde, war alles verloren. *Nicht aufgeben*!

Um Atem ringend, krabbelte sie rückwärts, und es gelang ihr gerade noch, dem nächsten Schlag auszuweichen. Sie landete in einem Abfallhaufen neben ihm. Er sprang auf, griff nach ihr. Sie rangen, rollten sich auf der Erde. Seine Hand streifte ihre Brust.

»Was zum …«

Im folgenden Moment hatte er sie gepackt. Er saß auf ihren Hüften und beugte sich keuchend über sie. Ihre Augen trafen sich im Mondschein. Seine Hand umfasste ihre Brust, dann riss er ihr das Tuch vom Gesicht.

»Gabriela?«

Angesichts seines verblüfften Tons war ihr unendlich traurig zumute. Er sah sie an, als könnte er nicht recht glauben, was er da sah – als ob er, trotz all seiner Vermutungen und Drohungen, doch nicht zu fassen vermochte, dass sie auf ihn losgehen wollte.

»Lasst mich aufstehen, bitte«, sagte sie in dem Versuch, Zeit zu gewinnen. »Ich kann alles erklären.«

Er schüttelte den Kopf. Seine Augen wurden dunkler, gefährlich dunkel. Es war ein Zug um seine Lippen, der nach mehr als bloß Ärger aussah.

»Ich glaube nicht.« Seine Hand schloss sich wieder um ihre Brust, drückte sanft und verführerisch. »Ich glaube, ich habe Euch genau da, wo ich Euch gern haben möchte.«

Während er sie weiter streichelte, schlossen sich Gabrielas Finger um den Stein, den sie im Dunkeln zu fassen bekommen hatte. Felix beugte sich vor, als wollte er sie küssen. Mit aller Kraft schlug ihm Gabriela den Stein an die Schläfe.

Ein leiser Fluch unterbrach die Stille. Dann brach Felix reglos über ihr zusammen.

Gabby wand sich unter ihm hervor, ihr war unglaublich schlecht. Sie prüfte seine Atmung. Der beruhigende Luftstrom an ihrer Wange gab ihr wieder ein wenig die Fassung zurück. Ächzend band sie das Seil fest um seine Handgelenke und schob einen Knebel in seinen Mund. Sie schaute prüfend in die verlassene Straße hinaus, dann zerrte sie ihn zu einer Wand der Gasse und lehnte ihn an die feuchten Ziegel. Sie starrte seine zusammengesunkene Gestalt an.

»Herr im Himmel«, sagte sie zu sich selbst. »Was soll ich jetzt tun?«

13

Von der Buchhalterin zur Freibeuterin! Das war im besten Falle ein hirnverbrannter Plan.

Leydi schlich die Treppe von Rucksingfords mausoleumartigem Heim hinauf bis zum Absatz. In einer Hand eine Pistole, die andere fest auf dem Degen an ihrer Seite, rückte sie die Maske und den Dreispitz ihrer Piratenausrüstung zurecht und schob sich die Straußenfeder vom Hut aus dem Gesicht, bevor sie sie zum Niesen brachte.

Ich muss verrückt sein, dachte sie. Die Maus entführt Lord Rücksichtslos? Dann dachte sie nicht mehr an die entmutigenden Titel und Spitznamen, bei denen sie sich schwach fühlte und Rucksingford absolut unterlegen war. Sie konnte sich den Luxus von Schwäche nicht erlauben. Nicht jetzt. Nicht heute Nacht.

Ihre Finger schlossen sich um das kalte Email des Türknaufs. Erst horchte sie sorgfältig, denn sie wusste, dass Quentin nicht gut schlief. Doch das Geräusch seines leisen, gleichmäßigen Atems ließ sie wissen, dass die Zeit zum Handeln gekommen war. Sie zögerte keine Sekunde, sondern öffnete behutsam die Tür und schlich hinein.

Das Zimmer war eine Studie in Licht und Schatten. Die Fenster standen offen, sodass die Passatwinde, die am Mount Misery vorbeizogen, kühlend hereinwehen konnten. In jeder Ecke sprossen aus Walnussmöbeln Ranken und Blüten. Zarte Vorhänge flatterten wie bleiche Hände in der Brise und verstärkten das geisterhafte Licht. Ihr Mund war plötzlich zu trocken, ihre Handflächen schweißfeucht an Pistole und Degengriff, und ihr Blick durchsuchte den Raum nach seinem Bewohner.

Da. Das Himmelbett. Leydi spähte durch die zarten Vorhänge aus Moskitonetz, die von dem Himmel aus hölzernen Ranken herunterhingen, und versuchte, die Gestalt in den Schatten dahinter zu entdecken. Ihr stockte der Atem.

Quentin lag mitten auf der Matratze. Er hatte die seidenen Laken zur Seite geschoben, und der Mond badete seinen Körper in silbrigem Licht. Er war vollständig nackt.

Nein, vollendet war das Wort, das in ihrem Kopf nachhallte, als sie ihn anstarrte. Sein dunkles Haar, jetzt gelöst, lag in vollen ebenholzschwarzen Wellen auf dem Kopfkissen. Ein paar Strähnen legten sich auch über seine muskulösen Schultern und lenkten ihren Blick weiter abwärts zu den Ebenen seiner Brust und seines flachen Bauchs. Er wirkte wie ein Apoll, den ein Zauber in diese Gestalt gebannt hatte. Jeder Kleidung bar sah Quentin Alexander Rucksingford höchst eindrucksvoll aus und erinnerte sie an die Alabasterstatuen, die in den Gärten des Herrenhauses standen. Fasziniert folgte ihr Blick dem Pfeil von dunklem Haar, der unter seinem Nabel abwärts führte, bevor ihr klar wurde, was sie da anstarrte. Hastig schlich sie wieder hinaus, und nur durch schieres Glück gelang es ihr, nicht über ihren Degen zu stolpern.

Leydi lehnte die Schultern an die Damasttapeten des Flurs und schloss die Augen, um das Bild von Quentin zu vertreiben. In jenem Zimmer hatte sie ihren Plan völlig vergessen. Und das nicht nur wegen des herausfordernden Anblicks. Er hatte so unschuldig, beinah verletzlich gewirkt im Schlaf. Sie schaute hinunter auf die Pistole in ihrer Hand und musste sich eingestehen, dass ihre Gefühle für Quentin gefährlich durcheinander geraten waren.

Finster entschlossen erinnerte sie sich an seine leisen Andeutungen der vergangenen Woche. Sie zwang sich, daran zu denken, wie nett er sie ›Maus‹ nannte, als wäre es ein Kosename – für die strenge Buchhalterin, von der er glaubte, dass sie niemals ihre praktische, vernünftige Welt aus Akten und Zahlen abschütteln würde.

Ihr könntet nie etwas tun, das mich überrascht.

Diese Worte schmerzten sie immer noch, vielleicht weil sie befürchtete, dass sie wahr sein könnten – dass sie all das geworden war, wozu ihre Mutter sie gemacht hatte. Nicht die neue Leydi, die aus Quentins Missetat hervorgegangen war, sondern eine Träumerin, die immer die anderen ihre Abenteuer erleben ließ.

Sie schalt sich, jetzt sei wirklich nicht der Augenblick, über solche Fragen nachzudenken. Energisch unterdrückte sie ihre Selbstzweifel. Nun war der Mut nötig, mehr zu sein als nur die pflichtbewusste Tochter und die gehorsame Buchhalterin. Um Kincaid zu retten, konnte sie nicht länger Quentins Maus spielen.

Leydi schluckte die Enge in ihrer Kehle hinunter und öffnete die Augen wieder. Sie griff fester nach ihrer Pistole und dachte an all das, was sie Gabby erklärt hatte.

Heute Nacht würde die Maus den Spieß umdrehen bei Lord Rücksichtslos!

Geduckt schlich sie zurück in Quentins Zimmer. Diesmal richtete sie ihren Blick auf das rankenverzierte Kopfende des riesigen Bettes und arbeitete sich langsam zu den Kissen vor.

Die Matratze war leer.

»Ein wenig spät für Gäste, nicht wahr?«

Heftig drehte Leydi sich zum Fenster um, von wo die kühle, männliche Stimme erklang. Neben einer Kaskade von gemustertem Chintz stand Quentin, immer noch nackt, sein prächtiger Körper halb im Schatten, halb im Licht.

Amüsiert betrachtete er die Pistole in ihrer Hand. Auf seinen Lippen lag ein schiefes Lächeln. »Oder hat die Dame etwas Interessanteres vor?«

Es erschreckte sie, wie schnell er ihr Geschlecht erraten hatte. Und es half ihr auch nicht besonders, dass er völlig ungerührt nackt vor ihr stand, während sie – voll bekleidet und mit einer Waffe in der Hand – zitterte wie Espenlaub. Aber sie schöpfte Mut aus der Tatsache, dass er seine ›Maus‹ nicht erkannt hatte, und hoffte, dass die Pistole sie auf seine Ebene stellen würde, trotz ihres Geschlechts.

»Allerdings hab ich was Interessantes vor, Mann«, sagte sie in einer ziemlich gelungenen Imitation von Cys Sprechweise. »Und jetzt in die Klamotten mit Euch! Wir ha'm noch ein Stück zu reiten.«

»Einer schönen Frau verweigere ich nie etwas.«

»Und 'ner geladenen Pistole auch nich', würd' ich wetten«, fügte sie hinzu und schwenkte den Lauf der Waffe hin und her.

Leydi hielt den Atem an, als er aus dem Schatten trat. Dieselben prachtvoll geformten Muskeln, die sie seit eben faszinierten, wurden vom Licht des Viertelmondes beleuchtet. Eine fedrige Berührung strich um ihre Knöchel, als hätte seine sinnliche Ausstrahlung Gestalt angenommen, um sie zu berühren. Vor Schreck wäre sie beinah aus den Schuhen gesprungen, bis sie begriff, dass es nur Aloysius war, der gestreichelt werden wollte. Sie seufzte und gab sich die größte Mühe, nicht auf die Katze zu achten, wobei sie beinah nicht genug Geistesgegenwart besaß, Quentin aufzuhalten, bevor er den Schrank erreicht hatte.

»Moment mal, der Herr«, sagte sie und stieg über den orangefarbenen Kater. Sie machte Quentin ein Zeichen, er solle etwas zur Seite treten, denn womöglich hatte er im Schrank eine Waffe versteckt. »Ich schätze, ich hol' Euch Eure Kleider raus.«

»Aber gern«, sagte er und winkte ihr vorauszugehen.

Quentin sah zu, wie seine Wächterin rückwärts zum Schrank ging. Die Bedrohung der Pistole wurde leicht abgeschwächt durch ihre etwas zu auffällige Bekleidung. Die engen Kniehosen legten sich sehr sorgfältig um jede Rundung ihres charmanten Hinterteils, die Strümpfe ließen ihre schlanken Unterschenkel erkennen. Das weite Leinenhemd, das in die Hosen gesteckt war, verbarg ihre fülligen Brüste kaum – Brüste, denen er deutlich ansah, dass sie nicht mehr in einem Korsett steckten. Der Degen an ihrer Seite war schwer genug, sie nach links etwas herunterzuziehen. Und die Mühe mit der geschlitzten Maske hätte sie sich auch nicht zu geben brauchen, denn ihr Gesicht lag sowieso im Schatten der lächerlichen Feder des Dreispitzes.

In seinen wildesten Träumen hätte er sich diese Szene nicht vorstellen können. Nackt, mit der Maus, in seinem Schlafzimmer, diese Vorstellung hatte er sich schon öfter gegönnt. Aber niemals mit einer Waffe vor der Nase.

Sie stellte eine bezaubernde Piratin dar, so bezaubernd, dass er zurücktrat in den Schatten, um seine deutliche körperliche Reaktion auf sie zu verbergen.

Die unglaublich starke Anziehungskraft, die sie auf ihn ausübte, überraschte ihn. Es hatte ganz den Anschein, als würde die Maus mit der Zeit ständig an Reiz gewinnen. Er hatte wieder von Clarice und dem Baby geträumt, und nichts erleichterte ihn mehr, als diese Todesbilder hinter sich zu lassen. Doch Leidenschaft gehörte sich eigentlich nicht nach solchen Albträumen. Gesegnet sei die Maus, weil sie dennoch den Charakter seines schweißgebadeten Erwachens änderte – was immer auch ihre Pläne für die Nacht sein mochten.

Er fing das Hemd und die Hosen auf, die sie ihm zuwarf. »Was? Nicht das Seidene mit den Spitzenärmeln?«

Sie schien sich gerade noch zu bremsen, bevor sie sich umdrehen und nach dem gewünschten Hemd greifen konnte. Ihr hübscher Mund verzog sich zu einem Ausdruck von totalem Abscheu. Sie richtete die Pistole wieder auf Quentin. »Zieht die Klamotten an, oder Ihr geht so, wie Gott Euch geschaffen hat. Es ist eine milde Nacht, und ich hab keine Lust auf Eure modischen Sperenzchen.«

Mit einem Grinsen stieg Quentin in seine Kniehosen. Er hatte das bizarre Gefühl, als wäre er gerade in einen der Tagträume der Maus eingetreten. Seine Lordschaft fragte sich, wem er diesen mitternächtlichen Besuch zu verdanken hatte. War dies die Vergeltung für die Kämme oder nur ein schwacher Versuch, ihn davon abzuhalten, dass er Kincaid fing – wie er gedroht hatte? Er hatte keine Ahnung, wie diese seltsame Szene ausgehen würde; aber er würde sogar dafür bezahlen, um das zu erfahren.

Als er ihren Lavendelduft roch, wusste er, wer da in sein Schlafzimmer gekommen war. Die Tatsache, dass sie glaubte, ihn mit ihrer dummen Verkleidung und dem gebrochenen Akzent hereinzulegen, zeigte deutlich, wie naiv die Maus war und wie hoch ihre Chancen standen, heute Nacht Erfolg zu haben.

»Darf ich fragen, wohin wir unterwegs sind?«

»Nich' weit. Wenn Ihr Euch anständich benehmt, werdet Ihr bis morgen früh wieder sicher in Eurem Bettchen liegen«, sagte sie in ihrem schrecklichen Dialekt und warf ihm seine Stiefel zu.

»Und der Grund für diesen mitternächtlichen Ausflug?«

»Sieht so aus, als hättet Ihr es Euch mit jemand Wichtigem verdorben.«

»Ah, Kincaid, nehme ich an?«

Als sie nickte, kippte der Dreispitz nach vorn und bedeckte ihr halbes Gesicht mit Krempe und Feder. Sie schob das Ganze mit einem Handrücken wieder zurück und linste unter der riesigen Feder hervor, um ordentlich zielen zu können. »Jawoll. Kincaid hat Euch und Euer dämliches Vorhaben auf dem Kieker!«

»Und gehe ich recht in der Annahme, dass ich meiner charmanten Buchhalterin alles dies zu verdanken habe?«

Er sah, wie sie zusammenzuckte. »Ich hab keine Ahnung, von wem du quatschst, Süßer.«

Vergnügt stampfte er mit einem Fuß in seinen Stiefel. »Sie war es bestimmt.« Er trat auch in den anderen Stiefel. »Es gibt niemanden, der Euch von meinen Plänen mit dem Piraten hätte erzählen können.«

»Kincaid hat seine Spione. Bildet Euch bloß nicht ein, dass Ihr eine derartige Tücke vor ihm verborgen halten könnt. Darüber schwatzen ja schon die Matrosen in den Kneipen.«

Quentin schüttelte den Kopf. »Da sind keine Matrosen mit von der Partie ... noch nicht. Ich hatte es niemand anderem erzählt außer meiner Buchhalterin. In dem Glauben, ich könnte ihr vertrauen – echt dämlich«, fügte er noch hinzu.

»Ich würde sagen, Ihr seid vor allem deswegen ein Narr«, antwortete sie eher hitzig, »wenn Ihr geglaubt habt, Eure kaltherzigen Tricks könnten ihre Treue erkaufen ...«

Nach den letzten Worten schloss sie hastig den Mund. Sie sah aus, als wünschte sie, sie könnte die Worte zurücknehmen, weil sie damit wirklich zu viel verraten hatte.

»Also kennt Ihr meine Maus?«, sagte er und machte so das Beste aus ihrem Versprecher. Er stellte fest, dass ihm diese Seite der sonst so zurückhaltenden Miss Carstair ausnehmend gefiel. Es schien, dass seine Missetat mit den Kämmen sie dazu gebracht hatte, mehr Temperament zu zeigen, als er ihr zugetraut hatte. »Tja, ich glaube, ich war nicht besonders nett. Aber sie hat sich eben in Dinge eingemischt, die sie nichts angingen.« Er verschränkte die Arme vor der Brust und lehnte sich zurück an die Fensterbank. »Ich selber übrigens auch.«

»Da!« Sie warf ihm seine Jacke zu. »Strengt lieber noch mal Euren Grips an, bevor Ihr Euch mit der Bruderschaft der Küste rumrauft!«

Er wand sich in die Samtjacke. »Hat Kincaid immer Frauen, die die schmutzigen Arbeiten für ihn erledigen?« Er war der Meinung, dass Daniel ›Heartless‹ Kincaid, Fluch der sieben Meere und keine geringe Bedrohung für Quentins Schiffe, klüger sein sollte, als eine einsame Buchhalterin zu schicken, um ihn zu entführen. Nein, dieses ganze Spektakel sah so aus, als wäre es dem fruchtbaren Hirn der Maus entsprungen. »Ich schätze, Entführungen und Derartiges können sogar für einen Piraten ziemlich lästig sein.«

Die Maus biss sich auf die Lippen. Eindeutig dachte sie intensiv nach. Sie hielt die Waffe ruhig, als sie rückwärts zur Tür ging und nach dem Griff hinter sich tastete. »Tja, zufällig bin ich seine Tochter.«

Quentin hob eine Braue. Dieses Stück ihrer Improvisation fand er absolut genial. »Und Miss Carstair? Ist sie von irgendeinem speziellen … Interesse für Kincaid?«

Er sagte das in einem besonderen Ton, damit sogar die brave Fantasie der Maus ihr erlaubte zu verstehen, was er meinte.

»Sie ist die beste verdammte Buchhalterin auf allen sieben Weltmeeren!«, bellte sie zu ihrer Verteidigung und teilte Quentin auf diese Weise mit, was er schon die ganze Zeit vermutet hatte: Die Maus war nicht Kincaids Gefährtin, nicht in körperlichem Sinne.

»Hat ihm im Laufe der Jahre ein Vermögen eingebracht«, fügte sie noch hinzu, die Lippen angriffslustig wie bei einem Maultier vorgewölbt.

»Eine Schande, dass es immer noch nicht genug war, ihn von meinen Schiffsladungen abzuhalten!«

»Tja, sie hat sich die größte Mühe gegeben, den alten Daniel auf bessere Ideen zu bringen, aber Piraten sind genauso gierig wie alle Männer!«

Er war fertig mit seiner Jacke und machte eine tadellose Verbeugung, wobei seine Hand in der übertriebenen Bewegung beinah den Teppich streifte. »Ich bin ganz der Ihre, Madame Piratin. Ihr könnt mit mir anfangen, was Euch behagt.«

»Maul halten«, knurrte sie und bedeutete ihm, sich in Bewegung zu setzen.

Gabriela wartete erschüttert und gleichzeitig voller Hoffnung, dass sie den armen Leutnant nicht umgebracht hatte.

Der Stein hatte seine Haut an der Schläfe verletzt, und es floss einiges Blut; aber nachdem sie ihn gefesselt und geknebelt hatte, gelang es ihr, die Blutung zu stillen. Sie hatte sich die Wunde genau angesehen, die nicht allzu tief war und sich ohne weiteres mit einem Streifen Leinen verbinden ließ, den sie von ihrem Hemd gerissen hatte.

Er war dabei nicht einmal erwacht, sondern hatte nur ein wenig geächzt, als sie ihn hinten auf den Wagen bugsiert hatte. Das beunruhigte sie. Während der langen Fahrt zur kleinen Bucht hatte er still dagelegen wie ein Toter.

Jetzt saß sie im Sand direkt vor ihm, die Brandung rauschte gleichförmig hinter ihr, und sie fasste Mut, als sie das stetige Heben und Senken seiner Brust sah. Sie hatte ihn an den Stamm einer Palme gelehnt und ihm die Arme auf den Rücken gebunden. Den Knebel hatte sie ihm abgenommen, denn sie ging davon aus, dass ihn hier draußen am verlassenen Strand sowieso niemand hören würde. Doch die Tatsache, dass er noch nicht erwacht war, begann ihr Gewissen ernsthaft zu plagen.

»Herr im Himmel, bitte, lass nicht zu, dass ich ihn umgebracht habe!«, flüsterte sie.

Wie zur Antwort auf ihr Gebet öffnete er langsam die Augen. Tausende von Gefühlen überschwemmten sie, als sie zusah, wie er allmählich zu Bewusstsein kam. Sie hatte ihn sehr vorsichtig gefesselt. Trotzdem ging sie etwas auf Abstand und prüfte, ob ihre Maske noch richtig saß – als seine Augen sich, wieder klar geworden, auf sie richteten.

»Gabriela. Warum?«

Sie dachte an tausend verschiedene Antworten, doch dann seufzte sie, weil es wohl keinen Sinn hatte, ihre Identität zu verleugnen. Jetzt würde sie St. Kitts verlassen müssen – vielleicht würde Bertie sogar gezwungen sein, den Laden zu schließen. Doch sie nahm an, dass das kein zu hoher Preis war für Kincaids Rettung.

»Ihr hättet Kincaid nicht verfolgen sollen«, sagte sie und zog das Tuch herunter, das ihr Gesicht verhüllte. Sie hoffte, dem ursprünglichen Plan so treu wie möglich bleiben zu können. »Wie Ihr seht, hat er viele Spione. Er weiß von Eurem Ansinnen, ihn mit der Patrouille zu fangen.«

Einen Augenblick lang wirkte er verwirrt. »Und was für ein Ansinnen soll das sein?«

»Spielt nicht den Unwissenden; Kincaid hat alles erfahren. Wie Ihr und Rucksingford seine häufigste Route entdeckt habt und plant, ihn dort abzufangen. Versteht Ihr denn nicht«, sagte sie fast flehend, »dass es sinnlos ist, gegen Kincaid vorzugehen?«

Diesmal machte er sich nicht die Mühe, seine Absichten zu verleugnen. Stattdessen murmelte er: »Ihr sprecht aus Erfahrung?« Seine Augen glitzerten im Mondlicht. »Habt Ihr versucht, Euch gegen ihn zu stellen, Gabriela?«

Seine Sanftheit überraschte sie. Ihr war nicht bewusst gewesen, dass die Gefühle in ihrer Stimme sie so deutlich verrieten. Doch die Mühen der Nacht hatten sie angegriffen – deshalb ihre Direktheit. »Ja«, sagte sie, froh, ihn wenigstens so viel von der Wahrheit wissen zu lasen. »Ich habe es versucht. Und bin gescheitert, ebenso wie Ihr.«

»Ich könnte Euch helfen«, sagte er leise und nachdrücklich. »Würde es auch gern tun.«

Sie schloss die Augen, die Finger immer noch an der Waffe. Am liebsten hätte sie geweint. Bei der Sympathie, die er ihr anbot, spürte sie, wie eine letzte Falle zuschnappte.

Mehr als zehn Jahre wartete sie nun schon auf die wahre Liebe – eine Liebe wie die ihrer Großeltern. Sie wusste, dass sie sich nicht mit weniger zufrieden geben würde. Doch was war, wenn die Liebe nicht auch von Freundlichkeit begleitet war, wie es wohl bei ihren Großeltern der Fall gewesen sein musste? Was, wenn sie nicht Soltans Gesicht über sich erkennen würde, der ihr Trost bot – in der Art, wie ihre Großmutter sich wohl in einen Sklaven verliebt hatte? Was, wenn es eine Kraft im Innern gab, die nicht mehr tat als zu sagen: *Dieser ist es!* Gut oder schlecht – dies ist der Mann, den du immer lieben wirst.

Sie legte die Waffe in den Sand. Auf Händen und Knien kroch sie die paar Schritte hinüber, die sie trennten. Als sie nah genug gekommen war, so nah, dass sie jene eindringlichen braunen Augen im Mondlicht erkennen konnte, jene unschuldig verstreuten Sommersprossen, strich sie ihm sein rotbraunes Haar aus der Stirn.

»Gabriela, ich will Euch helfen«, wiederholte er. »Was immer er Euch angedroht haben mag – ich kann Euch vor Kincaid beschützen.«

Gabby schloss seine Augen mit ihren Fingerspitzen. Es fiel ihr leichter, jetzt wo er nichts mehr sah, sich zu ihm vorzubeugen. Er schien zu verstehen und ließ die Augen zu, als sie den Mund senkte, um ihn zu küssen.

Er glich in nichts dem versengenden Kuss, den er ihr beim letzten Mal gegeben hatte. Diesmal war er zärtlich. Obwohl an den Baum gebunden, vermochte er immer noch eine Vielfalt von Gefühlen in seinen Kuss zu legen – dabei wurde ihr klar, dass ihre Vorahnung stimmte. Endlich hatte sie die wahre Liebe gefunden.

Sie unterdrückte ihre Tränen und wandte den Blick ab, hob

wieder das Tuch vor ihr Gesicht. Irgendwie fühlte sie sich sicherer hinter der Maske.

Für ihre Großmutter war es bestimmt auch nicht gerade bequem gewesen, einen Sklaven zu lieben, aber Maria hatte es trotzdem getan. Gabriela hatte immer auf ein ähnliches Schicksal gehofft – und jetzt schien es ganz so, als wäre das eingetreten. Sie hatte seine Ergebenheit in jenen seelenvollen braunen Augen gesehen, das Flehen in Felix' Kuss gespürt.

Zusammen mit ihrer Traurigkeit wuchs die Wut in ihrem Herzen. Dies war noch ein Glück, das Kincaid ihr verweigern würde. Denn egal wie sicher sie sich ihrer Liebe war, Kincaid, dieser verdammte Kerl, kam zuerst. Sie schuldete ihm zu viel.

»Ihr glaubt mir nicht«, hörte sie Felix flüstern, »sondern denkt, dass er mehr Macht hat als ich. Ihn habt Ihr gewählt«, fügte er noch hinzu, und seine Stimme wurde zornig.

Langsam ging Gabriela auf mehr Abstand. Sie nahm die Pistole wieder in die Hand und zielte auf Felix. »Und Ihr würdet mich nie verstehen! Diese Wahl ist mir vor langer Zeit abgenommen worden.«

14

Derweilen richtete Leydi ihre Waffe auf Quentin und versuchte, ihr Gefühl von drohendem Untergang nicht zu beachten.

Gemäß ihren Anweisungen lenkte Quentin den Wagen die mondbeschienene Straße hinunter. Schatten von Palmwedeln warfen Streifenmuster über Sitz und Lehnen. Die Luft war geschwängert von Meersalz und dem Duft der Orchideen. Eine unnatürliche Stille erfüllte die Nacht, wie das Schweigen im Dschungel, wenn ein Raubtier auf der Pirsch ist.

Leydi hielt die Pistole mit beiden Händen und versuchte, ihre übereifrige Fantasie zu bremsen. Sie beschwichtigte sich, dass alles gut gehen würde. Bis zu diesem Augenblick war nichts Unerwartetes vorgefallen. Nur Rucksingfords Willigkeit gab ihr das Gefühl, dass sie über die Planken ging, während das Meer unter ihr voller Haie war.

Er schien nicht zu den Männern zu gehören, die sich ohne Kampf ergaben.

Sie unterdrückte ein Seufzen. Wenigstens hatte er nicht erraten, wer sie war. Offensichtlich konnte er sich nicht vorstellen, dass seine Buchhalterin eine Heldentat wie eine Entführung vollbrachte.

»Wie lange kennt Ihr meine Maus schon?«, fragte er jetzt, als hätten ihre Gedanken ihn darauf gebracht.

Eine vorschnelle Antwort, die sie bestimmt bereuen würde, verkniff sich Leydi. Es war ihm gelungen, in einem einzigen Satz sowohl besitzergreifend als auch herablassend zu klingen.

Uneingeschüchtert hielt sie die Pistole fest und fragte sich, was Lady Constance wohl in ihrer Lage tun würde. Sie nahm an, die mutige Heroine des Abenteuerromans würde die Situation nutzen, um etwas Neues zu erfahren. Konnte sie es nicht ebenso machen?

Sie straffte die Schultern, wischte die Feder ihres Huts beiseite und zupfte an ihrem Degen, dessen Griff sie in die Seite zwickte. Rucksingford hatte zwar erraten, dass Leydianna Carstair etwas mit seiner Entführung zu tun hatte – aber er wusste nicht, inwieweit. Höchstwahrscheinlich würde sie heute Nacht St. Kitts verlassen müssen und nie mehr zurückkehren. Das machte ihr jedoch nichts aus. Vielleicht war sie sogar bereit, Elaine und Argus aufzugeben, ihnen ihr Geld zu lassen anstatt ihrer Person. Ihr Arbeitgeber, der Pirat, hatte durch die vergangenen acht Jahre ihre Loyalität verdient. Sie würde ihn nicht enttäuschen. Niemals.

Leydi knabberte an ihrer Unterlippe und richtete ihren Blick auf Quentin. Schatten tanzten auf seinem attraktiven Gesicht, ließen die markanten Flächen noch mehr hervortreten. Ja, wirklich.

Warum sollte sie nicht diese Gelegenheit nutzen, um ein wenig zu schnüffeln?

»Pah, Ihr habt ja keinen blassen Schimmer von Leydianna Carstair«, sagte sie in ihrem aufgesetzten Slang und war ziemlich stolz darauf, wie gut sie diese Täuschung hinbekam. »Ausgerechnet *sie* eine Maus zu nennen!« Sie verdrehte die Augen und schnaubte effektvoll, während sie den Kopf schüttelte, als fände sie allein den Gedanken lächerlich, eine solche Draufgängerin wie Leydianna Carstair mit Herablassung zu betrachten.

»Ach wirklich?«, sagte er, nach wie vor näselnd.

»Seid Ihr aufs Hirn gefallen? Sie arbeitet für Piraten. Die Bruderschaft der Küste. Das allein sollte Euch ein Licht aufstecken, aus welchem Holz sie geschnitzt ist.«

»Es eröffnet allerdings einige interessante Möglichkeiten.«

»Tja, Ihr habt sie wohl ziemlich unterschätzt, so wie's aussieht! Heartless Kincaid frisst ihr regelrecht aus der Hand.« *Manchmal.* »Und seine Männer folgen ihren Anweisungen wie denen vom Chef!« Wenn sie sie richtig formulierte und die richtigen Anreize gab. Ja, immerhin einmal hatten sie auf sie gehört. Vielleicht sogar zweimal. »Sie ist eine Anführerin.«

»Stell sich das mal einer vor«, sagte er mit genügend Erstaunen, um beleidigend zu klingen. »Und ich dachte die ganze Zeit, sie wäre nichts als eine Angsthäsin, die von ihrer Mutter unterdrückt wird und ihre Zeit mit Tagträumen verbringt.«

Leydi presste die Lippen aufeinander und keifte dann: »Tja, es gibt eben Leute, die sich von Äußerlichkeiten übertölpeln lassen. Aber es gibt auch solche, die über die Fassade hinaus nach einer tieferen Wahrheit suchen, nicht wahr?«

»Eine Piratin, die philosophische Sprüche von sich gibt?« Er schnalzte den Pferden zu und machte ganz den Eindruck, als amüsiere er sich bei einer Fahrt durch den St. James' Park, anstatt um sein Leben zu fürchten. »Kennt Ihr Descartes? Ich mag seine Schriften recht gern.«

»Sie hat eine Menge von Euch erzählt!« Leydi weigerte sich,

ihn die Oberhand gewinnen zu lassen, solange *sie* die Waffe in der Hand hielt. »Ja ja, das hat sie. Sie nennt Euch Lord Rücksichtslos!«

Sein Lachen klang tief, klar und erstaunlich nach Freude. Er sah hinunter auf Leydi. Das Haar hatte er sich nicht zurückgebunden, sodass es jetzt über seine Schultern hinunterfiel und im Mondlicht blauschwarz schimmerte. Sie hätte schwören können, dass in seinen mitternachtsblauen Augen ein fröhliches Glitzern lag. »Und das, wo ich gehofft hatte, sie würde von meinem umwerfenden Charme erzählen und davon, wie schwer es ihr fiel, meine verführerischen Avancen abzuweisen. Rücksichtslos?« Sein Mund hob sich zu einem Lächeln, das man im besten Falle als ›schmuck‹ bezeichnen konnte. »Aber es stimmt, ich kann ein ziemlicher Schuft sein.«

»Da habt Ihr allerdings Recht«, sagte Leydi und kam immer mehr in Schwung. »Sie hat da eine ziemlich üble Sache mit Eurem Vater erwähnt.«

Das ernüchterte seinen Gesichtsausdruck mit einem Schlag. Jetzt war es an Leydi, unter ihrer Maske zu lächeln, als sie noch hinzufügte: »Ich kann mir wirklich nicht vorstellen, wie man mit der eigenen Familie so umgehen mag. Kincaid ist auch nicht immer ein Heiliger, ja, aber trotzdem mein alter Herr. So schnell würde ich nix zwischen uns kommen lassen.«

»Hm! Ich kann gut nachvollziehen, dass Ihr ohne zu zögern seinem beispielhaften Vorbild folgt.« Sein Blick wanderte über ihre Piratenkleidung. »Vielleicht war es für mich nicht so verführerisch, in die Fußstapfen meines Vaters zu treten.«

»Tja, mag sein. Ich finde das Freibeuterleben herrlich«, schwärmte Leydi und näherte sich im Geiste ihrer Rolle. »Aber es ist mehr als nur das. Eine Familie, und selbst wenn es eine schlechte ist, kann ganz schön wertvoll sein.«

»Ihr fangt inzwischen wirklich an, wie die Maus zu klingen.«

Leydi wurde rot und merkte, dass sie zu viel gesagt hatte. »Wir sind uns in ein oder zwei Denkweisen ähnlich. Da lang«, sagte sie und wies von der Straße weg, wobei ihr Theater ihr kaum mehr gefiel. »Wir gehen das letzte Stück zu Fuß.«

Wortlos lenkte Quentin die Pferde zur Seite und bremste das Vehikel. Er hielt der Maus die Hand hin – was sie ignorierte; sie sprang allein in den sandigen Boden. Ihr Degen verlor endgültig den Halt an ihrem Gürtel und fiel klirrend zu Boden. Sie griff hastig danach, um ihn aufzuheben, bemühte sich angestrengt und mit Verrenkungen, das riesige Ding wieder an ihrer Seite zu befestigen.

Er konnte sich ein Lächeln nicht verkneifen; sie wirkte sowohl lächerlich als auch charmant bei ihren – schließlich erfolgreichen – Bemühungen, den Degen ordentlich unterzubringen, und ihren Flüchen über die ständig rutschende Straußenfeder. Quentin verschränkte die Arme und wartete darauf, dass sie ihre Verkleidung wieder unter Kontrolle bekam. Bisher hatte er acht Gelegenheiten gezählt, sie zu entwaffnen. Doch er stellte fest, dass ihm ihr kleines Abenteuer zu viel Spaß machte, um es allzu früh abzubrechen. Außerdem hatte er es wohl verdient, dass sie Vergeltung üben wollte. Die Maus sollte ihn getrost für ihre abgeschnittenen Haare bestrafen. Er machte sich keine allzu großen Sorgen. Sie hatte erwähnt, dass er bis zum Morgen wieder im Bett sein würde, und normalerweise hielt Leydianna ihr Wort.

Doch als sie ihm mit dem Lauf der Waffe bedeutete, in Richtung Strand zu gehen, hielt er ein paar Vorsichtsmaßnahmen für angebracht. Bevor die Maus ihre Falle zuschnappen lassen konnte – falls es eine gab.

Er tat, was ihm am einfachsten erschien: Er gab vor zu stolpern. Rudernd landete er im weichen Sand, gab einen überzeugenden Schmerzenslaut von sich und griff nach seinem Knöchel. Ganz wie erwartet, ging die Maus sofort neben ihm auf die Knie. Es war leicht, ihr die Waffe zu entwinden. Quentin warf sie zur Seite. Ein Schuss entlud sich ohne Schaden in den Sand. Nun fasste er nach Leydis Händen, zog sie hoch und drückte sie mit dem Rücken an eine Kokospalme.

»Ich glaube, wir haben lange genug gewartet«, flüsterte er. »Zumindest für das, was ich vorhabe.«

Noch bevor er recht wusste, worin eigentlich sein Vorhaben bestand, küsste er sie. Er stellte fest, dass er ihren süßen Atem köstlich fand, und sagte sich, dass dies vorläufig genug war. Jetzt müsste er sie loslassen – aber er schien sich nicht von ihrer Wärme trennen zu können. Er konnte sie nur weiter streicheln, die köstliche Essenz dieses Fräuleins mit Mund und Händen kennen lernen.

Als seine Lippen die ihren dazu überredeten, sich zu öffnen, begann er zu vermuten, dass er eigentlich wegen diesem Kuss die Entführung zugelassen hatte. Hier, wo der Mond und der weiche Sand lockten, konnte er endlich sein Gewissen loswerden und dem Verlangen nachgeben, das in seinem Innern glühte. Gegen seine Berührungen wehrte sich Leydi zuerst, erwiderte dann aber den Kuss.

Er begehrte sie. Oh ja, sehr sogar. Das Verlangen, sich an ihren köstlichen Körper zu drücken, der ihm durch die Verkleidung in all seiner weichen Pracht dargeboten wurde, war heftig. Überwältigend. Und in der Tat überraschend in seiner Dringlichkeit.

Dass er sich so sehr nach der Maus sehnte, hatte er nicht gewusst. Leydi hörte auf, ihn zu küssen. Sie wandte den Kopf zur Seite und versuchte, sich ihm zu entwinden. Aber sie war zu zierlich und einfach nicht stark genug. Ohne ihre Waffe kam sie sich neben ihm ziemlich machtlos vor.

Er versuchte immer wieder, sie mit seinen Lippen zu überzeugen, kümmerte sich nicht um ihre Fäuste, die auf seinen Rücken trommelten. Einen Augenblick lang beunruhigte ihn, dass da noch eine Gefahr lauerte, mit der er nicht gerechnet hatte. Ihre Waffe und den Degen war er schnell losgeworden. Doch was, wenn sie plötzlich weich wurde in seinen Armen und sein Angebot zur Liebe annahm? Was dann? Das berauschende Spiel ihres Körpers an dem seinen machte ihn doch etwas kopflos. Er ermahnte sich, sie nicht zu verletzen. Es war jetzt wirklich genug – und absolut Zeit, sich zurückzuziehen.

»Aber ich bitte Euch, Frau Piratin. Führe ich Euch denn nicht wenigstens etwas in Versuchung?«, flüsterte er und schürte das Feuer – ein paar fieberhafte Küsse waren doch gestattet, oder?

»Nein«, wehrte sie sich immer noch. »Lieber würde ich mich durch die Zuckerpresse drehen lassen!«

Um Himmels willen! Sie machte den Mund auf und holte tief Atem, denn ihr wurde klar, was für einen unglaublichen Fehler sie gemacht hatte. Soeben fiel ihr ein, dass sie genau so etwas erst vor ein paar Tagen als seine Buchhalterin gesagt hatte.

Ihr Versprecher brachte ihn wieder ein wenig zu Verstand. Als er diesmal ihre weiche Unterlippe kostete und sie vor Angst bibberte, spürte er, dass er sich unter Kontrolle bekam. Er umfasste ihre Wange mit der Handfläche. »Ich frage mich, warum mir das so bekannt vorkommt?«, flüsterte er und war froh, wieder im Spiel der Entführung zu sein.

Er nahm ihr den Hut mit der prächtigen Feder ab und warf ihn hoch. Er segelte durch die Luft und landete im Sand, während Quentin die Haarnadeln herauszog, die ihr kurzes Haar bändigten. Er hielt sie weiterhin zwischen dem Baum und seinem Körper fest und schob seine Finger durch ihre Locken, die die Farbe von dunklem Honig hatten, erlaubte sich dieses letzte Vergnügen. Ihr Haar fühlte sich weich an und unwiderstehlich. Wie die ganze Frau. »Ich finde Eure Abneigung mir gegenüber extrem beleidigend, Madam!«

Sie wehrte sich nicht gegen seine sanften, neckenden Küsse, obwohl sie sich anspannte wie ein Kaninchen, das auf die erste beste Gelegenheit zur Flucht wartet. Er nahm ihr mangelndes Entgegenkommen als Herausforderung. Einen wilden Augenblick lang dachte er sogar daran, sie sich einfach gefügig zu machen.

Quentin streichelte ihre Wange mit den Lippen, bemühte sich unter Schwierigkeiten, seine Berührung ganz leicht sein zu lassen. Er strich über ihren köstlichen Mundwinkel, überlegte, ob er sie mit süßen kleinen Zungenschlägen in Versuchung führen sollte. »Was schwebte Euch also vor, mein Herz? Ein heimliches Rendezvous?« Der Kuss, der folgte, war wieder weniger beherrscht. »Kohorten, die am Strand warten?« Das Streicheln seiner Lippen über ihre volle Unterlippe sollte sie dazu verführen, eine tiefere Berührung zu begehren. »Oder hattet Ihr vor, meine einzige Bedrohung darzustellen?«, flüsterte er, denn er wusste instinktiv, dass sie nichts unversucht gelassen hätte. Die arme, kleine, harmlose Maus. »Wann hätten Eure Komplizen auftreten sollen, könnt Ihr mir das sagen?«

»Durchaus – genau in diesem Augenblick wäre absolut ideal«, meinte sie atemlos.

Lachend hielt er inne. Sie spähte über seine Schulter. Die feinen Haare in seinem Nacken sträubten sich. Einen Moment lang vergaß er seine Küsse. Entweder bluffte sie unwahrscheinlich geschickt, oder jemand stand direkt hinter ihm.

Ihr Blick hob sich im Mondlicht zu dem seinen. Ihre wunderschönen grauen Augen hinter der Maske schimmerten. Ein Lächeln erblühte auf ihrem Mund und ließ weiße, gleichmäßige Zähne sehen. Und dann drückte sich der Lauf einer Waffe in seine Wirbelsäule.

»Zwei Schritte zurück, räudiger Hund«, hörte er eine schwere Stimme knurren. »Und dann langsam umdrehen! Ich schieße Leute ungern in den Rücken.«

Die Maus wartete nicht ab, bis er die Anweisung befolgte, sondern entglitt seinem Griff. Quentin drehte sich mit ausgestreckten Händen um, um zu zeigen, dass er sich ergab. Leydi stellte sich neben einen größeren Piraten, der nur ein Tuch als Maske trug. Doch aus der Stimme und der Figur erkannte Quentin, dass auch dies eine Frau war.

Ihm wurde seine Fehlbeurteilung sofort klar. Er freute sich diebisch, als er erkannte, wie sehr er die Maus unterschätzt hatte. Wirklich seltsam. Obwohl er viele Risiken einging, täuschte er sich nur selten. Er hatte sich wirklich nicht vorstellen können, dass noch jemand anders in ihrem unglaublichen Plan mitspielte, ihn mitten in der Nacht aus seinem Bett zu entführen – und jetzt schaute er in den Lauf der sehr wirklichen Pistole der Komplizin.

»Keinen Schritt weiter, Freund«, sagte die Person mit der Wollmütze.

»Werdet Ihr zulassen, dass sie mich erschießt, Maus?«, fragte er, die Augen nur auf Leydi gerichtet. Er machte einen Schritt auf die beiden Frauen zu, sein letzter Schachzug. Quentin prüfte ihr Mitgefühl, von dem er wusste, dass sie es besaß – ihre Sanftmut, die ihm erst vor ein paar Minuten erlaubt hatte, sie zu entwaffnen. Bei seinem nächsten Schritt sah er dankbar, dass beide Frauen eher zurückwichen, anstatt ihn zu erschießen.

»Seid kein Dummkopf«, rief die größere Piratin. Aber ihre Stimme zitterte genauso wie die Hand mit der Waffe. Quentin senkte die Arme und ging weiter langsam vorwärts. Noch bevor die Piratin den Abzug betätigen konnte, fiel ihr Leydi in den Arm und schob die Waffe zur Seite.

»Das dachte ich mir doch«, sagte er ruhig mit einem Lächeln.

»Vielleicht werden Euch die Mädchen nicht erschießen«, schrie eine Männerstimme hinter ihm, in deren tiefem Baß ein eindeutig schottischer Akzent lag. »Aber es sollte Euch klar sein, Sir, dass ich keinen Atemzug lang zögern würde.«

Die Gesichter der beiden Frauen wirkten überrascht. Ein kalter Kloß bildete sich in Quentins Magen, und er begriff, dass er jetzt wirklich in Schwierigkeiten war. Die beiden Piratinnen liefen an ihm vorüber auf die andere Stimme zu. Quentin drehte sich langsam um, die Hände hoch erhoben.

Eine ganze Gruppe von Piraten stand ihm gegenüber, Pistolen vor die Brust haltend, Degen und Messer an den Seiten. Sie wurden von einer mächtigen Gestalt angeführt, einem Mann, der einen eindrucksvollen rotgrauen Bart sein eigen nannte. In der Menge der Banditen war Bishop. Einer der Kerle bedrohte ihn mit einer Pistole.

Leydi lief dem rotbärtigen Piraten mit einer Vertrautheit in die

Arme, die das Blut in Quentins Adern zur Weißglut brachte. War das Kincaid? Der Böse, der sein Gesicht in den vergangenen zehn Jahren nicht hatte sehen lassen, zeigte sich jetzt? Beinah nüchtern registrierte er seine Eifersucht. Er unterdrückte das Gefühl und konzentrierte sich auf den Gedanken, wie zum Teufel er lebendig aus dieser Situation herauskommen sollte.

Inzwischen umarmte Leydi Cy und genoss den vertrauten Duft seines Pfeifentabaks. »Gott sei Dank, dass ihr da seid«, flüsterte sie und dachte, jetzt werde bestimmt alles gut.

»Bist du wirklich froh darüber?« Cy schob sie auf Armeslänge von sich. »Aus dem Brief zu schließen, den ich bekommen habe, hätte ich das nicht gedacht. Darauf stand ›Alte Stadtstraße‹, wenn der Viertelmond hoch am Himmel steht. Nach meinen Berechnungen war das vor ungefähr zwei Stunden.« Er sah Gabby scharf an. »Und den Brief hatte deine Mutter unterschrieben, obwohl ich langsam anfange, mich zu fragen, wie echt die Unterschrift wohl war. Gerade suchte ich den Strand ab, als ich über dieses nette Bündel Kokosnüsse gestolpert bin.« Er deutete mit dem Kopf Richtung Leutnant Bishop. »Ihr zwei gebt ja einen feinen Anblick ab«, fuhr er fort und starrte ihre Kostüme an, griff nach einer Locke von Leydis kurzem Haar und schüttelte den Kopf.

»In dem Brief stand, ihr solltet auf mich warten«, flüsterte Gabriela hart, aber so, dass es nur Leydi und Cy hören konnten. »Und wo ist das Schiff? Ich hatte doch gebeten …«

»Ja, ja, dass ich großartig im Mondlicht die schwarze Flagge vom Bugspriet wehen lasse. Herr im Himmel, Mädel! Wir hatten es sowieso schon schwer genug, der Patrouille auszuweichen, um hier ankern zu können. Hast du keinen Verstand? Und jetzt halt mal die Luft an und sag mir lieber, was hier eigentlich los ist.«

Doch Gabrielas Blick war auf Bishop gerichtet. Nur einen Steinwurf entfernt hielten ihn Jack und Randy zwischen sich fest, und Jack drückte ihm dabei eine Pistole zwischen die Rippen. Leydis Erleichterung angesichts von Cys so passendem Erscheinen schwand nun bei diesen entschlossenen Mienen. Kincaids Männer sahen alles andere als friedfertig aus.

Leydi zermarterte sich das Hirn, wie sie am besten das Thema von Quentin, Bishop und ihren Plänen für Kincaid ansprechen sollte – ohne Cy dabei auf die Idee zu bringen, die beiden Männer sofort an die Fische zu verfüttern. Das schwindende Licht des Mondes warf Schatten auf die Gesichter von Kincaids Männern und brachte Messerschnittnarben zum Vorschein, schimmerte auf Waffenläufen und Klingen. Leydi runzelte die Stirn. Im Laufe der Jahre hatte sie alle diese Kerle als Freunde kennen gelernt. Doch durch irgendeinen Trick des Mondlichts wirkten ihre verwegenen Gesichter und wirren Bärte jetzt eher wild als freundlich.

»Also gut, Freunde«, ordnete Cy an. »Verfrachtet die beiden ins Boot! Wir bringen sie zur *Fortune* und entscheiden dort, was wir mit ihnen machen.«

»Das wird absolut nicht nötig sein.« Leydi stellte sich vor Cy. Sie sagte sich, dass sie es irgendwie hinbekommen musste, die Sache wieder in die vorgesehene Richtung zu lenken und dazu Cy und den Männern eine glaubwürdige Geschichte zu erzählen. Sie musste ihnen zu verstehen geben, dass Quentin und der Leutnant ihre Lektion schon gelernt hatten und sie in Zukunft Kincaid in Ruhe lassen würden.

Sie fuhr sich mit der Zunge über die Lippen, erkannte, wie besorgt Gabriela aussah. »Diese Herren sind unsere Gefangenen«, fing sie an. Sie versuchte es mit einem Lächeln, das niemand erwiderte. Randy drehte bereits in einer Hand ein Messer und prüfte immer wieder mit dem Daumen, wie scharf die Klinge war. »Gabby und ich hatten nur vor, ihnen ein paar Grundsätze zu erklären. Es wäre vielleicht das Beste, wenn ihr sie für uns gefesselt lassen würdet und zum Schiff zurückrudert. Gabby und ich erledigen dann schon den Rest.«

»Ja, klar, Kleines, natürlich tust du das«, sagte Cy und rührte sich nicht von der Stelle.

»Wir haben jetzt alles im Griff«, mischte Gabby sich ein und schob Leydi zur Seite. »Also macht euch auf den Weg, bevor ihr uns Schwierigkeiten bereitet.«

Leydi ächzte und wünschte, Gabby würde sich ein wenig diplomatischer ausdrücken. Sie schickte sich gerade an, noch etwas zu verkünden; da schloss sie den Mund schnell wieder, denn sie hörte deutlich das Donnern von Pferdehufen und einen Wagen über das Rauschen der Brandung hinweg. Sie drehte sich um und gab sich Mühe, etwas zu erkennen.

Über dem Rand der Sanddüne kam ein offener Zweisitzer mit Pferden davor schwungvoll zum Stehen. Im Mondlicht konnte sie nur Berties Kopf mit dem Turban darauf erkennen. Die Dame stand auf der kurzen Stufe des zweirädrigen Wagens und winkte mit beiden Armen wie ein Matrose, der Land sichtet. Sie rief: »*Basta, meninas! Meu Deus*!«

»Der Herr stehe uns bei«, sagte Cy und sah zu, wie Bertie vom Wagen sprang, und zwar in Hughs geöffnete Arme. »Die haben uns gerade noch gefehlt.«

Mit flatternden Röcken stolperte Bertie das steile Ufer hinunter auf Gabriela zu. In einer wilden Diskussion aus hitzigem Portugiesisch begannen Mutter und Tochter sich zu unterhalten. Trotz der fremden Sprache ließ Berties heftiges Gestikulieren kaum Zweifel daran, dass sie ihrer Tochter eine gründliche Standpauke hielt.

Cy trat zwischen die beiden und schob Mutter und Tochter auseinander. »Sprecht Englisch, um Himmels willen!«

»Das hier sind die Männer, vor denen ich euch in meinem Brief gewarnt habe. Sie sind hinter Kincaid her«, sagte Bertie atemlos und wies auf die ein paar Meter entfernt stehenden Gefangenen Quentin und Leutnant Bishop wie ein Staatsanwalt, der auf die Angeklagten zeigt. »*Und diese beiden … idiotas*«, sagte sie, indem sie wieder auf Leydi und Gabby zurückkam, »haben in Basse Terre Männer angeheuert, die sich als Piraten ausgeben und die beiden entführen sollten. Sie wollten ihnen Angst machen, damit sie Kincaid in Ruhe lassen. Doch die Männer, die Gabriela bezahlt hat, waren klug genug ...«

»Mutter!«

»Sie haben das Geld genommen und lachend jedem, der es hören wollte, von Gabrielas Schnapsidee erzählt. Und nun stelle ich fest, dass die Mädchen hier die Piraten spielen ...« Sie entdeckte jetzt erst Leydis kurzes Haar und schnappte nach Luft. »*Mãe de Deus*, sie schneidet sich die Haare ab, um wie ein Seeräuber auszusehen! *Que crime*!« Kopfschüttelnd fuhr sie mit den Fingern durch die kurzen Locken. »Ein Verbrechen! Und was tut ihr eigentlich hier?«, fragte sie und sah auf, wobei sie sich gerade so viel beruhigte, um zu bemerken, dass Cys Gegenwart eigentlich unerwartet war. Sie sah sich um, nahm auf einmal Cys Männer, die sie umstanden, wahr und wirkte endgültig ratlos. »Was habt ihr denn hier verloren?«

»Oh, ich habe eine ganz besondere Nachricht bekommen, Bertland, meine Liebe«, sagte Cy und betrachtete Gabriela und Leydi finster. »Doch dort wurden diese beiden Herren nicht erwähnt – nur dass es unbedingt notwendig wäre herzukommen – ich und die *Fortune*.«

Leydi zog Cy am Arm, um seine Aufmerksamkeit auf sich zu lenken. »Unser Plan kann immer noch funktionieren«, flüsterte sie hitzig. Sie deutete auf ihre Halbmaske. »Sie wissen nicht, wer wir sind«, log sie, obwohl sie inzwischen allerdings vermutete, dass Quentin mittlerweile im Bilde war – dass dieses Wissen ihn aber in den Augen der Piraten unweigerlich verurteilen würde. »Fesselt sie nur einfach und lasst sie hier zurück! Jetzt wissen sie, wie Kincaid mit Leuten umgeht, die ihm in die Quere kommen – und sie werden nicht mehr so eifrig bemüht sein, ihn herauszufordern. Im Gegenteil, jeder vernünftige Mensch kann verstehen ...«

»Sei still, Mädchen. Ich muss nachdenken!«

»Lasst sie hier, überlasst sie uns«, beharrte Leydi und senkte ihre Stimme so weit, dass die beiden sie sicher nicht hören konnten. »An Bord des Schiffes werden sie nur Ärger machen. Bertie kann sogar behaupten, sie hätte sie befreit. Ja, sie könnte jetzt um ihr Leben betteln und damit zur Heldin werden.«

»Leydi hat Recht«, kam ihr Gabby zu Hilfe und trat hinter Cy. »Es gibt keine andere Möglichkeit.«

»Und wer, zum Teufel, ist der da?«, rief Cy und betrachtete Hugh, der unbekümmert der ganzen Unterhaltung zugehört hatte, wobei seine Augen jeden Moment größer wurden.

»Er ist nicht von Bedeutung«, sagte Bertie und trat vor, wobei sie mit einer Hand wedelte, als verscheuche sie eine Fliege.

»Bertie, Liebste«, protestierte Hugh. »Vor nur ein paar Tagen hast du noch gesagt, ich wäre das Licht deiner Seele. Kannst du denn so schnell vergessen, was uns verbindet?«

Mit glühendem Blick wandte Bertie sich zu Hugh um. »Damals wusste ich noch nicht, wie viel dich auch noch mit anderen verbindet, Hugh. Und du brauchst auch nicht einen Augenblick lang zu glauben, dass deine Hilfe mich das vergessen lässt! Wie konntest du es außerdem wagen, meine Tochter zu benutzen, um dir Einlass in mein Haus zu verschaffen? Ich sollte Cy bitten, dich auch mitzunehmen, damit er dir die eine oder andere Lektion erteilt!«

Leydi schüttelte den Kopf, denn ihr gefiel die Richtung überhaupt nicht, die das Gespräch nahm. Gerade wollte sie unterbrechen, als Kanonendonner die stille Nacht zerriss. Die Gruppe aus Piraten und Gefangenen wandte sich dem Strand zu. Ein zweiter Schuss krachte.

Cy flüsterte tonlos: »Die Patrouille!«

Eine andere Kanone ging wie als Antwort darauf los. Das Krachen traf Leydis Herz, als wenn es direkt darauf gezielt hätte.

»Und wenn ich mich nicht irre«, sagte Cy, »ist das die *Fortune*, die antwortet.«

Quentin entzog dem Mann, der ihn hielt, seine Arme. Er trat zu Leydi und riss ihr die Maske vom Gesicht. »Was, zum Teufel, ist hier los, Maus?«

Noch ein Kanonenschuss ging los, wieder einer. Das Getöse zerstörte all ihre Träume und Pläne. Es herrschte ein einziges Durcheinander. Alles war verloren. Hier handelte es sich nicht mehr um ein harmloses Theater – in der Tat hatte sie die Kontrolle über ihr Abenteuer verloren.

Die Männer ergriffen Quentin von hinten. Sie stießen ihn an Leydi vorbei zum Strand hinunter, wo zwei Boote warteten.

»Habe ich Euch falsch eingeschätzt, Maus?«, rief er nach hinten zurück, als seine Bewacher ihn grob an beiden Armen packten und den Strand hinunterzerrten.

Der Mond beleuchtete Quentin wie eine Fackel, die einen Schauspieler auf der Bühne zum großen Finale anstrahlt. Der Klang seiner Stimme schnitt ihr ins Herz. Obwohl es ihr bisher nicht aufgefallen war, hatte sich der Name, den er ihr verliehen hatte, zum Kosenamen entwickelt, der überhaupt nicht mehr danach klang, als wolle er sie ärgern.

»Werdet Ihr zulassen, dass sie mich mitnehmen?«, beschwor er Leydi, als sie ihn weiterschoben.

Und weil sie wusste, dass es keine Möglichkeit gab, die Männer daran zu hindern, flüsterte sie einfach nur: »Ja.«

Quentin lehnte sich zurück an das feuchte Holz einer Kiste, auf der ›Munition – Kugeln‹ stand, und sah zu, wie Leutnant Felix Bishop im engen Lagerraum der *Fortune* auf und ab ging. In dem muffigen Raum stank es nach Tran. Er war erhellt vom schwachen Schimmer einer einfachen, rauchenden Öllampe und voll gestellt mit seltsamen Kisten und Fässern, Seilrollen und auseinander genommenen Waffen – es war kalt und eng wie in einem Kerker. Der Franzose namens Hugh Piton saß auf einem aufgerollten Hanfseil und murmelte zur Begleitung von Leutnant Bishops Stiefelschritten leise vor sich hin.

Seine Lordschaft schaute kurz zu dem Franzosen hinüber, der vor sich hin nickte, als wäre er in ein stummes Gespräch vertieft, in dem er auch mit den Händen gestikulierte. Quentin schüttelte den Kopf. Er schätzte, dass die Kanonen der *Fortune* inzwischen schon seit einer Stunde nicht mehr abgefeuert worden waren. Kincaids Schiff war der Patrouille ohne große Mühe entkommen.

»Wie könnt Ihr einfach herumsitzen?«, fuhr ihn Leutnant Bishop an, »mit nichts als diesem … diesem Grinsen auf den Lippen! Wir sind Gefangene des größten Metzgers der sieben Weltmeere, Herrgott noch mal, und das lasst Ihr Euch einfach so gefallen?«

»Metzger?«, fragte Quentin dagegen, streckte ein Bein aus und stützte den Ellenbogen auf das gebeugte Knie des anderen. »Ihr sprecht von Kincaid – nicht von Blackbeard! Drei meiner Schiffe hatten die Ehre, von seinen Männern überfallen zu werden, ohne dass auch nur eine einzige Kugel abgefeuert wurde. Der Schuft mag mich bis aufs letzte Hemd ausrauben, aber für einen Piraten hat er wirklich Zurückhaltung bewiesen. Abgesehen davon hörte ich einen der Männer von Lösegeld reden. Ich stelle mir vor, wenn das erst bezahlt ist, sind wir alle schnell wieder auf dem Heimweg.«

»Sein Ruf …«

»Meiner Erfahrung nach kann der Ruf eines Mannes extrem übertrieben sein«, antwortete Quentin und dachte an das Getuschel um seine eigene Vergangenheit. »Ihr habt doch gehört, dass Kincaid draußen auf dem Pazifik ist und bis zum Ende der Saison nicht zurückerwartet wird. Bis dahin sind wir längst ganz woanders. Macht die Sache nicht schlimmer, als sie ist, mein Freund!«

Felix starrte Quentin durch den Rauch der Lampe blinzelnd an, als wäre dem gerade ein zweiter Kopf gewachsen. »Ich glaube nicht, dass ich übertreibe. Wenn ich mich nicht irre, sind wir auf dem Weg zu irgendeinem Piratenversteck und der Gnade dieser Männer ausgeliefert – bis Kincaid auftaucht und beschließt, wie er sich dessen, was von uns dann noch übrig ist, am besten entledigt.«

Ein panisches Stöhnen ertönte von dem Franzosen.

Quentin hätte beinah gelacht. Er konnte kaum glauben, was hier geschah. Die ganze Situation war eine Farce. Eben noch hatte er jede seiner Fantasien mit Leydianna erfüllt gesehen, und im nächsten Moment saß er im Laderaum eines Piratenschiffes gefangen. Von einer Maus geschnappt.

»Ich teile Eure Ängste nicht«, erklärte er den Leidensgefährten. »Klingende, harte Münze wird unseren Weg in die Freiheit pflastern. Das, und vielleicht noch ein paar andere Dinge.«

Er sah immer wieder das Gesicht der Maus vor sich, als sie mit dem Burschen verhandelte, der sich höflich als Kincaids zweiter Mann vorgestellt hatte. Der Rotbart hatte ihr sehr genau zugehört. Aus Gründen, die Quentin nicht wirklich durchschaute, besaß Leydianna tatsächlich einen gewissen Einfluss auf jene Leute.

»Ich würde wetten, dass wir eher den Frauen der Piraten ausgeliefert sind.« Er grinste noch einmal zu Bishop hinüber. »Und ich glaube, dadurch sollten wir diese ganze Entführung wirklich in einem völlig anderen Licht sehen.«

Felix schüttelte den Kopf. »Ihr kennt Kincaid nicht. Er wird weder auf Gabriela noch auf Eure Freundin hören.«

»Vielleicht doch«, flüsterte Hugh Piton aus seiner Ecke, und das war das erste Zeichen von mehr als nur purer Verzweiflung vonseiten des Franzosen. »Die Frauen haben sich eindeutig für unsere Freilassung eingesetzt.« Und dann runzelte er die Stirn, und sein Gesichtsausdruck verschloss sich wieder. »Ich meine, *Eure* Frauen haben sich für *Eure* Freilassung eingesetzt.« Seine Hand hob sich zu seinem Kragen. Er zupfte an dem Tuch, das er sich um den Hals gebunden hatte. »Bertie hat sie ja förmlich gebeten, mich auch mitzunehmen.«

»Ganz recht.« Quentin faltete die Hände hinter dem Kopf und lehnte sich zurück. »Die Frauen sind für diese Situation verantwortlich. Und ich würde eine Menge Geld darauf verwetten, dass wir auch wieder ziemlich ungeschoren aus der Sache herauskommen. Und was den ganzen Ablauf betrifft, gebe ich mir selbst die Schuld.« Er kicherte leise. »Sieht ganz so aus, als säße ich in meiner eigenen Mausefalle!«

Felix schüttelte den Kopf, denn er konnte immer noch nicht glauben, auf was für eine leichte Schulter Quentin ihre Lage nahm. Er hatte immer gedacht, dass Rucksingford vor allem Nüchternheit besaß. »Und warum seid Ihr hier?«, fragte er den Franzosen.

Der Jüngere, der nur wenig über zwanzig sein konnte, schüttelte den Kopf. »Wegen einer verärgerten Frau.« Er zuckte in einer sehr französischen Geste der Niederlage mit den Schultern. »*Sacrebleu*!« Ich kann immer noch nicht glauben, dass die Liebe meines Lebens, die Frau, deren Stimme die Musik meiner Seele ist, mich … mich …«, er sah sich in dem düsteren Raum um, »hierher gebracht hat.«

Quentin betrachtete die beiden mitgenommenen Männer. Das Hemd des Leutnants war an der Schulter zerrissen. Um seinen Kopf wand sich eine zerfetzte Binde mit braunen Flecken von getrocknetem Blut. Der Franzose war unrasiert und stank nach Rum. Sie gaben einen bemitleidenswerten Anblick ab. Doch dann kehrten seine Gedanken zu jenem letzten Kuss im Mondlicht zurück, und er seufzte. Ihr Lavendelduft lag ihm immer noch in der Nase.

Selbst wenn es ihn eine ordentliche Kiste Gold kosten sollte, freute er sich, diese Unternehmung seiner braven Buchhalterin erlebt zu haben. Er hatte sich an jenem mondbeschienenen Strand wirklich amüsiert, bevor die Lage ihnen entglitten war. Jetzt sah sie mit ihren kurz geschorenen Locken nicht mehr aus wie ein Opfer. Und selbst in der lächerlichen Piratenkleidung hatte sie ihn eher an Johanna von Orleans als Anführerin ihrer Truppen erinnert, wie sie mit Kincaids Männern um seine Freilassung feilschte. Langsam dämmerte es ihm, dass sie doch kein so langweiliges Leben führte.

Bequem lehnte er sich an die feuchte Kiste hinter seinem Rücken. Schon bald würde er erklären, dass es keinen Plan und keine Strategie gegeben hatte, um Kincaid zu fangen. Es war alles nur ein Spiel zwischen ihm und der Maus gewesen. Die Seeräuber würden eine Lösegeldforderung an Stevenson schicken, der sie ohne weitere Fragen auslösen würde, und damit wäre dieses charmante Abenteuer zu Ende. Leider – zum ersten Mal wurde ihm klar, dass er seine Maus vermissen würde.

Er fragte sich, was das seltsame Gefühl von Erleichterung bedeuten mochte, das er jetzt verspürte. Natürlich waren sie, wie Bishop es so hitzig ausgedrückt hatte, der Gnade von Piraten ausgeliefert. Und doch umfing ihn nun eine Art Ruhe, als wenn – endlich – ausgeglichen wäre, was er mit dem Senden jener Kämme angerichtet hatte.

Aber vielleicht fühlte er sich auch nur sicher hier. Vielleicht glaubte er, dass Clarices Geist ihn hier in diesem dunklen Loch nicht erreichen konnte.

Angesichts seiner blühenden Fantasie lachte er leise. Es hatte den Anschein, als hätte er sich zu lange in seinem Empfangssalon eingeschlossen und dort über im Grunde unbedeutende Investitionen nachgedacht – wenn ihn dann eine Entführung glatt in Hochstimmung versetzte. Es freute ihn regelrecht, dass in den nächsten Tagen ihn keine Nachricht des Grafen erreichen würde, die er nicht haben wollte. Sein Lächeln wurde breiter. Bis Stevenson das Lösegeld zusammen hatte, das die Piraten verlangten, wäre der Graf vielleicht schon nach England zurückgekehrt.

»Ich glaube, Euer Optimismus ist ungerechtfertigt«, mäkelte Bishop, und Schatten spielten auf seinem Gesicht. »Ich kann mir nicht vorstellen, was uns am Ende dieser Fahrt erwartet, aber gemütlich wird es nicht werden. Kincaid hat schon andere beseitigt. Ich bete nur zu meinem Schutzengel, dass wir nicht seine nächsten Opfer sind.«

Dritter Teil

Tote Männer reden nicht

15

Devil's Gate, das Inselversteck von Daniel Kincaid

Leydis Schuhe klapperten auf dem Parkett, als sie hin- und herging. Sie starrte ihre Schuhspitzen an und knabberte an einem Fingernagel, während die Morgensonne den Holzboden beleuchtete. Der Salon der Lady Consuelo war so, wie ihn sich eine elegante Frau nur wünschen mochte. Es gab eine japanische Kommode, ein Paar indigoblaue Mohairsessel, in denen jetzt Gabriela und ihre Mutter saßen, und ein riesiger Spiegel in einem goldenen Rahmen prangte über einem Tisch mit Marmorplatte, wobei er die Illusion von Raum erzeugte. Die großzügigen Fenster – es waren vier dreiflügelige Scheiben – erlaubten den Passatwinden hereinzuwehen und die tropische Hitze etwas abzukühlen.

Doch die angenehme Brise, die Leydis Härchen im Nacken unter ihrer Haube bewegte, kühlte ihre heißen Sorgen kaum. Ihre Angst um Quentin, der jetzt im Gefängnis der kleinen Siedlung eingesperrt war, fühlte sich an wie ein Fieber, das nur durch ständige Bewegung zu senken war. Immer und immer wieder dachte sie daran, wie er über den Lärm der Brandung hinweg ihren Namen gerufen hatte. *Werdet Ihr zulassen, dass sie mich mitnehmen?*

Sie warf Gabriela einen Blick zu. Ihre Freundin trug ein cremefarbenes, besticktes Seidenkleid, das ihrer Haut einen warmen Schimmer verlieh, der nicht so recht zu den dunklen Ringen unter ihren Augen passte. Gabbys stark gerunzelte Stirn und die feinen Fältchen über ihrem Nasenrücken bewiesen, dass auch sie unter der Last ihrer unfreiwilligen Entführung litt. Gabby, die in der Nähe eines kleinen Seitentischchens saß, schubste ab und zu das Planetarium an und sah dann abwesend zu, wie sich Sonne, Mond und Planeten umeinander drehten.

Jetzt griff Leydi nach ihrem Zopf – doch ihre Finger kneteten nur den braunen Stoff ihres Kleides. Fast eine Woche war vergangen, seit ihre Mutter die Schere eingesetzt hatte, doch immer noch griff sie suchend nach ihrem Zopf, wie ein Soldat nach einem Körperteil sucht, den er in der Schlacht verloren hat.

Habe ich dich falsch eingeschätzt, Maus?

Sie schloss die Augen. Herr im Himmel, der Mann fing an, sie nachgerade zu verfolgen.

Suchend sah sie durch den sonnenbeschienenen Raum zu Consuelo hinüber. Kincaids Lady saß im Lehnstuhl, auf dem Schoß vor sich einen Stickrahmen. Wie immer trug sie Schwarz – eine Farbe, die sie zu tragen geschworen hatte, bis der dicke Händler, den die Kirche ihren Ehemann nannte, starb und sie Kincaid heiraten konnte. An ihrem Ohr hing Kincaids goldener Ohrring und dahinter ein flach geschliffener Smaragd. Leydi suchte im Stillen nach einer Möglichkeit, Consuelo irgendwie auf ihre Seite zu bringen – aber ihr fiel keine ein, die besser gewesen wäre als jene anderen zwei Dutzend, die sie seit ihrer Ankunft auf Devil's Gate vor zwei Tagen schon vorgebracht hatte.

Leydi hob beide Hände verzweifelt und ging schneller. »Du verstehst einfach nicht, Consuelo! Wir wollten sie ja nicht *wirklich* entführen!«

»Setz dich, Leydianna«, sagte Consuelo, den Blick weiter auf den Stickrahmen gerichtet. »Es wird einem ganz schwindlig, wenn du so auf und ab gehst. Du erinnerst mich einfach zu sehr an Kincaid. Und du weißt, wie sehr ich ihn vermisse.«

Aber Leydi konnte nicht still sitzen. Immer wieder stand ihr Quentins vorwurfsvoller Gesichtsausdruck vor Augen, mit dem er sie durch die Stäbe an der Zellentür ansah. Sollten Bertie und Consuelo ruhig in ihren Sesseln sitzen und so tun, als hätten sie immer das Gefängnis voller Männer, die auf Kincaids Urteil warteten. Und sollte Gabriela ruhig vor sich hin träumen und mit dem Planetarium spielen.

Nach ihrer Einschätzung der Lage hatte Leydi guten Grund, auf und ab zu marschieren. Drei Tage waren vergangen, seit sie ihre misslungene Entführung in St. Kitts hinter sich hatten. Und es war Leydi absolut nicht gelungen, Cy davon zu überzeugen, dass Quentin und die anderen Männer freigelassen werden sollten.

»Himmel, ich werde mir nie wieder irgendein Abenteuer wünschen«, schwor sie, als sie zum wiederholten Mal durchs Zimmer wanderte. »Warum nur will Cy nicht vernünftig werden?«

»*Mi cielo*«, sagte Consuelo sanft wie immer. »Cy *ist* doch vernünftig. Diese Männer sind eine Bedrohung für Kincaid. Man muss sie hier behalten, bis Kincaid entscheidet, ob sie freigelassen werden sollen.«

Leydis brauner Rock legte sich eng um ihre Knöchel, als sie sich mit einem Ruck umdrehte und Consuelo ansah. Die Angst steckte ihr in der Kehle wie eine giftige Frucht. Wenn sie Consuelo nicht dazu überreden konnte, Quentin freizulassen, hatte sie keinerlei Chance, den noch stureren Cy umzustimmen.

»Die beiden sind wackere Männer, die in St. Kitts Familie haben.« Das Bild von Quentins Vater, dessen Schultern vom Weinen erschüttert wurden, tanzte ihr vor den Augen wie ein Gespenst. Hatte sie jetzt jede Möglichkeit auf eine Wiedervereinigung vereitelt?

Mit drei Schritten stand Leydi vor Consuelo. Sie ließ sich neben dem Sessel der Lady auf die Knie sinken, nicht zu stolz zum Bitten. Flehentlich drückte sie Consuelos Hände und dachte daran, dass dies eine Frau war, die sie beinah als Mutter betrachtete. Ganz sicher würde Consuelo sie verstehen.

»Wir brauchen doch nicht mehr als ihr Versprechen, Kincaid in Ruhe zu lassen«, flüsterte Leydi. »Und dann kann jemand sie zurückbringen nach Dominica oder irgendeiner anderen Insel. Bitte. Sprich mit Cy«, flehte sie. »Auf dich wird er hören.«

In den ruhigen, dunklen, erdbraunen Augen glimmte nicht ein

Funken von Mitleid. Nicht für Quentin. Und ganz sicher nicht für den Leutnant oder den chaotischen Hugh.

»*Mi cielo*«, sagte Consuelo sanft. »Sei doch nicht so naiv.«

Leydi stand auf. Sie schüttelte den Kopf und kämpfte gegen das Gefühl von Hilflosigkeit an, das sie zu lähmen drohte. Consuelo hatte Recht – sie war naiv, so absolut naiv, dass sie sich nicht einmal getrieben fühlte, wieder gutzumachen, was sie durch ihre Naivität verbockt hatte. Sie erinnerte sich daran, wie vergnügt sie auf der Fahrt von Rucksingford Estate zum Meer die Rolle der Piratin gespielt hatte – und wie sie Quentins Küsse geängstigt und doch fasziniert hatten. War dies der Preis, den sie für ihr Abenteuer bezahlen musste?

»Ich fühle mich so schrecklich verantwortlich für dieses Chaos.«

»*Cara* …«, fing Gabriela an, denn wie üblich wollte sie auch einen Teil der Schuld übernehmen.

»Und was ist mit deinem Hugh?«, fragte Leydi Bertie und ging zu ihr hinüber. »Willst du ihn auch Kincaids Zorn überlassen?«

Bertie hob eine Hand und tätschelte Leydis Wange. »Vertraue ruhig darauf, dass Kincaid weiß, was das Beste ist, *menina*.«

»Was wird er mit ihnen anstellen, *Mãe*?«, fragte Gabriela und sah aus, als dächte sie eher daran, dass die Männer gehängt als freigelassen werden würden.

Consuelo und Bertie sahen einander an. Die beiden Frauen tauschten einen wissenden Blick, bei dem es Leydi eiskalt ums Herz wurde.

»Was bedeuten euch diese Männer, dass ihr so flehentlich um ihre Freilassung bittet?«, fragte Consuelo.

Diesmal waren es Leydi und Gabby, die schwiegen. Sie bemühten sich beide, den Blicken der Älteren auszuweichen. In ihrem Schweigen lagen irgendwie Geheimnis und Bedauern.

Seufzend stellte Bertie ihre Tasse weg. »Ich frage mich langsam, wie blind ich in den vergangenen Wochen wohl gewesen bin, während ich mich die ganze Zeit nur mit Hugh beschäftigt habe.«

Leydi ließ sich neben Bertie in einen Sessel sinken und verbarg ihr Gesicht in den Händen. »Könnt ihr denn nicht verstehen? Ich will nicht die Verantwortung für ihre Gefangennahme tragen.«

»Wir haben getan, was wir für richtig hielten«, sagte Gabby geknickt.

Sie schaute zu Gabby auf. In den grünen Augen ihrer Freundin sah sie dasselbe Elend, das auch ihr eigenes Gewissen belastete. Ein vager Verdacht in ihr flüsterte, dass ihre Gründe zu der Entführung vielleicht doch nicht ausschließlich lobenswert gewesen waren.

Leydi redete sich ein, dass sie nie die Absicht gehabt hatte, Quentin auf Devil's Gate gefangen zu setzen; doch leise Zweifel bedrängten sie, waren in den vergangenen drei Nächten sogar bis in ihre Träume vorgedrungen. *Wolltest du das nicht die ganze Zeit? Dass Quentin deiner Gnade ausgeliefert ist?* Ihr Blick wanderte hinauf zur Vorhangschnur über Gabbys Kopf, wo Nigel schlief – eine seltsame Erscheinung zwischen den kostbaren Seidenvorhängen. Hatte sie in den Tiefen ihres Herzens den ganzen Plan nur geschmiedet, um Quentin, wie Nigel, als eine Art Haustier an die Kette legen zu können?

Sie hob die Hand und drehte eine Locke, die ihrer Haube entkommen war, um den Finger. Quentin befand sich im kleinen Gefängnis der Siedlung und war ihr wirklich ausgeliefert. *War es nicht das, was du dir im Stillen gewünscht hast?*

Mit knirschenden Zähnen riss sie unsanft an ihrem Haar und dachte daran, wie sie sich im Scherz vorgestellt hatte, ihm mit der Spitze ihres Degens ein wenig zuzusetzen. Die Frage blieb ungeklärt …

Lady Consuelo de Garcia sah auf von der Jagdszene, die auf ihrem Stickrahmen entstand. Unter halb gesenkten Lidern hervor betrachtete sie die Gesichter der beiden jungen Frauen, die sie liebte wie Töchter. Sowohl Leydi als auch Gabriela sahen absolut elend aus.

Nachdenklich steckte sie die Nadel in ihre Arbeit. Sie konnte den beiden einfach nichts abschlagen. Und wie sollte sie auch? Vor zwanzig Jahren hatte sie den fetten alten Händler verlassen, den ihr Vater ihr zum Ehemann bestimmt hatte. Damals kehrte sie den Schwestern und der Mutter, die sie sehr liebte, den Rücken und entschied sich, mit Kincaid im Exil zu leben – was sie im Folgenden nie auch nur für einen Augenblick bereute.

Doch wenn ihre Vermutungen zutrafen, standen nun Leydi und Gabriela beide vor einer sehr schwierigen Entscheidung, die sie nicht auf die leichte Schulter nehmen durfte. Aber sie durfte es ihnen auch nicht zu leicht machen.

»Bis Daniel zurückkommt«, sagte sie, in der Hoffnung, die Mädchen wenigstens für den Augenblick zu trösten, »denke ich, dass die Männer nicht allzu unbequem untergebracht werden sollten. Im Gefängnis kann es tagsüber heiß wie in einem Ofen sein, und nachts zugig. Und die Pritschen sind auch nicht besonders bequem zum Schlafen.«

Leydi schüttelte den Kopf. »Cy wird sie nicht herauslassen ... Ich habe ihm sogar angeboten, meine Tabakfelder dafür herzugeben. Und mit Gabby redet er nicht, weil sie gedroht hat, das Essen zu vergiften, wenn er sie nicht freilässt.«

»Seit zwei Tagen kocht er sich sein Essen selbst.« Gabbys Lächeln zeigte, dass sie keine Hemmungen hatte, ihre Rache auszuführen. »Ich kann ihn immer aus der Küche fluchen hören.«

»Na ja, es ist ja wirklich nicht so, als wenn die Männer besonders gefährlich wären, die ihr hergebracht habt«, meinte Consuelo versöhnlich.

»Hugh?« Bertie schniefte leise und trank einen Schluck von ihrem Kaffee. »Nur für jede Frau auf der Insel über zwölf und unter siebzig ist der gefährlich!«

»Natürlich können sie nichts anstellen«, sagte Leydi schnell, denn sie sah eine Gelegenheit, Consuelo ihrer Sache geneigt zu machen. »Die Siedlung ist streng bewacht. Sie haben keine Waffen ... nur die Kleider, die sie gerade tragen.«

Consuelo stand auf und legte den Stickrahmen beiseite. Sie

griff nach der Schleppe ihres Kleides und ging hinüber zu Leydis Platz, um ihr eine Hand auf die Schulter zu legen. »Ich rede mit Cy. Mal sehen, was sich machen lässt.«

Mit einem müden Lächeln sah Leydi zu ihr auf. »Danke«, sagte sie, erhob sich und umarmte Consuelo kurz. Doch als sie zurücktrat, hatte Consuelo das Gefühl, dass sie doppelt so müde wirkte. »Wir werden uns um sie trotz allem kümmern. Als ich das letzte Mal beim Gefängnis war, schienen sie nicht besonders erfreut, mich zu sehen.«

»Drei Tage und Nächte …«, murmelte Gabby, die Tage zählend, seit die Männer am Strand gefangen genommen worden waren.

»Sicherlich geht es ihnen besser, wenn sie wenigstens die Freiheit haben, sich in der Siedlung zu bewegen«, sagte Consuelo, hängte sich links und rechts bei den Mädchen ein und ging mit ihnen zur Tür. »Und jetzt macht euch auf und schaut nach euren armen Pechvögeln. Ich verspreche, dass ich mich für euch bei Cy einsetzen werde.«

Als sich die schwere Holztür hinter den beiden jungen Frauen geschlossen hatte, drehte sich Consuelo zu Bertie um, die versunken in ihrem Sessel saß. Sie atmete tief durch. Seit zwanzig Jahren war sie mit Bertie nicht mehr allein gewesen. Vielleicht hatte sie jetzt – im Sinne der Mädchen – die Gelegenheit, ein paar Wahrheiten auszusprechen.

»Da steckt doch mehr dahinter, als die beiden uns sagen«, begann Consuelo.

»*Sim*«, stimmte Bertie ihr zu. »Und das ist schlimm genug. Denn wenn Kincaid zurückkommt, gebe ich keinen Heller für seine Gnade gegenüber diesen Männern.«

»Ich fürchte, du hast Recht«, sagte Consuelo und trat auf Bertie zu. Mit einem Anflug von Neid bemerkte sie, dass trotz der vergangenen Jahre Kincaids erste Liebe immer noch eine schöne Frau war. »Das Beste, was sie zu erwarten haben, ist, auf einer einsamen Insel ausgesetzt zu werden.«

Bertie nickte. »Zwar werde ich ein gutes Wort für Hugh einlegen, aber ich fürchte, für die beiden anderen kann ich nichts tun – ausgerechnet ein britischer Marineoffizier und Quentin Ruckingford! Du kennst ja Kincaids Einstellung!«

Die Blicke der Frauen begegneten sich. Spannung lag in der Luft, als sie beide an die geheim gehaltenen Dinge dachten, von denen sie wussten. Aber schließlich wirkte die Stille lauter als ihre Gedanken – die sich auf all das richteten, was sie trennte: Jahre von Eifersucht und Konkurrenzverhalten um Kincaids Zuneigung.

Nach einem Augenblick sagte Consuelo: »Ich liebe die Mädchen, als wenn sie meine eigenen Kinder wären. Sie waren ein Segen für mich – denn ich konnte ihnen eine Mutter sein, wo ich doch selbst kinderlos geblieben bin. Sollten wir für Leydianna und Gabriela nicht zusammenarbeiten?«

»Ich wollte nie, dass böses Blut zwischen uns ist«, sagte Bertie traurig.

Consuelo lachte leise, obwohl ihr dabei Tränen in die Augen traten. »Ja, ich nehme diese Verantwortung allein auf mich. Eigentlich stammte die ganze Eifersucht von meiner Seite. Und der Hass!« Sie drehte sich um und sah Bertie mit herausforderndem Blick an. »Ich habe ihn dazu gebracht, euch nach St. Kitts zu schicken.«

Bertie trank von ihrem Kaffee und stellte die Tasse wieder ab. »Ja, das weiß ich.«

»Oh, ich habe das sehr geschickt angefangen. Ich erklärte ihm, wie eingesperrt ihr hier wärt. Wie sehr man dich bewundern würde für deinen eigenen Laden – als freie Farbige. Wie er dich mit seinem Namen und seinem Geld beschützen könnte. Ich dachte, vielleicht, nur vielleicht, wenn er dich wegschickte, könntest du eine neue Familie gründen und glücklich werden. Aber das hast du nie getan, oder?«, schloss sie, die Stimme schwer von Bedauern.

»Doch, ich wollte fort«, sagte Bertie mit erhobenem Kinn, und ihre goldenen Ohrringe schaukelten. »Das habe ich mir so ausgesucht. Ich würde Kincaids Liebe zu dir niemals in Zweifel ziehen, aber wenn ich mich gegen seine Entscheidung gewehrt hätte …«

»Mag sein«, sagte Consuelo mit nachgiebigem Lächeln. »Aber dennoch – du hast ihm gegeben, was mir verwehrt war.« Sie verschränkte die Arme vor der Brust. »Und das konnte ich dir nie verzeihen. Mir selbst allerdings auch nicht.«

»Und jetzt?«, fragte Bertie.

Consuelo lächelte und streckte Bertie ihre Hand entgegen. Bertie starrte die Finger an, die mit Ringen bedeckt waren, Geschenken der Liebe von Kincaid. Langsam legte sie ihre Hand in die von Consuelo.

»Seit langem weiß ich, dass ich Unrecht hatte, Bertie. Bitte, tun wir uns jetzt zusammen! Um der Mädchen und der Liebe willen, die wir für sie empfinden – könnten wir Freundinnen sein und uns bemühen, diese Männer vor dem Zorn Kincaids zu bewahren?«

Bertie erwiderte das Lächeln. »Also, für die Mädchen. Und für Kincaid. Der große Schuft lässt sich schon ab und zu umstimmen, wenn man schlau genug vorgeht.«

Consuelos Blick leuchtete. »Ja. Und wir beide sind schlau genug, Bertie, denke ich.«

Der Lärm einer Blechtasse, die an dem Gefängnisgitter entlangklapperte, erfüllte die Fachwerkzelle mit einem Lärm wie Mörserfeuer.

»Lasst mich heraus!« Hugh schlug den Becher an die Stäbe. »*Sacrebleu*, ich bin kein Engländer! Ich bin Franzose. Gegen solche Männer habe ich gekämpft – sie haben uns das Land auf St. Kitts gestohlen. Herr im Himmel noch mal, lasst mich raus! Bringt mich weg von diesen englischen Hunden!«

»Seid doch endlich still!«, knurrte Quentin, der in der kleinen Zelle auf und ab ging. Jemine, es war schrecklich heiß und seiner Schätzung nach bei weitem noch nicht Mittag. Sie hatten etliche Stunden vor sich, in denen sie rösten würden wie Hühner am Spieß.

Schon seit zwei Tagen saßen sie jetzt in diesem höllischen Käfig. Seit zwei Tagen teilten sich die drei Männer eine kleine Wasserschüssel und ein kleines Handtuch zum Abtrocknen von Händen und Gesicht. Zwei Tage, und es war weder von Lösegeld die Rede gewesen – noch gab es eine Gelegenheit zur Flucht.

Er sah hinüber zu Hugh, der seine Nase durch die Gitterstäbe schob. Jetzt fing dieser Franzose auch noch endgültig an zu spinnen.

Hugh schaute über die Schulter zurück zu Quentin. Dann wanderte sein Blick zu Felix Bishop, der auf einer der Pritschen lag, die fast den ganzen Platz in der Zelle einnahmen. »Tut mir Leid wegen dem Spruch mit den Hunden – aber ich muss sie doch davon überzeugen, dass ich nicht einer von Euch bin! Da besteht ein schrecklicher Irrtum. Ich hatte niemals geplant, Kincaid gefangen zu nehmen.« Er wandte sich wieder der Tür zu und klapperte mit dem Becher an den Stäben entlang.

»Um Himmels willen ...« Quentin entriss ihm den Becher und warf ihn quer durch die Zelle. Er krachte scheppernd an die Wand, prallte von der leeren Pritsche ab und fiel auf den gestampften Boden. Der Franzose starrte sehnsüchtig hinter ihm her.

»Es gab überhaupt keinen Plan, Kincaid zu fangen, Ihr Idiot«, fuhr Quentin ihn an. »Das war alles bloß ausgedacht. Ich habe keine Ahnung, wo Kincaid steckt, und schon erst recht keine, wie ich ihn kriegen könnte.«

Hugh richtete sich in seinem fadenscheinigen Leinenhemd und der geflickten Jacke gerade auf. Er hob das unrasierte Kinn ein Stück und sagte dann: »Tja, wenn Ihr das nächste Mal versucht, eine Frau in Euer Bett zu lotsen, *Monsieur*, würde ich vorschlagen, eine auszusuchen, die nicht unter dem Schutz eines Piraten steht.«

»Ich hatte nicht die Absicht ...« Doch dann unterbrach sich Quentin in seiner Verteidigungsrede, denn ihm kam der Gedanke, ob der Franzose nicht vielleicht die Wahrheit sagte. Voller Widerwillen wandte er sich ab und begann wieder, in der Zelle auf und ab zu tigern.

»*Oui, mon ami*«, fuhr Hugh fort, wobei er Quentin auf dem

Fuß folgte und langsam mehr Mut fasste. »Hört nur auf mich, einen Sohn Frankreichs! Es gibt bessere Möglichkeiten, eine Frau zu verführen. Gedichte finde ich zum Beispiel sehr nützlich.«

Angesichts dieses Ratschlags brach Felix in Gelächter aus.

»Oh ja«, blaffte Quentin Bishop an und war kurz davor, seine strapazierten Nerven endgültig zu verlieren. »Das ist alles unglaublich komisch!«

Felix stützte sich auf einen Ellenbogen und sah von der Pritsche zu Quentin auf. »Vor zwei Tagen, unten im Bauch des Schiffes, wart Ihr es, glaube ich, der lachte, Rucksingford!«

»Tja, aber das war nun einmal schon vor zwei verdammt langen Tagen.« Quentin ließ sich auf die Pritsche Felix gegenüber fallen.

Zwei Tage Enge ohne Bad oder Rasieren. Zwei Tage Warten auf eine Lösegeldforderung, die nicht mehr kommen würde. Und dabei musste er es ertragen, wie sein kleines Katz-und-Maus-Spiel zu einem verzweifelten Hoffen auf Freiheit wurde. Zwei Tage, während denen jenes schwarze Gefühl, verraten worden zu sein, die Krallen in sein Herz schlug, während er immer noch glaubte, dass sicherlich – *sicherlich* die Maus ihn aus dieser Zelle befreien würde.

Zwei Tage, in denen er geschlafen hatte wie ein Stein.

Quentin lehnte den Kopf zurück an die Wand und dachte über diese eigenartige Tatsache nach. Jede Nacht, seit er St. Kitts verlassen hatte, war er in tiefen Schlaf gefallen. Und keine Albträume hatten ihn gestört. Keine Bilder vom Tod ihn verfolgt.

»Das ist die verdammte Hitze«, sagte er sich. Die Luft schien hier noch tropischer, noch dicker zu sein. Sie war schwer zu atmen. »Dick genug, einen zum Schlafen zu zwingen.«

Aus dem Korb auf dem Boden nahm er sich eine Orange. Das Essen zumindest war ordentlich – so wenig Appetit er auch hatte.

Er drehte die Orange langsam in der Hand hin und her. Dann entschied er, dass er sie doch nicht wollte, und warf sie wieder zurück. Bishop hatte Recht. Er hatte die Absichten der Maus vollständig falsch eingeschätzt. Leydianna, die Frau, die ihn geküsst, sich durch seine Bücher gekämpft, ihn dazu gedrängt hatte, sich mit seinem Vater zu versöhnen, wollte ihn tatsächlich ihrem Piraten ausliefern, ohne sich auch nur zu verabschieden. Und wenn es Quentin nicht gelang zu fliehen, bevor Kincaid zurückkam, wäre das vielleicht sein letztes Versagen.

»Nein, jetzt lache ich nicht mehr«, erklärte er Felix und starrte vor sich ins Leere, sah den irritierend echten Ausdruck von Unschuld der Maus vor sich. Er erinnerte sich an jene süßen Küsse, die er ihr gestohlen hatte – wie er sich ihr und ihren Piraten sozusagen in die Hände begeben hatte, weil er glaubte, er könnte damit den Verlust ihrer Locken wieder gutmachen. Jedes Mal, wenn Leydi ihr hübsches Gesicht zu den Gitterstäben der Zelle hob und ihn fragte, wie es ihm gehe – wobei sie ihn ja doch den Piraten vorzog –, wollte er am liebsten seine Hand hinausschieben und sie erwürgen. Aber er konnte nichts tun, nur hier in dieser stinkenden Zelle sitzen und ertragen, dass sie ihn verrotten ließ!

»Wir müssen von dieser Insel weg«, sagte Quentin mehr zu sich selbst.

»Da gebe ich Euch allerdings völlig Recht«, meinte Felix.

»Aufmachen!« Wieder das Scheppern von Metall an den Stäben. »Ich bin einer von euch! Lasst mich raus, bevor die englischen Hunde mich aufknüpfen!«

Mit einem Fluch stand Quentin auf und zerrte den Franzosen zurück in eine Ecke. Hugh stolperte nach einem befriedigend heftigen Stoß an die Wand und ächzte laut.

Quentin beugte sich vor und verzog den Mund zu einem wenig freundlichen Lächeln. »Was glaubt Ihr eigentlich, wie viele Franzosen da draußen sind, hm? Ich wette, Kincaids Truppe besteht auch aus einem oder zwei Engländern.«

Hugh schluckte, und Schweißtropfen rannen von seiner schönen Stirn. »Da könntet Ihr Recht haben, *Monsieur.* Aber diese Freibeuter sind eine demokratische Gesellschaft, oder? Vielleicht sollte ich mich nur als einfacher Mann zu erkennen geben, während Ihr beide wahrscheinlich adlig und reich seid, nicht wahr?«

Mit einer Hand gegen seine Brust stieß Quentin Hugh hinunter auf die Decken am Boden, wo er und Bishop den Franzosen sehr demokratisch zum Schlafen platziert hatten. Quentin gab dem Leutnant ein Zeichen, näher zu kommen.

»Ich schlage etwas anderes vor«, flüsterte er, an den Franzosen gewandt. »Ob es Euch nun gefällt oder nicht, Ihr müsst für den Augenblick mit zwei englischen Hunden vorlieb nehmen. Und wenn wir heil aus diesem Höllenloch herauswollen, empfehle ich, dass wir bald anfangen zusammenzuarbeiten.«

»Na endlich«, flüsterte Felix tonlos. »Was für einen Plan habt Ihr?«

Quentin warf Bishop einen Blick zu. Der Leutnant hatte also nur darauf gewartet, dass Quentin aufhörte, sein Vertrauen auf die Maus zu setzen. Er dachte an die wertvollen Tage, die er verloren hatte, indem er noch auf ihre Hilfe gehofft hatte – und auf das besondere Band, das er zwischen ihnen wähnte. Es war wirklich ein dicker Hund! Nun ja, er hatte sich lange genug Illusionen gemacht. Im Grunde wusste er aus Erfahrung, dass man Frauen nicht trauen durfte. Jetzt erkannte er, dass sogar süße kleine Unschuldsmäuse scharfe Krallen besaßen.

Quentin grinste und erinnerte sich an die Bemerkung der Maus, dass er immer lächle, wenn er am ärgerlichsten war. »Meine Herren, ich glaube, drei Damen haben uns in diese Zelle gebracht!« Er sah den beiden anderen in die Augen. »Und diese drei werden uns auch wieder herausholen.«

»Wie?«, erkundigte Bishop sich und runzelte die Stirn.

»Was haben Männer immer getan, um Frauen für sich einzunehmen?«, fragte Quentin und hatte keine Spur von schlechtem Gewissen angesichts seines Vorhabens. Als Bishop und der Franzose unverändert schwiegen, fügte Quentin mit leiser Stimme hinzu: »Sie verführt, natürlich!«

Ein anerkennendes Pfeifen kam von den Lippen des Franzosen.

Bishop schüttelte den Kopf. »Ihr seid verrückt! Wir tauschen doch kaum mehr als ein paar Worte mit der kleinen braunen Henne, die uns das hier eingebrockt hat. Wollt Ihr sie durch die Gitterstäbe hindurch verführen?«

»Das wird unsere erste Aufgabe sein«, sagte Quentin, ohne sich vom Skeptizismus des Leutnants ablenken zu lassen. »Aus dieser Zelle zu gelangen. Wir müssen sie davon überzeugen, dass wir wenigstens ein kleines bisschen Freiheit brauchen. Und dann zeigen wir keine Gnade.«

»Und Kincaid?«, fragte diesmal Hugh mit einem Gesichtsausdruck, der klar erkennen ließ, dass er keinerlei Lust verspürte, dem Piraten persönlich zu begegnen.

»Ist irgendwo unterwegs auf der Suche nach spanischer Beute im Pazifik«, meine Quentin wegwerfend, stützte seinen Unterarm auf sein Knie, beugte sich weiter vor und sprach noch leiser. »Ich schätze, dass wir eine Weile Zeit haben, bis er hier auftaucht. Und, meine Herren, ich schlage vor, dass wir bis dahin wirklich diese Insel verlassen haben sollten.«

»Was das betrifft«, sagte Bishop, »sind wir uns völlig einig. Doch wie schlagt Ihr vor, das zu deichseln?«

»Der liebe Hugh scheint unsere beste Chance zu sein«, erklärte Quentin, obwohl er es hasste, sich für das Gelingen seiner Flucht auf den Franzosen verlassen zu müssen. »Er ist ja nur in dieser Zelle, weil er einen Streit mit seiner Liebsten Madame de Sousa hatte. Mit Eurem unglaublichen Charme«, fügte er hinzu und sah, wie der Franzose rot wurde angesichts dieses Kompliments, »könnt Ihr es doch sicherlich schaffen, sie dazu zu überreden, dass sie Euch hier herauslässt, oder?«

Hugh schien einen Augenblick nachzudenken. Seine vollen Lippen hoben sich zu einem verträumten halben Lächeln, als denke er an seinen baldigen Erfolg – dann schüttelte er den Kopf. »Vielleicht auch nicht, *mes amis*. Ich vergaß, eine Kleinigkeit zu erwähnen, was den Streit betrifft. Ihr müsst verstehen, obwohl Bertie mein Herz in den Händen hält, die Liebe meines Lebens ist, mein *raison d'être* …« Er räusperte sich und wirkte besorgt, als er den Blick von Quentin und Bishop abwandte. »Obwohl wir so fantastische Liebesnächte hatten – wirklich himmlisch …«

Bishop verdrehte die Augen und bedeutete Hugh, er solle zur Sache kommen.

»… der Grund, warum sie ein wenig – na, sagen wir, unzufrieden mit mir ist …« Hugh seufzte. »Wir haben uns geliebt, und kurz darauf fand sie mich mit einer anderen Frau.«

Quentin betrachtete den Jüngeren eingehend und konnte nicht recht glauben, was jener genau meinte. »Verstehe ich Euch richtig? Ihr habt Euch geliebt – und am nächsten Tag oder so fand sie Euch mit einer anderen?«

»Nicht gleich am nächsten Tag … oder so.« Hugh machte eine Kreisbewegung mit der Hand, als versuche er die genaue Zeitspanne darzustellen. Dann hielt er inne und starrte die beiden Mitgefangenen direkt an. »Genau genommen war sie noch warm von meiner Umarmung und schaute aus dem Fenster über meinem Bett, als sie mich dabei ertappte, wie ich Monique küsste.«

Sowohl Quentin als auch Felix betrachteten Hugh fassungslos.

»Diese Franzosen«, war das Einzige, was Quentin herausbrachte.

»Sie wird ihn an den Eiern aufhängen«, flüsterte Felix.

»Sie ist eine Verwandte«, verdeutlichte Hugh, als würde das alles erklären. »Eine entfernte Verwandte … aber trotzdem gehört sie zur Familie.«

»Wenn ich richtig verstehe, handelte es sich um die Art Kuss, die nicht für Familienangehörige üblich ist?«, bemerkte Quentin.

Hugh schüttelte den Kopf. »Ihr müsst wissen, dass Bertie zwar die Liebe meines Lebens ist und die Frau, die mein Leben in den Händen hält, mein …«

»*Raison d'être*«, ergänzte Quentin, in der Hoffnung, die Rede etwas abzukürzen.

»Aber meine Monique«, flüsterte Hugh den Namen, als erwähne er da etwas ganz Köstliches, und holte tief Atem. »Sie ist ziemlich … *extraordinaire*.«

Bishop sah Quentin an und ließ sich dann an die Wand sinken, als hätte man ihn eben durchs Herz geschossen. »So ist das also mit der wahren Liebe!«

»Glaubt Ihr, dass Ihr sie dazu überreden könnt, Euch zu vergeben?«, wollte Quentin jetzt wissen.

»Das habe ich in den letzten Tagen versucht. Aber Bertie ist keine Frau, die leicht vergibt. Es bricht mir das Herz«, schloss Hugh mutlos.

Bishop bedachte ihn noch einmal mit einem finsteren Blick und sagte dann zu Quentin: »Und jetzt?«

Aber Quentin wollte nicht so leicht aufgeben, denn er war schon dabei, sich zu überlegen, wie er die Treue der Maus zu Kincaid untergraben könnte. Er erinnerte sich an all die Gelegenheiten, bei denen sie so hübsch errötet war, als er ihr Neckereien ins Ohr geflüstert hatte. Wie dunkel immer ihre grauen Augen wurden, wenn er ihre Wange streichelte. Er erinnerte sich an die Hitze ihrer Küsse. Ja, darin hatte ein besonderer Funken gelegen … und er hatte vor, diesen Trumpf in dem Krieg zwischen ihnen zu nutzen.

»Wie ich bereits sagte«, erklärte er den Männern. »Wir sind zu dritt, und sie sind zu dritt. Einer von uns wird schon Erfolg haben.«

16

»Was glaubst du, was Kincaid mit ihnen anstellen wird?«, fragte Leydi Gabriela, die neben ihr über den mit Muschelschalen bestreuten Pfad ging. Berties drohendes Schweigen zu derselben Frage wirkte auf die beiden Frauen nach wie eine Totenglocke – ein misstönender Kontrapunkt zum *knirsch, knirsch, knirsch* ihrer Schuhe auf dem Pfad.

Gabrielas Blick richtete sich auf die Fachwerkhütte in der Mitte der Siedlung. Ein paar Schafe grasten in der Nähe der verschlossenen Holztür, eine Gruppe von Kindern spielte in der Nähe Blindekuh. Ein paar kleine Mädchen mit Spitzenhauben drehten eine Rassel, die Leydi erfunden hatte, um die Papageien davon abzuhalten, ihre Versuchsfelder und die Gemüsegärten kahl zu fressen. Sie kreischten und tanzten fröhlich herum, weil die Rassel so schönen Lärm machte. Ein Pirat in kurzem Rock und Hosen, eine Hacke über der Schulter, zog zum Morgengruß den Hut vor einer Hausfrau mit Schürze und einem Arm voller Bettwäsche, beide auf dem Weg über den Platz. Wieder einmal ein ganz normaler Tag auf Devil's Gate.

»Dass sie ausgesetzt werden, ist so ziemlich die größte Hoffnung, die wir haben können«, sagte Gabby und seufzte. »Da leben sie dann vielleicht lange genug, bis jemand sie findet.«

Leydis Schritte wurden langsamer, als sie sich dem Gefängnis näherten. Sie wusste nicht genau, wie Kincaid mit seinen Feinden umging – aber Piraten waren nun mal keine feinen Leute. Eine besondere Passage aus Esquemelens Buch über Folter bei den Piraten kam ihr in besonders hässlichen Einzelheiten in den Sinn.

»Glaubst du, Consuelo kann Cy dazu überreden, ihnen bis dahin ein wenig mehr Freiheit zu lassen?«

Niedergeschlagen schüttelte Gabriela den Kopf. »Sie wollten Kincaid hängen sehen, *cara*! Deswegen haben wir sie doch überhaupt entführt. Es gibt kaum eine Chance auf Gnade.«

Einen Moment lang versuchte Leydi, sich Quentin als den Feind vorzustellen – den Mann, der Kincaid vernichten wollte. Doch sofort fielen ihr seine Küsse wieder ein, manche rau, manche sanft und neckend. Sie hörte jenen fast jungenhaften Eifer in seiner Stimme, wenn er ein neues finanzielles Projekt hatte – und wie er sie Maus nannte. Nur in ihrer Erinnerung klang dieser Name überhaupt nicht gemein oder spöttisch. Eher sanft und beinah süß.

»Also tun wir gar nichts?«, fragte sie Gabby. Oje, wie Quentin sie durch die vergitterte Tür seiner Zelle immer ansah! *Ihr habt mich verraten, Maus.* »Wir lassen einfach zu, dass Kincaid das Schlimmste tut – sie zu Tode foltert, wenn es sein muss?« Sie blieb stehen und hob die Hände. »Gabby, ich habe die ganzen Bücher von Rucksingford Estate geprüft, seine Korrespondenz gelesen, mit ihm zu Abend gegessen …«

»Ihn geküsst«, fügte Gabriela hinzu und zupfte an Leydis Ärmel, damit sie weiterging. »Obwohl es eigentlich eher so aussah, als wenn er dich küsste und du dich dagegen wehrtest.«

»Es war nicht immer so zwischen uns«, bekannte sie und sah Gabby offen an. »Ich habe ihn nicht die ganze Zeit abgewehrt.«

»Das dachte ich mir schon«, sagte Gabby und zog Leydi weiter. »Aber das ändert nichts. Wir sind Kincaid verpflichtet.«

Diese Erklärung Gabrielas war so ungewöhnlich, dass Leydi erstaunt aufblickte. Sie konnte sich nicht erinnern, dass Gabriela in all den Jahren auch nur einmal gut mit ihrem Arbeitgeber und Piraten ausgekommen war. Ihr zerbrechlicher Waffenstillstand schien lediglich von Berties Hoffnungen und Wünschen abzuhängen. Und doch war es jetzt Gabby, die Kincaids Interessen an erste Stelle setzte. Es stimmte – sie schuldeten Kincaid Loyalität. Aber dennoch …

»Manchmal hat er mich zum Lachen gebracht, Gabby«, flüsterte Leydi. »Und zum Weinen. Das waren echte Gefühle. Nach so etwas kann man einen Mann doch nicht einfach sterben lassen.«

Anstatt zu antworten, blieb Gabby plötzlich stehen und deutete auf die Hütte. »*Cara*, ist das nicht Nigel dort oben am Fenster?«

Leydi sah auf mit einem Lächeln für ihr geliebtes Haustier. Sie hatte ihn schrecklich vermisst auf St. Kitts; aber Cy war wirklich während ihrer Abwesenheit ein zuverlässiger Pfleger. Ihr Lächeln verschwand, als sie begriff, was das Tier vorhatte.

Sie konnte nur noch sehen, wie sein Schwanz durch das vergitterte Fenster ins Innere des Gefängnisraums schlüpfte.

Direkt in Quentins Zelle.

»*Dieu*«, keuchte Hugh voller Grauen. »Was ist denn das?«

Alle drei Männer standen mit dem Rücken zur Zellentür und sahen voller Schrecken und Faszination zu, wie sich das grüne, schuppige Tier auf den Boden fallen ließ. Oben auf seinem Kopf stand eine Art dorniger Kamm. Der Kopf wirkte wie eine Mosaikskulptur in weißen, goldenen und grünen Schuppen. Von der Spitze seines braungelb gestreiften Schwanzes bis zu seiner hornigen Nase schätzte Quentin das Tier auf gut über einen Meter.

»Sieht aus wie ein Drachen«, flüsterte Bishop, der neben Quentin stand und vorsichtig einen Schritt rückwärts machte, als sich das Tier im schwankenden Echsengang näherte.

»Da bin ich mir nicht sicher«, sagte Quentin und musterte das Ungeheuer. »Aber was immer es sein mag, wenn ich mich nicht irre, ist das tatsächlich ein rotes Satinband um seinen Hals.«

Die anderen beiden sahen ebenfalls genau hin und entdeckten auch das fröhliche, zu einer sorgfältigen Schleife gebundene Band um den schuppigen Hals. Da ertönte eine Frauenstimme von der Tür: »Hallo? Hallo!«

Die Stimme klang atemlos, als ob die Person – die Quentin sofort als Leydi erkannte – es ziemlich eilig gehabt hätte.

»Keine Angst«, sagte sie. »Das ist nur Nigel. Er tut keinem etwas zu Leide. Bloß einmal hat er Randy gebissen, und das war, als der ihn furchtbar geärgert hat. Ich gehe schnell Cy rufen, dann holen wir ihn sofort heraus.«

»Ach, das wird nicht nötig sein«, sagte Quentin und sah eine goldene Gelegenheit im Anblick des mit Schleife verzierten Halses.

Er schob Hugh zur Seite und lugte hinaus aus der Zelle in ein Paar vertraute graue Augen. Und obwohl die vergitterte Tür zwischen ihnen lag, erschütterte ihn das Gefühl von Nähe zu ihr, so als hätte sein Körper noch nicht akzeptiert, dass sie der Feind war. Sie trug dieselbe braune Uniform, doch in ihren Augen lag ein Funkeln, das er auf Rucksingford Estate nie bemerkt hatte, eine ganz besondere Präsenz – so, als wäre sie endlich zu Hause. Das satte Braun ihres Haars glänzte im Morgenlicht, Löckchen umrahmten ihr Gesicht unter der Haube, und er fragte sich, warum er diesen kurzen Schopf unattraktiv gefunden hatte.

Energisch schob er die verräterischen Gedanken beiseite und kam zur Sache. »Nigel«, sagte er mit einem gewissen Genuss, »wird eine Weile hier bleiben – als unser Gast. Bis wir uns einigen können, was unsere Freilassung betrifft.«

Draußen vor der Tür herrschte entsetztes Schweigen. Und dann kam die Frage: »Ihr behaltet mein Iguana als Geisel?«

Quentin wandte sich ab und lehnte sich an die Wand. Er blinzelte seinen Genossen zu, die ihn ansahen, als hätte er endgültig den letzten Rest seines Verstandes verloren. »Genau.«

Besorgte graue Augen betrachteten durch das Gitter das Tier, das langsam und entschlossen zu dem Korb mit den Früchten kroch. Einen Moment lang weiteten sich jene hübschen Augen und zeigten eine Spur von Grün, dann verschwand Leydi. Eine Fülle aufgeregten Flüsterns ertönte, sodass Quentin lächeln musste. Er hob die Brauen mit einem Blick auf Bishop und warf ihm ein Grinsen zu, das bedeutete: Jetzt haben wir sie! Der Leutnant sah prüfend das Scheusal an. Selbst Hugh wirkte nachdenklich, als er zusah, wie es begann, an einer Orange zu nagen.

»Diese Verhandlungstaktik scheint mir nicht besonders brauchbar«, ertönte Leydis klare Stimme durch das Gitter. »Ich rate davon ab.«

»Da bin ich nicht Eurer Meinung, Maus. Nigel sieht zusehends mehr aus wie die goldene Gans, die mir direkt in den Schoß gefallen ist.«

Sie räusperte sich. »Nigel ist nur für mich persönlich von Bedeutung.«

»Na ja«, sagte er, und seine Stimme wurde weich. »Dann werdet Ihr wohl Euer Bestes tun, um dafür zu sorgen, dass unsere Forderungen erfüllt werden, oder?«

»Glaubt Ihr denn, ich hätte nicht schon jetzt versucht, Euch zu helfen?«, sagte sie, und ihre Stimme klang etwas verzweifelt.

»Aber leider sieht es ganz so aus, als hätte ich in der Angelegenheit nicht viel zu sagen.«

»Armer Nigel.«

»Ihr würdet einem wehrlosen Tier wehtun?«

»Sieht ganz so aus«, sagte er in genauer Wiederholung ihrer Worte mit einem Lächeln, und sein Blick brannte heiß durch die Stäbe. »Und die Tatsache, dass er nicht mehr ist als eine übergroße Eidechse, hilft mir durchaus – das muss ich zugeben.« Er schaute noch einmal das Iguana an. »Doch, ich glaube wirklich, wir drei könnten das Leben für Nigel recht ungesund gestalten.«

Leydi trat von der Tür zurück, und das Herz schlug ihr schwer in der Brust. Sie fragte sich, ob irgendein Mann auf der Welt in ihr je solche Gefühle hervorrufen konnte, als wäre sie gerade von einer wild gewordenen Kutsche überfahren worden – hätte es überlebt und könnte jetzt noch davon berichten, was für ein fantastisches Gefühl es gewesen war, unter die Räder zu kommen. Sie machte Gabriela ein Zeichen, etwas weiter von der Tür wegzugehen, und flüsterte dann: »Was sollen wir jetzt machen?«

»Glaubst du wirklich, dass sie Nigel etwas tun?«, fragte Gabriela, die das Iguana auch sehr gern hatte. Es hatte ein unglaubliches Zeitgefühl, mit dem es immer genau wusste, wann es in die Küche kommen musste, um ein paar Schnipsel zu ergattern.

Leydi biss sich auf die Unterlippe. »Ich weiß es nicht. Er ist verzweifelt – da weiß ich nicht, ob wir uns auf seine Menschlichkeit verlassen können.« Sie wandte sich entschlossen zu Gabby um. »Aber vielleicht ist das genau der Vorwand, den ich brauche, um ein Zugeständnis bei Cy zu bewirken.«

Leydi trat wieder an das Gitter. »Ich habe Euch ein Geschäft vorzuschlagen, Rucksingford.«

Im Innern der Zelle verschränkte Quentin die Arme vor der Brust und rief: »Ich höre.«

»Lasst Nigel unverletzt frei, und ich werde versuchen zu bewirken, dass Ihr Euch in der Siedlung frei bewegen dürft.« Dafür wenigstens hatte auch Consuelo ihre Unterstützung zugesagt.

»Da werdet Ihr Euch schon etwas Besseres einfallen lassen müssen, Maus.«

»Seid vernünftig … er ist mein Haustier, und ich bin hier nur die Buchhalterin. Ist Spazierengehen außerhalb dieser Zelle Nigels Freiheit wert?«

Quentin sah Bishop an, der nickte. Auch Hugh schien eilig zuzustimmen, schaute mit Sehnsucht hinaus zu dem Stückchen blauen Himmels und weißer Wolken vor dem winzigen Fenster der Zelle.

»Und woher sollen wir wissen, dass wir uns nicht gleich wieder in der Zelle finden, kaum dass Ihr Nigel habt?«, fragte Quentin.

»Ich gebe Euch mein Wort darauf.«

»Das ist ja eine sehr große Zusicherung«, sagte er mit mehr Sarkasmus als ursprünglich geplant. Er seufzte, denn er wusste, dass er kaum eine andere Wahl hatte. »Also gut, Maus. Aber Nigel wird als unser Gast hier bleiben – bis wir freigelassen sind.«

Als Quentin die Schritte draußen verschwinden hörte, lächelte er. »Nun, meine Freunde, wenn mich nicht alles täuscht, sind wir dem Entkommen von dieser Insel jetzt einen Schritt näher.«

»Dieses … dieses Ding isst unser Frühstück«, sagte Hugh und deutete mit einem unsicheren Finger auf das Iguana. Die Echse hatte sich in dem Früchtekorb zusammengerollt und war vergnügt damit beschäftigt, eine Mango zu vertilgen. Die rote Schleife bewegte sich im Rhythmus seiner Kinnladen fröhlich auf und nieder.

»Glaubt Ihr, dass sie es schafft, uns aus dieser Zelle zu erlösen?«, fragte Bishop, ohne sich um den Franzosen zu kümmern, der sich vorsichtig dem Korb näherte.

Quentin ließ sich auf seine Pritsche fallen. Er griff nach der Orange, deren dicke Schale Nigel zu bitter gewesen war. Diese schälte er nun ab und bot dem Iguana ein Stück von der saftigen Frucht an. Nigel ließ die Mango liegen und griff mit seiner rosa Zunge nach der Orange.

»Habt Ihr Euch noch nicht gefragt, Bishop«, meinte Quentin

und sah Nigel bei seiner Obstmahlzeit zu, »wer diese Frauen *wirklich* sind? Sie arbeiten für Kincaid, kommen zu Besuch nach St. Kitts, so oft sie wollen, erfreuen sich des Schutzes von seinem Namen. Ich weiß, dass die Maus außerordentlich gebildet ist, obwohl sie eine gewisse Naivität bewahrt hat; diese zeigt, dass sie für eine Piratenbraut ein sehr beschütztes Leben geführt hat.«

Bishop sah ihm in die Augen. »Was meint Ihr?«

Quentin streckte die Hand aus und streichelte Nigel an der Seite vom Kopf. Die Haut war glatt wie Glaskugeln und recht angenehm anzufassen. Quentin lächelte, als das Iguana sich aufrichtete, um nach einem weiteren Stück Orange zu schnappen. Nigel mampfte zufrieden, während Quentin weiter Pläne gegen sein Frauchen schmiedete. »Ich vermute, meine Freunde, dass Miss Carstair, die Buchhalterin von Piraten, vielleicht mehr Macht besitzt auf dieser Insel, als sie uns glauben machen will.«

»Er kann das Biest bei lebendigem Leibe rösten – er kann es mit bloßen Händen erwürgen. Von mir aus kann er es auch roh essen«, schrie Cy, dass die Wände in seiner Hütte wackelten. »Diese drei bleiben genau da, wo sie sind – bis zu Kincaids Rückkehr!«

»Aber …«, wandte Leydi ein.

»Ich sag's dir, Mädel, lass mich mit der Sache in Ruhe!« Er beugte sich über ein Waschbecken und schnitt seinen Bart in Form. Er fluchte, als er die Haut am Hals ritzte. »Ich bin auf Kincaids Seite, und sein Interesse steht über allem anderen. Und ich denke, daran solltest du dich auch halten.«

»Aber die Siedlung hat eine Mauer ringsherum mit Toren darin«, beschwor Leydi ihn und gab ihm ein Handtuch, froh, endlich etwas sagen zu können. »Wir leben doch praktisch in einer Festung. Was können sie denn da schon groß anstellen?«

»Wir würden auf alle Waffen aufpassen müssen«, begann Cy an den Fingern abzuzählen. »Ich würde für jeden von denen einen Mann als Wächter brauchen, Tag und Nacht. Vielleicht sogar zwei …«

»Was kann es schon schaden, wenn sie ein wenig spazieren gehen?«, fragte Bertie. Sie hob die Hände, band ihm das Halstuch wieder neu und tätschelte freundlich seine Wange, als sie fertig war.

Aber Cy griff nach ihrem Handgelenk, bevor sie die Hand zurückziehen konnte. »Du bist also auch auf ihrer Seite, wie?«, sagte er mit einem gefährlichen Blitzen in den blauen Augen. Er verschränkte die massigen Arme vor einer Brust wie ein großes Fass und sah auf Bertie hinab. »Und warum bist du so scharf auf Strafmilderung, Bertland? Kann es vielleicht sein, dass du den Jungen, der dir am Rockzipfel hängt, herumlaufen sehen willst?«

»Weil ich befehle, dass sie freigelassen werden sollen«, sagte Consuelo, die gerade ins Zimmer kam.

Die Schleppe ihres golddurchwirkten schwarzen Kleides gelassen hinter sich herziehend, schritt Consuelo durch den Raum. »Ich übernehme die Verantwortung für die Gefangenen, Cy. Auf meinen Wunsch hin wirst du die Männer freilassen, und es gibt keine weitere Diskussion zu dem Thema!«

Cy wirkte zuerst verwirrt, dann missbilligend. Er warf das Handtuch auf den Waschtisch und schob Bertie zur Seite. »Du hast dich also auch gegen ihn gewandt? Du willst zulassen, dass seine Feinde hier machen, was sie wollen?«

»Ich würde mein Leben für Kincaid geben, und das weißt du sehr gut, du Schaf«, sagte Consuelo. »Wage es nicht, meine Loyalität anzuzweifeln!«

Cy war empfindsam genug, unter seinem roten Bart zu erröten. »Jawoll, Consuelo. Ich habe nur meiner Laune die Oberhand eingeräumt. Doch trotzdem ist es keine gute Idee, wenn du diesen Gören nachgibst.«

Mit einem Lächeln verzieh ihm Consuelo die Beleidigung. »Ich glaube, wir vier«, sagte sie und deutete auf die Damen im Raum, »können ein paar Männer schon im Griff behalten. Doch der Sicherheit halber soll jeder von ihnen einen Wächter zugeteilt bekommen. Ich glaube, Randy, Brody und Martin sind genau richtig dafür. Und bringt sie in getrennten Schlafzimmern unter. So, und jetzt hast du genug den Beleidigten gespielt, Cy!« Sie schaute zu Gabby und Leydianna hinüber mit dem Gesichtsausdruck einer wohl wollenden Mutter. »Ich glaube, Daniel wäre ganz damit einverstanden.«

Quentin starrte in die Knopfaugen auf den beiden gegenüberliegenden Seiten von Nigels Kopf. Sie schienen unabhängig voneinander zu funktionieren; denn während das eine sich nach links wandte, konnte das andere nach rechts schauen. Er nahm noch ein Stück Mango und hielt es Nigel hin.

»Wisst Ihr was?«, sagte Hugh zu Felix neben sich. »Ich glaube fast, das Ding mag ihn.«

Nigel saß breit auf Quentins Brust – genau dort, wo er ihn vorgefunden hatte, als er von seinem Schläfchen erwacht war. Er hatte Bishops Halstuch genommen, um Nigel mit seiner Schleife ans Fußende des Bettes zu binden, damit seine Beute ihm nicht entkam. Als er dann Nigel auf seiner Brust vorfand, das farbenfrohe, schuppige Gesicht auf Quentin gerichtet, wäre er beinah aus dem Bett gesprungen und hätte das Iguana quer durch die Zelle geworfen. Jetzt überredete er es dazu, ihm Früchte aus der Hand zu fressen, und fand, dass Nigel gar nicht so furchtbar war, wie er aussah. Quentin musste zugeben, dass Aloysius ihm niemals so viel Aufmerksamkeit geschenkt hatte.

Er versuchte, dieses neue Wissen über die Maus in sein Bild von ihr einzufügen. Ein Iguana war doch ein ziemlich exotisches Haustier – und nicht besonders anschmiegsam. »Ich frage mich, ob sie dich wohl gerettet hat?«, sagte er zu Nigel. »Was kann sie auf den Gedanken gebracht haben, dir ein Heim und einen so korrekten englischen Namen zu geben, alter Junge?«

Er nahm sich vor, die Antwort auf diese Frage – und noch viele andere – demnächst herauszufinden. Eine ordentliche Verführung erforderte in erster Linie Wissen.

Ein kleiner Teil von ihm flüsterte, dass es genau dies war, worauf er schon die ganze Zeit gewartet hatte – ein Vorwand, sie zu verführen. Dieselbe Stimme, die sein Verlangen nach ihr zum Ausdruck gebracht hatte, hatte ihn auch in diese Falle gelockt, sodass er sich wehren konnte – und ohne eine Spur von schlechtem Gewissen das Schlimmste gegen die Maus unternehmen. Seine Stirn umwölkte sich, als er darüber nachdachte. Hatte er sie nicht begehrt, seit sie ihn zum ersten Mal ansah mit jenem Ausdruck, der zu sagen schien: »Wie könnte ich dir gefallen?«

»Was für eine Frau hält sich wohl einen Drachen als Haustier?«, fragte Hugh laut, während er immer noch voller Entsetzen das Iguana betrachtete.

»Wahrscheinlich dieselbe Art von Frau, die sich anzieht wie ein Pirat, einen Mann entführt und dann dreimal am Tag vorbeikommt, um ihn zu fragen, wie es ihm geht«, meinte Felix von seinem Platz am Fenster aus.

»*Oui*, sie scheint sehr besorgt um Euch, Rucksingford.« Hugh schürzte die Lippen, sodass er besonders jungenhaft aussah. »Meine Bertie nicht. Sie ist nicht einmal gekommen, um nach mir zu schauen.«

»Wenn wir je hier herauskommen, müsst Ihr das ändern«, riet Quentin und verdrängte die Skrupel, die ihn vor seinen weiteren Plänen warnten. Er gab dem Iguana noch ein Stück Obst. Wieso sollte er sich, verdammt noch mal, Gedanken über das empfindsame Herz der Maus machen, solange er noch hinter Gittern saß? »Ihr seid unsere beste Chance, von dieser Insel wegzukommen.«

»Dieser Vorschlag, die Frauen zu verführen«, sagte Felix und starrte nachdenklich aus dem Fenster. »Ich bin mir nicht sicher, ob mir der gefällt.«

Quentin sah zu, wie Nigel lässig kaute, weiterhin auf seiner Brust sitzend. Das dreifache Kinn des Iguana wackelte bei jeder Bewegung. »Gefällt Euch die schöne Gabriela nicht?«, fragte er, denn diese Erklärung erschien ihm zweifelhaft. Die hoch gewachsene Halbmulattin strahlte eine besondere Sinnlichkeit aus, die jeden Mann anlocken musste.

»Ich habe nichts gegen Gabriela.« Felix zuckte mit den Schultern. »Aber wenn ich kämpfe, dann lieber von Angesicht zu Angesicht und ohne mich hinter den Röcken einer Frau zu verbergen.«

Gemächlich ließ Quentin die Füße von der Bettkante sinken und wickelte sich den Schwanz des Iguanas um den Hals, sodass es auf seiner Schulter saß. Er erhob sich und ging zu dem Leutnant hinüber. Bishops Zweifel passten zu gut zu seinen eigenen Bedenken, die er dann und wann von seinem Gewissen zu hören bekam – ja, die Übereinstimmung war so groß, dass er das Bedürfnis hatte, die Skrupel des Mannes zu vertreiben.

»Wenn ich kämpfe, sei es geschäftlich oder sonstwo, dann tue ich das, was angebracht ist. Und von dieser Insel wegzukommen, bevor Kincaid wieder da ist, erscheint mir ausgesprochen angebracht«, hielt er Bishop vor.

Felix schüttelte den Kopf. »Ich kenne den Unterschied zwischen richtig und falsch. Und ich glaube kaum, dass Gabriela mit der Sache zu tun hätte, wenn Ihr nicht Kincaid bedroht hättet, indem Ihr diese Geschichte mit Eurem Plan, ihn gefangen zu nehmen, in die Welt gesetzt habt. Das kann ich ihr nicht verdenken.« Bishop wandte sich Quentin direkt zu. Die Sonne von draußen ließ sein Haar feurig leuchten, seine braunen Augen wurden dunkler durch die Tiefe seiner Gefühle. »Ich fühle mich einfach nicht gut, wenn ich sie hereinlege«, sagte er entschieden.

»Der Zweck heiligt die Mittel, mein Freund«, entgegnete Quentin scharf, denn er wollte auf keinen Fall, dass Bishops zu empfindliches Gewissen ihre Chancen schmälerte, aus diesem Gefängnis zu fliehen.

»Herr im Himmel, seid Ihr der Mann, der mir stundenlange Reden über den Mörder Kincaid gehalten hat? Über Kincaid, den Übeltäter? Wollt Ihr Euch wirklich durch ein Quäntchen schlechtes Gewissen davon abhalten lassen, den Piraten der Justiz zu überliefern?«, fragte Quentin, der sich noch gut erinnern konnte, mit welch glühendem Eifer Bishop seine Sache ihm gegenüber vertreten hatte. »Wenn ich mich nicht irre, habt Ihr von Gabriela dieses hübsche Erinnerungsstück an ihren Einsatz im Kampf für den Piraten«, sagte er und deutete auf die heilende Wunde an Bishops Schläfe. »Und ihretwegen wollt Ihr darauf verzichten, Euer Ziel zu erreichen?«

Bishops Mund wurde schmal. Er hob die Hand und berührte die Beule an seinem Kopf, die immer noch wehtat, wenn er zu fest drückte. Obwohl der Schnitt sich geschlossen hatte, würde wahrscheinlich eine Narbe zurückbleiben. »Vielleicht habt Ihr Recht. Wir werden genau nach Eurem Plan vorgehen.«

17

Der riesige Schotte warf den Sack mit Sachen herüber. Er flog quer durchs Zimmer und landete mit weichem Aufprall in Quentins Armen.

»Frische Kleider«, erklärte er in dem Singsang seines Dialekts. »Und da drüben ist Wasser in der Waschschüssel. So wie Ihr riecht, werdet Ihr beides brauchen!«

Quentin sah sich in dem kleinen Raum um. Eine Schubladenkommode, feinst furniert, stand einem Himmelbett gegenüber. Es gab einen Hocker und neben der Tür einen Walnussholzsessel mit Rohrgeflecht an der Rückenlehne und einem befransten Sitz, der in der sonst eher männlichen Einrichtung etwas fehl am Platz wirkte. Ihm fiel auf, dass vorsichtshalber jemand die hölzernen Fensterläden zugenagelt hatte. Doch die Schlitze darin waren breit, und das Bett und das Moskitonetz darüber lagen wie gestreift im Nachmittagslicht da.

»Ich bleibe in der Nähe«, sagte der Schotte mit einem schiefen Grinsen. »Und behalte ein Auge auf Euch. Die Damen hatten die Idee, Euch hier frei herumlaufen zu lassen. Persönlich finde ich sie übrigens nicht besonders gut, versteht Ihr?«

»Die Warnung ist angekommen«, antwortete Quentin und ließ den Sack mit den Kleidern auf die lebhaft gelbe Tagesdecke fallen. Der Raum war sparsam, aber schön möbliert; offensichtlich legte Kincaid Wert auf guten Geschmack. Quentin war von Cy Cuthbert informiert worden, er hätte das Glück, ein kleines Zimmer in dem schönen Haus des Piraten zugewiesen bekommen zu haben. Die anderen waren an bescheideneren Stellen der Siedlung untergebracht.

»Ihr seht aus wie jemand, der gerne Glücksspiele mag«, sagte der Schotte und sah Quentin prüfend an. »Spielt Ihr Karten, Mann?«

»So oft wie möglich«, antwortete Quentin und erwiderte diesmal das Grinsen des Riesen.

»Man kann eine Menge über einen Mann erfahren, indem man mit ihm Karten spielt«, meinte Cuthbert, wobei er Quentin unter den dichten roten Augenbrauen hervor taxierte. »Die Jungs und ich spielen meistens abends eine nette Runde. Falls Ihr Lust habt, könnt Ihr mitmachen, bevor ich Euch für die Nacht einschließe.«

Quentin streckte seine leeren Hände vor. »Ich fürchte, meine Taschen sind zurzeit ziemlich leer.«

»Na ja, dann müssen wir vielleicht um etwas anderes als Bares spielen. Etwas Interessanteres – zum Beispiel ein paar echte Wahrheiten.«

»Sagt mir nur die genaue Zeit«, meinte Quentin, den das Bedürfnis des Schotten nach Wettbewerb nicht im Geringsten einschüchterte.

Die Tür schloss sich hinter Cuthbert. Quentin konnte sich gut vorstellen, dass der momentane Chef neugierig war, was seine Beziehung mit der Maus betraf. Sie hatte ihn mit vorgehaltener Waffe entführt, danach aber versucht, ihn vor den Plänen Cuthberts zu beschützen. Ganz sicher hatte diese neue Bitte, ihn frei in der Siedlung herumlaufen zu lassen, ein paar Fragen aufgeworfen.

Quentin hörte, wie der Schlüssel im Schloss gedreht und der

Riegel vorgeschoben wurde. Sein Blick richtete sich auf die Tür seiner neuen Zelle.

»Frei herumlaufen, ach ja?«, murmelte er vor sich hin.

Er wandte sich dem Bett zu und wühlte in dem Sack mit sauberer Kleidung. Wenigstens war er dem Gestank von schwitzenden Männern in einer engen Zelle entkommen. Und nach drei solchen Tagen würde ihm ein wenig Privatsphäre ebenfalls gut tun. Felix war in seiner stillen, düsteren Art schon in Ordnung, aber Hugh hatte ihn beinah verrückt gemacht mit seinem ständigen Gemurmel und seinem Lamentieren über Bertie de Sousa.

Er schüttelte ein Hemd und eine Hose aus. Die Kleidung war einfach, aber aus fein gewirkter Baumwolle. Nicht schlecht, wenn man seine Lage auf dieser Pirateninsel bedachte. Der kurze Gang vom Gefängnis herüber hatte ihn ebenfalls überrascht. Die Siedlung war beinah ebenso groß – und sicherlich sauberer – als die Stadt Basse Terre.

Quentin zog Weste und Hemd aus und ging mit einem leinenen Handtuch zur Waschschüssel. Sie hatten die Insel im Laufe eines Tages erreicht, also nahm er an, dass sie gut verborgen im Gewirr der Antillen lag – Kincaids Heim musste deshalb ziemlich in Sicherheit sein. Denn während andere Piraten durch die königliche Marine aus diesen Wassern vertrieben worden waren, schien es Kincaid gelungen zu sein, ein gemütliches Nest zu finden.

Mit einem müden Seufzen betrachtete er sein Abbild in dem kleinen Spiegel über dem Waschtisch. Sein Bart war dicht und stachelig geworden, und er hatte es aufgegeben, sein Haar zurückzubinden, als das Stück Schnur verloren war, das Hugh ihm gegeben hatte. Es hing in kohlschwarzen Strähnen auf seine Schultern. Er hatte das Gefühl, als bedecke ihn eine dicke Schicht aus Staub und Schweiß. Quentin schnitt seinem Spiegelbild eine Grimasse.

Er hatte das Gefühl, als könnte er wahrscheinlich ein kleines Kind mit seiner Erscheinung erschrecken.

Nach der Durchsuchung der Schubladen des Waschtisches mit der Marmorplatte fand er einen hölzernen Becher, eine Bürste,

Seife und ein Rasiermesser. Mit etwas Wasser rührte er sich eine Art Rasierschaum an. Er lehnte sich weiter vor zum Spiegel, wollte gerade den Schaum auftragen, bevor er noch einmal innehielt.

»Buuh«, sagte er leise.

Es dauerte nicht lange, bis er die Bartstoppeln abrasiert hatte. Danach setzte er sich aufs Bett und trocknete sich mit dem Handtuch Gesicht und Hals ab. Sehnsüchtig betrachtete er den Haufen von Federkissen auf dem Bett, hatte eigentlich Lust, ein Nickerchen zu halten. Doch stattdessen zog er ein Hemd und die neuen Hosen an und darüber seine alte Weste.

Er legte sich auf der mit Moos und Rosshaar gestopften Matratze zurück, suchte sich einen kuscheligen Platz auf der Tagesdecke und begann sofort einzunicken – wogegen er tapfer ankämpfte. Es verwunderte ihn, wie schläfrig er jetzt immer war – vielleicht versuchte er gerade, sieben Jahre Schlaflosigkeit nachzuholen?

»Oder es findet auch einfach Clarices Geist diesen Platz genauso wenig wie die königliche Marine«, murmelte er vor sich hin.

Er legte sich zurück auf seinen Arm und wusste, dass es nicht nur die traumlosen Nächte waren, die er so seltsam fand. Er hatte das Gefühl, irgendwie die unangenehme Wirklichkeit seiner Welt verlassen zu haben. In einer einzigen Nacht war er von seinem Vater und den vielen finanziellen Verpflichtungen wegkatapultiert worden und mitten in eine seltsame Fantasie gefallen.

Das Abenteuer war beinah zu wild, um Wirklichkeit zu sein. Von einer schönen Frau entführt, von Piraten auf einer tropischen Insel gefangen gehalten, über deren smaragdgrünen Bergen Wattewolken schwebten. Und jetzt noch lange, stille Nächte voll ruhigen Schlafs – als hätte er niemals gegen Albträume angekämpft, nie endlose Stunden darüber nachgegrübelt, wie sehr er sein Leben verschwendete und wie aussichtslos seine Zukunft zu sein versprach.

Er verzog das Gesicht. Vielleicht hatte ihm nicht mehr gefehlt, als dass jemand sein Leben bedrohte – damit er es wieder zu schätzen lernte.

Ein leises Klopfen an der Tür unterbrach seine Überlegungen. Er hörte das leise Klicken des Schlüssels im Schloss und den Riegel, der zurückgeschoben wurde. Die Tür öffnete sich wie ein Vorhang und gab den Blick frei auf die Maus in all ihrer braunen Pracht. Mit ihrer Haube sicher auf dem Haupte stand sie wartend da.

Als Erstes dachte er instinktiv an Vergeltung. Es war beinah zu verführerisch, sie dort stehen zu sehen ohne Waffe, die grauen Augen in ihrer trügerischen Unschuld schimmernd. Jetzt hätte er sie sich greifen können, von der Tür hereinzerren, ganz in seiner Gewalt – und wäre es auch nur für eine oder zwei Sekunden. Himmel noch mal, das wäre die Sache beinah wert.

Doch er hielt sich zurück im Sinne seines langfristigeren Ziels: die Flucht, seine und die der beiden anderen, die er inzwischen irgendwie als Kumpane in dieser Farce betrachtete.

»Willkommen in meinem bescheidenen Heim«, sagte er, stand auf und verbeugte sich unterwürfig. Dann setzte er sich wieder auf das Bett und deutete mit der Hand neben sich auf die Tagesdecke, wobei er ihr sein freundlichstes Lächeln schenkte. »Kommt Ihr mich besuchen? Habt Ihr mich vermisst, Maus?«

Sie warf ihm einen finsteren Blick zu, der bewies, dass sie sich nicht im Geringsten von seiner vorgeblichen Freundlichkeit täuschen ließ. Sorgfältig steckte sie den Schlüssel in ihre Schürze, klopfte noch einmal zur Sicherheit darauf und ließ sich auf den Sessel mit den Fransen fallen. Die Tür blieb offen. »Ich dachte, es ist an der Zeit, dass wir uns unterhalten.«

»Allerdings, höchste Zeit.« Er setzte sich aufrecht hin. »Erklärt mir die Regeln meines Käfigs!«

Sie richtete ihren Blick geradeaus, um möglichst entschieden und nicht entschuldigend zu wirken. »Ihr werdet während der Nacht eingesperrt sein … und während des Tages auch, wenn niemand zur Verfügung steht, Euch zu begleiten. Ansonsten könnt Ihr eigentlich überall hingehen.«

»Mit Eskorte!«

»Ja.«

»Ich schätze, damit werde ich wohl zufrieden sein müssen.« Er lehnte sich auf den Ellenbogen zurück und stützte seinen Stiefel aufs Fußende. Dann deutete er noch einmal auf das Bett neben sich. »Möchtet Ihr nicht näher kommen, Maus? Ich verspreche, dass ich nicht beißen werde – obwohl ich mich vielleicht versucht fühle, ein wenig zu knabbern.«

Sie schnaubte leise und verschränkte die Arme vor dem geschnürten Mieder. »Brody steht draußen vor der Tür Wache.«

»Oh ja«, sagte er. »Bedeutet das etwa, dass Ihr mir nicht traut?«

»Lasst mich zum Thema kommen«, erklärte sie mit ungewöhnlicher Schärfe. »Ich hatte niemals beabsichtigt, dass es sich dahin entwickelt – ich meine zu einer Entführung. Ihr solltet nur genug Angst kriegen, um Eure Pläne gegen Kincaid aufzugeben. Aber jetzt sitze ich da mit Euch und möchte versprechen, dass ich versuchen werde, Euch, falls möglich unbeschädigt, wieder nach Hause zu bringen.«

Dazu schwieg er. Nach all diesen Geschehnissen konnte er erraten, dass es nie ihre Absicht gewesen war, ihr Theater so weit gehen zu lassen: ihr Versprechen an jenem Abend, dass er bis zum Morgen wieder in seinem Bett liegen werde, ihre Auseinandersetzung mit Cy, als sie ihn bewegen wollte, ihn am Strand zurückzulassen. Aber es blieb die Tatsache, dass sie seine Entführung verpatzt hatte, und er besaß kein besonderes Vertrauen darein, dass es der Maus gelingen könnte, ihn auch wieder freizubekommen. Nicht, solange sie nicht willens war, etwas zu unternehmen, um ihm aktiv zu helfen – oder gar gegen die Interessen ihres lieben Kincaid zu verstoßen.

Er legte sich auf die Tagesdecke zurück und schaute hinauf zur schmucklosen Decke über dem Betthimmel. Ihm schwebte vor, dafür zu sorgen, dass er schon bald, sehr bald, die ganze, ungeteilte Loyalität der Maus besäße.

»Ich vermisse meine Engel«, flüsterte er und begann damit das, was er für seine beste Taktik erachtete. Er sah die Maus wieder an, um ihre Reaktion aus den grauen Augen ablesen zu können, und fragte: »Möchtet Ihr nicht ihre Stelle für mich einnehmen?«

Ihre Miene zeigte Verwirrung. Es war ihm gelungen, sie aus der Pose des kleinen Admirals aufzurütteln. Für einen Augenblick tat es ihm beinah Leid, dass sie so leichte Beute war. Doch dann ermahnte er sich, sich durch ihre Unschuld nicht so leicht hereinlegen zu lassen. Die Maus musste er als Gegner ernst nehmen, und die Einsätze in diesem Spiel waren entschieden zu hoch.

Quentin setzte sich auf und lehnte sich mit einer Schulter an einen Bettpfosten. »Ich hatte Euch doch erzählt, dass ich mit ihnen rede. Mit meinen Engeln, meine ich«, sagte er und bot ihr damit alles dar, was hilflos und verletzlich an ihm wirken sollte. Der gefallene Held eines der Abenteuerbücher, das er sie hatte lesen sehen, wenn sie verträumt durch seinen Garten wanderte. »Und manchmal, wenn ich ganz sorgfältig zuhörte, habe ich beinah geglaubt, ich erhielte eine Antwort.« Er wartete einen Augenblick, um das Pathos dieser Bemerkung ganz auf sie wirken und ihr dabei die verborgene Mitteilung zukommen zu lassen: *Ich war so schrecklich einsam, müsst Ihr wissen*. »Was meint Ihr, Maus, wollt Ihr ihre Stelle vertreten? Mir hier und da einen Rat erteilen, der mir durch diese schwere Prüfung hilft?«

Sein Bekenntnis hatte den erwünschten Effekt, die Maus reagierte mit ihrem ganzen Körper. Ihre Lippen wurden weich vor Mitgefühl. Ihre silbernen Augen glitzerten von schweigendem Kummer. Sie beugte sich sogar ein wenig vor und befingerte durch den Stoff des Kleides den Schlüssel seines Gefängnisses.

Die wahre Brillanz seines Plans lag in seiner Einfachheit. Er wusste, dass sie unendlich neugierig war, was ihn betraf. Herr im Himmel, sie hatte sich ausreichend in sein Leben eingemischt! Jetzt würde er ihr all jene wunderbaren Geheimnisse enthüllen, nach denen sie so verlangte. Er würde ihr die Wahrheit sagen, sein wahres Selbst aufdecken – ein einsamer Mann, der sich viele Jahre lang selbst in die Verbannung geschickt hatte, weil er an einem tief greifenden Schuldgefühl litt. Eine Wohltäterin wie die Maus würde ihm nicht widerstehen können. Er und seine elende Vergangenheit waren der beste Käse für die Falle.

»Könnt Ihr gut zuhören, Maus?«, erkundigte er sich.

»Jaha«, sagte sie, und ihre Stimme kippte ein wenig.

»Dann werdet Ihr mir also Euer Ohr leihen?«, fragte er. »Und meine Engel vertreten, solange ich so weit von zu Hause weg bin?«

Er glaubte, dass sie einen Moment zögerte, vielleicht sogar eine Ahnung hatte, dass er sie hereinlegen wollte. Doch dann lehnte sie sich in ihrem Sessel zurück und nickte.

»Zunächst möchte ich etwas Wichtiges eingestehen«, begann er schlicht. »Es hat nie einen Plan gegen Kincaid gegeben. Oh, Bishop wollte ihn schon fangen, das stimmt. Und ich war auch willens … bis …« Er ließ den Satz verklingen wie eine Frage.

»Bis was?«, fragte sie, ohne weiter mit dem Schlüssel in ihrer Tasche zu spielen, denn jetzt schien seine Geschichte sie ganz gefangen zu nehmen.

Seine Lordschaft erhob sich vom Bett und ging auf sie zu. »Bis ich herausfand, dass Ihr auch in die Sache verwickelt seid«, sagte er leise. »Ihr müsst wissen, dass Bishop die Verbindung von Euch zu Kincaid durchschaut hatte«, erklärte er und tat damit den nächsten Schritt seines Plans. »Offensichtlich war es ihm schon seit einer ganzen Weile klar, dass Gabrielas Mutter in ihrem Laden Piratenbeute verkaufte. Die meisten Leute machen sich weiter nichts aus diesem Zusammenhang – Kincaid hatte genügend Personen geschmiert, um sich sicher zu fühlen. Euer Mann ist wirklich ein Gentleman-Pirat. Aber Bishop scheint eine persönliche Abneigung gegen die Bruderschaft zu haben. Er hat es sich zur Mission gemacht, den großen ›Heartless‹ Kincaid zu Fall zu bringen.«

Genau im richtigen Moment hielt er inne, um sie ordentlich zu beeindrucken. Er sah sie durchdringend an. »Aber ich konnte seine Pläne einfach nicht mehr unterstützen, als ich hörte, dass er Euch in dem Laden gesehen hatte. Er sagte mir, Ihr wäret eine von ihnen – von Kincaid bezahlt. Zuerst wollte ich das nicht glauben. Aber Bishop meinte, ich sollte mal darüber nachdenken, dass Kincaids Interesse an meinen Schiffen und Euer Interesse an der Arbeit für mich vielleicht kein Zufall waren.«

»Ich bin nur seine Buchhalterin«, meinte sie, und ihre Finger hatten sich fest um die Armlehnen ihres Sessels gekrallt. »Mit dem Piratenleben habe ich weiter nichts zu tun, außer dass ich immer wieder versuche, Kincaid zum Verzicht darauf zu bewegen. Und genauso ist es bei Gabriela. Sie arbeitet als Haushälterin für ihn. Nicht mehr und nicht weniger. Ich habe die Arbeit, die Ihr mir angeboten habt, wegen des Geldes angenommen. Niemals würde ich Kincaid Informationen über Eure Geschäfte zukommen lassen.«

»Aber ich war mir nicht sicher.« Er trat näher und warf ihr jetzt seinen Köder hin. »Es tat mir Leid, dass Ihr zusammen mit Kincaid in die Falle geht, die Bishop stellen wollte – also weigerte ich mich, mit ihm zusammenzuarbeiten«, sagte er und bemerkte erst, als er die Worte aussprach, dass sie der Wahrheit entsprachen. Er hatte in seiner eigenen, verblendeten Art versucht, sie zu beschützen. »Aber mein Fehler war, dass ich nicht widerstehen konnte, Euch herauszufordern – nur ein wenig –, indem ich Euch von unserem angeblich gemeinsamen Plan zur Gefangennahme Kincaids erzählte.« Langsam, um sie nicht zu erschrecken, legte er seine Hand über die ihre auf dem Armsessel. »Ganz besonders dumm von mir, wenn man das Ergebnis bedenkt!«

Leydi blinzelte, als erwache sie aus dem einlullenden Rhythmus seiner Eröffnungen. Plötzlich zog sie ihre Hand zurück. »Ihr sagt, Ihr hättet versucht, mich zu beschützen?« Sie hob misstrauisch eine bernsteinfarbene Augenbraue. »Und das soll ich glauben?«

»Sagen wir lieber, ich wollte nichts unternehmen, solange ich nicht genau wusste, was das bedeutete. Bishop wollte Blut sehen, müsst Ihr wissen.«

»Und der Plan, Kincaid eine Falle zu stellen?«

»Wie ich schon sagte: hatte ich mir ausgedacht. Ich wollte Euch dazu bewegen, Eure genaue Beziehung zu dem Piraten zu verraten. Mir war klar, dass Ihr früher oder später etwas unternehmen würdet.« Er hob eine ihrer Locken und wickelte sie sich um den Finger. »Genau so, wie ich wusste, was geschehen würde, als ich Euch die Kämme schickte.«

Jetzt kniete er sich neben sie, den weichen Kringel immer noch zwischen den Fingern haltend. Ihr Haar schaute in einem wilden Kranz von goldglänzenden Locken unter dem Rand ihrer Haube hervor. Er strich mit dem Zipfel zwischen seinen Fingern zärtlich über ihre Wange und über ihr Ohr. »Und es tut mir Leid wegen Eurem Haar!«

Das meinte er wirklich, und das war die Schönheit seiner Strategie. Alles, was er der Maus erzählte, kam von Herzen, war absolut aufrichtig. Sie würde ihm nicht widerstehen können. Doch betrieb er da ein gefährliches Spiel. Trotz seines eigenen echten Ärgers und seines Verlangens nach Freiheit verwirrte ihn ihr sanfter Blick nur zu sehr. Er warnte sich immer wieder, nur ja nicht zu vergessen, wie verführerisch sie sein konnte.

Langsam nahm sie ihm ihre Locke aus den Fingern – nicht so heftig, wie sie es vielleicht vor seinem Geständnis getan hätte. »Das mit meinem Haar ist mir gleichgültig«, erklärte sie ihm. »Inzwischen.« Sie schien einen Augenblick nachzudenken, als wäre es ihr wirklich wichtig, dass er verstand, was sie sagte. »Inzwischen habe ich erkannt, dass ich den langen Zopf nicht mehr brauche.« Dann lachte sie und sah zu ihm auf. »Aber wenn ich die Wahrheit sagen soll, sind wir damit noch nicht quitt. Nach all den Schwierigkeiten, in die ich Euch gebracht habe.«

»Vielleicht wäre es gar nicht so schlecht«, sagte er sanft. Er legte seine Hand an ihre Wange. Seine Finger wanderten zur Wärme an ihrem schlanken Hals, und vorübergehend wünschte er diesen Augenblick festzuhalten. Dass er und Leydi ein Liebespaar wären, irgendwo verborgen vor Kincaid und der Tatsache seiner Gefangenschaft. »Nein. Es wäre wirklich gar nicht so schlecht mit Euch.«

»Nicht!« Unwillig wandte sie das Gesicht ab.

Er griff nach ihrer Schulter und zwang sie nicht mehr ganz so sanft, ihn wieder anzusehen. »Ich treibe kein Spiel, Maus.« Das sagte er scharf, damit sie wenigstens dieses Stückchen der Wahrheit begriff. »Nicht jetzt. Ich begehre Euch. Sicherlich habe ich das von Anfang an getan. Darum gab ich auch Stevensons lächerlichem Vorschlag nach, Euch einzustellen. Na ja, aber ich werde so stur sein wie unser guter Leutnant. Ich habe meine eigene Mission«, verkündete er und hob ihr Gesicht zu seinem empor. »Und meine Mission seid Ihr!«

»Ihr braucht keine Mission. Ich will, dass Kincaid Euch auch so freilässt«, flüsterte sie. »Ich werde mein Bestes tun, ihn zu überreden; ich kann nur nicht versprechen, dass er auf mich hört.«

»Und Flucht?«, wisperte er und beugte sich zu ihr hinab, sodass sein Atem ihre Wange streifte. »Könntet Ihr mir helfen zu entfliehen?«

Sie schloss die Augen und wirkte elend. »Das kann ich nicht.«

»Dann muss ich Euch noch ein wenig mehr überreden«, schnurrte er und streifte ihren Mund mit einem Kuss, der genau die Lust andeutete, die er zu geben versprach.

Sie duckte sich unter seinem Arm hindurch und sprang aus dem Sessel. Leydi strebte auf die Tür zu und zitterte, ihr Atem ging schwer. »Ihr müsst mich für verrückt halten.«

»Wohl kaum«, sagte er und richtete sich auf, wobei sein Atem genauso schwer ging wie der ihre nach diesem unterbrochenen Kuss. »Manchmal finde ich wirklich, dass Ihr einfach unwiderstehlich seid«, wagte er zu gestehen und wunderte sich kein bisschen, dass es der Wahrheit entsprach.

Quentin stellte fest, dass es ihm gefiel, so mit ihr zu reden. Er begehrte sie und teilte ihr nur mit, wie sehr. Die Umstände erlaubten ihm das – zwangen ihn dazu.

»Ich weiß nicht, wie Ihr das macht«, sagte sie und schüttelte verwirrt den Kopf. »So ernst zu sprechen. Auf diese Art verführt Ihr bestimmt viele Frauen.«

»Nur Euch möchte ich verführen, Maus«, sagte er warnend. »Und wenn ich genug Zeit habe, werde ich auch erfolgreich sein.«

Sie verschränkte die Arme vor der Brust und sah wieder rührend sachlich aus. »Nun, das werden wir ja sehen! Soweit ich mich erinnere, waren Eure Versuche auf St. Kitts nicht gerade erfolgreich.«

Er lächelte. »Da habe ich gar nicht versucht, Euch zu verführen«, erklärte er beinah zärtlich. Dort ging es ihm noch darum, sie zu vertreiben – bevor sie ihn mit ihrer reizend unschuldigen Art endgültig in den Wahnsinn trieb.

»Ich bin nicht der Dummkopf, für den Ihr mich haltet«, teilte sie ihm mit.

»Seid einfach nur mein Engel«, bat er und trat von der Tür zurück, sodass er etwas Abstand zu ihr bekam. Seinen ersten Angriff hatte er tatsächlich erfolgreich abgeschlossen – so erfolgreich, dass sie beide genug abbekommen hatten. »Schließlich habt Ihr mich von meinen Engeln getrennt. Also hört mir bitte zu, wenn ich einsam bin!«

Sie trat in großem Bogen um Quentin herum. Als sie die Tür erreichte, blieb sie stehen, wäre beinah gestolpert. Sie schaute hinunter und hob Nigel vom Boden auf, wo er ihr im Weg lag.

»Ich weiß nicht, wie er hierher gekommen ist. Er betritt sonst nie dieses Haus.« Sie schaute hinüber zu Quentin, dann auf das Iguana. »Wisst Ihr, ich glaube, er mag Euch. Wie eigenartig! Sonst freundet er sich nicht leicht mit Menschen an.« Sie drehte sich um und wollte hinausgehen.

Quentin hielt sie an. »Lasst ihn da. Nigel und ich verstehen einander«, sagte er und nahm ihr das Iguana mit einem Lächeln vom Arm. »Wir zwei sind beide kaltblütige Gesellen.«

Es war nicht richtig, was er hier tat.

Felix saß auf der Bettkante und starrte die kahle, weiß gestrichene Wand der Hütte an, die aus einem Zimmer bestand. Vor der Tür hatte ein Wächter Posten bezogen, den Felix durch die Spalten im Fensterladen in einem Korbstuhl hatte sitzen sehen, wo er seine Waffe polierte.

Jetzt, beinah eine Stunde später, wartete Felix auf der Steppdecke auf seinem Bett und dachte über seine Vorstellungen und Pläne hinsichtlich Gabriela nach.

Es war eine Sache, sie zu küssen und ihr das echte Gefühl zu vermitteln, das er empfunden hatte, als er sie in jener dunklen Nacht in den Armen gehalten hatte, oder zuzulassen, dass ihr Bild seine nächtlichen Träume erfüllte. Aber sie verführen zu wollen, um zu fliehen, sie in dieser eindeutigen Weise zu benutzen und dann dem Gutdünken der Piraten zu überlassen – das gefiel ihm überhaupt nicht.

Von Anfang an hatte etwas Besonderes zwischen ihnen bestanden, eine Anziehung, ein Feuer – so viel, dass er ihr sogar in jener Nacht gefolgt war, um sie in der Kolonnade zu küssen. Vermutlich war es ihr ähnlich ergangen. Während er gefesselt am Strand gesessen hatte, hatte sie ihn geküsst, als wenn sie ebenfalls die Grenzen ihrer Anziehungskraft ausloten wolle und sich fragte, ob es sie gab oder sie nur in ihrer Einbildung existierte – denn auch Gabriela spürte sicher das Brennen zwischen ihnen. Aber jene hitzigen Begegnungen waren etwas anderes als das, was Quentin von ihm verlangte.

Er sollte sie verführen. Sie hereinlegen. Seine wahren Absichten verstecken, damit er sie dazu anstiften konnte, ihm zu helfen.

Es war einfach nicht richtig!

Felix verließ das Bett und begann, auf dem gestampften Lehmboden auf und ab zu gehen. Bei der mit Eisenbändern beschlagenen Truhe am Fußende des Bettes machte er kehrt. Er starrte zu den Deckenbalken hinauf.

Normalerweise pflegte er den Leuten reinen Wein einzuschenken. *Was du tust, ist schlecht, ich bin hier, um dich davon abzuhalten. Ich stehe für das Gute.* Selbst bei jenem ersten Mal, als sie ihm die Rose gegeben hatte, hatte er die Blume nicht fallen lassen, um ihr zu verstehen zu geben, dass er kein liebeskranker Verehrer sei. Das war eine Warnung gewesen. *Ich weiß, was ihr so treibt, du und deine Mutter. Ihr könnt euch nicht mehr lange vor den Folgen verstecken!*

Doch jetzt sollte *er* alles verstecken, so tun, als mache es ihm nichts aus, dass sie zu Kincaid gehörte. Er sollte ihr versichern, dass sie einander nah sein konnten trotz ihrer Beziehung zu dem Piraten – und das, obwohl Kincaid alles unmöglich machte, was sich zwischen ihnen anbahnen wollte.

Auf einmal wurde der Schlüssel im Schloss gedreht. Die Tür schwang auf. Gabriela trat ein und steckte den Schlüssel in die Tasche. Sie lehnte sich von innen an die Tür, die sie geschlossen hatte, die Arme hinter sich verschränkt.

»Ihr habt nach mir gefragt?«

Er nickte und betrachtete sie mit einem langen Blick. Trotz all seiner Bedenken, oder vielleicht gerade deswegen, nahm ihr Anblick ihm immer noch den Atem. Sie trug limettengrüne Seide, und das Oberteil und der Rock des Kleides waren mit gelben Blümchen bestickt. Ihr Haar hatte sie mit Perlmuttkämmen zurückgesteckt, und die dichten kastanienbraunen Locken reichten ihr bis auf die Schultern. Vielleicht war sie die schönste Frau, die er je gesehen hatte.

In St. Kitts gab es viele Mulattinnen, und Felix hatte festgestellt, dass ihm das gefiel. Mit ihren bunten Tüchern, die sie wie Turbane um den Kopf trugen, bewegten sie sich mit mehr Selbstbewusstsein auf der Straße als die weißen Siedlerinnen. Sie hatten weniger Polsterung nötig und standen offener zu ihren weiblichen Formen. Ihm gefiel die Farbe ihrer Haut, die vollen Lippen und Rundungen, die sie nicht unter lächerlichen Bergen von Unterröcken und Krinolinen versteckten.

Aber Gabriela war noch anders. Anders als die weißen Siedlerinnen und die schwarzen Frauen, mochten sie Freie oder Sklavinnen sein. Sie kleidete sich, als gehörte sie zur privilegierten

Klasse, trug die Kleider aber, als hätten sie keine besondere Bedeutung für sie. Wie eine Königin hielt sie sich und sah auch so aus.

Felix lehnte sich auf dem Bett zurück und genoss ihren Anblick. Er mochte ihre Farben, in allen Tönungen der süßesten Schokolade. Als er sie geküsst hatte, hatte er nicht mehr aufhören wollen. Auch jetzt wollte er sie am liebsten küssen.

Ihre Blicke begegneten sich in dem weichen Licht, das durch die Spalten in den Fensterläden hereindrang. In diesem Augenblick fragte er sich, ob er überhaupt zu etwas anderem als ehrlichen Gefühlen in der Lage sein würde. Er wusste nicht, ob er das Theater mit seinem hinterlistigen Ziel würde durchziehen können.

»Komm her, Gabriela!«

Gabriela trat langsam näher, den Kopf stolz erhoben, denn sie wollte nicht, dass er merkte, wie wild ihr das Herz in der Brust schlug. Die Anziehung zwischen ihnen war so heftig, dass sie ihr Angst machte. Verbotene Leidenschaft.

Das ist also die Liebe. Sie war nicht so, wie Gabriela geglaubt hatte. Sie hatte nicht eines Morgens die Augen geöffnet und ihren Ritter über sich gebeugt gefunden wie ihre Großmutter, aber das Gefühl war trotzdem nicht weniger stark. Eigentlich könnte man sogar sagen, dass die verbotene Liebe zwischen einem Sklaven und der Nichte seines Besitzers umgekehrte Parallelen mit ihrer eigenen Lage aufwies.

»Ihr sollt wissen, dass es nicht meine Absicht war, Euch hierher bringen zu lassen«, erklärte sie ihm.

»In Kincaids Höhle? Um mich in die Hände jenes Mannes zu schicken, der mich höchstwahrscheinlich vernichten würde?« *Genau wie er meine Familie abgeschlachtet hat.* »Nein«, sagte er und schüttelte den Kopf. »Ich glaube nicht, dass Ihr mich hierher entführen wolltet. Ebenso wenig wie es einen Plan gab, Kincaid anzugreifen«, sagte er und hielt ihrem Blick stand, fasziniert von jenen fantastisch grünen Augen. »Zumindest noch nicht. Das alles war eine Geschichte, die Rucksingford sich ausgedacht hatte, um Eure Freundin zu beeindrucken. Doch Ihr lagt mit Eurem Verdacht nicht allzu weit von der Wahrheit entfernt. Ich hatte vor, Kincaid zu vernichten. Nur habe ich noch nicht den richtigen Weg gefunden.«

Na also, sagte er sich. So ehrlich konnte er wenigstens sein. Er war Kincaids Gegner. *Nehmt Euch in Acht!*

Gabriela nickte, hörte aufmerksam zu, sagte aber nichts. Sie war nicht einmal besonders überrascht, sondern lächelte sogar. »Ich vermute, ich habe in meiner Verkleidung als Pirat ziemlich albern ausgesehen.« Ohne es zu bemerken, hob sie die Hand zu der Prellung an der Wange, wo er sie geschlagen hatte.

»Tut es noch weh?« Er konnte den Gedanken nicht ertragen, dass er sie wirklich getroffen hatte – ungeachtet der Tatsache, dass er zu jenem Zeitpunkt nicht wusste, dass es sich um Gabriela handelte. »Kommt näher«, sagte er und deutete auf sein Bett. »Lasst mich Euch berühren.«

Dieselbe unveränderte Magie drängte Gabriela zu ihm, sodass sie seiner Aufforderung folgte. Als sie in seiner Reichweite stehen blieb, nahm er ihre Hand und zog sie so nah zu sich, dass sie zwischen seinen Beinen stand, die Knie unter dem Kleid an die Bettkante gelehnt.

Felix blieb weiterhin sitzen, auch als Gabriela sich so in seiner Reichweite befand. Ihre Muskeln fühlten sich an, als wären sie vor Angst verkrampft. Sie blickte direkt geradeaus, über seinen Kopf hinweg, denn sie wagte es nicht, ihm in die Augen zu sehen – doch das war ihm egal. Mit jedem Atemzug senkte und hob sich ihre Brust. Er streckte die Hände aus und legte sie auf ihre Hüften, zog sie noch näher heran, sodass sie einander berührten. Sie versuchte nicht, sich ihm zu entwinden; er hätte es auch nicht zugelassen. Ihr Atem ging heftiger. Ganz wie der seine.

Seine Hände wanderten über ihre Hüften aufwärts, tastend, wie weich ihre Haut und ihre Gestalt unter der feinen Seide des Rockes sein mochten. Sie hatte breite Hüften; das gefiel ihm. Eine seiner Hände strich sanft über ihren leicht gewölbten Bauch. Sein Atem wurde noch tiefer dabei. Er starrte hinauf zu ihren Brüsten, deren Ansatz verführerisch am Ausschnitt ihres Kleides zu sehen war. Diese Frau begehrte er mehr als alles auf der Welt. Aber er durfte sie nicht begehren, sondern musste sie benutzen.

Felix vergrub sein Gesicht zwischen ihren Brüsten, legte seine Arme um sie, sodass er auch ihr Hinterteil umfasste, und zog sie an seinen Körper, hielt sie fest. Er spürte, wie ihre Finger in sein Haar glitten und es sanft nach hinten strichen.

»Wirst du zulassen, dass er mich tötet?«, fragte er flüsternd in ihre Wärme und drückte seine Wange an ihre weiche Gestalt.

Gabriela strich mit den Fingern durch die dichten roten Locken und dann mit den Fingerspitzen über die Sommersprossen auf seiner Nase. Jetzt wusste sie ganz sicher, dass ihr tiefster Wunsch in Erfüllung gegangen war. Dies hier war ihre verbotene Liebe. Sie fühlte nach dem Kratzer, wo sie ihn mit dem Stein geschlagen hatte, und es schmerzte sie, dass sie ihm hatte wehtun müssen.

Wahre Liebe! Hier bot sie sich ihr dar. Sie glaubte nur nicht, dass sie den Mut ihrer Großmutter haben und danach greifen würde.

»Du hättest ihn aufhängen lassen«, sagte sie und streichelte weiter durch sein Haar, strich sanft über die Wunde an seiner Schläfe, als wollte sie sich entschuldigen.

»Was hat er für eine Macht über dich, Gabriela?«

Sie schloss die Augen und wünschte zum hundertsten Mal, dass Kincaid keinerlei Macht über sie besäße. Dass er nicht ein Leben lang Bertie versorgt hätte, während er ihr und Gabriela gleichzeitig das Herz brach. »Das ist unwichtig. Ich werde ihn nicht um deinetwegen verraten.«

»Dann wirst du also zulassen, dass er mich umbringt?«, wiederholte er seine Frage und sah ihr diesmal in die Augen.

Sie umfasste sein Gesicht mit beiden Händen. »Ich habe in der Sache nichts zu sagen, weil ich nur seine Haushälterin bin.«

»So leicht lasse ich mich nicht täuschen, Gabriela. Warum sollte sich eine Bedienstete als Pirat verkleiden und einen Offizier der Marine entführen, um das Leben eines Seeräubers zu retten?«

Sie schob ihn von sich, sodass die Umarmung unterbrochen wurde. »Leider war sie dumm genug dazu.«

Er fasste nach ihrer Hand, bevor sie fortgehen konnte. »Ich werde dich weiterhin bedrängen – werde dich zwingen, zwischen uns beiden zu wählen, und zwar mich!« Was er genau so meinte.

»Nicht«, flüsterte sie, zog ihre Hand weg und ging zur Tür. Kurz bevor sie hinaustrat, fügte sie noch leise hinzu: »Mach nicht diesen Fehler!«

»Aber *warum* kannst du mir nicht vergeben?«

Bertie schaute in Hughs attraktives Gesicht. Seine hellblauen Augen waren von so dichten und langen dunklen Wimpern umgeben, dass es an einem Mann wie eine Verschwendung erschien. Sie seufzte. Der verdammte Narr hatte noch nicht bemerkt, dass sein Leben auf dem Spiel stand, und es war höchste Zeit, seinem Lamentieren über den unbedeutenden Verlust ihrer Liebe ein Ende zu bereiten.

Beinah hätte sie es ihm in diesen Worten erklärt, doch sie hielt den Atem an, als er den Arm ausstreckte und ihre Hand streichelte. Seine langen, schmalen Finger huschten über ihre Haut und hoben ihre Rechte an seine Lippen, um sie mit jenem talentvollen Mund zu küssen. Unglücklicherweise war Hugh weiterhin absolut herrlich und von trügerischer Schönheit.

»Bertie, erinnerst du dich noch an die Nacht, in der wir uns zum ersten Mal begegnet sind?«

»Oh, Hugh. *Basta*! Bitte hör jetzt mit dem Unsinn auf.«

Doch er zog sie wieder zurück in seine Arme, bevor sie ihm und seinem Flehen den Rücken kehren konnte. Sie befanden sich im Innern der Hütte, die Hughs Gefängnis war. Er hatte sich gewaschen und rasiert und roch rührend nach Seife. Sie bedauerte, dass sie seinem Wunsch, sie zu sehen, gefolgt war – es könnte sich als zu schwere Prüfung erweisen, so lange mit Hugh allein zu sein.

Mit natürlicher Vertrautheit streichelte er den seitlichen Rand ihrer Brüste genau an der Stelle, wo sie ihr Tuch in das geschnürte Oberteil ihres Kleides gesteckt hatte. Sie schlug seine Hand weg, denn die verlockende Geste hatte sie wieder zur Vernunft gebracht. Ohne sich groß ablenken zu lassen, zog Hugh sie zu dem Himmelbett – aber sie stieß ihn von sich und sah ihn mit leidendem Blick an.

Hartnäckig trat Hugh hinter sie und küsste ihren Hals. Er flüsterte ihr ins Ohr: »Ich werde nie vergessen, wie ich dich zum ersten Mal im ›Steinernen Elefanten‹ sah. Erinnerst du dich noch, *mon coeur*? Du saßest in der einen Ecke und lachtest dein wundervolles Lachen.« Sein Mund streifte sacht ihre Wange, seine Hand stahl sich auf ihren Bauch. »Schon damals habe ich dich begehrt, Bertie, obwohl ich nur dein Lachen hörte. Genauso wie ich dich jetzt begehre.« Er küsste ihr Ohr, pustete sanft dagegen.

Bertie schob ihn mit einer kräftigen Bewegung des Ellenbogens zurück. Hugh landete mit einem Poltern und einem Fluch an der Seemannskiste am Fußende des Bettes.

»Genau das ist das Problem, Hugh. Du hörst eine Frau lachen und begehrst sie. Alle begehrst du!«

Er stand auf und klopfte sich die Jacke ab in dem Versuch, wieder eine etwas würdigere Stellung einzunehmen. »Das ist nicht wahr, mein Herz.« Zum ersten Mal lag etwas mehr Kraft in seiner Stimme – genug, um Berties Aufmerksamkeit zu wecken. »Sei gerecht. Ich war dir treu, Bertie. Mag sein, dass ich eine Dame geküsst habe … oder zwei. Aber in all den Monaten, die wir zusammen waren, hat keine andere mein Bett geteilt!«

Prüfend sah Bertie ihn an. »Du redest so ernsthaft, dass ich dir beinah glauben möchte.«

»Weil es die Wahrheit ist! Waren wir auch nur eine Nacht getrennt voneinander?«, wollte er wissen. »Mag sein, dass mir Monique ein wenig den Kopf verdreht. Schließlich bin ich auch nur ein Mensch. Das bedeutet nicht, dass ich aufgehört habe, dich zu lieben, Bertie!«

Bertie seufzte, denn sie glaubte nicht, dass sie diesem Schuft wirklich vergeben konnte. Dennoch fragte sie sich, ob sie nicht eigentlich selbst schuld war an ihrem gebrochenen Herzen. Dieser junge, viel jüngere Hugh! Es war wirklich töricht, dass sie sich überhaupt in ihn verliebt hatte.

Sie hob die Hand und streichelte seine Wange mit einem bedauernden Lächeln. Er griff nach ihrer Hand und küsste sie zärtlich.

»Hast du mir also alles vergeben, *ma chéri*?«, fragte er.

»Wir werden sehen«, flüsterte sie. »Und jetzt sei ein braver Junge und bring dich nicht in Schwierigkeiten, bis Kincaid zurückkommt. Deine Bertie wird sich um deine Sicherheit kümmern – ob sie dir nun vergibt oder nicht.«

»Und die anderen, Bertie?«, fragte er und küsste ihren Arm aufwärts bis zu der Spitzenmanschette an ihrem Ellenbogen. »Rucksingford und Bishop – kannst du denen auch helfen?«

Stirnrunzelnd entzog sie Hugh langsam ihre Hand. »Das weiß ich nicht. Pass gut auf dich auf, Hugh. Binde dich nicht zu sehr an sie«, warnte sie abschließend.

Bertie trat hinaus ins Licht des Hofes und schloss die Tür hinter sich ab. Sie lächelte Randy zu, der damit beauftragt war, Hugh zu bewachen, wie Consuelo es empfohlen hatte. Bertie und Consuelo hatten sich beraten und beschlossen, dass die Wächter eher von der lässigeren Art sein sollten – und vielleicht den Mädchen erlauben, ihre Männer auch einmal privat zu besuchen. Nachdenklich wanderte sie den Muschelschalenpfad hinunter und schüttelte den Kopf über diesen Unsinn. Es war absurd, dass der arme Hugh in diese Schwierigkeiten geraten war.

Jetzt bog sie nach links ab, um bei der Küche vorbeizuschauen und nachzusehen, wie es ihrer Tochter ging. Sie nickte einer Gruppe von Männern zu, die ihr begegneten, dann runzelte sie die Stirn. Sie hatte keine Ahnung, warum Cy Hugh überhaupt mitgenommen hatte, und erst recht nicht, warum er einer der Gefangenen war. Trotzdem, als sie jetzt eine weiße Ingwerblüte pflückte und ihren würzigen Duft einatmete, musste sie zugeben, dass ein gemeiner Teil in ihrem Innern seine Bestrafung genoss. Geschah ihm recht, wo er sie doch betrogen hatte.

In Gedanken versunken, bemerkte Bertie Cy nicht, der jetzt hinter einem üppigen Lorbeerbaum hervortrat. Fast wäre sie mit seiner massigen Brust zusammengestoßen. »Cy, *querido*. Wo kommst du denn her?«, fragte sie mit einem Lächeln.

Kein antwortendes Grinsen erschien unter Cys rotgrauem Bart. Er stand da und sah sie finster mit halb geschlossenen Augen an, die Arme über der gestreiften Weste verschränkt. »Ich glaube wirklich nicht, dass es besonders klug von dir ist, Zeit mit jenem Kerl zu verbringen, Bertland. Häng dein Herz nicht zu sehr an ihn. Sein Schicksal liegt in Kincaids Händen.«

»Pah! Mein Hugh ist doch keine Bedrohung«, sagte sie, nahm die weiße Ingwerblüte und steckte sie hinter Cys Ohr. Er riss die Blume herunter und schaute noch finsterer drein.

»Gib es doch zu, Cy, die beiden anderen waren es, die sich gegen Daniel verschworen haben, *sim*?« Flüchtig winkte Bertie ihm zum Abschied zu und ging weiter den Pfad hinunter in Richtung Küche. »Kincaid wird Hugh ohne weiteres freilassen.«

»Der Mann ist zu jung für dich, Bertland!«, predigte Cy mit einer Stimme, die weit über den Hof dröhnte.

Bertie drehte sich um, überrascht, dass der sanfte Cy sich so sehr über den harmlosen Franzosen aufregte. Dann zuckte sie nur mit den Schultern. »Ganz bestimmt ist er das. Doch man kann seinem Herzen nicht befehlen.« Sie küsste ihre Fingerspitzen und warf ihm den Kuss zu.

Cy blieb auf dem Pfad stehen und sah Bertie nach, deren Hinterteil in ihrem schwingenden Gang köstlich hin und her schaukelte. Er konnte hören, wie sie leise vor sich hin summte. Die riesigen Goldringe in ihren Ohren blinkten im Sonnenlicht.

»Mein Hugh …« Er sprach den Namen zischend aus wie einen Fluch. Dann sah er noch einmal die Blume an, die er in der Hand hielt, und steckte sie schließlich in ein Knopfloch seiner Weste. »Verdammte Person!«

18

Quentin brach ein Stück Banane ab und reichte die Frucht Nigel. Es war ein glühend heißer Nachmittag, der Wind gerade stark genug, um die feuchte Luft im Hof zu bewegen – kaum wert, eine Brise genannt zu werden. Er saß neben Bishop und dem Franzosen Piton unter einem Banyanbaum. Die Männer benutzten die riesigen Wurzeln als Stühle und lehnten regungslos an der glatten Rinde.

Eine kleine Truppe von Wächtern pokerte auf einer festgetretenen Fläche in der Nähe. Eigentlich war es ihre Aufgabe, Kincaids wertvolle Ladung von Gefangenen zu bewachen. Doch angesichts der Art, in der die Männer bei jedem Rollen des Würfels schallend lachten, und der Geschwindigkeit, in der Münzen die Besitzer wechselten, bezweifelte Quentin, ob gar ein Kanonenschuss aus einem Vierundachtzigpfünder ihre Aufmerksamkeit von dem Spiel hätte ablenken können.

Quentin fütterte Nigel mit einem weiteren Stück Obst. Das Iguana saß auf seiner Schulter, sodass er nur zwei zarte limettengrüne Pfoten sah, die neben dem Kragen in sein Leinenhemd gekrallt waren. Das Untier kaute lässig, und außer seinen Kinnladen bewegte sich nichts an ihm. Heute trug Nigel ein tannengrünes Band, das er am Morgen in Quentins Zimmer geschleppt hatte. Der Viscount hatte einen langen Blick auf das Satinband geworfen, das aus Nigels Maul hing, und mit den Schultern gezuckt. Er hatte das Band zu einer prächtigen Schleife gebunden, erfreut, der Echse bei der Morgentoilette helfen zu können, und sich dann hingesetzt, um sein Frühstück mit Nigel zu teilen.

»Wenn ich je eine Waffe in die Hand bekomme«, murmelte

Hugh mit seinem weichen französischen Akzent, »dann werde ich wenigstens einen von den Papageien erschießen.«

Quentin aß den Rest der Banane und warf die Schale in den Früchtekorb zu seinen Füßen. Die dicke, feuchte Luft des späten Nachmittags lag als Dunst über den Hügeln am Horizont, und es sah drohend nach Regen aus. Wolken bildeten eine mächtige Kappe über dem höchsten Gipfel der Insel. Er betrachtete die Schar von Vögeln, die lärmend in dem üppigen Lorbeerbaum saßen. Eine Woche war vergangen, seit er zu Kincaids Insel entführt worden war, aber der Franzose beklagte sich immer noch über die Papageien.

»Jeden Morgen dasselbe, *kräh, kräh, kräh*!«, imitierte Hugh die Vögel. »Kaum dass die Sonne aufgegangen ist!«

»Muss ja wirklich hart sein, vor zwölf Uhr aufzuwachen«, sagte Bishop, der Hugh in letzter Zeit häufiger verhöhnte.

Quentin warf dem Leutnant einen fragenden Blick zu und sagte zu dem Franzosen: »Ich hätte gedacht, Ihr müsstet inzwischen an den Lärm gewöhnt sein.«

»Nur ein Schuss …« Hugh zielte über seinen Finger wie über Kimme und Korn. »Nur ein kleiner Schuss, und sie wären alle weg!«

Nachdem er Nigels Krallen aus seinem Hemd gelöst hatte, setzte Quentin das Tier auf seinen Schoß und lehnte sich zurück an eine Baumwurzel, den einen gestiefelten Fuß vor sich ausgestreckt. Er schloss die Augen und holte erschöpft Atem. Zweifellos raubte ihm die feuchte Hitze ebenso jedes bisschen Kraft, wie sie Bishops Laune vergällte und die wenigen dumpfen Sinne noch weiter drosselte, die dem Franzosen verblieben waren. »Wie läuft die Sache mit Madame de Sousa?«, fragte er und streichelte den Stachelkamm auf Nigels Kopf.

»*Comme ci, comme ça*. Ich glaube, mit noch ein wenig mehr Einsatz bin ich vor Kincaid sicher. Aber Ihr beiden …« Er schüttelte den Kopf und schnalzte mit der Zunge. Hugh warf Quentin und Bishop einen Blick zu, der wirkte, als wäre er für Leute reserviert, die der Galgen erwartete. »Für Euch sieht es nicht gut aus, *mes amis*!«

»Hört mir mal gut zu, Ihr französischer Casanova«, spuckte Bishop leise aus. »Wir stecken zusammen im gleichen Boot. Versucht nicht, nur für Euch allein einen Ausweg zu finden!«

»Jetzt beleidigt Ihr mich. Ich rede von nichts anderem als Eurem Fall, während ich die Frau umschwärme, die ich liebe – die Frau, die ich schon liebte, bevor mich Eure Dummheit in Kincaids Fänge gebracht hat.«

»Seid still, alle beide«, sagte Quentin scharf und schaute zu den Wächtern hinüber.

»Ach, er hat ja Recht«, räumte Bishop ein und lehnte seine Schultern gegen eine Wurzel. Er ließ den Kopf nach hinten fallen und drehte eine Mango in den Händen. »Es liegt an dieser verdammten Hitze, dass ich so schlechte Laune habe. Himmel, auf dieser verdammten Insel wird man förmlich im eigenen Saft geschmort.«

Quentin betrachtete Bishop, während der Mann verdrießlich die Mango musterte. Er fand, es wäre eine bessere Idee, einen Bissen davon zu essen, als sie nur anzuschauen. Der Leutnant begann verwahrlost auszusehen. Sein Hemd und seine Weste, die zuzuknöpfen er sich nicht mehr die Mühe machte, hingen lose an seinem mageren Körper, als hätte er durch die Strapazen Gewicht verloren. Selbst sein Haar erschien matter, beinah wie schmutziges Kupfer.

»Ich denke immer daran, dass es einfach nicht richtig ist, was wir tun«, flüsterte Bishop, eine Klage, die er in den letzten vier Tagen öfters wiederholt hatte.

»Und ich breche lieber ein paar Herzen, als meinen Kopf in die Schlinge des Piraten zu stecken«, entgegnete Quentin. Doch seine Rechtfertigungen wurden jeden Tag schwächer, an dem ihn die Maus anlächelte. »Das Motto heißt sie oder wir, mein lieber Freund«, sagte er scharf, denn er verlor die Geduld mit Bishops empfindlichem Gewissen und dem ständigen Aufmucken seines eigenen Ehrgefühls. »Und ich wähle mein eigenes Leben, bitte schön«, ergänzte er, während er sich fragte, wie lange er das wohl noch aufrechterhielte.

Bishop schüttelte den Kopf. »Ich wünschte, ich wäre da so sicher.«

»Was könnte denn einfacher sein?«, fragte Hugh, der Bishops Zögern nicht zu begreifen vermochte. »Ihr liebt sie – sie hilft Euch zu entkommen; das als Ausdruck ihrer Liebe, die Ihr teilt. *Voilà*! Und alle sind glücklich, *non*?«

Starr richtete Bishop seinen Blick auf die Frucht in seiner Hand – als wäre sie nicht eine Mango, sondern eine Kristallkugel, die unglaubliche Geheimnisse von ihrer Zukunft berge. »Ich schlafe mit ihr – benutze ihre Liebe, um meine Flucht zu sichern. Dann überlasse ich sie den Konsequenzen, die sie von Kincaid zu erwarten hat – ein Mann, der sie wegen Verrats höchstwahrscheinlich töten wird. Ja, klar sind alle dabei glücklich …«

»Niemand hat gesagt, dass Ihr mit ihr schlafen sollt, um Himmels willen«, unterbrach Quentin ihn. »Seid nett zu ihr. Ist das zu viel verlangt von Eurem puritanischen Gewissen?«

Bishop schwieg, warf nur die Frucht hoch und fing sie mit der anderen Hand auf.

»Was ist mit Euch, *Monsieur?*«, fragte Hugh. »Wie kommt Ihr voran?«

»Prima«, bellte Quentin knapp und rückte unbehaglich zur Seite. In letzter Zeit waren seine eigenen Skrupel darüber, die Maus verführen zu wollen, zu einem ständigen, nörgelnden Gemurmel in seinem Innern geworden, das er nicht überhören konnte. Er hatte sie, verdammt noch mal, nicht darum gebeten, entführt zu werden, diese Schlange.

Quentin legte die Stiefel übereinander und versuchte die Bedenken zu ignorieren, die Bishop trotz Quentins Bemühungen wieder erweckt hatte. Himmel noch mal, er hatte zu viel mit seinem eigenen Gewissen zu kämpfen, um auch noch Bishops zu beruhigen. Wenn Kincaid erschien – oho! –, dann würde Bishops ganzes sentimentales Gequatsche noch früh genug verstummen unter jener Bedrohung. Aber dann wäre es längst zu spät.

Mit schmalen Augen schaute Quentin zur Küche hinüber, wo die Frauen arbeiteten. Oh ja, es war einfach, das Leben zu genießen, solange die Damen sie verwöhnten und ihnen jeden Morgen Austern und Tee brachten zu ihrem Butterbrot, oder silberne Tabletts voller Früchte. Manchmal wanderten sie mit ihnen eingehakt durch die Siedlung – und Cy Cuthbert machte die ganze Farce mit wie ein grimmiger Onkel. Aber Quentin würde seine Wachsamkeit nicht aufgeben.

In der vergangenen Woche hatte er jede Gelegenheit genutzt, der Maus nahe zu kommen, bemüht, seinen Plan mit der Finesse eines Künstlers auszuführen, der eine Arie komponiert. Doch mehrmals hatte er festgestellt, dass er sich plötzlich fragte, wer hier eine Falle stellte und wer schließlich hineintappen würde.

Er hatte sie nicht mehr angerührt – seit jenem ersten Tag, als er sich in Kincaids Haus einen Kuss von ihr stehlen wollte. Denn angesichts seiner Tendenz, alle Pläne und Überlegungen zu vergessen, wenn er sie in den Armen hielt, wäre Freundschaft wohl der einzige Weg, die Maus zu verführen. Keine Notwendigkeit, auch jene Küsse einzubeziehen, die ihm den Verstand zu rauben drohten und ihm neckend zuflüsterten, er solle jede Flucht vergessen. Er wusste, dass die Maus sich nach tief greifenden Wahrheiten sehnte. Sie wollte weit in seine Seele vordringen und sich dort häuslich einrichten. Und er hatte vor, ihren Wünschen nachzugeben. In einem oder zwei Tagen hatte er seine vergangenen Leidenszeiten vor ihr ausgebreitet, sodass sie darin blättern konnte wie in einem Abenteuerroman. Wenn sie erst einmal glaubte, sie hätte ihre Nische in seinem Herzen sicher, dann würde sie auch die Schlüssel zu seinem Gefängnis herausrücken.

Nur eines bedrohte seine Pläne: Die Maus wollte Liebe. Das erkannte er an derArt,wie ihr eindringlicher Blick ihm folgte. Quentin hoffte, dass etwas Vergleichbares auch ausreichen würde. Doch jeden Tag, an dem er weiter so tat, als würde er ihr den

Hof machen, fiel es ihm ein wenig schwerer, ihre weichen Blicke nicht zu erwidern – wurde es ein wenig verlockender, die Gefühle, die er vortäuschte, auch wirklich zu empfinden. Die Maus brachte ihn dazu, seine schlimme Vergangenheit mit der Liebe und deren Enttäuschungen vergessen zu wollen.

Erst an diesem Morgen hatte sie ihm in ihrem braunen Kleid am Tisch gegenübergesessen und ihm ihren geheimen Plan verraten, Kincaid und seine Männer alle zu Zuckerrohrfarmern zu machen – ein Unternehmen, dessen möglichen Erfolg Quentin ernsthaft bezweifelte. Doch er fand es bezaubernd, ihr zuzuhören, wie sie von ihren Hoffnungen und Träumen für die Pirateninsel erzählte. Beim Tee hatte sie sich damit beschäftigt, jene dämlichen Konstruktionen zu analysieren, die er in Zeiten der Langeweile auf St. Kitts zu zeichnen pflegte. Die fortschrittliche Miss Carstair schien fasziniert von der Idee, dass irgendeine magische Maschine das Zuckerrohr ernten könnte, was jetzt noch Blut und Schweiß vieler Sklaven kostete.

Oh ja, seine kleine Maus und ihre Aufmerksamkeit schafften es, ihn regelrecht süchtig zu machen.

»Ich bin noch dabei, meine Fallen aufzustellen«, sagte er zu Hugh, denn er wusste, dass er wachsam sein musste bei der Fähigkeit der Maus, die Wirklichkeit in ihre Träumereien einzubeziehen. Er hatte sich im Griff zu behalten und darauf zu achten, dass er sich nicht zu sehr auf jeden Morgen freute, den sie beim Tee zusammensaßen und derartigen Gedanken nachhingen. Sobald er die Gesellschaft der Maus hinter sich gelassen hätte, musste ihm die Einsamkeit der Vergangenheit wieder genügen. »Ich habe vor, mich von dieser Insel zu verabschieden, bevor der Oberfreibeuter auftaucht.« Er sah hinter Nigel her, der in Richtung Küche verschwand, während nur noch seine grüne Schleife über dem Gras wippte. Ihm waren die Früchte wahrscheinlich langweilig geworden, und er suchte nach etwas Delikaterem. »Vielleicht werde ich heute Abend sogar ein wenig auf Erkundigung gehen.«

»Schließen sie denn Euer Zimmer während der Nacht nicht ab?«, fragte Bishop und warf die unberührte Mango zurück in den Früchtekorb.

»Gerade teste ich eine neue Begabung.« Quentin nahm eine einzelne Haarnadel aus seiner Tasche, sorgfältig etwaige Blicke der Wächter meidend. Er hatte sie in seinem Zimmer auf dem Boden neben dem Bett gefunden. »Ich dachte, ich könnte mich mal in der Kunst des Schlösseraufbrechens üben.«

»Schon irgendwie gelungen?«, fragte Bishop.

»Noch nicht. Aber ich habe ja Zeit.«

»Und der Wächter?«, flüsterte Hugh und beugte sich näher herüber.

»Brody trinkt gern Rum«, antwortete Quentin leise. »Auf die eine oder andere Art werde ich Kincaid entkommen – mit oder ohne Hilfe der Maus.« Er wandte den Blick von Bishop ab, weil er dem Mann einfach nicht in die ernsten Augen sehen mochte. »Aber ich habe bisher noch keiner Methode den Vorzug gegeben. Der Zweck heiligt die Mittel, meine Freunde!«

»Wir können ihnen wohl nicht zur Flucht verhelfen, oder so ähnlich?«, fragte Leydi und sah hoffnungsvoll die anderen Frauen in der Küche an.

»Vertraue ruhig Daniel, er wird schon tun, was das Beste ist«, beschwichtigte Consuelo, die Gabriela dabei half, Ziegenmilch in einen Holzzuber zu gießen, wo sie zu Käse verarbeitet werden sollte. Die Damen trugen einfache Wickelkleider mit Schürzen, das Haar unter Tüchern verborgen. Sie hatten alle Freude daran, zusammen Käse zu machen. Consuelo behauptete, ihr Ziegenkäse sei der beste auf den ganzen Inseln, denn ihr Rezept stamme aus einer geheimnisvollen griechischen Quelle.

»Man kann Kincaid vertrauen, dass er tun wird, was das Beste für Kincaid ist«, meinte Gabby und wischte sich die Hände an der Schürze ab.

»Was das Beste für uns alle ist«, verbesserte Consuelo sie. »Einschließlich all der Familien, die auf dieser Insel leben und für die er die Verantwortung trägt. Du gehörst auch dazu, meine Liebe.«

Gabriela wandte sich ab und sah nach der Molke, die in einem schwarzen Kessel über dem Küchenfeuer kochte.

»Quentin war so wunderbar in den vergangenen Tagen«, begann nun Leydi. Sie und Bertie waren damit beschäftigt, die festen, etwas älteren Käse vom Abtropftisch in Holzfässer mit Salzlake zu füllen. Frischer Käse, den sie an diesem Morgen zubereitet hatten, hing schon in Tüchern zum Abtropfen im Schuppen neben der Küche. »Er hat keine Spur von ›Lord Rücksichtslos‹ mehr an sich. Ich bin sicher, dass das irgendeine tiefere Bedeutung hat; er führt etwas im Schilde. Gewiss will er nicht plötzlich einfach nur mein Freund sein.«

Im Innern wünschte sie es sich genau so. In den vergangenen Tagen, wann immer sie ihm Frühstück gebracht oder die Siedlung gezeigt hatte, fand sie einen Mann vor, der sich tatsächlich verhielt wie ein Freund. Die rot geränderten Augen seiner Schlaflosigkeit waren weg, ebenso wie sein beißender Sarkasmus. Der neue Quentin lachte und erzählte reizende Geschichten von seiner Kindheit auf dem Land. Er hörte zu und stellte Fragen, als drehe sich sein ganzer Tag nur um ihre Besuche. Es schien keine Spur von dem zynischen, sinnlichen Mann mehr zu geben, der sich hinter gemeinem Schweigen verbarg, wenn man seinen Geheimnissen zu nahe kam – ein Mann, der sich ein Rachegeschenk ausdenken konnte als Vergeltung dafür, dass man ihm auf den Pelz gerückt war.

Aber Leydi ermahnte sich selbst, nicht zu leicht auf diese erstaunlichen Veränderungen hereinzufallen. Mit dem Tagträumen war sie fertig. Sie schob sich mit dem Ärmel eine schweißfeuchte Locke aus der Stirn und seufzte. »Ich wünschte beinah, er würde mich dazu überreden, dass ich ihm zur Flucht verhelfe. Dann wüsste ich wenigstens, was in seinem trügerischen Kopf so vor sich geht.«

»Er wird dich bitten«, verhieß Consuelo ihr. »Du bist das Einzige, was zwischen ihm und Kincaid steht. Es ist klug von dir, anzunehmen, dass seine Motive bestimmt nur seinen eigenen Zwecken dienen.«

Leydi ließ sich neben dem Abtropftisch auf einen Rohrstuhl fallen. Sie atmete langsam und tief aus. »Ich fühle mich wie der Bauer, der seine Gans für Martini mästet. Da bemühe ich mich, ihnen das Leben so angenehm wie möglich zu machen – aber wozu?«

»Kincaid wird sie nicht umbringen, *menina*«, sagte Bertie und schüttelte den Kopf, sodass die goldenen Ohrringe an ihrem Hals schwangen. »Nicht, wenn Consuelo und ich auch etwas zu melden haben.«

Alle vier Frauen schwiegen, denn das unausgesprochene ›Aussetzen‹ hing in der Luft – zusammen mit dem salzig-sauren Aroma der warmen Ziegenmilch und der Lake.

Abrupt stand Leydi auf. Sie griff nach den letzten Käsestücken für das Fass. »Nigel liebt ihn. Er kann nicht gar so schlecht sein. Vielleicht schaffen wir es, irgendeinen Kompromiss auszuhandeln«, sagte sie und hatte plötzlich eine Idee. »Wir könnten sie dazu überreden, Kincaid die Treue zu schwören. Sie könnten seine Leute werden. Dann bräuchte ihnen Kincaid nichts mehr zu tun.«

Gabriela, die am Herd stand, sah wenig überzeugt aus. »Bishop führt eine persönliche Vendetta gegen Kincaid, da bin ich ganz sicher. Und dein Rucksingford ist zu reich, um seinem Inselbesitz einfach den Rücken zu kehren.«

»Außerdem leben hier nicht genug Frauen für Hugh«, ergänzte Bertie mit einem Seufzer.

»Es muss doch irgendeine Möglichkeit geben«, sagte Leydi und sah die anderen eindringlich an, »zur Ergreifung einer Initiative. Und zwar bald. Wir können doch nicht einfach wie dumme Hühner herumsitzen und darauf warten, dass Kincaid dann zuschlägt.«

Doch niemand hatte eine Antwort auf ihre stille Bitte. Keine von ihnen sah eine Lösung, als zu warten ... zu warten auf Kincaids zweifelhafte Weisheit. Und nur Leydi wusste, wie nahe sie daran war, Quentins überwältigender Freundlichkeit endgültig zum Opfer zu fallen.

Sie musste zugeben, dass sie in den letzten Tagen nicht mehr so gut aufgepasst hatte. Wenn er versucht hätte, sie zu verführen und sie weiter so sinnlich herauszufordern wie in St. Kitts, hätte sie etwas gehabt, wogegen sie ankämpfen konnte. Doch seine Methoden waren feinsinniger und sublimer. Und dadurch sehr viel wirksamer.

Leydi erinnerte sich daran, wie sie heute Morgen überraschende Zeugin wurde, als er sein Frühstück mit Nigel teilte. Jemand hatte Gabrielas Schublade durchwühlt und ein Band fehlte. Aus früherer Erfahrung erkannten die beiden Frauen das als die Tat des Iguanas. Doch als sie an Quentins Tür stehen geblieben war, um ihn zu fragen, ob er vielleicht den Dieb gesehen hatte, beobachtete sie, wie er der Echse die grüne Schleife umband und Nigel dabei jede Menge Komplimente machte.

Leydi war im Schatten der geöffneten Tür stehen geblieben und hatte das Gefühl, eine sanfte Hand umfinge ihr Herz und drücke es zusammen. Einen Moment lang sah sie schweigend zu, wie Quentin das Iguana mit einem Keks und Sirup anlockte. Beide boten ein absolut rührendes Bild.

Sie wollte nicht, dass er sich so nett benahm. Das brachte sie auf den Gedanken, zu glauben, dass die Veränderungen, die mit ihm vorgegangen waren, sich vielleicht doch ursprünglich aus seinem Charakter ergaben. Schon einiges hatte sie von ihm mitbekommen während der Stunden, die sie auf St. Kitts neben ihm arbeitete. Es gefiel ihr, jetzt zu glauben, dass er auf Devil's Gate einfach nur Frieden gefunden hatte, so wie es ihr selbst während all der Jahre ergangen war – und es war verlockend, anzunehmen, dass der alte Lord Rücksichtslos vielleicht nie wieder erscheinen würde.

Mit einem Ruck fasste sie sich an ihr Haar, zwang sich, an den verlorenen Zopf zu denken.

»Hoffentlich kommt Kincaid bald«, sagte sie und hätte beinah noch ihre Besorgnis zum Ausdruck gebracht, dass es trotz all ihrer Bemühungen so aussah, als würde sie langsam, aber sicher von Quentin eingewickelt – ohne es zu wollen.

Seine Lordschaft schob den schmalen Haufen von goldenen und silbernen Münzen auf seine Seite des Walnusstisches. In den vergangenen drei Nächten war es ihm gelungen, genug zu gewinnen, um Cy das Geld zurückzugeben, das der ihm vorgeschossen hatte – einschließlich Zinsen. Aber das Spiel ging jetzt zu Ende, denn es war schon deutlich nach Mitternacht. Die vier übrigen Spieler hingen mehr oder weniger am Kartentisch und tranken Rum. Ein paar lümmelten zurückgelehnt in ihren Stühlen, kippelten auf zwei Stuhlbeinen oder klapperten mit den vor ihnen gestapelten Münzen. Alle zeigten eine wachsende Unruhe, während sie sich im einzigen Raum der Hütte umsahen.

Quentin begann seine Münzen methodisch zu ordnen und dachte, dass er sich an solche nächtlichen Runden gewöhnen könnte. Es kam ihm beinah vor wie in alten Zeiten in London, als seine größte Sorge auf der Welt darin bestand, ob er in die Nixen-Taverne oder irgendeine andere Spielhölle gehen sollte. Daheim in St. Kitts hatten all seine gesellschaftlichen Unternehmungen eine geschäftliche Bedeutung – und dabei waren die Leute, mit denen er sich abgab, langweilig und kannten kaum etwas anderes als Whist.

»Ihr habt wirklich ein teuflisches Glück«, sagte Cy und sog an seiner langen Pfeife.

Brody, der junge Wuschelkopf, der normalerweise Quentin bewachte, steckte eine Hand in seine Weste und kratzte sich am Bauch. Er warf die Karten auf den Tisch. »Genau!«

»Es gibt nur noch eine Person, die so gut spielt«, behauptete Cy.

Die Tür öffnete sich knirschend, sodass alle hinübersahen. Leydi stand auf der Schwelle, und das Mondlicht zeichnete die

Silhouette ihrer Figur nach. Ein leises Ächzen ertönte von den Männern.

Cy lachte. »Wenn man vom Teufel spricht ... Leydi, Darling, komm doch rein, Mädel! Aber heute Abend kommst du zu spät, um uns die Hosen herunterzuziehen. Ich fürchte, Rucksingford hat uns schon total abgezockt.«

Leydi trat zögernd ein und näherte sich dem Tisch. Ihre Finger berührten leicht den zerkratzten Spieltisch, als sie den Männern grüßend zulächelte. Sie trug Braun wie gewöhnlich. Ihre Locken schauten unter dem Rand der Haube hervor und streiften an einigen Stellen ihre Wangen. Die flackernde Talgkerze warf verführerische Schatten auf ihren Mund und beleuchtete das Grübchen in ihrem Kinn.

Quentin fragte sich, ob sie ihm nicht vielleicht sogar mit kurzem Haar besser gefiel, weil es sich so weich um ihr Gesicht schmiegte. Als es noch lang gewesen war, hatte sie es immer zum Zopf geflochten getragen. Mit den frei beweglichen Locken sah sie mehr wie eine Frau und weniger wie ein Kind aus. Im Kerzenlicht erschien sie wie ein lebendig gewordenes romantisches Gemälde von Tizian, das ihn in Versuchung führen wollte.

»Mögt Ihr Euch zu uns setzen?«, fragte Quentin, und das Blut rauschte durch seine Adern; denn sein Körper freute sich schon darauf, sie nah zu wissen.

»Nein!« Sie schüttelte abwehrend den Kopf. »Ich bin nur vorbeigekommen, um gute Nacht zu sagen.«

Mit einem Winken in die Runde machte sie kehrt. Sofort stand Quentin auf und warf seine Karten auf den Tisch. »Ich glaube, ich lasse es ebenfalls gut sein für heute.«

»Brody!« Cy nickte zu dem Mann hinüber, der gewöhnlich Quentin bewachte.

»Ich denke, Miss Carstair könnte mich doch hervorragend ins Bett bringen«, sagte Quentin mit einem Grinsen.

Sein Witz misslang jämmerlich. Alle vier Spieler, die um den Tisch versammelt waren – genau die Männer, die noch vor wenigen Minuten mit ihm gescherzt und ihn behandelt hatten, als wäre er einer von ihnen – sahen plötzlich aus wie Hunde mit gesträubtem Nackenfell. Feindselige Blicke trafen ihn aus jeder Ecke. Ethan, ein ungewöhnlich hoch gewachsener Schwarzer, der nur eine Weste trug, um seine prächtigen Muskeln zur Schau zu stellen, stocherte mit der Messerspitze in seinen Zähnen.

»Andererseits«, fügte Quentin mit einem Schulterzucken hinzu, »hat Brody eine gewisse Begabung für seine Aufgabe. Also kommt!« Er machte dem Mann ein Zeichen.

Die Spannung in der Luft verpuffte. Ein paar der Männer grinsten sogar und warfen ebenfalls ihre Karten auf den Tisch. Quentin nahm diese neue Information sehr wohl zur Kenntnis. Was immer auch Leydi für Kincaid bedeuten mochte, jeder Mann hier räumte ihr mehr ein als die Stellung einer einfachen Buchhalterin.

Als sie alle drei über den Hof wanderten, war die Nacht erfüllt von der Musik der Frösche, die vom Lärm der Insekten begleitet wurde. Das Gras war noch feucht von einem spätabendlichen Regenschauer und glitzerte wie mit Mondlicht bestäubte Diamanten. Quentin sah Leydi an, die neben ihm herging. Er versuchte, die Reaktion der Männer zu verstehen, eine Reaktion, deren sie sich absolut nicht bewusst zu sein schien. Es lag etwas Herzliches in der Loyalität der Männer ihr gegenüber, eine schützende Haltung, die von jedem Einzelnen im Raum auszugehen schien.

Ja, sie war wahrlich ein liebenswertes Geschöpf, dachte er nicht ohne einen gewissen Ärger, denn gerade jetzt wollte er sich nicht mit Gefühlen belasten. Er wollte kalt und berechnend sein und nicht daran denken, was Bishop gesagt hatte – wie schlimm sich die Folgen seines Plans für sie auswirken konnten.

Sie schlenderten weiter den Pfad mit den Muschelschalen hinunter bis zum Haupthaus. Quentin wusste nicht, dass er die Stirn gerunzelt hatte; aber dann sah er, dass Leydi ihm vorsichtig zulächelte. Fragend hob sie die schmalen Brauen. Er grinste zurück und ermahnte sich, mehr auf der Hut zu sein.

Als sie die Abzweigung im Pfad einschlug, die zu ihrer eigenen

Hütte führte, griff Quentin nach ihrer Hand. Er drückte kurz ihre Finger und zog sie an seine Seite, gab ihr mit dem Kopf ein Zeichen, ihm zu folgen.

Im Dunkeln bemerkte Brody nichts davon. Er hatte auch weiter nichts dagegen, als Leydi sich entschloss, Quentin zu seinem Quartier zu begleiten. Quentin, der höchst erfreut war, dass sie mitmachte, ging schweigend neben ihr her. Offensichtlich konnte er am gemeinsten sein, wenn ihn sein Gewissen plagte – als befehle er sich dann, seinem edleren Selbst zu sagen, es solle zur Hölle fahren.

Es dauerte nicht lange, bis sie das breite Haus erreichten. Soweit Quentin ausmachen konnte, waren die drei Gefangenen so weit wie möglich voneinander entfernt untergebracht. Wie er schon den anderen gesagt hatte, nahm er sich vor, seine besonders günstige Lage auszunutzen. Zuerst hatte er gedacht, er würde das Schloss aufzubrechen versuchen. Doch jetzt hatte er etwas ganz anderes im Sinn.

Als sie sich seinem Zimmer näherten, auf dem Weg durch den schmalen Flur, ging Leydi neben ihm. Brody wanderte ein paar Schritte hinter ihnen her und pfiff leise vor sich hin. Quentin sah hinunter auf die Maus. Er fand ihren Blick und flüsterte gerade laut genug, dass nur sie es hörte: »Ich werde wieder einsam und vermisse meine Engel.«

Als sie die Tür erreicht hatten, drehte sie Quentin zu sich um. Er lehnte sie nach hinten an die Tür und raunte in ihr Ohr: »Ihr habt den Schlüssel zu meinem Herzen, und Brody schnarcht – sehr laut.«

Er küsste sie fest auf die Wange, was ein lautes Schmatzen erzeugte.

»He da!«, rief Brody.

Quentin trat einen Schritt zurück und wisperte: »Schlagt mich!«

Entgeistert starrte die Maus ihn an. Sie blinzelte und griff sich an die Wange, wo er sie geküsst hatte. Sie sah wunderbar aus – wie ein rosiges Fräulein, das von seinem langen Schlaf im Warten auf ihren Ritter erwacht. Er formte noch einmal lautlos die Worte *Schlagt mich,* versuchte mit den Augen zum Ausdruck zu bringen, wie dringlich ihm sein Anliegen war.

Endlich schien sie ihn zu verstehen. Sie biss sich auf die Lippen, holte aus und ließ die Hand fliegen. Sie ohrfeigte ihn hart, traf ihn mit einem lauten *Klatsch*! auf die Wange.

Die Kraft ihres Schlages überraschte ihn. Er machte sogar einen Schritt rückwärts und wäre beinah mit Brody zusammengestoßen, der jetzt eilig zu Leydi gelaufen kam.

Quentin hielt sich die brennende Wange und grinste. »Das habt Ihr wohl schon seit einer ganzen Weile vorgehabt.«

»Geschieht Euch recht«, sagte Brody neben Leydi und legte seine Hand schützend auf ihre Schulter.

»Man kann es ja mal versuchen«, erklärte er Brody mit einem Augenzwinkern. Leydi warf er einen langen Blick zu in der Hoffnung, seinen Köder gut platziert zu haben. »Also dann gute Nacht!«

Brody machte die Tür hinter ihm zu. Als Quentin hörte, wie der Schlüssel im Schloss gedreht wurde, lehnte er eine Schulter an das Holz und lächelte.

19

Leydi hörte Brodys rhythmischem Schnarchen zu, das den Flur entlangtönte. Sie drückte ihre Wange an das Treppengeländer, konnte immer noch nicht glauben, dass sie wirklich gekommen war. Aber sie stellte fest, dass sie Quentin seinen harmlosen Wunsch nach Gesellschaft nicht abschlagen mochte. Sie öffnete die Faust und betrachtete den Schlüssel darin.

Das war allerdings ein Schlüssel zu seinem Herzen! Sie verzog das Gesicht. Natürlich wusste sie, welchen Schlüssel er wollte.

Sie schloss die Finger wieder um das kalte Stück Eisen. Seine harten Kanten schnitten in ihre Handfläche. Vielleicht machte sie sich nur etwas vor, wenn sie sagte, dass sie allein wegen Quentin hier war. Die Wahrheit konnte auch anders lauten: Was für ein herrlicher Gedanke, etwas Besonderes zu sein – vielleicht unverzichtbar für ihn. *Seid mein Engel*! Seufzend drückte sie den Schlüssel an die Brust. Ja, diese Aufgabe war zu verführerisch, um ihr zu widerstehen.

Nach einem tiefen Atemholen schlich sie die restlichen Stufen hinauf und um die Ecke, wobei sie sich erst einmal vergewisserte, ob auch niemand in der Nähe war. Nur Cy wohnte in Kincaids Haus, solange der Pirat unterwegs war. Consuelo hatte ihr eigenes Haus auf der anderen Seite der Siedlung. Und Cys Räume lagen sicher auf der gegenüberliegenden Seite des Hauses im ersten Stock. Der schnarchende Brody war das einzige Hindernis, das sie überwinden musste.

Leydi schlich den chinesischen Läufer entlang auf die schlummernde Gestalt des Wächters zu. Brody hatte die Arme über der knautschigen Weste verschränkt. Er roch nach Rum und Tabak und war tief in den Rohrsessel gerutscht, der Kopf bis zum Kinn im Kragen seines Hemds versunken. Auf Zehenspitzen schlich Leydi um ihn herum und steckte den Schlüssel ins Schloss. Sie drehte ihn langsam und zuckte zusammen, als ein leises Klicken ertönte.

Brody schlief weiter, das selige Lächeln eines Kindes auf dem Gesicht.

Leydi öffnete die Tür, schlüpfte hindurch, machte sie vorsichtig hinter sich zu und verschränkte die Arme hinter dem Rücken. Quentin saß auf dem Bett, am Kopfende gegen einen Haufen von Kissen gelehnt. Er trug nur ein Hemd und seine Kniehosen. Seine Weste lag am Fußende, und er hatte die Knöpfe des Hemds so weit geöffnet, dass die beschatteten Flächen seiner Brust zu sehen waren. Sein ebenholzschwarzes Haar war zum Zopf gebunden, und der eine gestiefelte Fuß lag locker über dem anderen. Beim Licht einer einzelnen Kerze, das sein Gesicht beleuchtete, sah er aus wie ein lockender Satyr.

»Ich hatte Euch schon viel früher erwartet«, sagte er.

Worauf Leydi das Gesicht verzog. Und dann unterdrückte sie ein Lachen. Rucksingford wirkte so selbstsicher, eher wie ein arroganter König auf seinem Ruhelager als wie ein Gefangener, den man für die Nacht eingesperrt hatte. Manchmal fand sie seine Dreistigkeit regelrecht komisch.

»Na ja, jetzt bin ich da«, sagte sie. »Allerdings nur für eine Weile – also heraus mit Eurem Geständnis, das nicht bis zum Morgen warten konnte!«

Er deutete auf den Platz neben sich auf der Matratze. Die Geste wirkte unpassend nach vier Tagen freundlichen Lächelns und lockerer Unterhaltung – neckend, wie der alte Quentin. Er wirkte auch seltsam bewegungslos, wie ein Panter kurz vor dem Sprung. Sie sah ihm in die Augen. Im schwachen Licht wirkten sie ziemlich schwarz, ohne jede Spur von befreiendem Blau.

Sie bekam ein leeres Gefühl im Bauch. Vielleicht wurden ihre Gedankengänge vom Morgen hier beantwortet. Lord Rücksichtslos war wieder da.

Noch einmal klopfte er mit der Handfläche auf den Platz neben sich, diesmal mit einem beinah spielerischen Lächeln. Sie setzte sich auf den Sessel neben der Tür und zupfte an den Fransen.

Quentin hob eine Braue und betrachtete dann die Leere neben sich auf der Tagesdecke.

»Ich höre«, begann sie. »Ihr habt gesagt, Ihr braucht Eure Engel?«

Seine Augen schienen sie für einen Moment nachdenklich zu mustern, wobei sein Blick durch irgendein tiefes Gefühl noch dunkler wurde. Alles, was wie Humor gewirkt hatte, verschwand. Die Veränderung war so faszinierend, dass sie in ihrem Sessel nach vorn rutschte, weil sie ihn plötzlich trösten wollte – auch ohne zu wissen, was ihm fehlte.

»Es ist wegen Bishop. Ich mache mir Sorgen um ihn.« Er hielt seine Stimme leise, gleichmäßig, aber dennoch spürte sie so etwas wie Kummer darin. »Er isst nicht mehr. So wie er aussieht, schläft er wahrscheinlich auch nicht richtig. Und ... ich glaube, das könnte meine Schuld sein.«

Sie schob den Schlüssel in ihre Tasche und fuhr sich mit der Zunge über die Lippen. »Warum glaubt Ihr das?«

»Weil ich ihn aufgefordert habe, etwas zu tun, das er nicht wollte. Etwas, das seiner Güte widerspricht – seinem Gefühl für Recht und Unrecht. Ich glaube, das ... setzt ihm zu.«

Eigentlich sollte sie nicht nachfragen, sondern still sein und ihn nicht herausfordern. Sie wollte nicht daran erinnert werden, dass sie irrtümlich auf dieser Insel waren. Aber die Frage kam trotzdem heraus. »Was hattet Ihr ihm denn vorgeschlagen, Quentin?«

Der flackernde Schein der Kerze spielte auf den ernsten Zügen seines Gesichts. Nichts rührte sich im Raum. Es war absolut still, nur das schwache Sirren von Insekten und schwankenden Palmblättern von draußen war zu hören. Und dann lächelte er. »Ich fürchte, dieses kleine Bekenntnis muss ich für mich behalten.«

»Ihr habt doch irgendetwas vor«, ging sie zum Angriff über.

Sein Lächeln verwandelte sich in ein breites Grinsen. »Aber natürlich.«

Leydi ließ sich in die Tiefe des Sessels zurücksinken und streckte die Hände auf den kühlen hölzernen Armlehnen aus. Sie kannte diesen Blick – der Taktiker bei der Arbeit. Mehr würde sie nicht von ihm erfahren.

Dieser Kampf zwischen ihnen machte sie traurig. Doch dann erinnerte sie sich an den Zweck ihres Hierseins. »Wenn Ihr Euch wirklich Sorgen macht, warum lasst Ihr ihn nicht einfach das tun, was er will?«

Quentin schüttelte den Kopf. »Das kann ich nicht.«

Er erklärte nichts weiter – nur das. *Das kann ich nicht.*

Sein Schweigen war so viel sagend. Das kann ich nicht. *Ich brauche seine Zusammenarbeit, damit mein gemeiner Fluchtplan funktioniert. Dabei kann ich mir nicht auch noch Gedanken um sein Gewissen machen.*

Kopfschüttelnd versuchte Leydi, ihre Fantasie zum Schweigen zu bringen. Sie zupfte an den Fransen ihres Sessels, sagte sich, sie müsse vernünftig sein; schließlich konnte sie die Stille auch nicht besser lesen als Quentins Gedanken. Deshalb nahm sie sich einen Moment Zeit, um ihn stumm zu betrachten. Er wirkte beunruhigt, wie er da im Dunkeln auf seinem Bett saß, als warte er auf ihre Schelte. Als verdammte er sich selbst. Am liebsten hätte sie die Hand ausgestreckt und jene Falten um seinen Mund glatt gestrichen, die tiefe Furche zwischen seinen Augenbrauen, die von Schmerz und Bedauern zeugte.

Leydi unterdrückte ein Seufzen und verlor ihren inneren Kampf, der sagte: *Nimm dich in Acht*! Irgendwie wollte sie ihn unbedingt trösten, obwohl sie befürchtete, dass das nicht zu ihrem eigenen Besten sein würde.

»Gabriela scheint ihn gern zu haben. Vielleicht könnte ich sie bitten, ihn ein wenig aufzuheitern?«

Er schien über ihren Vorschlag nachzudenken, und seine Augen glitzerten im Kerzenlicht. »Ich glaube, das wäre eine hervorragende Idee.« Und dann lächelte er, sodass ein Grübchen neben seinem Mundwinkel erschien. Der alte Zynismus entstellte sein Gesicht nicht mehr. Sein jungenhaftes Grinsen war charmant. »Ihr seid besser als meine Engel, Maus. Sie antworten nur sehr selten und überlassen es mir, ihre ernsten gemalten Gesichter zu interpretieren – um eine Antwort zu bekommen.«

Maus. Auf die Art, wie er ihn jetzt aussprach, beinah wie eine Liebkosung, klang dieser Name gar nicht mehr dumm oder entmutigend. Er sagte ihn sehr persönlich – so, als bezeichne er sie mit diesem Namen als seinen Besitz.

»Noch etwas?«, fragte sie und stand auf, weil es ihr plötzlich zu warm war.

»Geht noch nicht«, flüsterte er, und diese Worte klangen ungemein verführerisch. »Bleibt noch ein wenig.«

»Es ist aber wirklich schon spät.«

Doch sie rührte sich nicht von der Stelle, atmete kaum. Sie wartete nur, denn das Bitten in seiner Stimme wirkte wie ein Anker. In diesem Augenblick wurden ihre schlimmsten Erwartungen bestätigt. Sie hatte gewusst, dass es ein Fehler war, heute nachzugeben. In den letzten vier Tagen hatte sie geglaubt, dieser Mann wäre ein Freund. Vier Tage lang war sie unvorsichtig gewesen.

»Kommt her.« Er hielt ihr seine Hand entgegen, immer noch an seinen Kissenthron gelehnt. »Etwas näher.«

Völlig verdattert stand sie da, konnte sich nicht rühren. Noch nie in ihrem Leben hatte sie einen Augenblick derartiger Unentschlossenheit erlebt. Ein vernünftiger Mensch brauchte sich doch nur die verschiedenen Möglichkeiten anzusehen, die er hatte, um sich einfach zu entscheiden. Warum also war sie jetzt wie gelähmt von Zweifeln? Ihr Kopf sagte ihr, sie solle fortgehen, ihr Herz, sie solle sich dem Bett nähern. Doch anstatt eines von beidem zu tun, blieb sie einfach neben ihrem Sessel stehen.

Er hob seine Füße vom Bett und schwang sich hoch. Mit ganz langsamen Schritten kam er auf sie zu. Wahrscheinlich wollte er ihr genug Zeit geben, es sich anders zu überlegen, zur Tür zu eilen und zu verschwinden. Doch sie blieb genau dort, wo sie war, wie die ängstliche kleine Maus, nach der er sie benannt hatte – und wartete, dass die Falle zuschnappte.

Quentin blieb neben ihr stehen, ganz dicht neben ihr. Leydi schloss die Augen, um ihre Angst zu überwinden. Sie biss sich auf die Lippen, um sich an jedem Widerspruch zu hindern. Leydi wartete, wartete auf seine Berührung und wusste ganz tief in ihrem Herzen, dass, was immer es sie auch kosten würde, sie genau das wollte.

Als schließlich die Berührung kam, fiel sie völlig anders aus. Das sanfte Streicheln seiner Finger über ihre Wange war kein Blitz, der sie auf der Stelle verbrannte. Es fühlte sich warm an und respektvoll und sogar vertraut.

»Sollte ich versuchen, Euch zu überreden? Wollt Ihr das von

mir, Maus? Himmel, ich sehe es so deutlich in Euren Augen«, sagte er dicht an ihrer Wange, als kämpfe er selbst auch gegen die Verlockung an. Seine beiden Hände legten sich warm auf ihre Schultern. Sie hörte, wie er leise fluchte und etwas murmelte wie: »Das waren also die guten Vorsätze.«

Langsam zog er sie näher an seinen Körper. Sein Atem fühlte sich warm an und roch süß nach Rum. »Wenn Ihr es wollt, kann ich Euch dazu bringen, dass Ihr gerne bleibt. Aber nur, wenn Ihr das wollt, Maus«, flüsterte er wie eine Klage. »Nur, wenn Ihr selbst das auch für richtig haltet.«

Leydi drückte die Augen fest zu und ballte an den Seiten ihre Hände zu Fäusten. Sie dachte an all ihre Träume vom Ritter auf dem weißen Pferd. Doch inzwischen besaß jener einst gesichtslose Fremde die aristokratischen Züge von Quentin, ließ sein arrogantes Lächeln aufblitzen.

Plötzlich konnte sie sich nur noch an die guten Zeiten erinnern. Wie sie seine Bücher bearbeitet und er sie oft nach ihrer Meinung gefragt hatte, sodass sie das Gefühl hatte, er respektiere sie. So – dass sie das Gefühl hatte, sie wären sich gleichwertig. Das war wahrscheinlich das Verführerischste gewesen, was er während ihrer ganzen Zeit in Rucksingford Hall vollbracht hatte. Nicht verführerisch so wie an diesem Abend, oder wie seine Küsse am Strand. Doch den Respekt eines Mannes zu gewinnen, den sie außerordentlich bewunderte – das bedeutete wirklich einiges. Etwas, vor dem sie vergessen hatte, sich in Acht zu nehmen.

Eine neue Spannung herrschte zwischen ihnen. Es war, als brächte sie nicht die Kraft auf, ihre Hand zu heben und seine Finger von ihrer Wange zu schieben. Und ihre Passivität hatte nichts zu tun mit der Sicherheit von Kincaids Haus oder der Anwesenheit von Brody, der draußen schlief. Sie fühlte sich absolut nicht sicher.

»Was denkt Ihr gerade, Maus?«, fragte er leise, den Blick auf ihren Mund gerichtet.

»Dass ich fortgehen sollte. Dass ich Euch nicht gewachsen bin und dass es ein Fehler war zu glauben, ich wäre es. Dass Ihr mir Angst macht.«

»Nein«, er schüttelte den Kopf, und sein Daumen strich über ihre Unterlippe. »Habt keine Angst, meine furchtlose kleine Seele. Ihr seid mir mehr als gewachsen!« Er beugte sich vor, noch näher, und sein Atem berührte ihren Mund. »Und es ist nur ein Kuss.«

Sie murmelte einen leisen Protest, machte einen Schritt rückwärts.

»Schhht«, sagte er und legte seine Lippen auf die ihren, wobei er sie sanft, aber fest am Kinn hielt. »Ich beeile mich.« Er streichelte ihren Mund mit dem seinen. »Ich werde ganz nett sein.«

Alles in Leydis Innerem begann zu schwingen, ihre Atmung, ihr Puls, ihr Herz. Es fühlte sich so köstlich an, seine Wärme ganz nah zu spüren, seinen Mund, der den ihren berührte. Er war so *fest*, eine Wand aus Hitze, die sie umarmen wollte. Aber sie bewegte sich nicht, wartete nur, spürte, wie das Kribbeln sich von ihrem Bauch aus über den Rest des Körpers ausbreitete.

»Gefällt es dir?«, flüsterte er, seinen Mund immer noch ganz dicht an dem ihren. »Bin ich brav?«, fragte er und legte den Kopf etwas schräg, um ihr einen tieferen Kuss zu geben, sie dazu zu verlocken, dass sie den Mund für ihn öffnete. Und das tat sie auch – ihr war, als müsste sie vergehen, als sie spürte, wie seine Zunge weich die ihre küsste. »Leg deine Arme um mich, Maus. Halte mich!«

Das wollte sie ja gern, aber eine bleierne Schwere hatte sich ihrer Arme bemächtigt. Es gelang ihr kaum, die Finger über seine Brust aufwärts zu bewegen, die Handflächen auf die festen Muskeln unter dem Leinen seines Hemds zu legen – ihr Atem ging in heftigen Stößen. Ihn unter den Fingern zu spüren verlockte sie, weiterzuforschen, sie wollte ihn gern dort berühren, wo der Kragen seines Hemds sich teilte und seine Haut bloß lag. Und das machte ihr wirklich Angst.

Mit einem erstickten Ächzen schob sie ihn von sich. Heftig

wandte sie sich ab und starrte ihre Schuhspitzen an, versuchte, wieder zu Atem zu kommen. Doch jetzt drückten sie ihre Zehen und wirkten schrecklich deplatziert neben Quentins feinen, polierten Stiefeln.

Allmächtiger, was soll ich jetzt zu ihm sagen? Wie konnte sie sich ausdrücken, ohne wie ein völliger Idiot zu klingen?

»Ist es jetzt genug?«, fragte er, als könnte er ihre Gedanken lesen. Da sie nicht antwortete, drehte er sie wieder zu sich um und hob ihr Gesicht. »Ich sagte doch, ich würde nett sein.« Er sprach diese Worte leise und mit einem Lächeln.

»Ich bin nur hierher gekommen, um Euer Engel zu sein«, erklärte sie ihm und wusste im Innern ihres Herzens, dass sie soeben Kincaid auf eine ganz schreckliche Weise verraten hatte. Dass die Dinge nie wieder so sein würden wie zuvor und sie sich nie wieder darauf würde verlassen können, dass sie etwas Uneigennütziges für Kincaid tat. Sie hatte jenen Kuss gewollt, und das wusste Quentin jetzt. »Ich bin nur gekommen, um mit Euch zu reden, damit Ihr Euch nicht einsam fühlt. Leider kann ich Euch nicht helfen, von hier zu entkommen, was immer auch zwischen uns geschehen mag. Also hört ruhig auf mit dem Versuch, mich zu verführen ...«

Er legte einen Finger auf ihre Lippen, strich eine Locke hinter ihr Ohr zurück. »Wenn Ihr morgen wiederkommt«, bat er, »dann bringt ein Kartenspiel mit.«

Sie riss die Augen auf, hob den Kopf und starrte ihn an. Leydi versuchte, seine Worte zu verstehen, wiederholte sie noch einmal bei sich. *Karten? Karten*! Gerade hatte er sich bereit gemacht, sie zur Strecke zu bringen. Sie stand vor ihm, Holz für sein Feuer, eine Jungfrau, die sich opferte – hatte eben ein schreckliches Bekenntnis abgelegt, indem sie seinen Kuss zuließ. Und er wollte Karten spielen?

»W-was?«

»Wenn Ihr morgen wiederkommt«, sagte er langsam und geleitete sie zur Tür, »dann bringt ein Kartenspiel mit.«

Das waren seine Abschiedsworte, bevor er sie in den Flur hinausschob.

Gabriela stand im Schatten des Laubs, das den majestätischen Lorbeer bedeckte. Im Licht des Mondes konnte sie eben noch das Reetdach und das Fachwerk der Hütte von Samuel und Ken ausmachen. Die beiden Männer waren im Pazifik auf Beutejagd mit Kincaid. Trotzdem befand sich jemand in der Hütte. Felix war darin eingeschlossen.

Nicht zum ersten Mal stand sie hier verborgen in der Nacht und genoss den Duft der Orchideen und des frischen Regens. Draußen vor der Hütte war Martin – der Mann, der Felix bewachte – in seinem Sessel zurückgesunken und eingeschlafen. *Durch zu viel Rum, zweifellos.* Was Gabriela genau wusste, denn sie hatte ihm die Flasche gebracht, die jetzt leer neben ihm lag.

Sie lehnte sich zurück, tiefer in die Schatten. *Sei vorsichtig mit dem, was du dir wünschst* – es hatte niemals jemand wahrere Worte ausgesprochen. Im Innern jener Hütte, die Martin bewachte, lag das, was sicher das Ende ihrer Träume war.

In den letzten Tagen hatte sie versucht, sich davon zu überzeugen, dass sie sich lächerlich benahm. Man konnte nicht einfach einem Mann ins Gesicht sehen und wissen, dass man ihn liebte. Das reichte sicher nicht.

Vielleicht war es überhaupt nicht Liebe, die sie herzog – vielleicht versuchte sie nur auf irgendeine schreckliche Art mit Kincaid abzurechnen für das, was er ihr und ihrer Mutter angetan hatte. Es konnte einfach Rache sein, die sie dazu anstiftete, sich in einen Mann zu verlieben, der Kincaid an den Galgen bringen wollte. Jetzt, nach all den Jahren, in denen sie ihren Ärger hinuntergeschluckt hatte, erfüllte sie zu viel Bitterkeit. Am Ende trachtete sie wirklich danach, Kincaid zu schaden.

Nein, das stimmte nicht. Was sie für Felix empfand, war wie die Brise auf der Wange, der Rhythmus von Musik im Herzen. Es war nicht etwas, das sie sich ausgedacht hatte – eher etwas, das einfach existierte. Wie die Farbe ihrer Haut. Endlich hatte sie gefunden, was ihre Mutter immer die ›fehlende Hälfte‹ nannte.

Martin rückte etwas zur Seite und schnarchte im Mondlicht. Gabriela hielt den Atem an, doch er fiel zurück in zufriedenen Schlummer. Sie holte tief Luft und tat einen Schritt vorwärts – jetzt oder nie!

Eilig rannte Gabriela zu der Hütte. Sie schob den Schlüssel, den sie sich geholt hatte, ins Schloss und drehte ihn mit einem schnellen Gebet um. Anschließend stürzte sie über die Schwelle und drückte hastig hinter sich die Klinke ins Schloss. Sie presste sich an die Tür, wartete darauf, ob Martin Alarm schlagen, sie entdecken würde. Nichts.

Der Raum war von einer einzigen Talgkerze erhellt. Felix saß im Bett, ans Kopfende gelehnt, und las. Er wirkte müde. Und sie wusste, warum. Anders als Gabriela versuchte er, die Anziehung zwischen ihnen niederzuringen.

Er klappte das Buch zu und hob seine Füße vom Bett, schien nicht im Geringsten überrascht, sie zu sehen. Sie ging langsam zu ihm, hatte plötzlich Angst vor ihrer eigenen Entscheidung. Vielleicht, wenn Leydi sich nicht schon vor ihr hinausgeschlichen hätte – wenn ihre Freundin ihr die Kraft hätte geben können, nicht herzukommen …

Doch dann öffnete Felix seine Arme, sich ebenso ins Unvermeidliche fügend wie sie. Als sie das Begehren in seinen Augen erblickte, wusste sie, dass Leydi sie niemals hätte aufhalten können. Sie flog durch den Raum und in seine Umarmung.

Sie küssten sich, als wenn die Berührung ihrer Münder Luft zum Atmen wäre. Und berührten sich, als wären sie langjährige Liebende, die sich endlich nach vielen Jahren der Trennung wieder gefunden hätten. Als er sich langsam zurücklehnte in die Kissen, folgte ihm Gabriela, hatte keine Angst mehr, wusste, dass sie schließlich doch die richtige Wahl getroffen hatte.

»Ich werde es schaffen, dass du ihn vergisst«, flüsterte Felix rau, als er die Ärmel ihres Kleides von ihren Schultern schob.

»Was immer er für eine Macht über dich hat, ich werde sie brechen!«

Gabriela schloss seine Lippen mit ihren Küssen, zog ihm das Hemd vom Körper. Sie blinzelte die Tränen weg, weil sie wusste, dass er von Kincaid sprach. Als er sie küsste, streichelte er ihre Brust mit einem Besitzergreifen, das brannte wie Feuer. Aber wie sehr Felix sie auch immer lieben mochte, niemand würde je Kincaids Macht über sie brechen. Sie hatte sich jahrelang aufgelehnt und war gescheitert.

Der Tag war hell, die Sonne strahlte. Soweit es Hugh Piton anging – trotz seiner Verschleppung und seines Daseins als Gefangener –, war die Welt in Ordnung, wie sie war.

Er pfiff vor sich hin auf dem Weg zur Küche, und sein Wächter, der nur ein paar Schritte hinter ihm ging, unterhielt sich freundschaftlich mit einem Kameraden. Jeder Baum, jeder blühende Busch, jeder Grashalm im Hof glitzerten von Morgentau. Hugh fühlte seine Schritte, als wären sie leichter als Luft. In all seinem Glück wollte er einfach davonschweben. Nicht einmal das Gekreische der Papageien störte ihn.

In der vergangenen Nacht, gleich nachdem Bertie ihn zurückbegleitet hatte zu der Hütte, in der er nachts untergebracht war, hatte sie ihn geküsst.

Grâce à Dieu, sie hatte ihm vergeben!

Oh, sie hatte es noch nicht ganz begriffen, doch es war nur eine Frage der Zeit, bis sie wieder in seinen Armen lag – und in seinem Bett. Diesmal würde er nicht alles verderben. Er würde keine andere Frau auch nur ansehen. Bertie und er gehörten zusammen. Sie war die Liebe seines Lebens. Das wusste er jetzt, nachdem er sie beinah verloren hatte. Keine andere kam für ihn in Frage. Selbstverständlich musste er Bertie davon überzeugen, dass er auch treu sein konnte.

Er runzelte die Stirn. Zu der Sache mit dem Überzeugen sollte er sich möglichst bald aufraffen. Das heißt, wenn er Rucksingford und Bishop helfen wollte. Hatte er nämlich Bertie erst einmal wiedergewonnen, konnte sie diese Piraten sicher schnell dazu bringen, die Männer freizulassen. Sie waren gute Kerle, die beiden. Und kaum eine Bedrohung für ›Heartless‹ Kincaid.

Hugh verschränkte die Arme im Rücken und lächelte breit. Im Gegenteil, jetzt, wo er die Liebe seines Lebens zurückgewonnen hatte, waren sie alle schon so gut wie frei. Vielleicht würde er sogar um ihre Hand anhalten. Ja, genau das würde er tun, dachte Hugh, und stellte sich Bertie schon in einem weißen Kleid vor, mit Orangenblüten in den Locken. Er würde sie dazu überreden, ihn zu heiraten und dann ...

»Ah!«

Der Stoß kam schnell und unerwartet. Ein Körper rammte den seinen. Orangen flogen in alle Richtungen. Doch es waren keine Früchte, die er an der Brust fühlte. Sofort erkannte er die verlockend weiche Rundung von zwei Brüsten.

Ein hoch tönender Schrei erreichte seine Ohren. Er zog sofort seine Hände zurück, als hätte er gerade glühende Kohlen berührt und nicht köstlich festes Fleisch. Ein fröhliches Kichern folgte, das wie Musik durch die Luft segelte.

»Pardon, Mademoiselle!«

Er sah sie aber nicht an, denn er spürte die Gefahr. Schnell ließ er sich auf die Knie sinken und half der jungen Frau, die Orangen aufzuklauben, krabbelte wie sie hinter den Früchten her. Eher zufällig drehte er sich um, und sein Blick fiel auf das unglaublichste, einladendste Hinterteil, das von einem Kalikorock umgeben war.

Hugh holte tief Luft und versuchte, sich zu fassen, als die hübsche Blonde sich umdrehte. Ihre Bluse öffnete sich verführerisch, weil sie sich gebückt hatte, und ließ einen wunderschönen Busen sehen. Sie waren die köstlichsten Brüste, die ihm je vor Augen gekommen waren. Kugeln von milchweißer Vollendung.

Der Atem stockte ihm in der Kehle. Zwei dunkelgrüne Augen wie Juwelen blinzelten zu ihm auf, umgeben von dichten goldenen Wimpern. Ihre Lippen, rosig wie Blütenblätter, hoben sich zu einem frechen Lächeln. Sie kicherte noch einmal, ein Klang, der über seine Wirbelsäule aufwärts wanderte bis in seinen Kopf.

Das Bild von einer Eva hielt ihm eine Orange hin und flüsterte: »Hallo!«

Er konnte nicht reden, bekam keine Luft mehr. Die Vollendung stand vor ihm in all ihrer strahlenden weiblichen Pracht.

Ein schreckliches Gefühl von Untergang überflutete Hugh, als er aufstand und sie davonschreiten sah, die Hüften schwingend, die blondseidenen Locken unter einer Spitzenhaube schaukelnd. Er sah all seine wunderbaren Pläne des früheren Morgens noch einmal schimmern wie eine Fata Morgana und sich dann langsam auflösen.

Er würde seine neuen Freunde nicht retten.

Er würde Rucksingford und Bishop überhaupt nicht helfen.

Er würde nicht einmal sich selbst helfen.

Sie waren zum Untergang verdammt durch das schöne, verlockende Lächeln des Mädchens, das sich leider von ihm entfernte, ihm noch über die Schulter eine Kusshand zuwarf, während es mit der anderen den Korb Orangen auf seiner wirklich herrlichen Hüfte balancierte.

20

Quentin sah zu, wie Leydi die Karten mischte. Der Stapel glitt in vollendet harmonischer Bewegung von einer Hand in die andere. Mit der Linken teilte sie den Packen Karten einmal, noch einmal und schob die Teile wieder ineinander, ohne auch nur die Bewegung zu unterbrechen.

»Ihr spielt wohl öfters, wie?«, fragte er trocken.

Sie mischte langsamer und schaute auf ihre Finger hinunter, als bemerke sie erst jetzt, was sie da tat. »Ja … stimmt, ich glaube, das könnte man sagen.«

»Prima. Das macht das Spiel viel interessanter.« Quentin schob den Sessel von der Kommode zurück, die sie als Spieltisch verwendeten, sodass die Fransen wippten. Er stand auf und ging zum Waschtisch neben dem Bett hinüber. Aus der Klappe unter der Schublade holte er seine Überraschung hervor – eine Flasche Rum und ein Glas. »Ich freue mich, dass Ihr Euch mit Karten auskennt. Es hat mir noch nie gefallen, wenn ich zu leicht gewinne.«

»Seid Ihr Euch da ganz sicher?«, fragte sie und betrachtete die Flasche.

»Natürlich.« Er stellte seine Beute auf die Kommode. Die Kerze erzeugte ein funkelndes Lichtspiel im Grün des Glases. »Eine kleine Beigabe, die ich in einem Spiel gegen Cy gewonnen habe«, sagte er mit einem Zwinkern. »Ich hoffe, Ihr leistet mir dabei ebenfalls Gesellschaft?« Er schwenkte das Glas vor ihren Augen. »Ich habe allerdings nur eins davon.«

»Wollt Ihr mich betrunken machen?«

Der Schurke grinste auch noch. »Aber natürlich!«

Er konnte beinah die Rädchen ihres Verstandes arbeiten sehen, als sie nachdachte, wie sie wohl auf die neue Lage reagieren sollte. Sie wollte bleiben – das erriet er aus der Art, wie sie sich auf die Unterlippe biss und die Karten umklammerte – aber sie wusste auch, dass es klüger war, ihn und seinen Rum in Ruhe zu lassen.

Er gönnte ihr noch eine Weile des Nachdenkens, um dann die Waage in seinem Sinne zu beeinflussen. Während er das Vorgehen für diesen Abend geplant hatte, war es ihm gelungen, seine Unruhe über den Fehltritt des Kusses vom Vorabend zu überwinden. Dieser kleine Kontrollverlust hatte weder ihn noch die Maus allzu sehr getroffen. Und jetzt hatte er sich ebenfalls in der Hand. Nach zwei Gläsern Rum würde die Maus im Sessel einschlafen, während er Kincaids Haus erkundete, und zwar mit dem Schlüssel, der im Augenblick noch in ihrer Tasche steckte.

»Na, kommt schon«, drängte er. »Cy sagt, Ihr trinkt gern Rum.

Vielleicht kann ich Euch überreden zu bleiben, wenn die Einsätze stimmen.«

Er sah deutlich, dass er ihr Interesse geweckt hatte. Sie legte die Karten auf die Kommode und lehnte sich auf dem Hocker nach hinten, den sie sich herangezogen hatte.

»Der jeweilige Gewinner kann dem Verlierer eine Frage stellen – und der Verlierer muss mit der Wahrheit antworten. Na, reizt Euch das genug, um es mit mir und meinem Rum aufzunehmen?«, fragte er, zog den Korken aus der Flasche und goss das Glas voll.

Quentin wusste, dass er ihr damit einen weiteren Köder vor die Nase gehalten hatte. Bisher hatte sie sich immer für ihn interessiert, als wäre er ein spannendes Rätsel, das sie gern lösen würde. Er schätzte, dass sie der Versuchung, ihre Fragen zu stellen, nicht würde widerstehen können.

Natürlich war der Trick dabei, dass nicht die Maus das Rätsel und er der Faszinierte wurde.

Er sah ein, dass er schon zu oft über diese Frau nachgedacht hatte, und seine Neugier hatte nichts damit zu tun, wie er von Kincaids Insel wegkam. Ihr Posten. Ihre Verbindung zu dem berüchtigten Piraten. Ihr offensichtlicher Einfluss – und auch die Tatsache, dass sie sich dessen gar nicht bewusst zu sein schien – machte sie unwahrscheinlich interessant. Er gab zu, dass sie ihn faszinierte, dass er selbst auch ein paar Fragen stellen wollte – eine Versuchung, vor der er sich in Acht nehmen musste.

Er kippte die Flasche hin und her, während er auf ihre Antwort wartete. Sie biss sich auf die Lippe – eine Bewegung, die bei ihr wirklich süß aussah.

»Meinetwegen«, sagte sie mit einem Nicken und begann zu geben. »Aber ich warne Euch. Ich bin ziemlich gut.«

»Und ich liebe Herausforderungen!« Er hielt ihr das Glas hin. »*Ladies first*!«

Leydi bediente sich, während er seine Karten ordnete. »Natürlich könnten wir auch um Küsse spielen«, sagte er.

Daraufhin verschluckte Leydi sich an dem Rum, und er lächelte. Es machte ihm Spaß, sie zu necken. Er dachte, solange er die Anziehung zwischen ihnen zum Spaßmachen benutzte, würde er sie auch ohne weiteres beherrschen können.

»Wenn ich verliere«, sagte er lässig, »küsst Ihr mich. Wenn Ihr verliert, küsse ich Euch.«

Sie musste lachen über seine Dreistigkeit. Langsam trank sie weiter. »Ich denke, das klingt alles so, als wäre es zu Euren Gunsten.«

»Überhaupt nicht, Maus. Ich bin ziemlich gut im Küssen.«

Angesichts der Art, wie er redete, wurde es Leydi entschieden zu warm.

Sie merkte, dass sie errötete. Um das zu verbergen, widmete sie sich angelegentlich ihrem Glase.

»Ich bleibe beim ersten Einsatz«, sagte sie so entspannt wie möglich. »Weil ich nämlich ein paar hervorragende Fragen habe.«

Quentin gelang es kaum, lässig zu bleiben, als er zusah, wie sie den Rum hinunterkippte. Sie verschluckte sich nicht und hustete nicht. Der Rum verschwand einfach in einem glatten Zug. Aber er sagte kein Wort, sondern füllte nur das Glas wieder und nahm einen Schluck, wobei er dachte, dass die Ausführung seines Plans nicht lange auf sich warten lassen würde. Ja wirklich, schon bald würde die Maus im Sessel schlafen, und ihr beschwipstes Schnarchen würde ihm wie die schönste Musik erklingen.

»Ihr werdet doch nicht mogeln, oder?«, fragte sie mit einer gehobenen Augenbraue.

Sie wartete auf seine Antwort, ganz ernst und in Erwartung einer ehrlichen Antwort. Quentin unterdrückte ein Lächeln, weil ihre Frage so naiv war.

Allerdings hatte er vor zu mogeln – doch nicht so, wie sie dachte.

Er wusste schon, wie er ihre Loyalität zu Kincaid untergraben konnte. Das hatte er erarbeitet wie eine Formel. Sie wollte ihn gern kennen lernen, all die verborgenen Wahrheiten und Geheimnisse des faszinierenden Dramas aufdecken, die ihre fruchtbare Vorstellungskraft sich für ihn zurechtgelegt hatte. Und in diesem Spiel würde er ihr den wahren Quentin zeigen. Ein Mann, dem die Maus helfen – und den sie würde retten wollen.

Natürlich sollte der Rum dazu beitragen, die schmerzlichen Wahrheiten leichter zu machen – und ein paar andere Dinge auch. Er würde sie weiter trinken lassen, sie ein Spiel nach dem anderen gewinnen lassen und dabei ihre Neugierde befriedigen. Wenn sie dann einen Ordentlichen sitzen hatte, würde er den Schlüssel nehmen und sich in Kincaids Höhle umsehen, solange sie schlief.

Oh ja, er hatte durchaus vor zu mogeln.

»Ein Gentleman mogelt nie«, sagte er.

Die erste Runde verlief ziemlich glatt. Unglücklicherweise gab sie ihm ein ziemlich gutes Blatt, aber Quentin konnte das Paar Könige ablegen und bekam dann zwei unpassende niedere Karten. Mühelos schlug sie ihn mit einem Paar Zehner.

Leydi sah auf, und die Aufregung und der Rum glitzerten in ihren Augen. Sie knabberte an ihrer runden Unterlippe, eine Gewohnheit, die Quentin wirklich charmant fand.

Wieder ging das Glas hin und her. »Nun ja, sieht so aus, als wenn das Euer Spiel gewesen wäre.«

»Euer Vater«, fing sie atemlos an, »warum seid Ihr einander so entfremdet?«

Er hob die Brauen und tat überrascht. »Erlaubt uns doch, erst ein wenig warm zu werden beim Spiel, bitte.«

»Ihr habt keine Regeln für die Fragen gesetzt.«

»Nein, habe ich nicht.« Das war auch in seinem Sinne. Er wollte sich ihr darbieten, ihr all jene hässlichen Wahrheiten erzählen, die sie dann zweifellos in ihrem heldenhaften Herzen zu etwas Warmem, Sympathischem machen würde.

Nun besaß er bereits die Aufmerksamkeit, die er wollte. Und dennoch fiel es ihm schwer, über Clarice zu sprechen, über das Baby – seinen Vater –, obwohl er vermutete, dass das genau die

Art von grausiger Geschichte war, die Leydis Herz für ihn gewinnen würde. Wenn er sie richtig erzählte … oder auch nicht.

Quentin sah die klare Flüssigkeit im Glas schwappen und runzelte die Stirn. Er war so verärgert gewesen, als er seine Pläne gegen die Maus ausgeheckt hatte. Seltsame Sache, dieser Ärger. So greifbar, dass er sich herrlich lebendig dabei fühlte. Dass er für andere empfand. Ihm war nicht klar gewesen, wie sehr ihn seine Pläne beleben würden nach all den vergangenen, langweiligen Jahren, in denen er nur Geld verdient hatte.

Aber seltsam, dass der Gedanke an Clarice die schuldgeplagte Schwere der Vergangenheit so leicht zurückbringen konnte. Er fühlte sich, als wenn sich ein Leichentuch über ihn legte. Obwohl er versuchte, die Geschichte zu beginnen, schienen ihm die Worte irgendwie im Hals stecken zu bleiben. *Ah, die Wahrheit. Die schreckliche Wahrheit seiner Vergangenheit.*

»Stellt eine andere Frage«, sagte er und überraschte sich dabei selbst. Sie schüttelte den Kopf und drängte ihn: »Nein, ich habe gewonnen, ich will meine Antwort.«

Er beugte sich vor. »Seid Ihr sicher, dass Ihr nicht mit einem Kuss zufrieden sein könntet?« Und spitzte die Lippen.

Sie griff nach seiner Hand, verflocht ihre Finger fest mit den seinen. Ihr Blick war stetig und nicht ohne Mitgefühl. Es erstaunte ihn regelrecht, dass sie seine Hand in einer so starken Geste ergriff. Im Augenblick schien sie nicht die geringste Angst vor ihm zu haben. Und sie zögerte keine Sekunde, als sie den Kopf schüttelte.

Quentin spielte mit ihren Fingern und zwang sie, ihre Hand zurückzuziehen, als er versuchte, sie zu küssen. Er seufzte elegisch, schaute dann wieder auf sein Glas. »Ich habe noch nicht genug getrunken«, gab er vor und redete sich ein, dass es besser wäre, seine Geschichte zurückzuhalten, bis die Maus noch mehr getrunken hatte und ein wenig nachgiebiger geworden war. Sein Zögern habe nichts mit seinen Ängsten zu tun, sich der Vergangenheit zu stellen. »Ihr werdet noch ein wenig auf die harten Wahrheiten warten müssen.« Er prostete ihr zu und kippte den Rum hinunter, stellte das leere Glas fest auf die Kommode. »Fragt etwas anderes.«

Natürlich war es richtig, sie noch warten zu lassen. Es würde nur ihren Appetit verstärken, wenn er die Antwort noch etwas verzögerte.

Sie spielte mit ihrer Unterlippe und schien nachzudenken, als er den Korken aus der Flasche zog und das Glas erneut füllte. Er reichte es ihr. Schnell leerte sie es. Er versuchte seine Unzufriedenheit darüber, dass sie so viel trank, nicht zu zeigen. Zwei Portionen von dem starken Gebräu, und er begann selbst schon die erste Wirkung zu spüren – die Leichtigkeit, die Wärme im Magen. Leydi wog sicher nur halb so viel wie er. Er konnte sich nicht vorstellen, dass sie noch viel mehr vertrug. Und nahm selbst nur ein Schlückchen.

»Also gut«, sagte sie, »lassen wir die harten Fragen erst mal beiseite.« Leydi richtete sich in ihrem Stuhl gerade auf und mischte die Karten. Sie räusperte sich und warf ihm dann einen Blick zu. »Wart Ihr je verliebt?«

Er lächelte. »Aber natürlich, Maus. Habt Ihr denn noch nicht erraten, dass ich Euch wirklich liebe?«

Seine spöttische Bemerkung ging daneben – voll daneben. Sehnsucht erschien in ihrem Blick, dann Enttäuschung, als sie bemerkte, dass er scherzte.

»Einmal *dachte* ich, ich wäre wirklich verliebt«, ergänzte er darum sanfter.

»Wie kann man *denken,* man wäre verliebt? Liebe ist ein Gefühl. Sie … sie geschieht einfach. Man spürt sie – wie Furcht oder Glück. Man kann so was nicht *denken*!«

»Das klingt wie die Bemerkung von jemandem, der noch nie verliebt war«, entgegnete er mit einer gewissen Schärfe, denn das Thema Clarice und Liebe war etwas schwierig. Er gab ihr das Glas zurück und sah zu, wie sie diesmal nur daran nippte. Sie hatten schon die halbe Flasche geleert, und er fing langsam an zu glauben, dass er sich verkalkuliert hatte. Ihre Augen wirkten im

Kerzenlicht immer noch zu scharf und zu klar. Sie war weit davon entfernt, schnarchend im Sessel zu liegen, während er sich inzwischen schon ein wenig benebelt fühlte.

»Ich war verliebt in eine Idee. Nicht in eine Person«, sagte er in dem gewohnten Versuch, diesen feinen Unterschied zu wahren.

»Die Frau, die Ihr geliebt habt, erwies sich nicht als die, für die Ihr sie gehalten habt?«

Quentin schüttelte den Kopf. Er konnte fühlen, wie der Alkohol wirkte, ihm die Worte leichter zu fallen begannen. »Sie war genau so, wie sie sich gab. Niemals versuchte sie, ihre wahre Natur zu verbergen – oder auch nur das, was sie von mir wollte. Es war nicht so sehr sie, die ich liebte, sondern das, was ich von ihr zu bekommen hoffte.«

»Und was war das?«, fragte sie mit erwartungsvoller Stimme.

Er lächelte. »Das ist eine andere Frage.«

»Ah, so läuft das also.« Leydi runzelte die Stirn und teilte geschickt die nächste Runde aus. »Ich hätte mir denken sollen, dass Ihr nicht fair spielen würdet.«

Nachdenklich füllte er das Glas wieder und schob es ihr über den Tisch zu, plötzlich froh, dass er es sich verkniffen hatte, ihr zu antworten. Als er die Karten aufnahm, sah er, dass er einige Trümpfe hatte. Er hatte eigentlich nicht vorgehabt zu gewinnen, wollte es ihr aber auch nicht zu leicht machen.

Als er ihr Paar Zweier mit einem Drilling von Siebenern schlug, lehnte er sich in seinem Sessel zurück. Er stellte fest, dass seine Neugierde für die Maus mit dem warmen Rum in den Adern schwerer zu beherrschen war. Aber instinktiv wusste er, dass sie mit ihren Antworten entgegenkommender sein würde als er mit den seinen.

»Kincaid!« Er leerte das Glas und füllte es wieder für Leydi. Sie waren beinah fertig mit der Flasche. »Was bedeutet er Euch?«

Verwirrung zeigte sich auf ihrem Gesicht. Er hoffte, dass das die Folge des Alkohols war. Diesmal nahm sie einen tiefen Zug aus dem Glas und dachte über die Frage nach.

»Tja, diese Frage erübrigt sich«, sagte sie. »Er ist mein Arbeitgeber. Das wisst Ihr. Ich habe die vergangenen acht Jahre für ihn gearbeitet und seine Buchhaltung erledigt.«

»Mehr nicht? Ihr scheint Euch hier so natürlich zu bewegen unter all den Piraten. Ich habe mich gefragt, ob es vielleicht noch irgendeine andere … Verbindung gibt.«

Sie wusste sofort, worauf er hinauswollte, und winkte ab. »Der Mann ist alt genug, mein Vater zu sein.« Wieder runzelte sie die Stirn und betrachtete die Flasche. Diesmal griff sie danach und zog den Korken heraus, füllte das Glas und gab es Quentin. »Manchmal wünschte ich beinah, er wäre es.«

»Einen Pirat zum Vater? Na, das würde wirklich zu Euch passen«, kicherte er.

»Er hat mich immer besser behandelt als mein Vater.« Sie entwand ihm das Glas, obwohl er noch nicht fertig war, und nahm einen Schluck. »Genauso wie die Lady Consuelo.«

»Na ja«, sagte er vorsichtig und legte die Karten beiseite. »Ich schätze, Elaine und Argus sind nicht gerade die aufmerksamsten Eltern. Aber sie durch Piraten zu ersetzen?«

»Argus ist …« Sie schüttelte den Kopf, reichte ihm das Glas zurück und mischte die Karten. »Argus ist Argus. Ein Mann von wenigen Worten. Seit dem Tag meiner Geburt hat er bestimmt nicht mehr als zehn für mich übrig gehabt. Und meine Mutter … sie hatte ein schweres Leben. Zuerst war sie Leibeigene, jetzt ist sie Küchenhilfe.«

»Und das entschuldigt alles?«

»Sie haben ihr Bestes getan – manchmal hat ein Mensch nicht das Recht, mehr zu erwarten.«

»Nein«, sagte er und schüttelte den Kopf, ärgerte sich für sie. »Das ist absolut nicht gut genug.«

»Er und meine Mutter haben für meine Ausbildung bei Mr. Stevenson bezahlt.« Sie mischte heftig, ließ die Karten gegeneinander klatschen. »Eigentlich hatten sie vor, sich mit dem Geld von der Leibeigenschaft bei Eurem Großvater freizukaufen, doch stattdessen haben sie jeden Pfennig dafür eingesetzt, mir eine Ausbildung zu verschaffen. Tja, vielleicht haben sie mich nie nett ins Bett gebracht oder mir Geschichten vorgelesen … aber wenn ihre harte Arbeit und ihr Opferwille nicht gewesen wären, dann hätte ich niemals das erreicht, was ich heute habe.«

Quentin schwieg. Er starrte die Karten an, die sie mischte, und war völlig überrumpelt angesichts des Ärgers für sie, der nun so hitzig in ihm brodelte. Ganz bestimmt war auch er nie nett ins Bett gebracht worden – sie schien zu glauben, dass jedes Kind einen Anspruch darauf hatte –, aber wenigstens hatte die Vernachlässigung seiner Eltern nicht einen so gemeinen Betrug beinhaltet.

Er erinnerte sich nur zu gut an den Tag, an dem Stevenson ihm seine Version dieser Geschichte erzählt hatte, wo Leydis Mutter nur ungern bezahlen wollte für den Unterricht – und wie Stevenson sich geweigert hatte, auch nur einen Schilling anzunehmen. Offensichtlich hatten die Eltern ihre Dankbarkeit trotzdem für ihre Zwecke genutzt.

»Ja, ja, die lieben alten Eltern«, höhnte er. »Voller Selbstlosigkeit!«

»Sagt das nicht so«, flüsterte sie, plötzlich sehr ernst. »Sie versuchen, gute Menschen zu sein.«

Er streckte die Hand über den Tisch und zog an einer ihrer Locken, fest genug, um ihr wehzutun. »Nein. Das sind sie nicht.«

Sie schaute ihm tief in die Augen, verbarg nichts vor ihm. »Mutter hat mir das Haar nicht deshalb geschnitten, was Ihr glaubt. Sie war nicht eifersüchtig, sondern hatte *Angst* um mich. Und zwar glaubte sie, Ihr hättet ein Auge auf mich geworfen und würdet mich verführen. Auf ihre Weise wollte sie mich nur beschützen.«

Er lachte, ein scharfes Bellen, das den Raum erfüllte. »Herr im Himmel, das ist ja toll. Als Nächstes werdet Ihr noch sagen, sie hätte Euch einen Gefallen getan.« Quentin beugte sich vor über die Kommode und strich mit einem Finger über ihre Wange. »Sie kann Eure Schönheit nicht mit irgendeiner Schere wegschneiden. Und kann einen Mann nicht daran hindern, Euch zu begehren, indem sie Euch eine neue Frisur verpasst. Seht nur, wie Ihr angezogen seid, um Himmels willen! Ihr seht aus, als würdet Ihr ersticken in diesem Oberteil. Sie hat versucht, alles so flach wie möglich zu machen, was weiblich an Euch ist, während sie Euer Geld dazu verwendet hat, sich selbst schöne Kleider und Krinolinen zu kaufen, womit sie die Farben und Kurven erhielt, die sie Euch geraubt hatte.«

Leydi mischte weiter, starrte unverwandt die Karten an. »Glaubt, was Ihr wollt.«

»Hört Euch doch nur selbst einmal zu. Ihr habt mir soeben gestanden, Ihr wünschtet, Kincaid wäre Euer Vater. Ich schätze, das ist etwa so, als würdet Ihr jeden Beliebigen für besser halten als die Eltern, die Ihr von Gott bekommen habt.«

Sie teilte die Karten aus, ihre Lippen zu einer finsteren Linie zusammengepresst, zum nächsten Spiel entschlossen. Die nächste Runde gewann sie wieder. Mit einem harten Blick nagelte sie ihn fest. »Meine Mutter sagt, Ihr hättet Eure Geliebte erdrosselt. Dass sie schwanger war und versucht hat, Euch zur Heirat zu bewegen – und dass Ihr beide umgebracht habt.« Sie schoss die Worte hervor. »Ist das wahr?«

Angesichts ihrer Eindringlichkeit lächelte er. Er hatte sie mit der Verunglimpfung ihrer Eltern wirklich geködert.

Quentin schaute hinunter auf das Glas, dann nahm er die leere Flasche auf. »Ich brauche noch einen Rum.«

Jetzt erst schien sie die leere Flasche zu bemerken und blinzelte. Hoffentlich war sie betrunken. Und plötzlich wurde ihm klar, dass er ihr nicht weit nachstand.

Er klopfte mit der Flasche leicht auf die Kommode und fand, dass er wirklich noch einen Rum *brauchte*. »Wie steht's, Maus? Ihr könntet schnell hinausgehen und uns noch etwas zu trinken besorgen. Dann werde ich die Frage beantworten.«

Sie dachte nicht einmal groß darüber nach, sondern stand

gleich auf und ging hinaus – aber ihm fiel auf, dass sie doch ein paar Anläufe brauchte, bis sie den Schlüssel ins Schloss bekam. Einen Moment lang dachte er daran, sie zurückzurufen. Eine weitere Flasche Rum könnte vielleicht ein zu großes Risiko sein, wenn Brody draußen im Flur lauerte. Aber er sagte sich, dass er ohne sie auch nicht bekommen würde, was er wollte. Die erste Flasche lag leer da, schimmernd im Kerzenlicht, und sie schien noch weit davon entfernt zu sein, demnächst einzuschlafen.

Es dauerte nicht lange, da hörte er, wie die Tür wieder geöffnet wurde. Vage wurde ihm klar, dass sie sich nicht die Mühe gemacht hatte, ihn einzuschließen, solange sie fortgewesen war. Doch das spielte keine Rolle. Seine Flucht musste besser geplant sein als ein alkoholisiertes, hastiges Rennen zum Strand mitten in der Nacht.

Leydi stellte die neue Flasche vorsichtig auf die Kommode, ihre Bewegungen die beherrschte Choreografie desjenigen, der zu viel getrunken hat, es aber nicht zeigen will. Als sie das Glas gefüllt hatte, sah sie zu ihm auf.

»Habt Ihr sie umgebracht? Sie und das Baby?«

Langsam rann der Rum durch seine Kehle, ließ die Bedrohung zwischen ihnen wachsen, bis er schließlich sagte: »Ja, ich habe sie umgebracht. Beide.«

Sie schien verblüfft von seiner Antwort, ihre Augen weiteten sich noch mehr, und es wurde das schmale grüne Band sichtbar, das er so charmant fand. Der Rum verlangsamte ihre Reaktion. Sie schüttelte den Kopf. »Ich glaube Euch nicht.«

»Ah, aber es ist wahr«, beteuerte er.

»Nein, ist es nicht. Ihr wollt nur, dass ich etwas Schreckliches von Euch denken soll – genauso, wie Ihr wollt, dass ich meine Mutter hasse«, sagte sie entrüstet und beugte sich über die Kommode vor. »Nein, so hasse ich niemanden. Egal, was Ihr sagt. Ich kenne Menschen und ihren Charakter. Ihr habt sie nicht umgebracht.«

»Ihr kleine Närrin«, sagte er und beugte sich ebenfalls vor, sah ihr von nahem in die Augen, und der Rum und ihre Sturheit machten ihn ebenfalls ärgerlich. »Ihr wisst überhaupt nichts über mich.«

»Doch. Doch, allerdings«, widersprach sie und senkte die Stimme. »Genug, um zu verstehen, dass Ihr sogar dann nett seid, wenn Ihr versucht, gemein zu sein. Das weiß ich, hier«, sagte sie und deutete auf ihr Herz. »Ihr habt Euch gequält, seit Ihr mir damals die Kämme geschickt habt, weil Euch dieser Missgriff so Leid tut. Ich sehe doch, wie Ihr mein Haar betrachtet und wie Ihr es anfasst. Ihr habt aus Zorn gehandelt, und das beschämt Euch. Nein, Ihr würdet keine Frau umbringen. Oh, mag sein, dass es Euch gefällt, als schrecklich und lieblos zu gelten. Aber ich glaube das nicht. Nein!«

Er starrte sie an, hasste ihren Glauben an ihn, kämpfte dagegen an. »Dann, meine liebe Maus, seid Ihr sogar noch dümmer, als ich dachte.«

Sie verstummten. Leydi starrte ihn an, und ihr Glaube an sein gutes Wesen stand brennend zwischen ihnen.

»Ihr habt sie nicht umgebracht«, flüsterte sie. »Aber sie sind trotzdem gestorben. Wie?«

Das Starren ging weiter, sein Atem hart und rau. Er konnte nicht verstehen, warum er so aufgebracht war. Vielleicht lag es am Rum oder daran, dass sie so leicht zu täuschen war. Schließlich sank er in seinem Sessel zurück in dem Wissen, dass er kein Recht zu dieser Verstimmung hatte. »Das, Maus, ist eine andere Frage.«

Sie schien zu zögern und sah aus, als wollte sie protestieren. Doch stattdessen gönnte sie sich noch ein Schlückchen und verteilte dann die Karten mit ihrer reizenden Präzision.

Er hatte eine Art Siedepunkt erreicht, ihr blindes Vertrauen machte es so viel schwerer, sie zu überlisten. Das und der Alkohol ließen ihn zeitweise den Sinn des Spiels vergessen. Sogar so weit, dass er sich vornahm, die nächste Runde zu gewinnen. Seine Pläne konnten vorerst zum Teufel gehen!

Quentin nahm seine Karten auf, sah sie durch, wurde jeden

Moment entschlossener, sie zu schlagen. Und so geschah das, was er tun musste, um zu gewinnen: er mogelte.

Natürlich war er ziemlich gut darin. Selbst in seinem trunkenen Zustand konnte er die Karten, die er brauchte, zurückbehalten und das Spiel zu seinen Gunsten lenken. Als er ziemlich sicher war, das bestmögliche Ergebnis erreicht zu haben, hörte er auf.

Es traf ihn wie ein Schock, als sie die Runde trotzdem gewann. Sie breitete die Karten vor ihm aus, auf der schlauen Miene ein triumphierendes Lächeln. Zwei Damen und zwei Buben. Einen Moment lang starrte er ihre Karten vollständig entgeistert an. Sie hatte gewonnen. Doch das war unmöglich. Er hatte dafür gesorgt, dass sie nicht gewinnen konnte. Sie hätte die Karten, die sie vor ihn legte, gar nicht haben dürfen.

Die Bilder begannen zu verschwimmen, eine Mischung aus Rum und Unglauben. Dann fiel der Groschen.

»Ihr habt gemogelt«, nuschelte er überrascht.

Sie lächelte. »Ihr habt angefangen.«

Er wollte die Karten einsammeln. »Das zählt nicht.«

Sie schlug ihm auf die Hand. »Natürlich zählt das. Wir haben beide gemogelt, also sind wir quitt. Ich habe es nur besser gemacht als Ihr. Darum habe ich gewonnen. Und jetzt will ich meine Frage beantwortet haben.«

Quentin stand auf und stieß dabei den Sessel um. Mit einem Fluch wandte er sich von ihr ab. Er hatte wirklich zu viel getrunken. Das war diese verdammte Insel. Hier schien ihm alles mehr zuzusetzen. Das Zimmer drehte sich um ihn, verunsicherte ihn. Beinah musste er nach dem Bettpfosten greifen, um nicht zu stolpern. Er schaute zurück zur Kommode und betrachtete die zweite Flasche. Hatten sie wirklich davon auch schon die Hälfte getrunken?

Da legte sich ihre Hand auf seine Schulter. Sie schob ihn herum, damit er sie ansah. »Wie sind sie gestorben?«

Er schüttelte den Kopf, konnte einfach nicht glauben, wie ihm die Kontrolle über seine kleine Falle entglitt. Anscheinend war er betrunkener als sie. Und er hatte keine Lust, ihr die Wahrheiten zu enthüllen, die er gegen sie hatte verwenden wollen, um sie anzulocken.

Zweifellos benahm er sich lächerlich. Sie stand vor ihm, wartete auf eine Antwort, band sich bereits an ihn in der Art, in der er es gehofft, die er geplant hatte. Er versuchte, das neblige Gefühl von Desorientierung abzuschütteln. Fahrig hob er eine Locke ihres Haars neben ihrem Ohr und wickelte sie um seinen Finger.

»Ich habe sie umgebracht, Maus. Das war nicht gelogen.« Seine Zunge fühlte sich immer dicker an, als fiele es ihm schwer, sein Geständnis vorzubringen. »Aber ich habe gelogen, was Clarice betrifft. Denn ich habe sie geliebt. Mehr, als ich gern zugebe. Darum bin ich nach St. Kitts gekommen … und will nichts mehr mit dem Grafen zu tun haben. Ich habe sie getötet – die Frau, die ich liebte, und unser Kind auch.«

Aber der eiserne Glaube wich nicht aus ihrem Blick. Sie machte sich diesmal nicht die Mühe, ihm zu widersprechen, wartete nur einfach, wusste, dass er fortfahren würde. Jawohl, das würde er. Ein Leben lang.

Er setzte sich aufs Bett und stützte sich zurück auf die Ellenbogen, bis er nur noch den Betthimmel sah. »Wo sind die verdammten Engel?«, flüsterte er, nicht als Trick, sondern weil er sie wirklich brauchte. Für diese Augenblicke, wenn ihm die Vergangenheit zu nahe kam, hatte er sie doch malen lassen.

»Hier«, sagte sie, legte sich neben ihn und rollte sich voller Vertrauen an seine Seite. Sie nahm seine Hand und hielt sie liebevoll fest. »Ich höre.«

Er streichelte Leydis Haar, wand seine Finger durch die seidige Fülle. Ratlos fragte er sich, warum er sich zu wehren versuchte. Ihm war klar, was als Nächstes kommen würde – genau wie er die Schrittfolge einer Quadrille kannte. All seine Kämpfe gegen die wachsende Anziehung zwischen ihnen hatten nichts gefruchtet. Und ebenso seine dummen Vorstellungen, was die Unwichtigkeit des Kusses von gestern betraf – wirklich töricht. Er wusste, was geschehen würde, wenn Leydi in seinem Bett war, sich an ihn kuschelte, auf Wahrheiten wartete. Und auf einmal wehrte er sich nicht mehr dagegen.

»Clarice war eine sehr weltliche Frau. Sie war alles das, was Ihr nicht seid«, sagte er grausam. »Eine elegante Person, die sich mit Männern und der Liebe auskannte. Nichts an ihr war durchschnittlich. Oder braun.«

Er wollte sie vor den Kopf stoßen mit seinen gemeinen Worten. Er wollte nicht, dass sie in seinen Armen blieb. Aber sie streichelte einfach seine Finger weiter, obwohl nun die Falten zwischen ihren Augen erschienen, die ihm bewiesen, dass er sie wirklich verletzt hatte. Er strich mit seinem Daumen darüber, seine Härte tat ihm Leid.

»Clarice war eine Hure«, erklärte er einfach.

Als sie bekümmert wirkte angesichts seiner Wortwahl, sagte er: »Sie war meine Mätresse. Und die Mätresse von vielen anderen Männern vor mir gewesen. So kam sie durchs Leben. Darin war sie sehr gut. Wollte immer nur das eine: Geld, viel Geld. Und sie blieb jeweils an der Seite eines Mannes, solange er sie bezahlen konnte. Aber ich war jung. Ich habe mir eingebildet, ich könnte ihr Herz gewinnen.«

Obwohl ein klügerer Teil seines Verstandes protestierte, lehnte er sich weiter zurück und legte seinen Kopf in Leydis Schoß. Sie schreckte nicht zurück, sondern stützte ihren Rücken mit den Kissen, damit er es bequem hatte. Sie streichelte in zärtlichem Rhythmus sein Haar, sodass er am liebsten einfach nur die Augen geschlossen und vor Wonne gestöhnt hätte.

»Ich war jung und sehr verliebt, befand mich in einer rebellischen Phase. Jahrelang hatte ich versucht, meines Vaters Wohlwollen zu erringen; aber es hatte den Anschein, als könnten nur Missetaten seine Aufmerksamkeit gewinnen. Eine ganze Weile lang benahm ich mich sehr, sehr schlecht. Alles Geld, was er mir gab, verspielte ich oder trug es zu Huren. Als er aufhörte, mir

Bargeld zu geben, stellte ich Schuldscheine aus, weil ich wusste, dass es ihm peinlich sein würde, diese nicht einzulösen. Clarice war dann der Höhepunkt all dieser Rebellion.«

Unter ihrer liebevollen Hand schlief er beinah ein. Er konnte Clarice wieder vor sich sehen, ihr leuchtend rotes Haar und die unglaublichen violettblauen Augen. Eine Frau wie sie, die arm war, aber so fantastisch wirkte und aussah – was hatte sie schon für eine andere Möglichkeit, als Kurtisane zu werden? Ihre Eltern besaßen nichts, waren nicht mehr als Bedienstete. Und um mehr zu bekommen, als das Leben ihr eigentlich bot, setzte sie ihren Körper ein.

Er öffnete die Augen. Leydi hatte sich über ihn gebeugt, ihr Haar fiel in einem Gewirr von Locken nach vorn. Im Kerzenlicht schimmerte es sogar noch schöner, bekam einen honiggoldenen Schimmer. Ihre Augen waren dunkel, aber er wusste, dass ein feines silbernes und grünes Glitzern darin lag. Sie war schön. Schöner als Clarice.

Quentin erinnerte sich an Stevensons Geschichte von Leydi in der Bibliothek seines Großvaters, wie sie versuchte, sich selbst das Lesen beizubringen. Ihre Leichtigkeit im Umgang mit Zahlen, ihr Eifer, ihm zu gefallen: Leydi schien durch ihre gesamte Existenz die Wahl, die Clarice für ihr Leben getroffen hatte, anzuklagen.

Allmächtiger, wenn er nicht aufpasste …

Er küsste ihre Hand, dann jeden Finger einzeln, völlig ohne aufzupassen. Wie gern er sie an seinen Lippen spürte, so warm und weich! Oh ja, es könnte ihm leicht fallen, die Maus zu lieben …

»Sprecht weiter«, ermutigte sie ihn.

Er spielte mit ihren Fingern, küsste wieder jeden einzelnen langsam und ausgiebig, als mache es seine Geschichte sicherer, wenn er sich an ihr festhielt. »Monatelang war Clarice meine Mätresse. Dann kam sie eines Tages zu mir und erklärte, sie wäre schwanger mit meinem Kind.« An jenen Tag erinnerte er sich immer noch mit einer Spur von Freude. »Sie hatte gedacht, sie könnte mir so eine Falle stellen, versteht Ihr. Sie dachte, ich wäre jung, erst dreiundzwanzig, während sie schon auf die dreißig zuging. Und ich liebte sie. Wahrscheinlich hatte sie schon seit Jahren auf eine solche Gelegenheit gewartet – einen reichen und betitelten Mann dazu zu kriegen, dass er sie heiratete. Vielleicht war ich auch nicht ihr erster Versuch.« Er schüttelte den Kopf. »Aber sie wusste nicht – konnte es gar nicht wissen –, wie sehr ich mich über diese Ankündigung freute. Ich wollte das Kind, weil ich dachte, es würde mir gegebenenfalls ihre Liebe sichern. Und wenn nicht, dann hätte ich wenigstens das Kind gehabt ...«

Unglaublicherweise wurde es ihm eng in der Kehle. Seine Brust zog sich zusammen. Er wartete einen Augenblick, ließ das Gefühl vorübergehen, sagte sich, dass der Rum ihn weinerlich gemacht hatte.

Clarice und das Baby. Seit jener Zeit hatte er kein anderes Gefühl mehr in sich genährt als sein Verlangen nach Rache.

»An jenem Tag war ich sehr glücklich.«

Es schien dunkler und wärmer im Zimmer zu werden. Die Palmblätter raschelten draußen im Wind. Quentin schloss die Augen und fragte sich, ob er nicht am besten einschliefe, seine großen Pläne zur Flucht vergäße und einfach in Leydis Armen liegen bliebe. Sie und diese Insel hatten ihm so viele Nächte mit wunderbarem Schlaf gebracht. Sollten Kincaid und seine Männer doch mit ihm machen, was sie wollten. Er hatte schon vor so langer Zeit aufgehört zu leben. Waren diese letzten Tage seiner Gefangenschaft nicht näher am Leben gewesen als alle anderen, die er bisher erlebt hatte?

»Wie sind sie gestorben?«

Ihre Stimme weckte ihn wieder. Zwar wusste er nicht, wie lange er geschlummert hatte, aber er hatte tatsächlich geschlafen. Der Albtraum von Clarice hatte in der Dunkelheit dicht hinter seinen Augenlidern auf ihn gewartet, ihn, wie immer, verspottet.

Du bist nicht rechtzeitig gekommen. Warum war nur er nicht rechtzeitig gekommen?

Clarice. Mein Gott, Clarice!

Er schloss die Augen wieder, trieb vor sich hin, dann verfiel er in seine Erinnerungen. Er entsann sich noch, wie glücklich er an jenem Tag gewesen war. Am Abend davor hatte er den Grafen herausgefordert, seinem Vater genau erzählt, was er plante – Clarice zu heiraten und ihr Kind aufzuziehen. Sein Vater hatte geschimpft und gewütet, war vor Quentin auf und ab gestampft und hatte geschrien, er würde sein Leben ruinieren, wenn er in jene uralte Falle tappte. War er überhaupt sicher, dass das Kind seines war, um Himmels willen? Quentin, der Sohn eines Grafen. Er konnte nicht seine Mätresse heiraten, eine Frau, die bekannt war für ihre Schlafzimmerkünste. Besaß er denn keine Spur von gesundem Menschenverstand?

Aber Quentin hatte nur gelächelt und das Gebrüll seines Vaters nicht beachtet. Wie oft hatte er genau diese Worte schon gehört? Du ruinierst dein Leben mit dem Spielen. Du ruinierst dein Leben, wenn du trinkst und herumhurst. Du ruinierst dein Leben …

Quentin konnte nichts anderes denken, als dass jetzt erst sein Leben beginnen würde.

Das Baby. Das war das Einzige, was er wirklich wollte. Eine richtige Familie. Eine Familie, wo man einander in die Arme nahm und sich küsste. Eine Familie, wo man einander die Hände hielt und Zuneigung zeigte. Clarice würde ihm das alles vielleicht vorenthalten, er war nicht so dumm, zu viel von ihrer Liebe zu erwarten. Aber das Baby. Das Baby würde anders werden. Kinder waren einfach so. Sie liebten ganz von allein.

Quentin griff nach Leydis Hand und drückte sie. Sie kam ihm wie ein Rettungsseil vor – *lass mich nicht in diesem Albtraum ertrinken*. Aber er hatte die Erinnerungen selbst beschworen. Und da waren sie nun.

Er konnte sich noch sehen, wie er an jenem Tag gewesen war, ein junger Hitzkopf. Jemine, so jung! Dumm genug, von der Zukunft zu träumen und zu planen, wo er und Clarice leben würden und wie er ihren Lebensunterhalt verdienen könnte. An jenem Tag hatte er ihr sogar einen Strauß Rosen gebracht.

Er drückte Leydis Hand fester. Noch fester. Aber es gab keine Hilfe für ihn. Keine ...

... sah sich die Straße hinunter zu Clarices Stadthaus gehen, elegant gekleidet, mit gepuderter Perücke und allem Drum und Dran. Er war sozusagen das Pflaster entlanggetänzelt, hatte den Hut gezogen vor einem Kindermädchen, das mit einem Baby spazieren ging, und hatte an sein eigenes Kind gedacht, das in Clarices Schoß wuchs.

Natürlich würde ihn der Graf enteignen. Das kümmerte Quentin wenig. Ihre Beziehung war nie so gut gewesen, dass er das Gefühl hatte, es entstünde dadurch ein Bruch. Und was das Geld betraf, hatte er ein Gespür dafür, wo man Profite machen konnte. Wenigstens das hatte er von seinen Vorfahren geerbt, von denen sich einer irgendwann mehr oder weniger einen Titel gekauft hatte, um ihn dann an die Generationen weiterzugeben.

Oh ja, er konnte seine Familie ernähren. Quentin hatte schon genug Freunde in geschäftlichen Dingen beraten, um sich dessen sicher zu sein. Sutherland und Webster würden ihm auch helfen, einen Neuanfang zu machen, und sei es nur als kleiner Dank für die Tipps zur Handelslage, die er ihnen gegeben hatte. Und es war ihm ziemlich egal, ob er vielleicht Schuhe verkaufen müsste, um sich von seinem Vater zu lösen und etwas zu essen auf dem Tisch zu haben.

Er war voller Hoffnung an ihrem Haus angekommen, schnupperte noch an den Rosen in seiner Hand. Clarice liebte Rosen. Immer schon. Blutrote Rosen! Als sich die Tür öffnete, schaute er mit einem Lächeln die kleine Magd an, deren Lohn er bezahlte.

Sie lächelte nicht. Ihr Gesicht war totenbleich, ihre Augen schwammen in Tränen.

»Die Herrin ...« Ohne den Satz fortzusetzen, deutete sie in Richtung Treppe.

Quentin ließ die Blumen fallen. Er hastete die Stufen hinauf, immer zwei auf einmal. Sein Atem ging in schweren, angstvollen Stößen. Er konnte an nichts anderes denken als an Clarice und das Baby. Sie war noch so früh in der Schwangerschaft. Hatte sie das Kind verloren? *Bitte nicht, lieber Gott! Lass das Baby in Sicherheit sein. Bitte!*

Er fand Clarice im Bett. Ihre Laken waren blutgetränkt. Ihr Gesicht hatte keine Farbe – ihre Augen wirkten leblos. Ihre roten Locken waren schwarz von Schweiß, Strähnen klebten an ihren Wangen und Schläfen.

Also würde es kein Baby geben! Es würde niemanden geben!

Der Arzt an ihrem Bett schüttelte den Kopf und schloss seine Tasche. Er warf Quentin einen finsteren Blick zu, in dem er ihm klar zu verstehen gab, wer die Schuld an der Lage hatte.

»Eine verdorbene Abtreibung«, sagte der Mann schroff. »Das hätte sie nicht tun sollen. Es wird sie das Leben kosten. Ich kann nichts mehr tun.«

Quentin bemerkte nicht einmal, wie der Arzt fortging, sondern starrte nur weiter auf das Bett. Sie wirkte so klein in dem riesigen Himmelbett mit all dem Blut, so weiß und zerbrechlich. Ihr Atem ging flach. Er bemerkte, dass er im gleichen Rhythmus atmete wie sie, so hechelnd, dass ihm langsam schwindlig wurde.

Er fiel auf die Knie und griff nach ihrer kalten weißen Hand. »Stirb nicht«, flüsterte er. »Bitte, Clarice, stirb nicht!«

Ziemlich lange musste er so gekniet haben, bis er ihre Hand auf seinem Kopf spürte. Er schaute auf. Ihre Augen vermochten sich kaum noch auf ihn zu richten.

Verzweifelt nahm er ihre Hand zwischen die seinen. Er spürte seine Tränen, die ihre Finger feucht machten. »War meine Liebe denn nicht genug, um dich wenigstens ein bisschen in Sicherheit zu wiegen? Warum, Clarice? Warum?«

»Weil ich feige bin.« Sie holte noch einmal tief Atem, und er glaubte, sie würde nichts mehr sagen. Ein Moment verging. Außer der Kaminuhr war nichts zu hören. Und dann flüsterte sie: »Dein Vater kam gestern Abend zu mir. Er sagte, das ganze Geld würde verschwinden, wenn wir heiraten.«

Sie wandte den Kopf und sah ihn an. Jene schönen violettblauen Augen betrachteten ihn flehentlich, um Vergebung bittend. »Er sagte, er könnte uns alles nehmen. Wir würden auf der Straße landen.« Eine Träne rann über ihre Wange, an ihrem blassen Mundwinkel entlang. »Ich habe auf der Straße gelebt, Quentin.« Vorübergehend schloss sie die Augen, als wolle sie die letzte Kraft zusammennehmen. Schließlich flüsterte sie: »Nichts, weder du noch das Baby, wird mich dahin zurückbringen!«

Das waren ihre letzten Worte.

Quentin öffnete die Augen. Er starrte das Moskitonetz über dem Bett an, befand sich nicht mehr in dem prächtigen Stadthaus, das er damals für seine Mätresse gemietet hatte, sondern in Kincaids einfachem Bett. Er träumte immer noch oft von Clarice in dieser Situation, wie sie starb, in jenem riesigen, prächtigen Bett, das sie sich von ihm gewünscht hatte – mit der Erklärung, dass sie nie mehr auf der Straße leben wolle.

»Das ist aber schrecklich traurig«, flüsterte Leydi.

Er war sich gar nicht bewusst, dass er die Geschichte laut erzählt hatte. Immer noch mitgenommen vom vielen Rum, richtete er seinen Blick auf Leydi über sich. Tränen standen in ihren weichen grauen Augen.

»Darum ist also das Geld so wichtig für Euch«, flüsterte sie. »Ich habe mich immer gefragt, warum jemand, der so reich ist, noch mehr Geld braucht. Sie hatte kein Vertrauen in Euch, glaubte Eurem Vater, dass Ihr ohne sein Geld verkommen würdet.«

Quentin nahm ihre Hand und verschränkte ihrer beider Finger. Sie war so unglaublich zierlich. Ihre Finger reichten kaum bis zu seinen Knöcheln. Himmel, sie gab ihm so viel. Wie sollte er ihr das vergelten?

Vorsichtig wischte er eine Träne von ihrer Wange. »Was für eine kluge kleine Maus Ihr doch seid«, murmelte er. »Ich frage mich, ob Ihr genauso viel Einsehen in Eure eigene Situation habt.«

»Meine Eltern?« Sie seufzte tief und nachdenklich. »Ja, vermutlich habt Ihr Recht. Ich schätze, man kann Liebe wirklich nicht erkaufen, oder?«

»Nein«, sagte er, zog sie zu sich herunter und hielt sie fest.

»Werdet Ihr Euch je wieder mit ihm vertragen – mit Eurem Vater?«

»Er hat mich enterbt.«

»Es sieht aber doch so aus, als hätte er es sich anders überlegt«, flüsterte sie, und wieder traten Tränen in ihre Augen.

»Ich aber nicht.«

Er zog sie in seine Arme und küsste sie. Diesmal gab es keinen Widerstand, kein Zögern. Er zweifelte nicht an dem, was er tat, dazu fehlte ihm die Kraft. So sehr verlangte er danach, was sie ihm anbot.

Sie öffnete ihren Mund für ihn, schmiegte ihren Körper in seine Umarmung. Genau wie sie alles andere tat, liebte sie von ganzem Herzen und ohne Zurückhaltung.

»Ihr solltet jetzt gehen«, warnte er sie, obwohl er wusste, dass sie nicht auf ihn hören würde. Er hatte ihr genau das gegeben, was sie die ganze Zeit hatte haben wollen – das Geheimnis, den Helden mit Makeln, wie in ihren Büchern. Und er hatte es besser hinbekommen als jeder Schauspieler, denn er hatte jedes Wort ehrlich gemeint. Und jetzt, während er sie küsste, wusste er, dass sie damit beide verloren waren. Denn es gab kein Zurück mehr. Trotzdem warnte er sie noch einmal: »Ich werde dir nur wehtun.«

»Schhh.« Sie legte ihre Finger auf seinen Mund, küsste ihn dann wieder. »Es ist schon gut. Ich habe Vertrauen in dich.«

»Das solltest du nicht«, sagte er und erwiderte ihre Küsse, begehrte sie, wie er noch nie jemanden in seinem Leben begehrt hatte. »Denn ich will nur eines: nämlich von dieser verdammten Insel weg!«

Aber sie hieß ihn willkommen mit dem Gegendruck ihres Körpers, mit ihrem Mund unter seinen Lippen. »Eher wette ich, dass du mehr willst als nur das.«

»Da gehst du ein höllisches Risiko ein.«

»Ich habe in solchen Angelegenheiten einen guten Riecher.«

»Aber ich spiele nicht immer fair, Maus.«

»Mir ist bekannt, wie man mit Leuten umgeht, die mogeln«, flüsterte sie und legte die Arme um seinen Hals.

Er küsste sie, als wäre sie die Luft zum Atmen, verlangte nach ihr mit demselben Drang, und zerrte an ihren Kleidern – ein Mangel an Finesse, der wahrhaftig elementar war. Aber sie hatte keine Angst. Sie hielt ihren Mund ganz in seiner Nähe, während sie ihm dabei half, sie auszuziehen, und dann auch nach seinen Kleidern griff. Als er ihr Aroma wahrnahm, eine Mischung aus Lavendel und einem köstlich weiblichen Duft, zog sie ihn zu sich, hielt ihn mit einer Kraft an sich gedrückt, die nichts verweigerte.

»Du bist noch Jungfrau«, hauchte er und knetete ihre Brust mit seiner Hand, streichelte ihre bloße Hüfte.

»Das tut jetzt nichts zur Sache«, antwortete sie und spürte die runden Muskeln an seinen Schultern. »Ich will, dass du all diese schrecklichen Erinnerungen verbannst. Du sollst wieder an die Liebe glauben.«

»So aufopferungsvoll, Maus?« Er ließ seinen Mund über ihren Hals abwärts wandern, küsste ihre Schlüsselbeine und das weiche Fleisch über ihren Brüsten. »Und wenn ich nehme, was du mir anbietest, und keine Gegenleistung liefere?«, flüsterte er und brachte damit seine größte Angst zum Ausdruck.

Sie schob seine Hand beiseite und umfasste sein Gesicht mit beiden Händen. Ihre Augen waren riesig und dunkel vor Begehren. »Du wirst mir geben, was ich brauche, Quentin, weil du ganz tief im Innern« – sie drückte ihre Hand auf seine Brust, dort, wo sein Herz lag – »ganz tief dort, wo es zählt, weißt, dass nur ich dir all die Liebe erwidern kann, die du empfindest.«

»Ach, du große Güte, du hast zu viele Bücher gelesen!«

»Genug für uns beide!«, sagte sie und küsste ihn leicht auf den Mund. »Und ich weiß, wie man vorwärts kommt bis zum Happy End.«

Quentin drückte sie fest an sich, küsste sie noch einmal mit demselben tiefen Drängen. Er wusste, dass sie ihn besiegt hatte – weil sie so unglaublich viel gab. Sie hielt nichts zurück. Es war keinerlei Sorge in ihrem Blick, als sie sich auf dem Bett zurücklegte und ihn zu sich herunterzog. Es lag nicht einmal ein Drängen in ihren Küssen. Nur einfach Hingabe und Liebe. Und kein Mann, ganz sicher nicht Quentin, konnte ihr da widerstehen.

Er umfasste ihre Brüste, streichelte die Brustwarzen mit den Daumen und sah sie an. Sie schien sich beinah zusammenzurollen und lächelte, ließ ihre Hände über seine Arme gleiten bis zu den Handgelenken. Sie war eine sinnliche Frau, öffnete ein wenig die Lippen und genoss seine Berührung, während ihre Nippel unter seinen Fingern hart wurden. Ohne jegliche Schüchternheit hob sie jetzt die Hände und zog seinen Mund wieder zu ihrem herunter.

Aber er wollte mehr als nur ihre Lippen. Quentin kostete ihre Brüste, leckte eine feuchte Spur um die Spitzen, saugte sie schließlich in den Mund. In diesem Augenblick des Verlangens und Begehrens und der Eroberung wollte er alles. Ihr leises Wimmern ließ ihn ächzen. Er wünschte plötzlich, er hätte nicht so viel Rum getrunken. Ihr erstes Zusammenkommen sollte nicht im Dunst versinken. Er wollte sie ganz genau spüren.

Sein Mund erforschte sie weiter abwärts, erreichte ihren Nabel. Seine Zunge tauchte hinein, und sie seufzte, schien sich zu strecken, als greife sie nach dem Genuss. Er konnte sich nicht vorstellen, wie sie nach Jahren mit Erfahrung in der Liebe aussehen würde, wenn sie frei mit ihrem Wissen und ihrer Erfahrung würde umgehen können – um nach neuen Ufern zu suchen. Doch jetzt wanderten seine Küsse weiter abwärts. Seine Hand streichelte die Innenseite ihrer Schenkel, die glatt und warm waren.

»Ich glaube, ich brenne«, flüsterte sie.

»Psst. Dies ist nur ein Vorglühen«, erklärte er ihr, und sein Mund küsste einen Pfad abwärts von ihrer Hüfte zum Beginn ihres Oberschenkels. Er griff nach innen mit den Fingern, streichelte die Falten ihrer Weiblichkeit, die jetzt feucht waren von Begehren. »Hier«, flüsterte er und schob einen Finger in sie, prüfte, wie eng es dort war, ließ einen zweiten Finger folgen. Dabei küsste er weiter die Innenseite ihres Schenkels. »Ich werde dir Lust bereiten.«

Sie stöhnte, und ihre Hände strichen ganz leicht über seine Schultern. Als er seine Finger durch seinen Mund ersetzte, begann sie seine Arme zu kneten, ermutigte ihn – dann wollte sie ihn plötzlich zu sich hinaufziehen, als hätte sie es sich anders überlegt.

»Du sollst das auch spüren.«

»Das tue ich doch«, sagte er, kostete sie, streichelte sie mit seiner Zunge. »Ich spüre es deutlich.«

Leydi schüttelte den Kopf und zerrte weiter an seinen Armen. »Nein, ich will, dass du genauso viel spürst.« Entschlossen beugte sie sich vor, legte ihre Arme um seinen Hals und hielt ihn fest. »Sag mir, was ich tun soll.«

»Schön. Ja«, sagte er, und sein eigenes Begehren holte ihn ein. »Leg dich hin«, flüsterte er und drückte sie mit dem ganzen Körper wieder in die Kissen.

»Soll ich dich küssen? Soll ich dich berühren?«

»Schhh.« Er umfasste ihre Brust mit einer Hand und schob vorsichtig ihre Knie auseinander. »Frag nicht so viel.« Er streichelte ganz sanft über die Öffnung zu ihrem Inneren, näherte sich ihr langsam, während er sie streichelte, sodass sie schmolz unter seiner Berührung. »Die Liebe kann eine himmlische Sache sein.« Er küsste ihren Mund einmal, zweimal, streichelte sie mit den Fingern, bis sie sich ganz öffnete. »… ist geduldig und weich und wunderbar«, sagte er und leckte ihre Lippen. Er schob sich langsam in sie, spürte, wie eng sie war, begehrte sie unendlich, hielt sich aber dennoch zurück. »… oder kann auch schmerzhaft sein.«

»Hat mir Gabriela schon erzählt«, gab sie zu und erwiderte seinen Kuss mit einer Leidenschaftlichkeit, die weder ruhig noch weich war, sondern jetzt absolut drängend. »Und es macht mir nichts aus.« Sie schob ihm ihre Hüften entgegen, sodass er tiefer in sie eindrang. »… macht mir … – ah!«

Es war nur ein kleiner Aufschrei, der aber dennoch ihren Schmerz zum Ausdruck brachte. Er zog sich ein wenig zurück, sodass er immer noch in ihr war, aber nicht mehr so tief. Quentin konzentrierte sich mit den Lippen ganz auf ihren Mund; seine Finger spielten mit den Blütenblättern ihrer Weiblichkeit und der darin verborgenen Knospe, sodass sie wieder kurz aufschrie, doch diesmal nicht vor Schmerz.

»Maus«, flüsterte er. »Lass mich dich das eine lehren: Versuche nicht immer so eifrig, alles selbst zu erledigen.«

Sie hielt sein Gesicht in den Händen und sah ihn mit weichem Blick an. »Ich kann einfach nicht anders.«

Er lächelte und drang langsam wieder tiefer. »Ich weiß. Aber trotzdem« – er änderte den Rhythmus seiner Bewegung, sodass sie die Augen schloss und tief Atem holte – »trotzdem, lass mich das für dich tun.« Er küsste sie ganz leicht, spielte mit ihrem Mund. »Lass mich das für uns tun.«

Während seine Hand Kreise zog und sie erforschte, kosteten sein Mund und seine Zunge ihre Lippen und die weiche Innenseite ihres Gaumens. Er ließ sich Zeit. So etwas hatte er noch nie gemacht, noch nie so lange gewartet und versucht, dem Geschehen eine ganz eigene Magie zu verleihen. Er spürte den Rhythmus, der in ihr pulsierte und sich langsam steigerte, während er sie einander noch näher brachte, und er hielt sich weiter zurück, wollte die Vollendung, die Vereinigung. Diese junge Unschuld würde er an sich binden in einer Art, die sie nie wieder vergessen könnte. Und er wusste, was ihn das kosten würde: Er würde genauso gebunden sein. Und tat es dennoch. Als sie den Atem für einen Moment anhielt und dann den Höhepunkt erreichte, sich in sanften Wellen um ihn zusammenzog, tauchte er selber tief ein, blieb still in ihr.

Sie gab keinen Laut von sich, aber er tat es für sie – so sehr waren sie in Harmonie verbunden. Natürlich hatte sie Schmerz verspürt, aber die Lust war auch dagewesen. Und er wusste, dass sie davon noch mehr erleben würde.

Obwohl alles in ihm nach seiner eigenen Erfüllung drängte, steigerte er die Spannung noch. Er streichelte und küsste sie weiter, denn er spürte, dass, wie beim Wechsel von Ebbe und Flut, ihre

Leidenschaft wieder neu erwachen würde. Er konnte nicht einmal daran denken, dass er Quentin war, ein Mann, der geschworen hatte, niemals Vater eines Kindes zu werden, sich nie wieder von der Liebe verlocken zu lassen. Dies war ein anderer, jemand, den es verzweifelt danach verlangte, diese Frau zu seiner Frau zu machen.

Er bewegte sich in ihr, sah zu, wie ihre feuchten Lippen sich noch einmal öffneten und ihre Augen sich vor Erstaunen weiteten. Da. Es kam noch einmal. Und er würde darauf warten, auf ihren Höhepunkt. Es war nicht genug gewesen, dass sie die Lust erfuhr zusammen mit dem Schmerz ihrer Entjungferung. Jetzt sollte sie nur Lust empfinden.

Seine Haut glänzte vor Schweiß, sein Atem ging wie der ihre in schweren Stößen. Eine Stimme in seinem Innern sagte ihm, dass er noch nie so hart gearbeitet hatte, um die Liebe einer Frau zu gewinnen – doch er verdrängte die Warnung und ihre tiefere Bedeutung. Er wollte nicht wissen, warum er sein Bestes gab, warum er sie näher und näher brachte an den Rand der Erfüllung. Er wusste nur, dass er es tun würde. Jetzt. Ja, jetzt!

Sie stieß ein leises Stöhnen aus. Die sanften, pulsierenden Wellen umgaben ihn. Er drängte jetzt zu seiner eigenen Erfüllung. Sie überströmte ihn, verschluckte ihn, ließ ihn wissen, dass ihm gelungen war, sie zu beglücken.

In jenem Augenblick hatte er sie in einer Weise verbunden, die weder sie noch er je wieder vergessen würde. In jenem Augenblick, genau wie sie es gewollt hatte, glaubte er wieder an die Liebe.

21

Felix streichelte die dunklen Locken, die auf dem Kopfkissen lagen und bis zu Gabrielas bloßen Schultern hinunterreichten. Sie lag schlafend neben ihm. Er wünschte ihr süße Träume, auch wenn er selbst keinen Schlaf finden konnte.

Noch nie in seinem Leben hatte er etwas getan, dessen er sich schämte. Er lebte mit einem Kanon von strengen Regeln, was richtig und falsch betraf – genau so, wie es ihn seine Ziehmutter gelehrt hatte. Er versuchte sich einzureden, dass Kincaid es verdiente, vernichtet zu werden. Doch er wusste im Innern seiner Seele, dass das nicht auf Kosten von Gabrielas Glück geschehen durfte. Das war falsch. Vollkommen falsch.

Sie drehte sich zur Seite und seufzte im Schlaf. Im schwachen Schein des Mondlichts sah er ihr schönes Gesicht. Weit auseinander stehende Augen, hohe Wangenknochen, gewölbte Brauen. Sehr volle Lippen, die zum Küssen reizten. Er beugte sich vor und streichelte die warme Haut ihrer Wange mit den Lippen. Sie stöhnte leise.

Kincaid hatte irgendeine Macht über sie – das wusste er. Wann immer er von dem Piraten sprach, spürte er, dass ihre Gefühle dem Bösewicht gegenüber genauso stark waren wie die seinen. Aber er wusste nicht, wie er ihr hätte helfen können, wie er die Bande lösen sollte, die sie zu ›Heartless'‹ Eigentum machten. Und das bekümmerte Felix zutiefst.

»Schlaf doch, Felix«, flüsterte sie.

Er hörte ihre Stimme und lächelte. »Du bist ja wach.«

Gabriela kuschelte sich an ihn, schlang ein langes Bein über die seinen. Er hielt sie fest an sich gedrückt und erwiderte ihre Umarmung, betete, dass er sich zumindest so viel Nähe erlauben durfte. Was er für Gabriela empfand, dieses Begehren, war echt. Er umwand seine Finger mit ihrem Haar, liebte seine Fülle.

»Geh fort mit mir, Gabriela«, flüsterte er im Dunkeln. »Hilf mir, diese Insel zu verlassen.«

Sie ächzte an seiner Brust. »Damit du dann zurückkommen und Kincaid vernichten kannst?«, sagte sie mit müder Stimme, denn dieses Thema war ihr schon zu vertraut. »Das geht nicht.«

»Er wird mich umbringen.«

Sie drückte ihn fest. »Was ich nicht zulassen werde …«

»Wie willst du das bewerkstelligen?«

Sie stützte sich auf den Ellenbogen auf und sah ihn an. Ihre schönen grünen Augen wirkten flehend. »Du könntest einer seiner Männer werden. Oder wir könnten heiraten. Er wird dir nichts zuleide tun, wenn du mir gehörst.«

Schweigend streichelte er ihr Haar, voller Traurigkeit, und sagte: »Eva, die Adam den Apfel hinhält. Ich fürchte, ich muss ihn zurückweisen.«

Sie ließ sich auf seine Brust fallen und drückte ihn mit ganzer Kraft. »Also bist du«, folgerte er nach kurzem Schweigen, »wirklich eine von denen?«

Gabriela entzog sich ihm. Einen Moment lang hielt er ihren Blick, doch dann wandte sie sich ab und rutschte vom Bett. Im Dunkeln konnte er gerade noch erkennen, wie sie ihre Kleider einsammelte und sich anzog. Als sie fertig war, beugte sie sich noch einmal über ihn. Ein Mondstrahl beleuchtete ihr Gesicht.

»Ja, Felix«, flüsterte sie und küsste seine Stirn. »Ich bin wirklich eine von denen.«

Er hörte, wie sich die Tür hinter ihr schloss. Der Schlüssel drehte sich um. Mit seinem Kopf auf der Armbeuge betrachtete er die Schatten.

Sie wählte Kincaid.

Quentin hätte nicht mit ihr schlafen dürfen.

Das wusste er mit einer Sicherheit, wie sie Menschen nur selten spüren. Wie er jetzt Leydis nackten Körper an sich gedrückt hielt, spürte er seinen Fehler bis ins Mark.

Er würde es nicht schaffen, einfach wieder wegzugehen von ihr … war in seine eigene Falle getappt.

Immer noch duselig vom vielen Rum, versuchte er sich davon zu überzeugen, dass es der Alkohol war, der seinen Verstand so durcheinandergebracht hatte. Er musste sich auf die anderen Männer konzentrieren und entkommen. Zwar hatte er eben mit Leydi in den Armen ein kleines Stück vom Himmel erfahren, erinnerte sich aber an seine Lage: Gefangener auf irgendeiner Pirateninsel, der darauf wartete, dass Heartless zurückkam und das Schlimmste tat, was ihm einfiel.

Doch dann kuschelte er sich fester an sie, und ihr Busen streifte seine nackte Brust. Eine Fülle von Locken floß über seine Schulter. Das Mondlicht brachte die beschatteten Löckchen wie Feenstaub zum Schimmern. Sie war fest eingeschlafen, hatte schließlich doch dem Rum nachgegeben. Er schaute an ihrer beider Körper abwärts: ihre Glieder waren zwischen den Laken verschlungen. Zum ersten Mal seit sieben Jahren war er mit einer Frau im Bett geblieben, nachdem er sie geliebt hatte.

Und sie hatten sich mehrmals geliebt, als wenn sie beide fürchteten, es könnte womöglich nicht nur ihr erstes, sondern auch ihr letztes Mal gewesen sein. Eine Weile lang hatte er tatsächlich geglaubt, sie könnte länger durchhalten als er. Doch bei dem Gedanken allein musste er schon lächeln. Sie war doch eigentlich nur ein zierliches Mädchen.

Und ich bin ein völliger Idiot, erklärte er sich selbst.

Er bemühte sich, den Nebel von Rum und Zufriedenheit aus seinem Kopf zu vertreiben. Dachte an Clarice – an seinen Vater. An die Vergangenheit. Quentin spürte einen Knoten, der sich in seinem Inneren bildete und sein Herz erfüllte. Vielleicht war es Angst? Er fürchtete, er würde vor den anderen versagen, zulassen, dass Leydi ihn dazu verführte, einen Fehler zu begehen ... so wie in dieser Nacht.

In der Vergangenheit hatten ihn seine Fantasien auf einen Weg geführt, der von Anfang an katastrophal gewesen war. Sein Vater hatte die ganze Zeit Recht gehabt – Clarice hätte ihn niemals geliebt. Und doch hatte er sich vor allen Warnungen verschlossen und sich eingeredet, dass er mit seiner Mätresse eine Familie gründen könnte. Er hatte die Augen vor den Tatsachen verschlossen, bis sie ihm in der blutigen Szene von Clarices Tod in jenem Bett nur zu deutlich vor Augen geführt worden waren.

Das durfte er nicht noch einmal geschehen lassen.

Er war ein Gefangener. Zwei andere hingen noch von seinen

Fluchtplänen ab. Mit Leydi konnte er kein Happy End erreichen, wie sie ihm versprochen hatte. Heartless Kincaid würde nicht zurückkommen, ihre Verbindung segnen und ihn und die anderen freilassen. *Vergiss Bishop und Piton nicht.*

Sanft löste er ihren Arm von seiner Brust. Er wusste nicht, was ihn dazu getrieben hatte, sie mit solcher Kunstfertigkeit zu lieben, und er wollte auch seine Motive nicht allzu genau erforschen. Die Gefühle, die sie in ihm erweckte, waren zu stark, zu verführerisch. Als es ihm gelungen war, den Bettlaken und Leydi zu entrinnen, zog er sich hastig an. Er nahm ihr Kleid und ihre Schürze vom Boden auf und durchsuchte die Taschen.

Als er den Schlüssel in der Hand hatte, erinnerte er sich noch einmal daran, dass hier mehr als nur sein Leben auf dem Spiel stand. Er musste an Felix und Hugh denken. Für ihn selbst war es ja in Ordnung, wenn er aufgab und Leydi erklärte, dass er endlich ein Stückchen Glück gefunden hatte; doch seine kurze Begegnung mit dem Glücklichsein würde den anderen wohl kaum helfen.

Er tappte den Flur entlang und redete sich dabei ein, dass er sich keine Gedanken um Leydi und die Liebe in ihrem Blick machen durfte. Doch in den Schatten, als er an Brody vorbeischlich, der in seinem Sessel schnarchte, sah er nur Leydis Lächeln, erinnerte sich an ihre Berührung und ihr reizendes Vertrauen in ihn.

Quentin fühlte sich wie ein Hundsfott erster Ordnung.

Umgehend wappnete er sich mit den Erfahrungen seiner Vergangenheit. *Mach dir keine Illusionen. Verliebe dich nicht in einen Traum*. Da kam die Erinnerung an Clarice und daran, dass Liebe verräterisch sein konnte. Mit diesen Gedanken brauchte er nicht lange, um Kincaids Arbeitszimmer zu finden. Vorsichtig trat er um die feinen Eichenholzmöbel herum, sorgfältig bemüht, nichts durcheinanderzubringen. Er öffnete die Samtvorhänge einen Spalt und betrachtete den vom Mond erleuchteten Raum, versuchte etwas zu finden, das bei einem Fluchtversuch von Nutzen sein konnte. Allerdings würde er heute Nacht noch nichts mitnehmen, aus Sorge, man könnte es vermissen.

In den wenigen Minuten, die er sich zugestand, fand er eine Flinte – ohne Schießpulver –, einen Kompass und Aufzeichnungen, die nach Kincaids Logbüchern aussahen. Er erkannte Leydis Handschrift auf vielen der Papiere, die auf dem Schreibtisch lagen. Offensichtlich arbeitete sie wirklich für den Piraten als Buchhalterin. Soweit er sehen konnte, hatte sie dafür gesorgt, dass der Schuft genügend Geld in legalen Besitzungen angelegt hatte; damit konnte Kincaid sich jederzeit bequem aus seinem Piratenleben zurückziehen.

Sein Blick wanderte immer wieder zurück zu den Logbüchern in dem verglasten Bücherschrank. Er fand eine Zunderschachtel, schloss den Vorhang und entzündete eine Kerze, wobei er das schwache Licht mit seinem Körper und einer Hand verdeckte. Zuerst war er sich nicht sicher, wozu ihm die Logbücher dienen könnten; doch dann wurde ihm klar, dass er hauptsächlich aus Neugierde die Glastür öffnete und durch ein paar der Bände blätterte.

Im schwachen Licht der Kerze erkannte er, dass viele der Bücher Jahre zurück datiert waren. Ohne es zu wissen, hatte er nach einem bestimmten Datum gesucht – vor acht Jahren, als Leydi nach eigenen Worten mit ihrer Arbeit bei Kincaid angefangen hatte. Ihre Verbindung mit Heartless, die Jahre, die sie unter seiner Protektion gelebt hatte, kamen Quentin immer noch seltsam vor. So seltsam, dass er sich bemühte, das Gekritzel von Kincaids Federstrichen zu entziffern.

Es dauerte nicht lange, bis er Leydi erwähnt fand; doch die Einträge, die ihrem Namen folgten, waren eigenartig – nur Geldbeträge. Offensichtlich bezahlt an eine Elaine Carstair, Leydis Mutter.

Ihm kam der eisige Gedanke, dass die Frau ihre Tochter an Kincaid verkauft hatte.

Er schob das Buch näher an die Kerze und versuchte so schnell wie möglich zu lesen, wenn er auf die für ihn unwichtigen Einträge über Kincaids Beutezüge stieß. Noch einmal fand er Leydis Namen, gefolgt von denselben geheimnisvollen Geldbeträgen.

Montag, 12. Juni 1720 – 10 Achterstücke:
Wieder bei der Plantage gewesen. Muss Elaine zur Vernunft bringen …

Quentin machte einen Satz rückwärts und hätte beinah die Kerze fallen lassen, als er eine sachte Berührung an seinem bloßen Bein spürte. Er sah nach unten und erkannte Nigel, der eine seiner Krallen jetzt ganz vorsichtig auf Quentins Zehen gelegt hatte, um hochgenommen zu werden.

»Was schleichst du um diese Zeit in den Schatten herum?« Er stellte die Kerze auf den Schreibtisch und fand, dass Nigels bernsteinfarbene Augen irgendwie finster dreinschauten. »Du weißt, dass ich nichts Gutes im Schilde führe, stimmt's?«

Das Geräusch einer Tür, die sich unten im Haus öffnete, warnte Quentin. Schnell setzte er Nigel ab und löschte die Kerze. Er schob das Buch zurück in den Schrank und schloss die Glastür. Da er nicht ertappt werden wollte, hinterließ er den Raum genau so, wie er ihn vorgefunden hatte – voller Zuversicht, dass er schon noch einmal an den Schlüssel herankommen würde. Mit diesem Gedanken verbunden war auch die Erkenntnis, dass er nicht vorhatte, Leydi nur für eine Nacht in seinem Bett zu empfangen.

In seinem Zimmer lag Leydi zusammengerollt auf den Laken, die Beine darin verwickelt. Er seufzte und zog sich aus. Nach sieben Jahren Einsamkeit war er dem Verlangen nicht gewachsen, das sich schon wieder ihretwegen in ihm regte. Die Maus, und nicht er, hielt ihr Schicksal in der Hand.

Cy pfiff ein Trinklied, als er den Muschelschalenpfad hinunterwanderte und dachte, dass es wohl ein schöner Tag werden würde. Die Sonne war gerade über den Baumwipfeln erschienen, es herrschte Morgendämmerung. Die Papageien kreischten in der Ferne. Er hatte sein ganzes Tagwerk noch vor sich und bewegte sich entschlossenen Schrittes. Mehr verlangte er gar nicht vom Leben.

Und dann sah er Bertie.

Verdammtes Weib!

Sie schaute unverwandt in eine Richtung, wo der alberne Franzose stand. Hugh flirtete mit dem Ramsey-Mädchen, ein flatterhaftes junges Ding, das bestimmt auf der Insel Schwierigkeiten verursachen würde, wenn Kincaid sie nicht bald verheiratete. Bertie betrachtete den Austausch mit einem dumpfen Gesichtsausdruck. Offensichtlich legte sie immer noch Wert auf den jungen Spund, und was er so machte.

Er fing langsam an, ernsthaft zu bedauern, dass er den Franzosen nach Devil's Gate gebracht hatte. Doch zu jenem Zeitpunkt war er höllisch eifersüchtig gewesen und hätte den Kerl am liebsten an seinen Daumen aufgehängt. Wenn er daran dachte, dass seine Bertland sich wegen des Kerls zum Narren machte – tja, davon wurde er so wütend, dass er kaum noch klar denken konnte.

Tief Atem holend ging er den Pfad entlang bis zu der Stelle, von der aus Bertie Hugh beobachtete. Ein unfreiwilliges Lächeln erschien auf seinen Lippen, als er sah, wie prächtig sie wirkte in einem goldenen Kleid, das ihrer Haut einen besonderen Schimmer verlieh. Cy fand, dass Bertie die Farbe von starkem, dunklem Kaffee hatte, sodass er gern einen Schluck davon probiert hätte. Ihre rabenschwarzen Locken waren in einem bunten Tuch hochgebunden, und sie trug die bekannten Kreolen in den Ohrläppchen. Wenn Kincaid nicht gewesen wäre, hätte Cy schon vor Jahren gewusst, wohin ihn sein Kurs führte. Er schaute über den Hof zu dem weibischen Knaben, auf den Bertie ein Auge geworfen hatte. So wie es aussah, hatte er vielleicht schon zu lange gewartet.

Cy legte eine Hand auf ihre Schulter und drehte sie langsam zu sich um. »Aber bitte, Bertland«, sagte er so vernünftig wie möglich. »Der Junge könnte doch dein Sohn sein.«

Sie schüttelte seine Hand ab. »Sprich nur für dich selbst, Cy! Mag sein, dass er jung genug ist, um dein Sohn zu sein, Cy. Nicht meiner.«

»So sehr verlangt es dich also nach ihm, Mädchen?«, fragte er.

Daraufhin starrte Bertie nur schweigend in die Ferne, als würde sie über die Frage ernsthaft nachdenken. »Ich weiß nicht mehr, was ich will, *querido.*« Sie seufzte, und dabei hoben und senkten sich ihre Schultern. Sie sah zu Cy auf, ihre jetschwarzen Augen funkelten, und ihm schlug das Herz bis zum Hals. »Vielleicht ist es vor allem, dass ich nicht gern versetzt werden mag. Du könntest Recht haben, Cy«, sagte sie dann und strich mit den Fingern über seine Wange. »Ich bin eine närrische alte Frau.«

Er fasste nach ihrer Rechten, hielt sie dann zwischen beiden Händen. Ihre dunklen Finger verschwanden beinah in seinem gebräunten Griff. »Nun sei schon still. Sag doch nicht so etwas über dich. Wenn du den Jungen willst: ich habe einen Plan, hör zu!« Eigentlich hatte er nicht so weit gehen wollen, Bertland hereinzulegen, aber er wusste, dass genau dies seine Chance war und er vielleicht keine zweite mehr bekommen würde.

»Narren wie der Franzose dort wissen nur zu schätzen, was sie nicht bekommen. Sie haben nicht den Verstand, zu sehen, was dicht vor ihnen liegt.« Cy, der Bertlands liebes, vertrautes Gesicht betrachtete und sie unglaublich begehrte, wusste genau, dass er ebenso dumm gewesen war, indem er so lange gewartet hatte. »Sie brauchen einen kleinen Schubs, um zu merken, woran sie sind. Du solltest versuchen, ihn eifersüchtig zu machen, Bertland. Und ich melde mich freiwillig dafür.«

Sie sah ihn ernsthaft verwirrt an, was ihm wenig nutzte. Doch dann wurde ihm blitzartig klar, dass nicht nur Männern, sondern manchmal auch Frauen demonstriert werden musste, woran sie waren.

Er beugte sich vor und küsste sie. Ausgiebig – so lange, bis er spürte, wie sie in seinen Armen zu schmelzen begann und schließlich den Mund öffnete, um den Kuss zu erwidern. Als er glaubte, dass sie den richtigen Rhythmus gefunden und er gezeigt hatte, was er meinte, zog er sich zurück. Cy schaute über die Schulter und wies mit einem Nicken auf den Franzosen, der jetzt herüberstarrte.

»Verstehst du, was ich meine?«, fragte er sanft.

Bertie wandte sich dem Jungen zu und wirkte etwas durcheinander. Sie schien einen Moment nachzudenken und wandte sich dann wieder Cy zu. »*Sim*«, sagte sie und sah ihn eindringlich an. »Ich glaube schon.« Und dann hob sie sich auf die Zehenspitzen und küsste ihn, bis er alles vergaß, einschließlich des Franzosen auf Beobachterposten.

Als sie fertig war, trat Cy mit deutlichem Bedauern zurück. »Also, ich stehe zu deiner Verfügung, Bertland.« Er zog seine wollene Kappe vor ihr. »Noch einen schönen Morgen, Liebste.«

Mit einem Pfeifen wanderte er davon und warf den Schlüssel zu Rucksingfords Zimmer hoch, um ihn dann in einer Hand wieder aufzufangen. Jetzt, wo seine Pläne bezüglich Bertland in die richtige Richtung liefen, war es an der Zeit, sich um die andere Sache zu kümmern.

22

Glücklicherweise weckte das Klopfen sie.

Alles, was in der vergangenen Nacht geschehen war, brach dröhnend über Leydi herein, zusammen mit der Macht ihrer Kopfschmerzen. Dazu gehörte die Tatsache, dass die Sonne fröhlich durch die Fensterläden drang und dass Quentin im Bett neben ihr lag, seinen nackten Leib an sie gedrückt.

Die Möglichkeit, dass man sie hier entdecken könnte, überschwemmte sie mit der Macht einer Flutwelle. Trotz ihrer Kopfschmerzen, ihres rebellierenden Magens und ihrer schwachen Knie sprang sie aus dem Bett, schnappte sich ihr Korsett und was sie sonst noch an Kleidern erwischen konnte. Gerade kroch sie unters Bett, während Quentin ihr ihre Unterröcke und ihr Hemd hinterherwarf und den Sessel mit den Fransen wieder an seine Stelle an der Wand rückte, da hörte sie schon, wie der Schlüssel quietschte, die Tür sich knirschend öffnete und Cy vom Flur aus einen Morgengruß rief.

Sie konnte und wollte auch gar nichts sehen. Leydi schloss die Augen wie ein Vogel Strauß. Sie spürte, wie Cys Stiefel über die Fußbodendielen polterten, sodass sie bebten, bis seine Schritte durch den Teppich gedämpft wurden. Es folgte das Ächzen des Bettgestells, als Quentin sich über ihr aufsetzte.

Sobald sich der Schrecken der möglichen Entdeckung legte und ihr die absolut heikle Lage klar wurde, in der sie sich gerade befand, musste Leydi regelrecht beide Hände auf den Mund drücken, um sich am Lachen zu hindern. Genau diese Szene hatte sie in einem Buch gelesen – oder etwas ähnlich Lächerliches. Und dann bestürmten sie die unangenehmen Auswirkungen von zu viel Rum. Sie legte sich flach auf den Boden und lehnte ihre Wange mit flauem Gefühl an die Bodendielen, während sie zuhörte.

Obwohl sie nicht allzu viel verstehen konnte, gab sie sich mit der Melodie von Quentins tiefer Stimme zufrieden. Es kribbelte sie immer noch an all den magischen Stellen, die er ihr in der vergangenen Nacht gezeigt hatte. Selbst bei der Erinnerung an seine Berührung schauderte sie, als mache sich ihr Körper erneut für ihn bereit. Und dann fiel ihr die Geschichte mit seinem Vater wieder ein – und seiner Mätresse, Clarice und dem Baby.

Sie schloss die Augen und betete, betete innig, dass sie Quentin ein Kind würde schenken können. Verzagt sagte sie sich, dass er ihr diese Chance vielleicht nicht geben würde.

Leydi dachte über die Entdeckungen der vergangenen Nacht nach. Quentin brauchte ihre Liebe so sehr – und sie wollte sie ihm geben, ihre ganze Liebe. Jeden Tag wollte sie bei ihm sein, um die Erinnerungen an seine schreckliche Vergangenheit mit ihrer Liebe und ihrem Trost zu verdrängen, denn seine Vergangenheit hatte ihn dazu getrieben, sich auf seine einsame Plantage am Fuß des Mount Misery zurückzuziehen. Sie wollte den Kummer vertreiben, dessentwegen er nur noch Geld gescheffelt und der Liebe entsagt hatte. Doch er hatte eine Strenge an sich, die sie von ihm fernhielt – beinah, als erlaube er sich das Glück nicht. Am liebsten spielte er den Schurken, ließ sogar zu, dass man ihn heimlich als Mörder bezeichnete. Vielleicht wollte er nicht nur seinen Vater für den Tod von Clarice und dem Baby bestrafen.

Außerdem war Quentins Sturheit nicht ihr einziges Problem. Leydi drückte die Kleider an ihren nackten Körper und erinnerte sich daran, dass Kincaid bald nach Devil's Gate zurückkehren würde, sodass der romantische Rhythmus ihrer Tage unterbrochen würde. Tausende von Gedanken wirbelten durch ihren Kopf – Kincaid, Quentin, der Graf – und von all denen wurde es ihr ganz wirr und seltsam zumute.

Mitten in ihren schweigenden Selbstgesprächen schlief sie wieder ein.

Quentin, der auf dem Bett über Leydi saß, hörte Cuthbert zu, der im Zimmer auf und ab ging und seinem Gefangenen das Tagesprogramm erklärte. Irgendwann dachte er, Cuthbert starre misstrauisch auf den Sessel mit den Fransen, den Quentin an die Wand geschubst hatte, weg von der Kommode. Gott sei Dank sah man die Karten nicht mehr, Quentin war es gerade noch gelungen, das Spiel in die oberste Schublade fallen zu lassen. Als Cuthbert jedoch unbeirrt weiterredete, ohne zu ahnen, was in der Nacht geschehen war oder dass Leydi sich unter dem Bett befand, entspannte sich Quentin langsam.

Durch pure Willenskraft hielt Quentin ein schmerzliches Ächzen zurück. Nachdem er beinah zwei Flaschen Rum mit der Maus getrunken hatte, tat ihm die Menge von Blut, die infolge von Cuthberts unerwartetem Besuch durch seinen Kopf donnerte, wirklich nicht gut. Während sein Puls nun arbeitete wie Hammer und Amboss, wartete Quentin nur darauf, dass Kincaids zweiter Mann zum Ende kam und sich trollte.

»Ihr habt wohl einen gehoben, wie?«, fragte Cuthbert mit einem Kopfnicken in Richtung auf die zwei Rumflaschen, von denen die eine leer und die andere halb voll war. »Ich meine, Ihr hättet bei einer aufhören sollen, Junge!«

»Da habt Ihr allerdings Recht«, antwortete Quentin und rechnete damit, dass Cuthbert ihn als Nächstes zur zweiten Flasche befragen würde, denn er hatte Quentin ja nur eine gegeben.

»Vielleicht kann Brody Euch zeigen, wo die Mineralbäder sind.«

Cuthbert blinzelte, und die mysteriöse zweite Flasche schien ihn nicht im Geringsten zu interessieren. »Durch den heißen Dampf wird einem manchmal der Schädel wieder klarer.«

Da er jetzt offensichtlich alles gesagt hatte, stampfte Cy zur Tür. »Vergesst nur nicht, was ich Euch gesagt habe. Wenn Ihr Euch anständig benehmt, lege ich bei Daniel ein gutes Wort für Euch ein. Ich gehe dann mal wieder. Und schicke Euch Brody mit dem Frühstück, weil die Mädels anscheinend nicht daran gedacht haben. Ach ja, und beinah hätte ich's vergessen«, fügte er noch hinzu und drehte sich wieder um. »Kincaids Schiff ist gesichtet worden. Sieht so aus, als würde er früher als erwartet zurückkommen. Jetzt braucht Ihr nicht mehr lange zu warten – vielleicht nur noch zwei oder drei Tage. Aber es ist ja auch besser für Euch und die Männer, wenn diese Sache bald bereinigt wird, nicht wahr?«

Mit diesen prophetischen Worten verließ Cy das Zimmer und schloss die Tür.

Quentin starrte die Holzvertäfelung an. Der Schock von Cuthberts Erklärung traf ihn hart und pulsierte zusammen mit dem Schmerz in seinem Kopf. Einen Moment lang schien der Raum dunkler zu werden und dann über seine Achse zu kippen.

Kincaid würde in ein paar Tagen zurück sein.

Er hatte eben erfahren, dass seine Zeit um war.

Leydianna träumte. In ihrem Traum lag sie sicher in Quentins Armen und empfing seine Küsse … und noch mehr. Mit jedem Atemzug flüsterte sie ihm ihr Versprechen zu, Quentin vor Kincaid zu schützen und jeden zu bekämpfen, der ihm etwas zuleide tun wollte. Sie erwiderte seine Zärtlichkeiten und schwor ihm dabei, es würde ihr gelingen, dass er sich geliebt und geschätzt fühlte.

Doch dann wurden Quentins sanfte Berührungen stärker, heftiger. Sein Griff schloss sich um ihr Handgelenk und drückte – zu stark –, sodass es wehtat. Sie richtete ihren Blick auf seine mitternachtsblauen Augen, flehend, er möge sie nicht so halten. Aber er lächelte nur und flüsterte: »Ich habe dir doch gesagt, ich würde dir wehtun.«

Mit einem Ruck erwachte Leydi aus dem Traum und stellte fest, dass Quentins Finger tatsächlich um ihr Handgelenk geschlossen waren. Er kniete neben dem Bett und versuchte, sie zu wecken. Sanft zog er an ihrem Arm, damit sie unter dem Bett hervorkäme.

Leydi schüttelte die beunruhigenden Reste ihres Traums ab und lächelte, als sie mühsam ans Tageslicht kroch. Der Anblick von Quentin, auch mit gerunzelter Stirn, erfreute sie sofort. Vor zwei Tagen, nachdem er sie zum ersten Mal in seinem Zimmer geküsst hatte, stand für sie keineswegs fest, dass sie ihm vertraute. Doch in der vergangenen Nacht waren alle ihre Ängste über diesen Schwebezustand verschwunden. Was sie jetzt tat, war kein Treuebruch an Kincaid. Sie würde Quentin akzeptieren – einschließlich Lord Rücksichtslos –, weil sie nicht anders konnte. Denn sie liebte ihn.

Ohne jeden Vorbehalt warf sie sich in seine Arme, sodass sie zusammen auf den Teppich fielen, und ließ einen Regen von Küssen auf sein Gesicht niedergehen. Sie dachte, dass wenn Gott ihr nur dieses eine einzige Glück gestattete, sie ihre Tagträume nie wieder vermissen würde. Sie wusste nicht genau, wann es geschehen war – wann sie sich verliebt hatte –, aber sie vermutete, dass es schon damals gewesen sein könnte, als er sie zum ersten Mal vor der bösen Zunge ihrer Mutter bewahrt hatte. Ja, damals schon hatte er die kleinen Samen in ihr Herz gestreut, Samen, die gewachsen und aufgeblüht waren unter der großen Aufmerksamkeit, die er ihr während der vergangenen Wochen geschenkt hatte. Selbst die schmerzlichen Momente, die sie geteilt hatten, hatten jene Liebe genährt im Schauer der heftigen Gefühle zwischen ihnen.

Nun kuschelte sie sich fester an ihn, legte seine Arme um sich und war glücklich, die Gefühle endlich zeigen zu dürfen, gegen die sie angekämpft hatte. Die Liebe war genau so, wie sie sie sich vorgestellt hatte: aufregend, abenteuerlich, faszinierend. Sich nachts in sein Zimmer zu schleichen, ihn hier in Devil's Gate zu lieben – dem einzigen Ort, wo sie je glücklich gewesen war –, das war märchenhaft! Besser als alle Bücher.

Sie lachte, drehte sich in seinen Armen um und küsste ihn noch einmal, vergaß ihren beunruhigenden Traum und Quentins finsteren Ausdruck. Jetzt erlaubte sie sich die Vollendung dieser ersten Begegnung mit der Liebe, hatte keine Angst mehr, dass er zu viel von ihr wollen könnte – wollte ihm ohnehin alles zu Füßen legen.

Obwohl Quentin es eigentlich besser wusste, gab er schließlich Leydis innigen Küssen und ihrem Lächeln nach und grinste auch, als er ihren Mund mit einem atemlosen Kuss eroberte. Cuthberts Warnung hätte so auf ihn wirken sollen wie ein Eimer kalten Wassers – doch das war leider nicht der Fall. Jetzt, wo er wusste, was es bedeutete, sie in Armen zu halten, sie zu küssen und zu lieben, begehrte er sie nur umso mehr.

Was ihn überraschte, war das echte Glücksgefühl, das ihn erfüllte, als sie aufstanden, Leydi ihn zurück auf das Bett stieß und sich kichernd wieder an ihn kuschelte. Er hielt seine Finger auf ihre Lippen, um sie zum Schweigen zu bringen, dann küsste er sie zweimal. Mit einem Nicken presste sie sich noch fester an ihn. Sie blieben auf dem Bett liegen, eng umschlungen.

Quentin schloss die Augen und erlaubte sich diese Fantasie, die sich wie ein schützendes Netz um sie wob. Für diese kurzen Augenblicke gestattete er es sich zu glauben, dass sie in diesem Zimmer zusammengehörten. Er wollte sich an der Berührung der Sonne erfreuen, die in schmalen Lichtstreifen durch die Fensterläden drang. Einen Augenblick lang umströmte sie die Gewissheit des Lebens und der Liebe wie der Duft der Orchideen in der Morgenbrise.

Aber sein pochender Kopfschmerz wollte nicht nachlassen, ebenso wenig wie die Zweifel, die er wachrief. Kincaid würde in nur wenigen Tagen zurückkommen. Leydi war kompromittiert – eine Maus, die er einst geschworen hatte vor jenen zu schützen, die sie auszunutzen versuchten.

Du hättest sie nicht lieben dürfen; jetzt wirst du sie nie mehr gehen lassen – aber das musst du! Sie waren Feinde, nicht Liebende!

Noch während er sie in den Armen hielt, erinnerte er sich an ihre Worte: *Ich wünschte, Kincaid wäre mein Vater*, die sie verdammten. Er wusste, dass sie ihn dem Piraten übergeben würde – in der naiven Vorstellung, sie könnte den Mann daran hindern, Quentin und den anderen etwas zuleide zu tun. *Halte das Licht in ihrem Blick nicht irrtümlich für die Freiheit.* Sie war Kincaid immer noch treu.

Bei dem Missklang der Zweifel, die in seinem Kopf dröhnten, schob Quentin Leydi aus seinen Armen. Er gab ihr einen kurzen Kuss auf die Lippen, dann noch einen auf die Spitze ihrer Nase mit den Sommersprossen, um die enttäuschte kleine Dame zu trösten.

»Du solltest besser gehen. Brody kommt gleich mit meinem Frühstück.«

Sie nickte und biss sich dann auf die Lippen. »Ich kann dir später die Mineralquellen zeigen. Sie sind ein gutes Mittel gegen den Rum – ich kenne kein besseres.«

Quentin betrachtete ihre ernsten grauen Augen. Sie eröffnete ihm noch eine Möglichkeit. Und obwohl er sich dafür hasste, dass er sie ausnutzte, gab es für ihn keine andere Wahl.

»Die hat Cy auch schon erwähnt.« Er hob ihr Kinn und küsste sie zärtlich. Jedes bisschen Gefühl, das er hatte, legte er in jenen Kuss – betrog sie beide und die Liebe, die sie in der vergangenen Nacht geteilt hatten. Er musste sich von ihr ihre Insel zeigen lassen … und dabei nach einer Möglichkeit zur Flucht suchen. »Ja, das würde mir gefallen. Sehr sogar. Wenn du Cuthbert davon überzeugen kannst, dass ich wie versprochen bei dir bleibe.«

Sie sprang aus dem Bett und begann, sich anzuziehen. »Das dürfte kein Problem werden. Ich werde ihn einfach bitten, uns Samuel mitzugeben.«

Er zog sie noch einmal an sich und umfasste ihre Brüste mit beiden Händen – er konnte einfach nicht anders. Es erstaunte ihn immer noch, wie voll sie waren. Und es ärgerte ihn auch, weil er wusste, wie eng ihr Korsett sein musste, um sie zu verbergen. Er küsste ihren Hals und verweilte ein wenig länger an einer warmen Stelle, die nach Lavendel duftete. »Und wirst du es schaffen, Samuel loszuwerden, damit wir etwas für uns sein können?«

Sie drehte sich um und küsste sein Kinn. »Darum habe ich ihn doch ausgesucht, Dummerchen. Er hat einen unheimlich schlechten Orientierungssinn.«

Mit beiden Armen um seinen Hals, gab sie ihm noch einen langen Kuss auf den Mund, bei dem sich diesmal auch ihre Zungen umeinander schlangen. Sie stöhnte, als sie sich losreißen musste oder noch eine Verzögerung auf dem Bett riskieren. Es lag so viel Hoffnung in ihrer Umarmung, dass es beinah schmerzte, sie zu spüren. Doch bei der Beendigung ihrer Toilette sagte er nichts. Er lächelte nur, als sie aus der Tür lugte, dann noch einmal kurz kehrtmachte und ihm eine Kusshand zuwarf. Sein Lächeln erlosch, als sie in den Flur hinaustrat und die Tür hinter sich schloss.

Er musste von dieser Insel verschwinden.

Und alles andere sollte verdammt sein.

Cy stapfte den Muschelschalenpfad entlang und fragte sich, nicht zum ersten Mal, wie Quentin wohl an die zweite Flasche Rum gekommen war, obwohl er ihm doch nur eine gegeben hatte.

Versonnen schob er seine Hand in seine Weste und näherte sich der Hütte von Bishop. Rucksingford musste besser bewacht werden, das war klar. An den vergangenen Abenden hatte er immer genau studiert, wie die Männer Karten spielten. Obwohl er niemals betrog, spielte Rucksingford mit großer Entschlossenheit auf Sieg. Und er war nicht nachgiebig mit jenen, die dabei seinen Weg kreuzten. Cy hatte beobachtet, wie er neben ganz arglosen Partnern spielte, bis die anderen auch ihre letzten Pfennige los waren.

Er seufzte und dachte daran, was Daniel wohl aus diesem Durcheinander machen würde. Na ja, es war Kincaid, der über die Männer zu entscheiden hatte, nicht Cy.

Als er sich Bishops Hütte näherte, fragte sich Cy, in welcher Stimmung er den Herrn wohl heute antreffen würde. Anders als den anderen schien es Bishop nicht besonders gut zu gehen. Cy fürchtete, der Leutnant könnte womöglich krank werden, und der Mann würde seine Kräfte brauchen bei Kincaids Erscheinen. Er hatte Gabby gebeten, sich um ihn zu kümmern, weil sich das Mädel gut mit Kräutern und solchen Dingen auskannte.

Mit einem Kopfschütteln schaute Cy zum Horizont hinüber. In den nächsten Tagen würde Kincaid eintreffen. Und wenn Cy Daniel richtig einschätzte, egal was Consuelo dachte, würde die ganze liebende Sorgfalt, die sie diesen Herren angedeihen ließ, umsonst gewesen sein.

Schließlich nannten sie ihn nicht ohne Grund Heartless.

23

»Das werde ich nicht tun«, verkündete Hugh, der in seinen geflickten Hosen und seiner ausgeblichenen Weste vor Quentin auf und ab stolzierte wie ein Pfau.

Es war schon über die Mittagszeit hinaus, und alle drei Gefangenen standen im Schatten des Banyanbaumes, während ihre Wachen nur einen Steinwurf entfernt würfelten. Quentin ärgerte sich so, dass er sich beinah töricht benahm in seiner Härte gegenüber dem albernen französischen Romeo. Er löste Nigels Klauen von seinem Hemd und setzte das Iguana auf den Boden neben den Früchtekorb. Angesichts der Bedrohung, dass Kincaid bald auftauchte, war das Letzte, was sie gebrauchen konnten, Hughs Meuterei.

»Bertie ist doch nicht dumm«, fügte Hugh stur hinzu. »Sie wird wissen, dass unsere Beziehung zu Ende ist.« Er blieb stehen und gestikulierte mit den Händen dramatisch wie Hamlet beim großen Monolog. »Ich kann mit dieser Farce von einer Romanze einfach nicht weitermachen. Zwar glaubte ich, dass Bertie die Liebe meines Lebens wäre, aber das stimmt nicht mehr. Ich sage Euch, ich habe mein Herz verloren!«

»Na gut, dann findet es wieder, Ihr Idiot«, bellte Quentin. »Die Frau ist Eure beste Chance, lebendig von dieser Insel wegzukommen – unsere übrigens auch. Wenn sie auch nur den Verdacht hegt, dass Eure Interessen abgedriftet sind, schätze ich, dass sie sich die größte Mühe geben wird, uns möglichst hoch hängen zu sehen. Herr im Himmel, Mann! Kann eine Frau Euch so leicht den Kopf verdrehen? Habt Ihr denn nicht den geringsten Selbsterhaltungstrieb?«

»Wen der Pfeil der Liebe trifft ...«, sagte Hugh mit einem Schulterzucken.

»Der Pfeil der Liebe?«, wiederholte Quentin ungläubig. »Der Pfeil der ...« Er war willig gewesen, Leydi zu hintergehen, um ihre Freiheit zu gewinnen – und jetzt sprach dieser elende Narr ganz lässig vom Pfeil des Amors? »Ich werde Euch sagen, was für ein Pfeil Euch treffen wird, Ihr ...«

Felix hielt Quentins Hände fest, während Hugh ihm geschickt auswich.

»*Non, Monsieur!* Es ist mir absolut nicht möglich, dieses Spiel fortzusetzen. Molly hat meine Gefühle für Bertie vollständig verdrängt.«

Die Palmblätter rasselten leise wie ferne Säbel, die Luft wurde feucht und drohend dick. Quentin schüttelte Felix ab und machte zwei Schritte auf Hugh zu. »Dies ist kein Spiel«, zischte er. »Es ist gut möglich, dass Bertie de Sousa unser Leben in der Hand hat. Wenn ich Euch in der Nähe einer anderen Frau erwische, werde ich Euch persönlich den Hals umdrehen.«

Diese Drohung blieb zwischen ihnen hängen, als Quentin sich wieder auf eine Baumwurzel setzte und die Orange aufhob, die Nigel aus dem Korb gerollt hatte. Er schälte sie, löste ein Stück ab und hielt es dem Iguana hin, wobei er einmal über seinen dornigen Kamm strich.

»Was habt Ihr eigentlich dazu zu sagen?«, fragte er Felix, ziemlich aufgebracht über die beiden. In der vergangenen Nacht hatte Quentin sich und Leydi verraten, indem er ihren Schlüssel nahm, nachdem sie sich geliebt hatten – und diese Dummköpfe hörten nicht damit auf, seine Rettungspläne zu sabotieren!

»Ich bin mir nicht sicher, ob er Unrecht hat«, meinte Felix. »Wie ich Euch ja schon sagte: Ich habe auch meine Zweifel an Eurer Taktik.«

»Oh ja«, schnaubte Quentin, und der Zorn durchfloss ihn wie Gift, während der Alkohol der Nacht noch in seinem Magen rumorte. Er hob Nigels Kopf und sprach, als wenn das Iguana sein einziges Publikum wäre: »Nur ich, der elende Schuft, sinke so tief, dass ich bereit bin, die armen Damen zu benutzen. Wir sollten ruhig dasitzen und warten, ob Kincaid nicht gute Laune hat und uns lieber Gastfreundschaft gewährt als den Untergang!«

Er warf einen Blick zu den Wächtern hinüber. Ein Schrei erhob sich zwischen ihnen, als der Würfel fiel und den Sieger verkündete. Quentin schüttelte den Kopf. Sie wurden nicht behandelt wie Gefangene, eher wie geschätzte Gäste. In dieser süßen Umgebung konnte es einem schon passieren, dass man die Notwendigkeit zur Flucht einfach vergaß.

Nigel schnupperte an seiner Hand, weil er noch ein Stück Obst wollte. Heute trug er eine leuchtend gelbe Schleife. Doch selbst die

Possen des Iguanas vermochten Quentin nicht aus seiner finsteren Stimmung zu holen. Er konnte Bishops und Pitons Reaktion auf seine Ankündigung von der baldigen Rückkehr Kincaids nicht verstehen. Romeo plante seine nächste Liebschaft, und Felix sah aus, als wenn er bereit wäre, den Galgen zu riskieren, da er es offensichtlich vorzog, mit Gabrielas Zustimmung zu sterben.

Quentin gab Nigel noch ein Stück Orange. Cuthberts Warnung und Leydis Lächeln trafen in seinem Kopf wie ein Hammer auf einen Amboss. *Sei kein Narr,* sagte er sich. *Tappe nicht genauso leicht in die Falle wie die beiden anderen.*

Er klammerte sich an jene Worte der Selbsterhaltung aus früheren Zeiten. Wie ein guter alter Freund gab ihm diese innere Stimme Kraft. *Du bist nicht der Typ, der einfach dasitzt und sich von den anderen unterkriegen lässt. Denk an das, was du bei Clarice gelernt hast.* Er würde nicht erlauben, dass die weichen Küsse und duftenden Versprechungen der Maus das hart erworbene Wissen der Vergangenheit einfach wegwischten.

Aber irgendwie gelang es ihm nicht, der Schuft zu sein, solange Nigel ihn so aufmerksam musterte. Er nahm das Iguana von seinem Schoß, setzte es auf den Boden und gab ihm den Rest der geschälten Orange.

Dann winkte er die beiden anderen zu sich, sorgsam bemüht, nicht auf Nigels Schwanz zu treten. »Ihr zwei habt Euch auf dieser verzauberten Insel in eine Fantasie gewiegt«, begann er und hockte sich dicht neben Bishop und Piton, dachte an Clarice und daran, wie schnell aus Träumen Albträume werden konnten. »Habt Ihr etwa auch vor, Euren Kopf freiwillig auf den Hackblock zu legen? Glaubt Ihr denn, alles wäre gut, weil wir eine angenehme Unterbringung bekommen haben und uns frei bewegen dürfen? Falls Ihr es vergessen haben solltet: Wir kennen jetzt die Identität mehrerer Frauen, die Kincaid strategisch auf St. Kitts untergebracht hat. Ich glaube nicht, dass wir unser Zuhause wieder sehen werden.« Er blickte ihnen in die Augen, senkte seine Stimme noch weiter und fügte hinzu: »Falls wir nicht vorher entkommen. Etwas, das ich sehr bald vorhabe – heute Nacht, wenn möglich.«

»Heute Nacht?«, fragte Hugh und zupfte an dem Tuch um seinen Hals, als spüre er bereits die Gefahr.

»Dann habt Ihr es also geschafft, das Schloss zu knacken?«, fragte Felix. »Oder wollt Ihr ihr den Schlüssel aus der Tasche nehmen, solange sie in Eurem Bett schläft?«, fügte er hinzu und vierteilte Quentin mit seinem allzu wissenden Blick.

Quentin schluckte die Antwort hinunter. Für diese Narren kämpfte er, damit sie in Sicherheit sein konnten, wenn der Pirat zurückkam – eine Bedrohung, die Quentin selbst mit seinen Machenschaften auf sie alle herabbeschworen hatte. Verdammt, sie hatten kaum noch Zeit!

»Ich werde tun, was in meiner Macht steht, um diese Insel zu verlassen«, erklärte er Felix, zu allem entschlossen. Er war nicht mehr der junge Mann, der sich von Liebesträumen dazu bringen ließ, Fehler zu machen, die andere das Leben kosten konnten. Immer wieder hatte er Clarices totes Gesicht vor sich. »Also, seid Ihr dabei?«

Bishop betrachtete ihn mit seinem gehetzten Blick. Einen Moment lang sah Quentin in ihren Tiefen seine eigene Perfidie – seine Taktik gegen Leydianna, die Tatsache, dass er mit ihr geschlafen, sie geliebt hatte. Dass er sie immer lieben wollte. Oh, wie leicht es sein würde, es genauso zu machen wie diese beiden Narren: zu glauben, dass auch er für immer in Leydis Armen bleiben könnte und Kincaid vergessen.

Doch er schüttelte die hübsche Fantasie von Liebe und Kindern ab, die Leydi in ihm weckte. All die Süße, die die Maus anzubieten hatte, würde die Vergangenheit nicht auslöschen oder die Tatsache, dass er verantwortlich war für das Leben dieser Männer. Sie sollten nicht – wie Clarice – für seine Fehler sterben. Das hatte er Leydi schon erklärt. Fairerweise hatte er sie gewarnt. Wenn sie noch einmal in sein Bett kam, dann auf eigene Gefahr. Sie hatte sich entschieden.

Er betrachtete den Marineoffizier, der jetzt zu dünn war, weil er zu lange zu wenig gegessen und zu viel gegrübelt hatte, und sah, dass Bishop immer noch zweifelte. In Bishops eigenem Sinne musste Quentin das ändern. Da er, wie so oft, spürte, was die Wünsche und Motive seines Gegenübers waren und wie er sie sich zunutze machen konnte, setzte Quentin nun diesen Instinkt zu seinem Vorteil ein.

»Wo ist der ganze schreckliche Hass, den Ihr gegen Piraten hegtet?«, flüsterte Quentin in Bishops Ohr. »Habt Ihr den wirklich ganz hinunterschlucken können? Ihr habt so beredt von all den Missetaten gesprochen, die er vollführt hat«, fügte er hinzu wie ein Mann, der es gewohnt war, klüger zu sein als seine Widersacher, »was ist mit all den unschuldigen Plantagenbesitzern und ihren Familien, die gefoltert und ermordet wurden – nur für ein paar Schweine und Hühner? Werdet Ihr zulassen, dass Kincaid, der Mann, den Ihr als den Dämon der Meere dargestellt habt, davonkommt? Nur weil Ihr Skrupel habt, die Gefühle seiner Haushälterin zu verletzen?« Er rückte noch näher, als Felix sich abwenden wollte. »Eine Frau, die Euch entführt hat? Die Euch Kincaid vorgezogen hat? Die Euch immer noch Kincaid vorzieht?«, fragte er und wusste, dass diese Worte genauso für ihn selbst wie für Bishop galten.

»Er hat irgendeine Macht über sie«, erklärte Bishop und starrte in die Ferne, versuchte, sich gegen Quentins Logik zu wehren. »Wenn ich weiß, worin die besteht, dann kann ich ihr helfen.«

»Und wer hilft Euch inzwischen, hmm? Wer hilft uns?«, fragte Quentin und schloss Piton in ihre Lage mit ein.

Dieser Funken schlug ein. Er sah, wie er in den Tiefen von Bishops dunklen Augen Feuer fing. Da er wusste, dass er für die Regierung arbeitete, fachte Quentin die Flamme weiter an. »Sollen wir Kincaid davonkommen lassen mit Mord und Totschlag an genau jenen Leuten, die zu beschützen Ihr geschworen habt? Ist es nicht Eure Pflicht, dafür zu sorgen, dass Kincaid das Handwerk gelegt wird – durch welche Mittel auch immer?«

Bishop sah zu ihm auf. In seinem Blick erkannte Quentin den alten Hass, das Fieber des Rächers, das er so oft in der Stimme des Mannes gehört hatte, wenn er nach Rucksingford Hall gekommen war, um Quentin für seine Kampagne gegen den Piraten zu gewinnen. »Nein. Nein, wir können nicht dulden, dass er noch mehr Menschen umbringt.«

»Und was ist mit Euch?«, fragte Quentin und wandte sich dem schwächsten Glied ihrer Kette zu.

Hugh seufzte schwer. »Also gut. Ich werde es versuchen.« Er schauderte. »Aber ich glaube, dass es ein Fehler ist, *mes amis*. Ja. Ein großer Fehler.«

Quentin presste die Lippen aufeinander und wusste nicht, ob er sich erleichtert oder vernichtet fühlen sollte. Aber er hatte seine Entscheidung längst getroffen, und er würde dazu stehen – er musste von dieser Insel der Träume weg, und zwar schnell. Bevor er vergaß, welche harten Wahrheiten die Wirklichkeit den Unvorsichtigen auftischen konnte.

Er setzte sich auf die Baumwurzel. Um sich abzulenken, bis Leydi ihm Gesellschaft leisten würde, griff er nach der Orange; Nigel mühte sich ab, den Rest der Schale abzulösen. Doch als seine Hand sich dem Iguana näherte, machte Nigel eine Bewegung rückwärts und öffnete das Maul zu einem leise drohenden Zischen.

»Tja, wer hätte das gedacht«, sagte Felix, der Beobachter. Er sah Quentin an. »Aufmerksames Tier, findet Ihr nicht?«

»Hier lang«, murmelte Leydi und winkte Quentin weiter. »Schnell, bevor Samuel uns einholt.«

Quentin sah zu, wie Leydi über die schwarzen Lavafelsen kletterte, die Röcke verlockend bis über die Knie gehoben. Sie steckten tief in einem Wald von riesigen Farnen, farbenfrohen, dickblättrigen Sträuchern und majestätischen Bäumen, die überwuchert waren von Schlingpflanzen und kletternden Orchideen. Das Geräusch von rauschendem Wasser verband sich mit dem

Gesang der Vögel und dem Kreischen der Papageien. Wenn das überhaupt möglich war, erschien ihm die Luft hier noch dicker und von einem leichten Schwefelgeruch erfüllt. Dies also war das Paradies, so wild und neu wie der Garten Eden. Quentin wanderte hinter Leydi her. Der ganze Nachmittag war bisher mit quälender Langsamkeit vergangen. Die bleibenden Erinnerungen an Leydi, die lächelnd in seinen Armen lag, an Felix'und Hughs widerwillige Mienen und an den fauchenden Nigel brachten Gefühle zum Vorschein, von denen er vor einem Monat noch bei seinem ganzen Vermögen geschworen hätte, sie gar nicht zu kennen.

Heidewetter, er war zu alt, um sich zu schämen oder sich Gedanken über das gebrochene Herz einer jungen Frau zu machen. Dies war eine Frage von Leben und Tod. Die anderen Idioten brauchten ihn, damit wenigstens einer Vernunft zeigte – wenn sie schon selbst nichts zustande brachten.

Doch während er Leydi über den bemoosten Bimssteinhang nachkletterte, dabei die taufeuchten Zweige von Farnen und Schlingpflanzen beiseite schiebend, um immer wieder einen Blick auf ihr hübsches Hinterteil zu werfen, das sich eine bedenkliche Neigung aufwärts bewegte, spürte er, wie schwach sein Willen war. Die verführerische Frage schien sich ihm zu stellen: *Warum sich die Mühe machen?* Warum nicht einfach aufgeben und sich an ihrem verrückten Theater beteiligen?

Ehrlicherweise musste er selbst jetzt, wo alles auf dem Spiel stand, zugeben, dass er noch nie dem Glücklichsein so nahe gewesen war. Hier war er endlich seine Albträume los! Hinter Leydi herzurennen über einen Pfad im Dschungel, der vom Säbel eines Freibeuters freigehauen worden war, zu lachen und Fangen zu spielen zwischen den überrankten Palmen und Baumfarnen in diesem Elysium ließ ihn beinah die Gefahr vergessen und sich verhalten, als lebten sie in einer ihrer Fantasien mit einem ganz bestimmt erfreulichen Ausgang.

Er sah sie oben auf einem riesigen Lavabrocken sitzen und grinsen. Sie riss ihre Haube ab und warf sie in die Luft, dann schaute sie zu, wie die Brise sie ergriff und in den smaragdenen Teppich aus Pflanzen hinter ihr trug, wo sie auf Nimmerwiedersehen verschwand. Sie schüttelte ihre Locken mit einer weichen, sinnlichen Bewegung. *Oh, was für eine Verführerin!* Aber er war kein Mann, der so leicht die Vernunft aufgab, sagte er sich. Das hatte er einmal getan, bei Clarice, und sich eingebildet, das Glück wäre zum Greifen nah. Und alles hatte in einer Katastrophe geendet.

Von Leydi drohte ihm dasselbe – die Katastrophe!

»Da oben«, wies sie hinauf. »Über dem Hügel. Komm, es ist die Kletterei wert. Und ich will, dass wir es sehen, bevor Samuel uns einholt.«

Er ließ sich von ihr mitziehen, erwiderte ihr Lächeln, log bei jedem Atemzug, bei jeder Bewegung – weil er musste. »Samuel ist zurückgegangen, um Wasser zu holen, genau wie du ihm aufgetragen hast.« Er blieb stehen, hielt sie auch fest. Ohne seinen Willen legten sich seine Arme um ihre Taille und zogen sie zu sich. »Ich dachte, du meinst, dass er uns hier draußen nicht finden kann.«

Sie lachte, ein fröhliches, spritziges Geräusch. »Bei meiner ›Abkürzung‹ braucht er ungefähr eine Stunde, bis er uns entdeckt. Aber trotzdem«, sagte sie und umfing seinen Hals. »Ich will nicht, dass er uns zu früh findet.« Sie näherte ihre Lippen den seinen.

Er ließ zu, dass sie ihn küsste, ihn in ihre Wärme und Freude einhüllte. Gerne spielte er den Traum mit, redete sich ein, dass diese Täuschung notwendig war. Und dann, als ihr Mund sich auf dem seinen bewegte und sie ihn herunterzog auf eine flache Felsplatte, hörte es auf, eine Täuschung zu sein.

In der vergangenen Nacht könnte ja auch der Rum an allem schuld gewesen sein. Er glaubte, jetzt hätte er Distanz. Doch er stellte fest, dass das nicht zutraf. Selbst nüchtern und mit nur ihrem zarten Lavendelduft, der ihn berauschte, entschied er sich genauso, erlaubte sich das kleine bisschen Zauber, den sie ihm schenkte.

Als sein Kuss zu hitzig wurde, unterbrach Leydi ihn und

schüttelte den Kopf, indem sie davontänzelte. »Nicht hier. Es ist nur noch ein kurzes Stück. Komm mit.«

Der Teich entpuppte sich als genau der, den sie ihm versprochen hatte. Ein sprudelnder Bach, der unter der Oberfläche der Lava hervorquoll, hatte ihn in den Felsen gehöhlt, und er war umgeben von den Schlingpflanzen und Büschen des Dschungelwaldes. Ein heidnischer Garten Eden. Paradiesvögel mit blauen und scharlachroten Kehlen tranken Nektar aus Blüten, die doppelt so groß waren wie Quentins Faust. Der zarte Schwefelgeruch vermischte sich mit dem Duft der Orchideen. Blaue Papageien hockten auf Lorbeerästen und anderen immergrünen Bäumen, an deren Zweigen saftige Ranken und Trompetenblüten emporwucherten. Trotz der warmen Luft waberte eine dünne Dampfwolke über dem indigoblauen Wasser.

Leydi wandte sich ihm zu. Den Blick auf den seinen gerichtet, begann sie ihr Oberteil aufzuknöpfen und von den Schultern zu schieben. Ihr Unterrock folgte, als sie aus den Röcken stieg und sie zur Seite schob. Sie trug keine harten Stäbe mehr. So stand sie vor ihm in nicht mehr als rosa Strümpfen und einem so zarten Unterkleid, dass er die korallenroten Konturen ihrer Brustwarzen und das dunkle Dreieck aus Löckchen zwischen ihren Beinen erkennen konnte.

»Ich wünschte, wir könnten für immer hierbleiben«, flüsterte sie mit einer Spur von Verlangen in der Stimme. Als sie das Unterkleid aufschnürte und zu ihren Füßen fallen ließ, hatte sie ein besonderes Leuchten in den graugrünen Augen – als wüsste sie natürlich, dass dieser Augenblick nicht von Dauer sein konnte. »Ich liebe dich, Quentin.«

Sie stand nackt bis auf ihre Strümpfe im Garten Eden, und ihr Anblick war vollendeter und erotischer als alles, was er je gesehen hatte. Selbst Botticelli hätte ihr nicht gerecht werden können, so prächtig und zauberhaft war ihre Gestalt. Sie war ein Geschenk – ein Geschenk, dem er nicht den Rücken zukehren konnte, so sehr er sich auch dafür verdammen mochte.

Zwei Schritte, und er hielt sie in den Armen. Er sank auf die Knie nieder und rollte die rosige Seide ihrer Strümpfe herunter, küsste ihre Waden Zentimeter um Zentimeter, streichelte ihre Zehen, bis sie neben ihm auf den Boden sank wie schmelzend, in namenloser Schönheit. Sie streichelte seine Wange mit den Fingerspitzen, und eine zarte Brise bewegte die Löckchen um ihr hübsches Gesicht. Allmächtiger, er wünschte, dieser Traum würde niemals enden.

Das Gespenst Kincaid schmolz unter der Hitze seines Blutes dahin. Er zog sie hinunter auf den Moosteppich, roch die süßen Orchideen und Leydis Lavendel, bis er betrunken war von den Düften wie in der Nacht vom Rum. All seine Pläne fielen mit seinen Kleidern von ihm ab. Sie tauchten in das dampfende Wasser der Thermalquelle, zu der Leydi ihn gebracht hatte. Aber er glühte schon vorher, hatte schon seit einer ganzen Weile brennend nach ihr verlangt.

Er küsste ihren Hals, ihr Gesicht, bis sie lachte und die Küsse erwiderte. Jetzt öffnete er seine Lippen über den ihren und ließ sich mit ihr ins schultertiefe Wasser fallen, küsste sie, bis sie nicht mehr lachte und ihre Arme nur noch mit derselben Verzweiflung um ihn geschlungen hielt, wie er seine um sie.

Er verlangte nach ihr und verlangte nach dieser Vision von Glück. Und im Moment glaubte er, dass sie Wirklichkeit werden würde. Hier, im Paradies, war er frei, sie wahrhaftig zu lieben.

Es war ein Traum für Leydi, Quentin wieder in den Armen zu halten. Sie sagte sich, dass weder ein Zweifel noch die Bedrohung Kincaids auch nur für einen Augenblick diesen Traum stören durften. Sie erwiderte seine Küsse, schnappte nach Luft, als das wirbelnde Wasser des Teiches ihnen ins Gesicht spritzte. Leydi griff nur nach dem spinnwebzarten Augenblick, wünschte sich, alle ihre Träume und Hoffnungen verhinderten, dass die Risse im Bild zu deutlich sichtbar wurden.

Sie unterbrach den Kuss gerade lange genug, um seinen Kopf unter das schwefelige Wasser zu ziehen. Gemeinsam tauchten sie unter und kamen lachend wieder hoch, schnappten nach Luft. Sie sagte sich, dass Gott ihr bestimmt dieses eine Glück gönnen würde – dass sie Quentin trotz des Zögerns, das sie in seinem Blick sah, dazu bringen könnte, sie zu lieben. Beharrlich ignorierte sie die warnende Stimme, die ihr zuflüsterte, dass sie ihre Tagträume doch noch nicht aufgegeben, sondern nur alles zusammengetragen hatte, um sich diesen Mythos der Liebe zu erschaffen.

Quentin drückte sie gegen die Felsen, und seine mitternachtsblauen Augen waren plötzlich so flehend auf sie gerichtet, dass sie ihr jede Angst nahmen. *Er weiß nicht einmal, wie sehr er mich braucht,* dachte sie und hob eine Hand, um eine nasse Locke aus seiner Stirn zu schieben.

Er verschränkte ihrer beider Finger und küsste dann ihre Brüste, wo das Wasser die erhitzte Haut berührte. Sie holte tief Atem, als er die eine Spitze in den Mund nahm und süß daran saugte, bis sie glaubte, vor lauter Wohlgefühl zu sterben.

»Die Art, wie du mich berührst …« Leydi stöhnte und ließ ihre Finger durch sein Haar gleiten. »Ich wusste nicht, dass es sich so anfühlt, wenn man sich liebt!« Sie begrub ihr Gesicht an seinem Hals, und ihre Hände wanderten über die Muskeln an seinem Rücken auf und ab, während sie im Stillen versuchte, ihre Zweifel zum Schweigen zu bringen. »Ist das immer so zauberhaft? Ein so tiefer Genuss, dass es ein wenig wie Sterben zu sein scheint?«

Er hob ihre Beine unter Wasser und legte sie sich um die Hüften. Anschließend drückte er sie gegen die vom Wasser geglätteten Felsen und drang in sie ein, sodass sie vor lauter Lust nach Atem rang.

»Ich weiß es nicht«, flüsterte er, küsste ihren Hals und umfasste ihre Brüste. »Es war noch nie so für mich.«

Leydi lächelte und presste sich fester an ihn. Seine Worte waren wie eine Liebeserklärung. Sie ließ diesen Zauber all ihre Zweifel zerstreuen, und er umfasste ihr Hinterteil und zog sie noch näher heran, rieb sich an ihr, drang noch tiefer in sie ein. Es spielte keine Rolle mehr, ob vielleicht auch dies eine Lüge war – ein Tagtraum –, sie würde nehmen, was sie konnte.

Der besondere Zauber seiner Berührung umströmte sie wie das sprudelnde Wasser. Voller Vorfreude erwartete sie die wachsenden Gefühle, die warme Süße, die sie zum Stöhnen brachte. Sie biss sich auf die Lippe, schwor sich, dass sie diesmal leise sein würde, aber er küsste ihren Mund, sodass sie ihn öffnete und wieder vor Lust ächzte.

»Versteck dich nicht vor mir«, flüsterte er. »Schenk dich mir. Ganz.«

Und das tat sie. Sie konnte gar nicht anders, besonders wenn er sie mit diesen wunderbaren Berührungen und Küssen darum bat, und sie näher und näher an jenen geheimnisvollen Rand brachte. Mit dem Rhythmus, den er vorgab, drückte sie sich fester und fester an ihn ... bis sie die Lust überspülte und sie vor Glück den Atem anhielt.

Lange blieben sie umschlungen und ließen das Feuer in ihrem Innern langsam verglühen. Sie hielt ihn umfasst und küsste seine Schulter, kostete seine Wärme mit den Lippen. Noch nie hatte sie etwas so Verbindendes erlebt. In diesem Augenblick wusste sie, warum Mann und Frau für ihr ganzes Leben heiraten.

Der Gedanke an Heiraten schreckte sie aus ihrem glücklichen Traumzustand auf. Sie drückte ihn mit fast verzweifelter Kraft an sich, als könnte sie ihn durch die pure Kraft ihrer Umarmung für sich gewinnen.

Aber sie wusste, dass das nicht möglich war. Wenn Quentin die Wahl hätte, würde er sie noch heute verlassen und die Freiheit vorziehen. Und sie spürte, dass er nicht nur davonlief vor Kincaid – dem Piraten, vor dem zu beschützen sie ihm versprochen hatte –, sondern eher vor seiner Vergangenheit. Er hatte Angst zu lieben. Und sie hatte kaum noch Zeit, ihn umzustimmen. So, dass er endlich glaubte, sie könnten zusammen glücklich sein.

Quentin erwiderte die Umarmung, dann löste er sich von ihr, spritzte sie noch einmal aus Spaß an und lehnte sich dann an den Felsen neben ihr. Obwohl er mit einer besonderen Wärme im Blick lächelte, war ihr plötzlich kalt, wo sie sich nicht mehr berührten. Sie sagte sich, dass es nicht nötig war, den Drang zu beachten, der sie warnte, sich vor einem gebrochenen Herzen in Acht zu nehmen. Was er ihr jetzt gab, war so unglaublich schön, dass es sicher jedes Risiko wert war.

Leydi tauchte tiefer ins Wasser, sodass es sie bis zum Hals bedeckte. Was immer auch zwischen ihnen geschah, sie würde versuchen, Quentin glücklich zu machen. Wenn sie sich überzeugend genug einredete, dass die Zukunft nicht von Bedeutung war, würde sie es vielleicht mit der Zeit auch glauben.

»Ich weiß nicht, ob unser Leben dadurch leichter oder schwerer wird«, sagte er und lachte leise.

»Leichter«, tat Leydi unbekümmert. Sie warf ihm einen Kuss zu.

Als Antwort darauf schwamm er wieder zu ihr und nahm sie noch einmal in die Arme. Er drückte seine Wange an ihr Haar. »Es ist wahrscheinlich nicht gut, wenn Samuel uns so sieht.«

Sie seufzte. »Da hast du Recht.« Langsam und mit Bedauern in jeder Bewegung ließen sie einander los und stiegen aus dem Teich. Sie hatte gerade erst ihr Unterkleid angezogen, da kam Quentin zu ihr und drückte sie von hinten an sich.

Er küsste ihren Mundwinkel, und sie drehte sich in seinen Armen um, damit er sie richtig küssen konnte.

»Willst du mir deine Insel zeigen?«, fragte er zwischen zwei Küssen.

Sie zögerte einen Augenblick und dachte daran, dass Samuel kommen und sie suchen würde. Vielleicht war es keine gute Idee, ganz zu verschwinden, sodass der arme Mann gezwungenermaßen ohne sie zur Siedlung zurückkehren musste. Doch dann küsste sie Quentin noch einmal und zerstreute ihre Zweifel. Eine Leydi ohne Waffen!

Sie trat einen Schritt zurück, ihre Finger an die Lippen gedrückt, als wollte sie seinen Geschmack dort versiegeln. Dann nickte sie.

Vielleicht nur ein Zwischenplatz, und dann würden sie wieder auf demselben Pfad zurückkehren, noch bevor Samuel sie fand.

Es dauerte nicht lange, bis sie das Lager der Eingeborenen erreicht hatten. Leydi drückte den Finger auf die Lippen und schob die riesigen Blätter einer Bananenpflanze auseinander. Sie trat einen Schritt zurück, sodass auch Quentin das Dorf der Kariber sehen konnte.

Er schwieg für einen Moment und betrachtete die strohgedeckten Hütten mit den beinah nackten Gestalten an ihren Feuerstellen. Er flüsterte: »Ich habe gehört, dass sie Kannibalen sind.«

Leydi runzelte die Stirn. »Vielleicht in Kriegszeiten. Kincaid hat Frieden mit ihnen geschlossen. Er glaubt, dass die Tatsache, dass die Kariber hier sind, uns hilft, unliebsame Eindringlinge abzuhalten. Wir treiben sogar ein wenig Handel mit ihnen.«

Er wandte sich wieder zu Leydi um. »Schippern sie auch zu anderen Inseln?«

»In Kanus«, sagte sie, »die machen sie aus ausgehöhlten Baumstämmen.«

Er beugte sich zu ihr vor und flüsterte in ihr Ohr: »Die würde ich wirklich gerne sehen.«

Sie lächelte, fasste nach seiner Hand und war froh, dass sie das für ihn tun konnte. »Dann komm, ich kann dir eines zeigen, das ich nicht weit von hier entdeckt habe.« Der kleine Hafen der Indianer lag am Weg zurück zu Samuel und dem Thermalbad. Sie lief voran und lächelte über die Schulter Quentin zu. Wenn sie sich beeilten, würden sie zurück sein, bevor sich Samuel zu viele Sorgen machte und eventuell loszog, sie zu suchen.

Felix hörte den Schlüssel, noch bevor sich die Tür öffnete. Er wartete im Schatten des Zimmers und wusste, dass sie kommen würde, wie auch in der letzten Nacht. Er hatte den ganzen Tag darüber nachgedacht, was Rucksingford gesagt hatte, und begriff, dass er sich mit einer Frau eingelassen hatte, die für Kincaid arbeitete. Für jenen Mann, der seine Familie ermordet hatte.

Sie trat langsam ins Zimmer, so als spüre sie die Gefahr schon anhand seiner Haltung. Bisher war sie immer in seine Arme gestürzt. Heute blieb sie vor ihm stehen, ohne ihn zu berühren.

»Du hast mir gestanden, dass du eine von ihnen bist«, sagte er sehr vorsichtig. »Glaubst du, dass ich dich danach immer noch willkommen heiße?«

Für einen Moment senkte sie den Kopf. Sie trug keine Haube, und ihre Locken fielen nach vorn wie ein Schleier und verbargen ihr Gesicht. Er versuchte sich einzureden, dass sie zu Kincaid gehörte; er versuchte, sie zu hassen. Felix konnte eine Erklärung für alles finden, was sie bisher getan hatte – doch ihre Loyalität zu dem herzlosen Piraten ging zu weit. Diese eine Tatsache passte einfach nicht in das Bild der sanften Liebenden, für die er sie so gern halten wollte.

Gabriela warf das Haar zurück und sah ihm ohne eine Spur von Reue in die Augen. Sie trat zu ihm und hob langsam die Hand, als wollte sie seine Wange streicheln. Doch im letzten Augenblick ließ sie die Hand wieder sinken. »Ich bin gekommen, weil ich dir einfach nicht fern bleiben kann, Felix.«

Er griff nach ihren Armen und zog sie heftig an sich, küsste sie mit strafender Härte. Sie erwiderte den Kuss, obwohl er wusste, dass er ihr wehtun musste.

»Ich kann nicht dein Feind sein, Gabriela«, flüsterte er. »Mach mich nicht zu deinem Feind.«

Leidenschaftlich klammerte sie sich an ihn. »Das brauchst du nicht zu sein. Ich liebe dich.«

»Dann komm mit mir, lass uns fortgehen heute Nacht. Noch bevor der Schuft zurückkehrt und uns daran hindert. Ich muss wissen, dass du mich wählst.«

»Du weißt nicht, was du von mir verlangst …«

Er stieß sie ärgerlich von sich. »Dann erkläre es mir, verdammt«, flüsterte er. »Kein Geheimnis mehr zwischen uns! Herr im Himmel, ich will die Wahrheit wissen. Was bedeutet dir dieser Mann, dass du zwar jede Nacht zu mir kommst, mich aber hier zurücklässt, weil er und nicht ich deine Treue besitzt?«

Sie runzelte die Stirn, als hätte sie Angst, es ihm zu verraten. Dann sagte sie mit ganz leiser Stimme: »Kincaid liebe ich auch. Aber anders als dich ... Verlange nicht von mir zu wählen.«

»Obwohl er Frauen und Kinder ermordet hat?«

»Nein. Man kann ihm viele Dinge zur Last legen, doch das sind nicht seine Verbrechen.«

Felix verzog das Gesicht und sah sie an, als wäre sie zu leichtgläubig. »Ich weiß etwas anderes.« Er wandte ihr den Rücken zu. »Du hast gewählt. Lass mich allein, Gabriela.«

Als die Tür sich öffnete, flüsterte Gabriela noch: »Ich liebe dich, Felix – und er wird dir nichts zuleide tun! Bitte glaube mir. Ich werde dich beschützen.«

24

Quentin saß auf dem Bett, die Beine vor sich ausgestreckt, die Arme hinter dem Kopf verschränkt. Der eine bloße Fuß war auf den anderen gestützt. Das Mondlicht, das durch die Ritzen in den Fensterläden drang, malte Streifen auf das gelbe Spitzenmuster der Tagesdecke und die weiten Falten des Moskitonetzes, das vom Betthimmel hing. Nigel saß am Fußende des Bettes, den majestätischen Schwanz über das Holz gelegt, und wartete.

Ob das nun seine Einbildung war oder nur Ausdruck seines schlechten Gewissens, auf jeden Fall hatte Quentin den Eindruck, dass ihn das Iguana mit wenig freundlichem Ausdruck betrachtete.

Es *war* seltsam, dass Nigel so unbeweglich und entfernt von ihm dasaß. Quentin hatte sich daran gewöhnt, dass das Iguana seine Gesellschaft suchte und ihm dabei oft auf die Schultern kletterte, als wäre er auf der Suche nach einem besonders guten Aussichtsplatz für die Umgebung. Der Abstand, den Nigel zu ihm wahrte, erschien ihm wie eine schweigende Botschaft. *Irgendetwas stimmt hier nicht!*

»Herr im Himmel, selbst diese dämonische Eidechse fühlt sich überlegen«, murmelte er.

Es war mitten in der Nacht; er erwartete, dass Leydi bald kommen würde. Heute Nacht musste er sie irgendwie dazu bewegen, ihren Schlüssel herauszurücken. Nur dass er diesmal keinen Rum hatte, um sie ruhig zu stellen.

Er streckte die Hand zum Nachttisch aus, wo eine Portion Früchte für Nigel lag. Nachdem er einen Bissen Banane für ihn abgebrochen hatte, hielt er ihn ihm verlockend vor die Nase.

Nigel rührte sich nicht.

»Du willst dich also nicht bestechen lassen?« Quentin ließ die Banane wieder auf den Nachttisch fallen. Er rutschte hinunter zum Fußende, sodass er dem drachenähnlichen Wesen direkt gegenübersaß. »Du willst, dass ich an sie glauben soll – dass ich ihr zutrauen soll, mich vor dem Piraten zu beschützen? Du meinst, ich sollte der Wahrheit ins Auge sehen und zugeben, dass ich mich so sehr vor dem Piraten fürchte wie vor deinem charmanten Frauchen und der Art, wie sie mir mein Herz gestohlen hat?«

Nigel zuckte nicht mit der Wimper – natürlich besaß er auch gar keine. Er erwiderte nur Quentins Starren mit einem ebenso reglosen goldenen Blick.

»Doch ich habe hier keine freie Wahl«, erklärte Quentin ihm. »Ich kann nicht einfach mein Leben und das von Bishop und Piton der Verdammung preisgeben. Sie werden mich heute Nacht im Dschungel erwarten, damit ich handle. Und das habe ich auch vor, ob es der süßen Leydi wehtut oder nicht.«

Das Geräusch des Schlüssels, der im Schloss gedreht wurde, lenkte seine Aufmerksamkeit wieder zur Tür. Im nächsten Moment kam schon Leydi mit wirbelnden braunen Röcken und goldglänzenden Locken. Mit den Händen hinterm Rücken und einem Lächeln auf dem Gesicht schloss sie hinter sich ab.

»Brody?«, fragte er.

Sie hielt eine Hand hoch, damit er still war. »Horch. Hörst du das grausige Sägen?« Sie grinste, und das Lächeln ließ sie schmerzlich jung aussehen. »Das ist er. Er schnarcht hinten im Flur. Ich weiß nicht, wie er es schafft, so in seinem Sessel zu schlafen. Morgen früh hat er bestimmt einen ganz schiefen Hals.«

Auf halbem Weg zum Bett blieb Leydi stehen, als sie Nigel entdeckte. »Da bist du ja, du dummer Kerl.« Sie schaute zu Quentin auf. »Sieht ganz so aus, als wäre er in letzter Zeit lieber bei dir als bei mir.«

»Habe ich dir doch gesagt«, meinte Quentin und griff nach dem Iguana, um es vom Bett zu heben. »Wir sind uns ähnl ... ah!«

Mit einem scharfen Ruck zog er die Hand zurück und sah hinab auf seinen blutenden Finger. Nigel hatte ihn gebissen.

Leydi rannte zu ihm und sah sich die Verletzung an. Als sie die Hand nach Nigel ausstreckte, huschte der an der Bettkante entlang und unters Bett. Nur seine gelbbraun gestreifte Schwanzspitze schaute noch darunter hervor.

Hastig griff Leydi nach dem Handtuch neben der Waschschüssel und tauchte einen Zipfel ins Wasser. Vorsichtig tupfte sie das Blut ab. »So etwas hat er noch nie gemacht«, sagte sie und drückte das nasse Tuch auf den Biss.

»Vielleicht meint er, dass ich es verdient habe.«

»Unsinn. Was für Ränke könntest du schmieden, weswegen Nigel sich über dich ärgert?«

»Mir fallen da verschiedene Dinge ein. Dich verführen, zum Beispiel«, sagte Quentin mit allzu ernster Stimme. »Dich benutzen, um von dieser Insel wegzukommen.«

Einen Moment lang starrten sie einander an, denn seine Worte waren zu aufrichtig, als dass sie einfach ungehört verklingen konnten. Leydi unterbrach den Blick zuerst und konzentrierte sich wieder auf seinen Finger. »Du brauchst mir nichts vorzumachen«, sagte sie leise. »Ich werde dich unterstützen. Und ich bin sicher, dass du das inzwischen schon bemerkt hast.« Ihre Blicke trafen sich noch einmal, doch sie wandte sich schnell wieder ab, denn die Spannung wurde zu heftig. »So«, sagte sie mit einem letzten Tupfen. »Jetzt ist es schon besser.«

Er schnappte sich ihr Handgelenk, bevor sie weggehen konnte. »Wirst du mir helfen, zu dem Kanu zu schleichen?«, fragte er. »Zusammen mit den anderen? Um heute Nacht von dieser Insel zu fliehen?«

Sie entwand sich seinem Griff, faltete das Handtuch ordentlich zusammen und legte es wieder auf den Waschtisch neben die Schüssel. »Kincaid wird dir nichts tun; dafür werde ich schon sorgen.«

»Also willst du mir nicht helfen, bevor er die Entscheidung trifft und nicht ich?«

Sie schloss die Augen und wirkte einen Moment lang, als empfände sie Schmerz. Als sie wieder zu ihm aufsah, leuchteten all ihre Liebe und all ihr Begehren aus ihren Augen. »Gott helfe mir, Quentin. Ich werde alles tun, worum du mich bittest.«

Und dann wartete sie darauf, dass er mit der Sprache herausrückte.

Stattdessen nahm er sie in die Arme und drückte sie an sich, denn er hatte ihre Liebe zu deutlich gesehen. Noch niemals hatte ihn jemand so angeschaut, mit so viel Bewunderung, dass er darin hätte versinken können. Er schloss die Augen, genoss die Erinnerung daran, erlaubte sich diesen einen Moment, um die Gefühle zu erwidern. Er dachte an die vielen Jahre, wo er sich nichts anderes vom Leben gewünscht hatte, als dass ihn jemand ohne Zurückhaltung oder Zögern liebte.

»Wir machen es so, wie du willst, Maus«, flüsterte er in ihr Haar. Er fand es besser, sie zu überlisten. Sie sollte nicht vor einer Wahl stehen. Vielleicht war er auch zu feige, ihre Träume zu zerstören. »Lass uns warten, bis Heartless kommt, ja?« Er küsste ihre Schläfe, umfasste ihr Gesicht mit den Händen und hob es zu sich empor. »Und dann wirst du mich vor ihm beschützen, hmm?«

Tränen traten ihr in die Augen. Ihre Lippen zitterten, als sie lächelte und ihn nur noch tiefer in die Schuld stürzte mit ihren sanften Empfindungen. »Oh, Quentin, danke. Ich dachte ... Ich dachte, du glaubst mir nicht. Dein Vertrauen – das bedeutet mir alles.« Sie drückte ihn ganz fest an sich. »Ich liebe dich, Quentin ... von ganzem Herzen.«

»Ich weiß, Maus«, sagte er und hielt sie zärtlich fest. Er hasste die Macht, die sie über ihn hatte. »Weiß ich doch!«

Er drehte sie in seinen Armen zu sich herum und küsste sie, ohne an den Schlüssel oder Flucht zu denken. Er wollte nur eine Möglichkeit finden, seine Lügen irgendwie wieder gutzumachen. Sie erwiderte seine Küsse warm, legte all ihre Sehnsucht in jede Berührung ihrer Lippen, jede Zärtlichkeit, und verführte ihn mit ihrem Mund. Unwillkürlich griff er nach den Knöpfen ihres Oberteils, löste die Schleife an ihrem Unterkleid, gab ihr mit den Händen, was seine Worte ihr verweigert hatten.

Das baumwollene Unterkleid öffnete sich. Die Spitzenränder fielen auseinander und gaben ihre wunderschönen Brüste frei. Sie füllten seine Hände mit ihrer Wärme, versprachen ihm mehr. Er streichelte ihren Hals mit seinem Mund, kostete jede Rundung, atmete ihren Lavendelduft ein. Doch das war nicht genug – bei weitem nicht.

Er umrundete jede ihrer Brustspitzen mit der Zunge, dachte nur an diesen Augenblick, entleerte sein Bewusstsein völlig von jedem Plan und jeder Absicht zur Flucht. Seine Hände wollten sie lieben, obwohl er wusste, dass er ihr nicht geben konnte, was sie erhoffte: den ganzen Traum. Quentin zog ihr den Rock herunter, kniete sich vor sie, bezaubert von der Schönheit der einfachen Rundung ihres Schenkels, der köstlichen Wölbung ihres Hinterteils. Mit ritueller Langsamkeit rollte er ihre Strümpfe hinunter, küsste einen Weg, dem seine Finger eifrig folgten. Sie zog an seinem Hemd, protestierte, dass nur sie allein nackt war, bis er aufstand und sie mit dem Mund zum Schweigen brachte. Er hob sie hoch, legte sie auf die Tagesdecke und nahm sich dann einen Augenblick Zeit, um die perlrosa Vollendung ihres Körpers im Mondlicht zu betrachten.

»Quentin?« Sie streckte ihm ihre Arme entgegen, Venus in all ihrem Glanz. Schnell zog er sich aus und stieg neben ihr aufs Bett, ohne auch nur einen Gedanken daran zu verschwenden, was ihn das kosten würde, vollständig verhext von seinem Verlangen nach ihr. Er sehnte sich zu sehr nach ihr; was sie anbot, war etwas, das sie beide zu sehr brauchten. Er küsste ihren Bauch, knabberte an jeder köstlichen Rundung, tauchte seine Zunge in ihren Nabel und hob seine Hände zu ihren Brüsten. Ihre Finger zitterten auf seinen Schultern. Sie versuchte, ihn zu sich hochzuziehen, zu ihren Lippen. Doch das ließ er nicht zu, und so nahm sie seine Hände und küsste stattdessen jede seiner Fingerspitzen.

Zentimeter um Zentimeter genoss er ihren Körper mit den Lippen, legte seinen Mund über die weiche Erhebung ihrer Brüste, die duftende Wärme ihrer Handgelenke. Schließlich erreichte er sein Ziel und legte seinen Mund in wohl bekannter Begrüßung über den ihren. Langsam senkte er seinen Körper und drückte sich an ihre heiße Haut, die ihn willkommen hieß.

Ihre Blicke trafen sich, der ihre war sinnlich dunkel, wie verloren in den Gefühlen, die er weckte. Er hob ihre Hände zu den Zipfeln des Kopfkissens neben ihrem Kopf und schloss ihre Finger darum. Dann ließ er sie die beiden Enden umfassen und flüsterte: »Halt dich ganz fest!«

Als sie protestieren wollte, brachte er sie mit einem Kuss zum Schweigen, und legte nun beide Hände um ihre Finger, sodass sie gezwungen war, sich am Kopfkissen festzuhalten. Er ließ seine Lippen über ihren Hals abwärts wandern, seine Hände lösten sich von ihren Fingern, umschlossen ihre Handgelenke, drückten sie einen Moment aufs Bett, als wolle er sagen: *Bleib so.*

Sein Mund wanderte weiter zu ihren Brüsten, und seine Zunge umfuhr genießerisch jede Brustwarze, dann legte er seine Finger darum, brachte die weiche Spitze dazu, fest und rund zu werden. Dann sog er die andere tief in den Mund. Sie ächzte und wand sich unter ihm.

»Ich weiß nicht, ob ich das kann«, flüsterte sie ein wenig ängstlich. »Lass mich dich in die Arme nehmen.«

»Nein«, warnte er sie, knabberte an der süßen Weichheit ihrer Brustwarze, pustete sacht die feuchte Spitze an. »Nein, ich möchte das gern tun. Ich will nicht, dass du ... vergisst ...« Seine Worte stockten, als ihm der Gedanke kam, dass er ursprünglich hatte sagen wollen, sie solle *ihn* nicht vergessen. »Wie wir in dieser Nacht zusammen waren«, endete er stattdessen.

Er griff nach unten, um ihre Beine zu öffnen. Sie war schon ganz feucht. Es fiel ihm leicht, seinen Finger in sie zu tauchen, sie zu streicheln. Aber er wollte so viel mehr.

Quentin kniete sich zwischen ihre Beine, seine Hände streichelten ihre geöffneten Schenkel, hinderten sie daran, sich aufzusetzen und ihn in die Arme zu schließen. Er sah auf zu ihrem Gesicht. Leydi hatte die Augen geschlossen. Sie biss sich auf die Unterlippe, als seine Finger federleicht über ihre Schenkel auf und ab wanderten, dann berührte er ihre Mitte mit seinem Daumen. Sie umklammerte das Kissen, als er die Spitze seines Daumens in sie schob und dann wieder zurückwandern ließ, um die Knospe zu streicheln, die all ihre Lüste barg.

Mit Leydi ging es ihm immer so. Er liebte sie beinah verzweifelt, als wäre es lebenswichtig, diese Erfahrung niemals zu vergessen. Es schien ganz so, als wäre dies der einzige Teil des Traums, den er sich erlaubte. Er senkte seinen Mund zu dem hübschen Hügel von Löckchen, die ebenso altgoldfarben waren wie ihr Haar, wollte sie sich seiner Erinnerung fest einprägen. Alle beide sollten sie dies nie wieder vergessen, denn dieser ganz besondere Augenblick gehörte ihnen. Selbst wenn sie nie mehr zusammensein würden – dieser Moment sollte für all ihre Zukunft anhalten.

Dort zwischen den Beinen küsste er sie, während er sie mit den Händen für sich geöffnet hielt. Ihr leidenschaftliches Wimmern ließ sein eigenes Begehren wachsen und ihn überrollen; es steigerte sich so sehr, dass er schließlich nicht mehr wusste, wer von ihnen beiden mehr durch diesen Kuss gebrandmarkt worden war. Und als ihre unterdrückten Schreie ins Kissen das Pulsieren an seinem Mund verkündeten, wusste er, dass er diese Frau nie wieder vergessen würde.

Er streichelte sie weiter mit den Lippen, kostete sie, genoss sie mit der Zunge, sodass sie auch die letzte Welle der Leidenschaft bis zum Ende reiten konnte. Als auch die verklang und sie erschöpft und gelöst auf der Tagesdecke lag, öffneten sich ihre Hände langsam wieder. Langsam senkte er sein Gewicht auf sie hinunter, um ihren Körper zu bedecken. Aber sie wartete nicht. Sie umarmte ihn, klammerte sich an sein Haar, seine Schultern, schlang ihre Beine um seine Hüften und nahm ihn ganz in sich auf.

Diesmal war es Leydi, die die Initiative ergriff und sich ihm entgegenhob, um sie zu vereinen. Leydi gab den Rhythmus vor, als er ihren Mund küsste, ihren Hals, ihre warmen Schultern … Leydi küsste ihn voller Verehrung und ließ den Augenblick unvergesslich werden, als sie ihr Inneres pulsierend um ihn schloss, sodass ihm die Lider zufielen und er sich an den Laken festhielt, als er seinen Genuss fand – und sein Herz!

Als sie dann auf der Tagesdecke ausruhten, Arme und Beine noch verschlungen, sodass sie schwer auseinander zu halten waren, wunderte er sich immer noch über die Intensität dieser Begegnung. Er wusste, dass er sich von ihr längst hätte lösen sollen, vor diesem Bett und dieser Frau davonlaufen. Doch stattdessen hielt er sie nur inniger umfangen und hatte das Gefühl, niemals von ihr genug bekommen zu können. In der Stille hörte er ihren gleichmäßigen Atem. Dann ertönte ein leises Klopfen an den Fensterläden.

»Es regnet«, flüsterte sie.

Er zog sie näher zu sich, sodass sie wie ein Löffel am anderen mit dem Rücken an seiner Brust lag.

»Der hört bald wieder auf.«

Sie drehte sich in seinen Armen um und nahm sein Gesicht zwischen beide Hände. Er lächelte und wusste, wie sie sich fühlte – denn er empfand dasselbe.

»Du wirst mich heiraten«, flüsterte sie. In ihrer Stimme klang so etwas wie Ehrfurcht, als sie das sagte. »Um das geht es hier doch, nicht? Du hättest dies alles nicht getan, wenn es nicht für immer wäre, oder?«

Es war köstlich, sie so reden zu hören. Zu köstlich. »Du hast Recht«, sagte er und streichelte ihre Unterlippe mit dem Finger, wollte ihnen beiden so gern diesen Traum erhalten. »Ja, es ist für immer.«

Er sagte sich, dass das immerhin keine reine Lüge war. Schließlich begehrte er sie ja! Wenn er die Wahl hätte, würde er sie sofort heiraten, ihr all die Kinder schenken, die sie mit ihrer liebenden Art und Geduld aufziehen könnte. Mit geschlossenen Augen lauschte er dem Regen, dachte daran, dass er selbst es diesmal gewesen war, der den Traum weitergesponnen hatte – als hätte er von ihr gelernt, wie man die Wirklichkeit überlistet. Denn er brauchte ihr ›für immer‹ ebenso sehr wie sie.

»Ich möchte dir danken«, flüsterte sie.

»Schht.« Er küsste sie auf die Nase. »Schlaf«, sagte er und bemerkte, wie er selbst einnickte.

»Nein. Nicht für heute.« Sie streichelte seine Brust, und ihre Finger bewegten sich in trägem Rhythmus über das Haar dort. »Für die Kämme. Ich möchte dir für die Kämme danken.«

Er runzelte die Stirn, weil er nicht wollte, dass die Wirklichkeit so schnell wieder in seine gegenwärtige Vision eindrang, wollte nur noch ein bisschen länger so tun als ob. Die Kämme erinnerten ihn daran, dass er auch ein Schuft sein konnte. Dass er andere verletzte. »Ich will nicht über die Kämme reden.«

»Aber ich«, flüsterte sie. Sie stützte sich auf die Ellenbogen und sah mit jenem sanften Blick auf ihn herab, bei dem ihm klar wurde, dass Grau eine viel zu hingebungsvolle Farbe war. »Du hattest Recht, als du sie geschickt hast. Durch jene Kämme habe ich erst bemerkt, dass ich all meinen Hass nur unterdrückt habe, sodass er in meinem Innern vor sich hin eitern konnte. Nachdem mir meine Mutter die Haare abgeschnitten hatte, habe ich erst begriffen, wie böse ich auf sie war. Und auf Argus. Es hat mir geholfen.« Sie zupfte spielerisch an seinem Brusthaar. »Es ist nicht gut, wenn man so viele hässliche Gefühle in sich verschließt. Man sollte sie sich bewusst machen.«

Ächzend rollte er sich auf die Seite. »Warum habe ich das Gefühl, dass du damit auf irgendetwas hinauswillst?«

»Weil du ein brillanter Stratege bist«, sagte sie neckend in sein Ohr und legte einen Arm und ein Bein um ihn. »Du könntest meine Strategie erkennen, lange bevor ich meinen Angriff starte.«

Quentin drehte sich zu ihr um und legte einen Finger auf ihren hübschen Mund. »Ich will weder über die Vergangenheit reden noch über meinen Vater.«

Sie küsste seinen Finger, dann seine Handfläche. »Also gut.« Nun platzierte sie seine Hand auf ihre Brust und küsste seinen Mund mit kleinen Schmetterlingsküssen. »Du hast Recht. Ich muss Geduld haben.« Und dann sah sie auf, die Augen dunkel vor Hoffnung, sodass nur noch ein schmaler Ring von Grün und Silber um die Pupillen blieb. »Aber eines Tages wirst du dieses Thema zulassen?«

Er sagte nichts, denn diese Lüge konnte er nicht laut aussprechen, sondern nickte nur.

Als sie einschlief, lag sie in seinen Armen und atmete sacht gegen seine Brust. Wohl Stunden musste er so dagelegen haben. Er dachte nach dabei und versuchte, seine unmögliche Entscheidung in die Tat umzusetzen. Das Mondlicht vom Fenster glänzte in ihrem Haar. Sie sah aus wie einer von seinen Engeln. Voll köstlicher Unschuld.

Natürlich war es ihre Unschuld gewesen, der er nicht hatte widerstehen können. Er fuhr mit den Fingern durch ihre goldbraunen Locken und hasste es, dass sie so dumm war, ihn zu lieben – und dass sie so unklug handeln konnte, ihm ihr ganzes Herz zu überlassen, ohne auch nur ein Stückchen für sich selbst zurückzubehalten.

Lange kämpfte er gegen diese Erkenntnis an und versuchte die Visionen am Leben zu halten, die sie zusammen gesponnen hatten. Er konnte sie lieben – war nicht durch seine Erinnerungen blockiert. Hier, in ihren Armen, war er zu einem neuen Menschen geworden. Vielleicht hatte sie Recht und konnte alle vor Kincaid bewahren. Doch während die Minuten zu Stunden wurden, begannen die goldenen Ränder des Traums abzublättern, und die Vergangenheit kroch wieder zurück in sein Herz, sodass die schöne Fantasie verdrängt wurde. Er hielt nicht mehr jene Frau in den Armen, die seine Gattin werden wollte, sondern nur noch die junge Unschuld, die ihn entführt hatte, als könnte all ihre Liebe Träume verwirklichen.

Seine Finger lösten sich aus ihrem Haar. Nigel stand es zu, ihn zu beißen!

Sorgfältig bemüht, sie nicht zu wecken, kroch er vom Bett und sammelte seine Kleider ein. Schließlich hatte sich nichts geändert. Sie konnte nicht ein Teil seines Lebens sein. Er mochte nicht noch einmal ein blutüberströmtes Bett erleben, das ihn bis in seine Träume verfolgte, oder Leydis leblose Augen sehen, deren Anblick ihn in der Nacht wachhalten würde. Er durfte sich von ihrem köstlichen Verlangen nicht dazu bringen lassen, Fehler zu machen. Es war besser, sich zu verstecken und sogar zu entkommen. Trotz all ihrer Hoffnungen auf ein Happy End verfügte er nicht über die Liebe, die er ihr versprochen hatte. Sie war schon vor zu vielen Jahren gestorben, um jetzt wieder belebt werden zu können.

Einen Moment lang ärgerte er sich über sie, wie sie dort so auf dem Bett im Mondlicht schlummerte. Warum machte sie es ihm so leicht, verdammt? Warum war sie so leicht zu übervorteilen, so leicht zu täuschen? Doch mitten in diesem Gedankenschwall begriff er die Wahrheit hinter seinem Ärger. Sie hatte ihn berührt, wie er sich nie wieder von jemandem hatte berühren lassen wollen, weder von seinem Vater noch von einer Frau, noch von einem

Kind. Leydi war auch nicht anders als der Graf, verdammt, indem sie sich in sein Leben drängte und Gefühle aufzwang – mit Erfolg.

Quentin musste entkommen, und er gab zu, dass es nicht nur Kincaid war, vor dem er davonlaufen wollte. Hätte er sie doch nicht nur geliebt, damit sie beide eine schöne Erinnerung hatten! Nein, so edel waren seine Motive anscheinend nicht gewesen. In einem Augenblick der Erkenntnis wurde ihm klar, dass, wenn er ihr das Herz brach, sie nie wieder zurückkommen würde zu ihm nach St. Kitts.

Er starrte sie an, wie sie so auf dem Bett lag. Die Laken waren noch zerdrückt, wo er gelegen hatte. Sie seufzte im Schlaf und drehte sich um.

Als sie wieder gleichmäßig atmete, nahm er sich den Schlüssel. Diesmal zögerte er nicht, als er Kincaids Arbeitszimmer erreichte. Er griff nach dem Kompass und ging dann zum Schreibtisch, wo er eine Waffe hatte liegen sehen. Sie war immer noch da. Beim Weitersuchen wurde er durch ein Pulverhorn belohnt. Er steckte die geladene Pistole hinten in seinen Hosenbund und war nun bereit, Leydis Trauminsel zu verlassen.

Und dann fiel sein Blick noch einmal auf die Logbücher.

Geh schon, du Dummkopf … sagte die Stimme in seinem Inneren. *Hör auf, deine Zeit zu verschwenden.*

Aber er schaffte es einfach nicht.

Sondern sagte sich, dass es ihn nicht mehr interessierte, welche Geheimnisse zwischen Leydi und Kincaid bestanden; er redete sich ein, dass ihre Beziehung keine Bedeutung mehr für ihn hatte, schließlich war er auf der Flucht. Trotzdem starrte er weiter die Tagebücher hinter den Glastüren an, dachte an Leydi und den Ton, mit dem sie von ihren Eltern gesprochen hatte.

Du bist hier, um Waffen zu suchen, rief eine Stimme in seinem Kopf. Seine Anwesenheit in Kincaids Arbeitszimmer hatte nichts mit Leydi zu tun. *Verschwinde, du Narr. Raus hier! Raus, bevor es zu spät ist!*

Quentin fluchte leise und legte seine Beute weg. Er öffnete den

Bücherschrank und zerrte das Logbuch heraus, in dem er zuletzt gelesen hatte. Dann nahm er den kalbsledergebundenen Band mit zum Fenster, öffnete den Samtvorhang einen Spalt und ließ das schwache Mondlicht auf die Seiten fallen. Er suchte wie wild und wollte weitermachen, bis er eine Antwort gefunden hatte.

Es erstaunte ihn fast, wie schnell er das Rätsel lösen konnte. Es war so einfach und klar geschrieben, dass er sich fragte, wie er es bisher hatte übersehen können. Das und die anderenTatsachen, die der Pirat so sorgfältig verborgen hatte.

Quentin las die Worte mit einem Gefühl von Selbstverständlichkeit. Er hatte immer gewusst, dass sie auf ganz natürliche Weise so viel Macht auf dieser Insel ausübte.

Das leise Quietschen des Fußbodens warnte ihn zu spät. Er sah auf und entdeckte einen Mann, der im völligen Dunkel der Tür stand. Ihm folgte das Flackern einer Kerze, die Cy vor sich balancierte. Quentin hatte den Mann noch nie gesehen, der neben Cy am Eingang stand – niemand auf St. Kitts war in seinem Alter. Doch die beherrschenden Flächen seines sonnengebräunten Gesichts und die bärtige Drohung in seiner Miene machten ihm klar, um wen es sich handelte.

»Kincaid«, sagte er.

»Jawoll. Und wer zum Teufel seid Ihr?«, donnerte seine tiefe Stimme durch den Raum.

»Er ist einer von den Männern, von denen ich dir erzählt habe«, sagte Cy, der hinter Kincaid hereingekommen war. »Rucksingford. Quentin Rucksingford.«

Kincaid lächelte mit dem hintergründigen Blitzen des Jägers im Blick. In seinem mit Spitze verzierten Samtrock verbeugte er sich tief, sein Dreispitz wischte über seine kniehohen schwarzen Stiefel, dann warf er ihn auf einen Stuhl. Er verschränkte die Arme über der bestickten Weste und betrachtete Quentin. »Rucksingford. Von Rucksingford Estate.«

»Wo Ihr einst gearbeitet habt«, sagte Quentin ruhig.

Das freche Blitzen in Kincaids Blick erlosch. Stattdessen erschien darin smaragdgrünes Eis. »Gearbeitet? Ich war nicht mehr als ein Sklave.«

»Ein leibeigener Bediensteter«, korrigierte Quentin ihn, für den jetzt alles klar wurde. »Darum habt Ihr so viel Interesse an meinen Schiffen. Rache! Für all die Jahre, in denen Ihr angeblich schlecht behandelt wurdet.«

»Der Aufseher Eures Großvaters war ein wirklicher Hundsfott. Er hat das Leben eines jeden Einzelnen, der auf jener Plantage arbeitete, zu einer wahren Hölle gemacht. Jawoll. Es lag eine gewisse Ironie darin, Eure Schiffe zu berauben …«

»Ich habe den Kerl entlassen«, sagte Quentin und erinnerte sich an seine eigene Abscheu dem Mann gegenüber, der die Figur eines Bullen besaß und sinnlose Grausamkeiten genoss. Er hielt es für sehr unachtsam, dass sein Großvater dem so viele Jahre lang keine Bedeutung beigemessen hatte. Es hatte mehr als einen Menschen das Leben gekostet. »Er war nicht einmal eine Woche bei mir, nachdem ich die Plantage übernommen habe.«

»Tja, schön für Euch«, sagte Kincaid, nicht im Geringsten befriedigt.

»Und da seid Ihr auch Leydis Mutter begegnet. Ihr beide wart Leibeigene auf dem Besitz meines Großvaters?«

Jetzt erst bemerkte Kincaid das Logbuch, das Quentin auf den Schreibtisch fallen ließ. Seine Miene wurde zu Stein. Er sagte nichts.

Quentin nickte in Richtung auf das Buch. »Ich habe alles gelesen. Zwei Töchter. Und die habt Ihr zu Eurer Haushälterin und zu Eurer Buchhalterin gemacht. Wie … ungewöhnlich!« In Quentins Innerem begann sich ein Beschützerinstinkt zu rühren, den er nicht beherrschen konnte, sodass er ausrief: »Habt Ihr eine Vorstellung davon, wie Leydis Leben gewesen ist in der Familie, die Ihr ihr beschert habt?«

»Was wagt Ihr, mich zu kritisieren?«, bellte Kincaid zornig. »Ich habe mein Bestes getan für das Mädel. Es hat mich ein Vermögen gekostet, sie dort unterzubringen.«

Mit einem Stechen im Bauch wurde Quentin klar, dass jeder, den Leydi bewundert und geliebt hatte, sie betrogen hatte. »Wusstet Ihr, dass sie davon geträumt hat, jemanden wie Euch zum Vater zu haben? … Nein, niemals hätte sie Euch so etwas gestanden. Schließlich wart Ihr ihr Arbeitgeber. Aber Ihr wisst, dass sie Euch ewig dankbar sein muss für all das, was Ihr in den vergangenen Jahren für sie getan habt. Ich frage mich, ob sie noch dasselbe fühlen würde, wenn sie wüsste, dass Ihr wirklich ihr Vater seid – der Mann, der ihrer schwangeren Mutter den Rücken kehrte und sie dazu brachte, einen Trinker wie Argus Carstair zu heiraten. Jetzt verstehe ich, warum das Weib so verbittert ist, warum sie ihren ganzen Ärger an Leydi auslässt – sie lebt in der beständigen Erinnerung an Euren Betrug.«

»Elaine war immer schon ein böses Weib, wenn es ihr passte«, sagte Kincaid tonlos. »Es hat nichts mit mir zu tun, dass sie verbittert ist.«

»Und einer solchen Mutter habt Ihr sie einfach überlassen? Ich muss schon sagen, sehr einfühlsam von Euch!«

»Schuft!« Kincaid wollte sich durchs Zimmer auf ihn stürzen, aber Cy packte ihn am Ärmel. Kincaid riss seinen Arm los und stieß Cy zur Seite, hielt aber seinen Abstand zu Quentin. »Ihr Schnüffler! Ich hab das Mädel hergebracht, sobald ich die Möglichkeit hatte, sie zu beschützen. Ich habe für ihre Ausbildung bezahlt und Elaine so viel Gold gegeben, dass sogar ihre Gier befriedigt wurde. Aber ich sehe wirklich keine Notwendigkeit, mich vor Euch zu rechtfertigen, Rucksingford!« Er spuckte Quentins Namen aus, als wenn er der schlimmste Fluch wäre.

»Und Ihr habt ihr nie gesagt, dass Ihr ihr Vater seid«, erklärte Quentin zu seiner Beschämung.

»Wir können ihn jetzt gleich wegschaffen«, sagte Cy hinter Kincaid und stellte die Kerze auf den Schreibtisch, um die Hände frei zu haben. »Er wird niemals mehr einen Mucks darüber verlieren können.«

»Ich werde ihr sicher nichts davon sagen«, meinte Quentin bitter, denn er wusste, wie gut er in die Gesellschaft dieser Männer passte – noch jemand, der Leydianna hinterging. »Lasst mich und die beiden anderen Gefangenen gehen, und wir werden Euer schmutziges kleines Geheimnis wahren«, versuchte er zu handeln.

»Ich ziehe vor, Euch gleich umzubringen, dann bleibt das Geheimnis noch besser gewahrt«, entgegnete Kincaid.

»Es gibt kein Geheimnis.«

Diese einfachen Worte ertönten dicht hinter der Tür. Die drei Männer wandten sich in jene Richtung um und sahen, wie eine bleiche Leydi das Zimmer betrat. Sie starrte Kincaid und Quentin an. »Kein Geheimnis, mit dem sich handeln oder das sich bewahren ließe!«

Einen Moment lang rührte sich niemand. Im Kerzenlicht vom Schreibtisch wirkte Leydi beinah ätherisch, wie ein Geist.

»Alle wissen es«, sagte sie, und es war unklar, ob sie mit sich selbst oder mit Kincaid sprach. »Denn schließlich behandeln mich alle Männer auf dieser Insel mit Respekt. Sie wissen von mir und Gabriela. Gabriela, meiner Schwester«, sagte sie leise, als würde ihr diese Beziehung jetzt erst klar. Sie schüttelte den Kopf und wirkte verwundert. »Ich habe sie mir immer zur Schwester gewünscht – und die ganze Zeit hat es gestimmt.«

»Es ist nicht so, wie der Kerl behauptet, Mädel. Lass es mich erklären«, meinte Kincaid, ging auf sie zu und streckte ihr die Hände entgegen.

Sie machte einen Schritt rückwärts, ließ nicht zu, dass er sie berührte, und schüttelte den Kopf. »Nein. Nein, erkläre nichts. Ich bin sehr klug, musst du wissen, verstehe alles!«

Der Kummer in ihrer Stimme zerriss Quentin das Herz. Er wollte sie in die Arme nehmen, sie vor den Tonnen von Schmerz bewahren, die über sie hereinstürzten. Er wollte ihren Kummer dämpfen, dass ihr Vater sie verleugnet hatte – und dann angestellt, sodass sie als Bedienstete auf seiner Insel war –, um sie doch gelegentlich zurückzubringen zur Bitterkeit ihrer Mutter.

Tu es nicht, rief eine Stimme in seinem Innern. *Versuch nicht, hier etwas besser zu machen. Sie werden es später untereinander regeln.*

Und das stimmte. Möglich, dass sie sich betrogen fühlte – aber jetzt hatte sie endlich den Vater, den sie sich gewünscht hatte. Sie brauchte Quentin nicht. All diese zärtlichen Augenblicke, die sie zusammen erlebt hatten, waren nur Träume. Jetzt kam es auf die Flucht an, für ihn und die anderen. Er durfte nicht versuchen, ihr zu helfen und dieser empfindsamen Szene zum Opfer zu fallen – ein Teil davon zu werden.

Langsam zog Quentin die Waffe, die er in den Bund seiner Hose gesteckt hatte, hinter dem Rücken hervor. Sie fühlte sich ungewöhnlich schwer an. Seine Bewegungen waren träge, beinah zögernd. Trotzdem hob er die Waffe und nutzte den Augenblick der Verwirrung für sich. Er richtete den Lauf auf Kincaid.

»Ich hasse es, diese rührende Szene zu unterbrechen – aber ich fürchte, ich muss jetzt gehen.« Er bedeutete den beiden Männern, sich von der Tür zu entfernen, aber die Bewegung wirkte irgendwie falsch. Künstlich. Er fühlte sich wie eine Puppe, die eine Rolle spielte, eine Rolle, aus der er herausgewachsen war. Er vermied es sorgfältig, Leydi anzusehen.

Nur Kincaid stand ihm im Weg und verschränkte die Arme vor der Brust, als fordere er Quentin zum Schießen auf. »Selbst wenn Ihr es schafft, einen von uns zu erschießen, erwischen Euch die anderen ohne weiteres. Ihr könnt nicht entkommen, Mann!«

Quentin starrte den Piraten an. Das leise Ticken der Uhr auf dem Schreibtisch dröhnte in seinem Kopf und verlangsamte den Rhythmus seines Herzens. Er legte seine Finger fester um die Pistole; denn er wusste, dass es noch eine andere Möglichkeit zur Flucht gab, an die Kincaid jetzt nicht dachte.

Die Luft wich aus Quentins Lungen. Er konnte nicht atmen. Es war ihm, als verließe er seinen Körper und schwebe über dieser Szene – als er sich Leydi zuwandte. In jenen wertvollen Augenblicken der Unentschiedenheit schien es, als hätte er keine andere Wahl. Dieselbe eigenartige Unausweichlichkeit überrollte ihn, als er sie zu sich winkte. Sie sah ihn nur an, und noch mehr Schmerz erschien in ihrem Blick.

»Komm her, Maus«, sagte er weich.

Sie schüttelte den Kopf, schaute erst zu Kincaid, dann wieder zu ihm. Ihr Blick flehte ihn an, sie in Ruhe zu lassen, ihrer Last nicht noch mehr hinzuzufügen. Im Innern seiner Brust hämmerte sein Herz mit erstickender Gewalt. Er musste fort. *Er musste fort!*

»Du hast gesagt, ich bräuchte dich nur zu bitten«, flüsterte er und streckte ihr die Hand hin.

Sie schloss die Augen, als könnte sie diesen letzten Betrug nicht ertragen. Doch als sie ihn wieder ansah, war es nicht Liebe oder Kummer, die in ihrem Blick leuchteten, sondern ein tiefer, brennender Zorn. Ihr schöner Mund verwandelte sich in eine schmale Linie, und sie tat einen Schritt auf Quentin zu. Als Kincaid versuchte, ihr den Weg zu verstellen, schob sie ihn zur Seite. Sie blieb erst stehen, als sie direkt vor Quentin stand, die kleinen Hände auf beiden Seiten ihres einfachen braunen Kleides zu Fäusten geballt.

Sie legte den Kopf zurück und sah ihm in die Augen. Er hatte noch nie mehr Kraft in ihrem Ausdruck gesehen.

»War das alles, was du wolltest?«, fragte sie. »Als du mir gesagt hast, dass du mir vertraust – mich hereinzulegen, um mir den Schlüssel zu stehlen?«

Er wollte nein sagen. Denn er wollte ja mehr – so viel mehr. Sie hatte bewirkt, dass er *sie* wollte. In den wenigen kurzen Wochen, die sie einander kannten, hatte sie ihn ständig in Versuchung geführt mit ihrem Und-wenn-sie-nicht-gestorben-sind. Und doch … *und doch …*

Da war Clarice. Liebe und Tod und Trennung. Und er wusste, dass er nicht die Kraft haben würde, nach der Liebe zu greifen … nur damit sie dann wieder in einem anderen Albtraum unterging.

»Du willst zu viel, Maus«, murmelte er. »Das kann ich dir nicht geben. Ich habe dir doch gesagt, du solltest vorsichtig sein. Ich habe dich gewarnt.«

Sie zog sich einen halben Schritt zurück. Doch gleich darauf blinzelte sie heftig und richtete sich schnurgerade auf, um ihren Schmerz niederzuringen. »Es war also alles eine Lüge, ein Trick. Du hast mir nie vertraut. Und ich hätte dir geholfen. Ich hätte …« Sie hielt den Atem an und presste die Lippen zusammen, ohne ihm in die Augen zu sehen. Als sie sicher war, dass sie stark genug sein und ihre Stimme nicht nachgeben würde, flüsterte sie: »Ich hätte alles für dich getan.«

Er fasste nach ihr und drehte sie um, weil er sie einfach nicht länger ansehen konnte. »Gentlemen«, sagte er zu Kincaid und Cuthbert. »Eure Waffen bitte.«

Kincaid ließ seine Pistole fallen, die einzige Waffe, die es zwischen ihnen gab. Quentin bedeutete ihnen, von der Tür wegzutreten. Er wich langsam zurück, und Leydis Lavendelduft nahm ihm beinah den Atem. Er setzte seinen Weg durch den Flur fort, Kincaid und Cuthbert weiter über Leydis Kopf hinweg beobachtend, verwirrt von der sanften Berührung ihrer Locken an seiner Wange. Er zwang sich, an Bishop und Piton zu denken, an ihre Sicherheit.

Er zerrte sie mit sich die Stufen hinunter, die Waffe jetzt harmlos an seiner Seite haltend. Wenn alles lief wie geplant, würden die anderen ihn am Treffpunkt erwarten. Quentin war fast zu aufmerksam, als Leydi stolperte, weil ihr Fuß sich im Rand des Teppichs verfing. Sein Griff war zu zärtlich, als er sie weiterdrängte, um sie zu beschützen und nicht so schrecklich zu betrügen.

Keiner von beiden sprach ein Wort. Doch als er die Tür erreicht hatte, schob er sie rückwärts an die Wand. Er hatte immer geglaubt, dass sie nicht zu Hass in der Lage war, aber als sie den Kopf hob, um ihn anzusehen, fiel ihm keine bessere Bezeichnung für den stürmischen Ausdruck in ihren Augen ein. Er schüttelte den Kopf, und die ganze Sache tat ihm furchtbar Leid. Dann küsste er sie hart und schnell.

»Du hättest mich niemals lieben sollen«, zischte er. »Niemals!« Das waren seine letzten Worte, bevor er ging.

Leydi stolperte in den Hof und sah zu, wie Quentins dunkler

Schatten verschwand. Sie drückte ihre zur Faust geballte Hand gegen den Mund – an die Stelle, wo er sie geküsst hatte. Sie dachte an all die Dinge, die sie in dieser Nacht erfahren hatte, und zum ersten Mal verfluchte sie ihren fähigen Verstand. Mit einer heftigen Handbewegung wischte sie die sinnlosen Tränen weg.

Das Geräusch von Kincaid und Cy, die donnernd die Treppe herunterpolterten, drang laut in ihren Kummer ein wie ein Sturm. Eine unglaubliche Wut durchfuhr sie mit einer Heftigkeit, wie sie sie noch nie erlebt hatte. Sie packte ihre Röcke und rannte zurück zum Haus, ohne sich weiter um die Männer und ihre Appelle zu kümmern, als sie an ihnen vorüberhastete. In Cys Zimmer fand sie ein Waffe und lud sie. Mit mehr Kraft, als man ihr je zugetraut hätte, eilte sie hinten aus dem Haus zu den Ställen. Vorbei an den Männern, die Kincaid zusammenrief, um seine Gefangenen wieder zu ergreifen.

Im Gegensatz zu Kincaid wusste sie, wohin Quentin unterwegs war.

Die drei Männer rannten, bis ihnen die Luft in den Lungen brannte. Und dann jagten sie noch schneller dahin. Durch den nassen Lehm auf dem Pfad, über rasiermesserscharfen Bimsstein, im Kampf gegen den Dschungel. Alle drei wussten, was sie riskierten. Wenn der Pirat sie schnappte, waren sie tote Leute.

»Da vorn«, sagte Quentin und deutete in der Dunkelheit auf den Pfad, den Leydi ihm gezeigt hatte – den Pfad, der zu dem indianischen Kanu führte. »Jetzt ist es nicht mehr weit.«

Quentin raste weiter. Die Luft schien ihm zu schwer zum Atmen, die Muskeln seiner Beine schrien nach einer Pause. Visionen von Leydi stürzten sich aus dem schwarzen Wald ringsum auf ihn. Dort, hinter dem Palmetto, ihr von Schmerz geprägtes Gesicht! Da, neben dem zugerankten Busch, ihre silbernen Augen, von Sorge gezeichnet! *Du hast mich betrogen!* schluchzte der Dschungel.

Er preschte durch ein Dickicht, bedeutete den anderen, schneller zu laufen. Verdammt noch mal, er hatte ihr doch gesagt, dass sie ihm nicht vertrauen sollte. Immerhin hatte er sie gewarnt.

Quentin wand sich nach links, dann nach rechts. Er hechtete an Ranken vorbei, die dick wie seine Unterarme waren. Palmblätter rissen an seinem Hemd, ihre Dornen zerkratzten ihm die Brust wie Dolche. Seine Stiefel hämmerten auf die schwarze Erde. Aber die Szene im Arbeitszimmer trat ihm immer wieder vor Augen. Er sah nicht die Sterne über sich, sondern nur Leydis Augen, die ihn anflehten.

Fluchend zwang er sich weiterzurennen. Er hatte immer gesagt, er würde tun, was notwendig war, um auf dieser Welt zu überleben. Es würde keine zweite Clarice geben, die er betrauerte. Aber all das fühlte sich jetzt so unglaublich falsch an – sie einfach dort zurückzulassen. Als liefe er überhaupt nicht vor Kincaid davon, sondern vor seiner letzten Chance zum Glück!

Als sie das Kanu in die Wellen hinausschoben, im Sand stolpernd und schwer atmend, weil ihnen die Salzwassergischt entgegenschlug und auch die Sicht vernebelte, sah er wieder Leydis Gesicht im dunkelblauen Schimmer der Wellen. Er hörte wieder die Kraft in ihrer Stimme, als sie ihm erklärt hatte, dass sie ihn beschützen würde – die Freude, mit der sie auf sein Vertrauen setzte.

Seine Schritte wurden schwer im Ufersand. Die Wellen schienen zu wachsen, als sauge das Meer an seinen Füßen und flehe ihn wie Leydi an, nicht fortzugehen. Er erinnerte sich an ihren rührenden Heiratsantrag.

»Kommt schon«, drängte Felix ihn und drückte mit seinem ganzen Gewicht gegen das Kanu.

Aber Quentin war stehen geblieben, die Beine kniehoch in den Wellen, und das Herz schlug ihm in der Kehle.

Beide Männer starrten ihn an. Hugh richtete seinen Blick suchend auf Felix.

Dieser fasste Quentin an den Schultern. »Verdammt, Rucksingford! Dies ist nicht der richtige Zeitpunkt für Bedauern.«

Über den Lärm der Brecher hinweg hörte er einen Schrei – jemand rief seinen Namen. Er hallte über die wirbelnde Gischt hinweg wie ein Sirenengesang, sodass er sich dem Ufer zuwandte.

Das Mondlicht traf hell auf den Sand. Leydi stand in seinem Glanz, und der Wind peitschte ihr den Rock gegen die Beine. In der Hand hielt sie eine Waffe, mit der sie auf Quentin zielte.

»Ihr müsst versprechen, dass ihr ihm nichts antut!«, schrie sie über den Lärm der Brandung hinweg und watete durchs Wasser, um ihre Drohung zu unterstreichen. »Schwört, dass ihr uns alle in Ruhe lassen werdet. Dass keiner von euch je zurückkommen oder uns in irgendeiner Weise Schaden zufügen wird!«

Vehement schüttelte er Felix' Griff ab. Quentin watete durchs Wasser und blieb erst stehen, als der Lauf der Pistole nur noch Zentimeter von seiner Brust entfernt war. Der Wind tobte um sie herum und schlug mit brennender Schärfe Sand und Gischt gegen die bloße Haut seiner Arme und seines Gesichts.

»Und du wirst mir immer noch glauben, bei all meiner Wortbrüchigkeit?« Er packte ihre Arme und schüttelte sie wie eine Puppe. »Wie kannst du so dumm sein? Ich habe dich ein paar Mal betrogen.«

Tränen glänzten in ihren Augen. Ihr Kopf hob sich, und sie sah ihn an. »Betrüg mich diesmal nicht. Bitte!« Die Waffe in ihren Händen begann zu beben. »Das könnte ich nicht ertragen, Quentin. Bitte!«

Ihre Worte taten ihm in der Seele weh. Ihr Schmerz, der so klar und schneidend sichtbar war, drückte ihm die Kehle zu. Er schüttelte den Kopf, denn er konnte nicht ertragen, sie so zu sehen, so voller Kummer und doch noch mit Vertrauen in ihn. Sein Bild spiegelte sich in ihren tränenvollen Augen – der Mann, der er geworden war in jenen silbernen Tiefen. Und dieser Anblick gefiel ihm gar nicht.

Seine Rechtfertigung lautete, dass er entkommen musste, denn die Männer stiegen jetzt hinter ihm in das Kanu. Doch das war nicht die ganze Wahrheit. So viele Jahre lang hatte er sich an seine Albträume von Clarice geklammert. Er hatte Leydi und der

Liebe, die sie ihm anbot, nicht vertraut … ja nicht einmal seiner eigenen Liebe zu ihr.

Herr im Himmel, alles was er angerichtet hatte, war unerträglich. Und trotzdem hielt sie immer noch zu ihm. Sie wartete auf ihn, während die Wellen gegen ihre Beine schlugen und an ihren Röcken sogen – wartete, dass er ihr sein Wort geben und schwören würde, sie niemals zu betrügen. Und *sie* würde ihm glauben – immer! Der einzige Mensch auf der Welt, der dazu bereit war.

»Verdammt«, sagte er und begriff, dass er sie nicht verlassen konnte. Sie würde ihn noch dazu bringen, sich seinen Teufeln zu stellen.

»Los jetzt!«, rief Felix.

Ein Schuss donnerte über den Sand. Die Rufe von Männern ertönten, und mehrere Freibeuter rannten aus dem Dschungel an den Strand. Eine zweite Kugel zischte über ihre Köpfe hinweg.

»Bleibt, wo ihr seid, Leute!«, befahl Kincaid aus einer Lichtung zwischen den Bäumen aus. Er stand im Mondlicht mit einer Pistole in jeder Hand und zwei weiteren, die er sich an die Brust gebunden hatte. Cy trat neben ihn, und sein Gesicht und sein Körper wirkten ähnlich drohend.

»Nein!«, schrie Leydi und stellte sich vor Quentin, wobei die Wellen Anstalten machten, sie umzuwerfen, und sie sich einen Augenblick an ihn klammern musste, bevor sie wieder sicher stand. »Ich habe ihr Wort, dass sie nicht zurückkommen oder Ärger machen werden!«

»Und ich bin kein dummes Mädchen, das ihnen glaubt«, bellte Kincaid zurück.

»Ich will, dass sie verschwinden!« Leydi blieb zwischen Quentin und den Waffen der Männer am Strand stehen. »Mir hat er Unrecht getan, und ich will, dass er verschwindet.«

»Das wird er schon! Wenn ich mit ihm fertig bin, ist er im Jenseits verschwunden!«

»Himmel noch mal, Kincaid«, schrie sie über die Brandung hinweg. »Lass sie gehen!« Sie sah Quentin ein letztes Mal an, und ihre Augen wirkten dunkel und rund. »Du musst es versprechen«, flüsterte sie zu ihm hinauf.

Er schüttelte den Kopf, und eine gewisse Ruhe legte sich über ihn. »Lass Bishop und Piton gehen«, erklärte Quentin ihr. »Ich bleibe.«

»Das kannst du nicht«, flüsterte sie bekümmert. »Oh, jetzt mag ihm alles noch so Leid tun, dass er auf mich hört – solange ich vor dir stehe und dich vor seinen Kugeln bewahre, aber nachher … kann ich dich nicht beschützen … ich … ich kenne ihn nicht mehr. Ich weiß nicht, ob …« Sie trat von ihm zurück, presste die Finger an den Mund, und die Waffe schwankte gefährlich lose in ihrem Griff. »Geh! Um Himmels willen, geh!«

»Quentin?«, brüllte Felix.

Quentin watete wieder zu ihr und fasste nach ihren Armen, ohne sich um die Männer hinter ihm zu kümmern. »Wenn sie jetzt von hier loskommen, hast du mein Wort, dass niemand dir oder Kincaid etwas zuleide tut«, schwor Quentin, und er meinte das ernst. »Aber ich kann dich nicht verlassen, Leydi. Was ich getan habe, was ich gesagt habe …«

»Hör auf!«, flehte sie ihn an und wollte nicht das wunderbare Versprechen der Liebe sehen, das sie schwach in seinen Augen schimmern sah. Sie stieß ihn von sich und schwenkte die Waffe, als wollte sie schießen. Jetzt verstand sie, dass der Schmerz, den sie an ihm hatte heilen wollen, zu tief im Innern seiner Seele steckte. Er konnte ihr nicht geben, was sie wollte – seine Liebe und ein Kind, das die Albträume von der Familie verdrängen würde, die er verloren hatte.

Sie bemühte sich, stehen zu bleiben, während die Wellen weiter gegen ihre Knie schlugen, wollte sich vom Kummer dieses Augenblicks nicht dazu verleiten lassen, Fehler zu machen. Leydi umklammerte die Pistole verzweifelt, als wäre sie eine Art letzte Verbindung zum klaren Denken. Sollte er doch zurückgehen in seine schuldbeladene Welt – sie würde er nicht mit hineinziehen. Er hatte ihr bewiesen, dass er ihr niemals trauen würde – dass er es nicht konnte. Inzwischen glaubte sie nicht mehr, sie wäre die Frau, die ihn ändern könnte.

Sie sah ihm noch einmal in die Augen und blinzelte Gischt und Tränen fort. »Ich will jetzt keine Liebeserklärung von dir hören«, sagte sie und wusste plötzlich, wie sie ihn überreden konnte, in das Boot zu steigen. Es war ihre momentane Aufgabe, sowohl in ihrem eigenen als auch in seinem Sinne. »Ich werde sie nicht glauben. Du wolltest, dass ich stark bin und nicht so leicht zu überzeugen. Nun, das ist dir wirklich gelungen«, sagte sie, und es tat ihr weh, ihn zu verletzen. »Nie wieder werde ich dir glauben. Heute Abend hast du dieses Vertrauen in mir getötet, ebenso wie die Liebe, die ich für dich empfand«, rief sie. »Geh, verdammt noch mal! Du hattest die ganze Zeit Recht. Du kannst keine Liebe schenken. Deine Vergangenheit hat dich geschlagen, Quentin. Sie hat uns beide geschlagen.«

Ihre Worte trafen ihn hart, stießen ihn mit mehr Kraft zurück als die Wellen oder die Waffen der Männer am Strand. *Er hatte ihre Liebe und ihr Vertrauen getötet – genau wie Clarice und ihr Kind.* Doch obwohl ihn ihre Worte so hart trafen, schien er sich nicht abwenden zu können. Er wollte widersprechen, gegen ihre Logik ankämpfen. Denn wenn er in das Boot stieg, würde er sie nie wieder sehen.

»Ich kann dich nicht einfach so verlassen, Maus.«

Sie schüttelte den Kopf. »Verstehst du denn nicht, Quentin? Deine Maus bin ich nicht mehr! Es geht nicht. Das hast du mir genommen. Und jetzt geh. Sonst trete ich zur Seite und lasse Kincaid dich und die anderen erschießen.« Als er immer noch zögerte, richtete sie die Waffe statt auf ihn auf das Boot. »Los jetzt, verdammt. Sonst schieße ich ein Loch in das Kanu, und ihr müsst alle hier bleiben. *Geh schon*!«

»Hört auf sie, Quentin«, rief Felix herüber. »Es ist jetzt zu spät, es Euch noch einmal anders zu überlegen!«

»Tu das nicht, Leydi«, bat er, obwohl er in seinem ganzen Leben noch nie jemanden um etwas gebeten hatte.

»Du wolltest, dass ich dich hasste«, schniefte sie, und die Tränen rannen ihr übers Gesicht. »Nun, das ist dir gelungen. Ich hasse dich, Quentin. Verstehst du? Ich hasse dich!«, schrie sie. »Lass mich in Ruhe. Mach mich nicht noch unglücklicher, als ich schon bin!«

Die letzten Worte schienen ihn zu durchbohren. Die Linien um seinen Mund wurden tiefer, seine Augen dunkel. Quentin machte ein paar Schritte rückwärts, dann drehte er sich im knietiefen Wasser um und watete zum Boot. Er sprang hinein, und die Männer legten ab, ruderten hart gegen die Brandung an.

Am Strand ging Leydi in die Knie. Ihr braunes Musselinkleid blähte sich Mitleid erregend um sie. Sie konnte hören, wie die Wellen sie trafen und Kincaid und seine Leute durchs Wasser zu ihr rannten. Noch bevor sie sie erreichten, fiel sie um in den Sand, und ihre nassen Röcke klebten an ihr wie ein Leichentuch, als sie zusah, wie das kleine Kanu davontrieb.

»Ich hasse dich, Quentin«, flüsterte sie, als würden die Worte an Wahrheit gewinnen, wenn sie sie wiederholte. »Ich hasse dich. Oh, lieber Gott«, sagte sie, die Hände immer noch um die Pistole geschlossen. »Lass mich ihn doch nur ein wenig hassen!«

Vierter Teil

Die Piratenflagge

25

Zwei Wochen später, Rucksingford Estate, St. Kitts

Stevenson marschierte den teppichbelegten Flur hinunter, und seine Schnallenschuhe bewegten sich leicht über das Blumenmuster in Karmesinrot und Gold. Er achtete nicht auf die verzierten Türrahmen, die Nischen mit den Statuen und die vergoldeten Leuchter an der Wand, sondern schaute nur über seine Schulter zurück, ob der Herr ihm auch folgte.

Er griff nach seiner Perücke, als sie wieder mal zur Seite rutschte. Tonlos murmelte er eine Erklärung für seine unerhörte Strategie vor sich hin, als spräche er einen Rosenkranz. Allerdings konnte er immer noch nicht recht glauben, was er getan hatte. Der liebe Gott wusste, dass er alles versucht hatte, den Drachen aus seiner Höhle zu locken. Bisher hatte rein gar nichts geholfen – weder Drohungen vom bevorstehenden Bankrott noch ruinierten Ernten … nicht einmal Mrs. Balleys Tonikum, das nur scheppernd an der Tapete gelandet war und dort einen wachsenden braunen Fleck hinterlassen hatte.

Während er weitereilte, bedachte er den Herrn hinter sich mit einem ermutigenden Nicken. Seit seiner Rückkehr hatte Quentin noch keine Erklärung für seine mysteriöse Abwesenheit gegeben, kaum mehr als ein paar Sätze mit dem Personal gewechselt, das sich so leidenschaftliche Sorgen über sein Verschwinden gemacht hatte. Zwei Wochen waren vergangen, seit Quentin mit zerrissenen Kleidern und rot geränderten Augen wieder auf den Stufen von Rucksingford Hall aufgetaucht war. Seitdem schien der Herr des Hauses nur jeden Tag in tieferes Grübeln zu versinken. Gestern hatte er nicht einmal den Empfangssalon verlassen. Am Morgen stand das Tablett, das George ihm gebracht hatte, immer noch unberührt im Flur.

Ja, wirklich, das Personal war inzwischen ziemlich verzweifelt. Stevenson setzte alle Hebel in Bewegung, selbst diesen fantastischen Coup von heute, um Quentin aus seinem Stimmungsabgrund zu holen.

Er holte tief Atem, trat vor die zweiflügelige Tür und klopfte. Wie erwartet ertönte keine Antwort. Mit einem Seufzer öffnete er die Tür und winkte dem älteren Herrn einzutreten. Als der sich der Tür näherte, flüsterte Stevenson: »Viel Glück, Mylord!«

Der Graf blieb stehen und nickte königlich, eine Studie in guter Erziehung und Selbstvertrauen. Aber Stevenson hatte doch das Gefühl, dass der Gentleman tief Atem holte, bevor er über die Schwelle trat und die Tür hinter sich zuzog.

Quentin starrte den Streifen Tageslicht an, der durch eine Spalte in den Vorhängen hereindrang. Wieder ein Tag, dachte er leidenschaftslos.

Er hob sein Rumglas halb an die Lippen und senkte es dann wieder zum Tisch, als wenn es ihm eigentlich egal wäre. Das Erste, was er bei seiner Rückkehr nach Rucksingford Hall herausgefunden hatte, war, dass Rum, egal wie viel er trank, ihm seine Reue nicht nehmen konnte.

Noch ein Heute.

Er hatte aufgehört, die Nächte zu zählen, die er in seinem Bett gesessen hatte und sich kalt fühlte ohne Leydi in den Armen, nur hier und da ein wenig einnickend. Wahrscheinlich war sogar diese schlaflose Zeit länger als jede andere zuvor. Clarice verfolgte ihn nicht mehr. Manchmal wünschte er sich sogar, ihr Gespenst würde erscheinen und ihn ablenken. Doch jetzt sah er ein anderes Gesicht im Dunkeln, das ihn flehend betrachtete.

Noch ein Tag.

Er konnte nicht verstehen, warum Kincaid sie hatte fliehen lassen. Warum war der Schuft nicht zu ihm gekommen, damit er für das Unrecht bezahlte, das er Leydianna angetan hatte? In der ersten Woche hatte immerhin die Erwartung, dass Kincaid und seine Leute sich herbeischleichen oder mit dem wilden Zorn von Piraten das Herrenhaus belagern würden, Quentins Hoffnungen am Leben erhalten – Leydi noch einmal zu sehen.

Aber Kincaid war nicht gekommen. Niemand war gekommen.

Blicklos sah sich Quentin im schwach erhellten Raum um. Sein Kopf sank auf das verknautschte Leinen seines Hemds. Er rutschte tiefer in den Sessel. *Himmel, schon wieder ein Tag.*

Er hörte, wie sich die Tür öffnete. Warum Stevenson wohl zugelassen hatte, dass er so lange herumhing? Er hätte erwartet, dass der Verwalter immer neue Anläufe nehmen würde, egal wie nutzlos bisherige Versuche gewesen waren.

Doch es war nicht der Verwalter, der in das dunkle Zimmer trat, das gerade die ersten Strahlen des Tages berührten – sondern sein Vater.

Der Graf sagte nichts, schritt nur langsam zur Mitte des Teppichs vor. Der Schlafmangel hatte Quentin so apathisch gemacht, dass er nicht weiter auf die Ankunft seines Vaters reagierte. Der Graf fasste sein Schweigen als Einladung auf, zog sich einen hohen Sessel heran und setzte sich Quentin gegenüber.

»Hat Stevenson nach dir geschickt?«, fragte Quentin. »Damit du kommst und mich aus den Tiefen der Verzweiflung erlöst?« Er lachte und beantwortete seine eigene Frage. »Natürlich war er das. Sie sind ja alle so besorgt meinetwegen.« Zitternd nahm er das Rumglas wieder in die Hand. Er schwenkte die Flüssigkeit im Glas und sah zu, wie sie die ersten Lichtstrahlen des Tages einfing. »Ein wenig früh für einen Besuch, findest du nicht?«

»Ich mache mir Sorgen!«

Quentin lächelte. »Warum bist du nicht inzwischen längst wieder fort?«

Sein Vater seufzte und stützte beide Hände auf den Knauf seines Stocks. »Wenn du irgendeine der Nachrichten gelesen hättest, die ich dir geschickt habe, dann wüsstest du, dass ich nicht abreisen werde, bevor unsere Beziehung nicht geklärt ist.«

Der Sohn hatte das spontane Bedürfnis, dem Vater zu sagen, er solle sich zum Teufel scheren. *Geh zurück nach England, wo du hingehörst, es gibt für dich hier nichts zu holen!* Aber er schwieg. Vielleicht weil er so müde war. Vielleicht weil er sich für einen Moment daran erinnerte, wie Leydi vor ihm gestanden und ihm erklärt hatte, welch herzliche Gefühle sie in der Nachricht seines Vaters gelesen hatte. *Komm. Vergib.*

Quentin lehnte sich zurück an die gepolsterte Rückenlehne seines Sessels und betrachtete den Grafen. Um dessen Augen sah er Falten, er wurde also doch langsam alt. Alles andere an dem Mann war maßgeschneidert und erlesen. Der blaue Satinrock hatte Fischbeinversteifungen, damit er schön ausgestellt war und die richtige Form besaß. Die Schuhe mit den roten Absätzen und der glänzenden Schnalle, die Spitzenmanschetten seines Hemds, die aus den Aufschlägen der Jackenärmel hervorschauten – all das entsprach dem neuesten Stand der Mode. Und doch erfüllte Quentin dieser Anblick nicht mit dem gleichen hitzigen Ärger wie in der Vergangenheit.

Er dachte an Leydi und daran, was sie sich wünschen würde – was diese Begegnung bedeutete. In der kurzen Zeit, die sie zusammengewesen waren, hatte sie etwas in Quentin verändert, das zu den Grundzügen seiner Seele gehörte. In ihrer ruhigen Art hatte sie sieben Jahre Selbsthass und hässliche Albträume verbannt und durch dieses dumpfe Bedauern ersetzt … *wenn nur.* Wenn er es nur geschafft hätte, sich an jenem Strand verständlich zu machen. Wenn er nur früher geahnt hätte, wie sein Leben ohne sie sein würde. Wenn er nur nach dem Glück gegriffen hätte, das sie ihm so großzügig angeboten hatte.

Quentin kratzte mit den Fingernägeln über die Armlehnen seines Sessels. Ihm fiel wieder der dumme Sessel mit den Fransen in seiner Kammer in Devil's Gate ein, und er stellte sich vor, wie Leydi vor dem geflochtenen Rückenteil ausgesehen hatte. Sie hatte ihn in ihrer sturen Entschlossenheit, ihn glücklich zu machen, nur um eines gebeten – dass er seinem Vater vergab. Jetzt, nach allem, was geschehen war, sollte er das versuchen. Wenigstens das konnte er noch tun.

Er hob den Kopf und sah in jene vertrauten blauen Augen. »Ich höre«, erklärte er dem Grafen.

Vielleicht war es die Überraschung über Quentins milde Reaktion nach einem so langen Kampf zwischen ihnen – vielleicht war es nur die Tatsache, dass alte Gewohnheiten schwer abzuschütteln sind –, aber der Graf stampfte mit seinem Bernsteinstock auf und griff an. »Also, junger Mann, dann lass mich dir erst einmal mitteilen, dass dein kleines Abenteuer mich eine Menge Nerven gekostet hat«, schnaubte er aus seinem Sessel, und sein mahnender Ton kam Quentin schmerzlich vertraut vor. »Die Behörden waren in Panik. Wenn du dir vornimmst, so einfach unterzutauchen, könntest du ... wenigstens ... jemandem ...«

Wie ein Segel, das den Wind verloren hat, verstummte der Graf. Sein Rücken gab die starre Haltung auf, und er sank zurück an die Lehne des Sessels, sodass die modische Form seines Rocks durcheinander geriet. Der blaue Satin fiel zusammen zu einem unschmeichelhaften Häufchen von Falten. Die Perücke wackelte auf seinem Kopf, und er starrte auf die Ringe an seiner Hand.

Unter seinen buschigen weißen Augenbrauen hervor sah der Graf Quentin an. »Ich dachte, ich hätte dich verloren, Junge«, flüsterte er. »Es war«, – er schien um die richtigen Worte zu ringen. »Es war einfach zu viel, so warten zu müssen, mir vorzustellen, dass du tot bist oder irgendwo, verletzt.« Er wandte den Blick ab, als fände er die Wandtäfelung plötzlich interessant. »Das hat mir Angst gemacht.«

Quentin versuchte das Mitgefühl aufzubringen, das Leydi sich von ihm wünschen würde. Aber sein Herz lag wie ein Stein in seiner Brust, konnte keine Wut empfinden, keine Ablehnung, keine Sympathie.

Er runzelte die Stirn, hätte gern gehabt, dass etwas in seinem

Inneren erwachte. Damit er sich nicht so tot fühlte. Er versuchte es mit den wohl bekannten Verhaltensweisen der Vergangenheit, überlegte sich, wie er wieder den alten Keil zwischen sich und den Grafen schieben könnte. Selbst die Überlegung dazu gefiel ihm bereits. Es wurde ihm klar, dass er wirklich die wohltuende Ferne zwischen sich und ihm bewahren wollte, die zu erreichen ihm im Laufe der Jahre gelungen war. Sein Vater störte!

Es hatte ganz den Anschein, als wenn er selbst für Leydi diese Wiedervereinigung nicht ertragen könnte.

»Ich habe es wieder getan, Vater«, sagte er rau und hörte jenen schrecklichen Ton in seiner eigenen Stimme, von dem er geschworen hatte, ihn nie wieder erklingen zu lassen, nachdem er von Devil's Gate aufgebrochen war. Seine ›Ist-mir-doch-egal‹-Stimme. Aber er schien nichts dagegen tun zu können, als er fortfuhr, über sich selbst zu spotten. »Ich habe mich in eine völlig unpassende Frau verliebt. Wieder habe ich meine Verantwortung als Erbe eines Grafen vergessen.«

Er nahm sein Glas, prostete seinem Vater zu und kippte den Rum hinunter. »Sie ist die Tochter einer Leibeigenen und eines Piraten, du wirst es nicht glauben! Kaum besser als Clarice und ihre Machenschaften, oder?«

Sein Vater schwieg, gab diesmal nicht seine Meinung zum Besten. Das war nicht die richtige Reaktion – sie passte nicht in die alten Verhaltensmuster. Der sonst so großspurige Graf sah Quentin an, als fürchte er regelrecht, etwas zu sagen – als glaube er, aufgrund falscher Worte mit einem Tritt aus dem Zimmer befördert zu werden.

»Los doch«, drängte Quentin ihn. »Du hast sicher eine Meinung zu dem Thema. Sonst warst du ja auch nie besonders schüchtern!«

»Quentin, ich weiß nicht, wie ich das sagen soll.« Der Graf verstummte abermals. Es war seltsam, seinen Vater so verletzlich zu erleben ... so alt. Deshalb setzte Quentin sich in seinem Sessel gerade hin und wunderte sich.

»Ich habe es so oft in jenen Briefen geschrieben, die du zurückgeschickt hast«, fuhr der Graf fort und richtete den Blick auf etwas hinter Quentins Kopf. »Und es ist mir damals schon schwer gefallen, die Worte zu finden. Jetzt ...« Er zuckte mit den Schultern, setzte sich dann straff auf. Sein Blick erhob sich zu Quentin, als bitte er um Hilfe.

»Nur zu«, erwiderte Quentin leise.

Der Graf nickte und fuhr sich dann mit nachdenklicher Miene, wie Quentin sie an seinem selbstsicheren Vater noch nie erlebt hatte, mit der Zunge über die Lippen. »Dann will ich mich kurz fassen. Es tut mir Leid. Es tut mir schrecklich Leid. Und ich nehme die ganze Verantwortung für Clarices Tod auf mich.« Er wandte den Blick ab und setzte dann noch hinzu: »Für ihren Tod und für den des Kindes.«

Quentin stellte das Rumglas weg. Er dachte an die Worte auf jener Notiz. *Komm. Vergib.*

»Vielleicht kann ich dir die Gründe für mein Handeln erklären«, fügte der Graf hinzu. »Vielleicht kannst du mir dann vergeben. Das ist eigentlich meine einzige Hoffnung.« Wieder schwieg er ... und seufzte dann tief. »Du hast vielleicht in Erinnerung, dass deine Mutter keine besonders herzliche Frau war.«

Daraufhin bellte Quentin ein hohles Lachen und dachte daran, wie abweisend seine Mutter sich zu verhalten pflegte. Ihm gegenüber, seinem Vater gegenüber, jedem gegenüber, der nicht Modistin oder wichtig in der gesellschaftlichen Hierarchie war – ein bedeutendes Mitglied der *beau monde.*

»Und ich war nie ein Mann von mildem Wesen. Sicher nicht in meinen Launen ... und auch nicht in meiner leidenschaftlichen Art.« Die dunkelblauen Augen besaßen einen milden Schimmer von Traurigkeit, als er Quentins Blick begegnete. »Ich hatte eine Mätresse, Quentin. Eine Frau genau wie Clarice. Sie bekam Zwillinge.«

Die Worte bannten Quentin an seinen Sessel. Das war das Letzte, was er von seinem Vater erwartet hatte. »Zwillinge?«

Der Graf nickte. »Ein Junge und ein Mädchen. Meine Kinder. Meine illegalen Kinder.« Quentin bemerkte erst jetzt, wie hart sich sein Vater an den Armlehnen seines Sessels und dem Griff seines Stocks festklammerte, sodass seine Fingerknöchel weiß hervortraten. »Zu jener Zeit, als Clarice zu dir kam und wollte, dass du sie heiratest, wusste ich nicht, warum du dich nicht einfach genau so entscheiden konntest wie ich. Ich habe meine Mary sehr geliebt, gar keine Frage! Aber ich hatte eine Verantwortung dir gegenüber. Ich konnte sie nicht einfach heiraten und deine Mutter verlassen. Und du solltest es genauso machen ... ich dachte, dass du später, wenn du erst älter wärest, deinen voreiligen Entschluss bereuen würdest. Herr im Himmel, du warst noch keine zweiundzwanzig!«

»Dreiundzwanzig, Vater«, korrigierte Quentin milde, »und durchaus alt genug, zu wissen, was ich wollte.«

»Mag sein«, stimmte ihm der Graf zu und gab nach all den Jahren etwas nach. »Doch damals habe ich das nicht geglaubt. Nachdem du fort warst, habe ich noch lange an meinem Ärger für dein Handeln festgehalten. Ich konnte nicht hinnehmen, dass du so viel aufgabst. Du hattest Verantwortung dem Titel gegenüber, deinen zukünftigen Kindern gegenüber. Ich blieb bei meinem selbstgerechten Ärger. Und dann ...«

Der Graf schien sich an seinen Worten zu verschlucken. Er schüttelte noch einmal den Kopf, und seine dunkelblauen Augen, die denen von Quentin so ähnlich sahen, waren dunkel vor Schmerz. Er schien tief in Gedanken versunken.

»Ich habe sie verloren«, flüsterte er dann. »Mary und die Kinder. Ein böses Fieber.«

Die so einfach gesprochenen Worte verrieten eine Fülle an Gefühlen. Quentin betrachtete das Gesicht seines Vaters, sah die Zeichen des Alters darin, die Tatsache, dass seine glatte Oberfläche von einem tiefen Verlust geprägt war. Und dann sah er seine Tränen.

Langsam rollten die stillen Tropfen über seine Wangen. Quentin konnte Leydi wieder hören, wie sie bittend zu ihm sagte: *Er weinte, Quentin!*

Der Graf streckte den Arm aus und griff nach Quentins Hand. Er holte tief Atem. »Ob sie nun die Tochter eines Piraten, einer Bediensteten, einer Hure ist … auch wenn es mir schwer fällt, das zu sagen – aber du hast meinen Segen, das Glück zu ergreifen, das du finden kannst.«

»Ich hatte dich nicht um deinen Segen gebeten.«

Kläglich lachend ließ der Graf Quentins Hand los. Er wischte mit dem Handrücken die Tränen weg. »Nein, hattest du nicht.« Bekümmert sah er sich im dunklen Zimmer um. »Aber du brauchst jemanden, der dich aus dieser Finsternis wieder ins Leben zurückbefördert.«

Es war unglaublich, seinen Vater so zu sehen, so offen, als er mit Quentin wie mit einem Gleichgestellten sprach – und ihn auch so behandelte. Die ganze Szene schien so wenig in sein bisheriges Leben zu passen, dass er spürte, wie die Bitterkeit in seinem Inneren sich zurückzog wie die Flut. Einen Moment lang fürchtete er, dass sie ihn wahrscheinlich irgendwann wieder überspülte, wenn er nur lange genug wartete – denn die Kräfte der Vergangenheit könnten sich als stärker erweisen. Doch es war nicht mehr Clarice, die ihn jetzt leitete, sondern Leydi. *Vergib.*

Quentins Blick folgte der weit greifenden Handbewegung seines Vaters durch den Raum und wandte sich dann zur Decke hinauf. »Ich habe ihr gesagt, dass ich hierher komme, um mit meinen Engeln zu reden«, begann er, bereit, auch etwas von sich zu verraten. »Aber diese Bilder gönnen mir nie so viel Zauber wie ihr. Ich dachte, vielleicht, wenn ich müde genug bin …« Er hob das leere Rumglas. »Oder wenn ich genug getrunken habe, könnte ich genug Fantasie aufbringen, um mir wenigstens eine Antwort zu erträumen, wie ich sie zurückgewinne.«

Der Graf schüttelte den Kopf. »Ich verstehe nicht. Liebt sie dich nicht?«

Die ganze Düsternis drängte sich ihm auf, sodass das Zimmer

noch härter wirkte. Die Engel blieben stoisch, reglos, gaben keine Signale. Er drehte das Glas zwischen den Fingern und fragte sich, ob es irgendwie symbolisch für sein Leben war – leer. Was blieb von der Mitleid erregenden Monotonie seiner Tage noch übrig? Ganz sicher nicht mehr die Rache gegen seinen Vater, ein hohles Ziel, wenn es denn je eines gewesen war. Auch nicht sein Geld. Das hatte schon vor langer Zeit den Reiz verloren. Doch wenn er Leydis Liebe besäße …

Er schloss die Augen, und sein Schmerz brach über ihn herein, als eine ganze Reihe von Bildern ihn bestürmte. Leydi, die lachte. Leydi, die ihn küsste. Die ärgerliche Leydi, die immer noch versuchte, ihm zu helfen. Ja, das wollte er. Ihre Liebe. Genau die Liebe, der er den Rücken zugewandt und die er verraten hatte.

Quentin erinnerte sich an ihre letzten Worte: *Lass mich in Ruhe. Mach mich nicht noch unglücklicher, als ich sowieso schon bin.*

Er sah auf zu seinem Vater, stellte das Glas wieder auf den Tisch und faltete die Hände vor der Brust. »Sie sagte, dass sie mich liebt. Doch damals war sie noch dumm und naiv. Ich habe mich darangemacht, ihr beizubringen, wie hart das Leben sein kann und wie sinnlos jeder Optimismus.« Sein Lächeln fiel ziemlich finster aus. »Ob sie mich noch liebt? Ich glaube nicht. Sicher habe ich ihr zu gut beigebracht, es besser sein zu lassen.«

Leydi hielt Gabriela fest, die sich über einer Schüssel erbrach. Das war schon das zweite Mal an diesem Morgen. Sie sah ihrer Freundin zu, die sich langsam wieder erholte, das Leinenhandtuch gegen ihre blutleeren Lippen drückte, und fühlte sich selber auch nicht allzu gut.

Sie dachte daran, dass Gabby schon seit einigen Tagen müde aussah. In der Küche fühlte sie sich gar nicht mehr besonders wohl und reagierte heftig auf gewisse Gerüche, als drehte sich ihr der Magen um. Und nun erbrach sie sich seit drei Tagen morgens.

»Sag mir, dass du irgendetwas Verdorbenes gegessen hast«,

flüsterte Leydi. »Sag mir, dass du Fieber hast, Magenbeschwerden. Sag mir nicht, dass du …«

»Schwanger bist«, schloss Gabby. Sie tupfte sich den Schweiß mit dem Leinentuch von der Stirn und hielt sich am Bettpfosten und Leydis Hand fest. »Doch. Ich erwarte ein Kind. Höchstwahrscheinlich nächstes Jahr im Frühling.«

»Oh, Gabby!«

Die beiden Worte klangen wie eine Klage, hinter der das unausgesprochene *Was nun?* steckte und wie Kälte in der warmen Luft ihrer gemeinsamen Hütte hing.

Leydi strich die schweißfeuchten Locken aus Gabbys Stirn. *Ihre Schwester.*

»Komm her«, sagte sie und brachte Gabby zurück zum Bett. »Du bist nicht in der Verfassung zu arbeiten.«

Gabriela widersprach ihr nicht. Sie legte sich auf der himmelblauen Tagesdecke zurück, die die beiden Frauen im vergangenen Sommer zusammen genäht hatten, den Kopf auf einen Stapel von Kissen gestützt. Sie ließ sich von Leydi versorgen und seufzte erleichtert, als diese ihr eine kühle Kompresse auf die Stirn drückte.

»Was ist mit dir, *cara*?«, sagte Gabby und tätschelte Leydis Arm. »Du willst mir doch nicht sagen, dass du nicht genauso beschäftigt warst während all der Nächte, die du mich hier allein gelassen hast.«

Leydi schüttelte den Kopf und dachte an ihre Tage, die mit ärgerlicher Regelmäßigkeit eintrafen. Ein hohles Gefühl erfüllte ihre Brust, wie eine Faust, die sich um eine Leere schloss. Bestimmt war das der leere Platz, wo ihr Herz hätte sein sollen – bevor Quentin es ihr gestohlen hatte.

»Nein, ich erwarte kein Kind«, sagte sie. Und dann, nach langem Schweigen: »Leider!«

Gabby sah auf, den Blick voll stiller Sympathie. »Dann wirst du mich also nicht allzu sehr bedauern, hmm? Meine Mutter besaß den starken Charakter, den eine Frau braucht, um ein Kind ohne Vater aufzuziehen.« Sie legte ihre Hand auf ihren Bauch. »Ich werde es mit meinem Baby genauso machen.«

Leydi nahm Gabbys Hände und drückte sie. »Und du hast noch mich, Gabby. Immer!«

»Ja, *cara*«, sagte sie und erwiderte den Händedruck. »Immer.«

Die Stille zwischen ihnen erfüllte der Trost der Vertrautheit, als wären keine weiteren Worte nötig. Seit mehr als zwei Wochen wussten sie die Wahrheit über Kincaid. Es war eine schwere Zeit gewesen für die beiden Frauen, voller Bedauern und Sehnsucht – und so schmerzlich, dass sie lange gewartet hatten, ihren Kummer zu teilen.

Gabby wandte sich ab und schloss die Augen, als wieder eine Welle von Übelkeit sie überkam. Sie biss die Zähne zusammen. »Nur das eine kann ich ihm nicht vergeben – warum hat er uns nicht gesagt, dass wir Schwestern sind?«

Leydi seufzte. Sie war Kincaid in den vergangenen Wochen aus dem Weg gegangen, und Consuelo und Bertie vermittelten zwischen ihnen. Sie schien nicht klar denken zu können. Ihr normalerweise geordnetes Denken war in einem Gewirr von Erinnerungen an jene Nacht gefangen – wie sie Quentin geliebt hatte, wie sie zugehört hatte, als er mit den verborgenen Wahrheiten ihrer Vergangenheit um seine Freiheit gefeilscht hatte, wie sie ihn am Strand so grob fortschickte. Sie hatte ihren Schmerz in ihrem Innern eingeschlossen und sich abgegrenzt gegen Kincaid und jeden anderen, der kommen könnte und sie bitten, zu vergeben. Nur so viele Worte wechselte sie mit ihrem Vater, dem Piraten, dass er nicht die Vergeltung an Quentin übte, die er ständig androhte.

Nein, sie hatte Kincaid nicht angreifen wollen. Nach wie vor konnte sie leichter vergeben als Gabby.

Sie tupfte Gabbys Stirn mit der Kompresse ab, tauchte sie noch einmal in die Wasserschüssel und wrang sie wieder aus. »Ist das wirklich so wichtig? Kincaid hat uns zusammengebracht und dafür gesorgt, dass wir gemeinsam in einer Hütte wohnen wie

Schwestern.« Sie legte das Tuch auf Gabbys Stirn und strich die braunen Locken zurück, die ihrem königlichen, stolzen Gesicht immer so gut gestanden hatten, weil ihre edlen Züge dadurch eine Spur von Frechheit erhielten. »Und wir haben doch auch immer füreinander gesorgt, oder? Du warst während all dieser Jahre die Schwester meines Herzens, die mich dazu verlockt hat, auch nach einem Leben außerhalb von Kincaids Büchern zu suchen. Du hast mir meine Abenteuer verschafft, Gabby. Brauchten wir wirklich Kincaid, um zu erfahren, was wir im Herzen schon wussten?«

Gabby sah unter den halb geschlossenen Lidern zu Leydi auf. Ihre grünen Augen erschienen ihr plötzlich so unglaublich vertraut, wie sie sie aus dem schönen, gebräunten Gesicht ansahen – sie erinnerten Leydi unabweislich an Kincaid. »Du hast wie immer Recht, *cara*. Wenn ich es gewusst hätte, hätte ich dich auch nicht anders behandelt. Du bist und warst immer meine *irmã*. Meine Schwester«, übersetzte sie. »Und mir gefällt das, wie du es ausgedrückt hast: die Schwester meines Herzens.« Sie tätschelte mit einem dünnen Lächeln Leydis Wange, aber ihre Augen bewiesen, dass ihre Wut auf Kincaid sich nicht gelegt hatte. »Trotzdem ...«

»Richtig«, unterbrach Leydi und wrang noch einmal das Tuch aus. »Ich bin nur froh, dass er uns nicht alles genommen hat. Wenn wir schon während all der Jahre keine Schwestern sein konnten, so doch wenigstens die besten Freundinnen.«

Mit einer Umarmung teilten sie einander mit, wie sehr sie sich mochten und vertrauten. Acht Jahre lang waren sie nun zusammen gewesen. Von Anfang an gab es eine besondere Bindung zwischen ihnen. Die Enthüllungen in Kincaids Tagebuch hatten dieser ungebrochenen Zuneigung nur eine neue Bezeichnung verliehen.

»Gabriela«, fing Leydi an, denn natürlich musste sie irgendwann das Thema ansprechen, das sie all diese Wochen gemieden hatten. Jetzt, wo das Baby kommen würde, war es an der Zeit, eine Entscheidung über die Zukunft zu treffen – Entscheidungen, denen Leydi ebenfalls ausgewichen war. »Ich weiß, dass du gedroht hast, Devil's Gate zu verlassen, aber ist das klug? Jetzt, mit dem Baby und so? Wenn wir uns derzeit von ihm abwenden … Na ja, es wird einfach nicht dasselbe sein – ohne ihn. Was immer wir auch von seinen Taten halten, wir müssen zugeben, dass er uns das Leben in der Zwischenzeit sehr bequem gestaltet hat. Er hat uns ein Heim gegeben, wo wir hingehören.«

»Ja, *cara*«, flüsterte Gabriela. »Anscheinend werde ich meinen Stolz hintansetzen müssen – aber ich ägere mich so sehr über diesen Hundsfott von Vater, dass ich nicht weiß, wie ich das bewerkstelligen soll.«

»Aber das Baby«, sagte Leydi sanft, setzte sich ans Fußende des Bettes; beinah fühlte sie sich neidisch, denn sie würde kein Kind haben, das sie tröstete und sie daran erinnerte, dass auch sie einst geliebt hatte. »Was immer du möchtest, Gabby. Ich habe eine ganze Menge Geld gespart. Vielleicht können wir das teilen? Und wenn Consuelo und Bertie helfen …?«

Gabriela verstummte für eine Weile, und Leydi sah, dass sie erneut gegen eine Welle von Übelkeit ankämpfte. Als sie die Augen wieder öffnete, leuchtete ihr tiefes Grün seltsam eindringlich, als hätte sie etwas Wichtiges zu sagen.

»Leydi, meine liebste Freundin. Meine neu entdeckte Schwester! Ich muss gestehen … mir war bekannt, dass Kincaid mein Vater ist – schon seit Jahren. Bertie hat mir die Wahrheit gesagt, obwohl sie nichts wusste von Elaines oder deiner Beziehung zu ihm.«

»Und du hast ihn nicht damit konfrontiert?«, erriet Leydi mit einem traurigen Lächeln, denn sie kannte ihre Freundin und deren Stolz nur zu gut.

»Ich habe *Mãe* schwören lassen, dass sie kein Wort verraten würde.« Gabby blinzelte die Tränen des Ärgers fort. »Dauernd habe ich darauf gewartet, dass er mich anerkennt, irgendetwas sagt.« Sie zupfte an der Naht der Decke. »Vielleicht schämte er sich meiner, weil ich Nachkomme einer Schwarzen bin.«

»Oh, Gabby«, sagte Leydi voller Mitgefühl und verstand endlich die Spannung, die immer zwischen ihrer Freundin und Kincaid bestanden hatte und warum in ihren flüchtigen Gesprächen so viel Bitterkeit zum Ausdruck gekommen war.

Gabby sah auf zu Leydi und machte ihr ein Zeichen, näher zu kommen. Sie nahm Leydis Hand zwischen ihre langen, schmalen Finger. »Aber warum er dich nicht anerkannt hat, verstehe ich nicht. Ich war sogar missgünstig. Oft habe ich gedacht: Wenn es Leydi wäre – oh, dann würde er sie bestimmt ganz schnell als Tochter anerkennen.« Gabby schüttelte den Kopf. »Jetzt weiß ich nicht mehr, was ich denken soll.«

Es klopfte zweimal energisch an der Tür. Mit einem leisen Zischen öffnete sie sich in den rostigen Angeln. Consuelo blieb auf der Schwelle stehen. Sie war in schwarze Seide gekleidet, das Haar mit Kämmen hochgesteckt. Die Brise zupfte an der Spitzenmantilla um ihre Schultern. Allein durch ihre Haltung wurden die beiden Frauen zum Schweigen bewegt.

Consuelo hob die schwarze Schleppe ihres Kleides. Mit vertrauter Eleganz glitt sie ins Zimmer, hinüber zu einem geflochtenen Sessel in der Ecke und setzte sich. Eine seltsame Distanz schien so zwischen ihr und den beiden Jüngeren auf dem Bett zu bestehen.

»Ich bin gekommen, um euch alles zu beantworten.« Sie deutete mit dem Kopf zum offenen Fenster. »Von draußen habe ich euch reden gehört. Da ich sowieso irgendwann mit euch darüber sprechen wollte, dachte ich, dass jetzt die Zeit gekommen wäre.«

Leydi und Gabriela sahen einander an. Gabriela setzte sich in den Kissen auf. »Dann sag uns die Wahrheit. Hat er sich unserer geschämt?«

Consuelo schüttelte den Kopf und sah unendlich traurig aus. »Kein Vater hätte stolzer sein können. Ich kann nicht sagen, wie oft er von deiner sturen Art gesprochen hat, Gabriela, und dann gelächelt, weil du ihn an ihn selbst erinnertest. Er liebte immer die Art, wie du die Siedlung organisiert hast, sodass sie für viele Menschen ein Heim wurde. Und was dich betrifft, Leydi, wollte er nichts mehr, als deinen unstillbaren Wissensdurst löschen. Dir Bücher und noch mehr Bücher bringen. Dich finanzielle Pläne aufstellen lassen, so viel du wolltest.«

»Warum dann also?«, fragte Leydi.

»Meinetwegen. Ich hatte ihn gebeten, es euch nicht zu sagen.« Sie hob das Kinn ein wenig an. »Also werdet ihr jetzt«, – sie glättete ihre Röcke, und ihre Stimme klang wieder fest – »wohl mit dem Unsinn aufhören und euch mit eurem Vater versöhnen? Wenn irgendjemand euren Ärger verdient, dann bin ich es, und nicht Kincaid. Ich kann es nicht ertragen, mir noch einen Tag sein Wüten über euren Betrug und euren Mangel an Dankbarkeit anzuhören.« Sie schürzte die Lippen und streckte die Hände bittend vor. »Ihr kennt doch Kincaid!«

»Ich verstehe nicht«, sagte Leydi, die sich niemals hätte vorstellen können, dass Kincaids Entscheidung etwas mit Consuelo zu tun haben könnte. »Warum solltest du ihn bitten, ein so schreckliches Geheimnis zu wahren?«

Consuelo sah die jungen Frauen beinah trotzig an. »Ihr könnt euch die Jahre nicht vorstellen, während derer ich versucht habe, ein Kind von Kincaid zu bekommen. Ich habe alles verlassen – meine Familie, mein Vermögen, meinen Ehemann –, um bei ihm zu sein. Doch ich konnte ihm das, was er sich sehnlichst wünschte, nicht geben – ein Kind, das das Reich erben würde, das er errichtet hatte. Als Bertie gestand, dass, wie er all die Jahre vermutet hatte, Gabriela seine Tochter war, wurde ich unglaublich eifersüchtig. Und ängstlich.« Nun stand Consuelo auf und kam zum Bett herüber. Sie beugte sich vor und streichelte Gabrielas Wange. »Ich fürchtete, ich würde verdrängt – von dir und Bertie, mit Kincaids Hilfe. Die glückliche Familie. Deine Mutter war so schön. Und sie und Kincaid kannten und liebten sich schon viel länger, als ich ihn kannte.«

»Aber er hat doch immer nur dich geliebt«, sagte Gabby, die diese Erklärung verwirrte. »Sie waren niemals glücklich zusammun, Kincaid hat sich mehr als nur einmal nach einer anderen umgesehen. Es war nie so wie die Liebe, die euch beide verbindet.«

Die Ältere schüttelte den Kopf. »Das verstehst du nicht. Ich hatte alles für Kincaid aufgegeben; es gab kein Zurück mehr, nachdem ich mich einmal meinem geliebten Piraten angeschlossen hatte. Sosehr er auch immer wieder behauptete, Bertie wäre nur eine Freundin, konnte ich meine Ängste einfach nicht beruhigen. Und so habe ich ihn darum gebeten, Gabby hierher zu holen, wenn sie älter sein würde – ihr aber nie zu sagen, was sie verband. Und ich bat ihn, Bertie in St. Kitts zu lassen. Er stimmte meinen Bedingungen zu; so sehr liebte er mich.« Ihr Blick richtete sich auf Leydi, dunkel vor Bedauern. »Und als er entdeckte, dass er noch eine Tochter hatte, Leydianna, bat ich ihn dasselbe.«

Sie griff nach beiden Mädchen und zog sie in einer Umarmung zusammen, wobei sich ihre Arme warm und vertraut anfühlten. »In meiner Eifersucht und Angst beging ich diesen bösen Fehler. Ich redete mir ein, ich könnte es wieder gutmachen – indem ich euch beiden wie eine Mutter wäre«, sagte sie heftig. »Damals hielt ich es für möglich, dass ihr *meine* Töchter wäret – und wir damit eine Familie.« Sie drückte sie noch fester. »Aber stattdessen habe ich euch allen wehgetan. Euch und Kincaid – den Menschen, die ich liebe. Das ist unverzeihlich.«

Langsam und zärtlich hoben die beiden jungen Frauen einen Arm und legten ihn um Consuelo, erwiderten die Herzlichkeit. Es war eine schweigende Erklärung des Verzeihens. Sie würden weitermachen.

Consuelo zog sich zurück und wischte sich die Tränen aus den Augen. Dann sah sie in die beiden geliebten Gesichter und flüsterte: »Ihr seid die einzigen Kinder, die ich je haben werde. Ich liebe euch beide. Es ist an der Zeit, dass ich mich benehme wie die Mutter, die ich gern sein wollte. Und so bin ich hier, um alles wieder gutzumachen und diese Kluft zwischen euch und eurem Vater zu überbrücken. Kommt, lasst uns gehen und mit Daniel reden, *si*?« Sie stand auf und zog sie mit sich. »Gleich auf der Stelle.«

Felix saß in einem Lehnstuhl. Zum ersten Mal seit zwei Wochen wirkte er ruhig. Er hatte seine Entscheidung getroffen. Es war richtig, endlich zu handeln.

Er sah sich in dem streng geordneten Regierungsbüro um. Die Papiere waren ordentlich auf dem Schreibtisch gestapelt, es gab einen Rohrstuhl und ein Bücherregal. Draußen vor dem Fenster konnte er einen Kesselschmied hören, der seine Waren feilbot. Ein ganz normaler Tag in Basse Terre.

Doch nicht für Felix. Heute endete der einsame Krieg, den er all diese Jahre lang geführt hatte!

Es erschien ihm wie Schicksal, dass dem Rat ein neues Mitglied zugeordnet worden war – als dränge Gott ihn dazu, das Rechte zu tun. Er hatte schon zu lange gezögert, von Gabriela in seinen Armen geträumt und an sein Versprechen Rucksingford gegenüber gedacht, Kincaid nicht zu belangen. In den vergangenen Nächten waren seine Träume quälend und fiebrig geworden, als warnten sie ihn, er müsse jetzt reden oder für immer verdammt sein. In jenen Albträumen erklangen wieder die Schreie seiner Eltern, sah er seine getöteten Brüder, die Kincaids Männer brutal abgeschlachtet hatten.

Seit all diesen schlaflosen Stunden wusste er, dass es falsch war, Kincaid zu verschonen. Er hatte keine Wahl mehr, sondern musste handeln.

»Und Ihr könnt uns genau sagen, wo sich diese Insel befindet?«

Felix sah auf zu dem Kapitän, der hinter dem riesigen Eichenschreibtisch saß. Von der Perücke bis zu den Schnallenschuhen war Kapitän Simpson das Bild eines korrekten Marineoffiziers – dünne Habichtnase, eindringlicher brauner Blick, der Felix im Moment mit einer Spur von Misstrauen musterte. Der Mann wirkte ziemlich jung, um schon eine so hohe Position zu bekleiden. Felix redete sich ein, dass er richtig daran getan hatte herzukommen.

»Ja«, flüsterte Felix, dann räusperte er sich und fügte etwas lauter hinzu: »Ja, das kann ich.«

»Darf ich fragen, warum Ihr damit so lange gewartet habt?«, erkundigte Kapitän Simpson sich und legte vor seinem Gesicht die Fingerspitzen aneinander.

»Wegen Kincaid. Manchmal denke ich, dass er hier die halbe Regierung in der Tasche hat. Keiner will gegen ihn vorgehen. Ich hatte gehofft …«

»Mich hat niemand in der Tasche«, erklärte Kapitän Simpson, und seine Stimme ließ erkennen, dass ihn diese Andeutung kränkte.

»Ihr werdet feststellen, dass Ihr dennoch Schwierigkeiten zu bewältigen habt, gegen den Piraten vorzugehen.«

Die Blicke der beiden Männer trafen sich in stillem Einverständnis.

Simpson lächelte, wobei seine schiefen weißen Zähne sichtbar wurden – zusammen mit seiner Zuversicht, Erfolg haben zu wollen. Er sah aus wie ein Mann, der Herausforderungen liebte. »Wir werden sehen, mein Freund.«

»Eines noch!« Felix stand auf und näherte sich dem Schreibtisch. »Auf der Insel sind Frauen und Kinder. Ich möchte Eure Versicherung, dass ihnen nichts zustößt.«

»Die Brut von Freibeutern …«

»Meine Frau«, fügte Felix ohne zu zögern hinzu. »Meine Frau ist auch dort.«

Der Kapitän zog eine Braue hoch. »Wird sie gegen ihren Willen dort festgehalten?«

»Nein.«

Simpson nahm eine Feder zur Hand, drehte sie langsam herum und sah Felix dabei eindringlich an. »Ich bin nicht sicher, dass ich Euch verstehe.«

»Sie und ihre Familie, ihre Mutter und gute Freunde, sind Bedienstete bei dem Piraten, und zwar freiwillig – aber sie haben nichts mit Kincaids Missetaten zu tun. Wir haben geheiratet, während ich dort gefangen war. Ich möchte nicht, dass irgendeinem von ihnen etwas geschieht.«

Der Mann lächelte. »Darauf gebe ich Euch mein Wort.« Er schob die Karte über den Tisch und hielt ihm die Feder hin. »Bitte!«

Felix zögerte noch einen Augenblick. Dies war also der letzte Schritt. Endlich würde er den Mord an seiner Familie rächen. Er hatte sein Leben damit verbracht, dies zu erreichen, um endlich jene Schreie in seinem Kopf zum Schweigen zu bringen.

Unpassenderweise erschien Gabrielas Bild vor ihm auf der Karte, verschwamm mit den Linien im Meer und den Inseln darin. Er runzelte die Stirn und dachte daran, wie sie immer ihren Piraten verteidigt hatte. Förmlich hörte er noch ihre Versicherungen, dass Kincaid unmöglich für die Verbrechen verantwortlich sein könnte, deren Felix ihn bezichtigte …

Ach was, Gabriela hatte ein zu weiches Herz! Der Mann war ein Mörder, das bewiesen sein Ruf und seine Taten. Sie war einfach von Natur aus geneigt, in jedem nur das Gute zu sehen – selbst in jenem Teufel Kincaid.

Mit ungebrochener Entschlossenheit tauchte Felix die Feder ins Tintenfass. Langsam und methodisch begann er die Route von St. Kitts zu Kincaids Insel in die Karte einzuzeichnen.

26

»Irgendetwas Schreckliches wird geschehen«, murmelte Gabriela. Sie saß neben Leydi auf einem Plüschsofa, ihre Hände um die Fransen des Bezugs geschlossen. Die Cremefarbe ihres Gesichts verblasste zu einem kalkigen Goldton, als müsste sie wieder gegen Übelkeit ankämpfen. »Felix«, flüsterte sie tonlos.

»Kincaid ist doch schon über das Schlimmste im Bilde«, versicherte Leydi ihr und sah auf zu dem Piraten, ein vertrauter Anblick in schwarzen Stiefeln und rotem Rock. »Und wir leben immer noch.«

Die beiden Frauen saßen im Vorderzimmer von Kincaids Haus, dessen Bogenöffnungen den Raum hell und luftig gestalteten – allerdings ein beeindruckender Gegensatz zu dem Gewitter, das sich auf des Piraten Miene zusammenbraute. Bertie, Cy und Consuelo hockten in ihrer Nähe wie Glucken, während Kincaids Stiefel in passendem Rhythmus zu seinem Gebrüll über den Dielenboden donnerten.

»Ein Baby!« Kincaid warf die Arme in die Luft, sodass die Spitze an seinen Ärmeln über die Samtmanschetten zurückfiel. »Zum Kuckuck noch einmal, wo soll das enden?«

Er stolperte und drehte sich dann heftig um, um herauszufinden, was ihn zu Fall gebracht hatte. Seine Hand schoss vor, sein Finger wies wie eine Schwertspitze auf seine Füße, wo Nigel hockte, mit einer fröhlichen rosa Schleife um den Hals. »Und warum hat sich dein Monster in meinem Haus eingenistet? Inzwischen habe ich schon fast in meinen eigenen Räumen Angst, einen Fuß vor den anderen zu setzen, weil ich das Vieh platt treten könnte.«

Leydi hob Nigel hoch und flüsterte ihm etwas zu, dann setzte sie ihn auf ihre Schulter. »Quentin hat in dem Zimmer im ersten Stock gewohnt.« Sie küsste das Iguana auf seinen Echsenkamm und murmelte ihm ins Ohr: »Ich vermisse ihn auch.«

»Sie vermisst ihn – oh, bei allen Heiligen!«, rief Kincaid. »Als wenn diese Farce noch nicht schlimm genug wäre, kommt auch noch ein liebeskrankes Iguana dazu. Wenn ich gewusst hätte, dass die beiden Freunde waren, hätte ich das Monstrum gleich dem Kerl ins Meer nachgeworfen.«

Er sah Leydi und Gabriela noch einmal finster an. Dann faltete er die Hände hinter dem Rücken und stampfte weiter auf und ab wie ein hungriger Tiger. Sein Blick wanderte vom einen zum anderen Opfer, als überlege er sich, welche von beiden eine leckerere Mahlzeit abgeben würde.

»Zwei Wochen lang werde ich jetzt in meinem eigenen Haus behandelt wie ein Ausgestoßener. Ja, ich verdammter Hund! Man stelle sich vor, dass ich euch beiden ein Dach über dem Kopf gegeben habe, eine Ausbildung und was sonst das Herz begehrt. Was habe ich mir bloß dabei gedacht?«, schnaubte er, und seine Stimme war schwer von Sarkasmus. »Oh ja, ich habe euren Zorn wahrlich verdient angesichts der gemeinen Art, in der ich mich immer wieder um euer Wohlergehen bemühte. Und das passt natürlich auch hervorragend dazu, dass ihr sauertöpfisch hier herumschleicht und euch genau nach jenen Männern *sehnt*, die geplant hatten, mich irgendwie an den Galgen zu bringen!«

Er drehte sich um und starrte Consuelo an. Cy und Bertie hockten auf beiden Seiten ihrer schwarzen Seidenröcke. »Und ihr meint, ich rieche nicht, dass ihr dabei alle unter einer Decke steckt!«, grollte er mit durchbohrenden Blicken auf seine Gefolgschaft. »Du«, schrie er Cy an. »Dass du es noch wagst, dich einer meiner Männer zu nennen. Und dabei die Schwächsten von allen als Wächter für die schlauen Kerle einsetzt. Hattest du vor, sie als Gefangene zu halten, oder wolltest du den Beziehungsvermittler spielen? Kannst du mir das sagen?«

»Cy hat nur meine Anweisungen befolgt«, erklärte Consuelo, das Gesicht in einer Weise stolz gehoben, die nur sie wagen konnte. Sie zupfte an ihrer Spitzenmantilla, als wäre das Stäubchen, das sie dort gefunden hatte, genauso wichtig wie Kincaids Tirade. »Du sagtest doch, ich hätte hier die Verantwortung während deiner Abwesenheit, oder, *mi amor*?«

»Und deine weibliche Hand war bestimmt absolut unerlässlich hier, Connie! Hattet ihr etwa gedacht, ihr könntet die feinen Herren davor bewahren, ausgesetzt zu werden, was sie wahrlich verdient hätten – nachdem sie die Mädchen so in Schwierigkeiten gebracht haben?« Er wandte Bertie seinen Blick zu. »Hattet ihr das gedacht?«

Bertie richtete ihren dunklen Blick auf ihre Tochter. Ihre goldenen Ohrringe schaukelten, als sie den Kopf schüttelte. Sie griff voller Mitgefühl nach der Hand ihrer Tochter. »*Não*«, flüsterte sie. »Vielleicht habe ich einen Fehler gemacht. Aber ich wollte ihrer Liebe eine Chance geben.«

Seine pechschwarzen Brauen hoben sich ein wenig. »Ach nein, wie poetisch! Der Liebe eine Chance geben«, säuselte er, als rezitiere er einen Vers aus einem Sonett. Er drehte sich zu Leydi um. »Und du, Mädchen? Wirst du auch in acht Monaten der Liebe eine Chance geben?«, fragte er absichtlich rau.

Leydi setzte Nigel auf ihren Stuhl. Er krabbelte vom Sitz und kletterte den Vorhang hinauf und auf die Vorhangstange, wo er einen Logenplatz einnahm. Sie hatte jetzt genug von dem ganzen überflüssigen Theater des Piraten. Es wäre einer ihrer süßesten Träume, wenn sie aufstehen und ihm sagen könnte, dass sie Quentins Kind erwartete. Die Tatsache, dass das nicht der Fall war, brachte sie nur noch mehr auf. Steigerte ihre Einsamkeit. Trotz all ihrer hitzigen Worte am Strand sah die Wahrheit doch ganz anders aus: Wenn Quentin heute durch die Tür hereinkäme, könnte sie ihn nicht weniger lieben als damals.

Ihr Blick wanderte über Kincaids ergrauenden Zopf zu seinen kniehohen Stiefeln, auf der Suche nach etwas anderem in der Erscheinung des Piraten, das ihr ähnlich vertraut war wie sein charakteristisches Temperament. Irgendetwas, dem sie sich entgegenstellen könnte. Ganz unabhängig davon, was Consuelo zugegeben hatte – hatte sie gehört, wie Kincaid mit Quentin verhandelte … bis ihr Glück dahin war und ihre letzten zarten Träume zerrissen, die sie während dieses Treffens noch gehegt hatte.

»Und wenn auch ich schwanger wäre?«, sagte sie herausfordernd und hob das Kinn, genau wie Consuelo es gemacht hatte. »Sorgst du dich etwa wegen meiner Moral? Tja, dazu kann man nur sagen: Der Apfel fällt nicht weit vom Stamm.«

Kincaid warf ihr einen sehr bösen Blick zu, der ihr in der Vergangenheit sicher heftiges Herzklopfen bereitet hätte. Doch jetzt geschah gar nichts. Sie sah nur einen Mann vor sich, auf dessen Veranlassung hin sie ihr ganzes Leben lang von Menschen herumgeschubst worden war, die sie nicht liebten. Einen Piraten, der seit Wochen nichts anderes tat, als tödliche Drohungen gegen Quentin auszusprechen.

Die hart erlernten Lektionen der Vergangenheit meldeten sich und rieten Leydi, ihren dunklen Gefühlen im Innern nicht den Rücken zuzukehren. Sie bemerkte, dass sie – mehr oder weniger zu Recht – Kincaid für viele Dinge verantwortlich machte. An Quentins Liebe konnte er indes nicht heran, es war nicht an ihm, sie ihr zurückzuholen. Doch was ihre Vergangenheit betraf: Diesmal würde sie sie nicht in ihrer Seele einschließen, wo sie vor sich hin schwärte.

Sie ballte die Hände an den Seiten zu Fäusten und begegnete Kincaids eisigem Blick. Schon möglich, dass sie klein war und unscheinbare braune Kleidung trug – doch wenn es je einen Augenblick gegeben hatte, wo Kincaid hätte zeigen können, dass er sie gern hatte, dann war das jetzt.

Als spüre er die Veränderungen in Leydi, warf Kincaid die Arme nochmals hoch. Mit donnernden Schritten wanderte er in dem hellen Zimmer auf und ab, als könnte er durch den Lärm wieder Land gewinnen. Doch diesmal gab es keine Möglichkeit, Leydi einzuschüchtern – eine Person, die immer versucht hatte, die anderen glücklich zu machen. Jetzt stand sie trotzig vor ihm und kämpfte nur für sich allein.

Kincaid holte tief Luft. Er ging drei Schritte auf sie zu und sah sie zum ersten Mal mit einem anderen Gefühl als Ärger an. Er streckte die Arme nach ihr aus, dann überlegte er es sich aber anders und ließ sie sinken.

»Du kannst aufhören, mich so böse anzustarren«, sagte er leise. »Also gut, ich habe euch Unrecht getan. Obwohl ich dachte, ich hätte die richtige Entscheidung getroffen, indem ich euch hierher nach Devil's Gate brachte. Und vielleicht hätte ich auch etwas mehr Geduld im Umgang mit Rucksingford aufbringen sollen.« Er nickte mit dem Kopf in schweigendem Rückzug. »Los doch, heraus damit! Du siehst aus, als wolltest du mir ins Gesicht spucken, also fang schon an!«

Leydi betrachtete Kincaid. Ihr war nicht klar gewesen, wie viel mehr Silber in letzter Zeit in seinem Zopf aufgetaucht war. Doch trotz der Zeichen der Zeit war er eine eindrucksvolle Gestalt, ein Mann, den sie nur zu gern und stolz Vater genannt hätte ... wenn sie die Gelegenheit dazu gehabt hätte.

Arbeitgeber, das klang so kalt. Überhaupt nicht freundlich oder familiär. *Also habt Ihr sie eingestellt als Buchhalterin und Haushälterin. Wie ... originell.* Sie konnte noch hören, wie Quentin diese hässlichen Worte ausgesprochen hatte. Vielleicht war es tatsächlich nur das, was sie Kincaid vorwarf: dass er ihr nie die Chance gegeben hatte, mehr zu sein, etwas Besonderes. Dass er sie nur für seine Bücher und Papiere hatte sorgen lassen.

Nun setzte Leydi sich und verschränkte die Hände, faltete sie schließlich ordentlich auf dem braunen Musselin ihres Kleides im Schoß. An ihrem Kleid war keine Spur von Rüsche, kein Hauch von Spitze. Sie hob die Hand und riss sich die Haube von den Locken. Als sie an die vielen Jahre dachte, die ihre Mutter sie hatte bezahlen lassen für Kincaids Betrug, fiel ihr nur eine Möglichkeit ein, die bösen Geister zu vertreiben.

»Als ich sieben war«, begann sie mit ruhiger Stimme zu erzählen, »kam einmal Argus, der Mann, den ich für meinen Vater hielt, sehr betrunken nach Hause. Das war nicht das erste und auch nicht das letzte Mal – aber an den Tag erinnere ich mich sehr deutlich, weil er meine Mutter schlug.«

Sie sah auf zu Kincaid. In seinem Blick lag keine Entschuldigung, nur eine gehetzte Erwartungshaltung – als wüsste er, dass noch mehr kommen würde.

»Er ohrfeigte sie«, berichtete sie, »quer über den Mund. Und der Grund, warum ich mich so klar an jenen Tag erinnere, ist auch nicht, weil er sie geschlagen hat, obwohl das selten vorkam – sondern weil meine Mutter sich zu mir umdrehte und ganz eindeutig mir die Schuld gab.« Sie schüttelte den Kopf. »Als ich älter wurde, wurde mir langsam immer klarer, dass in den Augen meiner Mutter die meisten schlimmen Dinge in ihrem Leben auf mein Konto gingen. Und ich begann mich zu fragen, warum.«

»Leydianna …«, fing Kincaid an und machte einen Schritt nach vorn.

Sie hielt eine Hand hoch, um ihn zum Stehen zu bringen. »Ich werde zu Ende sprechen. Das bisschen wirst du mir zugestehen.«

Er sah aus, als wollte er widersprechen, trat dann aber zurück und nickte.

»Im Laufe der Jahre wurde mir auch klar, dass, wenn ich ihr Dinge kaufte, Schmuckstücke und Ähnliches, sie mich doch mit ein wenig Liebe ansah. Als meine Studien mit Mr. Stevenson gut liefen, begann ich einen Plan auszuarbeiten. Ich wollte Argus und meiner Mutter zu einer eigenen Plantage verhelfen.«

Sie starrte ihre Finger an, die verkrampft die Haube kneteten. Aus der Ferne erklang Quentins Meinung, dass man Liebe nicht kaufen könnte.

»Ich dachte, vielleicht wäre es unsere Armut, die sie mir entgegenhielt. Doch es war mehr als das.«

Als die Vergangenheit sie überrollte und eine Welle nach der anderen gegen ihren Kopf zu schlagen schien, blinzelte sie, um nicht zu weinen. Sie konnte ihre Mutter schimpfen hören, dass sie ihr Korsett enger schnüren sollte. Elaine, die nörgelte, sie sollte ihre Haare zum Zopf flechten. Sie zupfte an einer der kurzen Locken und drehte sie zwischen den Fingern. *Denkst du, ich wäre nie jung und dumm gewesen? Mit einer Schwäche für Männer wie Rucksingford?* Ihre Mutter hatte sich bemüht, alles Schöne an Leydi zu unterdrücken, weil sie fürchtete, ein Mann könnte sie verführen – so wie Kincaid sicher Elaine verführt hatte.

»Jetzt verstehe ich so vieles«, flüsterte Leydi.

»Ich weiß nicht, was ich sagen soll«, stammelte Kincaid. »Was ich tun soll – wie ich das wieder gutmachen kann …«

Leydi schloss die Augen, um Kincaid nicht zu sehen.

Elaine hatte ihren Fehltritt ihr Leben lang bedauert und ihre Tochter dafür bezahlen lassen, dass das Schicksal ungerecht gewesen war. Leydi wollte kein Leben voller Bedauern. Sie wollte nicht verfolgt werden von Träumen an ihre verlorene Liebe – oder sich mit weniger abfinden als mit dem, was Quentin ihr so flüchtig gegeben hatte. Sie wünschte sich eine Liebe hier auf Devil's Gate. Ein Leben, das die Leere füllte, die Quentin hinterlassen hatte.

»Meine Frage an dich ist, Kincaid …« Ihre Stimme verstummte, klang erstickt trotz ihrer Bemühungen, die Angelegenheit sachlich zu besprechen. »Meine Frage ist: Kannst du, mein Vater … kannst du mich etwas von der Liebe spüren lassen, die mir immer gefehlt hat?«

Kincaid starrte sie einen Moment an. Sie sah, wie er schluckte und sich dann abwandte, als könnte er sie nicht ansehen, wenn er sprach. »Habe ich dir je etwas anderes entgegengebracht als Respekt und Zuneigung in den Jahren, die du mich jetzt kennst?«

»Wann?«, flüsterte sie und wollte, dass alle Schatten verschwanden. Ihr methodischer Verstand wollte keinen falschen Stein auf dem anderen lassen. »Wann hast du von mir erfahren – und wann bist du mich holen gekommen?«

Er drehte sich um, damit er sie ansehen konnte. Zum ersten Mal berührte er sie, legte seine Hände auf ihre Schultern. »Da warst du acht, Mädchen. Ich habe für die ganzen Schulstunden bezahlt, die dein Mr. Stevenson dir gegeben hat – obwohl er, so wie ich deine verschwenderische Mutter kenne, wahrscheinlich nie auch nur einen Heller davon zu sehen bekommen hat. Und ich sagte ihr, dass ich komme und dich holen würde, sobald du vierzehn bist. Das war unsere Abmachung, verstehst du. So lange hat sie mich warten lassen.«

Leydi drückte die Augen fest zu und lächelte, denn ihre schlimmsten Befürchtungen bewahrheiteten sich. Er hatte sie haben wollen. Immer.

Sie nahm eine von Kincaids riesigen Händen zwischen die ihren. Es war seltsam, ihn so zu berühren – und diese unglaubliche

Verbindung zwischen ihnen zu erfahren. Das half ihr, den nagenden Kummer um Quentin tief im Innern ein wenig zu lindern. Endlich hatte das einsame kleine Mädchen in Braun, das sich so verzweifelt bemüht hatte, seiner Mutter zu gefallen – die nie zufrieden war – ein Zuhause.

Sie sah auf. Kincaid betrachtete sie mit jenem sanften Ausdruck, den sie noch nie hatte in Worte fassen können. Jetzt dachte sie, dass es wohl echte väterliche Liebe war.

»Gabriela«, flüsterte sie, sodass nur er sie hören konnte.

Seufzend drückte er ihre Hand. Er ging hinüber zu seiner anderen Tochter. Aber Gabrielas Augen, die dasselbe verführerische Grün wie Kincaids aufwiesen, schienen ihn mit einem Blick zu durchbohren.

»Und ich stelle mir beinah vor, dass du mir niemals vergeben wirst, Gabriela«, sagte er und kniete sich neben sie. »Das liegt daran, dass du mir zu ähnlich bist.«

»Ich bin keine empfindsame Natur wie Leydi«, sagte sie, und ihre Stimme klang stählern. »Und will deine Liebe nicht. Ich will nur deinen Schutz. Für mich und mein Kind. Und dein Wort darauf – dein Wort, Kincaid, dass du dem Vater meines Kindes nie etwas antun wirst!«

Er stand auf und sah eher so aus, als hätte sie ihn geohrfeigt und nicht ruhig zu ihm gesprochen. »Der Mann hat dich ruiniert, dich verlassen, und ich bin immer noch der Schurke, der für all deinen Kummer verantwortlich ist? Nein, nein, das sehe ich dir doch an! So wahr mir Gott helfe, Gabriela, ich werde ... ich werde ...«

Und dann verstummte er. Seine Lider klappten herunter, und er schien im Stillen bis zehn zu zählen. Als er wieder aufschaute, lag wahres Bedauern in seinem Blick.

»Es tut mir Leid.« Seine Stimme klang leise und ernst. Er fasste nach ihren Schultern. »Gabriela, dies hier war alles für dich«, sagte er und deutete mit einer Hand auf die Reichtümer im Raum. Er sah Leydi neben sich an. »Für dich und deine Schwester. Wende dich nicht ab von dem, was ich dir hier anbiete. Wende dich nicht von *mir* ab«, sagte er und zog ihre Hände an seine Brust. »Lass mich das mit dem Vatersein versuchen. Lass mich ein Großvater für dein Kind sein. Gib uns eine Chance!«

Gabriela starrte den Piraten hart an. In ihren Augen stand ein verdächtiger Glanz. Ihre Hand sank zu ihrem Bauch und legte sich auf die Stelle, wo ihr Kind wuchs. Ihr Blick ruhte weiter auf Kincaid, als hätte sie schließlich eine Entscheidung in Frieden gefunden. Dann nickte sie und flüsterte: »Das würde mir gefallen, sehr sogar.«

Kincaid schüttelte den Kopf. Er sah aus wie ein Mann, der eben seinen größten Ängsten getrotzt hatte, und wandte sich den anderen im Zimmer zu. Consuelo strahlte glücklich. Bertie blinzelte die Tränen weg und ließ ihre Zustimmung erkennen.

Cy grinste breit. »Was ist das Leben schon ohne ein paar echte Herausforderungen, nicht wahr, Kumpel?«

»Allerdings«, sagte Kincaid rau. Er stand auf und sah wieder aus wie der gefährliche Pirat, der einen Moment der Empfindsamkeit schnell hinter sich brachte. »Was sollen wir also mit diesen Schuften machen, die meine Töchter verlassen haben, Cy? Sollen wir sie einfach für euch zurückholen?«, fragte er Leydi und Gabriela, trotz eines Lächelns ganz ernsthaft.

Die beiden Frauen sahen einander schweigend an, in stillem Einverständnis. Leydi griff nach Gabbys Hand. Sie sprach für beide, als sie sagte: »Du kannst uns nicht Männer rauben wie spanische Beute. Wir wollen eine Familie. Männer, die neben uns aufwachen und unsere Kinder in den Armen halten – freiwillig.« Fest drückte sie Gabbys Hand. »Wir haben sie auf diese Insel gebracht und eine Weile in unsere Träume eingewickelt. Wenn sie uns wollen, dann werden sie von allein kommen. Und bei Gott, nur so gefallen sie uns auch.«

»Du bist ja wirklich in einem elenden Zustand, Quentin. Das kann jeder sehen«, schimpfte der Graf über den Teetisch, den Stevenson für sie im Garten aufgebaut hatte. Die Wangen des Älteren waren gerötet von der spätnachmittäglichen Sonne und der ermüdenden Unterhaltung. »Ich kann einfach nicht verstehen, wieso du nicht an Bord eines deiner schönen Schiffe gehst und sie dir zurückholst. Sie hatte dich entführt, um Himmels willen. Also warum Bedenken haben?«, sagte er und machte eine weit greifende Handbewegung.

»Weil das nicht so einfach funktioniert. Wenigstens nicht mit Leydianna.« Quentin betrachtete die fackelförmigen Spitzen der Zuckerrohrpflanzen auf dem Feld, die in der Brise schwankten. »Ich habe sie hintergangen.«

»Scheint mir, dass du sie erst recht hintergehst, wenn du nicht wieder zu ihr fährst«, murmelte der Graf. Da er keine befriedigende Antwort von seinem Sohn erhielt, stellte er seine Tasse heftig wieder auf die Untertasse. »Also wirklich, Quentin. Was willst du jetzt machen? Den Rest deiner Tage herumhängen? Vom Nektar der Reue leben?«

Dumpf starrte Quentin hinunter auf den polierten Lack des Tisches. Es war seinem Vater gelungen, ihn aus dem dunklen Zimmer herauszuholen; aber Quentin trug immer noch seine düstere Stimmung wie eine härenes Hemd, das er nicht abzulegen wagte. Er wurde von Erinnerungen an Leydi und ihre letzte Nacht zusammen gequält. Der schreckliche Anblick ihres blassen Gesichts, als sie seine Fluchtabsicht durchschaute, erschien immer und immer wieder vor seinem inneren Auge wie eine Szene aus einem makabren Stück.

»Quentin?«, drängte ihn der Graf.

Er sah auf zu seinem Vater. Dunkelblaue Augen betrachteten ihn über den Tisch hinweg, Augen, die den seinen so ähnlich waren, als sehe er in einen zwanzig Jahre entfernten Spiegel. Vielleicht hatte sein Vater Recht. Vielleicht hinterging er Leydi mit seinen Ängsten. *Deine Vergangenheit hat dich geschlagen, Quentin. Sie hat uns beide geschlagen.* Hatte er nichts anderes getan, als Clarices Gespenst durch Leydis ersetzt?

Die französischen Fenstertüren öffneten sich und spuckten Stevenson in den Garten voller Myrten und Rosen. Felix Bishop folgte dicht hinter ihm. Quentin sah ihm mit einem freundlichen Lächeln entgegen, als er aufstand. Er trat auf die Männer zu, die jetzt über den mit Margeriten und Stiefmütterchen gesäumten Weg herunterkamen. Doch als Felix sich näherte, erlosch Quentins Freude. Er konnte an der Miene des Mannes erkennen, dass etwas Schreckliches geschehen sein musste.

Der Leutnant zog seinen Hut und setzte sich auf den Stuhl, den Stevenson zum Tisch schob. Seine dunklen Augen sahen Quentin durchdringend an. »Ich bin gekommen, um Euch direkt Mitteilung zu machen – wenigstens das bin ich Euch schuldig. Quentin, ich habe mein Wort gebrochen, das ich Euch gab!«

Ein Gefühl von Grauen kroch über Quentins Rückgrat. Er schwankte ein wenig. Sein Stuhl fiel krachend auf die ziegelgedeckte Terrasse, als seine Kniekehlen ihn zurückstießen. »Felix, was habt Ihr getan?«

Die ernsten braunen Augen blieben fest. »Kincaid ist ein Mörder. Ich konnte es einfach nicht verantworten, ihm die Freiheit zu lassen, um weiter zu morden. Ich habe Kapitän Simpsons Wort, dass den Frauen nichts zustoßen wird. Ich sagte ihm, Gabriela wäre meine Frau und ihre Familie lebe auf der Insel – er wird dafür sorgen, dass sie verschont bleiben.«

»Ihr seid ein Narr«, flüsterte Quentin. »Ein verdammter Narr.«

»Ich habe getan, was ich tun musste.«

Quentin stürzte sich quer über den Tisch auf Felix. Weder der Graf noch Stevenson konnten seinen Angriff aufhalten. Er packte Felix an den Aufschlägen seiner Weste und schüttelte ihn heftig.

»Wisst Ihr, was Ihr angerichtet habt, Ihr Dummkopf?«

»Ich habe dafür gesorgt, dass Kincaid für seine Verbrechen wird bezahlen müssen!«

Quentin schüttelte den Kopf, denn er konnte einfach nicht

glauben, dass Felix sie alle so jämmerlich verraten hatte. Er stieß ihn von sich und sah zu, wie er stolperte und auf den Ziegeln landete.

»Ich dachte, ich könnte mich auf Euer Wort als Gentleman verlassen … und dass Ihr ein Ehrenmann wäret – dass die Wochen, die wir zusammen verbracht haben, mir wenigstens eine Spur von Eurer Loyalität sicherten!«

»Ich bin ein Mann der Regierung.« Felix wischte sich eine rote Haarsträhne aus den Augen, als er wieder aufstand. »Ihr sagtet selbst, meine erste Loyalität habe den unschuldigen Opfern des Piraten zu gelten.«

»Gabriela«, sagte Quentin, um ihn an andere Verpflichtungen zu erinnern.

»Ich weiß, dass er irgendeine Macht über sie hat! Aber dies wird endlich ihrer falsch verstandenen Treue ein Ende setzen.« Da er von Quentin keine Antwort bekam, sondern nur einen vernichtenden Blick, schrie er: »Er ist ein Mörder, verdammt!«

»Er ist ihr Vater«, stellte Quentin richtig.

Felix starrte Quentin an, und die Pupillen seiner Augen wurden groß. Er tat einen Schritt rückwärts.

Quentin hob seinen Stuhl auf und rang die Hände. Er fuhr sich mit den Fingern durchs Haar. Nie hätte er sich auf Felix verlassen dürfen, und doch konnte er nicht glauben, dass der Mann sein Wort gebrochen hatte. Vielleicht hätte er ihm früher von Kincaids Verwandtschaft mit Gabriela erzählen sollen – doch schließlich war er eigentlich nicht befugt gewesen, dieses Geheimnis zu lüften.

»Ihr Vater?« Felix starrte auf das Fischgrätmuster der Ziegel im Gras, die Stimme von Unglauben erfüllt.

»Ihre Treue zu Kincaid ist nicht am falschen Platz«, erteilte Quentin Felix eine schonungslose Lektion. »Nur ihr Glaube an Euch war ein Fehler! Meint Ihr auch nur einen Moment lang, dass, wenn es zum Kampf kommt, Euer Kapitän Simpson zögern wird, Kincaids Insel mit seinen Kanonen dem Erdboden gleichzumachen? Ihr habt sie alle in Gefahr gebracht. Nicht nur Kincaid, sondern Leydianna, Gabriela … alle.«

Die aufsteigende Furcht in Felix' Blick machte sich in einem leisen Ächzen Luft. Er sah Quentin an. In seinem Blick stand ein solcher Kummer, dass es beinah wehtat, ihn anzuschauen. »Er hat meine Familie ermordet«, flüsterte er. »Er und seine Männer. Diese Teufel haben sie niedergemacht, wo sie gerade standen. Ich war erst vier, Quentin. Mein ganzes Leben lang habe ich nur an eines gedacht – sie ausfindig zu machen und ihn bezahlen zu lassen.« Immer noch benommen, schüttelte er Kopf. »Herr im Himmel – ihr Vater!«

Als er Felix' Bekenntnis hörte, verstand Quentin ihn plötzlich besser. Er hatte immer geglaubt, Felix' Eifer, Kincaid zu fangen, wäre nur Ausdruck seines Ehrgeizes als junger Marineoffizier, der versuchte, sich Lorbeeren zu verdienen. Jetzt wurde ihm klar, um wie viel mehr es ihm ging – dass hinter seinem Handeln eine Macht stand, die selbst Quentin nicht verurteilen konnte.

Ja, er konnte die Motive des Mannes gut nachvollziehen. Und doch hatte Felix' Rache einen tiefen Einschnitt erzeugt, der genau die Frau bedrohte, die er liebte.

»Was sollen wir tun?«, fragte der Graf, der neben Quentin trat und ihm gern helfen wollte.

Quentin wandte sich an Felix und wünschte von Herzen, dass die Liebe des Mannes für Gabriela stärker sein würde als sein Hass auf Kincaid. »Wann segelt Simpson los und was für Männer und Schiffe führt er an?«

»Morgen«, gab Felix ohne Zögern Auskunft. »Zwei Schiffe mit Kanonen.«

Quentin stand auf, und all der lähmende Nebel der vergangenen Wochen verschwand in einem einzigen Schub von Entschlusskraft. »Kommt«, sagte er zu allen Anwesenden und machte sich auf den Weg zurück ins Haus. Als sie sich nicht schnell genug in Bewegung setzten, drehte er sich zu ihnen um und rief: »Wir haben nicht viel Zeit, verdammt. Rührt euch!«

27

»Ich schwöre dir, Daniel, sie haben eine schwarze Flagge gesetzt«, meldete Cy.

Leydi, die neben Cy auf dem Höhenrücken stand, betrachtete mit zum Schutz gegen die Sonne erhobener Hand den Horizont. Die Brise, die aufs Meer hinauswehte, zupfte an ihren Röcken und ließ die braune Baumwolle um ihre Beine flattern. Es war noch nie vorgekommen, dass irgendein Schiff in diesen Gewässern erschien – und doch schaukelte dort drüben eine schlanke Schaluppe auf den Wellen. Ein Streifen schwarze Seide mit einem weißen Totenkopf darauf flatterte am Bugspriet.

»Verdammt noch mal, du hast Recht!« Kincaid reichte Cy das Fernrohr mit gerunzelter Stirn zurück. »Doch wer kann das sein? Ich bin sozusagen der letzte Pirat hier in diesen Gewässern, seit sie Calico Jack Rackham aufgeknüpft haben. Und ich kenne weder das Schiff noch diese Flagge.«

Erneut setzte Cy das Fernrohr ans Auge. Er grunzte, und seine Lippen verzogen sich in seinem roten Bartgewirr, als er konzentriert hinüberschaute. »Mag sein, aber ich will sie ungern abschießen, wenn wir Zweifel haben. Denk daran, wie wir Avery begegnet sind und er uns beinah den Hauptmast zerschossen hätte, bevor er uns erkannte!« Er betrachtete eingehend das Schiff, das jetzt seinen Anker auswarf, musterte prüfend das breite Deck und den V-förmigen Rumpf. »Ein schönes Schiff, ich denke – verdammt!«

Cy gab Kincaid das Fernrohr wieder. »Da ist deine Antwort, Daniel«, sagte er und zeigte zu den Booten, von denen gerade eines zu Wasser gelassen wurde.

»Schießt die Eindringlinge zur Hölle«, murmelte Kincaid. Er setzte das Fernrohr ab und schaute Leydi nervös an.

Der besorgte Blick von Kincaid erweckte eine verzweifelte Hoffnung in ihr. »Wer ist es?« Sie griff nach dem Fernrohr, obwohl Kincaid versuchte, es außer ihre Reichweite zu ziehen. »Wer ist es?«

»Dein verdammter Kerl«, zischte Kincaid. Sein scharfer Blick richtete sich auf das Boot, das jetzt in Richtung Strand ruderte. »Zweifellos ist er gekommen, um dich zurückzuholen.«

Von ihrem Platz auf der Höhe aus wirkten die Männer in dem Boot nicht größer als Ameisen. Leydi packte schwungvoll ihre Röcke und stürzte sich den steilen Pfad hinunter, stolperte, fing sich wieder und rannte noch schneller hinunter zur Lagune. Sie wandte sich dem smaragdgrünen Wasser zu, und eine Wolke aus rötlichem Staub stieg um sie herum auf, sodass sie blinzeln musste. Die Luft kam ihr dick und heiß vor, als sie schwer atmend um eine scharfe Kurve bog, kurz an der sandigen Biegung schwankte und dann den Pfad weiter entlangstürzte.

Quentin war wieder da. Er war zurückgekommen.

Sie sah, wie das Boot langsam durch die Einfahrt zur Lagune manövrierte und näher gerudert kam. Sie glaubte, die hoch gewachsene, dunkle Gestalt von Quentin Rucksingford, die am Bug stand, ausmachen zu können. Neben ihm befand sich noch ein anderer Mann.

Sie schnappte sich das Fernrohr von Cy, als der sie eingeholt hatte, richtete es auf das Boot, und ihr Herz schlug schneller, als sie die geliebten Züge des Mannes erkannte, dem sie ihr Herz geschenkt hatte. Er wirkte so entschlossen, sein gebräuntes Gesicht zeigte Mut und Tatkraft, seine Augen waren schmal zusammengekniffen gegen die grelle Sonne. Tristan kam, um seine Isolde zu holen. Die Freude, ihn zu sehen, wallte auf in ihrem Herzen und machte sie schwindlig. Dann suchte sie nach Felix, konnte ihn aber nicht erkennen.

Eine tiefe Sehnsucht für Gabriela machte kurzen Prozess mit ihren Fantasien Richtung Happy End. Sie rang um Atem und ermahnte sich, nicht zu hoffnungsvoll zu sein. Die Erfahrung sagte ihr, dass sie sich nicht zu früh über Quentins Rückkehr freuen sollte.

Sie richtete das Fernrohr auf den älteren Herrn, der neben Quentin saß, und runzelte die Stirn. Die Züge kamen ihr bekannt vor. Sie erkannte die Form seines Unterkiefers, die schrägen, hohen Wangenknochen ... die Augen.

»Sein Vater!« Sie ließ den Arm sinken und hielt das Fernrohr in beiden Händen. »Er hat seinen Vater mitgebracht.«

»Ein Familientreffen«, murmelte Kincaid tonlos. »Wie verdammt aufmerksam von ihm! Erinnere mich daran, die gute Tischdecke aufzulegen, Cy.«

Eine Million Möglichkeiten überstürzten sich in ihrem Kopf. Bedeutete das, dass er sich mit seinem Vater versöhnt hatte? War das ein Zeichen? Quentins Art, ihr zu sagen, dass er sein Herz geöffnet hatte und vergeben – ob sie wohl dasselbe tun könne? Oder zerrte er den armen Grafen nur mit, um ihn auf der Insel abzusetzen und so die beiden Menschen los zu sein, die ihm im Leben am meisten Kummer bereitet hatten?

Leydi schüttelte ihren Pessimismus ab, weil sie nicht wollte, dass sein Bild im Boot auf dem Weg zum Strand von irgendetwas verdüstert wurde. Er war zurück. Sie hatte ihn wieder.

Quentin sprang ins knietiefe Wasser und begann, das Boot ans Ufer zu ziehen. Sie schleuderte die Schuhe von den Füßen und watete durchs Wasser auf ihn zu, die Röcke bis zu den Knien gehoben. Aber das Lächeln, das sich auf ihrem Gesicht ausbreiten wollte, erstarb, als sie merkte, dass er ihrem Blick auswich.

Irgendetwas stimmte nicht.

»Ich bin so schnell wie möglich hergekommen«, erklärte er Kincaid, ohne weiter auf Leydi zu achten, nein, eher so, als existiere sie nicht. »Vielleicht komme ich schon zu spät. Zwei Kanonenboote sind direkt hinter mir, falls es Bishop und Piton nicht gelungen ist, die Königliche Marine zum Umkehren zu bewegen.«

Kincaid zuckte nicht mit der Wimper angesichts der Bedrohung, mit der er konfrontiert war, während Leydi vor Angst kaum atmen konnte.

»Habt Ihr einen Plan?«, fragte Kincaid.

Quentin nickte und winkte seinem Vater, näher zu treten. Er kam und stellte sich neben Quentin. Er brachte sein Vertrauen beredt zum Ausdruck, indem er seinem Sohn die Hand auf die Schulter legte.

»Wir werden versuchen, sie zu bluffen«, erklärte der ältere Rucksingford Kincaid. »Es ist riskant, aber wir zwei haben ja unsere Erfahrung.«

»Bitte, macht mit«, fügte Quentin hinzu.

Leydi schnappte nach Luft. Die Nachricht, dass die Königliche Marine im Augenblick auf dem Weg durch die Gewässer der Karibik nach Devil's Gate war, vereiste ihr das Blut in den Adern angesichts der Tatsache, was für einen schrecklichen Fehler sie gemacht hatte. Sie starrte Quentin an, wartete auf irgendein Zeichen, einen Widerruf. Sie war sich so sicher gewesen. Nicht nur ihr Glück hatte sie aufs Spiel gesetzt, sondern das Wohlergehen eines jeden in Devil's Gate – und das, weil sie geglaubt hatte, Quentin würde sie nicht verraten. Nicht so. Es schien keine andere Erklärung zu geben.

Als spüre er den Aufruhr in ihr, sah Quentin sie zum ersten Mal an. Das Wasser klatschte immer noch an seine Stiefel. Sie sah die grenzenlose Traurigkeit in seinem Blick, spürte die Entschuldigung, die gleich kommen würde. Sie schloss die Augen davor, schüttelte den Kopf, konnte diesen letzten Verrat einfach nicht fassen.

»Du hast es versprochen.« Die Worte waren kaum hörbar. »Du hast mir dein Wort gegeben. Ich h-habe dir vertraut.«

»Vielleicht, meine liebste Leydi«, krächzte er, »war das dein größter Fehler.«

Felix marschierte neben Kapitän Simpson über den Strand. Seine Stiefel gruben sich in den weichen Sand. Hugh lief neben ihnen her und fuhr fort mit seinen ständigen Beschwerden, von denen Felix gehofft hatte, sie würden Simpson vielleicht so verärgern, dass er umkehrte nach Basse Terre. Aber sie hatten kein Glück. Der Kapitän kümmerte sich nicht um den Schweiß, der unter seiner Perücke hervorrann, sein Lächeln war unbeweglich, und er marschierte unverdrossen durch den Sand. Eine kleine Truppe von guten Soldaten der Krone stapfte hinter ihnen drein.

An der Lichtung zwischen den Bäumen wartete eine Gruppe von Leuten darauf, die Ankömmlinge willkommen zu heißen. Felix erkannte ein paar der Leute, die ihre besten Sonntagskleider trugen und wie alle anderen freundlich lächelten. Und dann entdeckte er Quentin, der ganz vorn in der Menge stand, den Grafen neben sich. Felix dankte dem Herrn im Stillen dafür, dass es Rucksingfords Schaluppe gelungen war, die beiden Kanonenboote zu überholen. Seine Versuche, Simpson davon zu überzeugen, dass er sich getäuscht hatte, was den Standort der Pirateninsel betraf, waren absolut nutzlos gewesen.

Flankiert von rot berockten Soldaten, blieb Simpson stehen. Felix' Augen überflogen die Menge von freundlichen Gesichtern, bis sein Blick auf die eine Miene fiel, die ihn nicht willkommen zu heißen schien.

Sofort erkannte er Kincaid, obwohl er ihn nur ganz flüchtig in der Nacht ihrer Flucht gesehen hatte. Er hörte seinen Pulsschlag in den Ohren rauschen wie ein brausendes Meer. Nur fünf Schritte war er von dem Mann entfernt, der seine Familie ermordet hatte. In Gesellschaft der Königlichen Marine brauchte er nicht mehr zu tun als Alarm schlagen. *Lass ihn ergreifen*, schienen die Stimmen seiner toten Geschwister in seinem Kopf zu schreien, *sie sollen den Schuft ergreifen!*

Und dann trat Gabriela vor, stellte sich neben den Mann, der ihr Vater war. Sanft und mit bedeutungsvoller Bestimmtheit legte sie ihre Hand auf seinen Ärmel und richtete ihren Blick auf Felix.

»Stimmt etwas nicht?« Felix hätte am liebsten die Hände auf die Ohren gepresst, um die Schreie der Vergangenheit zum Schweigen zu bringen, die in seinem Kopf dröhnten.

»Was ist los mit Euch, Mann?«, wiederholte der Kapitän und schüttelte Felix.

Gabrielas Blick blieb unverwandt auf Felix gerichtet und gab nicht nach. Ließ keinen Verrat zu.

»*Dies* hier ist los«, hörte er sich sagen. »Diese Insel! Ich habe Euch doch schon auf dem Schiff erklärt, dass dies nicht die richtige ist.«

»Er hat Recht, *Monsieur*«, bestätigte Hugh und kratzte sich am Kopf, als wenn er durcheinander wäre. »*Mais oui*, die Gegend hier kommt mir überhaupt nicht bekannt vor.«

Felix deutete auf die Menge von freundlichen Menschen, die sie offensichtlich willkommen heißen wollten und keine Truppe von Halsabschneidern waren. »Diese – Leute. Dieser Ort.« Er wies rings in die Gegend über die Insel als Ganzes hin, den Blick wieder auf Gabriela gerichtet. »Dies ist nicht das Versteck von Heartless Kincaid.«

»Wie ich schon die ganze Zeit gesagt habe«, fügte Hugh hinzu. »Die kleine Insel westlich von Monserrat. Die, fand ich, sah eher vertraut aus …«

»Schluss jetzt«, knurrte der Kapitän, der längst genug hatte von Hugh. Er zog ein Taschentuch hervor und tupfte sich den Schweiß von der Stirn.

»Versteck?« Der Graf trat vor, die Hand ausgestreckt, sein Gesicht mit dem Ausdruck eines Landesherrn, der Gäste begrüßt. »Für Heartless Kincaid?« Er kicherte. »Obwohl ich mich über so erhabene Gesellschaft freue, muss ich doch protestieren. Mein Name ist Rucksingford«, sagte er, in einem einzigen Atemzug sprechend, sodass der Kapitän nicht zu Wort kam. »Graf von Carrick und so weiter, ich will Euch nicht langweilen.«

Er legte dem Kapitän den Arm um die Schultern und führte ihn zu der wartenden Menge hinüber. »Wir haben Eure Schiffe gesichtet, und ich kann Euch versichern, dass es wirklich eine große Ehre für unsere kleine Gemeinde hier ist, so hohen Besuch zu bekommen. Aber Ihr müsst mir von Kincaid erzählen. Ist der

Schuft gesichtet worden? Mein Sohn und ich haben ein Hühnchen mit ihm zu rupfen. Ich hoffe, Ihr bleibt lange genug, um einen besonders köstlichen Brandy mit uns zu trinken …«

Der Kapitän blieb wie angewurzelt stehen und nahm betont den Arm des Grafen von seiner Schulter. Er starrte die wartenden Leute an, musterte jeden Einzelnen, als wäre er ganz persönlich auf der Jagd nach Kincaid – ein Pirat, dessen Gesicht seit mehr als zehn Jahren niemand mehr gesehen hatte. Dann starrte er wieder Felix an, diesmal deutlich misstrauisch.

»Ich sagte Euch doch, dass dies die falsche Insel ist.« Hugh neben ihm nickte entschieden.

Quentin stellte sich zu seinem Vater und streckte dem Kapitän die Hand hin. Simpson ging widerstrebend auf die Geste ein, denn er war sich immer noch nicht sicher, wem er trauen sollte.

»Quentin Alexander Rucksingford«, sagte er und schüttelte ihm die Hand. »Viscount Belfour. Und ich möchte mich der Einladung meines Vaters anschließen. Ich bin ebenfalls recht vertraut mit Kincaids Raubzügen und wüsste gern, wo er sich aufhält.« Er nickte in Richtung Felix. »Und ich nehme an, dass Euch der gute Leutnant hier schon davon berichtet hat.«

»Quentin Rucksingford?« Die braunen Augen des Kapitäns erhellten sich deutlich. Wieder tupfte er sich den Schweiß vom Gesicht und blinzelte auf zu Quentin, seine Haltung wurde etwas freundlicher. »Vom Rucksingford Estate?«

»Ja«, sagte Quentin voller Wärme. »Ich bin auch nur gerade zu Besuch hier.«

»Nun, Eure Lordschaft«, fuhr der Kapitän fort und sprach den Grafen mit seinem Titel an, wie sie alle gehofft hatten. »Ist das nicht ein wenig seltsam? Wir sind tatsächlich unterwegs auf Piratenjagd.« Er schüttelte seinen Kopf im Hinblick auf die Leute, die so geduldig warteten. »Der Leutnant dachte, dies wäre Daniel Kincaids Inselversteck.«

Der Graf lachte. Er zog ein Tuch hervor und wischte sich die Augen, als fände er den Witz unglaublich komisch. »Ich wusste gar nicht, dass wir den Kerl zum Nachbarn haben«, sagte er mit einem Zwinkern zu Quentin. »Herrgott noch einmal, ich glaube, mein Sohn berichtete, dass er allein in diesem Jahr drei unserer Schiffe überfallen hat. Drei, oder, Quentin?«

»Seit Frühling, genau gesagt«, antwortete Quentin. »Und ich hoffe, dass es nicht noch mehr werden, solange die Marine hier pausiert und nicht Patrouille fährt.« Er wandte sich an Felix. »Macht Euch keinen Kummer wegen dieses Fehlers, Leutnant. In den Antillen kann man sich leicht verirren.«

Der Kapitän wirkte fasziniert von jedem der Gesichter in der Menge. Mit einem schnellen Blick auf Quentin trat der Graf vor Simpson, denn er wollte sich nicht übergehen lassen.

»Seid versichert, Kapitän«, sagte er nun mit dröhnender Stimme. »Ich bin kein Pirat, der sich versteckt. Und ganz sicher nicht Heartless Kincaid, der uns allein in diesem Vierteljahr den Profit um die Hälfte reduziert hat, genug, dass ich den Schuft hängen sehen möchte. Soviel ich weiß, hat sich mein Sohn mehr als einmal beim Gouverneur beschwert. Ihr solltet Euren Verstand walten lassen, Mann!«

Simpson drängte sich an Quentin und seinem Vater vorbei und ging vor der Menge der Leute auf und ab. Es schien, als rühre sich kein Vogel und atme niemand. Er schaute Felix wieder an. Im Blick des Kapitäns erkannte der seinen Fehler.

Uneingeschüchtert blieb Kapitän Simpson vor Gabriela stehen, die Felix mit den Augen verschlang, seit er von Bord gegangen war.

»Wenn ich mich recht erinnere«, sagte der Kapitän, »hat der Leutnant erwähnt, dass auf dieser Pirateninsel seine Ehefrau lebt.«

Das leise Aufatmen von Gabriela war alles, was der Kapitän hören wollte. Die Soldaten hinter ihm wurden unruhig, ein paar zogen ihre Musketen.

Wie ein echter Gentleman nahm der Kapitän Gabrielas Hand und hob sie an die Lippen. »Darf ich fragen, wer dieses charmante Geschöpf ist?«, fragte er den Grafen.

»Lasst Euch Gabriela de Sousa vorstellen«, sagte Quentin und trat vor Felix, bevor sein Gesichtsausdruck sie alle verraten konnte. Genau in diesem Augenblick schob sich Leydi durch die Menge, um Kincaid zurückzudrängen und seinen Platz einzunehmen.

Mit der eleganten Bewegung eines Tänzers führte Quentin sie nach vorn, als hätte er das die ganze Zeit tun wollen. »Und diese schöne Dame ist meine Frau, Lady Belfour! Sie ist Mistress de Sousas Schwester.«

Der Kapitän ließ Gabbys Hand los und nahm Leydis. Er hauchte einen Kuss auf ihre Hand und blieb eine Spur zu lange darübergebeugt, als dass es korrekt gewesen wäre. »Wie reizend! Und obwohl ich erst eine kurze Zeit auf St. Kitts verbracht habe, finde ich es interessant, dass ich von Eurer Hochzeit nichts gehört hatte.«

»Ich bin ein sehr zurückgezogener Mann«, erklärte Quentin.

»Na ja, das hatte ich allerdings gehört!« Simpson lächelte.

»Genug mit dem Unsinn, alter Junge«, drängte jetzt der Graf. »Wollt Ihr und Eure Männer Euch nicht ein wenig umsehen? Dann werdet Ihr feststellen, ob wir Piraten unter den Betten verstecken oder andere Gräuel.«

Der Kapitän blieb bei seinem Grinsen und schüttelte den Kopf. Er nahm Gabriela und Leydi bei den Händen und zog sie freundlich beiseite. »Ich muss darauf bestehen, dass Ihr *meine* Gäste seid. Ich habe nicht oft die Gelegenheit, so distinguierte Herrschaften zu bewirten. Meine Frau findet, dass ich schon ziemlich an Stil verloren habe. Und dass ich häufiger mit feinen Leuten verkehren sollte.«

Quentin stellte sich Kincaid in den Weg, bevor der Pirat irgendetwas unternehmen konnte. »Meine Frau fühlt sich auf Schiffen nicht wohl.«

»Oh ja, allerdings«, bestätigte Leydi. Sie warf dem Kapitän ihr charmantestes Lächeln zu und gab sich die größte Mühe, ihm ihre Hand zu entziehen. »Wirklich! Selbst wenn es vor Anker liegt, sterbe ich fast von dem schrecklichen Geschaukel.«

Mit einer schnellen Bewegung zog der Kapitän sie vor sich. Er hob die Pistole an ihre Seite und gab der Wache hinter sich ein Zeichen, Gabriela mitzunehmen. »Ich fürchte, ich muss darauf bestehen!«

»Das ist wirklich unverschämt«, rief der Graf. »Wie könnt Ihr es wagen, die Viscountess so zu behandeln? Dafür lasse ich Euch das Offizierspatent entziehen, Mann!«

»Mir kommt das Kleid der Viscountess bemerkenswert schlicht vor«, sagte Simpson und sah an Leydis vertrautem Mattbraun herunter. »Und ich finde die Situation hier ziemlich eigenartig. Und bis ich den Aufenthaltsort eines gewissen Heartless Kincaid herausgefunden habe, werde ich die beiden Damen als meine Gäste betrachten.«

»Ihr macht einen Fehler«, sagte Quentin, und seine Augen waren sehr ernst und dunkel.

»Ich glaube nicht. Keine Sorge, Mylord. Die … äh … Viscountess und ihre Schwester werden an Bord meines Schiffes gut aufgehoben sein.«

Der Kapitän ging langsam rückwärts, und zwei der Soldaten schoben Gabriela zu dem wartenden Boot. Er hielt seine Waffe auf Leydi gerichtet und nickte in Richtung Felix und Hugh. »Diese beiden können hier bleiben, bis ihr Gedächtnis sich gebessert hat. Insgesamt will ich weiter nichts als Heartless. Wenn er sich ergibt, wird nicht ein Schuss abgefeuert. Er hat Zeit bis morgen früh, um meiner Aufforderung Folge zu leisten.«

28

Zwei Frauen standen auf dem Oberdeck der HMS *Excalibur*, und nicht mehr als der grinsende Mond am Himmel bewachte sie. Ihre Ellenbogen auf die Reling gestützt, ihrer beider Kinn in die Handflächen gelegt, und betrachteten das Mondlicht, das auf dem schwarzen Wasser glitzerte wie verstreute Diamanten und Saphire. Die dunkle Masse der Insel erstreckte sich unbeweglich vor ihnen, und eine zarte Brise zupfte an ihren Locken.

Leydis Seufzer klang sehr nachdenklich neben all den anderen Nachtgeräuschen. Sie knabberte an ihrer Unterlippe. »Was mich wirklich wundert«, sagte sie zu Gabriela neben sich, »warum sie uns ihre Ehefrauen genannt haben.«

Gabby nickte langsam und dachte nach. »Vielleicht einfach aus Mangel an Fantasie, *cara*?«

Ihre Schwester schniefte. »Überleg doch mal. Ihr Plan, Kapitän Simpson zu bluffen, taugte höchstens für einen Roman.«

»Sagt eine Frau, die sich als Pirat verkleidet und ihren Arbeitgeber, der doppelt so groß ist wie sie, mit gezogener Waffe entführt hat. Und was deinen Degen betrifft, glaube ich, dass du ihn nicht einmal hochheben konntest, so schwer wie er war.«

»Tja, das stimmt allerdings.«

Das Klatschen der Wellen war als milder Rhythmus in der Stille zu hören. Gänse schnatterten aus dem Käfig, der an der Seite des Schiffes baumelte. Ein Matrose wanderte über das Hinterdeck und pfiff vor sich hin, damit beschäftigt, einen Eimer aufzuräumen.

»Kapitän Simpson ist kein schlechter Mann«, sagte Leydi und zupfte an der Manschette ihres Ärmels.

»Bisher war er wirklich ein guter Gastgeber«, meinte auch Gabby.

»Er ist ja so stolz auf seine Miniaturen. Süße Dinger, die Kinder!«

»Besonders der kleine Junge«, sagte Gabby und strich über ihr Kleid, wo der Bauch lag. Sie zog eine Schnute. »Warum hast du ihn eigentlich so oft beim Kartenspielen gewinnen lassen, *cara*? Ich finde, es war schon sehr leicht durchschaubar.«

Sie zuckte mit den Schultern. »Ihm hat es gefallen. Das ist auf jeden Fall ein guter Anfang für unsere nächtlichen Pläne. Leider ist der erste Offizier noch nicht richtig warm geworden mit uns.«

»Vielleicht solltest du heute Abend nach dem Essen Leutnant Thompson ein oder zwei Karten zustecken.«

»Das wäre eine Idee!«

Aus der Kombüse unter ihnen ertönte plötzlich Lachen. Die Männer hatten die Segel alle gerefft, und die heutige Tagesration Rum war ausgegeben worden. Die Glocke ertönte, weit hinaus übers Meer. Es war acht Uhr.

»Trotzdem«, meinte Leydi zögernd. »Verwunderlich – dass sie uns ihre Ehefrauen genannt haben.«

Gabby starrte aufs Wasser hinaus. »Sicher ist ihnen keine bessere Lösung eingefallen, uns zu beschützen, als uns zu ihrem Besitz zu erklären.«

»Tja, das gibt einem schon zu denken.«

Leydi verschränkte die Hände auf der Reling und lehnte ihre Wange auf die Arme. Die Sterne am Himmel funkelten wie ein riesiges Diamantenband. »Wann hast du es gemerkt, Gabby?«, fragte sie leise. »Wann hast du gemerkt, dass du ihn liebst?«

»Ich schätze, schon damals, als ich ihn zum ersten Mal sah, wie er gegenüber vom Laden meiner Mutter im Schatten stand.« Sie wandte sich Leydi zu. »Und du?«

»Wahrscheinlich haben Quentins Engel versucht, es mir zu sagen – ich war damals bloß noch nicht bereit, ihnen zuzuhören.«

Gabby schüttelte den Kopf. »Hast du immer noch Tagträume, *cara*? Ich dachte, mit solchen Sachen wärst du inzwischen fertig.«

»War ich auch. Aber ich fange an zu glauben, dass der Mensch einfach eine gewisse Menge Träume braucht.«

Liebevoll tätschelte Gabriela Leydis Schulter. »Konzentrier dich auf unseren Plan und vergiss die Idioten, die am Strand auf uns warten. Im Augenblick können wir nichts mit ihnen anfangen.«

Leydi sah sie mit einem matten Lächeln an. »Gehst du jetzt unter Deck?«

Gabriela nickte. »Ich will mich vor dem Essen noch ein wenig hinlegen. Damit ich bereit bin für meinen Auftritt.« Sie knickste spöttisch, die Diva vor ihren Bewunderern, und blickte dann Leydi in die Augen. »Bist du sicher, dass du diesen Kapitän überzeugen kannst?«

»Mühelos«, sagte Leydi, die keine Unsicherheit zulassen wollte.

Leydi wartete, bis Gabby die Leiter zum Hinterdeck hinuntergeklettert war. Sie sah noch ein wenig auf das glitzernde Wasser und beschloss dann, selbst ein wenig spazieren zu gehen. Langsam wanderte sie über das Deck des Schiffes bis zum Bug und dachte daran, dass ihr Plan, die Freiheit zurückzuerlangen, auch einer Heldin wie der *mutigen Constance* würdig gewesen wäre, der außerordentlichen Spionin. Doch Leydi fand ihn noch nicht solide genug. Der gute Mr. Stevenson hatte sie gelehrt, immer ihren Kopf zu gebrauchen. Dies war nicht der richtige Moment, darauf zu verzichten und bei den Zweifeln hängen zu bleiben.

Sie lächelte einem vorübergehenden Matrosen zu und schaute dann hinüber zu dem weißen Streifen Sand jenseits des tintenschwarzen Wassers. Dann lehnte sie sich an den vorderen Mast und spielte mit einem Stück Seil, das daran gebunden war. Gabby hatte Recht, sie mochte nicht mehr tagträumen, seit ihre Mutter ihr das Haar abgeschnitten hatte. Es sah ganz so aus, als wäre sie mittlerweile so sehr mit dem wirklichen Leben beschäftigt, dass ihr gar keine Zeit blieb, sie mit Fantasien zu verschwenden.

Leydi dachte an Gabbys Erklärung, dass die Männer versucht hätten, sie zu beschützen, indem sie sie ihre Ehefrauen nannten. Das erschien ihr eine so tief greifende Reaktion – wie von Männern, die verliebt sind. Sie schloss die Augen und überlegte, wie es wäre, wenn Quentin sie wahrhaftig liebte. Wenn sie sich doch ein gutes Ende zu diesem Abenteuer in Form eines Tagtraums genehmigte, würde es bestimmt eine Liebeserklärung Quentins sein.

Etwas benommen verließ sie den Mast, trat näher an die Reling. Er hatte nie derart schöne Worte gebraucht, und um ehrlich zu sein, hatte sie sogar Schwierigkeiten gehabt, ihn sich als liebeskranken Verehrer vorzustellen, der vor ihr auf die Knie sank. Es schien Quentin so viel ähnlicher zu sehen, dass er sie einfach einem Fremden gegenüber zu seiner Frau erklärte, womit ihre Liebe zu einem Faktum wurde – durch diese Taktik also verhandelbar, wie der neueste Teepreis.

Sie schloss die Augen und stellte sich seinen Gesichtsausdruck vor, als Kapitän Simpson sie zu dem wartenden Boot gebracht hatte. Es *war* Liebe, die sie in jenen dunkelblauen Augen entdeckt hatte. Und Sehnsucht. Als würde ihm der wichtigste Mensch seines Lebens genommen! Einmal hatte sie ihm gesagt, dass seine Vergangenheit sie beide geschlagen hätte, aber jetzt fragte sie sich, ob nicht die Tatsache, dass er mit seinem Vater hergekommen war und dieses Abenteuer auf sich genommen hatte, vielleicht doch zeigte, dass er die hässlichen Bilder seiner Erinnerung ad acta gelegte hatte.

Grüblerisch starrte sie hinaus über das düstere Wasser, biss sich auf die Unterlippe und hielt sich an der Reling fest. Würde er immer Liebe mit Verlust gleichsetzen? Würde Clarices Mangel an Vertrauen ihn für immer verfolgen und ihn daran hindern, sich das zu erfüllen, was er am meisten begehrte? Oder würde er die Litanei der Verzweiflung durchbrechen können, die seine Vergangenheit bestimmt hatte?

Ein schwacher Schatten bewegte sich über die fast glatte Fläche des Meeres. Leydi runzelte die Stirn und beugte sich weiter vor. Einen Moment lang glaubte sie, dass sie sich wieder irgendetwas einbildete und sich vorstellte, wie Quentins schlanke Gestalt durchs Wasser glitt, um zu ihrer Rettung herbeizueilen.

Dann aber sah sie, wie die dunkle Gestalt über die Reling kletterte und dort erst einmal hocken blieb. Der Mann sah sich auf dem Deck des Schiffes um und schlich hinter eines der Boote. Ihr Herz begann heftig zu schlagen, als ihr eine nur allzu wirkliche Hand zuwinkte.

Sie schaute hinüber zu dem Wächter, der auf dem Oberdeck hin- und herwanderte. Als sie sicher war, dass er nicht allzu genau aufpasste, glitt sie zu den Schatten des Bootes hinüber. Sie blinzelte in der Dunkelheit und rief dann ganz leise versuchsweise: »Quentin?«

Das war das einzige Wort, das er ihr erlaubte, bevor sich seine Lippen auf die ihren drückten. In diesem Kuss lag so viel Sehnsucht, als wäre er Ausdruck eines Mannes, der ein verlorenes Stück von sich selbst wiederfindet. Sie öffnete ihren Mund für ihn, stellte keine Fragen, antwortete auf seine Umarmung mit verzweifelten Berührungen und Streicheln, um sich dann ganz an seine nasse Brust zu drücken. Es war eine wunderbare Art, zum Ausdruck zu bringen, dass ihr die Vergangenheit Leid tat, dass sie ihn immer noch liebte und nicht ohne ihn würde leben können.

Er umfasste ihr Gesicht mit den Händen und flüsterte: »Das wollte ich schon, seit ich dich heute Morgen am Strand gesehen habe.« Quentin küsste sie noch einmal.

»Oh, Gott, ich danke dir«, flüsterte sie zwischen zwei Küssen, denn sie wusste, dass es nie wieder eine andere Liebe in ihrem Leben geben würde außer Quentin. Immer nur einen. »Vielen Dank. Dies ist besser als der süßeste Traum von allen …«

»Es ist kein Traum, verdammt.« Sein Mund drückte sich noch einmal auf den ihren, kostete sie mit Genuss. »Ich bin hier … Zum Anfassen!«

»Und jetzt sag mir, dass du mich liebst, dass du nicht ohne mich leben kannst«, flüsterte sie genau so dringlich und nutzte die Tatsache aus, dass er sie für verrückt genug hielt, zu glauben, sie befände sich in einem ihrer Tagträume. »Das würde es absolut vollendet machen. Schon seit Ewigkeiten habe ich mir nicht mehr vorgestellt, dass du diese Worte zu mir sagst.«

Mit einem leisen Fluch zog er sich zurück. »Allmächtiger, ich erkläre zum ersten Mal in meinem Leben einer Frau, dass ich sie liebe – und sie hält mich für eine Illusion!«

Er war völlig aufgeweicht, aus seinem Haar tropfte es auf seine Schultern. Seine Kniehosen klebten ihm an den Schenkeln, sonst trug er nichts; und so sah er perfekt aus, attraktiver und begehrenswerter denn je. Der Mann, den sie liebte.

»Sag's mir noch einmal«, flüsterte sie, und ihr Blick traf den seinen so direkt, dass er niemals zu einer Träumerin gehören konnte. »Dann glaube ich dir.«

Stattdessen küsste er sie, erzählte ihr mit seinem Mund und seinen Händen von all der Liebe, die sie erwartete. Sie unterdrückte den Ärger, dass er die Worte nicht aussprechen wollte, und nahm an, dass er wahrscheinlich wirklich Angst davor hatte.

Als Erste kam Leydi wieder zu Verstand, packte seine Hand und zog ihn in die dunkelste Ecke im Schatten eines Beibootes. »Herr im Himmel, Quentin, was tust du eigentlich hier?«

»Was glaubst du denn wohl? Ich rette dich.«

Sie schaute vorsichtig um die Ecke des Bootes herum nach dem Wächter. »Du wirst uns alles durcheinander bringen.«

Genau in diesem Augenblick kletterte noch ein nasser Mann über die Reling. Auf Quentins leises Zischen kam er herübergeschlichen.

»Wo ist Gabriela?«, fragte Felix, ohne Hemd und aufgeweicht wie Quentin.

Leydi verschränkte die Arme und sah die beiden Männer an. »Was Besseres ist euch wohl nicht eingefallen, wie? Hier angeschlichen zu kommen, um uns zu entführen – ihr werdet damit ein Massaker bewirken!«

Quentins Finger drückten sich auf ihre Lippen. »Wir haben keine Zeit zu verlieren. Geh und hol deine Schwester, bevor wir uns den Rückweg freikämpfen müssen.«

Leydi riss seine Hand von ihrem Mund und schüttelte den Kopf. »Wozu wäre das schon gut? Wenn wir uns jetzt wegschleichen, wird der Kapitän endgültig annehmen, dass dies Kincaids Insel ist. Dann kommt er, um meinen Vater zu holen. Und dabei wird er nicht mit Pulver sparen.«

»Wir sind vorbereitet«, sagte Felix. »Die Frauen und Kinder sind ins Hinterland gebracht worden. Alle wollen sich dem Kampf stellen.«

»Nein!« Leydi blieb unnachgiebig und beugte sich weiter zu

ihnen vor. »Gabriela und ich werden kein Leben riskieren ... Bertie und Consuelo, Cy und die anderen Männer. Und wir werden auch nicht zulassen, dass Kincaid sich ergibt. Erst heute früh habt ihr und der Graf ihm das ausgeredet. Ich habe dem vorher zugestimmt und bleibe dabei. Außerdem gibt es noch eine andere Lösung.«

»Und was für eine, verdammt noch mal?«, knurrte Quentin und schüttelte sie. »Dies hier ist die beste Möglichkeit ...«

Leydi wich seinem Griff aus und kroch davon. Quentin packte ihren Rock und zog sie zu sich zurück. Noch bevor er weiter argumentieren konnte, flüsterte sie eindringlich: »Dein Plan war gut, Quentin. Der Bluff kann immer noch funktionieren. Ich kann Kapitän Simpson dazu bringen, dass er zurück auf die Insel geht und dir und dem Grafen glaubt. Bitte! Vertraut mir. Wenn er erst unseren Beweis dafür sieht, dass deinem Vater die Insel gehört, wird er sich sofort auf den Weg machen.«

»So ein Risiko kann ich nicht eingehen.«

»Das musst du aber.« Sie beugte sich vor und küsste seinen Widerspruch weg. »Vertrau mir, Quentin«, flüsterte sie und ließ viele kleine Küsse auf seine Lippen regnen. »Ich bin nicht so dumm, dass ich Gabrielas oder mein Leben aufs Spiel setzen würde. Wir schaffen es!«

Sie schlich sich weg, noch bevor er oder Felix sie sich wieder schnappen konnten. Leydi schaute zurück zu dem dunklen Fleck, wo die beiden hockten, heftete ihren Blick eindringlich auf die Stelle und sagte nochmals lautlos in die Finsternis: »Vertraut mir!«

Dann machte sie kehrt und rannte davon, damit sie nicht noch mal einen Versuch starteten.

29

»Was in Teufels Namen soll das heißen: Ihr konntet sie nicht dazu bewegen mitzukommen?«

Kincaids Stimme hallte von den Balken wider. Die beiden Männer standen vor ihm, das Wasser tropfte von ihrem Haar und erzeugte Pfützen auf den polierten Dielenbrettern. Cy lehnte an den geschlossenen Fensterläden, die Arme über der gestreiften Weste verschränkt, und seine Augen waren schmal wegen desselben Ärgers, der auch Kincaids Stimme zum Donnern brachte.

»Zur Hölle noch mal, Mann«, schrie Kincaid erneut. »Seid Ihr verrückt? Es war nicht an den beiden Mädchen, die Sache zu regeln. Wie konntet Ihr einfach wieder abziehen, nachdem Ihr das Schiff schon erreicht hattet?«

»Ich schätze, ich hätte sie mir über die Schulter legen und von Bord springen können«, sagte Quentin spöttisch. »Aber vielleicht darf ich darauf hinweisen, dass es ihrer Kooperation bedurft hätte, leise vorzugehen?«

»Ist mir doch völlig egal, wessen es bedurft hätte! Ihr hättet sie retten sollen!« Er wandte sich an Cy. »Hol mir eine Pistole und einen Degen. Und ein Seil, verdammt! Ich werde ihn umbringen, so wahr ich hier stehe!«

Quentin trat vor Kincaid und packte ihn am Arm. Es stimmte, dass Leydi ihm in der Sache kaum eine Wahl gelassen hatte. Und doch glaubte er, nach dem Schimmer von Selbstvertrauen in ihrem Blick zu schließen, dass sie wusste, was sie tat.

»Hört mir zu, Kincaid. Ich kann zwar kaum glauben, dass ich dies wirklich sage, aber sie hat oft sehr viel Verstand für Taktik bewiesen – mehr als die meisten Leute, die mir je begegnet sind. Unterschätzt sie nicht!«

»Sie ist verdammt gut mit Zahlen, jawohl«, rief Kincaid. »Aber das bedeutet nicht, dass wir sie auf sich allein gestellt auf jenem Schiff lassen!«

»Es ist mehr als nur das, und das wisst Ihr. Seit Jahren habt Ihr Euer ganzes Vermögen von ihren Fähigkeiten verwalten lassen. Sie weiß, dass Kapitän Simpson versucht, Euch auszutricksen …«

»Ich hätte gehen sollen und die Mädchen selber holen, verdammt noch mal! Ihr seid ein Idiot«, flüsterte Kincaid und sah Quentin finster an. »Ihr seid so verliebt in sie, dass Ihr nicht einmal mehr ihre Schwächen erkennen könnt.«

Quentin begegnete dem eisigen Blick des Piraten, dachte über die Anschuldigung nach und fragte sich, ob sie gerechtfertigt war. Die Vergangenheit erhob sich mit allen ihren Geistern und drohte Quentin wieder mit der Möglichkeit von Liebe und Verlust. *Leydi wirklich zu heiraten, Kinder miteinander aufzuziehen, sie dann zu verlieren …* Das wäre eine Tragödie, die er nicht überleben würde.

Er schloss die Augen und unterdrückte einen leisen Fluch. Hatten seine Ängste nicht lange genug sein Leben geprägt? Würden weiterhin Clarice und ihr Mangel an Vertrauen ihn foppen, als wäre er nicht mehr als ein dahergelaufener Konkurrent?

Als er die Augen wieder öffnete, sah er nicht mehr Kincaid, der ihn anstarrte, sondern einen anderen Blick. Augen in der Farbe von Silber und Diamanten – Augen, die ihm mehr Liebe und Glauben an ihn verrieten, als er je für möglich gehalten hätte.

»Ja, ich liebe sie. Und wenn Gott es zulässt, dass wir mit heiler Haut aus diesem Fiasko herauskommen, Kincaid, dann werde ich sie zu meiner Ehefrau machen … wenn sie das will.«

»Oh, das wird sie schon«, sagte Kincaid, und das ärgerliche Blitzen in seinem Blick ließ nicht für einen Augenblick nach. »Leider!« Er entzog sich Quentins Griff. »Sie ist eine Träumerin, Mann! Sie hat sich irgendein Märchen ausgedacht, in dem sie ihre Haut riskiert, um die meine zu retten. Und das lasse ich nicht zu!«

Doch es war keine Träumerin gewesen, die Quentin im Mondlicht gegenübergestanden und ihn aufgefordert hatte, seine Liebe laut zu bekennen. Sie war eine Geisel an Bord eines Kriegsschiffs der Marine, und trotzdem hatte sie ihn herausgefordert – obwohl es auf der Hand lag, dass die Marine seinetwegen hier war. Leydi hatte den Glauben an ihn nie aufgegeben. Vielleicht war es an der Zeit, dass er ihr dasselbe Vertrauen erwies.

»Sie riskiert auch Gabrielas Leben«, erinnerte er den Piraten. »Das würde sie nie auf die leichte Schulter nehmen.«

Cy kam aus dem Hintergrund und stellte sich neben Kincaid. Er nickte in Richtung Felix. »Und Ihr? Was denkt Ihr dazu?«

Dieser sagte nichts. Sein dunkler Blick war auf Kincaid gerichtet, als trage er die Schuld an der gescheiterten Aktion. Anstatt zu antworten, machte er auf dem Absatz kehrt und ging hinaus, wobei er die Tür hinter sich zuschlug.

Die drei anderen blieben schweigend zurück. Es war kein guter Augenblick für Streitigkeiten. Kincaid stampfte zur Tür und sah dann zurück zu Quentin: »Was zum Teufel sollte das denn bedeuten?«

Quentin schwieg einen Augenblick. Dann sagte er nur schlicht: »Wenn Ihr wollt, dass Gabriela glücklich wird, dann solltet Ihr ihm vielleicht nachgehen und darüber reden.«

Felix stand im Licht des bleichen Mondes, der immer wieder hinter Wolken verschwand, und gab sich die größte Mühe, nicht wieder ins Haus zu marschieren und Kincaid eine Kugel durch sein schwarzes Herz zu jagen. Der Tod des Piraten würde seine Mutter und seinen Vater auch nicht mehr zurückbringen. Und er würde damit auch Gabriela nicht bekommen – eine Frau, von der er jetzt wusste, dass sie sein Kind erwartete. Er lehnte sich zurück an den Stamm einer Akazie. Der Gedanke daran, dass Gabriela als Geisel auf jenem Schiff war, brach ihm das Herz.

Alles hatte er für sie aufgegeben, seine Rache – sogar seine innere Ruhe. Er drehte sich um und schlug mit der Faust gegen den Baum, hoffte, dass sie blutete. Verdammte Frauen und ihre Pläne! Er wollte nicht noch eine Nacht darauf warten, dass Gabriela wieder in Sicherheit war. Er wollte auch nicht ihr Leben gegen das ihres Vaters tauschen, egal wie sie dazu stand.

Er hörte, wie die Tür hinter ihm geöffnet wurde. Schwere Schritte in Stiefeln, die höchstwahrscheinlich Kincaid gehörten, stampften die Stufen hinunter und den Muschelschalenpfad entlang. Felix fragte sich, ob er es irgendwann schaffen würde, den Anblick des Mannes zu ertragen – frei und in Sicherheit, jeden Tag, und wenn auch nur um Gabrielas willen.

»Also gut, heraus damit«, sagte Kincaid. »Was für ein schreckliches Verbrechen habe ich Euch gegenüber begangen?«

Felix starrte die knotige Rinde im Mondlicht an und gab keine Antwort. Der süßliche Duft der Baumblüten drohte ihn zu ersticken.

Das Geräusch von zerdrückten Muschelschalen punktierte den Rhythmus von Grillen und Fröschen. Er spürte Kincaid direkt hinter sich. Felix war noch nass von seiner Schwimmtour zum Schiff Simpsons, obwohl das in der milden Nacht kaum etwas bedeutete. Mehr jedoch bedeutete das Messer, das immer noch an sein Bein gebunden war. Wie leicht könnte er sich umdrehen und angreifen!

»Glaubt Ihr, Ihr wäret der einzige Mann, der mich je mit solchem Hass im Blick angesehen hat?«, hörte er Kincaid flüstern. »Und doch habt Ihr Euch um Gabrielas willen sogar gegen die Regierung gewandt – der Ihr dient –, um meine Sicherheit zu gewährleisten.« Die Stimme des Piraten klang nachdenklich. »Ja, vielleicht werdet Ihr sie glücklich machen.«

Felix rammte wieder seine Faust gegen die Rinde. Er wusste nicht, wie er den Hass überwinden sollte, der in ihm glühte. Beinah hatte er Angst, die Wahrheit auszusprechen und Kincaid seine Verbrechen vorzuhalten – die schrecklichen Taten, die er gegen Felix' Familie vollbracht hatte.

»Redet schon, Mann«, forderte Kincaid ihn von hinten auf. »Habt den Mut, mich dabei anzusehen, verdammt!«

Heftig drehte Felix sich um. »Muss ich wirklich alle blutigen Einzelheiten aufzählen? Für Euch war es nicht mehr als eine weitere geplünderte Plantage. Nur ein Tag vergossenen Blutes unter vielen anderen dieser Art«, sagte er wild. Er fixierte Kincaid grimmig. »Wie könnt Ihr mit der Bürde all dieser Morde leben? Mit dem Blut so vieler Unschuldiger auf dem Gewissen? Oder habt Ihr gar keines?«

»Und wessen Blut soll ich da vergossen haben?«, fragte Kincaid leise. »Denn trotz der Tatsache, dass schon Eure reine Existenz mein Leben gefährdet, kann ich mich nicht erinnern, Euch auch nur einen Kratzer verpasst zu haben!«

Kincaids Worte brachten Felix zum Schweigen. Es stimmte, ihm und Quentin gegenüber hatte Kincaid bewundernswerte Zurückhaltung bewiesen.

Der Pirat lächelte und verschränkte die Arme über seinem brennend roten Rock. »Tja, darüber müsst Ihr nachdenken, nicht wahr? Ich habe ganz den Eindruck, Junge, dass ein Bösewicht wie der, für den Ihr mich haltet, Euch zumindest an die Wand nageln und bei lebendigem Leibe hätte häuten müssen, oder?« Bedauernd schüttelte er den Kopf. »Aber stellt Euch vor – Ihr habt nach wie vor nicht einmal eine kleine Kugel in Eurem undankbaren Herzen.«

Felix ging um Kincaid herum, denn die Fragen des Mannes hatten die fernen Zweifel wieder angesprochen, die Gabriela vor so vielen Wochen in ihm geweckt hatte. Obwohl er zu aufgebracht gewesen war, um Kincaids Geduld mit ihm weiter zu hinterfragen, konnte er jetzt doch wenigstens zugeben, dass der Pirat nicht so herzlos war wie sein Ruf und Name.

»Vor fünfundzwanzig Jahren«, begann Felix leise und sprach vorsichtig die Worte aus, die er schon so lange in seinem Inneren herumschleppte, »haben Eure Männer eine Plantage auf Monserrat geplündert.« Er blieb stehen, als er direkt hinter Kincaid angelangt war. »Meine Familie arbeitete auf jener Plantage. Ihr und Eure Männer habt jeden Einzelnen ermordet. Außer mir. Meine Mutter hatte mich gut versteckt.«

Kincaid nickte, als wären ihm seine Sünden nur allzu vertraut. Dann drehte er sich um, und der Mond traf sein Gesicht, sodass es in einem harten Relief erschien. »Vor fünfundzwanzig Jahren?« Er legte den Kopf schief und runzelte die Stirn, als würde er nachdenken. »Wie alt wart Ihr da, Junge, um Euch noch so klar an mich zu erinnern?«

Felix rührte sich nicht von der Stelle und atmete nicht. Was hatte er eigentlich erwartet – ein Bekenntnis? Trotzdem überraschte es ihn, dass Kincaid nicht versuchte, seine Taten abzuleugnen. »Die Menschen, die mir sagten, Ihr wäret dafür verantwortlich gewesen, hatten keinen Grund zum Lügen.«

»Und sie waren dabei, oder?«, fragte Kincaid und trat näher auf Felix zu. »Sie haben diesem Massenmord zugesehen? Die hatten ja wirklich Glück, dass sie überlebt haben.«

Felix schüttelte den Kopf, denn er konnte auf Kincaids Herausforderungen nicht antworten. »Alle wussten das …«

»Ja, wenn alle etwas wissen, gibt es immer die besten Gerüchte.« Kincaid blieb erst stehen, als er Nase an Nase mit Felix stand. »Leider war ich in dem Sommer, von dem Ihr sprecht, sehr beschäftigt. Benutzt Euren Kopf und rechnet nach, Junge!« Gabriela wird bald fünfundzwanzig. In jenem Sommer war ich in Brasilien und habe mich damit amüsiert, ihrer Mutter den Hof zu machen. Aber das solltet Ihr mir nicht unbesehen glauben. Cy und Bertie können es Euch bestätigen.«

Kincaid machte kehrt und wanderte den Pfad wieder hinauf, ließ Felix überrumpelt und sprachlos zurück. Dann blieb er stehen. Das Gesicht immer noch dem Haus zugewandt, sagte Kincaid: »Ich war Sklave auf einer Zuckerplantage – auf Rucksingford, um genau zu sein. Niemals würde ich mich gegen die armen Menschen wenden, die das Land bearbeiten, nur um ein paar Schweine und einen Krug voll mit schlechtem Rum zu stehlen.«

Jetzt drehte Kincaid sich langsam wieder um, sein Gesicht lag im Schatten. Trotzdem konnte Felix den hellen Fleck sehen, wo seine Zähne leuchteten, als er lächelte.

»Sieht ganz so aus, als hätte ich Euch nichts genommen in jenem Sommer, Felix Bishop – sondern Euch eher etwas beschert!«

Dichter Pfeifenrauch hing im Raum wie ein süßer, aromatischer Nebel. Auf dem Tisch, der am Boden festgeschraubt war, lagen sechs Flaschen feinsten Madeiras aufgereiht wie brave Soldaten – alle leer. Eine rollte mit der Bewegung des Schiffes langsam hin und her.

Kapitän Simpson hatte beide Stiefel auf den Tisch gestützt und die Pfeife zwischen den Zähnen, während er seine Karten ausbreitete. Er hatte sich vorzüglich unterhalten im Laufe des Abendessens und des Spiels danach. In der Mitte des Tisches lag ein Haufen von Süßigkeiten, die statt Geld in diesem Spiel als Einsatz verwendet wurden.

Der Kapitän nahm die Pfeife aus dem Mund und lehnte sich in seinem Stuhl zurück, immer noch erstaunlich beherrscht angesichts der Menge von Alkohol, die er schon getrunken hatte. »So, und jetzt lasst mich sehen, ob ich Euch richtig verstehe, Miss Carstair.« Seine Augen betrachteten sie eindringlich durch den Rauch, der in Wölkchen um ihn aufstieg. »Ihr und Miss de Sousa hier habt Euch verkleidet als Piraten, und Rucksingford und Bishop entführt? Danach habt Ihr sie gefangen gehalten – und das alles, um sie in den Hafen der Ehe zu schleusen?«

Sowohl Leydi als auch Gabby nickten pflichtschuldigst. Sie hofften, dass sie ihre Geschichte gerade mit dem Grad an Wahrheit erzählt hatten, dass sie überzeugend klang.

»Und das alles *mit* dem Segen des Grafen?«

»Seine Männer haben uns schließlich geholfen, Quentin und Leutnant Bishop auf die Insel zu bringen, Kapitän«, erklärte Leydi und reihte ihren Vorrat an Süßigkeiten auf dem zerkratzten Tisch auf, als fände sie sie enorm verlockend. »Allerdings auf einem von Quentins Schiffen«, fügte sie mit einem gekonnten Augenaufschlag hinzu. »Der arme Mann kann sie einfach nicht alle unter Kontrolle halten.«

Der Kapitän ließ seine Füße samt den Stiefeln auf den Boden rumpeln und legte seine Karten auf den Tisch. Das Licht von zwei Laternen flackerte über seine markanten Züge. »Euer Plan war es, die beiden Männer zu entführen mit der *Vorgabe*, Ihr wäret Gesellen von Kincaid, die sie auf seiner Insel gefangen hielten, bis …«

»Bis sie sich in uns verliebt hatten«, beendete Leydi seinen Satz, als der Kapitän unsicher wirkte. »Und deswegen, Kapitän Simpson, werdet Ihr den berühmten Heartless Kincaid nicht auf dieser Insel finden.« Sie sah Gabby an. »Weil sie überhaupt kein Versteck ist.«

»Und die Männer haben sich wirklich verliebt«, stellte der erste Offizier fest, der jetzt verträumt neben Gabby saß und lächelte. Der Mann hatte schon vor Stunden seine Jacke ausgezogen. Seine Hand lag zwischen den Falten seiner Weste, von der er auch schon zwei Knöpfe geöffnet hatte. Leydi vermutete, dass sein Grinsen mehr mit dem Madeira zu tun hatte, den er getrunken hatte, als mit Sympathie für die Geschichte der Frauen. In einem ordentlichen Stapel hatte der Leutnant vor sich einen erklecklichen Schatz aufgetürmt – das Ergebnis seiner abendlichen Gewinne aufgrund von Leydis Geschick mit Karten. »Tja, Käpt'n, das finde ich eine ziemlich romantische Sache.«

»Hoffentlich könnt Ihr uns als verheirateter Mann verstehen«, sagte Gabby. »Für eine Frau ist es manchmal ziemlich schwierig, bis zum Altar vorzudringen.«

Leydi sah Gabby an mit einem Blick, von dem sie hoffte, dass er ausreichend tadelnd wirkte.

Der Kapitän blinzelte. Er griff nach seinem Glas, fasste aber daneben, sodass seine Hand leer blieb. Mit bewundernswerter Haltung legte er langsam seine Hand um den Stiel des Glases und lächelte vor Freude, seine Beute erwischt zu haben. Er nahm einen Schluck.

»Soll ich das so verstehen, dass der Graf Euch geholfen hat, weil er einen Erben seines Sohnes sichern wollte?«, fragte er, indem er Leydis Geschichte wiederholte.

»Er war einigermaßen verzweifelt wegen Quentins Entschlossenheit, nicht zu heiraten«, erklärte Leydi. »Wie Ihr gesehen habt, kommt der Mann langsam in die Jahre. Und ich fürchte, seine Gesundheit steht auch nicht zum Besten«, fügte sie vorsichtshalber noch hinzu.

Der Gesichtsausdruck des Kapitäns verriet nichts. Er biss auf das Mundstück seiner Pfeife. »Ich möchte Euch nicht zu nahe treten, meine Liebe, schließlich wart Ihr und Miss de Sousa mir wirklich zwei charmante Gesellschafterinnen. Aber ich würde erwarten, dass ein Graf, wenn er versucht, seinen Sohn zu verheiraten, gewöhnlich, wie soll ich sagen« – er schien nach den richtigen Worten zu suchen –, »ganz besondere Vorstellungen hat.«

»Mag sein. Aber wie viele der adligen Damen würden sich dazu herablassen, jemanden zu entführen?«, fragte Leydi und begegnete dem haselnussbraunen Blick des Kapitäns mit einem offenen Lächeln. »Ihr müsst wissen, der Bruch zwischen Vater und Sohn war so heftig, dass Quentin ziemlich rücksichtslos versuchte, die Wünsche seines Vaters zu ignorieren. Der Graf schaffte es einfach nicht, der Sache mit dem Nachfolger näher zu kommen. Er konnte nicht einfach irgendeine Kandidatin daherbringen und auf Erfolg hoffen.«

»Da habt Ihr allerdings Recht«, sagte der Kapitän, zog an seiner Pfeife, und neue Rauchwolken stiegen zur Decke empor. »Wie habt Ihr denn dem Grafen Euren Plan unterbreitet?«

»Ich arbeite für Quentin – Finanzangelegenheiten und Ähnliches ...« Sie wedelte mit der Hand, um nicht weiter in Einzelheiten gehen zu müssen. »Und der Graf war tatsächlich von England hierher gekommen, um Quentin davon zu überzeugen, dass es höchste Zeit zum Heiraten wäre. Zufällig bekam ich einen schrecklichen Streit zwischen ihnen mit – ich war im Nebenzimmer, müsst Ihr wissen.«

Die beiden Männer schienen auf den Kanten ihrer Stühle zu sitzen. Überraschenderweise war der erste Offizier, der sie beide am ersten Tag noch sehr finster betrachtet hatte, schon nach der dritten Flasche auf ihre Seite übergewechselt.

»Zu jener Zeit hatte ich Quentin schon sehr gern«, gestand

Leydi, nahm die Karten und begann zu mischen. »Als ich den Grafen ansprach, war er ... sehr entgegenkommend. Er sagte etwas von ›verzweifelte Zeiten erfordern verzweifelte Maßnahmen‹, oder so ähnlich.«

Der Leutnant nickte und steckte sich ein Bonbon in den Mund. »Es gab nicht eine einzige Mutter auf der Insel, die nicht versucht hätte, seine Lordschaft mit ihrer Tochter zu verkuppeln, Sir. Ich sage Euch, der Mann war bekannt dafür, wie entschlossen er sich bemühte, den Fesseln der Ehe auszuweichen.«

»Und Ihr seid Rucksingfords ... Finanzberaterin?«, fragte der Kapitän und klang immer noch nicht recht überzeugt.

Leydi mischte weiter. »Ich gebe zu, dass das eine ungewöhnliche Beschäftigung für eine Frau ist, doch ich habe eine natürliche Begabung dafür. Vielleicht kann ich auch Euch mit meinen Fähigkeiten irgendwie helfen. Ein Kapitän der Königlichen Marine hätte doch sicher gerne ein wenig finanziellen Rat – vielleicht dazu, wie Ihr ... Euer Geld geschickt investieren könnt.«

Der Kapitän lachte. »Ihr wollt mich finanziell beraten, meine Liebe?«

»Kapitän!« Leydi sah ihn bedeutungsvoll an. »Höchstwahrscheinlich habt Ihr das wenige Geld, das Euch die Regierung bezahlt, in etwas Solides wie Staatspapiere und Ähnliches investiert. Wenn ich mir einen Vorschlag erlauben darf: Sehr viel versprechend scheint eine neue Schifffahrtsgesellschaft zu sein, die Bombay Company. Sie hat vor, sich in nächster Zeit stärker im Fernen Osten zu engagieren. Dort könnt Ihr Euer Geld in ... sagen wir fünf Monaten, verdreifachen.«

Damit hatte sie seine Aufmerksamkeit endgültig gewonnen. Ein neuer Funken von Respekt war in seinem Blick erschienen. Leydi lächelte. Der gute Mr. Stevenson hatte ihr immer beigebracht, ihre Fähigkeiten weise einzusetzen. Bisher hatten ihr Geschick mit Karten und Finanzen und ihr starker Magen für Alkohol sowohl ihr als auch Gabby gute Dienste geleistet.

Gabriela beugte sich vor und fügte hinzu: »Hat Leutnant Bishop je erwähnt, wie er Kincaids angebliches Versteck entdeckt hat?«

Der Kapitän sog noch einmal an seiner Pfeife und wandte sich dann nachdenklich an Gabby. »Nein, das hat er nicht.«

»Aber dieser Franzose hat immer seinen Senf dazugegeben«, sagte der Leutnant. »Und, heiliges Kanonenrohr, Käpt'n, ich glaube, er hat auch irgendwas von einer Entführung gequatscht.«

»Kapitän«, bat Gabby, ihre smaragdgrünen Augen blitzten, ihr voller Mund war zu einem wirklich reizenden Schmollmund gerundet. »Klingt es nicht höchst unwahrscheinlich, dass diese Männer von einem der berüchtigtsten Piraten aller Zeiten gefangen gehalten wurden – und ihnen doch nie etwas zugestoßen ist, sie im Gegenteil einfach freigelassen wurden, um stante pede Kincaids Versteck zu verraten?«

»Das erscheint allerdings sehr tolerant für einen Piraten«, gestand der Kapitän zu.

Gabriela sah Leydi an, biss sich auf die Lippe und wirkte sehr überzeugend, als spräche sie nur ungern weiter. Leydi nickte ihr mitfühlend zu, als dränge sie sie, alles zu erzählen.

Ihre große Schwester seufzte süß und lange. »Vielleicht wenn ich erkläre, dass – nachdem Leutnant Bishop eingewilligt hatte, Euch den Weg zu zeigen – er eine Nachricht erhielt, in der stand, dass ich sein Kind erwarte.« Sie schaute schüchtern auf ihre gefalteten Hände hinunter und hob dann ihren Blick zum Kapitän und dem Leutnant. »Könntet Ihr dann verstehen, warum er plötzlich zögerte, Euch hierher zu bringen?«

Jetzt beugte sich der Kapitän über den Tisch vor, und sein nachdenklicher Blick wurde verständnisvoll. »Das würde allerdings sein seltsames Verhalten erklären.«

»Und, Kapitän«, ergriff Leydi das Wort, da der Mann tatsächlich begann, ihre Geschichte zu glauben, »Quentin Rucksingfords Schiffe sind relativ oft von Kincaid geplündert worden. Könnt Ihr wirklich glauben, dass er und Mr. Bishop im Vollbesitz ihres Verstandes einen Piraten decken?«

Der Kapitän richtete seinen harten Blick auf Leydi. »Das wäre absolut töricht.«

»Was wir getan haben – wir wissen, dass es nicht richtig war«, ergriff Gabby wieder das Wort. »Schließlich kann man Männer nicht dazu drängen, einen zu heiraten. Darum haben wir sie zuletzt gehen lassen und gehofft, sie würden zurückkehren, wenn sie uns wirklich lieben.«

»Und sie sind zurückgekommen«, fügte der Leutnant hinzu, als wäre es ein hübscher Schluss für ein Märchen. Er schaute zufrieden. »Ach, das ist eine schöne Geschichte!«

»Wir hatten nie vor, die Königliche Marine mit hineinzuziehen«, betonte Leydi. »Kapitän, Ihr könnt suchen, so viel Ihr wollt, aber ich versichere Euch, Kincaid ist nicht auf dieser Insel. Es gibt einfach keinen Piraten, den sie Euch morgen früh ausliefern können. Aber wenn die Männer herausfinden, was wir getan haben … tja, dann werden sie uns wohl nicht nur nicht heiraten, sondern uns vielleicht auch nie verzeihen.«

»Dürfen wir nicht dem Grafen eine Nachricht schicken, dass er sich mit Euch treffen soll?«, flocht Gabby geschickt ein. »Wir haben einen Beweis … einen unleugbaren Beweis … dass die Insel nicht Kincaid gehört.«

Leydi hielt den Atem an und wartete.

»Also«, sagte Simpson und stieß eine große Rauchwolke zur Decke, »ich denke, ich könnte mir ja Euren Beweis wenigstens ansehen.« Er hob sein Glas noch einmal zu den Lippen. Dann runzelte er die Stirn und sah Leydi an. »Wie in aller Welt seid Ihr nur je auf diesen unglaublichen Plan gekommen, Miss Carstair?«

»Habt Ihr das Buch *Die mutige Constance* gelesen?«, fragte Leydi. Als beide Männer den Kopf schüttelten, dachte Leydi im Stillen, *gut*. Sie warf beiden einen Blick zu. »Wirklich erfinderisch, diese Lady Constance. Genau auf diese Weise hat sie sich einen Adelstitel verschafft.«

30

»Nun, Kapitän«, fragte der Graf. »Werden wir jetzt in Eisen gelegt?«

Der Kapitän stand an Kincaids Schreibtisch und betrachtete die Dokumente, die auf der Matte darauf lagen; diese hatte Quentin fabriziert, um zu beweisen, dass einem Grafen von Carrick die kleine Insel direkt östlich von Dominica gehörte – unterschrieben von König Georg persönlich. Außerdem waren die sorgfältigen Pläne Leydis zur Anlage einer Zuckerplantage ausgelegt; die jahrelange Arbeit, die in diesen Papieren steckte, war offensichtlich nicht das Ergebnis einer fleißigen Nacht.

Simpson schüttelte den Kopf. »Ich muss sagen, dass ich das alles sehr überzeugend finde – diese Pläne und die Versuchsfelder, die Ihr mir gezeigt habt.«

Genau in diesem Augenblick betrat Leutnant Thompson das Zimmer, gefolgt von einer Truppe rot berockter Soldaten. »Es ist genau so, wie sie gesagt haben, Kapitän. Keine Spur von irgendeinem Piratenschatz oder gar Kincaid. Nur ein einfaches Dorf mit Schmiede und Käserei. Alles ganz offen.«

»Sieht so aus, als müsste ich mich bei Euch entschuldigen«, sagte der Kapitän zum Grafen. Dann wandte er sich an Leydi und Gabriela. Er durchquerte das Zimmer und musterte sie sehr gründlich. »Oder dass ich einfach nur von zwei Ladys bezaubert worden bin«, sagte er so leise, dass es nur die beiden Frauen hören konnten.

»Werdet Ihr es Leutnant Bishop berichten?«, fragte Gabriela, und ihr besorgtes Flehen gab der Sache genau noch den richtigen Dreh, um die letzten Zweifel des Kapitäns auszuräumen.

»Nein«, sagte er mit einem Lächeln. »Ich glaube nicht. Obwohl Ihr ihn dazu verdammt, zu glauben, dass er sein Amt als Mitglied der Königlichen Marine verraten hat.« Er runzelte die Stirn. »Was allerdings stimmt – doch nur im Geiste, nicht in der Tat.« Er lehnte sich nach hinten. »Und was werdet Ihr beide machen, wenn Kincaid niemals auftaucht?«

»Oh, wir haben vor, ein Geständnis abzulegen«, flüsterte Leydi verschwörerisch.

Gabriela tätschelte nachdrücklich ihren Bauch und sagte: »In ungefähr neun Monaten, versteht Ihr?«

Der Kapitän zwinkerte und wandte sich dann wieder dem Grafen zu. »Und Ihr habt Euch auf diesen Plan eingelassen?«

»Was konnte ich schon anderes tun, Sir? Mein Sohn drohte, den ganzen Besitz an die Krone zurückgehen zu lassen.«

Der Kapitän schüttelte den Kopf. »Wirklich ein hartnäckiger junger Mann.«

»Allerdings. Und da meine Gesundheit auch nicht mehr das Wahre ist …« Der Graf hustete diskret und zuckte mit den Schultern. »Ich war schon ziemlich verzweifelt, als Miss Carstair sich an mich wandte.«

Der Kapitän beugte sich vor und flüsterte, sodass es nur Leydi und der Graf hören konnten: »Ich muss Euch zu Eurer Entscheidung gratulieren, Sir. Vermutlich werdet Ihr nach der Hochzeit schon bald alles voller Erben haben!«

Der Graf sah Leydi an. »Genau das stelle ich mir auch vor.«

Bishop und Rucksingford wurden ins Zimmer hereingebeten, Bertie und Cy folgten in diskretem Abstand. Mit einem Zwinkern an den Grafen wandte sich der Kapitän den Männern zu, die er vorsorglich draußen hatte warten lassen. Simpson hatte sich an sein Versprechen gehalten, die Missetaten der Damen nicht zu verraten. Man hatte den Männern nur mitgeteilt, der Kapitän werde sich die Papiere ansehen, die ihre Unschuld bewiesen.

»Ich finde die mir vorgelegten Beweise recht überzeugend«, sagte der Kapitän freundlich. »Ihr seid alle frei! Aber, Leutnant« – er wandte sich an Felix und suchte nach Hinterlist oder Absicht in seinem Blick – »ich muss Euch noch eine letzte Frage stellen. Bei Eurer Ehre als britischer Bürger und Offizier der Marine, habt Ihr diesen Kincaid je gesehen?«

Felix blickte zu Gabriela hinüber. Neben ihr stand Daniel Kincaid, der berüchtigtste Pirat der sieben Meere.

»Nein«, erklärte Felix. »Nein, den habe ich nie gesehen.«

Ohne ein weiteres Wort stellte sich Felix neben Gabriela. Er nahm ihre Hand und drückte sie.

»Tja, da habt Ihr es«, sagte der Kapitän. Mit der Galanterie eines Gentleman hob er Leydis Hand und küsste sie. »Ihr seid unglaublich geschickt im Taktieren, Madam«, flüsterte er. »Vielleicht könnten wir einmal ein paar Marinestrategien zusammen planen, wenn Ihr Zeit habt?«

Der Graf legte einen Arm um die Schultern Simpsons und brachte ihn zur Tür. »Und jetzt zu meinem guten Brandy«, sagte er und spielte die Rolle des Gastgebers, indem er den Kapitän aus Kincaids Arbeitszimmer führte.

Durch die offenen, hohen Fenster war die Stimme von Hugh zu hören, der den Namen seiner neuesten Liebsten blökte, sodass alle im Zimmer lächeln mussten. Bertie lachte und nahm Cys Hände in die ihren. Sie streckte sich und drückte auf seine bärtige Wange einen lauten Kuss.

»Sieht ganz so aus, als wenn wir *sehr* hart werden arbeiten müssen, *meu amor*«, raunte sie zu Cy hinauf, »wenn ich diesen Narren irgendwann eifersüchtig machen soll.«

»Allerdings«, antwortete er mit einem Glitzern im Blick. »Und ich bin ein Mann, der hart arbeitet«, fügte er noch hinzu und umarmte sie mit einem heißen Kuss.

Gabriela lächelte, als sie ihre Mutter in den Armen eines Mannes sah, von dem sie wusste, dass er immer für sie sorgen und sie gern haben würde – sie vielleicht immer schon gern gehabt hatte. Sie sah auf zu Kincaid, dann wandte sie sich an Felix und hielt den Atem an.

»Ist schon gut, Gabriela«, winkte er ab. Er nahm sie in die Arme und versicherte noch mal: »Jetzt ist alles gut!«

An seinem Blick sah Gabriela, dass seine Seele heilte und dass er sie liebte. Mit einem Seufzer beschloss sie, dass es an der Zeit war, selbst auch der Versöhnung eine Chance zu geben. Sie küsste die Wange ihres Vaters und flüsterte: »Danke.«

Draußen im Flur begann Quentin, Leydi in eine Richtung zu ziehen. Sie stolperte hinter ihm her, und beide lachten, als sie das alte Zimmer fanden, in dem er gefangen gehalten worden war. Er zog sie hinein und machte die Tür hinter ihnen zu. Mit dem Rücken drückte er sie an die Holzvertäfelung, seinen Körper gegen den ihren gepresst. In einem langen, verzehrenden Moment richteten sich seine dunkelblauen Augen auf ihr Gesicht. Seine Hände umfassten ihren Kopf, als wäre sie unendlich wertvoll. Durch die Sehnsucht, die so klar in seinem Gesicht geschrieben stand, fühlte sie sich hoch geschätzt. Er küsste sie heftig und ließ sie damit wissen, wie wichtig sie ihm in der Tat war.

Quentin schüttelte den Kopf und murmelte zwischendurch: »Deine Geschichte klingt so verrückt, dass ich sie beinah glaube.«

Leydi lächelte und streichelte seine Wange. Sie seufzte.

»Was ist los?«, fragte er und unterbrach seine Küsse.

»Sie war so unglaublich ähnlich wie meine Träume – ein reicher Grafensohn heiratet die Tochter einer Leibeigenen von seiner Plantage. Darum ist sie mir so leicht eingefallen.« Jetzt wurde ihr Blick energisch. »Aber ich will keine Träume mehr, sondern die Wirklichkeit! Ein Leben mit einem Mann, den ich lieben kann. Und der mich liebt.«

»Und du machst dir Sorgen, dass ich das nicht tue?«

»Ich möchte es gern glauben …«, sagte sie hilflos.

Er legte seine Arme um sie, und die Kraft seiner Umarmung und seine zarte Berührung sprachen ihre eigene Sprache. »Wenn du mir nicht erlaubst, dich zu lieben – wenn ich nicht den Rest meines Lebens mit dir verbringen kann, dir die Kinder meines Herzens schenken … dann werde ich als einsamer Alter sterben, ohne Seele und ohne Hoffnung auf jede Rettung.«

Quentin hob ihr Gesicht zu dem seinen empor und sah ihr tief in die Augen. »Leydianna, ich liebe dich! So, jetzt habe ich es gesagt.« Seine Hände streichelten ihr Haar, wanden sich durch die kurzen Locken. »Ich hatte Angst, hierher zu kommen. Angst, dass du mir vielleicht nie würdest vergeben können ... Doch wir werden uns nicht von der Vergangenheit besiegen lassen. Ich dachte, ich hätte keine Liebe verdient. Zeig mir, dass das falsch ist. Her mit dem Happy End, das du mir versprochen hast!«

Sie nahm ihn fest in die Arme und begriff, dass die Geister seiner Vergangenheit endlich zur Ruhe gekommen waren. »Mach einfach die Augen zu, und drück mich an dich, dann wirst du es spüren, hier zwischen uns, Quentin. Ich liebe dich«, flüsterte sie ihm ins Ohr. »Und zwar für immer. Du bekommst hiermit all meine Und-wenn-sie-nicht-gestorben-sind-dann-leben-sie-noch-heute's!«

Epilog

Viscount Belfour trat in seinen Empfangssalon und warf einen flüchtigen Blick über die Schulter. Er machte die Tür mit dem Stiefel hinter sich zu und konzentrierte sich auf das verpackte Bündel in seinen Armen. Sein Sohn gurgelte ihn an, und ein zahnloses Grienen beherrschte seine unwiderstehlichen Züge.

»Endlich allein«, flüsterte er.

Quentin schnitt Grimassen, die Jared zu gefallen schienen, und wanderte über den Teppich. Das Baby grapschte mit beiden Händen nach seinem Vater und gluckste leise. Der Empfangssalon war inzwischen ganz von seiner Flut von Papieren befreit und endlich ein Ort des Willkommens geworden. Hier wurden keine Geschäfte mehr gemacht, er diente ausschließlich der Familie und Freunden als Treffpunkt.

Um Nigel machte Quentin einen Bogen. Aloysius hockte in einer Ecke, und sein roter Schwanz zuckte leicht, während er sich darauf vorbereitete, sich auf die Schleife zu stürzen, die am Hals des Iguanas hing – eine der Lieblingsbeschäftigungen des Katers, die Nigel bewundernswerterweise gestattete. Quentin setzte sich in den Ohrensessel, er genoss diese ruhigen Augenblicke mit seinem Sohn. Sein Finger fuhr liebevoll durch die zarten braunen Locken. Er streichelte Jareds weiche Wange und fand, dass sein Sohn die zauberhaften Augen und das großzügige Lächeln seiner Mutter geerbt hatte.

In letzter Zeit war Rucksingford Hall voll vom Kommen und Gehen der Bediensteten und Besucher. Wenn sein Vater nicht bei ihnen war, kam Kincaid – samt Consuelo – immer wieder stürmisch vorbei und beschwerte sich darüber, dass Leydi ihn gezwungen hatte, sich zur Ruhe zu setzen. Gabriela brachte öfters Elise, ihre Tochter, mit, obwohl für Leydis Gefühl nicht oft genug. Felix und sie lebten bei Kincaid auf Devil's Gate, Felix hatte die Marine verlassen und war ein erfolgreicher Zuckerrohrpflanzer geworden.

Cy und Bertie ließen sich auch oft blicken, denn sie lebten in Basse Terre. Selbst Hugh schaute bisweilen herein, obwohl er immer wieder eine andere ›Liebe seines Lebens‹ am Arm hatte.

Es gab nur ein Paar von Besuchern, auf die Quentin hätte verzichten können: Elaine und Argus Carstair. In letzter Zeit erwähnten sie allerdings immer wieder, die Insel zu verlassen und zur guten alten Mutter England zurückzukehren – ein Vorhaben, das Quentin nach Leibeskräften unterstützte. Er drückte seine Nase sanft an die weiche Haut des Babys und genoss den Milch-und-Honig-Duft seines Sohnes. Er summte ein Liedchen und sah dann auf zu den Engeln, die an die Decke gemalt waren. »Danke«, sagte er laut.

Die Tür knarrte diskret, als sie geöffnet wurde. Leydi trat ein, gekleidet in einen smaragdfarbenen Morgenrock, der mit winzigen rosa Rosen bestickt war. Dazu trug sie passende Schuhe und ein Band in den schulterlangen Locken. Sie rieb sich die Augen und gähnte.

»Ich dachte mir schon, dass du vielleicht hier bist«, sagte sie mit einem Lächeln zu ihrem Mann. Sie setzte sich auf seinen Schoß, schlang ihre Arme um seinen Hals, und sie hielten das Baby zusammen. »Mrs. Bailey hat gejammert, du wärest mit Jared verschwunden, als sie ihn baden wollte.«

»Mrs. Bailey hat immer irgendetwas mit Jared vor, wenn du schläfst. Heute dachte ich, bin ich auch mal wieder dran.«

Leydi sah zu, wie ihr kleiner Junge nach ihrem Finger griff. »Er ist wirklich wunderbar.«

»Ja, so wunderbar, dass ich es immer mit irgendjemandem aufnehmen muss, um an ihn ranzukommen. Mrs. Bailey, Stevenson, meinem Vater – Kincaid.« Er gab Leydi einen Kuss auf die Wange und war so zufrieden mit seinem Leben, dass es beinah wehtat. »Ich verdiene dich eigentlich nicht.«

Sie lachte leise und lehnte ihre Wange an die seine.

»Was?«, fragte er.

Sie blies einen Kuss auf seine Nase. »Ich dachte nur eben, dass es ein gutes Zeichen für eine Handelsgesellschaft ist, wenn alle Seiten glauben, sie hätten das beste Geschäft gemacht.«

Er drückte sie fester an sich. »Du hattest schon immer einen Sinn für Soll und Haben, Viscountess!«

Sie verstummten und sahen ihrem Sohn zu. Jared strahlte und gurgelte, dabei spielte er mit den Knöpfen an Quentins Weste. Dann hob er plötzlich seine Hände höher, als wäre ihm etwas anderes ins Auge gefallen.

Quentin sah auf. Von der Decke lächelten seine Engel zu ihnen herunter. Obwohl sie nie mit ihm gesprochen hatten, konnte er nicht umhin, diesen Himmlischen einen Teil seines Glücks zuzuschreiben.

Er streichelte das Bäckchen seines Sohnes, hielt seine Frau in den Armen und äußerte dann noch ein stummes »Danke«.

Von oben antwortete lautlos der Engel: »Bitteschön!«

Das geschah im Bruchteil einer Sekunde, so schnell, dass er es sich vielleicht nur eingebildet hatte. Er sah hinab zu Jared, der jetzt vergnügt quietschte und weiter die Hände zur Decke streckte. Quentin sah noch einmal zu dem Engel hoch. Nichts als Farbe und Stuck.

»Leydi, ist dir je aufgefallen …«

»Ja, Liebling?«, sagte sie verschlafen.

Aber die Frage war zu dreist, um sie auszusprechen. »Ach, nichts.«

Misstrauisch hob er abermals den Blick, während sein Sohn weiter zur Decke hinaufkrähte. Warum nicht an gemalte Engel glauben?, dachte er mit einem Lächeln. Auf seinem Schoß saß die

Tochter eines Piraten, in seinem Arm lag der Erbe, den er nie zu haben sich geschworen hatte. Und sein Herz floss über vor lauter Glück.

Diesmal sah er direkt zu den Engeln hinauf, ohne sich vor den Wundern zu fürchten, die dort vielleicht schwebten.

Und er war felsenfest überzeugt, dass ihm der Geflügelte oben in der Ecke zuzwinkerte.